JOSÉ FRÈCHES

Jademond

Buch

China im dritten Jahrhundert vor Christus: Eine alte Prophezeiung besagt: Wer die schwarze Jadescheibe besitzt, erreicht alles im Leben – Glück, Reichtum, Liebe und Macht. Lü Buwei, der Händler der »Himmelspferde«, hat mit ihrer Hilfe tatsächlich seine Träume verwirklicht – im Königreich Qin ist er sogar Erster Minister geworden, und in der zauberhaften Tänzerin Zhao Ji hat er die Liebe seines Lebens gefunden. Nun ist Zhao Ji schwanger und wird ihm bald den ersehnten Sohn schenken. Doch eine Aufgabe liegt noch vor dem ehrgeizigen Pferdehändler. Er will die tyrannischen Kräfte um den Rechtsgelehrten Li Si zurückdrängen. Denn diese wollen in Qin eine Diktatur errichten. Zur Durchsetzung seiner Ziele ist Li Si jedes Mittel recht. Um Lü Buwei zu schaden, treibt er sogar seinen einstigen Lehrer skrupellos in den Tod! Lü Buwei spürt, dass er rasch handeln muss und lässt sich deshalb auf einen perfiden Plan ein, um seinen Einfluss bei Hof zu sichern: Seine schwangere Frau soll das Bett mit dem jungen, noch unerfahrenen König Yiren teilen und diesem als seine Königin den legitimen Thronfolger gebären. Nach der Geburt wollen sie Lü Buweis Kind dann durch ein anderes ersetzen. Ein geeignetes Baby ist auch schon gefunden: Goldener Fisch. Bleibt nur noch der Austausch. Goldener Fisch trägt jedoch ein unverwechselbares Muttermal auf seiner Pobacke – in Form des sagenumwobenen Jademonds …

Autor

José Frèches studierte Kunstgeschichte, Geschichte und Sinologie. Mit gerade einmal 21 Jahren wurde er Konservator am Louvre und dem Musée Guimet, dem staatlichen Museum für asiatische Kunst, in Paris. Heute leitet er eine PR-Agentur in Paris und eine Kunstgalerie in der Provence. Der Roman – zweiter Band der Trilogie um die sagenhafte Jadescheibe – stand mehrere Wochen lang auf den vorderen Plätzen der französischen Bestsellerlisten.

Als Blanvalet-Taschenbuch außerdem lieferbar:

Die Himmelspferde (36393)

José Frèches

Jademond

Roman

Aus dem Französischen
von Nathalie Lemmens

blanvalet

Die französische Originalausgabe erschien unter dem Titel
»Le disque de jade. Poisson d'or«
bei XO Éditions, Paris.

Umwelthinweis:
Alle bedruckten Materialien dieses Taschenbuches
sind chlorfrei und umweltschonend.

1. Auflage
Deutsche Erstveröffentlichung November 2006
bei Blanvalet, einem Unternehmen der
Verlagsgruppe Random House GmbH, München.

Umschlaggestaltung: Design Team München
Umschlagillustration: Photo12.com/Panorama China
Satz: Uhl + Massopust, Aalen
Druck und Einband: GGP Media GmbH, Pößneck
LW · Herstellung: Heidrun Nawrot
Printed in Germany
ISBN-10: 3-442-36603-8
ISBN-13: 978-3-442-36603-3

www.blanvalet-verlag.de

Ein Freund ist eine Straße, ein Feind ist eine Mauer …
Chinesisches Sprichwort

ERSTER TEIL

1

Die Jadescheibe lag flach vor ihm auf der marmorierten Brüstung.

Die winzigen Glimmersterne waren immer noch da, beruhigend glitzerten sie im schräg einfallenden Licht der untergehenden Sonne. Normalerweise brauchte er, wenn er von Zweifeln geplagt wurde, nur diese alte Ritualscheibe zu betrachten, die er vor Jahren auf dem Markt von Handan entdeckt hatte, und sein Geist und sein Herz kamen zur Ruhe. Auch hatte er die Worte von Weites Tal, der Priesterin vom Huashan-Berg, nicht vergessen: Dieses aus einzigartigem, uraltem Gestein geschliffene sternengesprenkelte schwarze Bi, eine flache Ringscheibe mit einem kreisrunden Loch in der Mitte, verfügte über magische Kräfte und schenkte seinem glücklichen Besitzer ein langes Leben …

Doch an diesem Abend blieb die gewohnte Wirkung der Scheibe aus.

Vom Balkon seines Zimmers aus genoss er die freie Aussicht auf die umliegenden Berge, doch selbst der Anblick der Natur, die sich für die Nacht zur Ruhe legte, konnte die Angst nicht lindern, die ihn quälte.

Die Felsen in der Ferne überzogen sich mit einem rosigen Saum, und die Zweige der Wacholdersträucher zeichneten sich wie seltsame Streifenmuster vor dem verwaschenen Blau des Himmels ab, an dem Schwärme von Wolken, vom Abendwind getrieben, gen Westen flohen. Streifen, die ihn an Jiaguwen erinnerten, jene Risse, die auf Schildkrötenpanzern oder den Schulterblättern von Widdern aufsprangen, wenn die Wahrsager sie ins Feuer hielten, um aus ihnen die Zukunft herauszulesen. Und auch Lü Buwei fragte sich in diesem Augenblick, was die Zukunft wohl für ihn bereithielt …

Der mit einem Hauch von Pfeffer aromatisierte grüne Tee war so heiß, dass er sich damit die Kehle verbrannt hatte, aber ohne auf den Schmerz zu achten, blickte Lü Buwei, der sich inzwischen in einem Korbsessel auf dem Balkon seines Zimmers niedergelassen hatte, nachdenklich auf seine jüngsten Achal-Tekkiner-Fohlen hinab. Verspielt tollten sie auf den umzäunten Weiden am Fuß des grasbewachsenen Hügels herum, der hier in Xianyang nur der Pferdehügel genannt wurde, weil sich darauf nicht nur Lü Buweis prächtiger Palast erhob, sondern auch die unzähligen Ställe, Koppeln und Pferche des Pferdehändlers aus Handan.

Trunken von der frischen Luft und überglücklich, nach der Enge ihrer Boxen nun wieder draußen auf der Wiese zu sein, schmückten die Himmelspferde ihre federleichten Galoppjagden mit zahllosen Luftsprüngen und Kapriolen. Diese kleinen, reinrassigen Tiere, die so ungestüm herumwirbelten wie Funken im Wind, wussten nicht, dass sie am Ursprung seines außergewöhnlichen Aufstiegs standen und ihn von einem einfachen fremden Kaufmann, dem aufgetragen worden war, diese neue Pferderasse im Königreich Qin anzusiedeln, zum Minister für seltene Ressourcen hatten werden lassen, einem der einflussreichsten Männer des Reichs, gleich hinter dem König und dem Ersten Minister ... Mit der Ernennung in dieses hohe Amt hatte Qin jenem Mann gedankt, der mit Hilfe seiner pfeilschnellen und kampfesmutigen Pferde dem Kavalleriebestand des Landes wieder zu alter Stärke verholfen und dadurch die Überlegenheit von Qin über seine kriegerischen Nachbarn gesichert hatte.

Dieses Königreich, in dem raue Sitten herrschten, hatte einen weiten Weg zurückgelegt, seit Lü Buwei in dem Bewusstsein, unter dem Schutz seiner Jadescheibe zu stehen, auf Einladung des alten Königs Zhong sein früheres Leben als Kaufmann in Handan, der Hauptstadt von Zhao, aufgegeben und sich mit den schönsten Tieren aus seiner Zucht in Xianyang niedergelassen hatte!

Dem Königreich Qin stand dank der Wiederherstellung seiner militärischen Übermacht zweifellos eine glanzvolle Zukunft bevor, doch wie war es um sein eigenes Dasein bestellt?

Vor kurzem hatte er zugelassen, dass Zhao Ji, die Frau seines Lebens, den neuen König von Qin heiratete. Und nun fragte er sich, ob er nicht Trugbildern nachgejagt war und das Wesentliche in seinem Leben geopfert hatte, als er seine sanfte, schöne Geliebte dem jungen König Yiren zuführte, der noch einfältiger war als sein wenige Monate zuvor verstorbener Vater Anguo. Dazu kam noch, dass Zhao Ji von ihm schwanger war. In dem Moment, in dem diese unvergleichliche Frau kurz davor stand, ihm ein Kind zu schenken, gab er ihr Schicksal in die Hände eines anderen…

Er hatte sich persönlich um alles gekümmert: Die Hochzeit und Yirens Krönung waren am gleichen Tag gefeiert worden.

Das war notwendig gewesen, damit der neue König nicht bemerkte, dass Zhao Ji ihn nur glauben machte, das Kind, das sie in ihrem Leib trug, sei von ihm. Außerdem hatte Lü Buwei auf diese Weise verhindern wollen, dass sich der Herrscher, nachdem er erst einmal den Thron bestiegen hatte, von Zhao Ji abwenden und seine Gunst irgendeiner seiner Konkubinen schenken würde, auch wenn dieses Risiko angesichts der Tatsache, dass die junge Frau Yiren vollkommen den Kopf verdreht hatte, ausgesprochen gering war.

Die Wahrsager und Geomanten hatten Lü Buweis Wunsch bereitwillig entsprochen und auf seine Anweisung hin den Tag ausgewählt, an dem laut der Verteilung der Himmelsstämme und Erdzweige im gegenwärtigen Mondzyklus die Energieknoten am aktivsten und stärksten waren, was sowohl ausgezeichnete atmosphärische Bedingungen als auch perfekte Sternenkonjunktionen verhieß.

Dass die beiden Ereignisse gleichzeitig stattfinden sollten, hatte den Beamten, die für die Wahrung der Etikette verantwortlich waren, einiges Kopfzerbrechen bereitet. Dieser Fall war einzigartig und tauchte in keinem Handbuch und keiner rituellen Abhandlung auf. Welcher der beiden Zeremonien gebührte der Vorrang? Dieses Dilemma hatte die Bediensteten des Ritenministeriums einen ganzen Monat lang in Anspruch genommen, und zu guter Letzt hatte man beschlossen, dass die Krönung des Königs zwar vor seiner Hochzeit vollzogen werden, die zweite Zeremonie aber ohne Unterbrechung unmittelbar darauf folgen sollte.

Die Feiern anlässlich der Krönung und Hochzeit hatten drei Tage gedauert. Zhao Ji war bereits im sechsten Monat schwanger. Für die Bevölkerung von Xianyang, die eingeladen worden war, dem jungen Ehepaar zuzujubeln, das sich ihr auf einem der Balkone an der Fassade des Königlichen Palastes zeigte, war dies nach der Unfruchtbarkeit von Königin Huayang, der Witwe von König Anguo, ein ausgesprochener Grund zur Freude. Es wurde ein langes und in Anbetracht der besonderen Umstände auch recht ungewöhnliches Fest, bei dem Bankette und Trinkgelage auf Theaterdarbietungen und Tänze folgten und sich die Anrufungen des Himmels an die Orakelsprüche der Wahrsager reihten, die gekommen waren, um ihre Glück verheißenden Prophezeiungen sowohl für das Königreich Qin als auch für das königliche Brautpaar vorzutragen, so wie Schafgarbe und Schildkrötenpanzer, die sie tausendmal befragt hatten, sie ihnen verheißen hatten.

Die Unmengen von Speisen, die aus dem großen Saal, in dem das königliche Paar mit den Mitgliedern der Regierung tafelte, herausgetragen und von Dienern in der Stadt verteilt wurden, hatten in Xianyang einen solchen Eindruck hinterlassen, dass man noch Jahre später davon sprach. Die Orchester und Glockenspiele, die in der ganzen Stadt verteilt worden waren, hatten für das Volk den Rhythmus und die Musik des großen Festes weitergetragen und es auf diese Weise indirekt daran teilhaben lassen.

Lü Buwei hatte gewonnen … Zhao Ji, die alle, die sie sahen, mit ihrer erlesenen Anmut und ihrer zarten Schönheit in Erstaunen versetzte und dabei so elegant wirkte wie die grünen Wolken seltener Dämmerstunden, war nun die Königin von Qin.

Hin und wieder hatte sie ihrem Geliebten verstohlen einen verschwörerischen Blick zugeworfen. Sie hatte diese Wahl auch für ihn getroffen, sie hatten sich gemeinsam darauf geeinigt, im Namen ihrer Liebe. Nach der Geburt des Kindes würden sie es austauschen, genau wie sie es geplant hatten. Bis zu diesem Zeitpunkt war alles nach Wunsch verlaufen, und es gab keinen Grund, warum sich der Rest nicht genauso fügen sollte...

Die doppelte Zeremonie war nach drei Tagen in allgemeinem Freudentaumel und dem sorgfältig hinter schmeichelnden Worten verborgenen Lauern der Höflinge und der Mächtigen des Reichs zu Ende gegangen, die besser als alle anderen wussten, dass es zum Ausgang dieser neuen Partie, die nun ihren Anfang nahm, unweigerlich genauso viele Gewinner wie Verlierer geben würde.

Als er jetzt daran zurückdachte, wühlte die Erinnerung den Pferdehändler so auf, dass es ihm nicht einmal mehr gelang, den genauen Verlauf der Umstände und der Überlegungen nachzuzeichnen, die Zhao Ji und ihn selbst dazu geführt hatten, diesen Plan umzusetzen und ihre Liebe, die sie beide zu einem einzigen Wesen verschmelzen ließ, wie ein Opfertier auf dem Altar der höchsten Macht darzubringen...

Erhabene Schlichtheit war schon seit Jahren unangefochten der Oberste Geomant am Hof von Qin.

Heute ein Mann in reifem Alter, war er als Heranwachsender in die Reihen der königlichen Geomanten aufgenommen worden, und indem er seine älteren Kollegen jahrelang bei ihrer Arbeit beobachtet hatte, hatte er schließlich jene komplexe Wissenschaft erlernt, die am Hof von Qin von alters her bei allen Anlässen zu Rate gezogen wurde.

Die Situierung eines Ereignisses im Raum und seine Ausrichtung nach einer bestimmten Himmelsrichtung war schließlich unbestreitbar von ebenso großer Bedeutung wie das Datum, an dem es stattfand. Schon im *Buch der Urkunden*, dem *Shujing*, wurde die Erde im Kapitel »Yugong«, einem der wichtigsten im ganzen Buch, in einzelne Regionen aufgeteilt, die nach den vier »Quadraten«, den Fang, ausgerichtet waren. Und auch im *Buch der Riten*, einem der bedeutendsten konfuzianischen Klassiker, stand geschrieben, dass die irdische Welt in neun, jeweils tausend Li* im

* Ein Li entspricht 500 Metern.

Geviert umfassende Regionen eingeteilt war, die durch die vier Meere voneinander getrennt wurden.

Erhabene Schlichtheit verstand sich wie kein Zweiter darauf, mit dem Shipan umzugehen, einem Vorläufer des magnetischen Kompasses, der dazu diente, Prophezeiungen zu erstellen. Der Shipan bestand aus zwei Scheiben, einer quadratischen, die die Erde versinnbildlichte, und einer darüber liegenden, drehbaren kreisrunden Scheibe, die den Himmel darstellte und mit den astronomischen Notationen versehen war, die dafür benötigt wurden, die Stellung der Gestirne an einem bestimmten Ort und zu einem bestimmten Zeitpunkt zu berechnen.

Erhabene Schlichtheit hatte den größten Anteil daran gehabt, den detaillierten Plan für Anguos Bestattungszeremonie zu erstellen. Er hatte die Ausrichtung des Ortes bestimmt, an dem das Beerdigungsritual durchgeführt worden war, und dem Architekten der Grabstätte des verstorbenen Königs die genaue Stelle gewiesen, wo sich der von einem Fusang-Baum gekrönte Grabhügel erheben sollte.

Dennoch hatte sich der Geomant über Lü Buweis Ansinnen gewundert, als der Minister für Seltene Ressourcen ihn eines Tages diskret aufgesucht hatte.

»Sag mir, welche Himmelsrichtung in exakt zwei Mondmonaten die günstigste sein wird, wenn du die Stellung der *xiu*, der achtundzwanzig ›Mondhäuser‹, zu diesem Zeitpunkt zu Grunde legst«, hatte Lü Buwei ihn gebeten, ohne ihm zu verraten, dass diese Spanne von zwei Monaten genau der Frist entsprach, nach deren Ablauf Zhao Jis Kind zur Welt kommen sollte.

Der Geomant hatte ihn erstaunt angesehen, doch auf das Drängen dieses hochrangigen Ministers hin hatte er seine beiden astrologischen Handbücher, die *Prophezeiungen der fünf Planeten* und die *Erhabene Auswahl astrometeorologischer Voraussagen*, zu Rate gezogen.

Er hatte sich eingehend in ihre Lektüre vertieft und die unzähligen Zeichnungen der Sternenkonstellationen, die darin aufgeführt waren, gründlich geprüft. Dann hatte er bedächtig seinen

Shipan gedreht und schließlich zwei seidene Landkarten auf seinem Arbeitstisch ausgerollt.

»Der vierte Zwischenpunkt in der Mitte des vierten Fang! Das wird, meiner Ansicht nach, in zwei Monaten die glückverheißendste Richtung sein«, hatte er mit ausdrucksloser Stimme erklärt.

Von Norden ausgehend, hatte Erhabene Schlichtheit auf die Richtung gedeutet, die nach Südwesten wies.

Von Xianyang aus gesehen, entsprach der Südwesten einem riesigen Gebiet, das den westlichen Teil des Königreichs Chu umfasste und sich weiter nach Shu und Ba hinzog.

In Shu begann die endlose, ausgedörrte Ebene, deren Hügel nach und nach in die Ausläufer jener Berge übergingen, die im Dach der Welt gipfelten. In dieser trockenen, steinigen, von üppig grünen Oasen durchzogenen Region wurden bereits turkmongolische, parthische, sogdische und sassanidische Einflüsse spürbar. Die Kaufleute dieser Völker zogen über ihre gefährlichen Straßen und brachten ihre Gebräuche, ihre Sprachen und ihre Waren mit.

Im Süden von Ba, in der gewaltigen Schleife des Yangtse, begünstigte ein feuchteres, durch das regelmäßige Heraufziehen des Monsuns bedingtes Klima fruchtbare Hochplateaus, auf denen sesshaft gewordene Ackerbauern lebten. Alles brachte dort reiche Ernte: Luobo-Rüben, Wasserkastanien, Lotos, dessen Wurzeln beim Hochzeitsmahl serviert wurden, Süßkartoffeln und Bambus, dessen Sprossen, »Sun« genannt, auf tausenderlei Arten zubereitet werden können. In dieser Region wurde auch nichtklebender Reis angebaut, der zum großen Leidwesen der Landbevölkerung einige Jahrhunderte später zum Zahlungsmittel für die Steuern der Reisbauern bestimmt werden sollte.

Kurzum, die südwestliche Richtung öffnete das Tor zu einer anderen Welt, deren gewaltige Ausmaße die Vielfalt ihrer Landschaften und Klimata erklärte. Eine rauere, weniger zivilisierte Welt als in den Königreichen der Mitte, wo noch das Recht des Stärkeren galt und das Dasein härter und die Lebensumstände einfacher waren: In dieser exotischen und ungewissen Welt musste

Lü Buwei jenes Kind suchen, das er gegen das austauschen wollte, welches Zhao Ji in ihrem Leib trug.

Es blieben ihm nur drei knappe Monate, um dieses Kind aufzuspüren und es nach Xianyang zu bringen.

Lü Buwei hatte lange darüber nachgedacht, wen er mit dieser streng geheimen Mission betrauen wollte, und eine Weile lang sogar mit dem Gedanken gespielt, die Angelegenheit selbst in die Hand zu nehmen. Doch bald schon war er zu dem Schluss gekommen, dass dies unmöglich war. Man hätte unweigerlich Fragen gestellt. Es gab nur einen Menschen, der über den Mut, die Beharrlichkeit und vor allem die nötige Diskretion verfügte, um an seiner Stelle loszuziehen: Furchtloser Krieger.

Der riesenhafte Hunne war der Einzige, dem er eine so heikle Aufgabe anvertrauen konnte, ohne ihm allzu viel über die genauen Umstände erklären zu müssen. Die Ergebenheit des Hunnen kannte keine Grenzen, und sein Mut und seine Stärke waren unübertroffen, genau wie seine Verschwiegenheit und seine Umsicht. Außerdem liebte er Kinder über alles. Ohne jeden Zweifel würde er sein Bestes geben, um in den endlosen Weiten des Südwestens, zu denen der Geomant Lü Buwei geraten hatte, den astrologischen Zwilling von Zhao Jis Kind zu finden.

»Ich habe etwas Wichtiges mit dir zu besprechen«, verkündete Lü Buwei dem Riesen, nachdem er ihn zu sich gerufen hatte. »Du wirst dich auf die Suche nach einem Kind machen und es auf den Tag genau in drei Monaten hierher bringen, nicht früher und auch nicht später.«

Furchtloser Krieger sah ihn verwirrt an.

»Du hast mich richtig verstanden. Ich sagte, in genau drei Monaten«, fügte Lü Buwei hinzu.

»Ist es denn ein Junge oder ein Mädchen?«

Lü Buwei biss sich auf die Lippen. Diese Frage hatte er nicht bedacht. Um die beiden Kinder vertauschen zu können, musste ihr Geschlecht übereinstimmen, aber er konnte den Hunnen auf keinen Fall bitten, zwei Säuglinge mit zurückzubringen!

Es blieb ihm nichts anderes übrig, als auf den Zufall zu vertrauen, obwohl er dies sonst stets zu vermeiden suchte.

Er wollte gerade eine kleine Bronzemünze aus der Tasche ziehen und sie in die Luft werfen, als er plötzlich sicher war, dass Zhao Jis Kind nur ein Junge sein konnte. Er hätte nicht erklären können, woher er diese Gewissheit nahm, aber es war wie eine Selbstverständlichkeit, die ihm unvermittelt klar vor Augen stand.

»Ein Junge, natürlich!«, antwortete er hastig.

»Ich habe verstanden. In drei Monaten ist alles erledigt. Aber wo soll ich es denn holen? Bei wem lebt es?«, fragte der Hunne beflissen.

»Ich habe keine Ahnung... Du wirst das Neugeborene in einem Dorf oder einer Stadt in den Reichen Shu oder Ba finden und es hierher bringen. Es darf nicht älter sein als eine Woche. Der Ort ist mir gleich, es muss nur unbedingt aus einem bestimmten Gebiet südwestlich von Qin stammen. Ich werde dir eine Karte mitgeben, auf der die Namen der Städte verzeichnet sind, durch die du auf deinem Weg kommen musst.«

Der Hunne riss überrascht die Augen auf. Doch es wäre ihm nie in den Sinn gekommen, eine Anweisung von Lü Buwei in Frage zu stellen, dafür war sein Vertrauen in seinen Herrn viel zu groß.

»Wann soll ich aufbrechen?«

»Gleich morgen. Du wirst mindestens fünf Wochen lang nach Südwesten reiten, bis du ein Kind findest, das gerade erst zur Welt gekommen ist. Es muss kräftig sein, lebhaft und gut gebaut. Wenn es ein besonderes Zeichen am Körper trägt, ein Muttermal zum Beispiel oder etwas Ähnliches, umso besser. Du wirst das Neugeborene seiner Mutter wegnehmen, ohne dass diese etwas davon bemerkt, und eine Amme für das Kind besorgen, damit es in drei Monaten gesund hier eintrifft«, erklärte Lü Buwei.

»Soll ich alleine reisen?«

»Selbstverständlich. So werden wir beide als Einzige in das Geheimnis seiner Herkunft eingeweiht sein. Außerdem brauchst du niemanden, der dir dabei hilft. Du bist stark genug!«

Furchtloser Krieger war näher an den Kaufmann herangetreten

und sah ihn dankbar an. Das Vertrauen, das dieser in ihn setzte, rührte ihn zutiefst.

»Ich werde im Morgengrauen losreiten und in genau drei Monaten zurück sein«, versprach er Lü Buwei, ehe er sich respektvoll vor ihm verneigte.

Und so war Furchtloser Krieger am frühen Morgen in Xianyang aufgebrochen und hatte sich in südwestliche Richtung auf den Weg gemacht.

Er hatte vor, bei der Krokodilbrücke den Han-Fluss zu überqueren, um so nach Chu zu gelangen, und nach Westen abzubiegen, bevor er die Hauptstadt Ying erreichte, so wie Lü Buwei es ihm gesagt hatte. Er ritt auf einem Pferd, das für seine große Ausdauer bekannt war, und als einzige Waffe hatte er sein langes bronzenes Schwert mit Jadegriff mitgenommen. Sein Mantel aus Ziegenhaar fiel über die Kruppe seines Pferdes herab. Er hatte sein geöltes Haar zu einem Knoten geschlungen, wie ihn seine Vorfahren in der Steppe getragen hatten, was ihn wie einen wahrhaft blutrünstigen Hunnen aussehen ließ. Dieser Anblick sollte umherstreifende Räuber abschrecken und sie davon abhalten, ihm zu nahe zu kommen.

Der riesenhafte Hunne versuchte nicht, den Sinn seines Auftrags zu verstehen. Er war ein treuer und loyaler Soldat. Die Anweisungen des Kaufmanns stellte er genauso wenig in Frage wie dessen Autorität. Von nun an hatte er nur noch ein Ziel: Er würde Lü Buwei das erste lebende Neugeborene beschaffen, dem er in etwa anderthalb Mondmonaten begegnen würde, und anschließend ohne zu zögern nach Xianyang zurückkehren.

Lü Buwei hatte ihm eine auf Schafsleder aufgemalte Karte mitgegeben, auf der Shu und Ba eingezeichnet waren, die Hauptstädte der gleichnamigen Reiche. Auf diese beiden Städte musste er zureiten. Dort lag das Glück verheißende Gebiet, in dem er das kleine Kind finden würde.

Die Überquerung der Festungsbrücke verlief ohne Zwischenfälle. Angesichts seines barbarischen Äußeren ließen ihn die

Wachtposten von Chu, die die Reisenden am gegenüberliegenden Ufer in Empfang nahmen, anstandslos passieren, ohne nach einem Geleitbrief zu fragen. Auf dem ganzen Weg wagte es niemand, ihn anzugreifen oder etwas von ihm zu verlangen. Wenn er von einem der fahrenden Händler entlang der großen Straßen etwas zu essen kaufte, geschah es nicht selten, dass dieser, nachdem er ihm mit zitternder Hand gegeben hatte, was er wünschte, hastig die Flucht ergriff, aus Angst, dieser Riese, dessen Gesichtsausdruck genauso Furcht einflößend war wie seine Größe, könnte ihm den Bauch aufschlitzen.

Und so kam Furchtloser Krieger unbehelligt und in raschem Tempo vorwärts. Die Landschaft hatte sich bereits verändert. Die gebirgigen Regionen, deren Saum er erreicht hatte, nachdem er von der Straße nach Ying in westlicher Richtung abgebogen war, waren sehr viel grüner und feuchter. Der berauschende Duft von Moos und Pilzen lag in der Luft. Die lackglänzende Oberfläche der terrassenförmig am Berghang angelegten Reisfelder schimmerte im Sonnenlicht. Einige Frauen standen bis zum halben Oberschenkel im Wasser und arbeiteten, während ein Büffel den Hakenpflug hinter sich herzog.

Es war eine ganz andere Landschaft als in Qin und den benachbarten Königreichen Zhao und Han. Es regnete häufiger, und im Sommer brannte die Sonne heiß vom Himmel. Die Natur war einladender und freigebiger, gleichzeitig aber auch beunruhigender. Hinter den farbenfroh leuchtenden Blüten und den üppig geschwungenen Lianen verbargen sich oft Insekten und anderes Getier, dem man besser nicht zu nahe kam: Giftspinnen, die so klein waren, dass man sie gar nicht sah, tödliche Giftschlangen, die sich in den Ästen verbargen, indem sie deren Form und Farbe annahmen, oder auch handtellergroße Tausendfüßler, die unerträglichen Juckreiz auf der Haut verursachen konnten, wenn sie in die Kleidung ihres schlafenden Opfers hineinkrochen. Ganz zu schweigen von den übrigen Tieren in diesen Wäldern, deren Blätterdach so dicht war, dass darin selbst am helllichten Tag nur Halbdunkel herrschte: den Brüllaffen, die sich zu mehreren auf einen

Mann stürzen und ihm das Gesicht zerfleischen konnten, und all den Raubkatzen, die nach Einbruch der Dunkelheit auf der Suche nach einer Beute umherstreiften, die nachts nicht so gut sehen konnte wie sie selbst, von der scheuen, aber dennoch gefährlichen Wildkatze bis hin zum gestreiften menschenfressenden Tiger.

Dort im Südwesten waren die Tiere ebenso gefährlich wie die Pflanzen prächtig.

Doch das alles beunruhigte den Hunnen nicht im Mindesten. Unerschütterlich ritt er mit Hilfe von Lü Buweis Karte immer weiter. Jeden Abend, wenn er sein Lager aufgeschlagen hatte, zog er sie hervor, um sich zu vergewissern, dass er nicht vom richtigen Weg abgekommen war.

Als er weiter nach Westen vordrang, wich der üppig wuchernde Wald einer kargeren Umgebung. Die Pflanzen waren nun weniger dicht und mussten sich den Platz mit großen Granitbrocken teilen, die von goldfarbenen Flechten überzogen waren, welche man für Salamander hätte halten können, die sich nach dem Regen in der Sonne wärmten.

Danach durchquerte er riesige Bambushaine, in denen ganze Vogelkolonien nisteten. Ihre lauten Rufe wurden durch die klingenden Stämme dieser Bäume verstärkt, woraufhin die Affen mit noch viel durchdringenderem Kreischen antworteten.

Er hatte inzwischen das Gebiet, in dem Reis angebaut wurde, wieder verlassen und war erneut in eine Region der Hirse und der Viehzucht gelangt. Nun erkannte er die Farben und Kontraste wieder, die er auch vom offenen Land rings um Xianyang her gewohnt war, aber hier waren sie intensiver, kräftiger und abrupter, denn immerhin befand er sich gut tausend Li weiter im Süden.

Wie eine gewaltige, von Bergbächen und Wasserfällen durchzogene Treppe fiel das Granitplateau in aufeinander folgenden Stufen zu der riesigen grasbewachsenen und mit sanften Hügeln und Seen bedeckten Ebene hin ab.

Eines Abends erblickte Furchtloser Krieger hinter einer Biegung des schmalen Wegs, der sich durch ein vom Rand des Hochplateaus abgebröckeltes Geröllfeld zu dieser gewaltigen Weide hinabschlängelte, vor sich in der goldschimmernden Dämmerung das leise Flirren bunt glasierter Ziegel.

Es waren die Dächer der kleinen Handelsstadt Ba. Sie lag versteckt zwischen zwei waldigen Hügeln am Ufer eines Flusses mit grasbewachsenen Ufern, auf denen er weidende Schaf- und Ziegenherden erkennen konnte. Inmitten der Dächer, die sich so eng um sie schlossen, dass es schien, als wollten sie zum Sturm darauf ansetzen, erhob sich über diesem größeren Marktflecken eine kleine Burg mit zinnenbewehrten Türmen. Auf der Spitze ihres Hauptturms flatterte ein grünes Banner im Wind.

Nach Osten hin erstreckte sich eine weite Ebene, wo Bauern enorme Feuer angezündet haben mussten. Denn trotz der großen Entfernung, die ihn noch davon trennte, konnte er deutlich Flammen erkennen, die aus dem Boden zu schlagen schienen.

Er ließ sein Pferd anhalten und zählte die Tage, die er mit Hilfe einer kleinen Kerbe am Rand seines Sattels markiert hatte. Er sah achtunddreißig Einschnitte im Leder, es war also schon über einen Monat her, seit er Xianyang verlassen hatte. Er hatte das Ziel seiner Reise erreicht. Hier in Ba oder in der näheren Umgebung musste er das Kind suchen, auf das Lü Buwei wartete. Es blieb ihm noch eine gute Woche, um den Säugling zu finden, der an diesem Tag noch gar nicht geboren war, denn sein Herr hatte ihm ausdrücklich befohlen, ein Kind zurückzubringen, das nicht älter sein durfte als eine Woche, wenn er es fand. Und als ein guter und ehrlicher Diener gedachte der Hunne, den Anweisungen des Ministers für Seltene Ressourcen von Qin aufs Wort zu folgen.

Es war ein merkwürdiger Gedanke, dass der Gegenstand seiner Suche, für den er bereits eine so lange Reise auf sich genommen hatte, noch gar nicht auf der Welt war.

Er war inzwischen nah genug an die kleine Burg herangekommen, um die schwarze Zeichnung auf dem Banner ausmachen zu können, welches ein starker Ostwind ausgebreitet hatte, so dass man es nun vollständig sehen konnte. Furchtloser Krieger erkannte ein Tier. Doch das Banner flatterte so stark, dass er nicht entscheiden konnte, ob es sich um einen Tiger oder um einen

Hund handelte. Er mochte weder Tiger noch Hunde, sondern zog Pferde und Bären vor. Als er näher heranritt, stellte er fest, dass es ein Tiger war, der das Banner zierte. Dabei waren ihm, wenn er denn zwischen diesen beiden Tieren wählen musste, Hunde immer noch lieber.

Er trieb sein Pferd wieder an. Da er abergläubisch war, hatte er beschlossen, diese kleine Stadt zu umgehen, die zwar recht anziehend wirkte, aber im Zeichen eines in seinen Augen Unheil bringenden Tieres stand. Stattdessen ritt er auf die Feuer zu, die nun, da die Nacht hereingebrochen war, auf der dunklen, einsamen Ebene in der Ferne leuchteten.

Eine unsichtbare Macht schien ihn geradewegs zu diesen rötlichen Flammen hinzuziehen, und so galoppierte er los.

2

In ganz Xianyang herrschte ausgelassene Fröhlichkeit, und die Einwohner der Stadt bereiteten sich auf das große nächtliche Fest vor.

Einige hatten Weinkrüge hervorgeholt, andere ihre Trommeln und Ratschen. Die Kinder würden nicht ausgeschimpft werden, wenn sie nach Sonnenuntergang Schabernack trieben oder draußen Verstecken spielten und dabei Knallkörper warfen. Kerzen und Laternen waren vor die Fenster gehängt worden, und unzählige Flammen würden von der Abenddämmerung bis zum Morgengrauen leuchten, um die Geburt des Thronerben von Qin zu feiern.

Das Glück war Zhao Ji hold gewesen, und Lü Buwei hatte sich nicht geirrt.

Das Kind, das die junge Frau zur Welt gebracht hatte, war tatsächlich ein Junge, ein strammer kleiner Kerl mit einer spitzen Nase und glänzendem pechschwarzem Haar, das an seinem Kopf klebte wie eine Mütze.

Gleich am nächsten Tag hatte man große Holztafeln am Balkon des Turms der Verlautbarungen angeschlagen, auf die mit schwarzer Farbe die Schriftzeichen »Prinz Zheng ist geboren, möge ihm ein langes Leben beschieden sein!« aufgetragen worden waren, damit die gesamte Bevölkerung von der Geburt des Thronfolgers erfuhr.

Kaum waren sie aufgehängt, als auch schon die ersten Neugierigen herbeiströmten, um die frohe Kunde zu lesen.

So hatte also Yiren, anders als sein Vater Anguo, nur wenige Monate, nachdem er den Thron bestiegen hatte, seine Nachkommenschaft bereits gesichert. Darüber hinaus verhieß dies das Allerbeste für den Glanz des Königreichs und die Macht der erlauchten Reihe seiner künftigen Herrscher.

Jetzt blieb nur abzuwarten, ob dieses glückliche Ereignis auch zu der traditionellen Abgabenerleichterung für die steuerpflichtigen Untertanen führen würde, wie seit der Ankündigung der Geburt gemunkelt wurde. Zwar hofften alle heimlich, dass es so sein würde, aber niemand wagte, sich öffentlich darüber zu freuen, aus Angst, vom Amt für Gerüchte, dem Geheimdienst des Königreichs, als rebellischer Untertan eingestuft zu werden. Und doch waren diese Aussichten nicht ganz unbeteiligt an der Freude, die die Bürger von Qin an diesem Tag erfüllte!

Das Königspaar hatte seinem erstgeborenen Sohn den Namen Zheng gegeben. Über die Namensfindung hatten sie nicht lange beraten müssen, und auch Lü Buwei, der sofort in den Palast geeilt war, um der jungen Königin seine Aufwartung zu machen – und bei dieser Gelegenheit einen kurzen Blick auf seinen Sohn zu werfen –, war von Zhao Ji aufgefordert worden, sich an der Auswahl zu beteiligen.

Als Lü Buwei den kleinen Zheng auf den Arm nahm, nachdem König Yiren Zhao Jis Zimmer verlassen hatte, um sich seinen königlichen Aufgaben zu widmen, verspürte er vom ersten Augenblick an eine ungeheure Rührung und Freude. Es war ihm überdeutlich bewusst, dass er mit dieser kaum spürbaren Last, diesem winzigen, in eine Wolke aus Seide gewickelten Körper, dessen

Wärme er durch den Stoff hindurch spürte, sein eigen Fleisch und Blut hielt. Noch nie in seinem Leben hatte er eine solche Verwirrung und Liebe empfunden. Dieses Gefühl war so stark, dass ihm Tränen in die Augen traten. Es kostete ihn große Mühe, seine Erregung zu unterdrücken. Das Kind strampelte in seinen Armen. Am liebsten hätte er die kleine Stirn des Säuglings stürmisch geküsst, um seine zarte Haut zu spüren und den Geruch der weißlichen und rosafarbenen Striemen aufzunehmen, den der Leib seiner Mutter dort zurückgelassen hatte. Doch er musste sich zusammenreißen und sein Ungestüm zügeln, denn die Königin war von etwa zwanzig geschäftig hin und her eilenden Hebammen und Kindermädchen umringt.

Der kleine Prinz war nicht gerade das, was man ein hübsches Kind zu nennen pflegt. Zumindest verleitete sein Anblick nicht zu solchen Kommentaren. Die nachdrückliche Art, mit der er seinen Kopf hob, um sich mit weit offenen Augen umzuschauen, brachte Lü Buwei auf einen anderen Gedanken: Sein Sohn würde ein energischer Junge sein. Sein kleines, faltiges Gesicht, das im Moment noch einem Kohlkopf ähnelte und an dem die Kringel seines schwarzen Haarkäppchens klebten, ließ bereits erkennen, dass er eine große Nase haben würde. Er schien über eine ausgeprägte Vitalität zu verfügen. Ja, er war schon ein richtiger kleiner Mann. Und das überraschte seinen gerührten Vater und machte ihn gleichzeitig stolz.

Von diesem Moment an konnte Lü Buwei es kaum mehr erwarten, bis Furchtloser Krieger endlich zurückkehrte, damit er die beiden Kinder rasch austauschen und seinen Sohn zu sich holen konnte.

Er war davon überzeugt, dass die Geburt dieses Säuglings den Lauf seines Lebens verändern würde. Zu seiner großen Überraschung gab dieses Kind seinem Dasein einen neuen Sinn. Er schmiedete Pläne für seine zukünftige Vaterrolle und sah bereits all das vor sich, was er von nun an mit seinem kleinen Zheng teilen konnte, alles, was er ihm beibringen und schenken würde, sein gewaltiges Vermögen, aber vor allem den reichen Erfahrungsschatz, den er auf seinem Lebensweg hatte sammeln können. Er würde aus ihm einen ausgezeichneten Reiter und einen herausragenden Bogenschützen machen, denn es war ihm ein Anliegen, dass seine umfassende Bildung auch seinem agilen Wesen entsprach. Sie würden gemeinsam durch die Steppe reiten, um dort die prächtigsten Wildpferde einzufangen. Er würde ihn in die Kunst des Handels und der Geschäfte einweisen. Er würde ihn lehren, wie man gute Waren auswählt, indem man die Lieferanten gegeneinander ausspielt, und ihm zeigen, welches Maß an Geschick und List vonnöten ist, um auch den angemessenen Preis für diese Waren zu bestimmen. Er würde ihn von den größten Malern und Kalligraphen des Königreichs unterrichten lassen…

Kurzum, er wollte ihm mit Geduld und Liebe das Beste von dem vermitteln, was er selbst in sich trug, damit Zheng zu einem vollendeten Mann heranwachsen würde, einem wahren Edelmann.

Lü Buwei hielt endlich seinen Erben in den Armen!

Doch er verspürte nicht nur eine tiefe Freude, sondern gleichzeitig auch eine eigenartige Ruhe. Diese Geburt legte sich wie Balsam auf eine alte und immer noch schmerzende Wunde, die nicht heilen wollte. Er dachte an seine Mutter Quell des Lichts, von deren Tod er erst vor drei Jahren erfahren hatte, nachdem sie schon seit fünf Jahren verstorben war.

Er erinnerte sich an das Schuldgefühl, das er damals empfunden hatte. Indem er sich in Qin ein neues Leben aufbaute, hatte er sich von allem abgewandt, was Zhao, seine Herkunft, seine Familie und seine Wurzeln früher für ihn verkörpert hatten. Er hatte seine Verpflichtungen als Sohn aufs Schlimmste missachtet, indem er seine Mutter in Handan zurückgelassen hatte, wo sie wie ein Schatten durch den Handelspalast, sein früheres Zuhause, geirrt war und auf seine ungewisse Rückkehr gewartet hatte. Über zehn Jahre hatte sie nach ihm Ausschau gehalten, ehe sie schließlich vor Kummer gestorben war. Er hätte sich so sehr gewünscht, dass sie ihren Enkel kennen lernte! Doch sicherlich würde sich der Geist von Quell des Lichts in einer der kommenden Nächte verstohlen seiner Wiege nähern und sich über den kleinen Zheng beugen…

Diese Vorstellung tröstete ihn, denn sie linderte seine Gewissensbisse.

Nachdem er in hoffnungsfroher Stimmung die Gemächer der Königin verlassen hatte, um auf seinen Hügel zurückzukehren, blieb er unterwegs stehen, um den Anblick in sich aufzunehmen, der sich ihm bot.

Der Mond stand bereits hoch am Himmel, und sein Licht fiel auf seine großen Pferdeställe, deren Dach der Architekt Vollkommenes Gleichmaß die Form eines umgedrehten Schiffsrumpfs verliehen hatte und die Lü Buwei seit ihrer Erbauung kurz nach seiner Ankunft in Xianyang mehrmals hatte erweitern lassen. Der Wind trieb Wolken über den Himmel, die das Nachtgestirn immer wieder verdeckten. In der regelmäßig aufleuchtenden und bald darauf wieder verlöschenden Helligkeit schien das große, reglose Schiff zu stampfen, als schwömme es auf einem rasch dahinfließenden Strom. Er stellte sich vor, er stünde gemeinsam mit seinem Sohn an Deck dieses Schiffs, das einen solchen Eindruck von Stärke vermittelte.

Zu zweit würden sie über die langen Flüsse segeln, hinter deren Ufer sich unbekannte Regionen erstreckten. Nichts würde dem mächtigen Steven ihres Schiffs widerstehen können.

Mit dem kleinen Zheng zusammen würde er alles erreichen können!

Es hatte nicht lange gedauert, bis Huayang, die niemals selbst eine liebevolle Mutter hatte sein dürfen, den kleinen Zheng in ihr Herz geschlossen hatte. Nach all den bitteren Jahren betrachtete sie ihn als die Entschädigung für ihr bisheriges Leben!

Sie liebte Zhao Jis Kind bereits so sehr, als wäre es ihr eigener Enkel. Kaum war er aus dem Leib seiner Mutter herausgekommen, da hatte sie ihn der Hebamme, die der Königin bei der Geburt zur Seite gestanden hatte, auch schon aus dem Arm genommen. Sie hatte lange in seine noch blauen Augen geblickt, die aussahen wie der Hals einer kleinen Vase und eine Nase einrahmten, die mit zunehmendem Alter lang und spitz werden würde.

Leise hatte sie ihm zugeflüstert: »Willkommen, Prinz von Qin! Eines Tages wirst du über ein gewaltiges Königreich herrschen!«, und dabei hatte sie zärtlich seine winzigen Händchen gestreichelt.

Dann hatte sie ihn seiner Mutter zurückgegeben, die ihn an ihre Brust legte. Erst als eine Hofdame sie sanft am Ärmel zupfte, erwachte sie aus ihrer reglosen Versunkenheit.

Dieser kleine Junge war auch ein wenig ihr Kind…

Voller Sorge, diesem Säugling eine strahlende und glanzvolle Zukunft zu sichern, hatte sie beschlossen, täglich eine Meditations- und Konzentrationsübung durchzuführen, um so seine Lebenskraft und seine inneren Energien zu stärken.

Sie legte Wert darauf, diese streng nach den vom daoistischen Hohen Priester Wu Dong empfohlenen Regeln zu vollziehen – Regeln, die dieser von seinem Vater gelernt hatte, welcher sie wiederum von seinem eigenen Vater übernommen hatte. Aus diesem Grund hatte sie den Hofarzt Steter Wandel gebeten, den kleinen Prinzen genauestens zu untersuchen und eine Art vollständige Beschreibung seines Körpers anzufertigen, die schriftlich festgehalten werden sollte. Dies wäre sein »niedergeschriebener Körper«, wie ihn die Daoisten nannten.

Mit diesem Text, den ein Kalligraph auf ein einfaches Bambustäfelchen aufzeichnen würde, verfügte sie über ein greifbares Abbild des Jungen, das ihr als perfektes Symbol für den kleinen Zheng dienen konnte. Das Täfelchen, gewissermaßen eine »niedergeschriebene Zusammenfassung« des Körpers des Kindes, würde ihr als Grundlage für eine ganze Reihe von Übungen dienen, die seine Lebenskraft stärken sollten. Diese Übungen reichten von einfacher Meditation, bei der Huayang ihre gesamten inneren Energien auf das Täfelchen konzentrierte, über wohltuende Schwaden aus dem Boshanlu-Räuchergefäß, denen sie den »niedergeschriebenen Körper« des Kindes aussetzen würde, bis hin zum Eintauchen dieses Symbols in Stalaktitenmilch oder Jadesaft, alchemistische Mixturen, die ihm Unsterblichkeit verleihen sollten. Huayang würde das Täfelchen auch gegen stärkende Heilpflanzen oder andere Weihetäfelchen reiben können, auf denen verheißungsvolle Schriftzeichen wie »Glück«, »Langlebigkeit«, »Wohlstand« oder »Mut« aufgemalt worden waren.

Dank dieser detaillierten Beschreibung würde sie das Kind mit einer Vielzahl von wohltuenden Einflüssen überhäufen und all die kräftigenden Techniken in seinen Dienst stellen können, die Wu Dong sie gelehrt hatte, ehe er auf den Gipfel des Huashan-Berges geflohen war, nachdem Anguo einige Jahre zuvor den Daoismus in Qin verboten hatte.

Und so ließ Huayang, nachdem sie Zhao Jis Zustimmung eingeholt hatte – welche diese ihr gerne gegeben hatte, da sie darin nur Vorteile für ihr Kind gesehen hatte –, Steter Wandel und einen Schreiber in das Zimmer der Königin rufen.

»Untersuch den Körper dieses Kindes und diktiere dem Schreiber alles, was du siehst, so als würdest du durch eine Landschaft reisen«, wies sie den Arzt an.

Diesem war nicht recht wohl in seiner Haut. Er fürchtete diese Frau, die von allen am Hof für eine herrschsüchtige Intrigantin gehalten wurde, und so machte er sich eilig ans Werk.

»Soll ich mit dem Kopf oder mit den Füßen anfangen?«, fragte er mit unsicherer Stimme.

»Mit den Füßen natürlich! Beginnt die Welt denn nicht mit der Erde?«, erwiderte Huayang ärgerlich.

Da nahm Steter Wandel den Säugling hoch, zog ihn aus und legte ihn auf einen Tisch. Das Kind begann zu weinen, woraufhin sich Zhao Ji beunruhigt in ihrem Bett aufrichtete.

»Mach dir keine Sorgen, mein Liebes«, beschwichtigte die Königinwitwe sie sanft. »Diese Tränen sind nichts, verglichen mit all dem Guten, das dem Kind aus dieser Behandlung erwachsen wird...«

Während der Arzt diktierte, übertrug der Schreiber mit gekrümmtem Rücken und vor Konzentration und Anstrengung heraushängender Zunge seine Worte in Kaishu-Schrift, die auch die »Normalschrift« genannt wurde, auf das Täfelchen. Steter Wandel begann mit den kleinen Füßchen des Kindes und schloss mit seinem Kopf. Seine Beschreibung war so präzise wie das Tagebuch eines Reisenden, der eine unbekannte Gegend erforscht und den Leser an seinen Entdeckungen und Empfindungen teilhaben lassen möchte.

Der Schreiber war einen ganzen Morgen lang damit beschäftigt.

»Wenn man die leicht gebogenen Unterschenkel hinter sich gelassen hat und die eine Hand und zwei Zoll langen fleischigen Oberschenkel emporsteigt, erreicht man die beiden kleinen Gesäßbacken, die so vollendet rund und glatt sind wie zwei nebeneinander liegende Pfirsiche... Im nordwestlichen Viertel der rechten Gesäßbacke besitzt es ein Muttermal.«

Und immer so weiter. Als die Untersuchung beendet war, hatte der Schreiber nicht weniger als zehn, jeweils zwanzig Kaishu-Zeichen umfassende Spalten in das Täfelchen graviert.

Dieser Text enthielt die lückenlose Beschreibung von Zhengs Körper. Es war seine mit dem Griffel eingeritzte Darstellung, die, wenn die ehemalige Königin ihre Übungen durchführen würde, genauso viel wert sein würde, als wäre er selbst anwesend. Huayang behielt das Original, das sie von da an in ihrem Zimmer aufbewahrte, und ließ eine Abschrift anfertigen, die sie für alle Fälle der Mutter des Kindes übergab.

Von diesem Moment an verging nicht ein Tag, an dem sie sich nicht vor dem »niedergeschriebenen Körper« des künftigen Königs von Qin ihren Kraft spendenden Übungen widmete. Für Huayang war dies eine Möglichkeit, die Leere auszufüllen, die ihre eigene Unfruchtbarkeit in ihr hinterlassen hatte. Stundenlang konnte sie sich in die Betrachtung des kurzen Textes versenken und vor dem Täfelchen meditieren. Danach erwachte sie beruhigt und glücklich, davon überzeugt, auf diese Weise zum künftigen Ruhm des Kronprinzen und der Stärkung seiner inneren Lebenskraft beizutragen.

Sie konnte nicht ermessen – und würde es, da sie nichts von Lü Buweis und Zhao Jis Plan, das Kind auszutauschen, wusste, auch in Zukunft niemals erfahren –, welche Folgen ihre gut gemeinte Tat haben würde.

Denn dieser »niedergeschriebene Körper« des künftigen Königs von Qin sollte schon bald alles zunichte machen, was Zhao Ji und

Lü Buwei sich erträumt hatten, und den Lauf der Dinge von Grund auf verändern.

Darauf bedacht, das Versprechen zu halten, das er Lü Buwei gegeben hatte, war Furchtloser Krieger auf den Tag genau drei Monate nach seiner Abreise wieder in Xianyang eingetroffen.

Er war mit Absicht erst nachts zurückgekommen, um keine unnötige Aufmerksamkeit zu erregen, und über seiner Schulter trug er einen Beutel, in dem das in Windeln gewickelte Kind schlief.

Am Morgen desselben Tages hatte er die Amme, die ihn während der Reise begleitet hatte, für eine lächerliche Summe an einen Tuchhändler verkauft, der in der gleichen Herberge übernachtet hatte wie er. Das arme Mädchen, dessen Schönheit auch der Staub und der Schmutz der Reise nicht hatten überdecken können, war gar nicht auf den Gedanken gekommen, dagegen zu protestieren, so sehr hatte Furchtloser Krieger sie während der ganzen Reise durch seine Schweigsamkeit und seine gewaltige Größe in Angst und Schrecken versetzt. Der Tuchhändler redete gerne, das war zumindest etwas! Und dieser Mann hatte sich die Gelegenheit nicht entgehen lassen, eine billige Sklavin zu erstehen, die durchaus noch zu gebrauchen zu sein schien. Er hatte nicht lange gehandelt, sondern gleich eingewilligt, den Preis zu zahlen, den der Hunne ihm nannte.

Als dieser in der Stadt angekommen war, beschloss er, Lü Buwei unverzüglich aufzusuchen.

Gleich nachdem er dreimal leise geklopft hatte, öffnete Löbliche Absicht, die Witwe von Lü Buweis ehemaligem Sekretär, die Tür. Sie hatte ihren Sohn Zhao Gao auf dem Arm. Der Kaufmann hatte sie in seinem Haus untergebracht, nachdem sie zusammen mit ihm und Yiren aus Handan geflohen war. Sie hatte Zhao Gao wie jede Nacht gestillt und dabei Schritte und Hufschläge gehört. Sie war nicht überrascht, als sie die vertraute hünenhafte Gestalt in der Türöffnung erblickte, doch sie bemerkte, dass der Hunne etwas im Arm hielt, das wie eine zusammengerollte Decke aussah und aus dem ein lautes Wimmern hervordrang. Es klang wie das Weinen eines Säuglings …

Das Kind musste Hunger haben, denn es strampelte kräftig mit seinen kleinen Beinchen und riss auf der Suche nach einer nährenden Brust den Mund weit auf.

Das schrille Weinen schien Furchtloser Krieger in höchstem Maße zu bestürzen. Er hielt Löbliche Absicht die zusammengerollte Decke hin, doch diese bat ihn, noch einen Augenblick zu warten, und brachte erst Zhao Gao zurück ins Bett. Als sie wiederkam, nahm sie die Decke und gab dem Riesen ein Zeichen, sie ins obere Stockwerk zu begleiten, wo sie das Musikzimmer betrat, in dem Zhao Ji früher auf der Laute gespielt hatte.

Der Raum lag im Halbdunkel. Sie legte das Bündel auf das Kissen eines Sessels und wickelte es auf.

Das Wimmern klang nun doppelt so laut. Da nahm sie den kleinen Körper behutsam hoch, entblößte ihre Brust und legte das Gesicht des Kindes daran. Im gleichen Augenblick verstummte das Weinen, die winzige Nase bohrte sich in ihren weichen, warmen Busen, und es dauerte nicht lange, bis der Mund, der anfangs noch ein wenig suchend getastet hatte, ihre Brustwarze fand und sich gierig darum schloss.

Als sie ihn gestillt hatte, legte sie den Säugling sacht vor das Steinspiel auf den großen, mit Blüten und Pflanzen verzierten Teppich und begann die Stoffbinden aufzuschnüren, in die er gewickelt war, um ihn trockenzulegen. Da hörte sie, wie jemand in das Zimmer kam.

Es war Lü Buwei, den der Lärm und das Weinen des kleinen Jungen geweckt hatten. Er hielt eine Fackel in der Hand und war schweigend herangekommen, um das Kind, das sich jetzt wieder beruhigt hatte, nicht zu erschrecken.

Der Säugling lag splitternackt auf dem Teppich, und Lü Buwei beugte sich über die Schulter von Löbliche Absicht, um ihn anzusehen.

Der Kleine zappelte mit Armen und Beinen und gluckste dabei zufrieden. Er war wunderschön. Sein kleiner Männerkörper war bereits herrlich proportioniert, und sein ovales Gesicht, in dem fröhliche mandelförmige Augen leuchteten, war perfekt gezeichnet. In seinem sanft gelockten, kastanienbraunen Haar glänzten goldene Lichtreflexe.

»Wie alt ist er?«, fragte Lü Buwei Furchtloser Krieger.

»Nicht ganz einen Monat. Die Rückreise hat nicht so lange gedauert wie die Hinreise, weil ich den Weg schon kannte. Ist er nicht niedlich?«

Der Kaufmann war zufrieden. Das Kind, das der Hunne zurückgebracht hatte, war ein prächtiger kleiner Kerl. Er schien voller Energie zu stecken. Nach dem, was der Riese gesagt hatte, lagen weniger als zehn Tage zwischen seiner Geburt und der seines Sohnes. In diesem Alter war der Unterschied nicht zu sehen, und niemand würde etwas von dem Tausch bemerken.

Löbliche Absicht hatte den kleinen Jungen auf den Bauch gedreht, um seinen fleischigen Hintern mit einem Lappen abzuwischen, den sie mit einem Balsam angefeuchtet hatte.

»Da ist ja ein eigenartiges Mal auf seiner linken Gesäßbacke! Wie seltsam!«, rief der Kaufmann und zuckte zusammen.

Auch die junge Frau war überrascht und packte den Säugling unter dem Bauch, um ihn genauer betrachten zu können. Sie legte ihn flach auf ihren Schoß und winkte Lü Buwei, die Fackel näher heranzuhalten.

Es war tatsächlich ein Mal. Die Haut war an dieser Stelle dicker und beinahe körnig. Das Zeichen war vollkommen rund und bildete unzweifelhaft einen rosigen Kreis. Wenn man genauer hinsah, konnte man einen zweiten Kreis aus normaler Haut erkennen, der mitten in dem ersten lag wie das Zentrum einer Zielscheibe. Das Mal des Jungen hatte die Form einer kleinen Ritualscheibe.

»Das sieht ja aus, als hätte er ein Bi auf der Haut!«, rief Löbliche Absicht.

»Das hatte ich nicht gesehen. Ich habe ihn ja nie ausgezogen …«, stammelte Furchtloser Krieger, als müsse er sich dafür entschuldigen.

»Aber das ist doch kein Nachteil! Ganz im Gegenteil!«, erwiderte der Kaufmann rasch, und seine Stimme zitterte vor Erregung.

Diese natürliche Zeichnung auf der Haut des Säuglings verblüffte ihn in höchstem Maße. Mit so einem ungewöhnlichen Mal hatte er nicht gerechnet. Natürlich dachte er gleich an sein sternengesprenkeltes schwarzes Bi ... Diese Übereinstimmung konnte kein Zufall sein. Wie schon so oft rief er sich die Prophezeiung von Weites Tal in Erinnerung.

Ein solches Mal hatte er noch nie gesehen. Er stellte fest, dass diese Entdeckung ihn verwirrte und sogar ein wenig beunruhigte. Was verbarg sich dahinter? Welcher Gott oder Magier hatte das Kind auf diese Weise gezeichnet? Und war es ein gutes Omen? Welche Verbindung bestand zu seiner Jadescheibe? Er brannte darauf, all das herauszufinden, denn an eine zufällige Ähnlichkeit konnte er einfach nicht glauben.

Er wartete, bis Löbliche Absicht den Säugling frisch gewickelt hatte, und nahm ihn dann selbst auf den Arm. Der kleine Junge war nun satt und brabbelte leise vor sich hin. Das ließ Lü Buweis aufgewühlten Geist ein wenig zur Ruhe kommen. Schließlich verließ Löbliche Absicht mit dem Kleinen den Raum, um ihn neben Zhao Gao ins Bett zu legen.

Lü Buwei konnte es kaum erwarten, Zhao Ji das Ergebnis der Mission zu präsentieren, mit der er Furchtloser Krieger betraut hatte. Schließlich war sie überaus erfolgreich verlaufen. Der Hunne hatte seinen Auftrag zu seiner vollsten Zufriedenheit ausgeführt.

Gleich am nächsten Morgen bat er Löbliche Absicht, ihn in den Königlichen Palast zu begleiten, um der jungen Königin das Kind zu zeigen.

»Er ist entzückend! Und so niedlich!«, rief Zhao Ji, als Löbliche Absicht ihr den hübschen, fleischigen Körper und das fein geschnittene Gesicht des Neugeborenen enthüllte.

Zhao Shengs Witwe hatte das Kind vollständig ausgezogen, damit die Königin es von allen Seiten in Augenschein nehmen konnte. Als diese das Mal auf seinem Gesäß erblickte, wirkte sie einen Augenblick lang wie benommen. Sie schien etwas sagen zu wollen, doch dann riss sie sich zusammen. Sie wurde blass, und es sah so aus, als sei mit einem Schlag alle Kraft aus ihrem Körper gewichen. Lü Buwei bemerkte die Reaktion, die das Mal auf der Haut des Kindes bei der Königin hervorgerufen hatte, und gab Löbliche Absicht ein Zeichen, das Zimmer zu verlassen, so dass er mit Zhao Ji alleine zurückblieb.

»Dieses Mal, dieses Zeichen des Himmels, ist eine Katastrophe! Jetzt können wir das Kind nicht mehr austauschen«, flüsterte sie ihrem Geliebten zu.

Sie war kurz davor, in Tränen auszubrechen.

»Das ist doch Unsinn!«, erwiderte Lü Buwei überrascht und ein wenig verärgert.

Da reichte ihm die junge Frau verzweifelt ihr Exemplar des Täfelchens mit dem »niedergeschriebenen Körper« von Zheng. Das Kind, das in der Wiege neben seiner Mutter schlief, begann vor sich hin zu brabbeln. Der Lärm seiner Eltern hatte es aufgeweckt.

»Lies das! Dieses Mal ist nicht auf dem Täfelchen vermerkt! Wir können das Kind nicht gegen unseren kleinen Zheng austauschen... Wenn wir es versuchten, würde der ganze Hof bald von dem Schwindel erfahren«, murmelte sie und unterdrückte ein Schluchzen.

»Aber wer hat es gewagt, eine so präzise Beschreibung unseres Kindes erstellen zu lassen?«, empörte sich Lü Buwei, der den Text sorgfältig studierte.

»Das war Huayang. Sie hat es zum Wohl von Zheng getan, um eine Grundlage für ihre Kraft spendenden Übungen und Meditationen zu haben, fast so, als sei es der echte Körper unseres Kindes. Sie nennt es seinen ›niedergeschriebenen Körper‹. Die Daoisten verwenden diesen Begriff. Sie hat diese Methode vom Hohen Priester Wu Dong gelernt!«

»Das ist nicht zu fassen! Ich muss träumen!«

»Die Ärmste wird nie erfahren, welche Folgen ihre Tat hatte! Und dabei hat sie es doch nur gut gemeint...«, fügte Zhao Ji hinzu, die inzwischen bitterlich weinte.

Die beiden Liebenden fielen einander in die Arme. Ihr Plan war gescheitert. Sie würden die List, die sie gemeinsam ersonnen hatten, nicht in die Tat umsetzen können. Für Lü Buwei war es ein fürchterlicher Schlag. Wenn sie Zheng nicht gegen das fremde Kind austauschten, würde er Yirens Sohn bleiben, und sein wahrer Vater hätte ihn für immer verloren.

»Wann hat sie denn diese Landkarte vom Körper meines Sohnes anfertigen lassen?«, fragte der Pferdehändler mit trauriger Stimme.

»Es ist nicht einmal drei Tage her! Das Ganze ist so unwirklich, dass ich es kaum zu glauben wage«, stöhnte die Königin.

Lü Buwei war bestürzt. Er wusste nicht, was er darauf erwidern sollte. Drei Tage früher, und ihre Täuschung wäre geglückt. Sie hätten das Kind, das der Hunne nach Xianyang geholt hatte, gegen Zheng austauschen können. Doch jetzt brach das ganze Gerüst, das sie errichtet hatten, in sich zusammen, als sei es von einem Sturzbach mitgerissen worden. Drei kümmerliche Tage hatten ausgereicht, um das Schicksal zweier Eltern, zweier Kinder und infolgedessen auch das Schicksal eines ganzen Königreichs unwiderruflich in eine völlig andere Bahn zu lenken…

»Mein einziger Trost«, fuhr Zhao Ji fort, die etwas weniger aufgelöst wirkte als der Kaufmann, »ist die Tatsache, dass unser Sohn, dein Sohn, Lü Buwei, eines Tages der König von Qin sein wird!«

»Aber warum soll ich diesem Königreich, in dem ich nicht einmal geboren bin, alles überlassen? Warum sollte ich mich von meinem Sohn trennen und er niemals erfahren, wer sein Vater war? Das ist doch entsetzlich!«, schrie Lü Buwei und ballte die Fäuste.

»Zheng wird immer dein Sohn bleiben! Er wird unser Sohn sein. Und er wird eines Tages König sein!«

Der Kaufmann erschauerte und sah Zhao Ji an. In den Augen und der Miene der Königin erkannte er neben der Trauer auch leisen Stolz.

»Und was ist, wenn ich mich weigere?«, brüllte er außer sich.

Sie ging auf ihn zu und schloss ihn in die Arme. Dann bedeutete sie ihm, leiser zu reden. Jemand könnte sie hören, und das durfte nicht passieren.

»Was sollen wir denn sonst tun? Was schlägst du vor? Ist denn nicht längst alles entschieden? Was bleibt uns denn anderes übrig, als dieses Zeichen des Schicksals zu akzeptieren?«, wisperte sie ängstlich.

»Diese ganzen Zeichen können mir gestohlen bleiben! Ich will meinen Sohn!«

Sie konnte sich nicht erinnern, dass seine Stimme jemals so rau geklungen hätte.

»Aber denk doch an unseren Sohn. Er wird der König von Qin sein, auch wenn wir beide das nicht beabsichtigt haben!«, beharrte sie und deutete auf die Wiege, in der der kleine Zheng nun wieder friedlich schlief.

Plötzlich hörten sie das gedämpfte Rascheln seidener Gewänder, und im gleichen Moment klopfte es auch schon an der Tür. Zweifellos einige Hofdamen, die sich wieder um die Königin kümmern wollten...

»Du hast Recht. Und das ist jetzt das Einzige, was zählt...«, stieß er mühevoll hervor. Er wirkte wie ein Baum, in den der Blitz eingeschlagen hatte.

Dann küsste er sie flüchtig und ging hinüber zur Tür, um sie zu öffnen. Fröhlich schwatzend kamen die Damen in ihren bestickten Roben mit Windeln und Tabletts in den Händen herein. Hinter ihnen folgte Löbliche Absicht, die das Kind mit dem Mal abholen wollte. Daraufhin verabschiedete sich Lü Buwei förmlich von der Königin und ging davon, als sei nichts geschehen.

Auf dem Heimweg wirkte Lü Buwei wie ein Schlafwandler. Die Neuigkeit hatte ihm alle Kraft geraubt.

Löbliche Absicht ging vor ihm her. Sie trug den Säugling in einem Korb und ahnte nichts.

Der Kaufmann hatte das Gefühl, sich durch einen dichten Schleier aus schwarzem Rauch zu bewegen. Sein Kopf schien vollkommen leer zu sein, alles hatte seinen Reiz verloren. Als er, ohne stehen zu bleiben, an der Koppel der Achal-Tekkiner vorbeikam, wo die jungen Stuten in den nächsten Tagen ihre Fohlen zur Welt bringen würden, grüßte er seinen Stallmeister Mafu so achtlos, dass dieser sich fragte, was seinem Herrn, den er noch nie in einem solchen Zustand gesehen hatte, wohl zugestoßen sein mochte.

Lü Buwei erkannte, dass sein Sohn ihm für immer zu entgleiten drohte. Und all dies nur wegen eines bi-förmigen Mals auf dem Gesäß des fremden Kindes!

Und dann noch diese unglaublichen Umstände, unter denen der Säugling aus seiner gewohnten Umgebung gerissen worden war? Der Hunne hatte geglaubt, das Richtige zu tun. Er selbst hatte ihn angewiesen, rechtzeitig wieder nach Xianyang zurückzukehren, und deshalb wäre es sinnlos und auch ungerecht gewesen, ihm nun deswegen Vorwürfe zu machen. Aber sollten diese Vorkommnisse jemals bekannt werden, könnte das so schwer wiegende Folgen nach sich ziehen, dass Lü Buwei Furchtloser Krieger absolutes Stillschweigen darüber hatte schwören lassen.

Was sollte er jetzt bloß mit dem Kind tun, das für ihn nutzlos geworden war?

Ein anderer hätte es sicherlich für das Beste gehalten, diesen Säugling einfach seinem Schicksal zu überlassen und ihn auf den Stufen eines Grabs oder eines Tempels auszusetzen, oder, schlimmer noch, in einem Wald oder einem Feld, wo niemand sein hungriges Weinen hören könnte...

Lü Buwei schloss sich in seinem Zimmer ein und öffnete den Schrank, in dem er seine Jadescheibe aufbewahrte. Er entknotete den Schal aus Seidenbrokat, in den das sternengesprenkelte schwarze Bi eingewickelt war. Da erschien die Ritualscheibe in gewohnter Pracht vor seinen Augen. Er nahm sie wie einen Spiegel in beide Hände und konzentrierte sich.

In der schwarzen Nacht des uralten Steins erkannte er die Milchstraße, die den Kuhhirten und die Weberin, die beiden verliebten Sternbilder, voneinander trennte. Nachdem er eine Weile auf diesen breiten leuchtenden Streifen gestarrt hatte, sah er, wie sich in seinem Zentrum beinahe unmerklich ein Loch auftat und sich nach und nach zu einer Art bodenlosem Schacht weitete.

Während er vollkommen reglos dastand und sich ganz in den

Anblick seiner Scheibe versenkte, als versuchte er, sein Bild in einem Spiegel zu erkennen, spürte er zum ersten Mal in seinem Leben, was es bedeutete, ins Nichts zu blicken.

Er ließ seinen Geist von diesem schwarzen Loch aufsaugen und hatte den Eindruck hineinzufallen. Die Wände rasten an ihm vorbei. Ohne zu wissen warum, blickte er plötzlich nach unten und sah einen winzigen gelben Fleck, der immer größer wurde, je näher er ihm kam. Er glich einem Eigelb. Oder dem Auge des Drachens. Das Urchaos Hongmeng! Das gelbe Küken in seiner Mitte! Die Sätze, die Weites Tal gesprochen hatte, hallten in seinen Ohren wider und vermischten sich mit dem Weinen des Kindes, das er gehört hatte, als er in das Musikzimmer getreten war. Diese Überlagerung von Worten und Lauten verschmolz zu einem ohrenbetäubenden Lärm. Die Schicksale der beiden Kinder waren wie zwei Feuerzungen, die der Drache ausspie und die sich zu einem Magma aus Feuer verbanden. Zu einem flammenden Chaos.

Lü Buwei wusste nicht mehr, ob er sich in diesem Magma befand oder außerhalb davon, und ihm wurde immer beklommener zu Mute. Er stürzte immer weiter in die Tiefe, und im Fallen schien sich sein Körper allmählich aufzulösen.

Als er schließlich das Gefühl hatte, vollkommen verschwunden zu sein, glaubte er plötzlich, eine Stimme zu hören. Aber er konnte nicht sagen, wer ihm in sanftem, ernstem Tonfall zuflüsterte: »Sei gerecht … Sei gerecht zu diesem kleinen Kind, es hat dir nichts Böses getan …«

Hatte er etwa geträumt?

Doch die Worte hallten noch immer in seinen Ohren. Es war eine Botschaft von jemandem, der ihn aufforderte, zur Ruhe zu kommen. Erneut richtete er seinen Blick in die Tiefe, und er sah, dass der gelbe Fleck, der nun viel größer geworden war, wie eine Kugel um seine eigene Achse zu kreisen begann. Als er glaubte, gleich gegen die Wände des Schachts zu prallen und sich zu verletzen, wichen diese unvermittelt zurück wie die Blätter einer Blüte, die sich zur Sonne hin öffnet. Er war gerettet. Das Nichts hatte ihn nicht aufgesogen.

Schweißüberströmt erkannte er, dass er sanft wieder in die Wirklichkeit seines Zimmers zurückgekehrt war, und das trug dazu bei, ihn zu beruhigen. Er betrachtete seine schmerzenden Finger: Sie waren weiß, so fest hatten sie sich um die Scheibe geklammert.

Es war das erste Mal, dass das sternengesprenkelte schwarze Bi so etwas in ihm ausgelöst hatte.

Nach dieser seltsamen Erfahrung verstand er endlich, was die Anhänger des Daoismus meinten, wenn sie von der »großen inneren Reise« sprachen.

Da beschloss Lü Buwei, den Dingen, deren Entwicklung er nun ohnehin nicht mehr beeinflussen konnte, ihren Lauf zu lassen. So wie man sich auch verhielt, wenn man in einem Fluss schwamm und die Strömung plötzlich stärker wurde.

Es war sinnlos, gegen den Strom anzukämpfen, um das Ufer zu erreichen, dadurch verschwendete man lediglich seine Kraft. Es war viel wirkungsvoller und sicherer, sich von den Wogen tragen zu lassen, denn irgendwann wurde man immer ans Ufer gespült.

Man brauchte nur abzuwarten.

3

Während Lü Buwei in seinem Haus in Xianyang von seinen Halluzinationen heimgesucht wurde, versenkte sich die Priesterin Weites Tal in ihrer Höhle, die ein unterirdischer Fluss, der seither ein anderes Bett gefunden hatte, auf halber Höhe des Huashan-Berges in den Fels gegraben hatte, in die Konzentrationsübung, die für den Zustand des Kaufmanns verantwortlich war.

An diesem Morgen hatte sie aus der Zählung der Schafgarbenstängel, die sie jeden Tag durchführte, um sich zu vergewissern, dass es ihrer Enkelin, der kleinen Frühlingstau, gut ging, herausgelesen, dass in Xianyang etwas Bedeutsames geschah. Es betraf diesen Lü Buwei aus Handan, der sie einst aufgesucht hatte, um ihr seine schwarze Jadescheibe zu zeigen.

Sie saß im Schneidersitz vor dem Miniatursee, den sie am Fuß der felsigen Rückwand ihrer Höhle in den Boden gegraben hatte und der ihrer kleinen Quelle als Überlauf diente, und richtete ihren Blick auf die kleine Insel aus drei kunstvoll angeordneten Kieseln, die sich in seinem Zentrum erhob.

Vor dieser Nachahmung der drei Inseln der Unsterblichen war sie in der Lage, ihren Geist von ihrem Körper zu lösen und ihn zum Gegenstand ihrer Meditation gleiten zu lassen.

Sie konzentrierte sich auf Unbeugsamer Stern des Ostens und rief den Geist ihrer vor kurzem unter mysteriösen Umständen ermordeten Tochter zu sich. Sie war sicher, dass sie ihr dabei helfen würde zu erfahren, was in der Hauptstadt von Qin vor sich ging. Sie verspürte einen Stich im Herzen. Das war das Zeichen dafür, dass der Geist ihrer Tochter anwesend war und über dem winzigen Wasserbecken schwebte. Sie verband den kreisförmigen Umriss ihres Miniatursees mit dem des sternengesprenkelten schwarzen Bi und überlagerte das Bild der Ritualscheibe mit den Zügen ihrer Tochter. Da öffneten sich die Augen von Unbeugsamer Stern des Ostens in dem freien inneren Kreis, und die Priesterin begrüßte den Geist, der sie anlächelte.

Nun konnte Weites Tal mit ihrer toten Tochter reden.

Zuallererst fragte sie sie, wie es ihrer Enkelin, der kleinen Frühlingstau, gehe. Sehr gut, antwortete die Mutter des Mädchens. Dann erzählte Weites Tal ihr von ihren Empfindungen und Ahnungen, die um Lü Buwei und seine Jadescheibe kreisten. Ein geheimnisvolles Lächeln leuchtete im Gesicht ihrer Tochter auf. Ihre Augen schlossen sich. Weites Tal tat es ihr gleich.

Da schließlich erblickte die Priesterin das Chaos Hongmeng. Doch sie bemerkte darin nicht einen, sondern zwei Kükenembryos. Als sie ihren Blick auf die beiden gelben Punkte konzentrierte, erkannte sie plötzlich zwei Kinder. Das eine war schön wie die Sonne, während das andere, schmächtiger und weniger anmutig, sie eher an den Mond erinnerte. Zwischen den beiden Kindern konnte sie Lü Buweis elegante Gestalt sehen, der die riesige dunkle Ritualscheibe in den Händen hielt.

Bald reichten die beiden Kinder einander die Hand, bald kämpften sie miteinander. Sie waren miteinander verbunden und doch gleichzeitig Rivalen. Und es war immer der Mond, der die Sonne angriff… Zu ihrer Verwirrung sah sie, wie die kleine Gestalt eines dritten Kindes auftauchte, in dem sie ihre Enkelin erkannte. Sobald diese sich den beiden anderen Kindern näherte, um sich ihnen anzuschließen, wurde deren Kampf, der sich bis dahin auf spielerische Neckereien beschränkt hatte, erbitterter. Es sah beinahe so aus, als versuchten sie mit aller Kraft, sich gegenseitig zu besiegen, um die Gunst des Mädchens zu erringen. Sie bemerkte auch, dass sich Frühlingstau eher zu dem schönen Kind hingezogen fühlte, während das zweite, das von der Natur weniger reich bedacht worden war, sich über diese Bevorzugung ärgerte und immer boshafter und aggressiver wurde. Weites Tal spürte, wie dieses Verhalten sie zutiefst beunruhigte.

Das plötzliche Auftauchen ihrer Enkelin zwischen den beiden rivalisierenden Kindern brachte sie dazu, den Geist von Unbeugsamer Stern des Ostens anzuflehen, über ihr einziges Kind zu wachen und sie vor dieser unheilvollen Rivalität zu beschützen.

Erneut spürte sie einen Stich im Herzen. Der Geist ihrer Tochter war fort.

Ihr Flehen war ungehört verhallt. Und nachdem sie sich erneut konzentriert hatte, stellte sie fest, dass auch das Bild der kleinen Frühlingstau verschwunden war. Nur die rivalisierenden Kinder waren noch übrig, die sich weiterhin mit herausfordernden Blicken maßen.

Da beschloss Weites Tal, nicht untätig zu bleiben, und beschwor aus der Erinnerung Lü Buweis Bild herauf.

Leise bebend erschien das Gesicht des Kaufmanns in der freien Fläche des inneren Kreises des sternengesprenkelten schwarzen Bi, dessen Form der Priesterin auch weiterhin vor Augen stand. Sie sah ihn wieder vor sich, wie er von seinem Pferd gestiegen war, während sie ihn mit ihrem grünen Papageien auf der Schulter am Ende der moosbedeckten und mit Schnecken übersäten Allee erwartete. Sie betrachtete seine gerade, hohe Stirn und den klaren Blick seiner klugen, funkelnden Augen. Sie konnte sich noch genau daran erinnern, wie er ihr die große Jadescheibe hingehalten hatte, damit sie sie prüfe. Sie hatte ihm angedeutet, dass er einen außergewöhnlichen Gegenstand besaß, und sie bedauerte es nicht, ihm damals ihre Prophezeiung enthüllt zu haben. Dann verscheuchte sie alle Gedanken an die Vergangenheit und konzentrierte sich auf die Gegenwart. Das Gesicht des Kaufmanns zeichnete sich nun klar und deutlich in der leeren Kreisfläche ab.

Sie konnte mit Lü Buwei Kontakt aufnehmen und zu ihm sprechen.

Als Weites Tal sein Gesicht aufmerksam musterte, stellte sie fest, dass er sehr aufgewühlt war. Sie versuchte, ihn zu besänftigen, indem sie ihm das Bild einer ruhigen Wasserfläche sandte, auf der eine Seerose und eine Lotospflanze blühten. Doch sie erkannte, dass sich sein innerer Aufruhr nicht legte.

Da beschloss sie, es auf andere Weise zu versuchen. Sie stellte im Geiste eine Verbindung zwischen dem Bild der beiden rivalisierenden Kinder und dem von Lü Buwei her. Und was sie sah, verblüffte sie.

Lü Buwei hielt das Sonnenkind, dessen Arme zusammengebunden waren, von hinten fest. Der Bauch des Kinds war entblößt und den immer wuchtigeren Schlägen des Mondkinds schutzlos ausgeliefert. Wenn nichts geschah, würde es nicht mehr lange dauern, bis das schöne Kind unter den Fäusten des anderen zusammenbrach. Dieses schreckliche Bild erschütterte Weites Tal zutiefst, und sie wollte diese abscheuliche Tat um jeden Preis verhindern. Außerdem hatte sie nicht vergessen, dass Frühlingstau eine deutliche Vorliebe für das junge Opfer dieses Bündnisses zwischen dem Kaufmann und dem Mondkind gezeigt hatte.

»Sei gerecht… Sei gerecht zu diesem kleinen Kind, es hat dir nichts Böses getan!«, rief sie dreimal hintereinander mit lauter Stimme, die im Inneren ihrer Höhle widerhallte, während sie dem

Kaufmann, dessen Gesicht sich immer noch in dem freien Kreis abzeichnete, dabei eindringlich in die Augen sah.

Dann strich sie mit den Händen mehrmals über ihren Miniatursee, um sich zu vergewissern, dass die Botschaft, die sie Lü Buwei gesandt hatte, diesen auch erreicht hatte. Auf der Wasseroberfläche bildete sich eine kreisförmige Welle. Das war ein gutes Zeichen.

Sie konzentrierte sich erneut. Jetzt sah sie, dass Lü Buwei das Sonnenkind losgelassen hatte und dieses fortgegangen war, sehr zur Enttäuschung des anderen Jungen, der dem Kaufmann deswegen heftige Vorwürfe zu machen schien.

Dieser reagierte seltsam demütig auf die Beschimpfungen des weniger schönen Kinds. Das Sonnenkind hatte sich in den geöffneten Blütenblättern des Schachts aufgelöst. Da sah sie auch wieder Frühlingstau, die nacheinander an den Blüten schnupperte. Sie suchte ihren kleinen Spielgefährten. Weites Tal spürte, welch fiebrige Hast ihre Enkelin erfüllen musste. Sie erkannte darin Liebe, und das bewog sie, bei Lü Buwei noch einmal um Gnade für das Sonnenkind zu bitten. Dreimal wiederholte sie die Aufforderung, die sie ihm bereits hatte zukommen lassen, und bewegte erneut ihre Hände langsam über dem kleinen Wasserbecken. Wieder bildete sich eine kreisrunde Welle, dann eine zweite.

Sie war nun sicher, dass der Kaufmann dem schönen unbekannten Kind, das ihrer kleinen Frühlingstau so viel bedeutete, nichts zu Leide tun würde. Mehr noch, sie war davon überzeugt, dass er es eines Tages lieben würde wie seinen eigenen Sohn.

Da endlich öffnete sie beruhigt die Augen.

»Meine lieben Freunde, es geschehen schöne Dinge am Hof von Qin, seit dieser junge König den Thron bestiegen hat! Der gute Yiren scheint sich mehr für die Jagd zu interessieren als für sein Königreich… Nun ja, daran können wir nichts ändern! Wir werden uns wohl oder übel mit ihm abfinden müssen! Der Arme scheint nicht einmal zu bemerken, dass Lü Buwei seine Zeit im Schlafzimmer der Königin verbringt. Hier und da wird sogar gemunkelt, der kleine Zheng sei der Sohn des Ministers, aber der junge König sei so einfältig, dass er nicht den leisesten Verdacht schöpfe… Und dann ist da noch dieses andere Kind, das wie aus dem Nichts aufgetaucht ist und von dem Lü Buwei nicht einmal den Namen zu kennen scheint! Diese Angelegenheit ist äußerst merkwürdig. Es scheint, dass der Pferdehändler sich weigert zu erklären, wo der Säugling so plötzlich hergekommen ist, und seine Pflege der Witwe seines verstorbenen Sekretärs Zhao Sheng anvertraut hat!«, rief Hain der Ehren mit seiner üblichen schrillen Falsettstimme.

Er begleitete seine Worte mit einem ausgeprägten Mienen- und Gebärdenspiel und ähnelte im Laufe der Jahre immer mehr einer alten Kupplerin. Die Falten seines gewaltigen Bauchs passten längst nicht mehr unter seinen breiten rotseidenen Gürtel, sondern quollen darunter hervor und bildeten drei ringförmige Wülste. Die Zweifel, die sich um die Abstammung des kleinen Zheng rankten, schienen ihn gleichzeitig zu erregen und zutiefst zu beglücken.

Der Kreis des Phönix, die geheime Bruderschaft der Eunuchen, hatte sich vollständig versammelt, um über eine wirksame Strategie zu beraten, die es seinen Mitgliedern ermöglichen sollte, die größtmögliche Zahl von Vertrauensstellungen im Umfeld des jungen Yiren einzunehmen.

»Wir sind heute zusammengekommen, um uns ein Bild darüber zu verschaffen, welche Posten wir anstreben können, und nicht, um über den Klatsch zu reden, den wir ohnehin schon alle kennen!«, warf Unersetzliche Verbindung, der Leiter des Amtes für Gerüchte, mit leiser Verärgerung ein.

Ein zustimmendes Gemurmel durchlief diese bunte, in grelle Farben gekleidete, stets aufgeregte und von Komplimenten und Sticheleien summende Versammlung.

»Seit den Zeiten von König Zhong und unserem armen Direkter Weg ist unser Einfluss unaufhörlich zurückgegangen. Die meisten von uns sind an unbedeutende Aufgaben gefesselt. Unersetzliche Verbindung ist eine Ausnahme, die lediglich die Regel bestätigt! Wir müssen die jetzige Phase, in der sich neue Gruppierungen in Stellung bringen, unbedingt nutzen, um diese Tendenz umzukehren und die Bedeutung unserer Bruderschaft zu vergrößern«, mahnte Scharfe Klinge mit ausgesprochen ernster Stimme.

»Welche sind denn die unbesetzten Posten, die wir einnehmen könnten?«, erkundigte sich Unersetzliche Verbindung, der sich durch die Wertschätzung, die der Oberste Chirurg der Eunuchen ihm gerade bezeugt hatte, durchaus geschmeichelt fühlte.

»Da gäbe es genug. Natürlich sind uns die Ministerämter im Moment noch verwehrt. Aber es gibt unzählige andere, genauso wichtige, um nicht zu sagen noch wichtigere Funktionen, auch wenn ihre Träger eher im Hintergrund wirken«, erklärte Hain der Ehren, der plötzlich ernst geworden war.

»Das wichtigste Amt, das um jeden Preis ein Eunuch bekleiden sollte, wäre doch das des Königlichen Großkämmerers, das damals unser armer Direkter Weg innehatte, nicht wahr?«, fragte Unersetzliche Verbindung.

»Ja, in dieser Position hat man unmittelbaren Zugang zu dem, was der König denkt und will!«, erwiderte Hain der Ehren, der aus eigener Erfahrung sprechen konnte.

Die Versammelten stimmten ihm lautstark zu. Alle waren sich einig. Sie mussten unbedingt dafür sorgen, dass einer der Ihren in diese Stellung berufen wurde. Was zunächst voraussetzte, dass Yiren überhaupt einen Großkämmerer um sich haben wollte. Anguo zum Beispiel hatte in seiner ganzen Regierungszeit nie einen solchen Vertrauten an seiner Seite gehabt. Zuallererst mussten sie also Yiren selbst oder jemanden aus seiner näheren Umgebung von dieser Notwendigkeit überzeugen, der ihm diese Idee entweder nahe bringen oder ihm ganz einfach einen Großkämmerer vor die Nase setzen könnte.

»Haben wir denn überhaupt einen Kandidaten für dieses Amt? Wenn nicht, ist es ohnehin sinnlos, noch länger über diese Frage zu debattieren!«, rief Scharfe Klinge.

»Ich würde mich bewerben, falls der König diesen Posten schaffen sollte«, drang eine helle Stimme aus den Reihen der Eunuchen hervor.

Unersetzliche Verbindung blieb fast das Herz stehen, als der selbst ernannte Kandidat, nachdem er mit zahlreichen Komplimenten überhäuft worden war, schließlich in die erste Reihe vortrat. Es war Schwarze Ströme!

Der Leiter des Amtes für Gerüchte warf Scharfe Klinge einen raschen Blick zu. Keine Regung zeigte sich auf seinem dicken, stark geschminkten, gleichmütigen Gesicht. Dann wandte er sich zu Hain der Ehren um. Der Oberste Vorkoster des Hofes hatte einen kleinen Spiegel aus der Tasche gezogen, hielt ihn erst dicht vor das eine und dann vor das andere Auge und war damit beschäftigt, seine Augenbrauen zu kämmen. Von dieser Seite war nichts zu erwarten.

Offensichtlich handelte Schwarze Ströme auf eigene Veranlassung.

»Dann brauchen wir unseren Herrscher nur noch davon zu überzeugen, dass er sich einen Großkämmerer zulegen sollte... Aber das dürfte nicht allzu schwierig werden, für ihn würde es ja nur bedeuten, dass er sich noch ungestörter seinen Vergnügungen widmen könnte«, fuhr dieser fort.

»Vorausgesetzt, wir kommen damit nicht den Plänen anderer Höflinge in die Quere«, murrte Hain der Ehren verbittert, den die langen Jahre am Hof vorsichtig hatten werden lassen. Er selbst war einst als Nachfolger des unter rätselhaften Umständen verschwundenen Direkter Weg Großkämmerer von König Zhong geworden. Doch nach dessen Tod hatten Huayang und ihre Freundin Zhao Ji, die selbst den größtmöglichen Einfluss auf den neuen König Anguo ausüben wollten, dafür gesorgt, dass er seines Amtes enthoben wurde.

Im Kreis des Phönix entspann sich eine lebhafte Diskussion.

Die einen hielten es für ratsam, sich an die Königinwitwe Huayang zu wenden. Andere plädierten eher dafür, mit Königin Zhao Ji zu reden, und machten geltend, dass ein Großkämmerer doch auch in ihrem Interesse sei und sie sicher nur allzu glücklich sein würde, einen Vertrauten an der Seite ihres jungen, unerfahrenen und gerade deswegen eine ideale Beute für hübsche, ehrgeizige

Frauen darstellenden Gatten zu wissen, der sie über alles, was diesen betraf, auf dem Laufenden halten würde. Manche gingen sogar so weit anzuregen, Lü Buwei von ihrem Plan zu überzeugen, den sie bereits als eine Art Vizekönig betrachteten, der heimlich am Hof die Fäden zog.

Die Eunuchen gackerten wie ein ganzer Hühnerstall. Jeder warf seine Meinung und seine Vorschläge in die Runde, doch schließlich einigten sie sich darauf, dass Lü Buwei der entscheidende Mann sei, den es davon zu überzeugen galt, dass ein Eunuch als Großkämmerer von König Yiren auch ihm von Nutzen sein könnte.

Unersetzliche Verbindung jedoch war mit dieser Lösung ganz und gar nicht zufrieden. Kurz vor Anguos Tod hatte er herausgefunden, dass Schwarze Ströme ein Spion war, der in Diensten des Königreichs Chu stand.

»Bist du denn auch bereit, unserem König ein treuer Großkämmerer zu sein?«, fragte er den jungen Eunuchen, der wusste, dass der Leiter des Amtes für Gerüchte seine Tarnung durchschaut hatte, in scharfem Ton, woraufhin dieser, durch die unverblümte Frage aus der Fassung gebracht, den Blick senkte und auf seine Fußspitzen starrte. »Du scheinst dich nicht recht wohl zu fühlen. Was ist denn los?«, fügte Unersetzliche Verbindung bedeutungsvoll hinzu, nicht unzufrieden darüber, ihn vor dem versammelten Kreis des Phönix in Verlegenheit zu bringen.

»Schwarze Ströme ist ein ausgezeichneter Kandidat! Ich selbst hatte schon einmal die Gelegenheit, ihn dem König wärmstens zu empfehlen«, mischte sich da Scharfe Klinge mit lauter Stimme ein.

Der Oberste Chirurg der Eunuchen hatte zu viel gesagt. Kaum hatte er seinen Satz beendet, da bereute er seine Worte auch schon, denn das war der Beweis, auf den Unersetzliche Verbindung gewartet hatte. Endlich hatte er den Schlüssel zu diesem Geheimnis gefunden. Jetzt kannte er den Namen, nach dem er so lange gesucht hatte.

Scharfe Klinge war also der zweite Spion in Diensten von Chu, der Schwarze Ströme dabei geholfen hatte, sich in Qin einzuschleichen, indem er den verstorbenen König Anguo davon überzeugt hatte, ihn dem hochsensiblen Amt für Gerüchte zuzuweisen.

Die Eunuchen waren dazu übergegangen, weitere Ämter zu erörtern, die strategisch zweifellos nicht ganz so wichtig waren wie das des Großkämmerers, aber dennoch in jeder Hinsicht interessant blieben.

»Es gibt eine freie Stelle für einen beigeordneten Annalenschreiber und eine weitere für einen Zeremonienmeister bei öffentlichen Audienzen. Wer von uns könnte sich dafür bewerben?«, fragte eines der Mitglieder des Kreises.

Mehrere Hände erhoben sich. Hain der Ehren bat die Kandidaten, ihren Namen zu nennen und in die erste Reihe vorzutreten.

»Und jetzt wird jeder von euch erklären, aus welchen Gründen er sich um diesen Posten bewirbt, und uns darlegen, was ihn zu diesem Amt befähigt!«, verkündete der Oberste Vorkoster des Hofes und klatschte in die Hände wie ein Ballettmeister.

Als die Versammlung des Kreises des Phönix in den frühen Morgenstunden zu Ende ging und allen Teilnehmern eine bestimmte Aufgabe zugewiesen worden war, um die sie sich kümmern sollten, um den Eunuchen für die nun anstehenden Bewerbungen um Posten und Pfründen die bestmögliche Ausgangsposition zu sichern, wusste Unersetzliche Verbindung zumindest, woran er war. Er verspürte eine ungeheuere Befriedigung, endlich das Geheimnis gelüftet zu haben, an dem er schon seit längerem herumrätselte.

Sicherheitshalber riss er sich zusammen und ließ sich nichts anmerken, doch nun wusste er, wem er das Handwerk legen musste.

Er hatte seine Gefährten beobachtet, wie sie unter dem genießerischen Blick des geschminkten alten Eunuchen, der auf seinen hohen Stelzenschuhen vor und zurück zu schwanken schien, eifrig und mit nachdrücklichen Gesten unbeholfen ihre Vorzüge herausstrichen. Der eine bewarb sich um eine Stellung in den Archiven, der andere um einen Posten in der Generalverwaltung der Seidenwebereien, und wieder ein anderer strebte die Nachfolge eines Vizeministers an. Sie waren die gefügigen, ahnungslosen Darsteller in dieser grotesken Komödie der Macht, in der sie alle früher oder später Federn lassen würden.

Unersetzliche Verbindung hatte gelernt, der Macht und ihrem falschen Schein, der selbst die intelligentesten Menschen blendete, bis sie jede Fähigkeit zu eigenständigem Denken verloren, zu misstrauen.

Die Aufdeckung eines vom Königreich Chu errichteten Spionagenetzes im innersten Herzen von Qin hatte seinen Argwohn und die Distanz, mit der er die Dinge inzwischen betrachtete, nur noch gesteigert.

Er spürte deutlich, dass er nicht in diese Welt gehörte.

4

Wie eine rot glänzende Münze, die man in den Spalt einer Sparbüchse gleiten ließ, würde die Sonne bald hinter dem Bergkamm untergehen.

Lü Buwei stand über die marmorne Balustrade des kleinen westlichen Eckgebäudes im Pavillon des Erdbeerbaumhains gebeugt, wie es auch der alte König Zhong zum Ende seines Lebens hin immer gerne getan hatte, und beobachtete die erstaunliche Darbietung der dicken Karpfen, die sich eifrig um die letzten Überreste des Mahls stritten, das die Diener ihnen zugeworfen hatten. Er genoss die sanfte Stimmung dieses Ortes und die sinkende Sonne, die ihn mit ihren schräg einfallenden Strahlen umhüllte.

Die prächtigen Fische, deren Schuppen im Dämmerlicht golden schimmerten, hatten mit ihrem Wasserreigen begonnen, der wie an jedem Tag unweigerlich in der Luft enden würde. Bald würde der flüchtige Moment gekommen sein, in dem die Karpfen ihre Kapriolen über der Wasseroberfläche schlugen.

Seit einigen Tagen ging es dem Kaufmann wieder besser.

Seine Meditation vor dem sternengesprenkelten schwarzen Bi

hatte ihn viel Kraft gekostet, aber danach fühlte er sich ausgeglichener und ruhiger. Er hatte versucht, die Bedeutung seiner Visionen und Eindrücke zu verstehen. Die Aufforderung, dieses kleine Kind, das ihm nichts Böses getan hatte, gerecht zu behandeln, hatte ihn mitten ins Herz getroffen. Die Worte, die diese tiefe, sanfte Stimme gesprochen hatte, hallten immer noch in seinen Ohren wider. Er war inzwischen davon überzeugt, dass es sich um eine menschliche Stimme gehandelt hatte, und zwar um die einer Frau. Er hatte reiflich nachgedacht und beschlossen, ihrem Appell zu folgen.

Er würde das Kind mit dem Mal aufziehen, als sei es sein eigenes, und dafür sorgen, dass es ihm an nichts fehlte.

Er betrachtete den Bogen aus perlengleich glitzernden Tröpfchen, den ein ungewöhnlich großer Fisch gerade gezogen hatte, nachdem er wie ein von einem Katapult geschleuderter Stein aus dem trüben Wasser hervorgeschossen war. Im Bruchteil eines Augenblicks war alles wieder verschwunden: der Fisch und auch die Tröpfchen, die in die Anonymität des Wassergrabens zurückgefallen waren.

Was in einem Augenblick wahr ist, kann es im nächsten schon nicht mehr sein, dachte er bei sich.

Während sein Blick versonnen auf der Wasseroberfläche ruhte, ließ er seine Gedanken schweifen.

Wenn es sinnlos war, gegen einen mächtigen Strom anschwimmen zu wollen, und man den Lauf der Dinge mit dem eines breiten Flusses vergleichen konnte, war es da nicht besser, die neue Situation einfach zu akzeptieren, statt bei dem Versuch, sich gegen sie zu stemmen, unterzugehen? Er musste versuchen, das Beste daraus zu machen.

Das Wasser in den Gräben war wieder vollkommen ruhig.

Auch wenn er darüber leise Bitterkeit verspürte, musste er sich eingestehen, dass sich Zhao Ji, die er kurz zuvor besucht hatte, bestens mit dem Mal am Körper des Ersatzkindes abfand. Obwohl sie sich gehütet hatte, ihm dies offen zu sagen, spürte er, dass ihr die Vorstellung, ihr eigener Sohn könne eines Tages der König von Qin werden, keineswegs missfiel. Das scheibenförmige Mal auf dem Gesäß des Kindes aus dem fernen Südwesten war in ihren Augen ein Zeichen des Schicksals, das sie als solches hinnehmen mussten.

Für den Kaufmann hingegen war es ein Grund für aufrichtige Trauer: Er trauerte um einen Erben, den er aufziehen und nach seinen Vorstellungen formen könnte, und dieser Verlust quälte ihn noch mehr als die Trauer um den Sohn, dem er seine Liebe nicht zeigen durfte. Er wusste, dass es eine Weile dauern würde, bis er mit dieser neuen Situation umgehen könnte, die all seine Zukunftspläne über den Haufen warf und seine Träume zunichte machte. Nie würde er seinem leiblichen Sohn seine Erfahrung, sein Wissen, seinen Reichtum und vor allem die ganze Liebe schenken können, die er bereits jetzt für ihn empfand, nachdem er ihn nur ein einziges Mal im Arm gehalten hatte.

Das Einzige, was ihn davon abhielt, alles aufzugeben und nach Handan zurückzukehren, um dort ein ruhiges Leben zu führen, war das Zeichen, das der Junge aus dem Südwesten auf seinem Gesäß trug. Die Tatsache, dass dieses unselige Mal die Form eines Bi hatte und so eine zweite Ritualscheibe – nicht aus Jade, sondern aus Haut – am Ursprung seines Unglücks stand, war vielleicht ein Zeichen dafür, dass das letzte Kapitel dieses Buches womöglich doch noch eine glückliche Überraschung für ihn bereithielt.

Das sternengesprenkelte schwarze Bi befand sich immer noch in seinem Zimmer. Er hatte keinen Grund, nicht länger an den positiven Einfluss zu glauben, den es auf seinen Besitzer hatte … Das Leben konnte unvermutete Wendungen nehmen, und seine verschlungenen Wege führten an Orte, die man nicht immer erwartet hatte. Was heute noch wahr war, konnte es morgen schon nicht mehr sein. Die Zerbrechlichkeit von Situationen und Dingen hinzunehmen bedeutete gleichzeitig einen Schritt hin zur Weisheit.

Nun musste er sich nur noch angemessen um das Kind mit dem Mal kümmern. Schließlich verdiente es dieser Säugling, den Furchtloser Krieger nach Xianyang geholt hatte, ja auch, dieses fröhliche, lebhafte und anspruchslose Kind, das so bildhübsch war, dass alle, die es sahen, regelrecht dahinschmolzen.

Er musste eine plausible Erklärung dafür finden, wie es so plötzlich in sein Haus gelangt war. Das Einfachste wäre, so nah wie möglich bei der Wahrheit zu bleiben. Er würde behaupten, Furchtloser Krieger habe das Kind auf dem offenen Land gefunden und mit nach Hause gebracht. Daraufhin habe Lü Buwei in seiner großen Güte beschlossen, den Kleinen bei sich aufzunehmen und sich um die Ausbildung dieses Waisenjungen zu kümmern.

Er kam auch zu dem Schluss, dass er nun endlich einen Namen für den Säugling finden müsse, statt ihn weiterhin einfach »das Kind mit dem Mal« zu nennen. Aber er hatte noch keine Vorstellung davon, wie dieser Name lauten sollte.

Das Beste wäre, ihm einen so genannten »kleinen Namen« zu geben – einen Xiaoming –, damit würde er das Problem umgehen, einen offiziellen Namen zu wählen, was ihn dazu verpflichtet hätte, ihm den Namen seines Vaters zu geben. Zwar hatte er beschlossen, sich diesem reizenden Säugling gegenüber »gerecht« zu verhalten und für sein Wohlergehen zu sorgen, doch das hieß nicht – zumindest noch nicht –, dass er auch gleich die Absicht hatte, zu seinem Vater zu werden!

Während er mit abwesendem Blick den kreisenden Bewegungen der Fische folgte und in Gedanken ganz bei der Suche nach einem Namen war, spürte er plötzlich eine leise Berührung am Rücken.

»Ich bitte um Verzeihung, Eure Exzellenz zu stören. Mein Name ist Schwarze Ströme. Ich bin Eunuch und arbeite seit kurzem im Amt für Gerüchte. Meine Position verbietet mir, in der Öffentlichkeit darüber zu reden, aber angesichts eines so bedeutenden Ministers wie Euch fühle ich mich von dieser Verpflichtung entbunden. Ich bin gekommen, um mit Euch über ein Anliegen zu sprechen, das mir sehr am Herzen liegt …«

Die Worte von Schwarze Ströme rissen Lü Buwei aus seinen Träumereien. Er musterte den Unbekannten aufmerksam. Zumindest redete dieser junge Eunuch mit den wachen Augen nicht lange um den heißen Brei herum!

»Ich höre, junger Mann«, erwiderte er knapp.

»Meine gegenwärtigen Funktionen haben mich Diskretion gelehrt. Ich denke, ich bin durchaus fähig, der Großkämmerer unseres jungen Königs zu werden, sollte der Herrscher daran ein Interesse haben.«

»Und was willst du dann von mir?«, fragte Lü Buwei barsch.

Schwarze Ströme machte eine kurze Pause. Dann setzte er eine überraschte Miene auf.

»Jeder weiß doch von Eurem Einfluss. Wenn ich Euch diese Position zu verdanken hätte, würde ich mich stets daran erinnern. Jeden Morgen, wenn ich aufstehe, würde ich mir die Frage stellen, die auch den Philosophen Zhuangzi bewegte: *Wer hat dich zum König gemacht?*«, erwiderte der junge Eunuch, ohne zu zögern und mit einer Selbstsicherheit und Unverblümtheit, die Lü Buwei verblüfften.

Der Kaufmann betrachtete sein Gegenüber eingehend. Der Gedanke, einen Großkämmerer an Yirens Seite zu stellen, den er selbst hätte ernennen lassen, war nicht ohne Reiz. Ihm war bewusst, welchen Vorteil es für ihn bedeuten konnte, einen Mann – oder, besser gesagt, einen Eunuchen – in dieser entscheidenden Position zu haben, der ihm verpflichtet war. Um Yiren würde er sich schon kümmern. Der junge König gehorchte ihm wie ein kleiner Hund und befolgte gewissenhaft all seine Ratschläge.

Aber zunächst musste er mehr über diesen dreisten Kerl erfahren, der es wagte, ihm diesen Handel ohne Umschweife und auf eine so forsche Weise vorzuschlagen.

»Wir kennen einander nicht. Angenommen, ich verfüge tatsächlich über so großen Einfluss, wie du sagst, dann wäre es trotzdem schwierig für mich, dem König einen vollkommen Fremden für diesen heiklen Posten zu empfehlen … Immer vorausgesetzt, dass unser Herrscher einen solchen überhaupt schaffen will!«

Schwarze Ströme sah Lü Buwei direkt in die Augen und antwortete lächelnd: »Ihr könnt Euch bei Scharfe Klinge, dem Obersten Chirurgen der Eunuchen, nach mir erkundigen. Er hat sich auch bei König Anguo dafür verwandt, dass ich auf meinen aktuellen Posten berufen wurde.«

»Das werde ich sicher tun«, entgegnete der Kaufmann.

Da durchschnitt plötzlich ein leises Sirren die Stille. Es kam von den Wassergräben her, und sie beugten sich über die marmorne Brüstung.

Ein fetter Karpfen war in die Luft gesprungen. Dazu hatte er so kräftig mit seiner Schwanzflosse geschlagen, dass er bis zur Balustrade emporgeschnellt war, fast auf die gleiche Höhe wie die Hände des Eunuchen und des Kaufmanns. Sein runder Bauch war so dick wie der Leib einer Hu-Vase, deren Öffnung durch seinen offenen Mund gebildet wurde. Seine wassertriefenden, goldbraunen Schuppen funkelten.

»Oh! Was für ein herrlicher goldener Fisch!«, entfuhr es Schwarze Ströme, der von diesem wunderbaren Anblick völlig gebannt war.

Goldener Fisch!

Das war genau der Xiaoming, nach dem Lü Buwei gesucht hatte! Das Kind mit dem ringförmigen Mal würde Goldener Fisch heißen, in Erinnerung an diesen goldenen Karpfen, der sich aus dem Wasser erhob, diesen zappelnden, schnellen Fisch, dessen köstliches Fleisch so geschätzt wurde. Kurzum, ein Tier ohne besonderen Makel, erlesen, gutmütig und durchaus real.

Um nichts in der Welt hätte Lü Buwei eingewilligt, dem Kind den albernen Namen eines Fabeltiers zu geben – den des hörnerlosen Büffels mit nur einem Huf etwa, aus dessen Haut der Gelbe Kaiser eine Trommel gemacht hatte, oder den des kleinen schwarzen Schweins mit zwei Köpfen, einen vorne und den anderen hinten, oder auch den des Fuchses mit neun Mäulern und neun Schwänzen –, von denen die alten Texte zur Genüge berichteten, indem sie ihre übernatürlichen Kräfte rühmten, und deren mit zahllosen unwahrscheinlichen Details ausgeschmückte Geschichten zwar alle höchst lehrreich waren, aber gleichzeitig so unglaubwürdig und kompliziert, dass sie den Kindern Angst einjagten.

Lü Buwei zog diesen goldenen Karpfen, dessen Sprung er gerade bewundert hatte, dem mythischen Fisch mit dem Kopf und den Beinen eines Menschen vor, den er ganz sicher niemals erblicken würde.

Darüber hinaus schlug der Kaufmann durch diesen Namen gleich zwei Fliegen mit einer Klappe, denn die verschiedenen Bedeutungen dieses Xiaoming waren überaus günstig. Das Wort Yu, »Fisch«, bedeutete gleichzeitig auch »mehr« oder »viel«. Goldener Fisch hatte also zusätzlich die Bedeutung Mehr Gold, Viel Gold, und das Kind mit dem Mal würde somit einen in jeglicher Hinsicht Glück verheißenden Namen tragen! Auf diese Weise würde der Junge gewiss auch unweigerlich unter dem Schutz des Gottes Caishen stehen, dem Gott des Reichtums, dem man am Tag nach dem Neujahrsfest Fisch und Lamm darbrachte, die zusammen in rituellem Opfergeschirr zubereitet worden waren, um sich seine Gunst zu sichern.

Der Kaufmann sah erneut zu Schwarze Ströme hinüber. Der junge Eunuch starrte ihn mit fragender Miene an.

Wer, wenn auch unabsichtlich, einen so hübschen Xiaoming für das Kind mit dem Mal gefunden hatte, konnte kein Halunke sein.

»Ich werde dem König deinen Namen vorschlagen«, versprach Lü Buwei.

»Danke! Danke!«, rief sein Gegenüber, und sein Gesicht leuchtete vor Freude auf, ehe er genauso schnell verschwand, wie er gekommen war.

Nachdem Lü Buwei alleine zurückgeblieben war, verspürte er das eigenartige Gefühl, nun, da er den Xiaoming des Kindes mit dem Mal gefunden hatte, trotz seiner anhaltenden Verzweiflung besser um diesen Erben von seinem eigen Fleisch und Blut trauern zu können, den er so gerne nach seinem Vorbild geformt hätte.

Er war davon überzeugt, dass ihm der kleine Goldener Fisch dabei helfen würde.

»Das dauert doch alles nun schon viel zu lange! Du gehst ja hier ein wie eine Pflanze, die kein Sonnenlicht mehr bekommt. Warum unternimmst du nicht endlich etwas?«, ermahnte Fügsame Jadeblume ihren Ehemann energisch.

Anwei war mehr als nur schlecht gelaunt: Er verkümmerte zusehends. Verbitterung hatte von ihm Besitz ergriffen und ließ ihn innerlich abstumpfen.

Das plötzliche Auftauchen von Lü Buwei und Yiren während Anguos Bestattungszeremonie war für ihn wie ein Faustschlag in den Magen gewesen, und er spürte immer noch den gleichen dumpfen Schmerz, wenn er daran zurückdachte. Vorbei waren die Zeiten, in denen der siegreiche General und brillante Stratege als ein ernsthafter Kandidat für die Nachfolge seines Bruders gegolten hatte. Als Lü Buwei Yiren, den Sohn des verstorbenen Königs, der als Geisel in Handan gefangen gehalten worden war, kurz vor Ablauf der Trauerzeit nach Xianyang zurückgebracht hatte, waren seine Hoffnungen auf den Thron jäh zerschlagen worden.

Nun saß er hier im Palast der Staatsgäste, und niemand interessierte sich mehr für ihn. Die endlosen Tage schlugen ihm aufs Gemüt. Die meiste Zeit verbrachte er alleine in seinem Zimmer, wo er sich ohne rechte Überzeugung der Kalligraphie und Pflanzenmalerei widmete. Dabei handhabte er die Griffel und Pinsel so grob, dass er tagtäglich alle Zeichenutensilien verbrauchte, die seine Frau für ihn besorgte. Unzählige müßige Monate waren bereits in diesem tristen Rhythmus vergangen, der schließlich seine Seele betäubt und seine Sinne ausgelöscht hatte.

In seinem ungeheuren Stolz verletzt, hatte er nicht ein einziges Mal versucht, sich dem jungen König anzunähern, dem Lü Buwei unter Einsatz seines Lebens zum Thron verholfen hatte.

Umgekehrt hatte auch Yiren niemals den Wunsch geäußert, seinen Onkel besser kennen zu lernen, aber das war im Grunde nicht seine Schuld, denn am Hof verlor in seiner Gegenwart niemand auch nur ein Wort über Anguos Bruder. Trotzdem hatte diese Gleichgültigkeit das Gefühl der Isolation und der Schande, unter dem Prinz Anwei litt, noch verstärkt. Auch bei seinem treuen Ordonnanzoffizier Tigersprung hatte er nichts mehr von sich hören lassen, nachdem dieser, der Launenhaftigkeit seines früheren Herrn überdrüssig, dafür gesorgt hatte, dass die Armee von Qin ihn als Kommandanten einer Garnison an die westliche Grenze des Königreichs entsandte.

Zu allem Überfluss konnte er die zahlreichen Frustrationen, unter denen er litt, nicht einmal durch seine Liebe zu Bäumen und

Pflanzen ausgleichen. Er hatte nicht mit seiner Familie in das Königliche Arboretum zurückkehren können, dessen Pflege nach seinem Aufbruch nach Chu einem hohen Beamten übertragen worden war, einem Experten für Botanik, der bei dieser Gelegenheit zum Vizeminister für das Baumwesen ernannt worden war.

Nach seiner Rückkehr von diesem siegreichen Feldzug hatte das Königreich Qin Anwei noch mit allen Ehren aufgenommen, die einem offiziellen Gast zukamen. Daher hatte man ihn, seinem Rang entsprechend, im Hauptgeschoss des Palastes der Staatsgäste untergebracht. Doch als nach Anguos Tod und Yirens Rückkehr keine Aussicht mehr darauf bestand, dass er jemals König werden würde, fand die besondere Aufmerksamkeit, die man ihm bezeugt hatte, ein Ende. Er war zu einem königlichen Prinzen ohne Zukunft geworden und hatte umziehen müssen. Wohlmeinende Seelen hatten ihm das oberste Stockwerk im gleichen Gebäude zugewiesen, wo außer dem Namen nichts mehr an einen Palast erinnerte. Dort gefiel er sich notgedrungen in einem eingeengten, müßigen Dasein, während er auf bessere Zeiten wartete. Das behauptete er zumindest, wenn ihn seine Frau, die sich Sorgen machte, als sie ihn so dahinvegetieren sah, mit Fragen nach seiner Zukunft bedrängte. Doch er unternahm nicht die geringste Anstrengung, sich aus diesen kümmerlichen Umständen zu befreien.

Fügsame Jadeblume, die genau wusste, wie verzweifelt er war, versuchte alles, um ihm neue Freude am Leben einzuflößen. Und deshalb hatte sie an diesem Tag beschlossen, ihm etwas härter zuzusetzen, um ihn aufzurütteln.

»Wer in einem Keller sitzt, kann wohl kaum der Sonne befehlen, ihre Strahlen auf ihn zu richten ...«, hatte er seiner Frau mit trübsinniger Stimme geantwortet, während er seinen Tuschestein glättete.

Sie spürte, dass er kurz davor war, in seiner Verzweiflung unterzugehen. Nach längerem Überlegen fand sie schließlich doch noch ein Argument, mit dessen Hilfe sie ihn dazu bringen wollte, endlich etwas zu unternehmen.

»Deine militärischen Fähigkeiten sind doch unbestritten. Warum stellst du sie nicht noch einmal in den Dienst des Königreichs Qin?«

»Aber der König hat nie geruht, mich zu empfangen!«, erwiderte er kraftlos.

»Wenn du darauf wartest, dass der König dich zu sich ruft, werden wohl noch viele Monate ins Land gehen!«, versetzte sie in energischem Ton.

Fügsame Jadeblume spürte, dass sie genau das Richtige gesagt hatte, denn in Anwei schien es zu brodeln. In ihren Augen war das ein ermutigendes Zeichen dafür, dass er nach Monaten des Schweigens und der vermeintlichen Gleichgültigkeit, die er stets an den Tag gelegt hatte, wenn sie versucht hatte, mit ihm zu reden, nun endlich bereit war, sich aus seiner Erstarrung zu lösen.

»Und wenn ich mit Zhao Ji sprechen würde? Die Königin und ich, wir schätzen einander, und mehr als das. Ich glaube, sie vertraut mir. Sie bittet mich oft um Rat, wie sie mit dem kleinen Zheng umgehen soll. Nachher soll ich zu ihr gehen, um ihr zu zeigen, wie sie ihn am besten wickeln kann, damit er trocken schläft.«

Das war gelogen, sie war nicht mit Zhao Ji verabredet, aber das war ihr egal. In Anweis Blick sah sie, dass er sie nicht davon abhalten würde, ihr Vorhaben in die Tat umzusetzen.

Kurze Zeit später ließ sie Zhao Ji ausrichten, dass sie sie gerne aufsuchen würde, und die Königin antwortete ihr, dass sie sie am nächsten Morgen erwarte.

Als sie ihr Zimmer betrat, war sie fest entschlossen, mit ihr über Anweis Untätigkeit und über die Verschwendung zu reden, die sein Ausschluss von militärischen Operationen für das Königreich Qin bedeutete.

»Es ist so schön, Euch zu sehen!«, rief Zhao Ji Fügsame Jadeblume entgegen und gab den beiden anwesenden Kindermädchen ein Zeichen, sie alleine zu lassen.

»Darf ich ihn auf den Arm nehmen?«, bat Anweis Frau, nachdem sie sich über den Korb gebeugt hatte, in dem der kleine Zheng vor sich hin strampelte.

»Aber natürlich! Dann könnt Ihr mir auch gleich zeigen, wie ich ihn richtig wickeln soll. Ich will nicht in allem von diesen Dienerinnen abhängig sein, die so oft um mich herum sind, dass ich mein Kind gar nicht mehr für mich habe.«

Fügsame Jadeblume nahm den Säugling hoch und legte ihn auf das Bett. Dann begann sie, seine Windeln aufzuschnüren.

»Meine Königin, ich möchte Euch um eine Gunst bitten …«, sagte sie schließlich mit leiser Stimme.

»Nur zu, meine liebste Freundin! Worum geht es?«

»Es handelt sich um meinen Ehemann. Er geht vor lauter Untätigkeit zugrunde, und seine starke Persönlichkeit verfällt von Tag zu Tag mehr. Seine Melancholie droht ihn zu überwältigen. Er ist ein tapferer Mann, und er war, Ihr werdet Euch erinnern, ein ausgezeichneter Soldat. Sein Sieg gegen Chu ist dafür der beste Beweis. Vielleicht könnte ihm Euer Gatte, der König, das Kommando über einen anderen Feldzug übertragen?«, entgegnete sie.

Fügsame Jadeblume hatte sich diese Bitte in Gedanken immer wieder vorgesagt, und sie hatte sich bemüht, sie möglichst gleichmütig vorzutragen, während sie den Säugling weiterwickelte, um nichts von dem vornehmen Auftreten einzubüßen, das sie unter solchen Umständen, und vor allem in Gegenwart von Zhao Ji, gerne bewahren wollte.

»Euer Anliegen erscheint mir berechtigt. Ich werde unserem König die Botschaft zukommen lassen. Und könnt Ihr mir noch einmal zeigen, wie Ihr diesen kleinen Knoten dort gemacht habt?«

Die Königin deutete auf die linke Seite der Windel, die Anweis Frau gerade festgezogen hatte.

Der Erfolg ihrer Bemühungen übertraf alle Erwartungen.

Zu seiner großen Überraschung erhielt Anwei, der nicht geglaubt hatte, eine so tüchtige Frau zu haben, kurz darauf die Nachricht, dass General Waffenruhe ihn im Kriegsministerium erwarte.

Das Gebäude hatte sich nicht verändert, er hatte sogar den Eindruck, im Vorzimmer des Ministers seien noch immer die gleichen Wachen postiert.

Doch er konnte sich nicht an die große Karte aus vier aneinander genähten Schafshäuten erinnern, die dort an der Wand hing und auf der alle Eroberungen von Qin eingezeichnet waren. Der Kartograph hatte auch eine Ansicht der Krokodilbrücke aus der Kavalierperspektive gemalt und das Datum ihrer Eroberung daneben vermerkt. Das rief glückliche Erinnerungen in Anwei wach und trug dazu bei, sein Selbstvertrauen zu stärken.

Als er mit nunmehr energischerem Schritt das weitläufige Arbeitszimmer des Ministers betrat, stellte er fest, dass Waffenruhe stark gealtert war, seit er ihn zum letzten Mal gesehen hatte.

Seine durchscheinende Haut war faltig wie die Oberfläche eines Sees unter einem Windstoß. Sein kahler Kopf schwankte auf seinen hängenden Schultern hin und her, und sein Rücken war so krumm wie der Bogen einer Brücke. Seine knotigen Hände glichen den knorrigen Wurzeln eines alten Wacholderstrauchs. Nur seine Augen funkelten immer noch genauso lebhaft wie früher.

Kaum hatte der alte Kriegsminister ihn aufgefordert, Platz zu nehmen, da kam er auch schon zur Sache.

»Das Königreich Qin wünscht noch einmal deine Unterstützung. Auch wenn wir unsere Landesgrenzen in letzter Zeit unentwegt weiter ausgedehnt haben, sind sie immer noch viel zu eng. Die Königreiche Qi und Yan könnten uns bald schon in die Hände fallen. Welches der beiden möchtest du erobern?«, fragte Waffenruhe pathetisch.

Die Worte des Generals wirkten auf Anwei wie ein Wasserstrahl auf eine durstende Pflanze. Sein Gesicht hellte sich vor Freude auf. Endlich kehrte das Leben zurück! Die herrlichen Erinnerungen an die Eroberung der Krokodilbrücke und seine triumphale Rückkehr nach Xianyang, umjubelt von der begeisterten Menschenmenge, die er in seinem tiefsten Inneren vergraben hatte, während er im Dachgeschoss des Palastes der Staatsgäste Trübsal blies, kamen nun mit aller Macht wieder hoch. Die Aussicht, solche Heldentaten zu wiederholen und erneut die Glückwünsche der Bevölkerung entgegenzunehmen, schien ihm Flügel zu verleihen. Seine Frau hatte Recht gehabt: Auf dem Schlachtfeld gab es viele

Möglichkeiten, sich für ein Leben zu entschädigen, dessen aufwärts strebende Bahn in einem besonders verheißungsvollen Moment einfach abgebrochen war.

Innerhalb weniger Augenblicke hatte sich seine Schweigsamkeit in Hochgefühl gewandelt, und auch sein Blick, in dem nun ein kampflustiges Leuchten lag, hatte sich verändert. Es war nicht mehr der gleiche Mann, der dort mit fröhlicher Miene vor dem Minister saß.

»Das ist mir gleich. Ich gehe, wohin man mich schickt. Dorthin, wo es für Qin am sinnvollsten ist!«, antwortete er hastig.

»In diesem Fall ist es wohl das Beste, den Geomanten Erhabene Schlichtheit zu Rate zu ziehen. Er wird uns sagen, mit welchem Gebiet und in welcher Himmelsrichtung wir anfangen müssen. Ich habe vor, dir ein Regiment berittener Bogenschützen zur Verfügung zu stellen. Im Moment umfasst es sechzig Mann, aber Lü Buwei hat mir versprochen, mir hundert von seinen feurigsten und wendigsten Tieren zu übergeben. Mit einer solchen Einheit wirst du über die Kräfte eines Tigers verfügen!«

»Wo Ihr gerade dieses Tier erwähnt... Das erinnert mich an meinen Ordonnanzoffizier Tigersprung, der mir eine große Hilfe war, als es darum ging, die Krokodilbrücke einzunehmen. Könnte er wieder in meine Dienste gestellt werden?«

»Wo hält sich dieser Junge denn gerade auf?«, fragte der Minister seinen Sekretär, der bei ihrer Unterredung zugegen war.

»Halb im Exil. Er befehligt die Garnison eines kleinen Grenzpostens im äußersten Westen.«

»Einverstanden! Lass ihn nach Xianyang zurückkommen und ihn, sobald er wieder da ist, dem Befehl von General Anwei unterstellen«, befahl der alte Minister, den diese Anstrengung erschöpft zu haben schien.

Als Anwei in den Palast der Staatsgäste zurückkehrte, wirkte er um zehn Jahre verjüngt. Er träumte von Eroberungen, von Ruhm und von Ehre. Das Rad war wieder in Gang gekommen. Er hatte endlich wieder das Gefühl, gebraucht zu werden.

»Noch einen Schritt… Sehr gut, mein Schatz. Ja. Siehst du, du läufst schon wie ein Großer!«, rief das Kindermädchen Yaomei und breitete die Arme aus.

Sie kniete vor dem Kind auf dem Boden, während dieses einen kleinen Fuß vor den anderen setzte und alle drei Schritte in die Knie knickte, um nicht das Gleichgewicht zu verlieren. Goldener Fisch war der Sonnenschein des ganzen Haushalts von Lü Buwei.

Er war gerade erst sieben Monate alt und begann schon zu laufen. Er war ein rundliches Kind, dessen tiefrote Wangen in allen, die sie sahen, den Wunsch weckten, sie zu küssen. Wenn er wie so oft lächelte, entblößten seine zarten Lippen zwei Paar winziger, perlengleicher weißer Zähne. Sein Haar war gelockt, was sonst nur sehr selten vorkam, und seine stets wachen achatfarbenen Augen sprühten vor Intelligenz.

Yaomei hatte die Angewohnheit, mit Goldener Fisch in den Gärten des Königlichen Palastes spazieren zu gehen, wo er nach dem Mittagsschlaf mit dem Sohn von Zhao Ji zusammentraf. Manchmal gesellte sich auch Löbliche Absicht mit Zhao Gao zu ihnen. Der Sohn von Zhao Sheng, Lü Buweis früherem Sekretär in Handan, war zwar einige Monate älter als die beiden gleichaltrigen Jüngeren, die von den Bediensteten am Hof nur die »Zwillinge« genannt wurden, aber er war recht klein für sein Alter, so dass Körperbau und Größe der drei Jungen nahezu identisch waren.

Wenn man sie jedoch aus der Nähe betrachtete, waren es drei sehr unterschiedliche Kinder. Zheng hatte immer noch ein recht unansehnliches Gesicht, während das von Zhao Gao beinahe schon zu fein geschnitten war und aussah wie das eines Mädchens. Und auch Zhengs lange Nase stand in scharfem Kontrast zu den hübschen kleinen Nasen von Zhao Gao und Goldener Fisch.

Dieser war unbestritten das niedlichste der drei Kinder. Während man seine rosigen Wangen unablässig küssen mochte, wirkte der durchdringende Blick des Sohns von Zhao Ji und Lü Buwei eher einschüchternd. Zhao Gao hingegen flüchtete stets Schutz suchend in die Arme seiner Mutter, wenn jemand versuchte, sich ihm zu nähern. Während Goldener Fisch goldbraunes Haar besaß, war das des kleinen Zheng genauso schwarz wie seine Augen. Zhao Gao war fast kahl und hatte, abgesehen von einem feinen, seidigen Flaum, kaum Haare auf dem Kopf. Seine Haut war heller als die von Goldener Fisch, der einen eher dunklen, beinahe golden schimmernden Teint hatte, während sich die Haut des Kronprinzen von Qin, der auf Hundehaar und einige Gräser allergisch war, regelmäßig mit roten Flecken überzog.

Ihre äußerlichen Unterschiede wurden noch unterstrichen, wenn man sich ihrem Charakter zuwandte. Goldener Fisch war quicklebendig und hüpfte unablässig herum, während Zheng schmächtiger war und eher phlegmatisch, fast schon teilnahmslos wirkte. Zheng lachte seltener als der impulsive Goldener Fisch. Der eine erschien misstrauisch, der andere offener. Der eine warf den Ball, den man ihm zuwarf, zurück, und der andere neigte dazu, ihn zu verstecken, sobald er ihn wieder in Händen hielt. Zhao Gao hingegen war ein stilles Kind, behütet von seiner gluckenhaften Mutter, die in ihm den einzigen Sinn ihres Lebens sah. Er war am wenigsten in dieses Trio integriert, da er gezwungen war, sich einen eigenen kleinen Platz zwischen diesen beiden so gegensätzlichen Persönlichkeiten zu erkämpfen. Er beobachtete die beiden anderen und begnügte sich häufig damit, ihre Rivalität aus einiger Entfernung zu verfolgen.

Doch trotz ihrer Unterschiede waren die drei kleinen Jungen die besten Freunde, und sie vergossen jedes Mal bittere Tränen, wenn ihre Kindermädchen sie nach dem nachmittäglichen Spiel wieder trennen mussten.

An diesem Tag beobachtete ein Mann Zhao Gao und die »Zwillinge«, die voller Begeisterung zusammen Sandkuchen backten. Er saß, vor allzu aufdringlichen Blicken geschützt, auf einer der steinernen Bänke, die entlang der Ziegelmauer der langen, überdachten Galerie aufgestellt worden waren, welche den Ziergarten umschloss. Dieser Mann war der Vater eines kleinen Mädchens, dessen Mutter gestorben war. Sie war nur wenig älter als Zheng, und er hätte es gerne gesehen, wenn sie in diesem Moment mit den kleinen Jungen zusammen gespielt hätte.

Bei dem Mann handelte es sich um den Vizekanzler Li Si. Der Tod von König Anguo hatte ihn überrascht und seine Pläne durchkreuzt. Li Si hatte zwar gewusst, dass Anguo krank war, aber er hatte gehofft, der König würde noch lange genug leben, um ihm zu ermöglichen, in höhere Ämter aufzusteigen. Vor allem endete mit Anguos Tod sein Auftrag, die daoistischen Praktiken und Überzeugungen am Hof von Qin auszumerzen. Er wusste nicht, wie Yiren über diesen Punkt dachte, falls er überhaupt eine Meinung dazu hatte. Wieder einmal würde er sich vor einem jungen Mann bewähren müssen, der kaum der Pubertät entwachsen war und keine Ahnung von den Regierungsgeschäften hatte, weil er den größten Teil seiner Jugend als Geisel in einem weit entfernten Königreich verbracht hatte.

Wenn der Vizekanzler in diesem Moment nur Augen für Zheng hatte, so lag das daran, dass der Anblick des kleinen Prinzen ihn auf einen großartigen Gedanken gebracht hatte. Seine Tochter, die, ihrem jetzigen Äußeren nach zu urteilen, zu einer ausgesprochenen Schönheit heranwachsen würde, war genauso alt wie dieser kleine Junge. Mit ein wenig Geschick würde er eines Tages dafür sorgen, dass ihr Weg den des Kronprinzen kreuzte. Und vielleicht würde diese Begegnung ja Früchte tragen …

Er erträumte sich nichts Geringeres als eine königliche Zukunft für seine kleine Frühlingstau. Er würde der Schwiegervater des Herrschers sein, und seine Tochter wäre die Königin! Und wenn es erst einmal so weit war, würde Lü Buwei sich noch wundern …

Das schrille Kreischen der Kinder, die in Streit geraten waren, riss ihn aus seinen Überlegungen. Zheng lag am Boden. Einer der beiden anderen Jungen versuchte, ihm die Schaufel zu entreißen, die der kleine Prinz ihm weggenommen hatte, als er ihm den Rücken zugewandt hatte.

Ein Kindermädchen trat zu ihnen und trennte sie voneinander. Inzwischen hatte Zheng die Schaufel losgelassen und war in Tränen ausgebrochen.

Li Si, der sich nur für den Prinzen interessierte, hatte keinen Blick an die energische, beinahe kampflustige Haltung des zweiten kleinen Burschen verschwendet, als dieser sich vor Zheng aufgebaut hatte, um ihm klar zu machen, dass er ja nicht noch einmal versuchen sollte, ihm seine Spielsachen zu stehlen, ehe er ihn zu Boden gerungen hatte.

Wieder einmal hatte Goldener Fisch den armen Zheng bezwungen.

5

Wenn man sich etwas zu sehr wünscht und es zu sorgfältig plant, dann geschieht es nicht selten, dass sich ein eher schales Gefühl einstellt, wenn man endlich am Ziel seiner Träume angelangt ist.

So war es auch Lü Buwei ergangen, als Yiren ihn auf den Tag genau zwei Jahre nach seiner Krönung zum Ersten Minister ernannt hatte. Der Bürger von Handan hatte weder Stolz noch besondere Freude verspürt. Der neue König hatte nichts anderes getan, als den Mann an seine Seite zu berufen, dem er alles verdankte und der seit langem schon dafür gesorgt hatte, dass diese Entscheidung gar nicht anders hätte ausfallen können. Es war keine große Überraschung mehr, sondern lediglich die logische Folge all dessen, was er getan hatte, seit der Prinz nach dem Ende seiner Geiselhaft den Thron von Qin bestiegen hatte.

Als er das königliche Siegel auf seiner Ernennungsurkunde hatte anbringen lassen, war dem Pferdehändler bewusst geworden, dass sein Wunsch, dieses höchste Amt zu bekleiden, deutlich abgenommen hatte, während er dieses Ereignis noch vor wenigen Jahren als die Verwirklichung eines Lebenstraums betrachtet hätte.

Lü Buwei verdankte diese unvermeidliche Ernennung niemand anderem als sich selbst. Zumindest in dieser Hinsicht – obwohl das in seinen Augen ein eher kümmerlicher Trost war –, hatte die List, die er zusammen mit Zhao Ji ausgeheckt hatte, zum gewünschten Erfolg geführt. Beharrlich hatten sie ein enges Netz um den jungen

König geknüpft, von dem er bei jeder Regung umgeben war. Er stand so sehr unter ihrem Einfluss, dass er nach und nach jegliche Eigenständigkeit verloren hatte. Zhao Ji war natürlich das wichtigste Element in ihrem Konzept. Sie lebte mit Yiren zusammen und hatte ihn vollkommen in der Hand. Er tat alles, was sie von ihm verlangte. Aber auch Schwarze Ströme, dessen Ernennung zum Großkämmerer Lü Buwei gefördert hatte, nachdem Scharfe Klinge ihm den jungen Eunuchen wärmstens empfohlen hatte, trug durch die wöchentlichen Berichte, die er ihm zukommen ließ, zu der strengen Bevormundung des Königs bei, der, mit Ausnahme seiner Leidenschaft für die Jagd, gar nichts anderes im Sinn hatte als seine Frau.

Denn Yiren regierte nicht selbst, aber er war so einfältig, dass er dies nicht einmal bemerkte. Der Herrscher von Qin verbrachte viel mehr Zeit damit, Bären, Hirsche und Tiger aufzuspüren, als sich um die Verwaltung seines Königreichs zu kümmern, eine Aufgabe, die er voll und ganz dem Pferdehändler überließ. Und auch an die Erziehung seines Sohnes Zheng verschwendete er so gut wie keinen Gedanken.

Der neue Erste Minister des Königreichs Qin verfügte über mehr Macht als ein Vizekönig. Die Eunuchen, die behauptet hatten, Lü Buwei sei der eigentliche Lenker des Landes, hatten sich nicht geirrt!

Auch der Vizekanzler Li Si war sich über die Machtverteilung an der Spitze des Reichs genau im Klaren, und deshalb hatte er seinen neuen Herrn eiligst aufgesucht, um ihm seine Gefolgschaft anzubieten. Das Geschick, mit dem Lü Buwei seinen sorgfältig geplanten Aufstieg umgesetzt hatte, war für Li Si nicht nur ein Grund zur Eifersucht, sondern hatte ihn gleichzeitig auch zu seinem Vorbild werden lassen. Er hatte die Art und Weise, wie der Kaufmann aus Handan nach und nach die Stufen zu dieser uneingeschränkten Machtfülle erklommen hatte, genau analysiert.

Um die höchste Macht zu erlangen, musste man sich in mindestens einem bestimmten Bereich unentbehrlich machen und danach aus dieser Situation den größtmöglichen Vorteil ziehen. Lü Buwei zum Beispiel hatte den dramatischen Pferdemangel, der in Qin herrschte, als er vor vielen Jahren zum ersten Mal in dieses Land gekommen war, auf bewundernswerte Weise für sich zu nutzen gewusst.

Li Si hingegen glaubte, über andere Vorzüge zu verfügen. Er kannte sich wie kein Zweiter aus in den Spitzfindigkeiten und innersten Mechanismen des legalistischen Denkens. Und durch die Umsetzung der Ansichten und Methoden, die sich aus dieser Lehre ableiten ließen, wollte er eine entscheidende Rolle bei der Modernisierung des Reichs spielen, wodurch Qin zu einer echten wirtschaftlichen und militärischen Großmacht werden würde, die endgültig in der Lage wäre, ihre Nachbarn zu beherrschen. Und er musste um jeden Preis dafür sorgen, dass dieses Verdienst dann auch ihm angerechnet wurde.

Es sollte ein Reich werden, in dem das Volk aufs Wort gehorchte, sobald die Behörden ihm das Nötigste zum Leben sicherten. Ein Reich, in dem die Armeen mit gewaltigen Mitteln ausgestattet wären. Ein Reich, das eines Tages sogar zu einem Kaiserreich werden könnte, wie es schon einmal in vergangenen Zeiten existiert hatte. Ein Reich, das leicht zu regieren wäre, da der Gehorsam der Bevölkerung sich auf Furcht und Schrecken gründete. Ein Reich, dessen Fürst ruhig schlafen könnte, und ein Reich, in dem Li Si im Auftrag eines unnahbaren Fürsten der Oberste Wächter, der Höchste Mund und die Höchsten Ohren sein würde. Ein Reich, in dem Li Si alles beherrschen würde.

Dann hätte er sein Ziel erreicht.

Er würde noch viel weiter gehen als Lü Buwei, dem er seine Sympathien für das Volk zum Vorwurf machte, auf dessen Wohl der Pferdehändler stets bedacht war. Lü Buwei liebte die Menschen, und deshalb rechtfertigte der Zweck in seinen Augen nicht alle Mittel. Li Si hingegen stellte das Reich und seine Gesetze über alles andere. Alle Mittel waren gerechtfertigt, wenn es darum ging, für Ordnung zu sorgen!

Lü Buwei nutzte seine Macht als ein Werkzeug, Li Si jedoch liebte die Macht um ihrer selbst willen.

Und so würde es Li Si sein, der aus dem kleinen Königreich Qin ein riesiges und unerbittliches Kaiserreich formen würde. Doch um dieses ehrgeizige Ziel zu erreichen, musste er um jeden Preis ein Minister mit vollen Befugnissen werden … Und der beste Weg, zu einem vollwertigen Ministeramt zu gelangen, bestand darin, schnellstmöglich mit dem neuen Ersten Minister zu reden, bevor dieser seine zukünftigen Mitstreiter ausgewählt hatte.

Aus diesem Grund hatte er am Tag, nachdem Lü Buweis Ernennung öffentlich bekannt gegeben worden war, diesen gleich um eine Unterredung gebeten.

Der neue Erste Minister von Qin bot eine stattliche Erscheinung, als er ihn in dem weitläufigen Arbeitsraum empfing, in dem alle Mitglieder der Regierung von nun an zweimal im Monat unter seinem Vorsitz zusammenkommen würden. Er trug einen langen Mantel aus Seidenbrokat, der mit stilisierten Schildkrötenmotiven und einem Kragen aus Zobelpelz verziert war. Auf dem Tisch thronte, gut sichtbar auf seinem kleinen, seidenen Kissen, das gewaltige Siegel, das nur er auf die Verordnungen setzen durfte, mit denen er das Reich im Namen von König Yiren regierte.

»Ich bin gekommen, um Euch meine Dienste anzubieten, und wünsche Euch allen erdenklichen Erfolg in Euren zukünftigen Unternehmungen«, sagte Li Si und verbeugte sich vor Lü Buwei.

»Mich dabei auf einen so klugen Gefährten stützen zu können, bedeutet eine große Freude für mich«, antwortete der Erste Minister, der, wie es der Etikette entsprach, seinem ersten Besucher an diesem Tag eine besondere Ehre erweisen wollte.

Li Si war ein wenig verlegen und wusste nicht recht, wie er auf seine künftige Rolle innerhalb der Regierung zu sprechen kommen sollte. Es wäre unpassend gewesen, sich ohne Umschweife um ein vollwertiges Ministeramt zu bewerben, und so musste er das Gespräch auf dieses Thema lenken, ohne dabei den Eindruck zu erwecken, selbst die Initiative zu ergreifen. Er suchte gerade nach einer eleganten Möglichkeit, auf sein Anliegen zu sprechen zu kommen, als Lü Buwei ihm zu seiner großen Überraschung zuvorkam.

»Ich muss unserem König die Liste meiner Minister vorlegen, und ich wüsste gerne, ob Ihr auch weiterhin der Regierung dieses Königreichs anzugehören wünscht«, fragte er ihn.

»Ich würde mich nur zur Verfügung stellen, wenn Ihr dies auch für sinnvoll haltet…«

»War meine Frage in diesem Fall nicht schon so gut wie eine Antwort?«

»Wenn das so ist, fühle ich mich sehr geschmeichelt.«

»Und für welchen Bereich würdet Ihr Euch entscheiden, wenn Ihr Euch ein Ministerium aussuchen könntet?«

»Das Gesetz! Ich denke, Qin braucht einen offiziellen Minister des Gesetzes«, erklärte er mit lauter Stimme.

»Das wird meinen Freund Han Feizi freuen!«, erwiderte Lü Buwei, während er den stotternden Philosophen heranwinkte, den Li Si hinter dem Wandschirm aus lackiertem Holz, der in einer besonders dunklen Ecke des schlecht beleuchteten großen Raums stand, gar nicht gesehen hatte.

Han Feizi, der nun schon lange genug in Qin lebte, um ermessen zu können, in welchem Ausmaß seine Theorien in diesem Königreich Verbreitung gefunden hatten, blickte zufrieden drein. Nach all der Zeit, in der sich auch Lü Buweis Aufstieg vollzogen hatte, war der Legalismus in Qin unleugbar fest verwurzelt. Dass der Pferdehändler eingewilligt hatte, die Hochzeit seiner geliebten Frau mit dem neuen König zu ermöglichen – was für ihn ein unvorstellbares Opfer bedeutet hatte –, zeugte in seinen Augen von jener höchsten Selbstverleugnung, über die nur wahrhaft zur Macht geborene Männer verfügten, eine Selbstverleugnung, die einem bestimmten Zweck alles andere unterzuordnen wusste. Der Traum des stotternden Philosophen, der Berater eines Fürsten zu werden, war endlich in Erfüllung gegangen! Seine Anwesenheit an der Seite des Ersten Ministers war dafür der untrügliche Beweis.

Als Li Si Han Feizi bemerkte, hätte er um ein Haar missmutig das Gesicht verzogen. Sein Verhältnis zu seinem ehemaligen Lehrer war mit der Zeit immer schlechter geworden. Die beiden Männer redeten kaum noch miteinander. Sie grüßten einander voller

Abneigung, während Lü Buwei, den ihre erbitterte Rivalität belustigte, sie mit leicht genüsslichem Blick beobachtete.

Das Rededuell dieser beiden außergewöhnlichen Denker versprach spannend zu werden.

»Ich bin nicht davon überzeugt, dass das Gesetz wirklich einen eigenen Minister braucht. Das Gesetz soll die Entscheidungen aller Minister der Regierung leiten«, sagte Han Feizi nüchtern.

Das war seine Art, die Auseinandersetzung zu eröffnen.

Li Si kam die unerbittliche Logik des Philosophen, deren offensichtliche Stichhaltigkeit es seinen Gegnern stets schwer machte, seine Argumente zu widerlegen, heute ungelegener denn je, und so erwiderte er verärgert: »Wenn ich der Minister des Gesetzes wäre, würde ich dafür bürgen, dass es auch befolgt wird!«

Han Feizis ehemaliger Schüler war fest entschlossen, sich von seinem Lehrer nicht blenden zu lassen.

»Ich möchte diesem jungen Mann mit einem Gedicht antworten«, entgegnete der stotternde Philosoph. »Hört her:

Nichts darf sich rühren, nichts sich verändern;
Alles muss an seinem Platz sein;
Von oben nach unten muss das ›Nicht-Handeln‹ herrschen;
Jedem seine Aufgabe: Der Hahn wacht, und die Katze jagt die Ratte;
Und der Herr muss unerschrocken bleiben.
Um zu verweilen, muss er korrekt zu benennen wissen!«

»Dann werde ich der Hahn sein, der über das Gesetz wacht! Es sei denn, du wärst der Ansicht, dass ich dieser Aufgabe nicht gewachsen bin!«, versetzte Li Si wütend.

»Korrekt zu benennen, darin liegt das ganze Problem! Dieser Satz ist tiefsinnig, aber gleichzeitig auch so rätselhaft… Sprichst du vom Namen der Dinge oder vom Namen der Beamten, die einen bestimmten Posten bekleiden sollen?«, fragte Lü Buwei Han Feizi.

»Vom Namen der Dinge natürlich, denn Menschen sind austauschbar, solange die Ordnung der Dinge gewahrt bleibt. Wenn der Verstand des Fürsten nicht in der Lage ist, die Dinge richtig zu benennen, werden sie niemals an ihrem rechten Platz sein. Deshalb bedeutet benennen verweilen. Und deshalb muss man auch von Zeit zu Zeit die Namen korrigieren. Was das andere angeht«, fügte er mit einem Blick auf Li Si hinzu, »so werde ich dazu nicht mehr sagen als dieses Gedicht…«

Nach diesen Worten ging er wieder zurück in seine Ecke und setzte sich hin.

»Wenn das so ist, sollte man vielleicht das Amt eines Ministers des Gesetzes und der Namen schaffen?«, schlug der Erste Minister vor, während er Han Feizi nachschaute.

Li Si musterte Lü Buwei beunruhigt. Ganz offensichtlich vertraute dieser dem stotternden Philosophen immer noch genauso wie früher, während Han Feizis verschlossene Miene das ausgeprägte Misstrauen verriet, das er seinem ehemaligen Schüler entgegenbrachte. Der brillante Vortrag des alten Gelehrten über die Tugenden der rechten Benennung der Dinge schien den Ersten Minister ins Wanken gebracht zu haben. Er stand tatsächlich voll und ganz unter Han Feizis Einfluss.

»Ich schlage vor, dass wir unsere Unterhaltung in den kommenden Tagen fortsetzen«, fügte Lü Buwei hinzu.

Li Si verneigte sich respektvoll und verließ wortlos den Raum.

Er war bestürzt und wütend. Sie spielten mit ihm, und er war fest entschlossen, sich das nicht bieten zu lassen! Schlagartig war ihm bewusst geworden, dass das größte Hindernis auf seinem weiteren Weg der Philosoph war, dessen Einfluss durch das Vertrauen, das Lü Buwei ihm entgegenbrachte, noch größer wurde.

Seine Theorie der »rechten Benennung der Dinge« war sehr verlockend, und er war nicht weit davon entfernt, sie sich zu Eigen zu machen, doch er verdächtigte Han Feizi, sie nur vorgebracht zu haben, um seine Ernennung zum Minister des Gesetzes zu verzögern, indem er in Lü Buwei Zweifel an seiner Befähigung für dieses Amt weckte.

Mit solchen Methoden würde der stotternde Philosoph ohne Zweifel sein Ziel erreichen.

Als der erzürnte Li Si aus dem Halbdunkel des Büros des Ersten Ministers in den sonnendurchfluteten Korridor stürmte, musste er in dem gleißenden Licht die Augen zukneifen und kurz innehalten. Während er geblendet stehen blieb, wurde ihm eines plötzlich klar: Han Feizi war der Mann, den es aus dem Weg zu schaffen galt.

Eine Woche später stellte Lü Buwei seine Regierung zusammen.

Diejenigen, deren Namen im Vorfeld genannt worden waren, saßen wie auf glühenden Kohlen. In den letzten beiden Tagen, bevor die ordnungsgemäß mit dem königlichen Siegel versehene Liste der glücklichen Auserwählten, auf der neben ihrem Namen auch ihre neue Funktion verzeichnet war, am Turm der Verlautbarungen angeschlagen wurde, war nichts mehr nach außen gedrungen. Dieses Schweigen hatte die Betroffenen in die kaum zu ertragenden Qualen des Wartens gestürzt. Mehr als einer von ihnen hatte diese beiden Tage damit verbracht, den Jadekaiser, der über all die anderen Götter herrschte, um Beistand anzuflehen oder Glück bringende Amulette zu schwenken. Andere hatten sogar ein Medium aufgesucht und es gebeten, das Fuji-Brett, das sich unter dem Einfluss des Mediums bewegte, in den Sand schreiben zu lassen, um zu versuchen, aus diesen Schriftzeichen den Namen des Ministeriums herauszulesen, das der Erste Minister für sie vorgesehen hatte.

In der Abgeschiedenheit seines großen Arbeitszimmers hatte Lü Buwei Stunden damit zugebracht, die Mitglieder seiner Regierung auszuwählen, das Für und Wider abzuwägen, die Folgen seiner möglichen Entscheidungen abzuschätzen, seine ursprünglichen Pläne abzuändern und sich zu vergewissern, ob er sich auch der Ergebenheit des einen sicher sein konnte, wenn er ihn berief, oder das schädliche Potenzial eines anderen eindämmte, indem er ihm ein bestimmtes Ministerium unterstellte. Er bemühte sich, die gegensätzlichen Kräfte, die stets an der Spitze der Macht wirkten, so gut es ging auszugleichen.

Als er zu Li Si kam, war seine Ratlosigkeit groß.

Er kannte den Ehrgeiz und das Talent dieses Mannes, und auch seinen Arbeitseifer und seine Intelligenz. Doch sein Zerwürfnis mit Han Feizi hielt Lü Buwei davon ab, ihm das Ministeramt zuzuweisen, das er sich gewünscht hatte, denn dies hätte ihm heftige Vorwürfe des stotternden Philosophen eingebracht – wenn er sich durch diese Entscheidung sein Vertrauen nicht sogar ganz verscherzt hätte. Eigens ein Gesetzesministerium zu schaffen und dessen Leitung Han Feizis ehemaligem Schüler zu übertragen schien ihm darüber hinaus auch recht riskant zu sein. Die außerordentlich breit gefassten Befugnisse eines solchen Ministeriums hätten den Amtsinhaber zu einer Art zweitem Ersten Minister werden lassen. Und als ein gewiefter Taktiker wollte Lü Buwei so etwas auf keinen Fall zulassen.

Dafür betrachtete er Li Sis Ehrgeiz und seinen Machthunger mit zu großem Argwohn. Er teilte zwar die Ansichten des Legalismus, den Li Si verfocht, trotzdem wollte er nicht, dass in Qin eine absolutistische Herrschaft zum Tragen kam, die einzig und allein auf der Willkür des Gesetzes beruhte und deren Autorität lediglich der Furcht entsprang, die sie in der Bevölkerung verbreitete. Andererseits wollte er Li Si die Beförderung auf einen eigenständigen Ministerposten nicht vorenthalten. Mehr als alles andere fürchtete er die Folgen einer zu großen Enttäuschung des mit der Verbreitung der Gesetze und Erlasse betrauten Vizekanzlers.

Nachdem er einen kurzen Ausritt durch die umliegenden Hügel unternommen hatte, um wieder einen klaren Kopf zu bekommen, kam ihm schließlich der Gedanke, Li Si zum Minister für Öffentliche Ordnung zu ernennen. Dies war eines der wichtigsten Ministerämter, da seinem Inhaber nicht nur das gesamte Polizeiwesen, sondern im Bedarfsfall auch das Amt für Gerüchte – das eigentlich gar nicht seinem Ministerium angegliedert war – sowie die gesamte Strafgerichtsbarkeit unterstellt waren.

Alle Zwangsorgane unterlagen der Zuständigkeit dieses Ministeriums. Jeden Abend fand der Minister für Öffentliche Ordnung auf seinem Schreibtisch einen Bericht vor, in dem alle Verbrechen und Vergehen, die im Königreich begangen worden waren, alle ungewöhnlichen Vorkommnisse und die Namen aller Bürger, die in irgendeiner Weise einen Verdacht auf sich gelenkt hatten, vermerkt waren.

Li Si würde somit zum Obersten Ordnungshüter von Qin werden. Wenn er die Gesetze schon nicht selbst erlassen konnte, wäre es zumindest seine Aufgabe, sie durchzusetzen. Diese Ernennung würde ihn zu einem der mächtigsten und gefürchtetsten Männer im ganzen Königreich machen. Und der Erste Minister hoffte, dass Li Si so klug sein würde zu erkennen, dass er durch die Beförderung in dieses Amt bereits mehr als die Hälfte seiner Erwartungen erfüllt hatte.

Unter der Aufsicht der sanften, aufmerksamen Yaomei spielten Zheng und Goldener Fisch zwischen zwei Kübeln mit Zwergerdbeerbäumen im kiesbedeckten Hof, der den zentralen Turm im Pavillon des Erdbeerbaumhains umschloss, Murmeln.

Dieses Spiel hatte sich zu einer ihrer Lieblingsbeschäftigungen entwickelt. Manchmal gesellte sich auch Zhao Gao zu ihnen, doch an diesem Morgen hatte ihn seine Mutter länger schlafen lassen.

Die beiden kleinen Jungen, denen das Spiel, ihrem lauten Lachen nach zu urteilen, größten Spaß machte, begannen schon zu sprechen. Sie benutzten die Wendungen der geschriebenen Sprache, was die Bediensteten des Palastes in Erstaunen versetzte, wenn sie ihnen eine Weile zuhörten.

Zhao Ji und Lü Buwei hatten beschlossen, die beiden »Zwillinge« demselben Lehrer anzuvertrauen, damit beide die gleiche Ausbildung erhielten. Für sie war das auch ein Weg, das Schicksal zu bannen, das sie daran gehindert hatte, Goldener Fisch gegen Zheng auszutauschen.

Ihre Wahl war auf Natürliche Vollkommenheit gefallen, der immer noch der bei weitem belesenste und gebildetste Gelehrte im ganzen Königreich war.

Obwohl es ihm widerstrebte, sein enzyklopädisches Wissen an zwei kleine Kinder weiterzugeben, denen er erst einmal das Lesen und Schreiben beibringen müsste, hatte der Hochweise Archivar erkannt, dass er die Bitte des Ersten Ministers kaum abschlagen konnte.

Und so unterrichtete er die beiden Jungen von da an jeden Morgen im Lesesaal der Königlichen Bibliothek, der im ersten Stock des Turms im Pavillon des Erdbeerbaumhains untergebracht war. Der alte Gelehrte brauchte lediglich eine der Bambusrollen mit den klassischen Schriften, von denen manche noch aus der Zeit der Zhou oder gar der Shang-yin stammten, aus den Regalen auszuwählen, wo sie zu Tausenden sorgfältig geordnet aufbewahrt wurden. Dann löste Natürliche Vollkommenheit die dünnen Schnüre, die sie zusammenhielten, legte den Text flach auf einen Tisch und brachte den beiden Kindern bei, die einfachsten Schriftzeichen nachzumalen, als handelte es sich dabei um ein Spiel.

Die kleinen Jungen waren beide gleich aufgeweckt und intelligent. Mühelos lernten sie, die einzelnen Schriftzeichen zu malen, und der alte Gelehrte brauchte ihnen nur noch die jeweilige Bedeutung zu erklären. Nach einigen Monaten hatte Natürliche Vollkommenheit schließlich damit begonnen, ihnen komplexere Wörter und Ausdrücke beizubringen, die sie sich mit der gleichen Leichtigkeit merkten. Er nannte sie seine »kleinen Gelehrten« und schloss sie mit der Zeit immer mehr in sein Herz.

Zhao Gao hingegen, der Außenseiter in ihrem Jungentrio, war von diesem Privileg ausgeschlossen. Löbliche Absicht war zu schüchtern gewesen, Lü Buwei um diese Gunst zu bitten. Trotzdem nahm sie ihm übel, dass er es ihr nicht von sich aus angeboten hatte, vor allem weil es Lü Buwei nur dank des Opfers ihres Mannes Zhao Sheng, der heimlich den Platz der Geisel eingenommen hatte, überhaupt möglich gewesen war, Yiren heil und gesund aus Handan zurückzubringen. Gelähmt durch die Erinnerung daran, wie sehr ihr Mann den Pferdehändler verehrt hatte, hatte sie ihre Enttäuschung und Bitterkeit schließlich auf Goldener Fisch übertragen. Doch Löbliche Absicht war so diskret, dass der kleine Junge diese Veränderung in ihrem Verhalten gar nicht bemerkte.

Während ihrer heutigen Unterrichtspause war das Murmelglück auf der Seite von Goldener Fisch.

Zum großen Leidwesen seines »Zwillings« war es ihm gelungen, doppelt so viele Murmeln einzuheimsen wie dieser. Seine ganze Tasche war voll davon. Trotz aller Bemühungen misslang Zheng jeder zweite Wurf, weshalb er schließlich in lautes Weinen ausgebrochen war. Vergeblich hatte Yaomei versucht, den kleinen Prinzen zu trösten.

Da war plötzlich eine herrliche gelbe Murmel über den Boden bis vor Zhengs Füße gerollt, der sie hastig aufhob und seine Tränen trocknete. Was für ein hübscher Trostpreis! Die beiden Kinder hatten sich umgedreht, um herauszufinden, woher die kleine Kugel aus honigfarbenem Bernstein gekommen war, doch sie hatten niemanden gesehen. Sie waren verwirrt. Die kleine Murmel schien vom Himmel gefallen zu sein.

Auch Yaomei hatte nichts bemerkt.

Das Spiel ging weiter, und Goldener Fisch gewann auch die nächsten Partien. Da rollte erneut eine gelbe Kugel vor die Füße des kleinen Prinzen. Diesmal sahen sie, dass sie von einem entzückenden, prächtig gekleideten kleinen Mädchen geworfen worden war, das hinter einem der mit Zwergerdbeerbäumen bepflanzten Kübel hervorgekommen war, hinter dem es sich zuvor versteckt haben musste.

Das kleine Mädchen war höchstens ein paar Monate älter als die beiden Jungen. Sie lachte ausgelassen, und ihre perlweißen kleinen Zähne blitzten. Ihre Fröhlichkeit war ansteckend, und so brach Zheng in schallendes Gelächter aus, als er sie entdeckte. Goldener Fisch blieb ihm nichts schuldig. Er ging auf das kleine Mädchen zu, nahm sie bei der Hand und holte sie mit ernster Miene zu ihnen herüber.

»Frühlingstau! Komm bitte her und lass die beiden Jungen in Ruhe! Ich habe dich schon überall gesucht!«, rief eine Stimme, die ihrem Kindermädchen gehören musste.

Völlig außer Atem kam sie auf das kleine Mädchen zu.

»Und wo sind deine Ohrringe? Dein Vater hat sie dir geschenkt, er wird bestimmt nicht sehr glücklich darüber sein…«, rief sie, als sie feststellte, dass sie verschwunden waren.

Die kleine Frühlingstau sah ihr Kindermädchen mit einem herausfordernden Lächeln an. Um nichts in der Welt hätte sie zugegeben, dass sie sie dem weinenden Jungen zugeworfen hatte, um ihn zu trösten.

»Lass sie nur mit ihnen spielen! Sie ist ja so süß. Und sieh nur, wie gut sie sich verstehen«, sagte Yaomei zu dem Kindermädchen und lud es ein, sich neben sie auf die Bank zu setzen.

Die drei Kinder hockten inzwischen im Kies, steckten die Köpfe zusammen und spielten Murmeln, als würden sie sich schon seit Ewigkeiten kennen. Frühlingstau, die offensichtlich nur die Worte der gesprochenen Sprache beherrschte, die für Kinder in ihrem Alter normal waren, verstand nicht das Geringste von dem, was die beiden kleinen Jungen sagten. Darüber musste sie so sehr lachen, dass sie gar nicht mehr aufhören konnte, was die beiden Jungen zu noch lauterem Prusten verleitete.

Als das Spiel zu Ende war und sie sich wieder trennen mussten, verlangten sowohl Zheng als auch Goldener Fisch, dass das kleine Mädchen, das so fröhlich und lieb war, wieder zurückkäme, um mit ihnen zu spielen. Und von diesem Morgen an waren die drei Kleinen unzertrennlich. Natürliche Vollkommenheit, den die Anmut und Schönheit der kleinen Frühlingstau regelrecht dahinschmelzen ließen, schlug ihrem Kindermädchen vor, ihr den gleichen Unterricht zu erteilen wie den beiden Jungen.

Li Si war begeistert, als sie ihm davon berichtete. Diese außerordentliche Gelegenheit passte vortrefflich in die Zukunftspläne, die er für seine Tochter geschmiedet hatte.

Auch Lü Buwei und Zhao Ji, die der alte Gelehrte sicherheitshalber vorher gefragt hatte, wobei er erklärte, dass die drei Kinder bereits unzertrennliche Spielkameraden seien, hatten keine Einwände und beschlossen, es zu erlauben.

Und so hatte die kleine Frühlingstau, obwohl sie dem anderen Geschlecht angehörte, zum großen Leidwesen von Löbliche Absicht, die entsetzt mit ansehen musste, wie ein kleines Mädchen ihrem Sohn vorgezogen wurde, das bemerkenswerte Glück, von da an den königlichen Einzelunterricht besuchen zu dürfen.

Eingeschüchtert reichte Tigersprung Wang dem Glücklichen Anweis Hufu, während dieser die andere Hälfte des Erkennungszeichens in der Hand hielt.

Er war erschöpft von dem anstrengenden sechstägigen Ritt, den er hinter sich gebracht hatte, um der merkwürdigen Vorladung des Generalstabschefs der Truppen von Qin Folge zu leisten, deren Grund er sich nicht erklären konnte.

Die beiden Teile des kleinen, mit Silberniello verzierten Bronzehunds passten perfekt ineinander. Die Unterredung konnte beginnen.

»Ich habe dich herkommen lassen, um Anweis Ansicht über das Regiment zu hören, das wir seinem Kommando unterstellt haben«, erklärte der Leiter des Generalstabs, der nervös mit seinem Jadesiegel spielte.

»Warum habt Ihr ihn dann nicht selbst herbestellt, um ihn persönlich zu fragen?«, entgegnete Tigersprung ein wenig beunruhigt.

Der junge Offizier in seiner eng anliegenden Bogenschützenuniform stand in Habt-Acht-Stellung vor General Wang. Um die Taille trug er einen Gürtel aus mit Bronzedraht verbundenen Jadeplättchen, der so breit war, dass er ihm gleichzeitig auch als Panzer diente. Er hatte seinen Schnurrbart sorgfältig geschnitten, so dass er zu beiden Seiten seiner Mundwinkel gerade herabfiel, wie es die Regeln des Nordregiments, das Anwei kommandierte, vorschrieben.

»Von wem ich diese Antwort hören möchte, ist ganz allein meine Sache! Ein Generalstabschef tut das, was ihm beliebt!«, erwiderte Wang der Glückliche gereizt.

»Nach allem, was er mir gesagt hat, hält er die Paarung von Pferd und Bogenschütze wohl für äußerst sinnvoll, auch wenn das Schießen in vollem Galopp sehr ermüdend ist, da diese Körperhaltung dem Reiter viel Kraft in den Beinen abverlangt«, antwortete der Ordonnanzoffizier, der sich immer noch über dieses seltsame Ansinnen wunderte, zögerlich.

»Es wäre sicher angebracht, dass sich unsere Militäringenieure einmal etwas genauer mit dieser Frage befassen, um einen Weg zu finden, den Körper des Reiters zu stabilisieren!«, entgegnete Wang der Glückliche, dem bereits eine Konstruktion vorschwebte, die zwei Jahrhunderte später als »Steigbügel« bekannt werden sollte.

Tigersprung verstand immer noch nicht, warum Wang der Glückliche ihn und nicht Anwei zu sich bestellt hatte, und er hatte den Verdacht, dass sich hinter dieser Einleitung eine andere, ernstere Angelegenheit verbarg.

»Ermüdend! Ermüdend! Aus diesem Grund ist dann wohl auch dieser Bericht über Anweis barbarische Angewohnheiten auf meinem Schreibtisch gelandet! Stimmt es, dass er seinen Männern von Zeit zu Zeit ein Pferd zu essen gibt? Und was noch viel schlimmer ist, dass er sie das Fleisch roh verzehren lässt? Das alles wohl, um sie wieder zu Kräften kommen zu lassen, wenn ich dich recht verstehe!«, brüllte der Generalstabschef unvermittelt los und hielt dem Ordonnanzoffizier ein graviertes Bambustäfelchen unter die Nase.

Tigersprung war verlegen und wusste nicht, was er darauf erwidern sollte. Der Zorn des Generalstabschefs brachte ihn aus der Fassung. Sicher, so etwas war drei- oder viermal vorgekommen, und der junge Offizier, den diese blutigen Festmähler zutiefst anwiderten, hatte sich auch nicht gescheut, Anwei zu sagen, wie abstoßend er das Ganze fand. Aber das war doch kein Grund, dass Wang der Glückliche höchstselbst ihn zu sich bestellte, um ihm Vorwürfe zu machen, vor allem, da er doch nicht das Geringste dafür konnte? Tigersprung neigte eher dazu, dies entweder für den Ausdruck seiner schlechten Laune oder lediglich einen weiteren Vorwand zu halten.

»Ich habe zwei- oder dreimal erlebt, dass ein Tier geschlachtet wurde«, stammelte er, doch um Anwei zu entlasten, fuhr er fort: »Die Soldaten beschweren sich sehr oft über die unzureichende Versorgung mit rotem Fleisch. Der Vorteil bei einem Pferd liegt darin, dass es genug Fleisch liefert, um hundert Mann zwei Tage lang davon essen zu lassen. Das ist besser, als zwanzig Rassehunde zu töten, deren Fleisch dem König vorbehalten bleiben muss, wenn er den Wechsel der Jahreszeiten feiert…«

Plötzlich hielt er inne.

Schließlich war er nicht hier, um im Namen seines Herrn zu sprechen oder diesen vor den Militärbehörden zu verteidigen! Anweis Jähzorn, der sich auch durch diesen neuen Feldzug nicht gelegt hatte, die Verachtung, die er ihm gegenüber leider nur allzu häufig an den Tag legte, und seine Neigung, ihn als seinen Sklaven zu betrachten, erhöhten für Tigersprung nicht gerade den Anreiz, sich unter solchen Bedingungen allzu eifrig für ihn einzusetzen.

Wang der Glückliche schien sich wieder ein wenig beruhigt zu haben. Er hatte sein Jadesiegel zurück auf seinen Schreibtisch gelegt. »In Wahrheit will ich mit dir über etwas ganz anderes reden. Wir haben dich hierher bestellt, und nicht deinen General, weil uns gewisse Gerüchte über ihn zu Ohren gekommen sind. In Xianyang wird das Gerede mit jedem Tag lauter. Es heißt, Anwei stelle auf eigene Kosten Truppen auf, um eines schönen Tages – vielleicht schon morgen, wer weiß? – gegen die Hauptstadt von Qin zu marschieren und seinen König zu stürzen …«, ließ der General wie beiläufig fallen.

Tigersprung starrte ihn verblüfft an. So etwas wäre ihm nie in den Sinn gekommen, und er hatte auch noch kein einziges Mal davon gehört!

Dass Anwei Yirens Rückkehr immer noch nicht verwunden hatte, erschien ihm offensichtlich, und dass er der Ansicht war, Qin behandle ihn nicht mit der Ehrerbietung, die seinen Fähigkeiten und seinem Rang angemessen waren, erst recht. Aber trotzdem war Tigersprung nie auf den Gedanken gekommen, sein General könne einen Aufstand planen, der darüber hinaus unmöglich zum Erfolg führen könnte.

»Woher habt Ihr denn solche Informationen?«, fragte er mit leiser Stimme.

»Wir verfügen glücklicherweise über ein umfassendes Netz von Informanten. Aber mach dir keine Sorgen, du stehst nicht unter Verdacht. Und genau aus diesem Grund habe ich dich auch herkommen lassen.«

»Ich kann mir nicht vorstellen, wie Anwei mit dreißig, auf drei

Stützpunkte verteilten schweren Quadrigen und einer Hundertschaft von berittenen Bogenschützen einen Staatsstreich gegen Yiren planen sollte! Das alles scheint mir reine Verleumdung zu sein«, glaubte er einwenden zu dürfen.

Tigersprung konnte die Behauptungen des Generalstabschefs einfach nicht glauben. Sollte ihn seine Gabe, zukünftige Ereignisse aus dem Wind und den Farben der Erde und des Himmels herauszulesen, in diesem Fall etwa im Stich gelassen haben?

»Deine Jugend und deine Gutmütigkeit machen dich blind. So Leid es mir auch tut, ich muss dir sagen, dass dein Kommandant nicht der ist, für den du ihn hältst! Nach allem, was Anwei zugestoßen ist, halten viele hier seinen Wunsch nach Rache für eine logische Folge!«, versetzte General Wang.

»Ihr täuscht Euch. Anwei ist nicht so nachtragend. Alles, was er will, ist, mit dem ruhigen Gewissen eines Mannes nach Xianyang zurückzukehren, der, nachdem er seine Pflicht für sein Vaterland getan hat, dafür nun die entsprechende Dankbarkeit erwartet. Prinz Anwei ist ganz sicher kein Rebell…«

»Du bist noch jung und naiv. Glaub mir, wir müssen dringend handeln!«

Sie waren nun schon so weit gekommen, dass Tigersprung keinen anderen Ausweg mehr sah, als Wang den Glücklichen in die Enge zu treiben.

»Angenommen, Anwei wäre tatsächlich der Verräter, als den Ihr ihn darstellt, was könnte ich dann überhaupt für Euch tun, wo ich doch, wie jeder anständige Soldat, seinen Befehlen gehorchen muss?«

»Du kannst uns helfen, indem du ihn für uns überwachst. Als Erstes wirst du ihm nichts von unserer Unterhaltung verraten. Von nun an wirst du mich, im Hinblick auf das, was du heute hier erfahren hast, jeden Monat darüber informieren, was bei ihm vor sich geht. Es handelt sich dabei um einen Auftrag von größter Wichtigkeit, und wenn du ihn loyal ausführst, wird er dir ein eigenes Kommando eintragen«, erklärte General Wang.

»Der Chef des Generalstabs verlangt von einem Soldaten, sich seinem General gegenüber illoyal zu verhalten? Ist das nicht eine recht seltsame Situation?«

»Der General, von dem du diesen Befehl erhältst, steht in einem höheren Rang als der, von dem du sprichst«, beschied ihn Wang der Glückliche, in dem sich allmählich Sympathie für den Ordonnanzoffizier regte.

Tigersprung erkannte, dass es besser für ihn war, sich diesem Befehl, in dem eine unausgesprochene Drohung mitschwang, nicht länger zu widersetzen. Außerdem erschütterte die Gewissheit, mit der Wang der Glückliche sprach, seine Zuversicht. Vielleicht verfügte der Generalstab von Qin ja tatsächlich über besondere Informationen über verräterische Machenschaften, die Anwei vor ihm geheim gehalten hatte? In seinem treuen Soldatenkopf drehte sich alles. Doch es war ein ungerechter Kampf. Wie sollte er sich einem so kategorischen Befehl widersetzen, er darüber hinaus von seinem ranghöchsten Vorgesetzten ausgesprochen wurde?

»Wenn das so ist, bin ich dazu bereit …«, murmelte er bedrückt.

»Recht so! Ich wusste, dass wir uns verstehen würden«, entgegnete Wang der Glückliche und klopfte dem Ordonnanzoffizier freundschaftlich auf die Schulter.

Dann wies er einen Diener an, einen Teller mit eingelegten Hühnerfüßen und Pfannkuchen mit Honig und Sesam sowie einen Krug mit Zitronenwasser hereinzubringen. Er forderte Tigersprung auf, davon zu probieren, woraufhin dieser dem Essen mit großem Appetit zusprach.

»Deine Treue muss zuallererst deinem Vaterland gehören. Für einen Soldaten, dem wie dir eine glänzende Zukunft offen steht, gibt es gar keinen anderen Weg«, fügte der General hinzu.

Die Hühnerfüße schmolzen im Mund, waren aber gleichzeitig noch einen Hauch knusprig, und das Zitronenwasser erfrischte seine Kehle, die von der schweren Entscheidung, vor die Wang der Glückliche ihn gestellt hatte, immer noch wie zugeschnürt war. Allmählich legten sich die Skrupel, die der junge Offizier Anwei gegenüber empfand, ein wenig. Schließlich hatte er ihn ja treu verteidigt, aber er war nicht beauftragt worden, sich zu seinem Fürsprecher zu machen!

Er würde also genau das tun, was der Oberste General von ihm verlangt hatte. Er würde General Anwei überwachen.

Und da er das Glück hatte, diese Kunst zu beherrschen, würde er auch die Winde und Farben befragen, um so herauszufinden, wie es im Herzen und im Geist dieses Prinzen aussah, dem der Thron von Qin im letzten Moment verwehrt geblieben war.

6

Der Erste Minister hatte gerade gegen sich selbst eine Partie Yi gespielt, als man ihm die Neuigkeit überbrachte.

Vor Verblüffung hatte er die kleinen Tonfiguren von dem lackierten Spielbrett, auf dem vierundsechzig schwarze und rote Felder eingezeichnet waren, die durch einen weißen Strich voneinander getrennt wurden, der die Milchstraße dieses so sorgfältig eingeteilten Himmels versinnbildlichte, auf den Boden geworfen.

Dass der Großkämmerer des Königs von Qin unter ungeklärten Umständen ermordet worden war, verstimmte Lü Buwei in höchstem Maße. Mit ihm verlor er ein wichtiges Element des Netzes, das er um Yiren geknüpft hatte, um die lückenlose Überwachung des Königs sicherzustellen.

Es war etwa zwei Jahre her, seit er Schwarze Ströme den Posten als Großkämmerer verschafft hatte. Der junge Eunuch hatte das Versprechen, das er Lü Buwei gegeben hatte, gehalten und ihm treu gedient. Jede Woche hatte er ihm heimlich über jedes ungewöhnliche Verhalten des Königs sowie über die Besucher, die dieser aus eigenem Antrieb zu sich rufen ließ, Bericht erstattet. Nicht dass es viel über das Leben eines jungen Monarchen zu berichten gegeben hätte, der die meiste Zeit bei der Jagd verbrachte und abgesehen von seinem Ersten Minister kaum jemanden empfing.

Doch darüber hinaus, und dies war sehr viel eher ein Grund zur Sorge, zeigte ihm dieser Mord, dass er die Lage am Hof lange nicht so gut unter Kontrolle hatte, wie er geglaubt hatte. Er verspürte sogar das unangenehme Gefühl, dass die Situation ihm allmählich zu entgleiten drohte.

Am Tag nach der Entdeckung der Leiche erwartete ihn eine weitere schlechte Nachricht. Auf Grund der Folgen, die sie nach sich zog, war sie womöglich noch viel schrecklicher als die erste. Er hatte eine kurze schriftliche Botschaft erhalten, deren Inhalt seine Beunruhigung und Verwirrung noch steigerte.

Der Leichnam von Schwarze Ströme war von einem Trupp Ordnungshüter entdeckt worden, die die Ufer des Wei-Flusses kontrollieren sollten. Er war etwa zwanzig Li flussabwärts von Xianyang zwischen zwei kleinen grasbewachsenen Landzungen eingeklemmt gewesen, die sich in den Fluss schoben. Der Körper des Spions war aufgebläht wie ein Wasserschlauch, und seine blau angelaufene Haut war zum Zerreißen gespannt. Seine Augen waren bereits von Fleisch fressenden Fischen herausgenagt worden, und oben auf seinem Schädel klaffte eine offene Wunde, die wahrscheinlich von einem Schlag mit einem stumpfen Gegenstand herrührte, der seinen Kopf teilweise hatte aufplatzen lassen. Dem Zustand seines »Schatzkästchens« nach zu schließen, das nur noch einen unförmigen Klumpen bildete, in dem zwei kleine schwarze Kugeln eingeschlossen zu sein schienen, die wie tausendjährige Wachteleier anmuteten, musste die Leiche bereits mehrere Tage im Wasser gelegen haben.

Der Anführer der Ordnungshüter hatte den jungen Eunuchen, der zum Großkämmerer des Königs aufgestiegen war, mühelos wiedererkannt, da das Gesicht von Schwarze Ströme nicht allzu sehr unter dem Wasser gelitten hatte. Gleich nach seiner Rückkehr in die Kaserne hatte er seinen Bericht diktiert, damit dieser, wie es bei so schwer wiegenden Vorkommnissen üblich war, noch am gleichen Abend dem Minister für Öffentliche Ordnung vorgelegt werden konnte.

Das Verschwinden einer so hochrangigen Persönlichkeit, das

drei Tage zuvor gemeldet worden war, hatte am Hof von Xianyang für größte Aufregung gesorgt. Die Ordnungshüter von Qin waren augenblicklich in Alarmbereitschaft versetzt worden. Li Si hatte angeordnet, die Zahl der Patrouillen zu erhöhen und alle verdächtigen Orte von oben bis unten zu durchsuchen. Die Entdeckung der Leiche von Schwarze Ströme hatte die allgemeine Unruhe und Verwirrung noch verstärkt.

Lü Buwei hatte die anonyme Botschaft am frühen Morgen vorgefunden, als er wie gewohnt seinen Arbeitstag begann. Sie war unter der Tür seines Arbeitszimmers durchgeschoben worden und umfasste eine Spalte mit sechs Schriftzeichen, die von jemandem, der ganz offensichtlich über keinerlei Begabung für Kalligraphie verfügte, hastig und ungeschickt in ein etwa handlanges Täfelchen aus Lindenholz eingraviert worden waren.

Darauf stand zu lesen: »Han Feizi, Spion in Diensten von Chu und Mörder von Schwarze Ströme.«

Bestürzt über diese verleumderische Anschuldigung, hatte Lü Buwei hastig die Tür seines Arbeitszimmers hinter sich geschlossen, um das Täfelchen, das den stotternden Philosophen zum Tode verurteilte, genauer zu untersuchen. Sein erster Gedanke war gewesen, es zu zerbrechen oder zu verbrennen, um es auf diese Weise loszuwerden. Im Grunde brauchte er es doch nur verschwinden zu lassen und so zu tun, als hätte er es nie erhalten! Doch kaum hatte er darüber nachzudenken begonnen, wie er diese in seinen Augen vollkommen absurde Aussage vernichten sollte, als auch schon ein Sekretär den Raum betrat und ihm den Erlass zur Unterschrift vorlegte, mit dem das Ministerium für Öffentliche Ordnung eine Untersuchung gegen den stotternden Philosophen einleitete. Die Anschuldigung musste also gleichzeitig auch diesem Ministerium zugestellt worden sein.

Dem Ersten Minister gefror das Blut in den Adern: Ihm blieb keine Wahl. In diesem Stadium war es ihm nicht mehr möglich, das Verfahren noch aufzuhalten …

Die unerbittliche Zwangs- und Verhörprozedur von Qin war angelaufen. In einer solchen Situation konnten weder der Erste

Minister noch der König persönlich die Untersuchung oder gar die Anklage verhindern, die unweigerlich erhoben werden würde. Als Gegenstand einer Strafuntersuchung würde Han Feizi von vornherein als schuldig gelten, und es wäre seine Aufgabe zu beweisen, dass die Anschuldigungen, die auf ihm lasteten, jeglicher Grundlage entbehrten. Sollte ihm dies nicht gelingen, würde die Justiz von Qin unweigerlich die Todesstrafe über ihn verhängen.

Lü Buwei war verzweifelt, doch es blieb ihm nichts anderes übrig, als sein Siegel auf dem Schriftstück anzubringen, das ihm der Sekretär hinhielt. Dabei zögerte seine Hand länger als gewöhnlich, und zur leisen Verwunderung seines Gegenübers seufzte er tief auf.

Als die Ordnungshüter in das Zimmer stürmten, das der stotternde Philosoph immer noch im obersten Stock von Lü Buweis Palast auf dem Pferdehügel bewohnte, war Han Feizi gerade damit beschäftigt, das letzte Buch, das er verfasst hatte, noch einmal durchzulesen. Es stellte eine Folge und Schlussfolgerung zum *Hain der Anekdoten* dar, auf die er sehr stolz war und die er in etwa zwanzig Rollen aus in der Mitte gespaltenen Bambusschäften versammelt hatte, die ein Diener mit dünnen Seidenschnüren zusammenband.

Während er zuhörte, wie der Anführer der Ordnungshüter mit lauter Stimme die verschiedenen Anklagepunkte gegen ihn aufzählte, begriff Han Feizi sofort, dass seine letzte Stunde nicht mehr fern war.

Besser als jeder andere kannte er die Wirksamkeit der Anklageprozedur, die darin bestand, den Beschuldigten unter der Folter ein Geständnis abzupressen. Er hatte ganze Exkurse über ihre abschreckende Wirkung und die positive Tatsache geschrieben, dass sie den Machthabern garantierte, dem Volk zu jedem Verbrechen den Namen eines Schuldigen nennen zu können. Oft genug hatte er in seinen Geschichten, die sich auch an Könige und Fürsten richteten, über jene Herrscher gespottet, die sich, von einem aberwitzigen Mitleid erfasst, meist zu ihrem größten Unglück dazu hatten hinreißen lassen, die Folter aufzugeben und dafür unvoreingenommene Anhörungen mit Anklägern und Verteidigern einzuführen.

Er dachte lediglich bei sich – und das hätte beinahe ein Lächeln auf sein Gesicht gelockt, denn auf seine Weise war Han Feizi ein weiser Mann –, dass er es sich nicht hätte träumen lassen, dass dieses ungerechte, diktatorische System, dessen Verdienste er in der Vergangenheit unaufhörlich gepriesen hatte, sich eines Tages gegen ihn wenden könnte. Er wusste, dass Lü Buwei nichts anderes übrig geblieben war, als den Erlass zu unterschreiben, der eine gegen ihn gerichtete Untersuchung möglich machte.

Die Institutionen – und diese Ansicht vertrat er nun schon so lange, dass er jetzt nicht zu bedauern brauchte, selbst zu ihrem Opfer zu werden – waren stärker als die Menschen. Sicher hatte ihn jemand fälschlich beschuldigt, aber es war sinnlos, sich zu fragen, wer dies gewesen sein mochte. Natürlich kamen ihm Li Si und ihre zwei Jahre zurückliegende Auseinandersetzung in Lü Buweis Arbeitszimmer in den Sinn. Und Han Feizi traute ihm auch durchaus zu, diese Intrige gegen ihn in Gang gebracht zu haben, was, wenn dem wirklich so war, ein geschickter Schachzug gewesen wäre. Aber für diese Vermutung hatte er keinen Beweis, während die Entdeckung des Leichnams von Schwarze Ströme die Mordanschuldigung stützte, auch wenn es keinerlei plausibles Motiv gab, das erklären könnte, warum er eine solche Tat begangen haben sollte.

Der Form halber brachte man ihn in Ketten zum Leichenschauhaus, damit er selbst die Leiche von Schwarze Ströme identifizieren konnte.

Als er sich weigerte, auf die Frage zu antworten, ob er den Eunuchen wiedererkenne, versetzte ihm einer seiner Bewacher einen so heftigen Schlag auf den Kopf, dass er beinahe das Bewusstsein verlor. Das Blut floss ihm in Strömen über das Gesicht.

Aber auch danach gab er kein Wort von sich.

Als man ihn in eine Zelle gebracht hatte, unterzog sich der stotternde Philosoph Meditations- und Atemübungen, die ihn unempfindlicher gegen den Schmerz machen sollten. Er hatte sich geschworen, dieses Verbrechen, das er nicht begangen hatte, auch nicht zu gestehen. Und so setzte er sich auf den nackten Boden und konzentrierte seinen Geist auf die Mitte seines Bauchs, jene Stelle, wo die Daoisten, die er so sehr verachtet hatte, seiner Erinnerung nach das Zinnoberfeld, den Sitz der Ursprünglichen Lebenskraft Qi, ansiedelten. Nun musste es ihm nur noch gelingen, seinen Geist vom Zentrum seines Körpers zu lösen. Wenn er das schaffte, so dachte er, könnte man ihn schlagen, ihn in Stücke schneiden und ihm nacheinander jeden einzelnen Knochen brechen, ohne dass er den geringsten Schmerz verspürte.

Doch nach einer Stunde, in der er nichts anderes gespürt hatte als den stechenden Schmerz der Wunde an seinem Kopf, stellte er, nicht ohne Furcht, fest, dass diese Ablösung gar nicht so einfach zu bewerkstelligen war, wie er geglaubt hatte.

Die Legalisten beschäftigten sich nicht mit dem Körper, sondern ausschließlich mit den Gesetzen eines Reichs, während die Daoisten davon überzeugt waren, dass der menschliche Körper nach dem Vorbild des Universums gebildet war, und sich aus diesem Grund bemühten, ihn immer besser kennen zu lernen und zu kontrollieren.

Und wenn sie damit nun doch Recht hatten, fragte er sich plötzlich. Aber war es jetzt nicht zu spät für diese Erkenntnis? Wie dem auch sei, Han Feizi musste sich eingestehen, dass er den entsetzlichen Qualen der Folter, der man ihn unterwerfen würde, nicht entkommen könnte. All die philosophischen und juristischen Schriften, die er in seinen zahllosen Werken versammelt hatte und die ihn zu einem der größten Denker seiner Zeit machten, erschienen ihm mit einem Mal unbedeutend und sinnlos.

Als der Henker ihn in den Raum führte, in dem die Befragung abgehalten werden sollte, wirkte sein angeschwollenes Gesicht beinahe schon so bleich und verzerrt wie das eines Toten. Er bemerkte den Minister für Öffentliche Ordnung, der mit ausdrucksloser Miene in der ersten Reihe saß, und versuchte, seinen Blick aufzufangen, doch Li Si wich ihm aus und wandte, obwohl Han Feizi ihn pausenlos anstarrte, den Kopf beharrlich zur Seite. Dieser dachte bei sich, dass Mut wohl nicht unbedingt zu den hervorstechendsten Eigenschaften seines früheren Schülers gehörte.

Als man langsam die Sehnen an seinen Fersen freilegte, wodurch es möglich wurde, ihn mit den Füßen an zwei kleinen Trägern festzubinden, die auf einem Brett befestigt waren, schrie er vor Schmerz so laut, dass sich selbst die Wachen die Ohren zuhalten mussten. Doch Han Feizi, der den Kopf gesenkt hielt und dessen Gesicht vor Schmerz und Schreien völlig entstellt war, wandte den Blick nicht von Li Si ab, bis er schließlich das Bewusstsein verlor.

Als der Henker seinen Säbel auf den Nacken dieses bedeutenden Denkers des Legalismus herabsausen ließ, dessen Kopf wie eine große reife Quitte am Ast des Baums hin und her schwang, war der Minister für Öffentliche Ordnung bereits aus dem Folterraum verschwunden.

Han Feizis Kopf rollte auf den Boden. In seinen aus den Höhlen getretenen Augen stand noch das Entsetzen über diese ungerechte Strafe.

Nachdem Li Si in sein Ministerium zurückgekehrt war, versuchte er, den Blick, mit dem der stotternde Philosoph ihn angesehen hatte, während er gefoltert wurde, aus seinem Gedächtnis zu vertreiben. Dazu vertiefte er sich in die Berichte der Polizisten und Ordnungshüter, aus denen er sein Kapital schlug.

Sie enthielten die Gischt, die an die Oberfläche der zahllosen Vergehen trat, deren sich die Menschen heimlich schuldig machten und die von einem gewaltigen Netz aus Polizisten und Spitzeln aufgedeckt wurden, deren Aufgabe es war, die Bevölkerung so streng zu überwachen und einzuschüchtern, dass in den Menschen jeder Wunsch nach Auflehnung oder Revolte im Keim erstickt wurde. Li Si las diese Zeilen, in denen zwischen Tratsch und Gerüchten auch hier und da die Namen von Verdächtigen auftauchten, stets mit großem Vergnügen. Er hatte die Macht, diese Menschen in Schuldige zu verwandeln. Im Namen des Gesetzes konnte er so viele Leben auslöschen, wie er nur wollte. Diese Berichte waren das wichtigste Instrument, mit dessen Hilfe er seine Macht ausübte.

Und es war auch der Bericht über die Entdeckung der Leiche von Schwarze Ströme gewesen, der den Minister für Öffentliche Ordnung auf seinen glorreichen Gedanken gebracht hatte.

Die Gelegenheit war zu günstig! Und er hatte sie genutzt.

Er hatte lediglich Han Feizi dieses schrecklichen Mordes zu beschuldigen brauchen, dessen Urheber man nicht kannte und zu dem glücklicherweise auch kein Verdächtiger genannt worden war. Obwohl er nur ein mäßig begabter Kalligraph war, hatte er die Denunziation auf zwei Täfelchen geschrieben und das erste unter der Tür von Lü Buweis Arbeitszimmer durchgeschoben, um den Ersten Minister zu beunruhigen und aus dem Gleichgewicht zu bringen. Danach hatte er das zweite unter seiner eigenen Tür hindurchgeschoben, und die Institutionen von Qin hatten für ihn den Rest erledigt.

So war es ihm gelungen, sich auf unkomplizierte Weise und völlig ungestraft jenes Mannes zu entledigen, der ihm im Weg stand. Und gleichzeitig hatte er damit auch Lü Buwei geschwächt, dem er mit Han Feizi seinen wichtigsten Berater raubte.

Er hatte zwei Fliegen mit einer Klappe geschlagen. Das war ein weiterer Schritt auf dem Weg, den er sich vorgezeichnet hatte. Ein Weg, auf dem früher oder später das einzige Hindernis Lü Buwei heißen würde.

Als der Henker den Ersten Minister, der sich mit finsterer Miene in seinem Arbeitszimmer eingeschlossen hatte, aufsuchte, um ihm die Benachrichtigung vorzulegen, dass der Kopf des Philosophen Han Feizi in einer Kiste mit Sägespänen ruhte, musste Lü Buwei sich zusammenreißen, um nicht laut aufzuschluchzen, während er sein Siegel auf das blutverschmierte Täfelchen setzte.

Wie gerne hätte er sich jetzt in die geschmeidigen Arme von Zhao Ji geflüchtet und wäre zum Sklaven ihrer erfahrenen Hände geworden! Seit Jahren schon durfte er sich ihr nicht mehr nähern, und trotzdem waren seine Gefühle noch genauso stark und klar, als läge ihre letzte Umarmung nur einen Tag zurück! Nur Zhao Jis seidenweiche Schenkel, ihre feuchte, spitze Zunge und ihr Rosental, das sich vor Begehren mit Tau überzog, sobald er seine Hände auf ihren Körper legte, hätten ihn ein wenig über den Tod seines Freundes hinwegtrösten und die Seelenqualen lindern können, die es ihm bereitete, dass er, obwohl Erster Minister, nichts hatte tun können, um ihn zu retten.

Er schloss die Augen und dachte an ihre letzte intime Begegnung zurück, kurz bevor er sie hatte gehen lassen, um Yiren zu verführen. Sofort stürmten die Bilder, die Gerüche und die Geräusche wieder auf ihn ein. Er sah ihre schlanken, biegsamen, lianengleichen Beine vor sich, die sie auf seine Schultern gelegt hatte, so dass ihr von jeglichem Flaum befreiter Spalt dicht vor seinem Mund zu liegen kam und er seine Zunge ohne Mühe darin eintauchen lassen konnte; er sah den dunklen Hof ihrer aufgerichteten Brustwarzen und ihre Brüste, die durch die Schwangerschaft kaum schwerer geworden waren; er sah ihre vollen, pfingstrosenfarbenen Lippen, die sich auf seinen Jadestab gestürzt hatten, sobald dieser in ihre Reichweite gekommen war, um seinen Jadesaft aufzunehmen wie ein Schmetterling, der den Nektar einer Blume aufsaugt; er spürte ihre glatte, seidige Haut, in die er so gerne zärtlich hineinbiss und die in seinem Mund jenen unbeschreiblichen Geschmack nach Salz und dem Jasminduft zurückließ, mit dem sie sich immer parfümierte; verwundert ließ er seinen Blick auf ihrem bebenden, sich aufbäumenden Hintern ruhen, dessen Bewegungen ihn an die kleine Achal-Tekkiner-Stute erinnerten, die er bei seinem ersten Besuch in Xianyang auf dem Pferdemarkt gekauft hatte, als er von hinten in sie eindrang, wie es in dem Gedicht »Zwei Sperber, der eine auf dem anderen hockend, streichen mit ihren geraden, festen Flügeln durch die Luft« beschrieben wurde; er bewunderte ihren Bauch, der sich in dem Augenblick, als die Lust ihren Körper in eine Zither verwandelte, deren Saiten vibrierten und dabei den Ton der unermesslichen Erfüllung erklingen ließen, wellte wie ein reifes Hirsefeld, wenn der Wind darüber hinwegstreicht; er schmeckte den innersten Quell seiner Geliebten, der sich auf die Spitze seines Jadestabs ergossen hatte, als sie zum höchsten Genuss gelangt war. Ja, sein Mund war immer noch von dem seltsamen, leicht moschusartigen Geschmack erfüllt, und er hörte auch immer noch das fröhliche Lachen, in das sie ausgebrochen war, als er seinen Finger damit bestrichen und diesen auf seine Zunge gelegt hatte, ehe er sie küsste und mit einer verzweifelten Leidenschaft in sie eindrang, die erst zur Ruhe kam, als er selbst in ihr explodiert war…

Da war sie, lag neben ihm, hingebungsvoll, zärtlich und begehrenswert. Sein Gegenstück. Das Yin zu seinem Yang.

Er hätte noch stundenlang so sitzen mögen, unendlich lange, als liebte er sie wirklich. Denn Lü Buwei wusste, dass sie nicht da sein würde, wenn er die Augen wieder öffnete.

Und diesen Moment wollte er so weit wie möglich hinauszögern.

Der Befehl, mit seinem gesamten Regiment nach Xianyang zurückzukehren, traf Prinz Anwei wie ein Schlag und machte ihn gleichzeitig wütend und ratlos.

Es war gerade erst zwei Mondjahre her, seit er an die Nordgrenze von Yan entsandt worden war, um einen Teil dieses weiten Ackerlands zu erobern, nach dessen Feldern, auf denen die fünf Getreidesorten reiche Ernte brachten, es Qin genauso gelüstete wie nach den zahllosen Bauern, die kräftige, tapfere Soldaten abgeben würden.

Diese gewaltige, fruchtbare, sanft gewellte Ebene, auf die man von den Felshängen hinabblicken konnte, auf denen der General des Nordregiments sein Lager aufgeschlagen hatte, glich dem Leib eines riesigen Drachen mit Haaren aus den Stängeln der Klebhirse, die wie ein Ozean hin und her wogten, sobald ein leiser Wind aufkam.

Zu Beginn des Winters verwandelten sich Teile der bewirtschafteten Flächen durch Brandrodung in schwarze Wolken, die aussahen, als seien sie vom Himmel herabgefallen, und deren Glut auch nach Einbruch der Dunkelheit noch hell weiterglomm. Einige Monate später, sobald die ersten Regenfälle den Schnee schmelzen ließen, würde erneut zartes grünes Gras, von dem die Tiere gar nicht genug bekommen konnten, aus diesem schwarzen, fruchtbaren Boden hervorsprießen.

Hier und da schmiegten sich Weiler aus kleinen, in den Lössboden gegrabenen unterirdischen Behausungen in die Falten dieses Leibs. Dort lebten die Familien der Hirten und Bauern.

Auf den weiten Grasflächen, wo nach den Regenfällen stets ein reges Hirtentreiben herrschte, weideten alle möglichen Tiere friedlich nebeneinander: Kühe, Schafe mit langem, dichtem Fell, Ziegen, deren kleine Bärtchen denen alter Gelehrter glichen, Zuchthirsche mit majestätischem Geweih und nicht zu vergessen jene kleinen, robusten Pferde, deren Beine mit einem lockigen Fell bedeckt waren, das es ihnen ermöglichte, Schnee und Kälte zu trotzen.

Weiter im Westen, gegen die Steppen Innerasiens hin, dienten genau diese Pferde als Reittiere bei der gefährlichen Jagd mit Adlern, auf die Anwei gerne gegangen wäre, wenn es ihm gelungen wäre, diese Vögel mit ihren gewaltigen spitzen Flügeln zu zähmen, die, unerreichbar für die Pfeile der Bogenschützen, am Himmel ihre Kreise zogen, hoch über den anderen Tieren, welche sie mit ihren scharfen Augen aufmerksam aus der Ferne beobachteten, bereit, blitzschnell auf sie herabzustoßen.

Doch das Fesselndste an diesem Bild, das sich dem Betrachter bot, war die lange Mauer aus Steinen und getrocknetem Lehm, die sich in einigen Li Entfernung erhob, wo sie sich eidechsengleich über die Grasflächen und Felder schlängelte und den steinernen Horizont dieser weiten, grenzenlosen Ebene bildete.

Die Mauer von Yan, an der schon seit einem halben Jahrhundert gebaut wurde, war nun beinahe fertig und der ganze Stolz dieses Königreichs, welches sie vor der Invasion der Barbarenvölker schützen sollte, jener Völker, die Pferde und Adler züchteten und von Plünderungen und der Jagd in den wüstenähnlichen Steppen lebten, wo das Gras nur wuchs, wenn sich die ebenso heftigen wie unregelmäßigen Regenfälle über das Land ergossen.

Alle paar Li stand ein Soldat auf einer Plattform oben auf dieser langen Mauer, deren Kamm sich an diesen Stellen zu einem kleinen Turm verbreiterte, und starrte Richtung Norden, um bei einem möglichen Angriff Alarm zu schlagen. Diese Wachtposten, die reglos wie Statuen dastanden, mussten alle zwölf Stunden abgelöst werden. Dazu unterhielt Yan eine ganze Armee, deren Soldaten im Sommer, von der Hitze ausgetrocknet, verdursten, und im Winter, vom scharfen, eisigen Wind ausgekühlt, erfrieren konnten, denn ihre Anweisungen verboten es ihnen, ihre Plattform aus welchem Grund auch immer vor dem Eintreffen ihrer Ablösung zu verlassen.

Der gewaltige Bedarf an finanziellem und menschlichem Nachschub, der zu ihrer Errichtung notwendig gewesen war, hatte das Land beträchtlich geschwächt, und seine Armeen waren nur noch ein Schatten ihrer selbst.

Diese Schwäche machte sich Anwei jetzt zu Nutze.

An der Spitze seiner berittenen Bogenschützen, die an Wendigkeit und Treffsicherheit dem Gegner deutlich überlegen waren, machte er bei den wöchentlichen Scharmützeln, die es ihm ermöglichten, Stück für Stück immer mehr Gelände zu erobern, mit den Soldaten von Yan kurzen Prozess. Stolz pflanzte er das Banner von Qin auf all die Landstreifen, die er nach und nach einnahm, und hörte mit Befriedigung, wie ihm die Bauern und Viehzüchter, die auf diese Weise unter seine Herrschaft fielen, die Treue schworen.

Um den Kampfesmut seiner Männer zu belohnen, ließ er ungefähr alle drei Monate ein Pferd schlachten und das Fleisch unter ihnen verteilen. Das Festmahl, das zwei Tage und zwei Nächte über andauerte, begann damit, dass alle von dem noch warmen Blut des Tieres tranken, und es endete mit der Übergabe seines Fells an den tapfersten Soldaten, während Anwei selbst die Mähne behielt und sie an seiner Lanze befestigte. Diese hatte mit der Zeit das Aussehen einer eigentümlichen Trophäe angenommen, die die gegnerischen Soldaten für die Inkarnation des Geistes eines mythischen Pferdes hielten, vor dem sie hastig die Flucht ergriffen, sobald der General mit hoch erhobener Lanze auf sie zustürmte.

Er rückte immer weiter vor und rechnete damit, in Kürze einen ersten Wehrturm der Mauer einnehmen zu können. Und von da an wäre die Eroberung von ganz Yan nur noch eine Angelegenheit von Tagen, denn der Fall dieser Mauer würde dem Königreich, ganz abgesehen von seiner symbolischen Bedeutung, allen Schutz an den nördlichen Grenzen rauben.

Anwei hatte einen Plan. Er musste die militärische Führung von Qin lediglich davon überzeugen, Yan zu umgehen und einen massiven Angriff von der Steppe aus zu starten. Dann wäre er der General, der für seine Heimat ein Königreich erobert hatte, das noch größer war als das eigene Gebiet und einen unerschöpflichen Vorrat an wilden Himmelspferden bot!

Dieser Traum vom Ruhm, der gelegentlich in ihm aufstieg, war jedoch niemals von dem Gedanken begleitet, einen Staatsstreich anzuzetteln und gegen Xianyang zu marschieren. Anwei war klug. Wenn er sich doch einmal in einem verrückten Traum ausmalte, sich mit Waffengewalt für die Demütigung zu rächen, die Qin ihm zugefügt hatte, indem es seine Dienste abwies, kam er stets sehr schnell wieder zur Besinnung.

Er wusste ganz genau, dass er an der Spitze seines kleinen Trupps nicht das Geringste gegen die riesigen, waffenstarrenden und mit den besten Pferden der Welt ausgestatteten Armeen ausrichten konnte, die Qin einem solchen Versuch entgegensetzen konnte. Sein Marsch gegen Xianyang würde nicht einmal drei Tage dauern.

Aus diesem Grund zog er es vor, sich durch militärische Verdienste und seine gewohnte Tapferkeit Genugtuung zu verschaffen. Er vertraute auf die Zeit und die Dankbarkeit seines Vaterlands, die ihm, zumindest hoffte er das, dieser weithin unspektakuläre, aber erfolgreiche Feldzug einbringen würde, den er in Yan führte. Das Einzige, was er wollte, war, als der tapferste Soldat von Qin zu gelten. Er war bereit, seine Loyalität unter Beweis zu stellen, um daraus den größten Nutzen für sich selbst zu ziehen. Anwei konnte sich nicht vorstellen, dass so große Mühen und so viel Selbstverleugnung nicht eines Tages belohnt werden sollten.

Deshalb hatte ihm der schriftliche Befehl von Wang dem Glücklichen die Sprache verschlagen.

Wozu hatten sie bereits zwei eisige Winter und zwei glühend

heiße Sommer hier ausgeharrt, hatten Löcher in das Eis geschlagen, um die Tiere zu tränken, und in der größten Sommerhitze Dutzende von Li zurückgelegt, um einen Tümpel für sie zu finden? Wozu hatten sie, gegen einen Felsen gepresst oder unter einem Zelt zusammengekauert, tagelang darauf gewartet, dass die Stürme sich legten und der Wind abflaute, um gegen den Feind zu kämpfen und ihn Stück für Stück zurückzudrängen, indem sie jeden Tag einen weiteren Streifen des fremden Gebiets eroberten? All die Mühen, die Selbstverleugnung und der Kampf, auch gegen die eigene Mutlosigkeit, die er stets vor seinen Männern verbergen musste, wurden durch ein simples Bambustäfelchen mit dem königlichen Siegel von Qin zunichte gemacht.

Mit verstörtem Blick sah er den Gesandten von Wang dem Glücklichen an, dessen Miene unter der büffelledernen Mütze der königlichen Meldereiter keine Regung gezeigt hatte.

»Aber … Aber in weniger als einem Mondmonat kann ich diese Mauer erobern …!«, brachte er schließlich stammelnd hervor und deutete auf die Trockenmauer, die ungefähr zehn Li von ihnen entfernt den Horizont versperrte.

»Gegen den Befehl des Königs von Qin gibt es keinen Widerspruch. Ihr müsst zurückkehren«, erwiderte der Bote, und seine Stimme klang scharf wie die Klinge eines Dolchs.

»Selbst wenn Qin dadurch um die Gelegenheit gebracht würde, Yan vernichtend zu schlagen«, rief Anwei mit zornbebender Stimme.

»Ihr müsst mit Euren Männern auf dem schnellsten Wege nach Xianyang zurückkehren«, wiederholte der Meldereiter und bedeutete Anwei, ihm seine Hälfte des Hufu wieder zurückzugeben.

Ehe dieser noch etwas erwidern konnte, war der Bote bereits auf sein Pferd gestiegen und in gestrecktem Galopp davongeritten. Er war nur noch eine Staubwolke auf dem steinigen Weg, der von dem felsigen Hügel, auf dem die Armee ihr Lager aufgeschlagen hatte, zu den lieblicheren Ebenen des Südens hin abfiel, wo er schließlich auf die gepflasterte Straße treffen würde, die nach Xianyang führte.

Seit Anwei spürte, dass Tigersprung ihn überwachte, hatte sich sein Verhältnis zu seinem Untergebenen verändert. Es war nun von wechselseitigem Misstrauen geprägt.

Tigersprung hingegen war an das Versprechen gebunden, das er Wang dem Glücklichen gegeben hatte, doch er hatte immer noch nichts bemerkt, was auf einen Verrat Anweis hinweisen könnte, und so hatte er sich in beharrliches Schweigen zurückgezogen. Lediglich ein besonders aufregendes Scharmützel gegen die Soldaten aus Yan konnte ihm noch einen leisen Kriegsschrei oder einen freudigen Ausruf entlocken. Während der übrigen Zeit tat er schweigend seine Arbeit und antwortete auf Anweis Fragen, dem seine trübsinnige Stimmung Sorgen bereitete, nur einsilbig.

Deshalb verlor Anwei seinem Adjutanten gegenüber auch kein Wort über den Befehl, der ihn aus Xianyang erreicht hatte. Er tat so, als sei nichts geschehen, und kehrte in sein Zelt zurück, wo er damit begann, die Klinge seines Kommandeursschwerts zu polieren.

Tigersprung, der den königlichen Boten hatte ankommen und wieder fortreiten sehen, ahnte, dass etwas Ernstes vor sich ging. Gleichzeitig war das unerwartete Eintreffen dieses Meldereiters auch ein Zeichen dafür, dass die Worte des Generalstabschefs von Qin nur hohle Reden gewesen waren und er ihm auch nicht mehr vertraute als Anwei.

Er war wütend, weil Wang der Glückliche ihn nicht informiert hatte, und sah darin einen Beweis dafür, dass man an seiner Loyalität zweifelte. Dieser Argwohn stellte auch die Grundlage des Pakts in Frage, den er mit dem Leiter des Generalstabs geschlossen hatte.

Mit einem Mal erkannte er, dass er von den Behörden von Qin lediglich ausgenutzt worden war, und er kam zu dem Schluss, dass es das Beste wäre, Anwei alles zu gestehen.

»Es ist lange her, seit du mich zum letzten Mal in meinem Zelt besucht hast!«, begrüßte ihn sein General.

»Ich schäme mich so sehr«, erwiderte Tigersprung und warf sich vor ihm zu Boden.

Unter Tränen berichtete er ihm von seiner Unterredung mit Wang dem Glücklichen, von den Zweifeln des Generals an Anweis Loyalität und davon, wie der Leiter des Generalstabs der Truppen von Qin ihn damit beauftragt hatte, seinen Herrn zu überwachen.

Je länger Tigersprung redete, desto wütender wurde Anwei. Sein Gesicht lief purpurrot an.

»Jetzt verstehe ich, was man mit mir gemacht hat! Zuerst haben sie versucht, mich aus dem Weg zu schaffen. Und jetzt, wo sie sehen, dass ich erfolgreich bin, wollen sie mich unter einem falschen Vorwand stürzen... Diese Menschen wittern überall nur Böses! Und dieses Königreich, in dem jeder jeden verdächtigt, verdient es nicht, dass ich ihm diene. Der arme Yiren ist von Einflüsterern umgeben, die ihn nach Belieben manipulieren, und er lässt sie gewähren! Dieser Junge ist unfähig. Ein einziges Wort von ihm, und das ganze Ränkespiel hätte ein Ende. Er alleine ist es, der mit seiner Verantwortungslosigkeit den Verrat der anderen überhaupt erst möglich macht!«, brüllte der General, den sein Land hierher in die Verbannung geschickt hatte, wutentbrannt.

Er dachte an Fügsame Jadeblume und ihre fünf gemeinsamen Kinder, die gezwungen waren, in diesem widerlichen Intrigennest zu leben. Auch sie würden bald, wenn es nicht sogar schon geschehen war, Ungnade und Schmach kennen lernen.

»Das mag ja sein. Aber was sollen wir jetzt tun?«, wandte Tigersprung ein, den Anweis empörte Worte vollends von dessen lauteren Absichten überzeugt hatten.

»Nach Xianyang zurückkehren? Niemals! Wir müssen mit unseren Männern weit fort von hier, eine andere Möglichkeit gibt es nicht. Wenn wir das nicht tun, werden sie uns bald erwischen.«

»Aber was sollen wir unseren tapferen Reitern und Bogenschützen denn sagen?«

»Die Wahrheit. Sie sind mir treu ergeben. Es sind meine Männer, und ich vertraue ihnen. Sie werden mir überallhin folgen und meine Gründe verstehen.«

»Und wie sollen wir die Männer und Tiere ernähren«, fragte Tigersprung eingeschüchtert.

»Mit Raub, Hinterlist und Gewalt, wie gewöhnliche Wegelagerer und Plünderer, wenn Qin uns schon dazu zwingt«, versetzte Anwei.

In den Augen des gestürzten Generals funkelten bereits der Hass und jener unauslöschliche Rachedurst, der von nun an sein ganzes weiteres Leben bestimmen sollte.

Qin hatte es geschafft, aus Anwei einen Rebellen zu machen.

Seine pergamentartige, mit Altersflecken übersäte Hand streichelte die feste und immer noch wunderschöne Brust der Königinwitwe.

»Deine Haut ist noch genauso zart wie vor zwanzig Jahren, und deine Brüste sind immer noch klein und fest. Ich habe das Gefühl, dich erst gestern verlassen zu haben!«

Friedliche Erhabenheit schmiegte sich in Huayangs Arme wie ein Kind an den Körper seiner Mutter. Er war immer noch ein recht gut aussehender Mann, dem die Jahre nicht allzu sehr zugesetzt hatten. Er hatte seine Funktion als Königlicher Beauftragter für die Behebung von Missständen behalten, doch die Machthaber des Königreichs, die das weit verzweigte Netz von Spitzeln, mit dem sie die gesamte Bevölkerung überwachten, davon abhielt, ihre eigenen Missstände aufdecken zu lassen, griffen nicht länger auf seine Dienste zurück. Er genoss ein ruhiges Dasein, widmete sich der Abschrift der *Gespräche* des Konfuzius und schimpfte über den immer weiter um sich greifenden Legalismus in einem Reich, das niemals wirklich Gnade vor seinen Augen gefunden hatte.

Als der alte Herzog Huayangs Nachricht erhalten hatte, in der sie ihn einlud, sie in ihrem Zimmer zu besuchen, hatte diese himmlische Überraschung erneut die Glut und die leidenschaftlichen Gefühle eines jungen Mannes in ihm aufflammen lassen. Die Jahre, in denen er ihr Geliebter gewesen war, bildeten seine schönsten Erinnerungen. Nie wieder war er einer Frau begegnet, die so sinnlich und erfahren und gleichzeitig so außergewöhnlich klug gewesen war.

Ihr geheimer Garten war immer noch genauso sorgfältig gepflegt und glatt wie früher und verströmte seinen altbekannten Duft nach Jasmin, Koriander und fremdartigen Gewürzen aus den Oasen des Westens. Mühelos fanden die zitternden Finger des alten Mannes den Weg in die feuchte, sanfte Erhabene Pforte seiner früheren Geliebten, woraufhin ein Zittern ihren kaum gerundeten Bauch erschauern ließ.

Der alte Herzog fürchtete, sein Jadestab könne ihm heute nicht mehr so widerspruchslos gehorchen wie früher, doch erfreut stellte er fest, dass er sich getäuscht hatte.

Huayang hatte lediglich den sich überlappenden Stoff ihres langen Gewands sanft zur Seite zu schieben brauchen, da spürte er auch schon, wie sich sein Glied beim Anblick ihres Rosentals, das sich im Halbdunkel zwischen ihren Beinen verlor, verhärtete. Genau wie früher. Er war glücklich wie ein Kind und hatte das Gefühl, wieder neugeboren zu sein.

Als sie seinen inneren Quell zum Sprudeln gebracht hatte, was dem Herzog ein so lautes lustvolles Stöhnen entlockt hatte, dass sie ihm eine Hand auf den Mund legen musste, damit die Diener, die im Vorzimmer warteten, nicht alles mit anhörten, erklärte sie ihm schließlich, warum sie ihm dieses Treffen gewährt hatte.

»Ich beginne das Alter zu spüren. Und ich muss darauf achten, dass mein Körper nicht seine Reize verliert. Mein inneres Qi droht unter dieser jahrelangen Enthaltsamkeit zu leiden.«

»Du willst doch wohl nicht behaupten, dass du noch immer an diese daoistischen Hirngespinste glaubst, die zu nichts anderem gut sind, als es ihren Priestern zu ermöglichen, sich unter dem Deckmantel von Übungen, die angeblich die Lebenskraft stärken sollen, ungestraft mit jungen Schönheiten zu vergnügen?«, rief Friedliche Erhabenheit verärgert, während er seine Beinkleider aus schwarzem Leinen zurechtzog.

Dass Huayang ihn nicht ohne Hintergedanken zu sich gerufen hatte, mochte ja noch angehen… Aber dass sie mit ihm nur die daoistische Übung der Vereinigung von Yin und Yang vollziehen wollte, erschütterte ihn. Trotz der größeren Nachsicht, die das Alter mit sich brachte, verspürte er immer noch eine heftige Abneigung gegen diesen volkstümlichen Glauben, der seiner Ansicht nach nur die dunkelsten Neigungen der menschlichen Natur ausnutzte, und er hatte niemals verstehen können, wie eine so intelligente Frau wie Huayang diesen geheimnisvollen und alles in allem zutiefst entwürdigenden Praktiken auch nur das geringste Vertrauen schenken konnte.

»Ich glaube nicht nur daran, ich gedenke auch, sie weiterhin zu praktizieren! Wenn mein Körper sich so gut erhalten hat, dann nur dank der Übungen, die ich mir jeden Tag auferlege«, erwiderte sie und entblößte ihren elfenbeinweißen Körper nun vollständig.

Friedliche Erhabenheit war wie geblendet von der Schönheit ihrer immer noch perfekten Formen.

Daraufhin führte sie ihren rechten Zeigefinger in ihre Erhabene Pforte ein, um ihn mit der Mischung aus inneren Säften zu befeuchten, die sich dort ergossen hatten. Sie führte den Finger an ihre Lippen und schloss die Augen.

»Ein Tropfen dieses Elixiers wird meine Lebenskraft für mindestens sechs weitere Mondmonate stärken. Es ist ein Fehler, darauf zu verzichten«, erklärte sie dem alten Herzog und hielt ihm ihren feuchten Finger hin, damit er daran lecken konnte.

Er wehrte ab und verbarg dabei mehr schlecht als recht ein leises Gefühl des Ekels.

»Im Grunde ist es mir ja gleich, was du damit bezweckst, so lange ich nur hin und wieder herkommen und dein Lager teilen darf«, sagte er resigniert und betrachtete den herrlichen Körper der Frau, die er immer noch liebte.

»Du solltest jetzt gehen, sonst könnte noch jemand Verdacht schöpfen. Auch wenn das in unserem Alter und unserer Stellung nicht mehr ganz so schwer wiegende Folgen haben dürfte!«, fügte sie mit einem Lachen hinzu.

Der alte Herzog drückte einen langen Kuss auf ihre Hände und ging hinaus. Er hatte nicht gewagt, ihr zu gestehen, dass auch sie ihn um zehn Jahre verjüngt hatte.

Nachdem er sie verlassen hatte, achtete Huayang darauf, den Finger, den sie an ihre Lippen gelegt hatte, nicht abzuwischen. Sie musste ihn noch einige Stunden so bewahren, bis Zheng und Goldener Fisch eintrafen, die sie zu einem kleinen Nachmittagsimbiss eingeladen hatte.

Es genügte ihr nicht, ihre tägliche Übung vor dem »niedergeschriebenen Körper« von Zheng zu verrichten. Sie liebte es, dieses Kind zu sehen, es zu berühren, zu streicheln und in die Arme zu schließen. Und da Zheng und Goldener Fisch unzertrennlich waren, hatte sie sich angewöhnt, Goldener Fisch genauso zu behandeln. Im Laufe ihrer Begegnungen mit den beiden Kindern hatte sie diesen liebenswerten kleinen Jungen genauso sehr in ihr Herz geschlossen wie Zhao Jis Sohn, auch wenn sie ihn nicht in ihre Meditationen einbeziehen konnte, weil sie nicht über seinen »niedergeschriebenen Körper« verfügte.

An diesem Tag hatte ihre intime Begegnung mit ihrem alten Geliebten all ihre Sinne geweckt. Sie war entspannt und glücklich, als sie die beiden kleinen Jungen in ihr Zimmer einließ.

Einem immer gleichen Ritual folgend, zeigte sie ihnen ihr Boshanlu-Räuchergefäß, nachdem sie ihnen ein paar Süßigkeiten aus kandiertem Ingwer geschenkt hatte. Die beiden klatschten vor Freude in die Hände. Dann zündete sie die Kohlen an und warf Weihrauch und eine Prise gelben Pulvers darauf, das knisternd verbrannte. Die beiden Kinder, die dieses Kunststück, das sie schon so oft gesehen hatten, immer wieder aufs Neue in Verzückung versetzte, beobachteten die Rauchfäden, die sich zur Kassettendecke des Zimmers emporwanden.

»Zuerst müsst ihr mir in die Hand schlagen und mir schwören, dass ihr unsere kleinen Geheimnisse für euch behaltet«, flüsterte Huayang.

Goldener Fisch stürmte als Erster lachend auf sie zu und presste seine Handfläche an die der früheren Königin. Die Rauchfäden waren inzwischen zu einem dichten Weihrauchschleier geworden, und aus dem Räuchergefäß schossen Funkengarben hervor.

»Was müssen wir jetzt sagen?«, fügte sie hinzu wie ein Lehrer, der seine Schüler abfragt.

»Ich ließ mein Herz wandern im Anfang der Welt!«, schrien die beiden Jungen, die vor dem kleinen Räuchergefäß niedergekniet waren, wie aus einem Mund.

Das war ein Satz von Laozi, wie er in den Schriften von Zhuangzi wiedergegeben war. Mit diesen Worten begann die Beschreibung des kosmischen Körpers des Meisters des Dao als Abbild des gesamten Universums.

»War der Verehrungswürdige Laozi denn ein netter Mann?«, fragte Goldener Fisch mit seiner zarten, hellen Kinderstimme.

»Er war viel mehr als nur nett. Ohne ihn wären die Menschen sehr traurig. Er hat uns den Weg des Glücks und der Harmonie gezeigt, den ihr, wenn ihr groß seid, auch beschreiten sollt«, erklärte sie den beiden Kindern, die ihren Worten gebannt lauschten.

Auf diese Weise, durch Spiel und Begeisterung, mit Hilfe sanfter Überzeugung und vor allem dank des zärtlichen Vertrauens, dass sie in den beiden kleinen Jungen zu wecken wusste, wollte Huayang Goldener Fisch und Zheng heimlich in den Großen Weg des Daoismus, in seine Lehren und in seine Praktiken einweisen.

Die Flammen verloschen, und der Rauch löste sich auf. Es wurde Zeit, aufzuhören, ehe die Kindermädchen und Dienerinnen, die im Ziergarten miteinander schwatzten, misstrauisch wurden.

Sie küsste ihre beiden kleinen Schüler zärtlich und fuhr dabei wie unbeabsichtigt mit ihrer rechten Hand, an deren Zeigefinger noch immer das Elixier haftete, durch ihr Haar.

Sie war glücklich, denn sie hatte ihnen noch ein wenig mehr von ihrer Lebenskraft geschenkt.

So fühlte sie sich nützlich, und das war in diesem Augenblick für sie das Wichtigste.

7

»Ich habe Euch herbemüht, weil ich Euch bitten möchte, mir einen großen Gefallen zu erweisen«, erklärte Lü Buwei Natürliche Vollkommenheit respektvoll, nachdem er den alten Gelehrten aufgefordert hatte, vor ihm Platz zu nehmen.

Der Hochweise Archivar vom Pavillon des Erdbeerbaumhains fragte sich, was sich wohl hinter diesem auffallend demütigen Verhalten des gefürchteten Ersten Ministers von Qin verbergen mochte.

»Ich bin Euer ergebenster Diener«, antwortete er, wobei er sich bemühte, seine Unruhe so gut wie möglich zu verbergen.

Lü Buwei wirkte nachdenklich. Als Natürliche Vollkommenheit ihn genauer betrachtete, wie er dort zusammengesunken in seinem Sessel saß, bemerkte er eine Reihe von kleinen Fältchen, die seine Mundwinkel ein wenig hängen ließen und sich beinahe unmerklich in seinen Augenwinkeln festgesetzt hatten. Wie immer sprach der Erste Minister mit leiser, bedächtiger Stimme, als er fortfuhr: »Ich fürchte, Ihr werdet mich für einen anmaßenden und hochmütigen Menschen halten, aber Euer unfehlbares Urteilsvermögen hat mich dazu bewogen, Euch heute meine geheimsten Ambitionen anzuvertrauen.«

»Das ist ein Vertrauensbeweis, der Euch meine allerhöchste Wertschätzung einträgt«, versicherte der alte Gelehrte unverzüglich.

»Nun denn, die Jahre vergehen, und ich beginne ihr Gewicht zu spüren. Ich bin nun schon seit fast sechs Jahren der Erste Minister von Qin, und ich verspüre das Bedürfnis, den kommenden Generationen eine Chronik oder ein Buch zu hinterlassen, das mehr oder weniger alles zusammenfasst, was der menschliche Geist bis heute kennt. Doch die Last meines Amtes lässt mir nicht die nötige Zeit, mich einer solchen Zusammenstellung zu widmen, und deshalb habe ich gleich an Euch gedacht. Ich möchte hinzufügen, dass der Unterricht, den Ihr dem Kronprinzen und Goldener Fisch erteilt, Eure umfassende Belesenheit und Eure Fähigkeit bestätigt – falls es eines solchen Beweises denn überhaupt noch bedurft hätte –, diese alten Schriften, die einander auf den ersten Blick alle gleichen, zu sortieren und zu ordnen. Die meisten von ihnen, das kann man nicht anders sagen, sind unklar, dunkel und für den gewöhnlichen Sterblichen schwer zu verstehen. Ich würde gerne eine mit Kommentaren versehene Sammlung davon liefern, die sie in gewisser Weise zugänglicher macht. Was haltet Ihr davon?«

»Das ist ein sehr löbliches Vorhaben!«, bemerkte der Hochweise Archivar lediglich.

Natürliche Vollkommenheit erkannte allmählich, wie groß und außergewöhnlich Lü Buweis Ehrgeiz war. Und dieser Plan schien seinem Charakter perfekt zu entsprechen.

Wenn man nicht selbst Anspruch auf einen Königstitel erheben konnte und auch weder Architekt noch Bildhauer oder Bronzegießer war, konnte man sich genauso gut in der Geschichte verewigen, indem man einem bedeutenden Buch oder einer Reihe von Schriften seinen Namen gab.

So hatte auch Han Feizis entsetzlicher Tod sein Werk nicht daran gehindert, ihn zu überdauern. Und mit welchem Glanz! Nicht weniger als zwanzig Schreiber kopierten nicht nur den *Hain der Anekdoten*, sondern auch die übrigen Werke des stotternden Philosophen, deren Exemplare als Lehrbücher der rechten Regierungsführung von einem Königreich ins nächste getragen wurden.

Die Menschen starben, aber ihre Schriften blieben. Doch nicht jeder verfügte über die nötigen literarischen und philosophischen Fähigkeiten, um einen durchdachten und zusammenhängenden Text oder gar ein Gedicht zu verfassen.

Lü Buwei wusste um seine Schwächen auf diesem Gebiet. Und deshalb hatte er sich geschickterweise auf eine Anthologie verlegt, eine Sammlung verschiedener Texte, deren Hauptanliegen nicht so sehr die eigene Originalität war, sondern eine allgemein verständliche Darstellung.

»Darf ich auf Eure Hilfe bei diesem Unternehmen zählen?«, fragte Lü Buwei mit drängender Stimme.

»Ich muss erst darüber nachdenken, Ihr sprecht von einer gewaltigen Aufgabe! Und welche Lehre würdet Ihr in dieser Sammlung hervorheben wollen? Die von Konfuzius, die vom Yin und Yang, die des Philosophen Mozi oder die des verstorbenen Legalisten Han Feizi?«, fragte der alte Gelehrte spitzfindig, um Lü Buwei in die Enge zu treiben.

»Alle, ohne Ausnahme, auch die Lehre der Schule der Namen und die der Strategen! Ich bin kein Theoretiker. Was ich möchte, ist, die Arbeit der anderen zusammenzustellen, sie zu klassifizieren und in eine geordnete Form zu bringen, so dass sie zugänglicher wird«, wiederholte der Erste Minister.

»Ihr wünscht also, dass die kommenden Generationen Euch einen ›großen Pädagogen‹ nennen können …«

»Ja, das wäre eine gute Bezeichnung!«, bemerkte Lü Buwei mit einem Lächeln.

Was für ein Mann! Er lässt sich wirklich keine Gelegenheit entgehen!, dachte Natürliche Vollkommenheit bei sich, während er Lü Buweis Gesicht, das nun wieder ein wenig heiterer wirkte, nicht aus den Augen ließ.

»Habt Ihr bereits über den Titel nachgedacht, den Ihr Eurem Werk geben wollt?«, erkundigte sich der alte Gelehrte mit leisem Argwohn.

»Sein Titel lautet: *Frühling und Herbst des Lü Buwei*«, verkündete der Erste Minister triumphierend, und er war außerordentlich stolz, als er sah, welchen Eindruck seine Worte auf Natürliche Vollkommenheit machten.

»Die Königliche Bibliothek besitzt in der Tat alle diese Schriften. Es würde genügen, sie nach Schulen und Themen zu ordnen«, antwortete Natürliche Vollkommenheit, der Lü Buweis Vorhaben nicht mehr ganz so ablehnend gegenüberstand.

»Falls eines Tages die *Fünf Klassiker* und die *Vier Bücher*, jenes Erbe, auf dessen Grundlage unser ganzes Denken aufbaut, aus der Königlichen Bibliothek verloren gehen sollten, würde dieses Kompendium die Schriften für kommende Generationen bewahren!«, fügte der Erste Minister nachdenklich hinzu.

»Wie kommt Ihr darauf, dass eine solche Katastrophe geschehen könnte? Das Holz, aus dem unsere Regale gefertigt sind, wurde mit einer Substanz behandelt, die es nahezu unempfindlich gegen Feuer macht. Tag und Nacht wachen Bibliothekswärter über unsere geschriebenen Schätze…«

»Ich habe auch nicht gesagt, dass sie durch ein Unglück zerstört würden! Wenn es dazu kommen sollte, dann eher mit Absicht. Auf Befehl eines Despoten etwa, der die Jugend daran hindern wollte, sich zu bilden und aus den Beispielen der Vergangenheit zu lernen, indem er die Schicht der Gelehrten ausrotten ließe, um so dem Volk jede Möglichkeit zu eigenständigem Denken und zur Auflehnung zu nehmen… Und um sein Ziel zu erreichen, könnte dieser Despot beschließen, alle Bücher auf einen riesigen Scheiterhaufen werfen zu lassen!«

Als er die bestürzte Miene des Gelehrten sah, der sich fragte, was bloß in Lü Buwei gefahren war, beeilte sich dieser, ihn zu beruhigen: »Das war natürlich nur ein Scherz! Ein solches Vorgehen erscheint doch höchst unwahrscheinlich…« Lü Buwei machte eine kurze Pause, ehe er fortfuhr: »… zumindest heute noch.«

Der alte Gelehrte betrachtete nachdenklich den bronzenen Dreifuß auf dem Schreibtisch, in den der Erlass eingraviert worden war, durch den Yiren Lü Buwei zum Ersten Minister von Qin ernannt hatte. Dessen vermeintlicher Scherz brachte ihn ins Grübeln. Der Gedanke war gar nicht so abwegig, wie es auf den ersten Blick den Anschein hatte.

Er würde Lü Buwei dabei helfen, sein Vorhaben in die Tat umzusetzen. Für alle Fälle.

»Euer Vorschlag interessiert mich. Ich bin bereit, mich dieser Aufgabe zu widmen, sobald meine Pflichten als Lehrer des Kronprinzen mir die nötige Zeit dazu lassen«, erklärte er mit seiner leisen Stimme und verneigte sich respektvoll vor Lü Buwei.

Diese Einwilligung, die er dem alten Gelehrten alles in allem doch recht mühelos abgerungen hatte, legte sich wie Balsam auf Lü Buweis Herz.

Seit Han Feizis Tod schien die Ausübung der höchsten Macht für ihn mit jedem Jahr mehr an Reiz zu verlieren. Quälende Zweifel plagten ihn. Hatte er nicht damals, als er zuließ, dass die Frau, die er liebte, Königin wurde, sein Leben endgültig zerstört? Aus der Ferne sah er zu, wie sein Sohn aufwuchs, und hatte dabei das Gefühl, diesen für immer verloren zu haben. Und dass es ihm nicht möglich war, die Mutter des Jungen an sich zu ziehen, wenn er in ihre Nähe kam, schmerzte ihn von Mal zu Mal mehr. Wenn er gelegentlich Zhao Jis Blick auffing, kam es dem Pferdehändler so vor, als ziehe sich eine Schlinge um sein Herz zusammen, und die überwältigenden Gefühle, die er in ihren Armen erlebt hatte, stiegen unvermittelt wieder hoch. Wenn die Etikette nicht gewesen wäre, die die ständige Anwesenheit unzähliger Haushofmeister, Dienstboten und Kammerfrauen im Zimmer der Königin verlangte, hätte er zweifellos versucht, ihr einen Kuss zu stehlen oder, und sei es auch nur flüchtig, ihre Brust oder ihren Bauch zu streicheln …

Er hatte das Gefühl, an einem Flussufer zu stehen und sie auf der anderen Seite zu sehen, durch den breiten Strom von ihr getrennt, während sie doch im Grunde füreinander bestimmt waren.

Diese Sammlung alter Schriften, die Natürliche Vollkommenheit auf seine Bitte hin und in seinem Namen zusammenstellen würde, hätte er nicht verwirklichen können, wenn er nicht der Erste Minister von Qin gewesen wäre. Doch jetzt gab ihm sein Amt die Möglichkeit dazu. Nun, da er das Alter erreichte, in dem man allmählich Bilanz zu ziehen begann, bedeutete dies für ihn zumindest einen gewissen Trost und, wenn man so wollte, einen kleinen Ausgleich dafür, dass er sein eigenes Glück geopfert hatte.

Gleichzeitig verspürte er das seltsame Gefühl, dass diese trockene literarische und historische Arbeit, dieser *Frühling und Herbst des Lü Buwei*, den künftigen Generationen auf besondere Art und Weise dienlich sein würde und dass dieses Werk, das seinem Leben einen gewissen Sinn gab, wahrscheinlich das Einzige sein würde, was nach seinem Tod überdauern würde, da er sein eigenes Fleisch und Blut hatte ziehen lassen.

Trotz des Protestes von Zhao Ji, die vor Sorge beinahe verrückt wurde und sich heftig gegen diesen Plan sträubte, hatte Yiren beschlossen, seinen Sohn mit auf die Jagd zu nehmen.

Es war noch nicht lange her, seit der König begonnen hatte, ein klein wenig Interesse an Zheng zu zeigen.

Bis dahin hatte er sich damit begnügt, ihn aufwachsen zu sehen. Es war Zhao Ji, die sich ausschließlich um ihn kümmerte. Doch als das Kind schließlich größer wurde, hatte der Mann, der glaubte, sein Vater zu sein, seine Existenz allmählich zur Kenntnis genommen. Sein Entschluss, ihn auf die Damhirschjagd mitzunehmen, entsprang der gestiegenen Aufmerksamkeit, die er seinem Sohn mittlerweile entgegenbrachte. Dieser war inzwischen acht Jahre alt – wie es dem Brauch entsprach, vom Zeitpunkt seiner Empfängnis an gerechnet. Er war zu einem richtigen kleinen Mann herangewachsen, der sich sehr gepflegt ausdrückte und bereits eine Menge wusste. Außerdem hatte er gelernt, sich am Gürtel eines Reiters festzuklammern, und versuchte sich bereits mit einigem Geschick im Bogenschießen und im Umgang mit einem kleinen hölzernen Säbel. Zheng war also durchaus in der Lage, auf dem Pferd seines Vaters an einer Hetzjagd teilzunehmen.

Als Yiren ihm vorgeschlagen hatte, ihn zu begleiten, war die erste Reaktion des kleinen Prinzen ein Aufschrei gewesen: »Was ist mit Goldener Fisch? Er muss auch mitkommen!«

Die Stimme des kleinen Jungen hatte sehr gebieterisch geklungen, der großen Vertrautheit und Zuneigung entsprechend, die ihn mit Goldener Fisch verband.

»Natürlich kommt er mit. Er wird hinter dem Falkner auf dem Pferd sitzen. Es ist die Zeit des behaarten Tieres, also werden wir Damhirsche jagen«, hatte Yiren geantwortet.

Der Herrscher war nicht in der Lage, seinem Sohn diese Bitte abzuschlagen, obwohl ihn die ständige Gegenwart seines Spielgefährten allmählich ein wenig verärgerte.

Auch Zhao Gao hätte sie gerne begleitet, aber er hatte nicht gewagt, Löbliche Absicht von seinem Wunsch zu erzählen. Er war kaum älter als Zheng und Goldener Fisch, doch seine Mutter, die nach dem Tod ihres Ehemanns die ganze Liebe, die sie für Zhao Sheng empfunden hatte, auf ihren einzigen Sohn übertragen hatte, behütete ihn wie eine Glucke, und so gesellte er sich inzwischen immer seltener zu seinen beiden Spielkameraden.

Seit Monaten schon hatte Zheng seinen Vater bestürmt, ihn auf die Jagd mitzunehmen. Für die Kinder war die Jagd eine fremdartige, geradezu magische Welt; eine initiationsartige Suche, genau wie jene, in die Huayang sie heimlich einführte, mit dem Unterschied, dass diese nun in einem tiefen Wald stattfand und die Tiere dem Menschen nicht so gehorchten, wie der menschliche Körper dem Geist unterworfen werden konnte.

Seit ihrer frühesten Kindheit hatten Zheng und Goldener Fisch immer wieder aufgeregt die Rückkehr der Jäger von der königlichen Jagd beobachtet, die ebenso prunkvoll durch die Stadt zogen wie die großen Militärparaden. In der Reihenfolge, die ihrem Rang entsprach, umringten etwa hundert Jäger zu Fuß und zu Pferd den König und hielten stolz ihre erbeuteten Trophäen in die Luft, während die Hunde mit gelbrotem Fell, deren scharfe Reißzähne hinter ihren Maulkörben aufblitzten, um sie herumsprangen. Weiter hinten folgten auf einem schweren Wagen, der einen starken Geruch nach Blut, Schmutz und feuchter Erde verströmte, die getöteten Tiere: Gänse und Wildschweine, Fasanhennen, Hirschkühe und Hirsche, Bären, Mufflons, Brüllaffen, weiße und graue Wölfe und rotschwänzige Füchse. Die gesamte wilde Tierwelt von Qin war auf diesem Wagen zu bewundern.

Von Zeit zu Zeit – und an solchen Tagen begleiteten Trommelschläge das seltene Ereignis, dessen Datum in einen bronzenen Dreifuß eingraviert werden würde – wurde auch der dreifarbig gestreifte Körper eines Tigers zur Schau gestellt, dessen abgeschnittenen Kopf der König stolz neben dem Hals seines Pferdes präsentierte. Die Pfoten und die Geschlechtsteile des Tieres würden in Stücke geschnitten, getrocknet und danach in Truhen aufbewahrt werden, zu denen der König als Einziger einen Schlüssel besaß. Sie würden zu einer begehrten Arznei für Männer werden, die ihre erotischen Kräfte wiedererlangen wollten, und es dem König somit erlauben, einige seiner Untertanen zu beschenken, um sich ihre Treue zu sichern oder sie für einen besonderen Dienst zu belohnen.

Doch welches Wild sie auch immer mit zurückbrachten, ganz Xianyang feierte die Rückkehr der Jäger, denn alle warteten ungeduldig auf die Verteilung des Fleisches, die am darauf folgenden Morgen stattfinden würde. An solchen Tagen mussten sie in aller Frühe aufstehen und ihre Ellbogen gebrauchen, um sich zu den Knochen und Fleischbrocken durchzukämpfen, die von den Fleischhauern in großen Haufen vor das Tor des Königlichen Palastes geworfen wurden.

Die Dammhirschjagd fand meistens in einem alten Hochwald statt, in dem es massenhaft Blaubeeren und andere wilde Beeren gab, auf die diese Tiere ganz versessen waren.

Er lag nicht weniger als drei Tagesritte von Xianyang entfernt, hinter einem kleineren, von Sturzbächen durchzogenen Bergmassiv, wo man, wenn man sich an den richtigen Stellen auf die Lauer legte, große Braunbären am Flussufer dabei beobachten konnte, wie sie mit einem einzigen Tatzenhieb Lachsforellen fingen.

Und in diesen Wald wollte Yiren die beiden Kinder mitnehmen.

Sie verließen Xianyang bei Sonnenaufgang an der Spitze eines etwa dreißig berittene Jäger umfassenden Trupps. Drei große Hunde, deren aufgereckte Schwänze wie die Stachel gereizter Skorpione wirkten, rannten vor ihnen her. Zheng hielt sich an seinem Vater fest, während Goldener Fisch die Taille eines Falkners namens Biluan umklammerte. Auf den beiden Schultern dieses Mannes mit kahl geschorenem Kopf und einem bartlosen Gesicht, dessen dunkle Hautfarbe seine Herkunft aus den Steppen des Westens verriet, saß jeweils ein Raubvogel, dessen Kopf mit einer kleinen, mit schmalen Riemen verschnürten Haube aus Büffelleder verhüllt war.

Wenn Biluan sein Pferd zum Galopp antrieb, pressten die Vögel ihre gewaltigen Krallen in die ledernen Schulterstücke des Falkners, und Goldener Fisch fühlte, wie ihm ihre Schwanzfedern sacht über die Stirn strichen. Der Rest der Gruppe ritt schweigend dahin, die Bogen und Köcher mit scharlachroten Schnüren an ihrem Sattel befestigt.

Als sie schließlich unbehelligt den Rand des Damhirschwalds erreichten, war die Nacht nicht mehr fern. Yiren gab den Befehl, das Lager aufzuschlagen. Zwei Jäger wurden damit beauftragt, Wildschweine für das Abendessen zu erlegen, während Biluan seinen Falken die Hauben vom Kopf nahm und sie losband, um sie fliegen zu lassen. Kaum waren die Vögel frei, stießen sie sich mit einem schweren Flügelschlag vom Boden ab, dann stiegen sie mit drei oder vier leichteren Schlägen hoch hinauf in den Wipfel einer Lärche und ließen sich dort nieder. Der Falkner legte zwei Kugeln aus leicht verdorbenem Fleisch vor seine Füße, und im gleichen Moment landeten die Raubvögel nach einem eleganten Kreisflug mit einem abgehackten Flügelschlag auch schon wieder vor ihm.

Goldener Fisch und Zheng spielten wie zwei junge Hunde, die man von der Leine gelassen hat, zwischen den Blaubeerbüschen Verstecken, um sich die Beine zu lockern. Die Kinder stürzten sich auf die zuckersüßen, schieferfarbenen kleinen Kugeln. Dann streckten sie sich gegenseitig ihre spitzen, vom Beerensaft blau gefärbten Zungen heraus, was sie so sehr zum Lachen brachte, dass sich die erschöpften Jungen erst wieder beruhigten, als man sie nach dem Essen auf eine Decke legte.

»Du musst jetzt gut schlafen. Morgen ist ein großer Tag. Du wirst ein richtiger Jäger sein!«, sagte König Yiren sanft zu seinem Sohn.

Im Morgengrauen des nächsten Tags begann in dem dunklen, stillen Wald, in dem sich die Stämme der Lärchen wie die Säulen eines Tempels in die Höhe reckten, die Treibjagd. Nach und nach erfüllte immer mehr Vogelgezwitscher die Stille, während das Sonnenlicht den Wald allmählich aufwachen ließ.

Mit einem langen Dolch in der Hand ging Yiren vorneweg, wie

es sein Status und sein Rang verlangten. Ihm gebührte die Ehre, das erste Tier zu erdolchen, das auf dem Boden zusammenbrechen würde, nachdem es von den Hunden gehetzt worden war.

Hinter ihm ging der Falkner. Er würde seine Raubvögel freilassen, wenn die Hunde mit angelegten Ohren und hängender Zunge unverrichteter Dinge zurückkehrten. Die Stelle, über der sie zu kreisen beginnen würden, bezeichnete wahrscheinlich das Lager eines Hirschkalbs, dessen Eltern niemals weit entfernt waren. Daraufhin würden die Hunde mit frischer Kraft und wie durch ein Wunder wiedergefundenem Geruchssinn erneut zu ihrer rasenden Jagd ansetzen, bis einer der Hirsche, von der Flucht erschöpft, einen fatalen Fehler begehen und zu Boden stürzen würde. Von den großen Hunden umzingelt, die Muskeln vor Angst verkrampft, würde das keuchende Tier mit den wolkengleichen weißen Flecken auf dem roten Fell vom Führer der Meute mit einem mächtigen Dolchstoß in den Halsansatz getötet werden.

Die beiden Kinder hatten Mühe, den Jägern zu folgen, die mit schnellem Schritt hinter den Hunden hereilten. Diese hatten schon nach kurzer Zeit die Moschusspuren gewittert, die die Damhirsche auf ihrem Weg zurückließen.

Die Hatz war so aufregend und erschien den Männern so Erfolg versprechend, dass sie an nichts anderes mehr dachten, als so schnell wie möglich zu der Stelle zu gelangen, an der sie die Meute bellen hörten, und die beiden kleinen Jungen, die hinter ihnen herstolperten, darüber völlig vergaßen. Von ihrem Ziel wie magisch angezogen, stürmten sie vorwärts. Der Hirsch war bereits in Sichtweite. Sie konnten ihn am Boden liegen sehen, gegen einen Felsen gepresst, unfähig, seine Verfolger in die Flucht zu schlagen, deren Fangzähne blutige Flecken in sein elegantes getupftes Kleid zu reißen begannen.

Da blies Yiren auf einem Widderhorn zum Angriff. Die Männer stürmten, ihren Dolch schwenkend oder ihre Pfeile auflegend, auf das Tier los und traten die großen Hunde zur Seite. Der König brauchte das völlig verängstigte und vom Blutverlust geschwächte Tier unter dem Beifall seiner Jagdhelfer nur noch zu töten.

Und so waren Goldener Fisch und Zheng alleine inmitten der Bäume und Blaubeersträucher zurückgeblieben. Mit ihren kurzen Beinen konnten sie nicht so schnell laufen wie die Erwachsenen. Als sie schließlich bemerkten, dass ringsum niemand mehr zu sehen war, verspürte der Junge mit dem runden Mal keine Angst. Im Gegenteil. Das war der Beweis, dass er jetzt zu den Großen gehörte. Und diese Rolle missfiel ihm gar nicht.

»Komm hier lang! Wir spielen jetzt echte Jäger!«, schlug er seinem »Zwilling« begeistert vor.

»Aber wir könnten uns verlaufen, wenn wir zu weit gehen«, wandte Zheng verängstigt ein.

Der Lärm der Hunde und des Horns war kaum noch zu hören. Nachdem Goldener Fisch erfolglos versucht hatte, Zheng ein wenig aufzumuntern, indem er ihm vorschlug, für ihn einen Damhirschen zu imitieren, während der kleine Prinz den Jäger spielen durfte, erkannte er, dass er von seinem Gefährten in dieser Hinsicht nicht viel zu erwarten hatte.

»Dann gehen wir eben zurück ins Lager und spielen Zunge-Rausstrecken. Wer als Erster da ist, darf dem anderen eine Aufgabe stellen«, beschloss er und rannte zurück in die Richtung, aus der sie gekommen waren.

»Einverstanden! Ein Zungen-Rausstreck-Wettbewerb!«, rief Zheng.

Lachend liefen sie um die Wette, rissen einander übermütig zu Boden, bis sie kaum noch Luft bekamen, pflückten Blaubeeren, die sie einander ins Gesicht warfen, und pressten einander flach auf die Erde, wobei sie ihre blauen Zungen herausstreckten.

Als sie schließlich keuchend wieder aufstanden und sich umschauten, war nirgends eine Spur vom Lager zu sehen! Weit und breit gab es nur gleich aussehende Lärchenstämme, aber der Wald selbst war jetzt nicht mehr der gleiche. Irgendetwas hatte sich verändert. Zwischen den Lärchen wuchsen Bäume mit runden Blättern, die den Himmel beinahe vollständig verdeckten. Hier und da tauchten große, moosbewachsene Felsbrocken, auf die eine Flechte fremdartige Zeichen schrieb, aus einem Meer von Farn auf, in das die beiden Jungen sich nicht vorwagen konnten, weil sie so klein waren, dass sie kaum die Höhe der grünen Stängel erreichten.

Sie gingen einige Schritte zur Seite. Ihnen war mulmig zu Mute, doch das wagten sie einander nicht einzugestehen. Ein Stück weiter vorne endete der Wald vor einer Steilwand, deren hoch aufragende, zylinderförmige Felsen wie die Türme eines unheilvollen Schlosses anmuteten.

Die beiden Kinder wussten nicht mehr, wo sie waren.

Da erlebte Goldener Fisch zum ersten Mal, wie Zheng vor Wut mit den Augen rollte, bis er das Weiße sehen konnte. Der Zorn des Kronprinzen, der von der Angst, die dem Jungen die Kehle zuschnürte, noch beträchtlich gesteigert wurde, kannte keine Grenzen. Es dauerte eine Weile, bis Goldener Fisch erkannte, dass sich dieser Wutausbruch gegen ihn richtete. Es war eine sehr schmerzliche Erkenntnis für ihn. Er war noch ein kleines Kind, deshalb war er auf eine so ungerechte und unverdiente Reaktion nicht gefasst gewesen. Zheng zeigte eine verborgene Seite seines Wesens, die ihm nicht zum Vorteil gereichte und die er auf Grund seiner Jugend bis dahin noch nie enthüllt hatte.

Goldener Fisch verstand gar nicht, was vor sich ging, und so war er eher verstört und traurig als verängstigt.

»Wir haben uns verlaufen, und das ist deine Schuld! Ich bin der Sohn des Königs, und du bist ein Niemand! Ich hätte nicht auf dich hören sollen! Wir hätten warten müssen und nicht versuchen dürfen, ins Lager zurückzukehren! Ab jetzt befehle ich, und du machst, was ich sage!«, brüllte Zheng und stampfte mit den Füßen auf.

»Aber ich dachte, es wäre das Beste …«, protestierte Goldener Fisch schließlich.

Zhengs Tobsuchtsanfall hatte ihn so sehr aus der Fassung gebracht, dass er einen Moment lang sprachlos gewesen war.

Sein Einwand brachte seinen Gefährten nur noch mehr in Rage, er stürzte sich auf ihn, warf ihn auf den Rücken und prügelte mit den Fäusten auf ihn ein. Der kleine Prinz ging auf seinen Zwilling los, als hätte sich dieser in seinen ärgsten Feind verwandelt.

Goldener Fisch, der sich normalerweise rasch zu wehren wusste, war so bestürzt, dass er ihn gewähren ließ. Mit geschlossenen Augen ertrug er die Schläge, die auf ihn niederprasselten, und weinte bitterlich. Die Gewalt und die Ungerechtigkeit, mit der Zheng ihn behandelte, erschütterten ihn. Er war so traurig, dass er bereit war, ihn auf sich herumtrampeln zu lassen, bis er starb.

Doch plötzlich hörten die Schläge auf. Er öffnete die Augen. Zheng hockte nicht länger auf ihm.

Biluan, der Falkner, hatte ihn an der Taille gepackt und hochgehoben.

Zhengs Wutausbruch erinnerte an eine Schlange, die in der Sonne zu schlafen scheint, bis ihr Kopf unvermittelt vorzuckt und die Feldmaus packt, die in ihre Reichweite gelangt ist. Das Kind mit dem Mal war noch viel zu jung, um diesen neuen Zug in der Persönlichkeit des kleinen Zheng zu verstehen, doch ohne sich dessen bewusst zu sein, prägte ihn dieser Vorfall für die Zukunft.

Er hatte große Angst gehabt. Nicht vor Zheng, dessen Fäuste und Kratzer ihm kaum etwas hätten anhaben können. Nein, er hatte Angst gehabt vor seiner plötzlichen und unerwarteten Reaktion. Angst vor dieser versteckten Gewalt, die aus ihm herausgebrochen war. Er wusste noch nicht, was Misstrauen war. Bis zu diesem Tag hatte er geglaubt, dass alle Kinder gleich seien und dass Zheng genauso ein kleiner Junge sei wie er selbst. Nun erkannte er, dass das nicht stimmte, dass es liebe Kinder gab und falsche Kinder, die auch gemein sein konnten. Von diesem Tag an würde er misstrauisch sein.

Goldener Fisch war immer noch traurig, als Biluan ihn nach ihrer Rückkehr nach Xianyang in Lü Buweis Palast auf dem Pferdehügel zurückbrachte.

Als Löbliche Absicht seine niedergeschlagene Miene bemerkte, fragte sie ihn, was los sei, doch er weigerte sich, ihr zu antworten. Und auch als Zhao Gao, der sich ausnahmsweise redselig zeigte, ihn mit vor Aufregung leuchtenden Augen bat, ihm von ihrer Expedition zu erzählen, vergrub er sich in dumpfes Schweigen.

Das Einzige, was er widerwillig von sich gab, war, dass es ihnen gelungen sei, ungefähr zwanzig Damhirsche zu erlegen.

Zhao Gao, der glaubte, dass Goldener Fisch aus unerfindlichen Gründen eingeschnappt sei, verzog missmutig das Gesicht und ging fort, um alleine zu spielen.

An diesem Tag war Goldener Fisch nicht wiederzuerkennen, sein freundliches Wesen und seine Gesprächigkeit waren verschwunden. Der Anblick seiner Traurigkeit schmerzte die Erwachsenen, doch er war fest entschlossen, niemandem den Grund dafür zu verraten. Er hatte nicht einmal vor, mit Lü Buwei darüber zu reden, obwohl er dem Pferdehändler vertraute und ihm noch niemals etwas verschwiegen hatte.

Von nun an würde Zheng nicht mehr ganz so sehr sein »Zwilling« sein.

Die Einzige, mit der er seine Traurigkeit und seine Entrüstung teilen wollte, war Frühlingstau. Als er sie am Tag nach seiner Rückkehr im großen Lesesaal der Königlichen Bibliothek im Pavillon des Erdbeerbaumhains wiedersah, wagte er, ihr zu erzählen, dass Zheng böse zu ihm gewesen war. Er vertraute ihr alles an, ohne Einschränkung, denn er war davon überzeugt, dass dieses kleine Mädchen genauso war wie er. Sie war zu jedem sanft und freundlich, und ihr Herz und ihr Geist waren frei von Hass. Wenigstens sie beide waren von der gleichen Art.

Das kleine Mädchen, dessen Schönheit und Anmut mit jedem Tag größer wurden, antwortete ihm mit ihrem bezaubernden hellen Stimmchen: »Das ist nicht schlimm, denn ich werde immer nett zu dir sein. Das Wichtigste sind doch wir beide, du und ich!«

Dann legte sie ihre Hände auf die Schultern des kleinen Jungen und gab ihm einen hauchzarten Kuss auf die Stirn.

Sie hatte genau die richtigen Worte und Gesten gefunden, um Goldener Fisch zu trösten.

»Gib nicht auf! Wir werden bald in diese Region mit milderem Klima kommen, wo wir die nötigen Pflanzen finden werden, um deine Krankheit zu heilen.«

Anwei beugte sich über den von Fieber geschüttelten Körper von Tigersprung, dem das Orakel, das er gerade erstellt hatte, noch ein wenig mehr von seiner Kraft geraubt hatte.

Nachdem ihre Armee lange durch die trockenen Steppen des Nordens geirrt war, hatten die Miasmen sie so sehr geschwächt, dass sie nicht mehr in der Lage war, sich zu orientieren, und bald vollständig aufgerieben sein würde. Sie mussten unbedingt in einer gastfreundlicheren Gegend Zuflucht finden. Deshalb hatte Tigersprung alle Kraft, die ihm noch geblieben war, darauf verwandt, dem Wind zu lauschen, die Energien aufzunehmen und die Erde abzuhorchen.

Im Vertrauen auf diese Prophezeiung marschierten Anwei und seine Männer nun nach Süden, dem die Farbe Rot und das gefiederte Tier zugeordnet waren. Das Element des Südens war das Feuer und sein Geruch der von Verbranntem. Damit war der Süden die Region, in der die Kälte weniger schneidend und die Natur folglich gnädiger sein würde. Diese Richtung mussten sie einschlagen.

Das Fell ihrer geisterhaften Pferde glänzte vor Schweiß und Blut. Schon seit drei langen Monaten wütete diese Fieberepidemie unter der Truppe und forderte nicht nur Opfer unter den Männern, sondern befiel auch die Pferde und ließ ihren Bauch wie einen Wasserschlauch anschwellen, bis ihre Sprunggelenke vor Erschöpfung einknickten und sie es nicht mehr schafften aufzustehen. Dann blieb den Männern nichts anderes mehr übrig, als ihnen den entsetzlichen Gnadenstoß zu versetzen, an dem sie verbluteten, während ein widerlicher Gestank von ihrem Leib aufstieg.

Wie weit entfernt schien jene vier Jahre zurückliegende Zeit, als Anwei und seine Hundertschaft berittener Bogenschützen nach ihrer Desertierung an der Grenze zu Yan nach Belieben geplündert, erpresst und ganze Dörfer in Angst und Schrecken versetzt hatten. Für den gestürzten General war dies eine kluge und notwendige Demonstration der Stärke gewesen, um all jene in Xianyang einzuschüchtern, die ihn vernichten wollten. Doch man konnte nicht plündern und erpressen, ohne auch seinerseits harte Schläge einstecken zu müssen. Qin hatte immer besser ausgerüstete Trupps hinter Anwei hergeschickt. Sie machten ihm das Leben von Tag zu Tag schwerer, indem sie ihn dazu zwangen, immer längere Strecken zurückzulegen und sein Lager jeden Abend an einem anderen Ort aufzuschlagen, was die Kräfte seiner Männer und ihrer Tiere allmählich aufgezehrt hatte.

Und so war aus dem, was zu Beginn noch eine schlagkräftige Armee aus kräftigen, uniformierten Reitern gewesen war, die sich in geordnetem Rhythmus vorwärts bewegten, nach und nach eine Bande von in Felle gehüllten Plünderern mit struppigem Haar geworden. Ihre Pferde, die von jenem fürchterlichen Parasiten befallen waren, der sie »Blut schwitzen« ließ, versetzten die Bevölkerung so sehr in Angst und Schrecken, dass sie diese unheimliche Reiterschar, die dazu verdammt war, unablässig weiterzuziehen, die »Geisterarmee« genannt hatten.

Verfolgt und von der Landbevölkerung und ihren Opfern aus Rache denunziert, fand dieser erbärmliche Trupp sein Heil nur noch in ständiger Bewegung. Vier harte Winter waren ins Land gegangen, und dieser elende Haufen, der höchstens noch jene Bauern und Dorfbewohner erschrecken konnte, die ihn zum ersten Mal erblickten, bestand nur noch aus rund zwanzig vollkommen ausgemergelten und kraftlosen Männern und Pferden.

Bei diesem langen Abstieg ins Verderben, das am Ende auf sie wartete, hatte sich Tigersprung als sehr tapfer erwiesen. Ohne Unterlass sprach er seinen Gefährten Mut zu und gab ihnen Ratschläge, wie sie ihre Kräfte schonen konnten. Er ging von einem zum anderen, erklärte ihnen, wie sie am besten auf steinigem Boden schlafen sollten, oder riet ihnen, eine bestimmte süße Pflanze zu kauen, die ihnen ein wenig Kraft schenken würde. Als der Pferdeparasit ihre Reittiere befiel, zeigte er ihnen, wie man ihn aus der Halsschlagader herausholen konnte, indem man an ihr saugte, bis man die kleine weiße Larve an seinen Lippen spürte, die für das entsetzliche Blutschwitzen verantwortlich war, an dem die Pferde schließlich vor Entkräftung starben.

Aber seit das Fieber ihn selbst befallen hatte, spürte er, wie sich seine Lebenskraft erschöpfte. Trotz all seiner Bemühungen, sie zurückzuhalten, strömte seine innere Energie langsam aus seinem Körper heraus. Er würde unweigerlich auf die andere Seite des Berges hinüberwechseln, wenn sie nicht rechtzeitig eine günstigere Richtung einschlugen.

Da hatte er plötzlich diesen Wind aufgefangen, der zu rauschen begonnen hatte, und sich bemüht, ein Orakel zu erstellen, auch wenn er nicht mehr über sein Schallrohr verfügte, das er in Xianyang zurückgelassen hatte. Mit schier übermenschlicher Anstrengung war es ihm gelungen, sich auf den Boden zu knien und sein glühend heißes Ohr auf die Erde zu pressen. Dann hatte er mit geschlossenen Augen und weit geöffnetem Mund die Winde eingeatmet, um ihre Herkunft und ihre Besonderheiten, kurzum ihre Botschaft zu lesen.

Kurz bevor ihm die Sinne schwanden und er von so heftigem Husten geschüttelt wurde, dass er beinahe seine Lungen ausgespien hätte, war ihm schließlich bewusst geworden, dass die günstigen Winde auf das gefiederte Tier und die Farbe Rot hinwiesen. Außerdem hatte er den charakteristischen verbrannten Geruch und den bitteren Geschmack wahrgenommen. Er war ganz sicher: Die günstigen Winde kamen aus dem Süden, und ihr sanftes Heulen klang bereits wie ein Trost.

Da hatte er sich mühsam wieder aufgerichtet und keuchend gerufen: »Dorthin, wir müssen nach Süden gehen!«, ehe er in Anweis Armen zusammengebrochen war.

Zwei Tage später tauchten die ersten bewaldeten Ausläufer des Huashan-Bergmassivs zwischen Nebelfetzen auf.

Sie begannen gerade mit dem Anstieg auf die ersten Hänge, als Tigersprung, der vor Erschöpfung nicht mehr weiterkonnte, seine Gefährten bat, ihn an den moosbewachsenen Stamm einer Blutbuche zu setzen. Sie hoben ihn von seinem Pferd und lehnten ihn gegen den Baum, während sich Anwei mit seinen restlichen Männern und Tieren auf die Suche nach einer Unterkunft oder einem Dorf machte.

»Wer seid Ihr? Ihr seid ja völlig durchgefroren!«

Die tiefe Stimme hatte ihn sofort aus dem Schlaf gerissen. Er hatte die Augen geöffnet, um den Fremden anzusehen.

Der Mann, dessen Gesicht dicht über seinem eigenen schwebte, hatte einen vollkommen kahl geschorenen Kopf.

»Das Fieber macht mich steif«, murmelte Tigersprung, der kaum sprechen konnte, weil er so stark mit den Zähnen klapperte.

»Ich werde Euch an einen sicheren Ort bringen, wo ich Euch versorgen kann. Dort sind wir zumindest vor Herumtreibern geschützt.«

Noch ehe er protestieren konnte, hatte ihn der Mann hochgehoben und wie ein Holzbündel über seine Schulter gelegt.

Tigersprung sah, dass er mit raschen Schritten den Berghang hinaufstieg. So schnell wie sie vorankamen, mussten die Kraft und Energie des Fremden gewaltig sein. Nach zahlreichen Wegbiegungen und kleineren Senken ließ er ihn schließlich behutsam zu Boden gleiten.

Hinter dem Mann erhob sich eine seltsam geformte Holzhütte auf einem groben steinernen Sockel. Die fast quadratische Eingangstür war von zwei Baumstämmen flankiert, die zu Tierköpfen geschnitzt waren und einen mit Taotie-Masken verzierten Sturz trugen. Das gewaltige, mit getrocknetem Farn gedeckte Dach reichte wie die Wände eines Zeltes auf beiden Seiten bis zum Sockel der Hütte herab. Aus dem Pflanzendach stieg eine dichte Rauchwolke empor.

»Mein Name ist Wu Dong. Und das ist Zhao Gongming«, erklärte der Fremde und deutete auf einen zweiten Mann, der in die Glut einer großen, von einer Reihe schwerer, rauchgeschwärzter Steine eingefassten Feuerstelle blies.

Vor Wu Dongs Brust hing ein aus einem Smaragd geschnitztes Bi, in dem die Symbole von Yin und Yang ineinander griffen, doch der arme Tigersprung sah nur noch verschwommen, so dass er diese Einzelheit gar nicht erkennen konnte.

»Ich heiße Tigersprung«, brachte er mühsam hervor.

Die beiden Männer halfen ihm, sich auf ein Farnbett zu legen.

Wu Dong strich mit einer Hand über die Stirn des Kranken, dann fühlte er seinen Puls. Schließlich tastete er ihn an allen Knotenpunkten der Energiebahnen ab. Er spürte, dass sich die Krankheit in vielen dieser Punkte festgesetzt hatte.

»Er ist voll von negativem Fieber, der Energiefluss ist nicht mehr im Einklang mit dem Blut. Gib mir die Pillen aus Auripigment und Realgar, das müsste genügen. Ansonsten versuchen wir es mit Heilkräutern, und wenn das auch nicht reicht, mit den dünnen Nadeln«, wies der daoistische Hohe Priester seinen Schüler an.

Zhao Gongming brachte ein kleines Tablett aus lackiertem Holz mit den beiden Pillen und dazu zwei Bronzegefäße herbei und stellte alles vor Wu Dong auf den Boden. Dieser schob Tigersprung die grauen Tabletten in den Mund und reichte ihm das schlanke, fein ziselierte Trinkgefäß namens Gu, das er mit kochend heißem Wasser aus seiner vogelförmigen Gong-Kanne gefüllt hatte.

»Am besten schluckt Ihr sie, ohne zu kauen. Sie schmecken sehr bitter.«

Tigersprung schaffte es, die Flüssigkeit herunterzuschlucken, und fiel in einen bleiernen Schlaf.

Es dauerte über zwei Monate, bis er wieder gesund war. Sein Zustand war sehr viel ernster gewesen, als es den Anschein gehabt hatte. Ohne die Hilfe des Hohen Priesters und seine unablässige Pflege wäre er an dem moosbewachsenen Stamm der Blutbuche, wo Anwei ihn zurückgelassen hatte, um Unterstützung zu suchen, mit Sicherheit gestorben.

Wu Dong hatte nicht nur zu Heilkräutern greifen müssen, von denen er ihm unzählige Aufgüsse zu trinken gegeben hatte und die trotz der kunstvollen Mischungen, die er zusammenstellte, während er gleichzeitig den Beistand des Erdgottes erflehte, keinerlei Wirkung gezeigt hatten, sondern auch zu den feinen Eisennadeln, die, in die entsprechenden Stellen gestochen, schließlich das Fieber aus dem ausgemergelten Körper des Kranken vertreiben konnten.

Eines Morgens wachte Tigersprung, der nur noch aus Haut und Knochen bestand, auf und war endlich geheilt. Es steckte nur noch eine einzige Nadel in seiner Nase, deren Stechen er kaum spürte und die er fortwischen wollte, weil er sie für eine Mücke hielt.

»Ich möchte Euch für alles danken, was Ihr für mich getan habt«, sagte er zu Wu Dong, der wie jeden Morgen kontrollierte, ob sich sein Zustand gebessert hatte.

»Mit Hilfe meiner Nadeln ist es uns schließlich gelungen, die schädlichen Energien zu besiegen, die deinen Organismus auszehrten. Du kannst diesen angespitzten Eisenstäbchen danken. Ohne sie wärst du auf die andere Seite des Berges gegangen … Du bist geheilt und gehörst von nun an zu uns. Ich brauche dir nicht zu sagen, dass du so lange hier bleiben kannst, wie du magst!«, antwortete Wu Dong mit einer rauen Stimme, die Tigersprung erschauern ließ.

Misstrauisch und von seiner Krankheit geschwächt, fragte er sich, was sich hinter einer solchen Einladung wohl verbergen mochte.

»Glücklicherweise zwang der Gelbe Kaiser die Menschen in seiner unermesslichen Weisheit, ihre steinernen Nadeln gegen solche aus Eisen auszutauschen! Die alten müssen viel mehr wehgetan haben«, glaubte Zhao Gongming hinzufügen zu müssen.

Seine Worte waren von einer tragikomischen Grimasse begleitet, die Wu Dong die Stirn runzeln ließ.

»Diese kleinen Nadeln haben mir vor allem gut geholfen! Jetzt bin ich also endlich wieder gesund!«, rief Tigersprung und brach in lautes Gelächter aus.

Er fand das weibische Verhalten von Zhao Gongming sehr lustig.

»Was hast du denn jetzt vor?«, fuhr der Schüler des Hohen Priesters in gurrendem Ton fort.

Tigersprung musterte Zhao Gongming. Neben einer gewissen Begehrlichkeit las er in seinen Augen, dass er junge Männer lieber mochte als Mädchen. Aber er sah auch sehr viel Wohlwollen und Sanftmut, um nicht zu sagen Güte. Und man hatte ihm immer gesagt, dass ein daoistischer Schüler das Ebenbild seines Lehrmeisters war. Das bedeutete also, dass auch der Hohe Priester

Wu Dong trotz seiner einschüchternden und strengen Erscheinung Menschlichkeit zeigen konnte. Seine Einladung war sicher aufrichtig gemeint. Außerdem hätten sich diese beiden Männer nicht so viel Mühe gegeben, ihn gesund zu pflegen, wenn sie ihm Böses wollten. Er kam zu dem Schluss, dass sein Misstrauen wohl nicht angebracht war.

Er wusste nicht, was aus Anwei und seinem kleinen Trupp verlorener Soldaten geworden war, und er konnte sich nicht vorstellen, alleine nach Xianyang zurückzukehren, sich den Behörden zu stellen und zu beten und Weihrauch zu verbrennen, damit die Justiz von Qin ihn milde bestrafen möge. Deserteure wurden in jedem Fall zum Tode verurteilt.

Die Aussicht, noch ein paar Monate länger in dieser Hütte zu bleiben, die, wie seine Heilung bewies, perfekt nach den Vorschriften des Feng Shui ausgerichtet war, gefiel ihm schon besser. Das war sicherlich der beste Weg, so schnell wie möglich seine früheren Kräfte wiederzugewinnen. Darüber hinaus war es ihm sehr recht, mit zwei Meistern des Dao zusammenleben zu können, die Rezepte zur Verlängerung des Lebens im Überfluss kennen mussten. Auf diese Weise könnte er den Praktiken und Kenntnissen, über die er jetzt bereits verfügte, noch weitere hinzufügen.

Und so wandte er sich zu Wu Dong um und erklärte in einem leicht einschmeichelnden Ton: »Ich fühle mich sehr geehrt. Wenn ich für einige Monate Eure Gastfreundschaft annehme, könnte ich auch Eure Geheimnisse kennen lernen, wenn Ihr einwilligt, sie mit mir zu teilen, um sie später anderen weiterzugeben …«

»Dann bist du von jetzt an mein Schüler!«, rief Zhao Gongming mit einem Lächeln.

Am nächsten Tag nahm Wu Dongs Gehilfe eine Prise jenes Pulvers, dessen Mischung er vor langer Zeit erfunden hatte, und warf sie in einen steinernen Schmelztiegel. Dann zündete er das kleine Häufchen an, woraufhin dieses mit einem Knistern explodierte, ehe es zu brennen begann. Tigersprung betrachtete begeistert die blauen und orangefarbenen Flammen. So etwas hatte er noch nie gesehen.

»Das ist ja phantastisch! Du bist ein echter Zauberer, der über das Feuer gebietet!«

Er dachte bei sich, dass er vielleicht eines Tages selbst so weit sein würde, dass er knisternde Funken und Flammen aus einem unscheinbaren, kohlschwarzen Pulver herauslocken könnte. Liebend gern hätte er eine Prise von diesem Pulver unter dem Stuhl von Wang dem Glücklichen explodieren lassen!

»Du wirst schon sehen, wenn du bei uns bleibst, wirst du noch viele andere von unseren Geheimnissen kennen lernen!«, versicherte ihm der Gehilfe des Hohen Priesters geziert.

Er war ganz nah an ihn herangetreten, und sein Gesicht berührte fast das des jungen Mannes, als wollte er ihn küssen. Da schob ihn Tigersprung, der zweideutige Situationen hasste, ihn aber auch nicht verletzen wollte, sanft zurück und flüsterte ihm ins Ohr: »Ich kann nichts für dich tun. Meine Vorliebe gilt den Mädchen…«

Und so blieb Tigersprung bei den Daoisten, die am Gipfel des Huashan Zuflucht gefunden hatten.

8

Die Bruderschaft vom Kreis des Phönix hielt in dieser Nacht ihre übliche Versammlung ab, die alljährlich zu Beginn des Frühlings stattfand.

Alle Mitglieder waren zusammengerufen worden, und die meisten von ihnen waren gekommen. Dafür gab es auch einen gewichtigen Grund: Heute würden neue Mitglieder in die zwölfköpfige Führung der Bruderschaft der Eunuchen gewählt werden, aus deren Mitte zu gegebener Zeit der Nachfolger von Hain der Ehren erkoren werden sollte, der sein Amt in nicht allzu ferner Zukunft aus Altersgründen niederlegen würde.

Und dieser war so aufgeregt wie eine Jungfrau, die zum ersten Mal einem Mann vorgestellt wird, als er, auf seinen unvermeidlichen Stelzenschuhen balancierend, deren vergoldete Seiten zu diesem Anlass mit scharlachroten Phönixen verziert waren, das Wort ergriff. Seine passend zur Farbe seiner langen, plissierten Tunika weiß geschminkten Hängebacken ließen ihn wie einen alten Truthahn aussehen, der gleich zubereitet werden sollte.

»Meine lieben Freunde, es ist nun beinahe zehn Jahre her, seit Yiren den Thron bestiegen hat. Es wird allmählich Zeit, dass ich mich zur Ruhe setze und einen unter euch auffordere, meinen Platz an die Spitze unserer ehrbaren Bruderschaft einzunehmen«, begann er, und seine Stimme zitterte stärker als gewohnt.

Dieser Einstieg wirkte wie ein Donnerschlag auf die Versammlung, die genauso bunt, lärmend und von Gurren erfüllt war wie eh und je. Proteste wurden laut. Auf diesen überraschenden Rücktritt war niemand gefasst gewesen. Mit feuchten Augen und recht zufrieden mit der Wirkung seiner Worte sah der alte Eunuch erfreut, wie beliebt er war und welche Dankbarkeit ihm seine Gefährten entgegenbrachten.

»Meine Kräfte schwinden, und mein Geist ist nicht mehr rege genug, um die Leitung unserer Aufgaben zu gewährleisten. Die Ausübung unseres Berufs wird immer schwieriger. Mir ist bewusst geworden, dass ich ein Mann der Vergangenheit bin...«, fügte er mit falscher Bescheidenheit hinzu.

»Lies uns doch zuerst deinen Bericht vor, danach können wir immer noch sehen, was wir mit dir machen!«, rief eine hohe Stimme, woraufhin alle in Gelächter ausbrachen.

Denn in der Tat umfasste die Tagesordnung auch die Vorstellung einer Untersuchung über den Anteil der Eunuchen an den Verwaltungsposten der ersten und zweiten Klasse. Der Sinn dieser Studie lag darin festzustellen, ob der Einfluss der Bruderschaft in dieser Schicht mittlerer Beamter, die das wahre Rückgrat der wichtigsten Behörden des Reichs bildete, auch weiterhin anstieg.

Der alte Eunuch griff nach einem Bambustäfelchen und begann mit lauter Stimme vorzulesen, doch angesichts dieses trockenen Textes, der mit langweiligen Indexzahlen, Vergleichen und Prozentwerten gespickt war, die seine Argumentation stützen sollten, zog er es bald vor, seine Ausführungen abzukürzen und zu einer improvisierten Zusammenfassung überzugehen: »Meine lieben Freunde vom Kreis des Phönix, Ehre sei unseren beiden Schutzgöttern Fuxi und Nügwa, die am Ursprung der Welt stehen und denen wir unser Dasein verdanken! Im Vergleich zu unserer Lage gegen Ende der Herrschaft von König Anguo, als unser Einfluss gefährlich geschwunden war, kann ich sagen, dass wir inzwischen wieder ein sehr viel günstigeres Kräfteverhältnis erreicht haben, auch wenn ich berücksichtigen muss, dass es uns bislang nicht gelungen ist, einen der Unseren zu ersetzen. Ich spreche natürlich von unserem armen Schwarze Ströme, dessen Posten nach seiner feigen Ermordung nicht wieder besetzt wurde«, erklärte Hain der Ehren, nachdem er sein Täfelchen zufrieden wieder in die Tasche gesteckt hatte.

Nachdem Yiren den Thron bestiegen hatte, war es den Eunuchen mit Hilfe von Intrigen und List gelungen, ein knappes Dutzend strategischer Ämter zurückzuerobern, die es ihnen erlaubt hatten, ihren Einfluss beträchtlich zu steigern. Zwar waren die Verwaltungsposten der ersten und zweiten Klasse nicht einmal zu einem Viertel von Kastraten besetzt, aber dieser Anteil hatte sich seit der Herrschaft von König Zhong nicht verändert. Die Bilanz des Feldzugs, die der Kreis des Phönix in Gang gesetzt hatte, erwies sich also als äußerst positiv.

Jemand hob die Hand und bat um das Wort. Es war Unersetzliche Verbindung, der ebenfalls etwas zu diesem Thema beizutragen hatte.

»Es war weniger König Yiren, der sich gegen die Ernennung eines Eunuchen zum Großkämmerer ausgesprochen hat, als der Erste Minister. Ich muss euch leider sagen, dass Lü Buwei uns Eunuchen misstraut! Wir müssen an ihn herantreten und ihm unser Anliegen vortragen. Er ist ein ehrlicher und gerechter Mann, der auch bereit sein wird, seinen Irrtum zuzugeben, wenn es uns erst einmal gelungen ist, ihn von unserer Vertrauenswürdigkeit zu überzeugen …«, erklärte der Leiter des Amtes für Gerüchte mit erhobener Stimme, während seine Gefährten mit einem Mal verstummt waren.

Das Ansehen von Unersetzliche Verbindung, dessen Position ihn zu einer der bestinformierten Persönlichkeiten im ganzen Königreich machte, war im Kreis des Phönix beträchtlich gestiegen, und zwar in dem Maße, dass viele es gerne sähen, wenn er die Leitung ihrer Bruderschaft übernähme.

Und so hatten ihm alle aufmerksam und mit dem größten Respekt zugehört.

»Eines ist sicher, Lü Buweis Einfluss wächst auf Kosten der Macht des Königs immer weiter an! Ganz zu schweigen von unserer eigenen!«, warf Scharfe Klinge daraufhin verbittert ein.

»Macht duldet kein Vakuum. Der Einfluss des Ersten Ministers ist doch nur so groß, weil unser Herrscher auf der öffentlichen Bühne kaum in Erscheinung tritt! Glücklicherweise wacht Lü Buwei über die Interessen des Königreichs«, entgegnete Unersetzliche Verbindung dem Obersten Chirurgen.

Dieser hatte den Pferdehändler, der durch seine Intelligenz und seinen Pragmatismus zu einer unumgänglichen Größe im Königreich geworden war und so den Eunuchen einen bedeutenden Teil ihres Einflusses geraubt hatte, schon immer gehasst.

Und er war nicht der Einzige, der so dachte.

»Ja, unser König zeigt tatsächlich recht wenig Interesse für die Regierungsgeschäfte«, stimmte ihm Hain der Ehren zu.

Da erhob sich eine schnarrende Stimme aus der Versammlung: »Und vergesst nicht, dass immer wieder gemunkelt wird, der Erste Minister sei in Wahrheit sowohl der richtige Vater von Zheng als auch der von Goldener Fisch!«

»Diese beiden Jungen sind so unterschiedlich wie eine Weide und ein Trompetenbaum! Der Kronprinz fürchtet sich vor anderen Menschen, während Goldener Fisch stets auf diejenigen zugeht, mit denen er redet. Obwohl sie noch Kinder sind, begegnet man dem einen mit Misstrauen, während der andere seine Mitmenschen bereits für sich einzunehmen weiß. Man sagt, sie hätten die gleiche Erziehung genossen, und trotzdem sind sie von Grund auf verschieden. Sie können einfach nicht den gleichen Vater haben!«, widersprach Unersetzliche Verbindung.

»Wenn das so ist, welchen von beiden hältst du dann für Lü Buweis Sohn?«, ertönte erneut die schnarrende Stimme.

»Schluss mit diesem Klatsch! Ihr wisst genauso gut wie ich, was solche Gerüchte wert sind! Auf Grund meiner Position kann ich euch versichern, dass es sich bei diesem Gerede um üble Verleumdungen handelt, für die es keinerlei Beweise gibt«, erwiderte Unersetzliche Verbindung.

»Es heißt sogar«, gluckste ein anderer, »dass Zheng Goldener Fisch seinen Erfolg bei den jungen Damen neidet... Er ist ja auch wirklich viel hübscher und ansehnlicher als der Kronprinz!«

»Aber wenn Lü Buwei nicht der Vater dieses Jungen ist, wo kommt er dann her? Warum zieht Lü Buwei ihn auf wie sein eigenes Kind? Er hat dafür gesorgt, dass Natürliche Vollkommenheit ihm alles beibringt, was ein Prinz von königlichem Geblüt wissen muss!«, murrte Hain der Ehren und sah Unersetzliche Verbindung an.

»Das ist ein großes Geheimnis, aber auch das gedenke ich eines Tages zu lüften«, antwortete der Leiter des Amtes für Gerüchte entschlossen.

»Wie dem auch sei«, setzte die schnarrende Stimme wieder an, »ich wünsche uns allen viel Vergnügen, wenn Zheng irgendwann den Thron von Qin besteigt. Der Blick dieses Jungen ist so hart wie Jadegestein. Er wird sich ohne Zweifel zu einem erbarmungslosen blutrünstigen Tyrannen entwickeln! Ich glaube, wir alle werden größte Mühe haben, uns im Schatten seiner Sonne ein kleines Plätzchen zu sichern... Wenn er erst einmal an der Spitze des Königreichs angelangt ist, wird er unerbittlich sein!«

Eisige Stille senkte sich auf die Eunuchen herab. Niemand wagte, ihm zu widersprechen, denn seine Befürchtungen waren mehr als berechtigt. Der junge Prinz hatte sich bereits jetzt schon einen Ruf als Despot erworben.

Da beschloss Unersetzliche Verbindung, erneut das Wort zu ergreifen.

»Ehe wir hier noch lange über fragliche Vaterschaften diskutieren, was uns ohnehin nicht sehr weit bringen wird, schlage ich vor, dass wir uns einem sehr viel wichtigeren Punkt zuwenden. Es handelt sich um den Legalismus. Diese Auffassung der Regierungsführung gewinnt immer mehr an Boden, und in ihrer Folge verbreiten sich Zwang, Furcht und Denunziationen. Ist das überhaupt eine gute Sache? Wird das Volk angemessen behandelt? Lebt es sich gut in Qin? Wie weit wird all das noch gehen? Und kann man ein Land alleine durch Tyrannei voranbringen? Das sind Fragen, die mir wichtiger erscheinen als die Unterschiede in der Persönlichkeit von Zheng und Goldener Fisch«, erklärte er den Versammelten, die ihm andächtig zuhörten, und seine Stimme klang plötzlich sehr ernst.

»Sind wir hier, um zu philosophieren, oder wollen wir die Interessen unserer Bruderschaft durchsetzen?«, fragte Scharfe Klinge mit seiner schrillen, hohen Stimme.

»Ich glaube nicht, dass ich mich von dir belehren zu lassen brauche, und du weißt auch ganz genau, warum das so ist«, erwiderte Unersetzliche Verbindung, woraufhin der Oberste Chirurg den Kopf hängen ließ.

»Unser Freund hat den Mut, den Legalismus zum Thema zu machen«, mischte sich da Hain der Ehren ein. »Ich altes Geschöpf kann euch sagen, dass das Volk von Qin zur Zeit des Vaters von König Zhong, einer Zeit, in der die konfuzianische Lehre den Regierenden als Leitfaden diente, viel glücklicher war, als es nun unter Yiren der Fall ist!«

»Aber was können wir einfachen Eunuchen denn daran ändern?«, fragte einer.

»Wir können uns noch besser organisieren, um die Entwicklung des Königreichs zu beeinflussen. Am Aufstieg dieser zerstörerischen Tyrannei mitzuwirken, die uns langfristig genauso überrollen wird wie alle anderen auch, wäre unverantwortlich, ja geradezu Wahnsinn! Wir dürfen nicht vergessen, dass wir eine Minderheit sind. Und wenn sich diese verheerende Entwicklung fortsetzt, werden irgendwann keine Minderheiten mehr geduldet werden!«, versetzte der alte Hain der Ehren in flammendem Ton.

Leiser Applaus wurde hörbar. Da stieg Hain der Ehren, der vor

Erregung so stark schwitzte, dass seine Schminke zerlief, mühevoll auf einen Hocker. Der Augenblick war günstig. Die aufgeputschte Menge würde ihm zuhören. Und so fuhr er mit lauter Stimme fort: »Liebe Freunde, es ist höchste Zeit, unseren guten Unersetzliche Verbindung endlich an die Spitze unserer Bruderschaft zu wählen. Er stellt die richtigen Fragen. Seine Ansichten sind zutreffend. Wer nicht genügend nachdenkt, wird irgendwann das Falsche tun. Er allein ist in der Lage, eingehend nachzudenken und das zu tun, was für unsere Interessen das Beste ist!«

Es war eine regelrechte Wahlrede, und er trug sie mit einer solchen Überzeugung vor, dass niemand, nicht einmal der Oberste Chirurg, etwas dagegen einzuwenden fand.

Und so wurde der Eunuch Unersetzliche Verbindung zum großen Leidwesen von Scharfe Klinge per Akklamation und ohne einen einzigen Gegenkandidaten zum Anführer des Kreises des Phönix gewählt.

»Der Räuber mit der Pferdemähne hat wieder zugeschlagen!«, rief der Brigadekommandeur, von dem der Minister für Öffentliche Ordnung zusätzliche Erläuterungen zu einem Bericht verlangt hatte, den er am Vorabend gelesen hatte und in dem erwähnt wurde, dass in einer nördlichen Provinz erneut ein Schafstall in Brand gesteckt worden war.

Schon seit fünf Mondjahren waren alle Ordnungshüter des Königreichs auf der Suche nach jener Furcht erregenden Gestalt, die von ihren Opfern der »Räuber mit der Pferdemähne« genannt wurde.

Diese Kreatur, die auf wundersame Weise plötzlich auftauchte und genauso schnell auch wieder verschwand, konnte kein menschliches Wesen sein. Viele hielten sie eher für ein Gespenst, und die Mutigeren beteuerten, dieser Reiter, dessen Gesicht hinter den Pferdemähnen verborgen blieb, die an seiner Helmspitze befestigt waren, sei nichts anderes als die Inkarnation eines Gui. Guis waren böse Geister, die das Dasein der Verstorbenen vergifteten, welche man vor ihrem unseligen Wirken zu schützen versuchte, indem man zur Abschreckung rings um die Gräber kleine Figuren mit schrecklichen Masken aufstellte. Dieser Gui, der unbesiegbar zu sein schien, trieb sein Unwesen in den Dörfern der nördlichen Provinzen, wo er in Gestalt dieses entsetzlichen Gespenstes die Bevölkerung in Angst und Schrecken versetzte.

Die bösartige Kreatur tauchte überall dort auf, wo man sie nicht erwartete, tötete hier ein Schaf, dort einen Büffel, verwüstete die Gemüsegärten, indem sie sie von ihrem Pferd zertrampeln ließ, und zündete Ställe und Vorratsscheunen an. Sie vergriff sich nie direkt an den Menschen, sondern stieß sie lediglich zur Seite, um zu ihren Tieren oder ihrem Hab und Gut durchzudringen, das sie häufig in Flammen aufgehen ließ.

Obwohl es sich bei den Schandtaten des Räubers mit der Pferdemähne eher um geringfügige Verbrechen handelte, waren diese bereits zum Stoff von Legenden und Erzählungen geworden, die sie in wahre Gräueltaten verwandelten. Seine bösen Zauber beherrschten die Gemüter. Ältere Frauen zögerten nicht, den Kindern von dieser schrecklichen Kreatur zu erzählen, um ihnen Angst einzujagen und sie von Dummheiten abzuhalten. Sie drohten, die Kleinen diesem Gui zu übergeben, falls sie nicht gehorchten.

»Aber wie kann es sein, dass es uns noch immer nicht gelungen ist, ihn zu verhaften?«, fragte Li Si. »Das ist doch mindestens der zehnte Bericht über seine Überfälle und Raubzüge, der mir vorliegt!«

Er nahm dem Ordnungshüter das Bambustäfelchen, das er ihn hatte lesen lassen, wieder aus der Hand.

»Dieser Kerl ist einfach nicht zu fassen. Er wütet stets da, wo niemand mit ihm rechnet! Man könnte ja fast glauben, er sei tatsächlich ein Gui!«

Li Si glaubte nicht an solche Geschichten über böse Geister. Für ihn waren diese Guis nichts anderes als eine Ausgeburt der Phantasie ungebildeter und leichtgläubiger Menschen; wie dieser arme Ordnungshüter, der da vor ihm stand und von dem er sich fragte, wie er es bloß geschafft hatte, zum Brigadekommandeur befördert zu werden.

»Aber er verübt seine Taten doch in einem bestimmten Gebiet! Oder ist er etwa ein Vogel, der mit einem Flügelschlag von einem Ort zum anderen gelangen kann?«, schimpfte der Minister für Öffentliche Ordnung, dessen Ärger durch die Wendung, die ihr Gespräch nahm, immer größer wurde.

»Ja, Ihr habt Recht. Seine Überfälle finden alle in einem Quadrat von etwa dreihundert Li Seitenlänge statt, in dessen Zentrum die Stadt Lingzhou liegt«, bestätigte der Brigadekommandeur.

Der Mann sah im Geiste die schon vor Monaten von seinen Untergebenen angefertigte Karte des Gebiets vor sich, in dem der Räuber mit der Pferdemähne sein Unwesen trieb. Sie hing in seinem Büro an der Wand, und kleine Kreuze markierten die Orte, an denen Überfälle stattgefunden hatten.

»Du wirst deine gesamte Brigade auf seine Spur hetzen. Ich will diesen Räuber lebend, und zwar so schnell wie möglich«, befahl Li Si. »Ansonsten«, fügte er mit drohendem Unterton hinzu, »kannst du allmählich anfangen, dir Sorgen um deinen Dienstgrad zu machen. Der Minister für Öffentliche Ordnung hat jederzeit das Recht, einen Offizier zu degradieren!«

»Aber, Minister, wenn es sich um einen Gui handelt, werden wir ihn niemals fassen! Ein Gui ist genauso ungreifbar wie eine Wolke…«, ächzte der Ordnungshüter.

»Kein Wort mehr von einem Gui! Du wirst tun, was ich dir gesagt habe, und damit Schluss!«, brüllte Li Si außer sich.

»Zu Befehl, Eure Exzellenz. Ich werde mich sofort darum kümmern, wenn ich wieder in der Kaserne bin«, stammelte der Brigadekommandeur, dessen Gesicht aschfahl geworden war, mit zitternder Stimme.

In dem Moment, in dem der bedauernswerte Brigadekommandeur sich daranmachte, seinen Unteroffizieren den Befehl des Ministers für Öffentliche Ordnung weiterzuleiten, indem er ihn, genau wie die damit verbundene Drohung, als seinen eigenen ausgab, beendete am äußersten Rand einer Provinz im Nordwesten des Landes, mehrere hundert Li von Xianyang entfernt, der Räuber mit der Pferdemähne seinen mit Plünderungen ausgefüllten Tag und schickte sich an, die Nacht in einem seiner üblichen Verstecke zu verbringen. Es lag verborgen im Schutz eines Halbrunds aus felsigen Steilwänden, dessen schmaler Zugang für jemanden, der sich an diesem Ort nicht sehr gut auskannte, unsichtbar blieb.

Wenn der Brigadekommandeur dort gewesen wäre, hätte er sehen können, dass es sich keineswegs um einen Gui handelte.

Anwei seufzte, als er seinen mähnenbehangenen Helm abnahm. Er war den ganzen Tag über galoppiert, um einen Feldhüter abzuschütteln, dem er ein Huhn gestohlen hatte, und nun taten ihm alle Knochen weh. Seine angeschwollenen Füße schmerzten entsetzlich. Er band sein Pferd an einem Busch fest und ließ sich auf einen Felsbrocken sinken. Das Tier, das diese Stelle kannte, begann die restlichen Blätter abzufressen, die noch an dem kargen Strauch hingen.

Als er seine ledernen Hosen aufgeschnürt hatte und versuchte, sie abzustreifen, entfuhr ihm ein Schmerzensschrei. Seine Fußknöchel waren wund gescheuert. Das Echo seines Aufschreis, das von den Steilwänden ringsum zurückgeworfen wurde, ließ ihn vor Schreck zusammenfahren, so als werde er von jemandem beobachtet, der sich gleich auf ihn stürzen würde. Die Grabesstille in dieser windgepeitschten steinernen Einfassung, in der es lediglich einigen trockenen, dornigen Sträuchern gelang, sich zwischen den Felsen festzukrallen, beruhigte ihn. Von der Steilwand hallte das Echo einer rufenden Eule wider.

Erschöpft schloss er die Augen.

In den seltenen Momenten, in denen seine Wachsamkeit ein wenig nachlassen konnte, ließ Anwei seine Gedanken gerne ungehindert schweifen. Er ertrug die Zwänge seines Umherirrens kaum noch. Dieses Leben als ewiger Flüchtling, dem Yirens Häscher stets dicht auf den Fersen waren, wurde ihm immer mehr zur Last.

Nachdem er vergeblich nach Tigersprung gesucht hatte, den er unter dem Baum, wo er ihn zurückgelassen hatte, nicht mehr wiedergefunden hatte, war er weiter an der Spitze seiner winzigen Schar durch die Lande gezogen. Nach und nach hatte er alle seine

Männer verloren, die teils geflohen, teils den Miasmen und der Erschöpfung erlegen waren, so dass er schließlich gezwungen gewesen war, alleine weiterzuirren und zu rauben, um zu überleben, stets verfolgt von den Ordnungshütern von Qin.

An diesem Abend war seine Verbitterung noch größer als sonst.

Er hasste dieses Reich, das er für sein Unglück verantwortlich machte und das ihn aus unerfindlichen Gründen in die Fremde verbannt hatte ... Seit Jahren schon versuchte er vergeblich zu verstehen, warum man ihn auf diesen Feldzug geschickt hatte, um ihn schon zwei Jahre später wieder zurückzubeordern, als sei er nur ein Spielzeug in den Händen der Mächtigen in Xianyang. Was Tigersprung ihm über seine Unterredung mit Wang dem Glücklichen erzählt hatte, hatte seine Empörung und seinen Groll nur noch größer werden lassen.

Er erkannte, dass diese Gefühle, statt sich mit der Zeit zu legen, immer noch genauso heftig in ihm loderten wie zu Beginn seiner Flucht.

Da überwältigten ihn Zorn und Verzweiflung. Er ließ sich auf den Boden fallen und schlug mit den Fäusten auf den Stein, bis die Haut an seinen Fingern aufplatzte. Er schrie seine ganze Wut auf sein ungerechtes Schicksal, seine Schande und sein Unglück hinaus. Er begann alle Götter, philosophischen Schulen und großen Denker, von Konfuzius über Zhuangzi bis hin zu Mozi, zu verfluchen. Er bat Fügsame Jadeblume um Verzeihung dafür, dass er sie im Stich gelassen hatte, um seinen Traum vom Ruhm zu verfolgen, der ihn in diese schreckliche, ausweglose Lage geführt hatte. Schließlich verfluchte er sogar seinen Drang nach Genugtuung, der seinen Sturz überhaupt erst herbeigeführt hatte, indem er ihn dazu verleitet hatte, in die Falle zu tappen, die Qin ihm gestellt hatte.

Als er nach einer Weile erschöpft und mit tränenüberströmtem Gesicht wieder aufstand, trat ihm das Bild des jungen Yiren vor Augen. Der König saß bequem auf dem Thron, der eigentlich ihm zugestanden hätte, und sah ihn spöttisch an. Er spürte, wie eine Woge von Hass aus seinem Bauch aufstieg. Liebend gerne hätte er in diesem Augenblick den Hals seines Neffen zugedrückt, bis dessen Wirbel einer nach dem anderen brachen.

Anweis Zorn und seine unbezwingbare Rachsucht waren an diesem Abend ungebrochen. Die ganzen letzten Jahre hatten daran nichts geändert. Im Gegenteil, sie hatten seine Bitterkeit noch verzehnfacht. Der gestürzte Prinz stand hoch aufgerichtet und hatte die Fäuste zum Himmel erhoben.

Die Eule war verstummt, doch die Stille war nur von kurzer Dauer.

In der Ferne war das gedämpfte Bellen einer Hundemeute zu hören. Eine Stimme schien den Tieren Befehle zuzurufen. Nach einer Weile klangen die Worte deutlicher zu ihm herüber.

»Such! Such!«, konnte er nun hören, während das wütende Kläffen der Hunde immer näher kam.

Sein Pferd bewegte unruhig die Ohren.

Es war eine Treibjagd. Sie suchten nach ihm. Wieder einmal! Diesmal schien es eine große Meute zu sein. Er musste so schnell wie möglich fort und aus diesem steinernen Talkessel fliehen, ehe er zu einer Mausefalle wurde. Wie üblich musste er wieder weiterfliehen, kaum dass er abgesessen war. Würde dieses Umherirren denn niemals ein Ende finden?

Anwei nahm seine ganze restliche Kraft zusammen, zog sich auf sein Pferd und galoppierte in hohem Tempo hinaus in die Dunkelheit.

Mit zusammengebissenen Zähnen jagte er schweigend im Licht des Vollmonds dahin.

Mit jedem Tag wurde die Flucht unerträglicher. Er wollte nicht länger ein Vagabund sein. Ohne Tigersprung an seiner Seite hatte sein Leben immer weniger Sinn. Es war besser, dieses rastlose Dasein aufzugeben. Ihm wurde bewusst, dass er inzwischen den Moment herbeisehnte, in dem er endlich gefasst würde. Während er zu der silbrigen Scheibe des Nachtgestirns hinaufstarrte, spürte er sogar schon die Erleichterung, die ihn durchfluten würde, wenn das Schwert des Henkers auf seinen Nacken herabsausen würde.

Sein Entschluss stand fest. Er würde nicht weiterfliehen. Sein Maß an Verzweiflung war voll.

Doch ehe in seinem Körper alles Leben erlosch, ehe er sich diesem verhassten Reich ergab, das seinen Untergang gewollt und dieses Ziel schließlich auch erreicht hatte, blieb ihm noch eine letzte Aufgabe zu erfüllen, eine letzte Tat, die noch einmal all seine Kräfte mobilisieren würde. Das hatte er sich geschworen.

Nur eine einfache Geste, doch er würde sie mit dem größten Vergnügen ausführen.

Vielleicht gewährte ihm das Schicksal nach all den sinnlosen und finsteren Jahren ja diese einzige und letzte Gelegenheit.

Die stumme Rivalität, die schon seit langem zwischen den beiden Männern herrschte, wurde in ihrer heftigen Auseinandersetzung spürbar.

»Wie kommt es, dass es deinen Leuten immer noch nicht gelungen ist, herauszufinden, um wen es sich bei diesem Räuber handelt, der unter seiner Pferdemähne unsere Dörfer in Angst und Schrecken versetzt?«

»Diese Kreatur bringt auf den geplünderten Schweineställen und Scheunen schließlich nicht ihr Siegel an!«, gab der Leiter des Amtes für Gerüchte gereizt zurück.

Es wäre untertrieben zu behaupten, dass Unersetzliche Verbindung die förmliche Befragung, der Li Si ihn unterzog, nicht sonderlich schätzte.

Der Grund für ihren Streit lag bei Yiren, denn dieser ließ sich von Unersetzliche Verbindung niemals über die Tätigkeiten des Amtes für Gerüchte berichten, obwohl diese Behörde dem König direkt unterstellt war.

Der Herrscher von Qin hatte nie die Notwendigkeit gesehen, den Eunuchen zu einem Gespräch unter vier Augen zu empfangen, um ihm mitzuteilen, welchen Höflingen gegenüber er einen bestimmten Verdacht hegte, oder ihm zu sagen, was er in Bezug auf die Überwachung der Bevölkerung oder des Hofes von ihm erwartete. Die Folge war, dass Li Si sich bemühte, das Amt für Gerüchte, dessen finanzielle Ausstattung ohnehin in den Zuständigkeitsbereich des Ministers für Öffentliche Ordnung fiel, nun vollständig unter seine Kontrolle zu bringen.

Unersetzliche Verbindung hingegen wehrte sich mit allen Mitteln gegen diese Vereinnahmung durch den legalistischen Minister. Er war der Auffassung, und dies zu Recht, dass er allein dem König Rechenschaft schuldig war. Aus diesem unaufhörlichen Machtkampf war eine erbitterte Feindschaft zwischen den beiden Männern erwachsen. Und eigentlich hätte sich Unersetzliche Verbindung, der lediglich den Rang eines einfachen Beamten bekleidete, in ihrer heutigen Auseinandersetzung seinem Gegenüber, immerhin ein Minister, beugen müssen …

Trotzdem hatte sich Lü Buwei, dem Unersetzliche Verbindung sympathisch war, nicht einmischen wollen. Er sah darin eine Möglichkeit, Li Si nicht Recht geben zu müssen, der seine Zeit damit verbrachte, sich bei ihm über Unersetzliche Verbindung zu beschweren.

Doch es gab auch einen anderen, sehr viel schwerer wiegenden Grund für die Aufsässigkeit von Unersetzliche Verbindung gegenüber Li Si.

Auch wenn er es nicht beweisen konnte, war der Leiter des Amtes für Gerüchte davon überzeugt, dass Li Si jene falsche Anschuldigung verfasst hatte, die letztlich für Han Feizis Hinrichtung verantwortlich gewesen war.

Er hatte unzählige Vorsichtsmaßnahmen getroffen, um die missglückte Rückführung von Schwarze Ströme so heimlich wie möglich zu bewerkstelligen, doch im Nachhinein war ihm bewusst geworden, dass er dadurch dem Minister für Öffentliche Ordnung unbeabsichtigt die Gelegenheit verschafft hatte, den Verdacht ungestraft auf einen Unschuldigen zu lenken. Denn als er den Entschluss gefasst hatte, dass nun der Zeitpunkt gekommen war, es Wen, dem fetten König von Chu, heimzuzahlen und ihm seinen Spion für immer zurückzuschicken, hatte er nicht geahnt, dass er damit Han Feizi zu grausamer Folter und zum Tode verurteilte.

Um sein Vorhaben in die Tat umzusetzen, hatte er Schwarze

Ströme die kleine Schatulle zukommen lassen, die König Wen ihm einst selbst überreicht hatte und in der ein schwarzes Seidenband mit einer aufgestickten goldenen Lotosblüte lag. In diese Schatulle hatte er eine geschickt formulierte anonyme Botschaft gelegt, in der angedeutet wurde, dass ihr Verfasser so einiges über die geheimen Machenschaften eines gewissen hohen Würdenträgers am Hof von Qin zu berichten wüsste. Um Näheres darüber zu erfahren, sollte sich Schwarze Ströme das Band um die Stirn binden und dem Mann, den er noch in der gleichen Nacht an einem genau bezeichneten Treffpunkt am Ufer des Wei-Flusses treffen würde, die Losung »Unersetzliche Verbindung« nennen.

Arglos hatte Schwarze Ströme daraufhin vermutet, dieses Passwort sei ein Hinweis darauf, dass es sich bei der fraglichen Person um niemand anderen als seinen früheren Vorgesetzten handelte, den Chu wahrscheinlich jetzt ausschalten wollte.

Denn seit seiner Rückkehr aus Chu, wo er vor vielen Jahren den Soldaten des Königs in die Hände gefallen war und zum Schein eingewilligt hatte, für dieses Reich als Spion zu arbeiten, hatte Unersetzliche Verbindung Schwarze Ströme gegenüber niemals ein Wort darüber verloren, was zwischen ihm und König Wen vorgefallen war, und genauso wenig war er noch einmal auf seine rätselhafte Andeutung zurückgekommen, dass sie von nun an »auf der gleichen Seite« stehen sollten.

Dieses mysteriöse Treffen würde dem Eunuchen sicherlich einige Antworten auf seine Fragen bringen. Und so war der Großkämmerer, dieser heimliche Spion aus Chu, angelockt durch die List, die der Leiter des Amtes für Gerüchte ausgeheckt hatte, ohne etwas Böses zu ahnen, zum Ufer des Wei gegangen. Er konnte es kaum erwarten, endlich Genaueres zu erfahren.

Es war dunkel. Den Anweisungen aus der anonymen Botschaft folgend, hatte er das schwarze Seidenband um seine Stirn geschlungen und, gleich nachdem er am vereinbarten Treffpunkt angekommen war, die Losung in die Nacht hinausgerufen.

Kaum hatte er sie ausgesprochen, als auch schon ein mit einem Bronzering eingefasster Knüppel mit unglaublicher Wucht auf seinen Kopf geschmettert wurde und Gehirn und Blut aus seinem gespaltenen Schädel spritzten.

Zwei Tage zuvor hatte Unersetzliche Verbindung seinen üblichen Mittelsmann wissen lassen, dass für ihn die Zeit gekommen sei, nach Chu zurückzukehren, da sich der Verdacht gegen ihn immer mehr verdichtete und er in nächster Zukunft sicherlich verhaftet werden sollte, wodurch das gesamte Spionagenetz, das Chu in Qin aufgebaut hatte, in Gefahr geraten würde.

Was der Leiter des Amtes für Gerüchte jedoch nicht vorausgesehen hatte, war, dass die Agenten von Chu Schwarze Ströme, den sie für Unersetzliche Verbindung gehalten hatten, nicht heimlich nach Ying, der Hauptstadt jenes Reichs, zurückbrachten, wie es zwischen ihm und König Wen vereinbart worden war, sondern ihn, nachdem sie ihn getötet hatten, in den Wei warfen, ohne zu bemerken, dass es sich um ihren eigenen Spion handelte!

Der Pakt, den er zum Schein mit König Wen geschlossen hatte und dem zufolge die Agenten aus Chu ihm bei der Flucht aus Qin helfen sollten, wenn seine vermeintliche Spionagetätigkeit bekannt werden sollte, war in Wirklichkeit eine Falle gewesen, in die glücklicherweise nicht er selbst, sondern Schwarze Ströme getappt war! Er hatte sich also nichts vorzuwerfen. Unersetzliche Verbindung hatte dem Wort des fetten Königs ohnehin nie getraut. Doch Li Si hatte diese unvorhergesehene Wendung für seine eigenen Zwecke missbraucht.

Denn Unersetzliche Verbindung wusste von den Differenzen zwischen dem legalistischen Lehrmeister und seinem Schüler, die inzwischen zu Rivalen geworden waren, und er war davon überzeugt, dass Li Si dank der Berichte, die er tagtäglich von den Polizisten und Ordnungshütern des Reichs erhielt, als Erster vom Tod des Eunuchen erfahren hatte, was ihm den nötigen Vorsprung verschafft hatte, um diese heimtückische Intrige einzufädeln, die aus Han Feizi einen Schuldigen gemacht hatte, ohne dass es dafür einen anderen Beweis gegeben hätte als diese anonyme Anschuldigung.

Doch das alles lag inzwischen zehn Jahre zurück, und Unersetzliche Verbindung verspürte keinerlei Gewissensbisse. Schließlich hatte er im Interesse seines Landes gehandelt, als er Schwarze Ströme ausschaltete, dem es gelungen war, sich in Yirens unmittelbare Nähe einzuschleichen. Auch wenn dies niemals bekannt werden durfte, hatte er das wichtigste Element des Spionagenetzes, das Chu im Herzen der Macht von Qin errichtet hatte, unschädlich gemacht. Im Grunde hätte ihm eine solche Tat sogar eine Stele einbringen sollen!

Doch die Tatsache, dass Han Feizi zu Unrecht eines Mordes beschuldigt und hingerichtet worden war, versetzte ihn immer noch in Rage. Der Tod des stotternden Philosophen hatte einen bitteren Nachgeschmack hinterlassen, ganz abgesehen davon, dass er ihn in seinen Ansichten über die Ungerechtigkeit dieser Regierungsform bestätigte, deren Autorität sich allein auf die Macht der Gesetze gründete. Han Feizis Hinrichtung war für ihn der beste Beweis für die Fehlerhaftigkeit dieses auf anonymen Anschuldigungen beruhenden Anklageprinzips, das kein anderes Ziel hatte, als Angst und Misstrauen unter der Bevölkerung zu verbreiten.

Paradoxerweise hatte seine Stellung als Leiter des Amtes für Gerüchte seine Vorbehalte gegen dieses auf Verleumdung, Misstrauen und Furcht beruhende System noch verstärkt.

Das Gemeinschaftsleben in Qin lag danieder. Der »andere« war nur noch der potenzielle Feind, der einem schaden konnte. Einem Mitmenschen zu helfen konnte die schlimmsten Folgen nach sich ziehen. Und so lebten alle zurückgezogen, dazu verdammt, niemanden sehen zu lassen, wenn sie glücklich waren, denn Neid und Missgunst waren die natürlichen Folgen dieses Argwohns, mit dem die Beziehungen zwischen den Einwohnern von Qin vergiftet waren. Für Solidarität war in diesem Dschungel kein Platz mehr. Darüber hinaus wurde schon jeder Versuch eines Bündnisses zwischen Bürgern, die kleinste Versammlung, die unbedeutendste Initiative, die nicht von den Behörden angeordnet worden war, gnadenlos unterdrückt und ihre Urheber streng bestraft.

Außerdem wusste Unersetzliche Verbindung besser als die meisten anderen, dass diese Gerüchte und Verdächtigungen häufig nichts anderes waren als leeres Gerede. Verleumdungen wurden vor allem dazu benutzt, mit jemandem abzurechnen, einen Rivalen auszuschalten oder seine eigene Macht zu stärken. Die Gerechtigkeit und Sittlichkeit, in deren Namen die Legalisten zu handeln vorgaben, waren nichts anderes als ein Vorwand, ihre Lehre der reinste Zynismus …

Dem Leiter des Amtes für Gerüchte war schon häufiger der Gedanke gekommen, dass Li Si, der dazu beitrug, die Vormachtstellung des Legalismus in Qin zu festigen, die Bevölkerung des Königreichs früher oder später ins Unglück stürzen würde. Und so brachte er dem Minister eine Verachtung entgegen, die er nicht einmal mehr zu verbergen suchte.

»Wozu soll das Amt für Gerüchte denn überhaupt gut sein, wenn es nicht einmal in der Lage ist herauszufinden, wer sich hinter dieser Kreatur verbirgt?«

Damit griff der Minister für Öffentliche Ordnung Unersetzliche Verbindung direkt an.

Dieser sah ihm gerade in die Augen. Seine Agenten hatten die wahre Identität dieses Räubers längst aufgedeckt, seit Monaten schon kannte er seinen Namen. Aber er hatte sich geschworen, ihn Li Si niemals preiszugeben. Ein solches Geschenk wollte er ihm nicht machen.

Ohne ein weiteres Wort wandte er sich von diesem Mann ab, der statt eines Herzens nur einen Stein in der Brust trug.

Nachdem er den Amtssitz des Kanzlers verlassen hatte, tauchte er ein in die Straßen der Stadt und ließ sich zwischen all den namenlosen Männern, Frauen und Kindern treiben, die hin und her eilten und klaglos für ihr tägliches Überleben sorgten.

Viele Männer vertranken ihren mageren Lohn in den Wirtshäusern, wo ihn die Steuereinnehmer gleich darauf in Form von Abgaben wieder einziehen würden. Dieses Geld diente vor allem dazu, das Heer der Beamten und Soldaten zu finanzieren.

Und den Frauen, auf deren Schultern letztendlich die Verantwortung für den Lebensunterhalt der Familie ruhte, blieb nicht einmal die Möglichkeit, ihr Unglück im Alkohol zu ertränken. Sie widmeten sich dem Tauschhandel und vollbrachten wahre Wunder, indem sie tagtäglich das, was ihre Angehörigen an Nahrung brauchten, gegen kleinere Dienstleistungen oder verschiedene Güter eintauschten, die sie mit unvorstellbarer Phantasie und List aus dem Nichts herbeizuzaubern schienen.

Die Frauen waren die Seele des Handels unter den Armen. Ohne sie, ohne ihre Aufopferungsbereitschaft und ohne ihren Mutterinstinkt, der gleichzeitig auch ein Überlebensinstinkt war, wäre Qin innerhalb kürzester Zeit im Bürgerkrieg versunken.

Es waren die Frauen, denen all diese Männer, die in den Straßen ihren Geschäften nachgingen, die kleinen Vergnügungen verdankten, die sie dieses elende Leben aushalten ließen: ein Schluck Sorghumschnaps, ein Tabakblatt, ein wenig Betel oder auch die Wetten auf den Ausgang eines Wachtelkampfs. Und jeden Morgen begann die Plackerei aufs Neue. All diese Menschen wirkten fröhlich und sorglos. Dabei wurden sie von den Machthabern erbarmungslos unterdrückt... Aber waren sie sich dessen überhaupt bewusst...?

Um dies erkennen zu können, hätten sie in der Lage sein müssen, über ihr Dasein nachzudenken. Und dazu müssten sie erst genug gegessen, getrunken und geschlafen haben und danach noch über ein wenig Muße verfügen, um sich in Ruhe Gedanken zu machen. Angst und Hunger reichten aus, um dieses Volk zu zähmen, das all seine Kräfte darauf verwandte zu überleben.

Und doch waren diese Menschen so viel zahlreicher als jene, die sie unterdrückten. Sie hätten sich nur zusammenzuschließen brauchen, dann hätte das Gewicht ihrer Masse alles andere überrollt. Aber das Volk wusste nicht, dass es stark war, und die Machthaber hielten es zum Narren, indem sie die Menschen glauben ließen, sie würden sie beschützen!

In dieser sorgfältig gewahrten Täuschung lag das ganze Geheimnis der unerbittlichen Tyrannei.

9

Zheng machte ein verkniffenes Gesicht.

»Er ist beleidigt, weil du dein Pfand schon wieder mir geschenkt hast und nicht ihm …«, flüsterte Frühlingstau Goldener Fisch ins Ohr.

Es wehte ein stürmischer Wind, und so hatten die vier Jugendlichen beschlossen, ihre Drachen herauszuholen. Der Hauptplatz des Königlichen Palastes, dessen Seiten nicht weniger als ein halbes Li maßen, war bestens dazu geeignet, diese großen Vögel mit ihren zarten Flügeln aus bemalter Seide, die über lange, bewegliche Bambusstäbe gespannt war, fliegen zu lassen.

Ehre, wem Ehre gebührt, und so stellte Zhengs Drachen einen mandarinenfarbenen Phönix dar, während an den dünnen Schnüren, die Goldener Fisch und Frühlingstau in den Händen hielten, jeweils ein papierner Kranich befestigt war. Der Kranich des Mädchens war grün, und der des Jungen mit dem Mal war blau.

Zhao Gao, der sich ausnahmsweise noch einmal zu ihnen gesellt hatte, versuchte mehr schlecht als recht, einen schlichten rautenförmigen roten Drachen fliegen zu lassen, an dem seine Mutter eine Flut schwarzer Bänder befestigt hatte.

Der alte Gelehrte Natürliche Vollkommenheit hatte Frühlingstau bedenkenlos zur Mitarbeit am *Frühling und Herbst des Lü Buwei* herangezogen, wodurch sie sich zu einer wahren Expertin auf dem Gebiet der klassischen Texte und der philosophischen Schulen, aus denen sie hervorgegangen waren, entwickelt hatte, weshalb sie an diesem Nachmittag vorgeschlagen hatte, ihrem Drachen-Wettfliegen eine gelehrtere Note zu verleihen. Zheng und Goldener Fisch hatten dem Spiel, welches das junge Mädchen den »Wettstreit der philosophischen Drachen« nannte, bereitwillig zugestimmt, während Zhao Gao, der nicht so gebildet war wie die drei anderen, es vorgezogen hatte, nur zuzuschauen.

Der Wettbewerb bestand darin, jedem Drachen den Namen einer bestimmten Denkerschule zuzuweisen. Jeder Spieler verfügte über zehn Punkte, die zehn einzelnen Partien entsprachen. Der Erste, dessen Seidenvogel herunterfiel, würde einen Punkt für die Schule verlieren, die er verkörperte. Er konnte diesen Punkt jedoch zurückgewinnen, wenn der Sieger dieser Partie ihm sein Pfand gab. Am Ende des Wettstreits hatte die philosophische Schule gewonnen, der die meisten Punkte geblieben waren.

Seinem königlichen Rang entsprechend, den er im Übrigen nie herauszustreichen vergaß, hatte sich Zheng als Erster eine Schule aussuchen dürfen. Ohne zu zögern hatte er die Fajia gewählt, die Schule des Legalismus, für die er bereits eine ausgeprägte Neigung empfand. Als vorbildliches junges Mädchen hatte sich Frühlingstau für die Rujia, die Schule der konfuzianischen Gelehrten, entschieden, während sich Goldener Fisch die Schule des Yin und Yang, die Yinyangjia, ausgesucht hatte, zu der er sich auf unerklärliche Weise hingezogen fühlte, seit Huayang ihm einige ihrer Übungen gezeigt hatte.

Als wäre es Absicht gewesen, waren es somit die drei geistigen Hauptströmungen, die in Gestalt dieser fliegenden Vögel in den Lüften gegeneinander antraten…

Erfahrene Spieler schafften es, ihre Drachen endlos lange am Himmel kreisen zu lassen, wie große Raubvögel, die sich anschickten, auf ihre Beute herabzustoßen. Ihre seidenen Schwänze tanzten dabei durch die Luft wie der Pinsel eines meisterhaften Kalligraphen, der in den Wolken verborgen zu sein schien.

Doch weder Frühlingstau noch Prinz Zheng, der sich ganz besonders ungeschickt anstellte, verfügten über die nötige Technik, und kaum hatten sich ihre Drachen in die Lüfte erhoben, da stürzten sie auch schon wieder zu Boden. Goldener Fisch hingegen, der auch nicht mehr Übung darin hatte als die beiden anderen, bewies unleugbar großes Talent. Indem er hin und her rannte und behände an seiner Schnur zog, gelang es ihm, seinen blauen Kranich, dessen Flügel sich rhythmisch bewegten, hoch über ihren Köpfen zu halten.

Dadurch gewann er jede einzelne Partie, ohne zu bemerken, wie sich die Miene des Kronprinzen zunehmend verfinsterte, je öfter sein zerfetzter Phönix mit voller Wucht wieder auf den Boden schlug, nachdem er gerade erst ein Stückchen in die Luft gestiegen war.

Goldener Fisch lag dieser Wettstreit umso mehr am Herzen, als er mit Befriedigung sah, wie die Schule, die seine Gunst genoss, siegte, während die der Legalisten, mit der ihn nicht das Geringste verband, unterging. Und so garnierte er seine Siege im Eifer des Gefechts mit schmeichelhaften Bemerkungen über das Yin und das Yang und harmlosen Spötteleien über die Unterlegenheit der Fajia.

Nachdem die erste Runde beendet war, begannen sie mit einer zweiten.

Wie schon zuvor misslang Prinz Zheng bereits der erste Versuch. Er schaffte es nicht einmal, seinen seidenen Phönix vom Boden abheben zu lassen, ehe dessen Schnur riss, was die anderen zu wahren Heiterkeitsausbrüchen verleitete.

»Der Legalismus liegt am Boden! Und der Konfuzianismus ist auch nicht gerade in bester Verfassung!«, rief Goldener Fisch am Ende der vierten Runde, nachdem er sein Pfand wieder einmal Frühlingstau gegeben und so den Kronprinz von Qin bei ihrem Wettstreit der philosophischen Drachen auf den dritten und letzten Platz verwiesen hatte.

Zhao Gao beobachtete Zheng und seine beiden Spielgefährten schweigend.

Die enttäuschte und schockierte Miene, mit der der Kronprinz auf ihr harmloses Spiel reagierte, hatte das junge Mädchen aufgeschreckt, und so hatte sie zunächst versucht, Goldener Fisch wortlos darauf aufmerksam zu machen, ehe es zu spät war. Aber dieser war zu sehr damit beschäftigt, seinen blauen Kranich durch die Lüfte kreisen zu lassen, und beachtete sie nicht. Daraufhin hatte sie ihn in guter Absicht in den Arm gezwickt und ihm zugeflüstert, er solle doch Zheng den Punkt überlassen, den er im nächsten Durchgang gewinnen würde.

Und so bot er nach dem Ende der fünften Runde, die er wie alle anderen auch für sich entschieden hatte, Zheng endlich sein Pfand an. Doch dieser geriet darüber regelrecht außer sich und bekam einen Wutanfall.

»Ich brauche keine Almosen! Die Schule des Rechts wird ohnehin immer mächtiger sein als alle anderen!«, brüllte er Goldener Fisch an, während er auf seinem Drachen herumtrampelte, ehe er sich ohne ein weiteres Wort umdrehte und seine Spielkameraden einfach stehen ließ.

Zhao Gao rannte ihm nach, um ihn zu trösten, nicht ohne den beiden anderen zuvor zugeflüstert zu haben: »Ihr dürft den künftigen König niemals demütigen!«

»Es kommt mir so vor, als würde ich noch einmal diesen unseligen Vorfall bei der Damhirschjagd erleben«, vertraute Goldener Fisch Frühlingstau mit leiser Stimme an.

Zhengs heftige Reaktion hatte ihn fassungslos gemacht.

»Er hat dir deine Späße über die Schwäche des Legalismus übel genommen. Zheng ist ein durch und durch hochmütiger Mensch geworden«, stellte das junge Mädchen fest.

»Ja, das sehe ich leider auch so.«

»Wenn er eines Tages König ist, dann wird er ein Tyrann sein. Und ich bin sicher, dass aus Zhao Gao einer seiner eifrigsten Höflinge werden wird!«, fuhr Frühlingstau fort, die mit einem Mal nachdenklich geworden war.

Dann ging sie auf ihren jungen Freund zu und griff nach seinen Händen.

Sie sah sich um, doch der Platz war menschenleer. Daraufhin schimpfte sie mit empörter Stimme: »Ich bin ganz deiner Meinung, was den Legalismus betrifft. Und ich weiß, wovon ich rede, denn schließlich habe ich die wichtigsten Schriften dieser Schule für die Anthologie zusammengestellt, die Natürliche Vollkommenheit gerade im Auftrag von Lü Buwei anfertigt. Diese Legalisten sind keine Philosophen, sondern brutale Rohlinge, die von nichts anderem reden als von ihrem ›Gesetz‹! In ihren Augen heiligt der Zweck einfach alle Mittel!«

Als ihr bewusst wurde, mit welcher Kühnheit sie ihrem Freund ihre innersten Gedanken enthüllte, die sie noch niemals jemandem anzuvertrauen gewagt hatte, überzog sich ihr Gesicht unvermittelt mit einem rosigen Schleier, und sie verstummte wie ein schuldbewusstes Kind.

Zärtlich hauchte Goldener Fisch einen Kuss auf ihre hübsche, marmorweiße Stirn. In den goldschimmernden Augen des jungen Mädchens erkannte er eine unwiderstehliche Zuneigung. Plötzlich überkam ihn der Wunsch, in ihren kleinen Mund mit den perfekt gezeichneten, vollen, rosigen Lippen zu beißen, die ihm wie eine Pfingstrosenknospe kurz vor dem Aufblühen erschienen. Aber er wagte es nicht.

Eine Weile blieben sie so stehen, einander zugewandt und mit verschränkten Fingern. Sie sahen einander in die Augen und erkundeten die innere Landschaft des anderen.

Zu Füßen dieser beiden Heranwachsenden, die alleine auf dem riesigen gepflasterten Platz, über den der Wind dahinfegte, zurückgeblieben waren und die unversehens erkannt hatten, dass sich in ihre Vertrautheit auch gegenseitige Anziehung mischte, lagen die Drachen, ein kleiner Haufen zerknitterter Seide, aber gleichzeitig auch die Trophäen jener Suche nach Schönheit, Güte, Toleranz und Wohlwollen, die sie von nun an zu ihrem Anliegen machen wollten.

Sie waren davon überzeugt, dass dieses Ideal immer das Ziel sein würde, dem ihr Dasein entgegenstrebte.

Sie ahnten nicht, dass das Leben manchmal alles daransetzte, zwei Liebende, die offensichtlich füreinander bestimmt waren, um keinen Preis zusammenfinden zu lassen.

Wie den Kuhhirten und die Weberin, die durch die Milchstraße voneinander getrennt waren.

Tigersprung fühlte sich in der Höhle der Priesterin inzwischen schon ein wenig heimisch.

Seit er bei Wu Dong und Zhao Gongming lebte, besuchte er regelmäßig Weites Tal, mit der er sich angefreundet hatte.

Er mochte die besondere Atmosphäre in ihrer Höhle, wo er sich gerne auf einen Stein am Rand der kleinen Quelle setzte.

An diesem Tag hatte die Priesterin die drei Männer eingeladen, mit ihr zusammen Übungen zu verrichten, die ein langes Leben herbeiführen und die inneren Energien stärken sollten.

Als sie die erstaunte Miene des Hohen Priesters sah, der sich über ihren Vorschlag wunderte, weil sie schon drei Tage zuvor eine ausgiebige Sitzung so genannter Daoyin-Übungen zum »Leiten und Dehnen« abgehalten hatten, die die Muskulatur ihres Körpers kräftigen sollte, erklärte sie: »Ich muss mich vergewissern, dass meine kleine Frühlingstau nicht unter dem Einfluss negativer Energien steht, und meine inneren Kräfte sind nicht mehr das, was sie einmal waren. Es fällt mir immer schwerer, ihr Bild vor mir zu sehen, denn meine Enkelin wird älter und ihre Persönlichkeit immer komplexer. Um das Bild ihres Körpers abhorchen zu können, muss ich aus einer gewaltigen inneren Energie schöpfen. Aber meine Reserven reichen dazu nicht mehr aus. Mit eurer Hilfe könnte ich sie wieder auffüllen. Deshalb schlage ich euch vor, dass wir alle vier gemeinsam eine Neidan-Übung durchführen. Nur die innere Alchemie kann mir die nötige Kraft schenken, um das Bild von Frühlingstau in meinem Inneren aufzurufen ...«

Wie hätten sie ihr einen solchen Gefallen verweigern können? Ohne Wu Dongs Antwort abzuwarten, begann Weites Tal mit einem strahlenden Lächeln auf den Lippen, sich zu entkleiden.

Bald darauf stand sie splitternackt vor dem Miniatursee im Überlaufbecken ihrer kleinen Quelle, als sei sie dessen Schutzgeist.

Der Körper der alt gewordenen Frau hatte sich mehr als ansehnliche Reste seiner früheren Schönheit bewahrt. Die Warzenhöfe ihrer schweren Brüste, die etwa so groß waren und auch die gleiche Farbe hatten wie zwei kleine Bis aus schwarzbrauner Jade, ähnelten den weiten Augen eines Gesichts, während ihr runder Bauch dessen Kinn und der tiefe Nabel den erstaunten Mund bildeten. Ihr Rosental, dessen zarter, geröteter Spalt zu erkennen war, öffnete sich über kräftigen Schenkeln, die bereits von dem unmerklichen Beben eines Begehrens erfasst zu sein schienen, das die Priesterin schon seit langem nicht mehr hatte stillen können.

Weites Tal bereitete sich darauf vor, die Essenzen und Energien ihrer Partner aufzunehmen, während sie sich bemühen würde, ihre eigenen in ihrem Körper zu behalten. Das war die einzige Möglichkeit, seine Lebenskräfte nicht zu vergeuden oder zu zerstreuen. Im Gegenteil, im Laufe dieser Neidan-Übung würde sie versuchen, ihnen ihre Energie zu rauben, um damit ihre eigene zu intensivieren, während sie gleichzeitig darauf achtete, ihren drei Partnern nichts anderes zu schenken als die Entdeckung ihrer eigenen Lust.

Wu Dong und Zhao Gongming hatten diese gemeinschaftliche erotische Übung, mit deren Hilfe die inneren Energien gestärkt werden sollten, schon früher vollzogen. Sie war den Initiierten des letzten Grades vorbehalten und wurde nur heimlich durchgeführt. Niemand durfte dabei zusehen, ohne selbst daran teilzunehmen. Es war verboten, diese Übung Nicht-Initiierten zu enthüllen, und um sie den Regeln entsprechend auszuführen, mussten die Adepten dabei vollkommen nackt sein.

Die Priesterin stand unbekleidet und mit ausgebreiteten Armen und gespreizten Beinen vor ihnen, bereit, die drei Männer zu empfangen. Die beiden Daoisten waren ihrem Beispiel gefolgt und hatten ihre Kleider abgelegt. Nun waren sie dabei, sich gegenseitig mit einem ölhaltigen Balsam einzureiben, das sie aus einem kleinen, kürbisförmigen Bronzefläschchen in ihre Handflächen träufelten.

»Die Alchemie des Neidan schreibt vor, dass der Körper von allem frei gemacht wird«, erklärte die Priesterin, an Tigersprung gewandt.

Dieser hatte noch nicht gewagt, sein Gewand auszuziehen, und zögerte, es seinen beiden Gefährten gleichzutun.

»Hat er denn schon den fünften Initiationsgrad erreicht?«, fragte Zhao Gongming den Hohen Priester beunruhigt.

»Das hat jetzt keine Bedeutung mehr«, erwiderte dieser mit seiner tiefen Stimme, aus der eine leise Belustigung herausklang.

Amüsiert beobachtete er Tigersprung, der zwar nur unwillig gehorcht hatte, dessen Jadestab vom Anblick des entblößten Körpers von Weites Tal jedoch nicht unberührt zu bleiben schien.

Auf Wu Dongs Anweisung hin bedeutete Zhao Gongming ihm, sich auf den Bauch zu legen, und begann ihn von Kopf bis Fuß mit einem kampferölhaltigen Balsam einzureiben. Tigersprung spürte, wie eine sanfte Wärme alle Muskeln seines Körpers erfasste, und ließ nach einer Weile seinen Geist einfach treiben.

Er schloss die Augen und wäre vor Entspannung fast eingeschlafen. Doch da hörte er wie durch einen Schleier hindurch die Stimme von Weites Tal, die wie zu einer Beschwörung unter der steinernen Wölbung widerhallte.

»Wir müssen dem Allumfassenden Wächter der Verdienste danken und ihn anflehen, uns die rechte Mischung von Energien und Essenzen zu gewähren.«

Tigersprung spürte, dass sie direkt vor ihm stand. Er hob den Kopf. Sie hatte den Hohen Priester und seinen Schüler bei der Hand genommen und bildete nun mit ihnen eine Dreiheit, in der sie die zentrale Gottheit zu sein schien. Dann ging sie mit halb geschlossenen Augen und in eine Art Ekstase verfallen wie immer zu Beginn der Neidan-Übung zu einer Beschreibung von Pangu über, dem kosmischen Riesen, der das Universum erschaffen hatte: »Unsere Körper werden sich das Universum aneignen; unsere Körper werden das Universum sein, so wie es der Körper von Pangu war, der am Anfang aller Dinge steht. Sein Atem wurde zum Wind; sein linkes Auge zum Mond; sein rechtes Auge zur Sonne; seine vier Gliedmaßen wurden zu den Himmelsrichtungen; sein Blut und sein Jadesaft wurden zu den Flüssen; sein Fleisch zu den Wiesen und Feldern. Wenn seine Muskeln erzittern, bebt die Erde. Sein Rückenmark wurde zu Jade und sein Schweiß zu Regen!«

Die beiden Priester nahmen ihre Worte begierig auf, als seien sie ein Elixier des langen Lebens.

Dann gaben sie Tigersprung ein Zeichen, sich ihnen anzuschließen. Daraufhin beschloss er, alle falsche Scham abzulegen, stand auf und stellte sich splitterfasernackt vor die Priesterin, die ihn gleich zärtlich in die Arme schloss, wobei sie dafür sorgte, dass ihr Bauch über seinen strich. Im gleichen Augenblick spürte Tigersprung, wie sein Jadestab sich aufrichtete wie der Rüssel eines trompetenden Elefanten.

Diese heftige Reaktion erklärte sich sowohl durch seine Jugend als auch durch die Enthaltsamkeit, zu der er gezwungen gewesen war, seit er Xianyang verlassen hatte. Und so fiel es Weites Tal nicht schwer, seine durstenden Sinne zu wecken.

Sie kniete vor ihm nieder, um den Nektar seines Körpers zu sammeln, während sie gleichzeitig den beiden anderen bedeutete, näher heranzukommen, was diese, ohne zu zögern, taten.

Ihre vier ineinander verschlungenen Körper ließen sie beinahe austauschbar werden. Die Rollen wechselten. Das Rad der Liebe drehte sich jedes Mal um eine Kerbe. Jenen Kerzenleuchtern gleich, deren Füße einen vierschwänzigen Drachen darstellten, verbanden sich ihre Körper zu einer Einheit. Dieser ausgefeilte Tanz dauerte lange, jeder schenkte dem anderen, was dieser ihm gerade geschenkt hatte. Ihre ekstatischen Bewegungen waren langsam wie die eines Tigers kurz vor dem Sprung, wenn die Raubkatze ihre Muskeln anspannt, deren gewaltige Kraft sie unvermittelt losschnellen lässt.

Umringt von den drei anderen, fiel es Tigersprung immer schwerer, sich zurückzuhalten, während er die wachsende Erregung der Lust in sich aufsteigen spürte.

»Lasst uns unsere Energien und unseren Geist vereinen«, murmelte Wu Dong, »die Energie ist die Mutter des Geistes, und der Geist ist der Sohn der Energie. Die Fünf Kräfte werden sich in unseren Drei Ursprüngen einfinden.«

Die Fünf Kräfte hatten ihren Sitz in den fünf Speicherorganen Leber, Herz, Milz, Lunge und Nieren. Die Sandian, oder Drei Ursprünge, waren die drei Zinnoberfelder des Kopfes, der Brust und des Unterbauchs.

Die unaussprechliche gemeinsame Ekstase der beiden Daoisten schwoll langsam an wie eine Flutwelle, die von den Strudeln eines Flusses bei Hochwasser ans Ufer getrieben wird. Tigersprung hatte seinen Jadesaft, der reichlich und milchig wie ein Sturzbach hervorgeschossen war, bereits vor einer ganzen Weile in Öffnungen ergossen, die er nicht mehr wiedererkennen würde.

Weites Tal, die alle Vorgänge in ihrem Körper genau kannte, spürte, dass es nicht mehr lange dauern würde, bis auch ihre innerste Quelle zu sprudeln begann. Da sie bereits zahlreiche Yang-Säfte ihrer Partner empfangen hatte, verschloss sie hastig all ihre inneren Pforten, um die kostbare Mischung aus ihrem Yin und dem Yang der drei Männer in sich zu bewahren.

Die Männer, deren Geist immer noch in den schillernden Wolken des Sinnentaumels weilten, den sie gerade durchlebten, bemerkten nichts davon. Tigersprung spürte, wie Zhao Gongming mit geschickter Hand sanft seinen Jadestab liebkoste, der inzwischen wieder so schlaff geworden war wie eine Seegurke.

Sie befanden sich in einem Rausch und waren blind für alles um sie herum.

Als Weites Tal sich wieder angezogen hatte, sah sie zufrieden, dass ihre Partner eingeschlafen waren. Sie lagen nebeneinander auf dem Boden wie kleine, satte Tiger, die ihre Mutter gerade gesäugt hatte.

Und sie fühlte sich wie eine Tigerin. Sie hatte sich gestärkt, indem sie ihre Energien in sich aufgenommen hatte. Es war ihr gelungen, ihnen das nötige Maß an Lust zu schenken, damit sie widerspruchslos in diesen ungleichen Tausch einwilligten. Diese Übung der inneren Alchemie, die es ihr ermöglichen sollte, Kontakt mit ihrer kleinen Frühlingstau aufzunehmen, war ihr aufs Beste gelungen.

Sie fühlte sich bereit, prall von innerer Stärke. Wozu noch warten? Sie musste Gewissheit haben.

Sie schloss die Augen.

Im gleichen Augenblick erschien das Bild der Tochter ihrer verstorbenen Unbeugsamer Stern des Ostens. Frühlingstau war noch schöner und anmutiger als beim letzten Mal. Sie ist ihrer Mutter und somit auch ihrer Großmutter wie aus dem Gesicht geschnitten, dachte sie voller Stolz. Sie rief sich das Bild der drei Ursprünge des jungen Mädchens vor Augen und erkannte darin sofort Kraft und Stärke. Ihrer Enkelin ging es gut!

Sie war beruhigt. Sie sah keinerlei negative Energien um ihren

Kopf herum. Erst als sie das Zinnoberfeld der zweiten Ebene, das der Brust, wo auch das Herz liegt, genauer untersuchte, spürte sie, dass dort zwei entgegengesetzte Kräfte zu wirken schienen, als kämpften zwei verschiedene Begierden miteinander um ihre Gefühle.

Diese Situation belustigte sie. Trotz ihrer Jugend war ihre Enkelin bereits der Gegenstand einer aufkeimenden Rivalität zweier verliebter Herzen! Sollte sie dies etwa bedauern? Ohne Zweifel würde Frühlingstau mit ihrer strahlenden Schönheit und ihrer wachen Intelligenz in Zukunft von Männern begehrt werden, die sie leidenschaftlich lieben würden.

Daraufhin ging Weites Tal unter dem gebannten Blick von Tigersprung, der aus der Betäubung aufgewacht war, in die ihn die Neidan-Übung gestürzt hatte, zu einem Weidenkorb hinüber und nahm ein kleines Ei heraus. Es musste das Ei einer Fasanhenne oder eines Perlhuhns sein. Nachdem sie an seiner Unterseite vorsichtig ein Loch hineingepikt hatte, trank sie es aus. Dann griff sie nach einem getrockneten Beifußstängel, den sie zusammenzwirbelte und behutsam in das Innere des Eis einführte. Schließlich legte sie das Ganze in die Hand von Tigersprung, der immer verblüffter wurde.

Sie zündete den verzwirbelten Stängel an.

Das Ei leuchtete auf wie ein Mondstein. Nach wenigen Augenblicken hörte er, wie der Beifuß knisternd verbrannte.

Daraufhin bewegte die Priesterin mehrere Male langsam ihre Hände über dem Ei hin und her. Dieses zischte kurz und wurde gegen die Decke der Höhle geschleudert wie eines dieser großen fliegenden Insekten, die so schnell mit den Flügeln schlugen, dass man ihre Bewegung gar nicht sah, ehe es mit einem winzigen Flammenstieben auf einem Felsen zersprang.

Dieses Geräusch riss auch Wu Dong und Zhao Gongming aus ihrer Erstarrung.

»Ich lasse immer ein Ei fliegen, um das Ende der inneren Alchemie zu feiern. Und diese war so gelungen, dass es mir Leid getan hätte, mit meiner Tradition zu brechen!«, erklärte sie.

»Ach, geht es mir gut!«, seufzte Tigersprung und lächelte die alte Priesterin an.

Huayang träumte sonst nie, doch heute hatte sie einen entsetzlichen Albtraum gehabt.

Sie hatte ein Kind ohne Arme und Beine zur Welt gebracht, das nicht größer war als eine Puppe und Yirens Gesichtszüge besaß. Plötzlich war Zhao Ji, ohne zu klopfen, in ihr Zimmer gestürmt und hatte ihr in schroffem Ton vorgeworfen, nur Monster gebären zu können. Voller Scham hatte sie daraufhin das Kind zum Ufer des Wei-Flusses gebracht und seinen kleinen Körper ins Wasser geworfen. Das arm- und beinlose Kind hatte einen schrillen Schrei ausgestoßen, so scharf wie die Klinge des Dolches, der ihr Herz durchbohrte.

Schweißgebadet war sie hochgeschreckt und hatte mit zitternder Hand ihren Bauch betastet, um sich zu vergewissern, dass alles nur ein Traum gewesen war. Danach hatte sie bis zum Morgen wach gelegen. Ihre Dienerinnen hatten sie völlig verstört und schwer atmend vorgefunden, doch sie hatte ihnen den Grund für ihren Zustand nicht verraten wollen.

Nun versuchte Huayang vergeblich, sich zur Vernunft zu rufen.

Dieser böse Traum war vielleicht nur die Folge ihrer inneren Gereiztheit, die durch das unerträgliche Gefühl hervorgerufen wurde, allmählich alt zu werden, welches sie seit einiger Zeit immer deutlicher verspürte und nach dessen Spuren sie auf ihrer Haut unablässig suchte.

Die Prüfung des Alterns, die sie wie jeder Mensch durchleben musste, aber die sie sehr viel schlechter verkraftete als alle anderen, wurde für sie allmählich zu einer regelrechten Besessenheit.

Ihr Körper war ihr kostbarstes Gut gewesen. Dank seiner herrlichen Gestalt und der unablässigen Pflege, die sie ihm hatte zukommen lassen, war sie in der Lage gewesen, Anguo zu verführen und diesen unbeständigen und wankelmütigen König an ihrer Seite zu halten oder Friedliche Erhabenheit zu manipulieren, der dafür gesorgt hatte, dass sie nicht zusammen mit ihrem verstorbenen Ehemann lebendig begraben worden war.

Aus dem Begehren, das sie in den Männern wachrief, und aus ihren bewundernden Blicken schöpfte sie ihre gewaltige innere Stärke.

Doch nun beobachtete sie mit Schrecken, wie ihre Brüste trotz der Massage, die sie ihnen Tag für Tag verabreichte, immer schwerer wurden und kaum sichtbare Striemen unerbittlich ihre Schenkel eroberten. Sie stellte fest, dass sich allmählich kleine Schwellungen unter ihren Augen bildeten, die sie auch mit einer kunstvollen Mischung auf der Grundlage von Beifuß und Tonerde nicht länger überschminken konnte. Vor allem aber spürte sie, wie jene dumpfe Müdigkeit auf heimtückische Weise von ihr Besitz ergriff, die sie immer öfter wie ein Schraubstock umklammerte und gegen die sie vergebens versucht hatte anzukämpfen. Sie steigerte die Zahl der Übungen, die ihre inneren Energien stärken und ihr Leben verlängern sollten. Bei jeder Mahlzeit nahm sie gleichzeitig auch einen Stärkungstrunk oder eine kräftigende Arznei ein. Sie bemühte sich, ihre Gedanken auf starke, reine Dinge zu konzentrieren, um die Energie aufzuhalten, die wie Wasser aus einem Bronzegefäß, dessen Boden durch langjährigen Gebrauch durchlässig geworden war, aus ihr herausfloss.

Mehr als alles andere fürchtete sie den Moment, in dem sie nicht mehr genug Lebenskraft in sich haben würde, um sie an ihre beiden Schützlinge weiterzugeben.

Sie hatte sich darauf versteift, dass die Zuneigung, die Zheng und Goldener Fisch ihr entgegenbrachten, zu einem sehr großen Teil auf den positiven Energien beruhte, die sie während ihrer Übungen, die sie immer noch heimlich mit den beiden Jungen durchführte, auf diese übertrug.

Was würde geschehen, wenn ihre Kräfte irgendwann so sehr nachlassen würden, dass sie nicht mehr in der Lage wäre, jene innere Energie auf sie zu richten, die sie an sie band? Würden sie sich nicht von ihr entfernen? Würden sie sie vielleicht sogar vergessen? Diese Furcht betraf vor allem Zheng. Er war der berechnendere von beiden, während Goldener Fisch sehr viel großzügiger und offener war. Sie hatte den Verdacht, dass der Kronprinz von Qin ein wenig vergesslich und undankbar war, bereit, alles wegzuwerfen, was ihm nicht mehr nutzen konnte.

Ohnehin fühlte sie sich trotz ihrer Zuneigung zu Zhao Ji inzwischen stärker zu Goldener Fisch hingezogen, auch wenn sie sich dieses Gefühl nicht genau erklären konnte.

Als sie eines Tages beim Wickeln das seltsame Mal am Gesäß des erst wenige Monate alten Jungen gesehen hatte, war es ihr wie ein Omen erschienen. Sie war davon überzeugt, dass Goldener Fisch nicht durch Zufall mit diesem Siegel des Schicksals gezeichnet war. Und die wesentlichen Charaktereigenschaften des kleinen Jungen, die schon in seiner frühesten Kindheit zu Tage getreten waren, hatten sie in dieser Gewissheit bestärkt. Huayang glaubte fest daran, dass ein guter Stern über Goldener Fisch wachte. Wenn sie sich zwischen den beiden Kindern hätte entscheiden müssen, dann hätte sie den Jungen mit dem Mal gewählt.

Um auf andere Gedanken zu kommen und ihr inneres Gleichgewicht wiederzufinden, schickte sie ihre Kammerfrauen hinaus, nachdem diese sie angekleidet und frisiert hatten, und beschloss, zum Pavillon des Erdbeerbaumhains hinüberzugehen, dessen Harmonie und Stille sie immer sehr genoss.

Die Sonne war von grauen Wolken verdeckt, die sich bald zu merkwürdigen Tiergestalten, bald zu den gewundenen Formen eines Pilzes der Unsterblichkeit auftürmten. Sie hatte sich auf der Marmorbank in einem der kleinen, nach den vier Himmelsrichtungen angeordneten Eckpavillons niedergelassen und betrachtete versonnen das reglose Wasser in den Gräben, das sie an geschmolzenes Quecksilber erinnerte, als sie plötzlich spürte, wie jemand sie sacht an der Schulter berührte.

Es war Frühlingstau, die ihr mit einem liebreizenden Lächeln eine Orchidee reichte.

»Natürliche Vollkommenheit hat mich gebeten, sie Euch zu bringen«, sagte das junge Mädchen schlicht und senkte vor der alten Königinwitwe respektvoll den Blick.

»Und was machst du hier?«, fragte diese freundlich.

»Ich helfe dem Hochweisen Archivar dabei, alte Schriften zu einer Sammlung zusammenzustellen, die Lü Buwei bei ihm in Auftrag gegeben hat, um den kommenden Generationen eine Art Zusammenfassung all unserer philosophischen Strömungen zu hinterlassen. Es ist eine langwierige, aber auch sehr faszinierende Arbeit«, antwortete Frühlingstau.

Huayang musterte sie überrascht. Sie hätte nicht gedacht, dass sich ein so hübsches und anmutiges Mädchen mit einer solchen Aufgabe beschäftigen könnte, die eines alten Gelehrten würdig wäre.

»Dann musst du ja schon ein wahrer Quell des Wissens sein, wenn Natürliche Vollkommenheit dich zu einer solchen Arbeit herangezogen hat!«, rief sie aus.

»Ach, ich hatte einen guten Lehrer! Er hat mich die Zeichen unserer Schriftsprache lesen und schreiben gelehrt. Und mein Gedächtnis ist recht gut. Ich habe nichts anderes zu tun, als die Passagen abzuschreiben, die er mir zeigt«, widersprach Frühlingstau bescheiden.

»Goldener Fisch erzählt mir oft von dir«, fuhr Huayang mit einem Lächeln fort.

Als Frühlingstau diesen Namen hörte, wurde ihr bis dahin so ruhiges Gesicht mit einem Mal feuerrot, und ihre Augen begannen zu leuchten.

Huayang erkannte, dass dieses junge, unschuldige Kind Goldener Fisch von ganzem Herzen liebte.

»Ja, auch ich liebe ihn sehr«, fügte sie nachdenklich hinzu.

Diese Bemerkung brachte Frühlingstau dazu, sich hastig wieder zurückzuziehen. Sie war durcheinander, weil sie sich vor der früheren Königin ihren inneren Aufruhr hatte anmerken lassen.

Huayang richtete ihren Blick erneut auf die spiegelglatte Oberfläche der Wassergräben, wo die Karpfen um diese Tageszeit wahrscheinlich auf dem schlammigen Grund schliefen.

Wie eine Schieferplatte lag das bläuliche Wasser vollkommen reglos da, als sei es eine feste Masse. Da begann die Königinwitwe, deren Geist durch diese unbewegte Oberfläche ebenfalls wieder zur Ruhe gekommen war, ihre Gedanken schweifen zu lassen.

Sie stellte sich vor, dass Goldener Fisch und Frühlingstau jeder für sich ein Flügel jenes seltsamen Vogels, des Biyiniao, seien, der nur einen Flügel besaß und erst dann fliegen konnte, wenn er mit seinem Gegenstück vereint war. Aber würde das Leben den beiden jungen Menschen so gnädig gesinnt sein, dass es ihnen erlaubte, gemeinsam zu fliegen? Niemand konnte das wissen, doch trotz allem wünschte sie sich ganz fest, dass es für diese beiden Kinder, die so gut zueinander passten, der Fall sein möge.

Plötzlich überkam sie eine ungeheure Wehmut, als sie daran dachte, dass sie selbst niemals überschwängliche Liebe und jene Leidenschaft kennen gelernt hatte, die einen alles um sich herum vergessen ließ. Sie selbst war nie ihrem Biyiniao begegnet … Hatte sie jemals so sehr geliebt wie dieses junge Mädchen, das vor lauter Gefühlen beinahe die Fassung verlor? Sie hatte die Männer eher benutzt, als dass sie sie geliebt hätte. Und wieder einmal verspürte sie den brennenden Schmerz darüber, dass sie nie ein Kind zur Welt gebracht hatte und nun jenen majestätischen und schönen Straßen glich, die zwar von den prächtigsten Palästen gesäumt wurden und mit den herrlichsten Bäumen der Welt bepflanzt waren, aber die trotzdem nichts anderes waren als eine Sackgasse.

Sie hatte sich oft gefragt, ob sie wohl für das Glück geschaffen war, ob sie etwas aus ihrem Leben gemacht hatte, abgesehen davon, dass es ihr gelungen war, Königin zu werden, ob sie schlussendlich auch so viel gegeben wie bekommen hatte … Denn darin, dachte sie, in diesem Schenken, im Austausch und in der Gegenseitigkeit, verbarg sich die wahre Liebe, jene Liebe, die über alles andere hinausging.

Doch angesichts der lackierten Schieferfläche dieser reglosen, stummen Wassergräben stand ihr die unerbittliche Antwort mit einem Mal deutlich vor Augen: Sie lautete nein. Sie war nicht fähig gewesen, jemandem das Beste von sich zu schenken, denn sie hatte nie ein Kind bekommen. Es blieb ihr nichts anderes mehr übrig, als mit aller Kraft zu wünschen, dass die Zukunft diesen schönen Kindern Goldener Fisch und Frühlingstau jenes Glück gewähren möge, das sie selbst nicht gekannt hatte.

10

Der einfältige König hatte die Zügel der Macht endgültig Lü Buwei überlassen.

Je mehr Jahre ins Land gingen, desto ausschließlicher beschränkte sich Yirens Interesse, abgesehen von dem Liebesspiel, mit dem ihn seine Frau beglückte, wenn er sich abends zu ihr legte, auf die Jagd.

Er machte Zhao Ji, zu der er sich immer noch körperlich hingezogen fühlte, regelmäßig seine Aufwartung und suchte sein Vergnügen in hastigen Umarmungen, ohne einen Gedanken daran zu verschwenden, ihr dafür auch etwas zurückzugeben. Er sah aus der Ferne zu, wie Zheng aufwuchs, und wenn sie einander begegneten, was nicht öfter als ein- oder zweimal im Monat vorkam, dann hatten sich der Sohn und der Mann, der glaubte, sein Vater zu sein, immer weniger zu sagen. Ihr einziges Gesprächsthema waren Yirens letzte Jagdabenteuer, die der König dem Jungen in allen Einzelheiten beschrieb, während dieser sich eher für Bücher und politische Strategie interessierte und nur mit halbem Ohr zuhörte.

An diesem Tag war der König nur in Begleitung eines einzigen Dieners unterwegs. Sie hatten Xianyang vor einigen Tagen verlassen und würden auch noch eine Woche auf dem Pferderücken verbringen, denn sie waren auf dem Weg in die windgepeitschten, mit Birken und dornigem Gestrüpp bewachsenen Regionen des Nordwestens, wo das königliche Tier häufig sein Winterquartier aufschlug.

Yiren war voller Tatendrang und guter Hoffnung, denn diese Jagd auf den weißen Tiger musste auf Grund des gewählten Zeitpunkts einfach erfolgreich enden.

Der Sommer war zu Ende, es wurde zusehends kühler, und schon bald würde der Winter Einzug halten. Diese Jahreszeit entsprach den behaarten Tieren; das Metall des Herbstes war das Silber und sein Geschmack der von Scharfem. Darüber hinaus wurden dem Herbst der Geruch von rohem Fleisch und die zarte Note Shang zugeordnet. Aber vor allem war die beherrschende Farbe des Winters Weiß. Die Farbe der Trauer. Die Farbe der sibirischen Raubkatze, deren handtellerlange Reißzähne so spitz waren wie Harpunen.

Und das war das verheißungsvollste Omen, denn Yiren träumte davon, einen jener trauerfarbenen Tiger zu töten, die in diesen kalten Regionen lebten, jene Tiger, deren Fell es ihnen ermöglichte, ungesehen zu bleiben, wenn sich der Mantel des Schnees über die Steppen rings um die Birkenwäldchen breitete, in denen sie sich normalerweise verbargen.

Für ihn war dies ein großer Tag, wie er höchstens ein-, vielleicht auch zweimal in einem Mondjahr vorkam. Und zusätzlich, so hatte es ihm der Geomant Erhabene Schlichtheit versichert, nachdem er dies auch gebührend kontrolliert hatte, war der von ihm bestimmte Tag ohne jeden Zweifel der glückverheißendste Tag im ganzen Jahr.

Denn nun, zu Beginn des Herbstes, stand die Sonne im Zeichen Yi, dem Sternbild des Flügels, der siebenundzwanzigsten Etappe im Gestirnenkreis, und abends kulminierte Dou, der Scheffel, die achte Etappe im Gestirnenkreis, mit seinen sechs Sternen. Morgens wurde Dou von der neunzehnten Gestirnenetappe, dem Sternbild Bi, dem Netz, abgelöst, das acht Sterne umfasste. Und Bi, das Netz, konnte demjenigen, der gerade jetzt den *weißen* Tiger *einfangen* wollte, nur Glück bringen.

Das zumindest war die Schlussfolgerung, die Erhabene Schlichtheit Yiren nach der ausführlichen Konsultierung seiner Himmelskarten triumphierend verkündet hatte.

König Yiren hatte vor, recht weit in den Nordwesten des Königreichs vorzustoßen, dorthin, wo sich die weite, steppenartige Hochebene erstreckte, auf der vereinzelte Wälder aus Birken und verkümmerten Koniferen dem königlichen Tier mit dem schneeweißen, nur an der Brust mit kaum sichtbaren schwarzen Streifen überzogenen Fell Schutz boten. Er empfand diese Jagd als eine Art Duell, bei dem er sich dem mythischen Tier Auge in Auge stellen würde.

Deshalb hatte er trotz der Einwände verschiedener Minister darauf bestanden, nur einen einzigen Diener mitzunehmen, der seine Waffen tragen sollte: einen mannshohen Bogen und drei Kurzschwerter, um das Tier zu erlegen, nachdem er es mit seinen Pfeilen verletzt hätte, deren Spitzen er im Voraus mit einem lähmenden Absud hatte bestreichen lassen.

Nachdem sie mehrere Tage beinahe ohne Pause durchgeritten waren, erreichten die beiden Männer endlich die steinige Ebene, über die ein eisiger Wind dahinfegte.

Der Übergang von Hitze zu Kälte war in diesem Jahr ganz besonders abrupt gewesen. Am Vortag hatte es geschneit, und ein Mantel aus strahlend weißem Pulverschnee bedeckte den Boden und verhüllte die verstreuten Steine, die in dieser Halbwüste herumlagen und in trockenen Zeiten eine Gefahr für Pferde darstellten. Zahlreiche Tiere hatten ihre Fährten im Schnee hinterlassen. Hier waren es die Fußabdrücke von Vögeln, dort die Spuren der langen Krallen des Murmeltiers und des Bibers. Ein Stück weiter voraus sahen sie den vor kurzem zerfetzten Stamm einer Birke – den Spuren im Schnee nach zu urteilen, das Werk eines Steppenbären, jenes Furcht erregenden und gefährlichen Raubtiers, das einen Jäger mit einem einzigen Prankenhieb töten konnte.

Yiren spürte den Blutdurst in sich erwachen, der alle Großwildjäger erfasste, wenn sie in das Revier ihrer Beute eindrangen, als endlich, klar und deutlich in die Schneeschicht eingezeichnet, die charakteristischen Spuren der gewaltigen Fußballen und mächtigen Krallen des Königs der Tiere auftauchten.

Der König gab seinem Diener ein Zeichen, abzusitzen und ihm den Bogen und sein schlankstes Schwert zu reichen. Wenn sie nicht wollten, dass dieses scheue Tier mit dem scharfen Gehör und dem feinen Geruchssinn die Flucht ergriff, mussten sie die Jagd von nun an zu Fuß fortsetzen.

Sie banden ihre Pferde an eine Birke und begannen, der Fährte der Raubkatze durch den Nadelwald zu folgen, der sich vor ihnen öffnete. Die Abdrücke waren frisch, das Tier musste erst vor kurzem dort vorbeigekommen sein. Besser gesagt, die Tiere, denn nun tauchten auch kleinere Fußspuren neben den größeren auf.

Yiren vermutete, dass es sich um ein Tigerweibchen und ihr Junges handeln müsse, und beschloss, noch vorsichtiger zu sein. Nichts war gefährlicher, als eine Tigerin, die ihren Nachwuchs gegen einen anderen Räuber verteidigte!

Ein Schlangenadler zog mit schwerem Flügelschlag über den azurblauen Himmel. Yiren betrachtete ihn als ein gutes Vorzeichen.

Eine Zobelfamilie spazierte über einen schneebedeckten Hang, an dessen Fuß das Loch ihres Baus zu erkennen war. Die kleinen, schlanken Tiere, deren helles Fell im Schnee kaum zu erkennen war, schlängelten sich zwischen zwei Sprüngen graziös vorwärts.

Ein Nordwind war aufgekommen. Mächtig wie ein unheilvoller Energiestrom wirbelte er auf dem Weg der Jäger dicht über dem Boden einige weiße Wolken auf. Yiren kam eine Zeile aus dem *Yijing*, dem *Buch der Wandlungen*, in den Sinn, dem einzigen Buch, das er je gelesen hatte: »*Die Wolke folgt dem Drachen, und der Wind folgt dem Tiger*«, und er dachte bei sich, dass das Tier nicht mehr weit entfernt sein konnte.

Er hatte sich nicht getäuscht.

Ein Stück weiter vor sich sah Yiren, wie die Spuren an einem kleinen Hügel aus abgestorbenen Zweigen endeten. Er vermutete, dass sich das Tier mit seinem Jungen inmitten dieses Gewirrs verbergen musste. Er legte einen Pfeil an, gab seinem Diener ein Zeichen, sich hinter dem breiten Stamm einer Birke zu verstecken, und ging mit langsamen Schritten und angespannten Muskeln vorwärts, bereit, seinen Pfeil, dessen Spitze er erneut mit einer lähmenden Substanz bestrichen hatte, auf das Raubtier abzuschießen.

Konzentriert und auf jedes Geräusch achtend, schlich er auf den Hügel zu.

In dem gewaltigen Dickicht schien sich nichts zu rühren.

Inzwischen konnte er die unüberwindliche Schranke aus dornigen Zweigen berühren. Er bückte sich, um durch ein Loch zu lugen, das sich in diesem Chaos aus toten Zweigen zu öffnen schien, welches ihm nun den Weg versperrte...

Da sah er den Glanz ihrer tiefroten, goldumrandeten Augen. Sie leuchteten wie Sterne. Eine Tigerin mit schönem, flauschigem Fell lag im hinteren Teil des Dickichts verborgen und säugte ihr Junges, das nicht größer war als eine Katze.

Sie sah ihn an, ohne die geringste Reaktion oder Unruhe zu zeigen, in jener königlichen Haltung, die nur Raubkatzen einnehmen, da sie genau um ihre Überlegenheit über den Rest der Tierwelt wissen.

Der einfältige König versuchte rasch, sich über die Situation klar zu werden.

Einen Pfeil durch diese hölzerne Wand zu schießen war unmöglich und auch gefährlich. Er würde sich lieber gedulden, bis die Tigerin durch das Loch am Fuß des Dickichts wieder herauskam, genau auf den blütenweißen Halsansatz zielen, den vergifteten Pfeil abschießen und dann warten, bis auf ihrem Fell ein scharlachroter Fleck sichtbar wurde, der ihm zeigte, dass er das Tier getroffen und dieses nicht mehr lange zu leben hatte.

Und so beschloss er, kehrtzumachen und sich hinter der Birke auf die Lauer zu legen, wo sein Diener auf ihn wartete. Alles, was er jetzt noch brauchte, war ein wenig Geduld.

Als er den Baum erreichte, erkannte er gerade noch, dass dort nicht sein Diener stand, sondern eine seltsame Kreatur, halb Mensch, halb Pferd, und dass dieses Ungetüm, von dessen Helm sich eine Flut von Haaren ergoss, die Züge von Prinz Anwei trug.

Er sah nicht einmal den Hass, der das Gesicht seines Mörders verzerrte, als dieser seinen Arm herabsausen ließ, um seinem Neffen den tödlichen Stoß zu versetzen.

Noch ehe der arme König Yiren wusste, wie ihm geschah, hatte die scharfe Klinge von Anweis Schwert seinen Oberkörper durchdrungen.

In der Ferne konnte Anwei die winzige Gestalt des Dieners erkennen, der so schnell er konnte zu der Stelle hin floh, wo die beiden Jäger ihre Pferde angebunden hatten. Der gestürzte und verfolgte Prinz machte nicht einmal den Versuch, ihn einzuholen, der Mann war ihm egal. Endlich hatte er seine Aufgabe erfüllt. Er hatte die Kraft aufgebracht, den Weg bis zum Ende zu gehen. Er hatte sich gerächt.

Zu seinen Füßen lag der Leichnam des Herrschers von Qin, dessen Lippen und Nase in der Kälte bereits blau anzulaufen begannen, im vom Blut rot gefärbten Schnee.

Kronprinz Zheng erfuhr vom Tod seines Vaters während einer Kalligraphie-Stunde.

Kurz zuvor war der Diener des Königs völlig durchgefroren, verängstigt und leichenblass in den Palast zurückgekehrt. Dort hatte er zwischen zwei großen Schlucken heißer Suppe erzählt, wie Yiren von dem Tiger getötet worden war, der sich aus Rache in diese seltsame, Furcht erregende Kreatur verwandelt hatte, gegen die er nichts hatte ausrichten können.

Als Zheng das ungewohnte Stimmengewirr und die knirschenden Schritte auf dem Kies im Hof gehört hatte, war er auf den Balkon hinausgetreten, um nachzusehen, was dort vor sich ging. Es war die königliche Garde, die bereits am Fuß des Turms im Pavillon des Erdbeerbaumhains Aufstellung genommen hatte, um dem zukünftigen König von Qin die Ehre zu erweisen.

Dieser militärische Aufmarsch hatte ihn zwar gewundert, aber er hatte sich nichts weiter dabei gedacht, sondern war an den Tisch zurückgekehrt, auf dem ordentlich aufgereiht seine Griffel und Pinsel lagen... Angestrengt bemühte er sich, das Zeichen für Glück in der Lishu-Schrift zu kalligraphieren, die auch die »Beamtenschrift« oder »Kanzleischrift« genannt wurde und die, wenn man sie perfekt beherrschen wollte, lange Jahre der Übung verlangte, als plötzlich Natürliche Vollkommenheit auf ihn zugekommen war.

»Euer Vater ist während der Tigerjagd getötet worden. Ab morgen werdet Ihr der mächtige Herrscher von Qin sein«, hatte der alte Gelehrte seinem Schüler respektvoll und mit leiser Stimme verkündet.

Daran, dass sein Lehrer ihn mit einem Mal in der Höflichkeitsform anredete, hatte der junge Prinz sofort erkannt, dass sich seine Stellung verändert hatte.

»König Yiren ist bei der Jagd ums Leben gekommen, nun steht es Zheng zu, den Thron von Qin zu besteigen«, hatte der Hochweise Archivar wiederholt, als er Goldener Fisch bemerkte, der sich über den ungewohnten Aufruhr gewundert hatte und vom anderen Ende des Saals, wo er damit beschäftigt gewesen war, das *Zhuangzi* zu entziffern, herübergekommen war, um zu erfahren, was geschehen war.

Daraufhin trat Goldener Fisch auf Zheng zu und umarmte ihn. Er spürte, dass sein Kamerad über diese Geste gerührt war, und das freute ihn.

»Ich wünsche dir allen erdenklichen Erfolg«, sagte er, nachdem er Zhengs Handgelenk als Zeichen der Gefolgschaft mit seinen Lippen berührt hatte.

Dieser musterte ihn stolz. War das nicht eine ebenso seltsame wie unverhoffte Wiedergutmachung? Zu sehen, wie dieser Junge, der ihm in allem überlegen war, sich ihm nun unterordnete, erfüllte ihn mit Genugtuung. Nach all den Spielen und den Wettkämpfen, die sein »Zwilling« gewonnen hatte, der in so vielen Dingen, auch in der Kalligraphie, begabter war als er, nach all den Talenten, die der andere, dieser unerreichbare Rivale, ihm voraushatte, war diese neue Königswürde zumindest etwas, das Goldener Fisch ihm niemals würde nehmen können.

»Ich werde mich bemühen, unser Königreich zu einem noch mächtigeren Land zu machen, als es heute schon ist!«, erklärte er mit größter Ernsthaftigkeit.

Goldener Fisch erkannte, dass es Zheng nicht schwer fallen würde, sich an seine neuen Königsgewänder zu gewöhnen. Er war gerade erst dreizehn Jahre alt geworden, doch nachdem er erfahren hatte, dass er seinem auf tragische Weise ums Leben gekommenen Vater auf den Thron folgen sollte, zeigte er keine Trauer oder auch nur den Anflug von Bedauern, sondern redete bereits wie ein erfahrener Herrscher.

Draußen gab die Trommel den Rhythmus für den Marschtritt der Soldaten vor. Eine Abordnung der Armee hatte in gedrängten Reihen hinter den Angehörigen der Königlichen Garde Aufstellung genommen. Das Banner, auf dem in Gelb auf schwarzem Grund das Schriftzeichen »Zheng« prangte, flatterte im Wind. Ein Hauptmann brüllte knappe, scharfe Befehle, die seine Männer mechanisch und präzise ausführten. Durch diese perfekte Parade erwies die Armee von Qin ihrem neuen Oberbefehlshaber eine erste Geste des Respekts.

Der junge zukünftige König trat auf den Balkon, um die bewaffnete Menge zu grüßen, die sogleich in laute Hochrufe ausbrach und ihre Lanzen schwenkte.

»Lang lebe der König, lang lebe Zheng!«, schrien die Soldaten, die sich am Fuß des Turms des Gedächtnisses versammelt hatten, wie aus einem Mund.

Nachdem Zheng in den Lesesaal der Bibliothek zurückgekehrt war, fiel ihm Frühlingstau ein, und er hielt nach ihr Ausschau.

Das junge Mädchen hatte das Geschehen hoch oben auf einer Leiter verfolgt, von der aus es die oberen Regale erreichen konnte, wo die ersten Textrollen lagen, die in den *Frühling und Herbst des Lü Buwei* aufgenommen werden sollten.

Als er sie erblickte, rannte er auf sie zu. »Frühlingstau, ich habe dich gesucht!«

»Wie soll ich dich denn von jetzt an nennen, König Zheng oder König von Qin? Oder willst du etwa einen besonderen Königsnamen annehmen?«, fragte sie den jungen Mann verschmitzt.

Aus ihren Worten sprach keinerlei Respekt, im Gegenteil, sie hatte diese Frage absichtlich gestellt, um ihm klar zu machen, dass sein neuer Rang in ihren Augen nichts an ihrer Beziehung zueinander änderte.

»Ich möchte, dass du mich auch weiterhin Zheng nennst«, antwortete er mit leiser Stimme.

Die Stimme des neuen Königs klang beinahe flehend. Während

er sprach, hatte Zheng versucht, die Hand des jungen Mädchens zu ergreifen, um ihr zu helfen, von der Leiter herabzusteigen, doch sie schien seine Geste gar nicht bemerkt zu haben.

Sie legte die beiden Rollen aus Bambustäfelchen, die sie im Arm hielt, vor ihn auf den Tisch.

»Ich habe dieses kostbare Exemplar des *Zhouli*, des Ritenbuchs der Zhou, für dich herausgesucht. Ich habe es mir genau angesehen. Darin sind alle Riten verzeichnet, die man verrichten muss, wenn man König wird.«

Sie sah ihm geradewegs in die Augen und hatte jene ernste, energische Miene aufgesetzt, die ihr hübsches Gesicht mit den hellen Augen einfach unwiderstehlich wirken ließ.

»Ich danke dir für deine feinfühlige Aufmerksamkeit. Aber diese Riten sind nichts als hohle Formen und häufig ein Zeichen für Rückständigkeit. Meiner Ansicht nach ist es das Wichtigste, dass ein König sein Reich gut regiert!«, erklärte der zukünftige König behutsam, wobei er darauf achtete, das junge Mädchen nicht zu verletzen.

»Willst du damit etwa sagen, dass ich dieses schwere *Zhouli* ganz umsonst heruntergeholt habe?«, beharrte sie, um ihn auf die Probe zu stellen.

»Nein, natürlich nicht. Ich werde es mitnehmen und gleich heute Abend noch einmal lesen«, versicherte er ihr so leise, dass niemand sonst seine Worte hören konnte.

Da erklang vom anderen Ende des Raums her das Rascheln von Seide. Die elegante, farbenfroh gekleidete Königinwitwe erschien in der Bibliothek.

Huayang, die sich immer noch nicht ganz von ihrem Albtraum erholt hatte, eilte auf Zheng zu, um ihn in die Arme zu schließen und an sich zu ziehen. Sie wollte den Jungen über den entsetzlichen Tod seines Vaters hinwegtrösten und hätte ihn so gerne an ihre Brust gedrückt, um ihm ihre ganze Zärtlichkeit zu schenken und ein wenig von ihrer inneren Kraft auf ihn übergehen zu lassen, wie sie es so oft getan hatte, als er noch ein kleines Kind war.

Doch an der leicht zurückgelehnten Haltung des jungen Mannes und an seiner fehlenden Reaktion erkannte sie rasch, dass ihm diese öffentliche Geste der Zuneigung unangenehm war. Zheng vermied es, ihr ins Gesicht zu sehen. Der neue König, der bereits großen Wert darauf legte, die Etikette zu wahren und sich nichts von seinen Gefühlen anmerken zu lassen, wünschte solche Zärtlichkeitsbekundungen von nun an ganz offensichtlich nicht mehr.

Der Junge, der seinem Vater Yiren auf den Thron von Qin folgen sollte, hatte sich nach allem, was er bereits über die Prinzipien des legalistischen Regierens gelesen hatte, rasch in jene Distanz eingefunden, die ein Herrscher seinen Untertanen, auch seinen Verwandten und engsten Freunden, gegenüber stets wahren musste, wenn er von seinem Volk gefürchtet und respektiert werden wollte.

Huayang erkannte, dass Zheng nie wieder der kleine Junge sein würde, den sie so aufmerksam umsorgt und mit positiven Energien umgeben hatte, indem sie vor seinem »niedergeschriebenen Körper« meditierte. Jetzt verhielt er sich schon ganz wie der Herrscher des Königreichs und hatte die Liebe, die sie ihm geschenkt hatte, völlig vergessen! Ihre Enttäuschung war grenzenlos und bohrte sich wie eine Jadeklinge in ihr Herz.

Unwillkürlich wankte sie und trat zwei Schritte zurück. Sie war so benommen, als habe ihr jemand mit der Faust in den Unterleib geschlagen. Aber sie durfte sich nichts von ihrer Verzweiflung anmerken lassen, auch sie befand sich in der Öffentlichkeit. Und so zwang sie sich, ebenfalls eine sehr viel förmlichere und distanziertere Haltung einzunehmen.

Vor den anderen war sie nun wieder die Witwe des früheren Königs Anguo.

Goldener Fisch, der das Ganze beobachtet hatte, war auf sie zugetreten und hatte liebevoll ihre Hand genommen. Sie spürte seine sanften, warmen Finger, genauso sanft und warm wie der Charakter dieses Kindes. Um ihm für seine Geste zu danken, streichelte Huayang unmerklich seine Handfläche. Der Junge lächelte sie an und zwinkerte ihr verschwörerisch zu. Sie fühlte sich ihm sehr nahe und beschloss, ihn von diesem Tag an noch mehr zu lieben als zuvor.

Der Tod des Königs traf Lü Buwei vollkommen unvorbereitet.

Nicht dass dieses überraschende Ereignis sein eigenes Leben so sehr verändern würde, er war bereits der Erste Minister und hatte in dieser Hinsicht keinen weiteren Aufstieg zu erwarten. Doch die Ereignisse würden sich nun überschlagen: Sein Sohn würde den Thron viel früher besteigen als vorgesehen. Welche Folgen würde dies haben? Er wusste es nicht, und er konnte auch nicht ahnen, wie gefährlich die Zukunft für ihn persönlich werden sollte. Außerdem verspürte er noch ein weiteres Gefühl: die Freude darüber, nun endlich wieder in Zhao Jis Armen liegen zu können.

Das war sein erster Gedanke gewesen, als er von Yirens Tod erfuhr. Nach so vielen Jahren der Verbannung erhob er ihre baldige Wiedervereinigung in seiner Vorstellung zu einem umfassenden Liebesritual, das mehrere Stunden andauern würde, und er überraschte sich dabei, wie er sich den langsamen Anstieg zu ihrer gemeinsamen Ekstase in allen Einzelheiten ausmalte und darüber sogar die Trauer um Yiren vergaß. Aber würde sich diese Begegnung für sie auch genauso leicht einrichten lassen wie für ihn? Und vor allem, würde sie sich genauso darauf freuen? Diese Zweifel ließen ihn ganz hektisch, ja gereizt werden, obwohl er doch sonst so großen Wert darauf legte, in der Öffentlichkeit stets ausgeglichen zu erscheinen.

Es gelang ihm kaum, die wollüstigen Bilder aus seinen Gedanken zu vertreiben, als der Geomant eintraf, den er hatte rufen lassen.

»Wir brauchen ein genaues Datum für die Krönung des neuen Königs. Es muss um jeden Preis der günstigste Tag sein, auch wenn das bedeuten würde, dass wir noch einen ganzen Mondzyklus abwarten müssen. Und gleichzeitig musst du dich auch vergewissern, dass Zhengs Horoskop keine Elemente aufweist, die diesem Datum entgegenstehen könnten«, wies Lü Buwei Erhabene Schlichtheit an.

Der Erste Minister wollte seinen Sohn vor allen bösen Überraschungen schützen, die die Sterne oder die Energieströme für ihn bereithalten mochten. Deshalb hatte er beschlossen, die komplizierten Abläufe, die Zhengs Thronbesteigung vorausgehen mussten, selbst in die Hand zu nehmen.

»Ich kann Euch bereits sagen, dass Gelb die Farbe des neuen Königs sein wird. Das verheißt zumindest die Tabelle der Entsprechungen zwischen den Elementen, den Richtungen und den Energien«, verkündete Erhabene Schlichtheit bedeutungsvoll.

Gelb war die Farbe des mythischen Kaisers, dem die Menschen nicht nur die Schrift, sondern auch die Medizin, die Seidenraupenzucht, die Erfindung der Armbrust und des Spiegels sowie zahlreiche andere nützliche Dinge verdankten, ohne die sie immer noch wie die Affen im Wald leben würden.

»Nun gut, dann diese Farbe, auch wenn bis heute nur wenige Könige es gewagt haben, sie zu tragen, aus Angst, dadurch den erhabenen Gelben Kaiser zu verärgern«, antwortete Lü Buwei mit einem Lächeln.

Zhao Ji hatte sich zu ihnen gesellt. Sie gab Lü Buwei ein Zeichen, näher zu kommen.

»Zheng ist so hässlich zu mir! Er redet mit mir wie mit einer Dienerin!«, flüsterte sie dem Vater ihres Sohnes ins Ohr.

»Was kann ich denn dagegen tun? Mit welcher Berechtigung sollte ich ihn zurechtweisen?«, entgegnete Lü Buwei gereizt.

Er ärgerte sich immer noch über Zhao Jis Beschwerde, als er den Geomanten, der die Orakel erstellte, aufforderte, seine Himmelskarten zu studieren.

Erhabene Schlichtheit ging davon und kam mit seiner bi-förmigen Messscheibe aus Jade zurück. Wenn man durch das Loch in der Mitte dieses Instruments den Polarstern fixierte, konnte man mit Hilfe des gezahnten und eingekerbten Rands die Position der Sternbilder rings um diesen Stern genau bestimmen.

»Ehe heute Nacht der Mond aufgeht, werde ich damit alles noch einmal kontrollieren«, versprach er und deutete auf die Messscheibe.

Nachdem er alles überprüft hatte, nannte der Wahrsager Lü Buwei den Zeitpunkt, der seinen Berechnungen zufolge für Zhengs Krönung am wünschenswertesten war: »Im zweiten Herbstmonat tritt die Sonne in Jia, die erste Etappe im Gestirnenkreislauf, ein. Einen günstigeren Zeitpunkt gibt es nicht. Die glückverheißendsten Tage dieses Monats sind Geng und Xin, der siebte und der achte Tag jeder Dekade. Darüber hinaus ist der Herrscher dieses Monats Shaohao, der Sohn des Gelben Kaisers selbst! Wir bleiben also immer in der richtigen Farbe. Die Note des Monats ist Shang. Dementsprechend müssen die Zithern gestimmt und bei den Glocken als Erste die angeschlagen werden, die die Note Shang erzeugen. Die Zahl dieses Monats ist die Neun. Also sind rings um den neuen König neun bronzene Dreifüße aufzustellen.«

»Wenn ich deine Berechnungen und Entsprechungen richtig verstanden habe, stehen also in diesem Monat sechs verschiedene Tage zur Wahl?«

»Genauso ist es.«

»Dann brauche ich jetzt den günstigsten von allen!«, befahl Lü Buwei.

Dieses Ansinnen brachte Erhabene Schlichtheit in eine gewisse Verlegenheit. Noch nie war er aufgefordert worden, zwischen Daten zu wählen, die an sich schon so verheißungsvoll waren. Normalerweise begnügte man sich damit, den Tag zu wählen, der am bequemsten lag. Wenn der Erste Minister ihn nun verpflichtete, aus diesen glückverheißenden Tagen erneut eine Auswahl zu treffen, wollte er im Hinblick auf den zukünftigen König offensichtlich nichts dem Zufall überlassen. Der Wahrsager dachte nach. Es war keine leichte Entscheidung. Hektisch konsultierte er erneut seine Himmelskarte und seine Tabellen mit den Entsprechungen zwischen den Wandlungsphasen, den Richtungen, den Elementen, den Nahrungsmitteln und den Energien.

Nachdem er seine Berechnungen wieder und wieder geprüft hatte, ergriff er nach einer geraumen Weile erneut das Wort. Er wirkte erleichtert, denn seine Bemühungen waren nicht vergeblich gewesen. Er hatte ein Datum gefunden, das noch günstiger war als alle anderen.

»Ich habe festgestellt, dass die diesem Monat zugeordnete Tonpfeife Nan Lü ist. Nun ist diese nach unten erzeugte Yin-Pfeife die vierte jener zwölf Pfeifen, die die Töne des Universums in eine Tonleiter zu bringen vermögen, und dies bringt mich dazu, den vierten der Tage vorzuziehen, die wir bereits ausgewählt hatten, das heißt den zweiten Xin oder, wenn Ihr so wollt, den sechzehnten Tag des Monats!«, rief Erhabene Schlichtheit freudig.

Der Geomant fühlte sich wie ein Beamter, der eine schwierige Zulassungsprüfung mit Auszeichnung abgelegt hatte. Er war gleichzeitig überglücklich und erleichtert, der heiklen Situation entronnen zu sein, in der er sich wiedergefunden hätte, wenn es ihm nicht gelungen wäre, dieses kostbare Datum zu bestimmen.

»Siehst du für diesen Tag irgendwelche störenden Hindernisse, die den korrekten Ablauf der Zeremonien behindern könnten, das Verbot, lange Kleidung zu tragen etwa oder Möbel zu verrücken?«

»Nein, ich erkenne keine besonderen Vorschriften, die die Organisation der Zeremonien beeinträchtigen könnten.«

»Welches Opferfleisch ist für diesen Tag vorgesehen?«

»Es muss sich um Leber handeln. Und da der Geruch dieses Monats der von rohem Fleisch ist, muss die Leber bei dieser Gelegenheit auch roh verwendet werden.«

»Gut, dann der sechzehnte Tag dieses Monats. Damit bleiben uns noch fünfzehn Tage, um alles vorzubereiten, das ist recht wenig. Wir dürfen keine Zeit verlieren, wenn wir für König Zheng Zeremonien abhalten wollen, die seiner würdig sind!«, rief der Erste Minister.

Er bemerkte, dass er zum ersten Mal diese Bezeichnung für seinen Sohn gebraucht hatte. Und das löste ein eigenartiges Gefühl in ihm aus.

11

Lü Buwei war verzweifelt. Er hatte erkannt, dass sein Sohn ihm nicht wohlgesinnt war. Die Krönungszeremonien von König Zheng waren gerade zu Ende gegangen, und vor dieser Erkenntnis konnte er seine Augen nun nicht länger verschließen.

Der Erste Minister hatte sich um den Ablauf des Rituals gekümmert, das aus seinem eigenen Sohn den Herrscher des Königreichs machte. Merkwürdigerweise hatte er währenddessen gar nichts gefühlt. Als er die undankbare Miene und die klugen, aber kalten Augen dieses noch sehr jungen Mannes gesehen hatte, der ihn mehr als abweisend behandelte, war ihm klar geworden, dass er seinen Sohn verloren hatte. Es war ein Fremder, vor dem er sich in seiner Eigenschaft als ranghöchster Minister als Erster zu Boden geworfen hatte, wie es den Ritualen zur Ableistung des königlichen Treueeids entsprach.

»Lang lebe mein König! Meinem König möge Unsterblichkeit zuteil werden! Ruhm und Tugend seien meinem König beschieden…!«

Das waren die Worte, die er sich hatte sagen hören, als er demütig das linke Knie des neuen Herrschers geküsst hatte. Es war ein seltsames Gefühl, sich mit diesen Worten an die Frucht seiner Liebe zu Zhao Ji zu wenden. Daraufhin hatte er den Blick gehoben, um Zheng in die Augen zu sehen, doch die kühle Gleichgültigkeit, die ihm entgegenschlug, drang ihm durch Mark und Bein. Er hatte sogar geglaubt, ganz hinten in diesen schwarzen Augen, in die das Licht der Fackeln im Krönungssaal goldbraune Furchen zu ziehen schien, Feindseligkeit oder zumindest Misstrauen zu erkennen.

War es möglich, dass sein Sohn für ihn zu einem unbezwingbaren Feind geworden war? Hatte er etwa ein Kind gezeugt, das sich, nachdem er es verloren hatte, nun gegen den Mann wenden würde, der allgegenwärtig zu sein schien und alle Fäden im Königreich in der Hand hielt? Hatte er einen erbarmungslosen Rivalen herangezogen, der fest entschlossen war, selbst zu regieren, und nun, gestärkt durch seine neue Legitimität, alles daransetzen würde, rücksichtslos mit der Vergangenheit abzuschließen, indem er diesen Ersten Minister, seinen unbekannten Vater, der ihm zu mächtig und zu bevormundend geworden war, aus seinem Amt entfernte?

Doch ganz gleich, was die Zukunft bringen würde, eines wusste Lü Buwei ganz gewiss: Zheng war nicht Yiren. Dieser junge König würde niemandem gehorchen, und es war sinnlos zu versuchen, ihn in eine bestimmte Richtung zu lenken oder gar zu manipulieren.

Obwohl die Erinnerung an diesen von feindseligen Andeutungen erfüllten Blick ihn immer noch schmerzte, hatte er am Ende der Zeremonie die Kraft aufgebracht, Zhao Ji ins Ohr zu flüstern, dass er es kaum erwarten könne, sie wieder zu sehen. Zu seiner großen Freude hatte er am Druck der Hand, die die Königinmutter auf seine eigene gelegt hatte, erkannt, dass sie seinen Wunsch mehr teilte denn je. Seine Erleichterung war so groß, dass er um ein Haar in Tränen ausgebrochen wäre. Wenigstens Zhao Ji war ihm treu geblieben …

»Wann und wo?«, hatte sie mit vor Rührung bebender Stimme geflüstert.

»Heute Nacht, bei Huayang … Wenn du einverstanden bist …«

Und so kamen die beiden Liebenden, die ihre eigene Intrige voneinander getrennt hatte, in einem Alkoven, den die alte Königinwitwe ihnen bereitwillig überlassen hatte, nach langen Jahren zum ersten Mal wieder zusammen.

Nach all dem Warten hatte es nicht lange gedauert, bis ihre vom Taumel der Erregung erfassten Körper, von ihrem Wiedersehen überwältigt, entflammt waren wie jene Baumpilze, die getrocknet wurden und beim geringsten Kontakt mit einer Flamme Feuer fingen.

»Es ist so lange her, seit wir zum letzten Mal unsere inneren Quellen vermengt haben! Jetzt wo Yiren nicht mehr da ist, steht dem nichts mehr im Wege!«, seufzte Zhao Ji und schlang ihre Arme um ihn.

Voller Verlangen hatte sie, gleich nachdem Lü Buwei den Raum betreten hatte, ihr Bein zwischen seine Schenkel geschoben und ihren Bauch an seinen gepresst.

Noch ehe er sich rühren konnte, hatte sie, trotz der Erregung, die ihre Hände zittern ließ, flink und ohne zu zögern den breiten, nietenbeschlagenen Gürtel geöffnet, der seine Beinkleider hielt. Dann hatten ihre sinnlichen, feuchten Lippen ihren Weg gefunden. Lü Buwei, der nichts so sehr liebte wie ein ausgiebiges Vorspiel, hatte der kleinen, spitzen rosigen Zunge seiner Geliebten, die ihr seidenes weißes Gewand – sie trug Trauerkleidung – auseinander geschoben hatte, damit er ihre mangogleichen prallen, festen Brüste liebkosen konnte, nicht lange widerstehen können.

»Du bist ja wahnsinnig! Weißt du nicht, wie gefährlich das für uns ist? Wehe uns, wenn am Hof bekannt werden sollte, dass wir ein Liebespaar sind!«, flüsterte Lü Buwei, den sein ekstatisches Stöhnen beinahe hätte zu Boden sinken lassen und der sich gerade noch hatte halten können, indem er sich gegen die Mauer lehnte.

»Niemand kann uns sehen. Ich habe den Riegel vorgeschoben«, erwiderte sie, während ein langer Schauer über ihren Bauch lief und ihren Nabelschmuck funkeln ließ.

»Aber man könnte uns hören! Du weißt genau, dass die Palastbediensteten vom Amt für Gerüchte dafür bezahlt werden, dass sie an den Türen lauschen!«

Lü Buwei zog hastig seine Beinkleider zurecht und hakte seinen Gürtel wieder zu.

»Wann erlaubst du mir, eine ganze Nacht mit dir zu verbringen?«, fragte die schöne Zhao Ji sehnsüchtig, nachdem sie dicht an Lü Buwei herangetreten war und ihm erneut ihre Lippen darbot.

»Sobald wir einen geeigneten Ort dafür gefunden haben, aber wir müssen sehr vorsichtig sein ... Vergiss nicht, du bist die Königinmutter und ich der Erste Minister!«

Zhao Ji verzog das Gesicht.

Lü Buwei sah ihre traurige Miene und erkannte, dass sie gleich schmollen würde. Er wollte ihr gerade etwas Liebes sagen, als sie ihr Gesicht gegen die Wand presste und in Tränen ausbrach. Ihr Schmerz wirkte nicht gespielt. Er berührte sie an der Schulter, aber sie ignorierte ihn.

»Was habe ich denn gesagt? Warum bist du plötzlich so traurig?«

»Ich frage mich, ob du mich noch genauso sehr liebst wie früher!«, murmelte sie, und ihre Stimme klang so verzweifelt, dass es ihren Geliebten mitten ins Herz traf.

Sie schluchzte immer lauter. Ihr geschmeidiger Körper wurde von Zuckungen geschüttelt und bog sich hin und her wie der Schwanz eines Drachen. Lü Buwei zog sie an sich, um sie zu trösten. Seine Nase berührte Zhao Jis zarten, parfümierten Nacken. Er hätte alles dafür gegeben, dass sie aufhörte zu weinen.

»Ich habe mich schlecht ausgedrückt. Ich liebe dich noch genauso sehr wie früher, und ich begehre dich mehr, als du es dir überhaupt vorstellen kannst«, hauchte er in ihr kleines Ohr.

Um sie von seiner Aufrichtigkeit zu überzeugen, kniete er vor ihr nieder und küsste überschwänglich ihre Hände. Er wollte sie um keinen Preis enttäuschen, jetzt, wo sie nach dem Tod von König Yiren endlich wieder für ihn erreichbar war.

»Wenn das so ist, will ich einen Beweis!«, erklärte sie unvermittelt und drehte sich um.

Sie sah auf seinen Hinterkopf herab und streichelte sanft seine Schulter. Er stand auf und bemerkte ihre rot geweinten Augen.

»Welchen? Sag es mir, Zhao Ji, was soll ich tun?«, fragte er in drängendem Ton und strich mit seinen Fingern über ihr Gesicht, um ihre Tränen zu trocknen.

»Vor unserem Sohn liegen schwere Zeiten, jetzt wo er der König von Qin ist. Unzählige Hindernisse lauern auf seinem Weg.«

»Das sind nur die üblichen Hindernisse auf dem Weg eines Königs, es gibt Schlimmeres! Unser Sohn ist durchsetzungsfähig, er wird schon wissen, was er will.«

Es fiel ihm schwer, Mitleid mit einem Menschen zu empfinden, in dessen stechenden, harten Augen er so viel Feindseligkeit gelesen hatte.

»Vergiss nicht, dass wir eigentlich das andere Kind dazu bestimmt hatten, heute an der Stelle unseres Sohnes zu sein. Unglücklicherweise hat das Schicksal anders entschieden! Aber das Dasein eines Königs ist das gefährlichste, das es gibt. Ich fürchte das Schlimmste für unseren Zheng.«

Zhao Ji schien regelrecht in Panik zu geraten. Da erkannte Lü Buwei, wie weit Mutterliebe gehen konnte. Er sah, dass sie enger mit Zheng verbunden war als mit ihm. Aber das war ja auch verständlich. Nachdem er eingewilligt hatte, sie Yiren heiraten zu lassen, war sie die Mutter ihres gemeinsamen Sohnes geblieben, während er im Leben des kleinen Prinzen keinen Platz mehr gehabt hatte.

»Was willst du denn tun?«, fragte er, und er litt unter dem Graben, den das Leben trotz ihrer unverändert großen Liebe nach all der Zeit zwischen ihnen geschaffen hatte.

Sie zögerte einen Augenblick und nahm dann ihren Mut zusammen: »Wäre es zu viel verlangt, wenn ich dich bitten würde, dein sternengesprenkeltes schwarzes Bi dem Hof zu übergeben? Nur dieses Bi kann unserem Sohn genug Glück bringen. Und er wird es so dringend brauchen!«

Ihre tränennassen Augen leuchteten bei diesen eindringlichen Worten plötzlich auf. Sie hatte mit der Autorität und der Überzeugung einer Mutter gesprochen, die sich bei ihrem Ehemann für ihr gemeinsames Kind einsetzt.

»Aber du weißt genau, wie wichtig mir diese Ritualscheibe ist! Ich habe keine Lust, dass irgendein kleiner Kämmerer sie einfach verlegt...«, erwiderte Lü Buwei mehr als widerstrebend.

»Das wird nicht passieren, wenn sie zu den anderen Ritualscheiben aus Jade ins Königliche Museum kommt! Soweit ich weiß, wird der Hauptturm im Pavillon des Erdbeerbaumhains Tag und Nacht von bewaffneten Männern bewacht...«, fügte Zhao Ji hastig hinzu.

Ihr Tonfall klang so drängend, dass Lü Buwei nicht wusste, wie er sich entscheiden sollte.

»Wärst du damit einverstanden, wenn wir sie zu den anderen

Stücken in die Königlichen Sammlungen von Qin legten? Im Museum könntest du sie so oft sehen, wie du willst!«, beharrte sie.

Lü Buwei war einige Schritte zur Seite gegangen und hatte sich hingesetzt. Er wandte ihr den Rücken zu.

»Ich glaube, dass diese Scheibe mir mehr von Nutzen sein kann als Zheng«, stieß er schließlich mit verschlossener Miene hervor.

Zhao Ji war von hinten an ihn herangetreten und begann nun, mit ihrer Zungenspitze über sein Ohr zu streichen.

»Sag mir noch einmal, dass du mich liebst…«, seufzte sie leise.

Ein Schauer, der fast schon wie Lust anmutete, durchlief ihn. Er spürte ihre feuchte, warme Zunge, die immer wieder über sein Ohr glitt.

»Du bist die einzige Frau, die ich jemals geliebt habe! Muss ich dir das wirklich noch sagen?«

Da forderte sie ihn unmissverständlich auf: »Wenn das so ist, dann tu, worum ich dich gebeten habe! Tu es für unser Kind. Tu es für mich. Für uns. Und es wird dich ja auch niemand daran hindern, hierher zu kommen und dein Bi anzusehen oder es in die Hand zu nehmen. Aber vom Turm des Gedächtnisses aus wird es unseren Sohn beschützen, so wie es auch uns beschützt hat.«

Zhao Ji sah Lü Buweis Augen an, dass sie gewonnen hatte.

»Deine Überzeugungskraft ist genauso groß wie die Gefühle, die uns beide verbinden. Wie schwer es mir auch fällt, ich werde tun, was du verlangst! Ich hoffe, dass unser Sohn sich meines Opfers würdig erweisen wird«, sagte er schließlich mit leiser Stimme, während Zhao Ji innerlich frohlockte.

Dann verließ er hastig den Alkoven, wie ein Dieb, der fürchtet, überrascht zu werden.

Als er sich zu Hause über die Ritualscheibe beugte, von der er sich aus Liebe trennen würde, spürte er bereits den nagenden Schmerz des Verlusts. Nicht genug damit, dass er seinen Sohn verloren hatte, nun bewies auch seine frühere Geliebte, die sich auf Zhengs Seite schlug, dass sie inzwischen zuallererst Mutter war.

Was würde ihm bei diesem Spiel denn noch bleiben? Er hatte sich alles nehmen lassen, was er liebte!

Bald schon würde diese gewaltige, mit Sternen übersäte schwarze Ritualscheibe, an der er fast noch mehr hing als an seinem eigenen Leben, nicht mehr ihm gehören. Sie würde in eine Liste eingetragen werden, die festlegte, dass sie von nun an Teil des unveräußerlichen und unantastbaren Besitzes des Königreichs Qin sein würde. Indem das sternengesprenkelte schwarze Bi zu einem allgemeinen Gut wurde und so in den Besitz des Volkes überging – denn das war die eigentliche Definition der Königlichen Sammlungen –, lief es Gefahr, niemandem mehr zu gehören und zur Waise zu werden.

Das, was allen gehörte, gehörte zu guter Letzt niemandem mehr.

Es war durchaus möglich, dass die Jadescheibe in ihrem Tresor neben all den anderen kostbaren Gegenständen, die die Herrscher von Qin im Laufe ihrer Eroberungszüge zusammengerafft hatten, aber die am Hof niemandem wirklich am Herzen lagen und die nur herausgeholt wurden, wenn man sich vergewissern wollte, dass sie immer noch an ihrem Platz lagen und auch keines davon fehlte, in Vergessenheit geriet.

Niemand würde das sternengesprenkelte schwarze Bi mehr wollen. Keine andere Hand würde es mehr aus dem Schrank nehmen, um mit ihm zu reden und seine gleichzeitig so unverständlichen wie eindeutigen Zeichen zu studieren. Keine Handfläche würde mehr über die von den Mahlsteinen des Künstlers, der es einst erschaffen hatte, so behutsam polierte Oberfläche streichen.

Ohne einen Gesprächspartner, ohne einen echten Besitzer würde die Jadescheibe niemandem mehr Glück bringen oder ihn unsterblich machen. Dieses magische Objekt würde in Nutzlosigkeit und Nichtsein hinabgleiten, fast schon in eine Art Tod.

Und dieser Gedanke erschütterte den Ersten Minister zutiefst. Er machte sich bereits Vorwürfe, dass er Zhao Jis Drängen so schnell nachgegeben hatte. Wohin konnten die Liebe einer Mutter und die Gefühle eines verliebten Mannes bloß führen? War er nicht zu schwach gewesen? War dieser höchste Liebesbeweis, den er ihr gegeben hatte, noch vernünftig? Lü Buwei bezweifelte es sehr, und er wusste ganz genau, dass Zheng ihm für seine Geste niemals dankbar sein würde.

Doch nun war es zu spät, um seine Entscheidung rückgängig zu machen.

Der Pferdehändler war kein Mann, der ein einmal gegebenes Wort zurücknahm...

Deshalb konzentrierte er nun voller Trauer zum letzten Mal seine ganze Energie auf das schwarze Bi. Und diese letzte Meditation sollte er so schnell nicht wieder vergessen!

Kaum hatte er sich konzentriert, als sich die Glimmersterne aus der Jade zu lösen schienen, um sich in einem ununterbrochenen Strom in sein Gesicht zu ergießen, als würden sie von einem machtvollen Energiestrom dorthin gesogen. Ein wahrer Sternenregen drang auf ihn ein. Er spürte, wie diese unglaubliche Kraft, diese Anziehung, die die Scheibe auf ihn ausübte, ihn überflutete.

Auf der Oberfläche des Bi wirbelten der Kuhhirte und die Weberin, ausnahmsweise vereint, in einem irrwitzigen Tanz umher und schienen die Umrisse und Striche geheimnisvoller, unleserlicher Schriftzeichen in das Nichts ihres steinernen Firmaments zu malen. Als er jedoch näher hinsah, ergaben diese Zeichen mit einem Mal einen Sinn.

Er bemühte sich, sie zu entziffern, und übersetzte fiebrig die Bedeutung der geraden und geschwungenen Linien, die sich in den Stein einschrieben und dort diese scheinbar kalligraphierten Zeichen bildeten. Und schließlich erkannte er das Zeichen mit der Bedeutung »gelb«. Das war nicht nur die Farbe des Urchaos Hongmeng, sondern auch die seines Sohnes Zheng. Und das erschien ihm wie ein glückliches Omen. Plötzlich empfand er die Tatsache, dass er das sternengesprenkelte schwarze Bi seinem Sohn schenken würde, nicht mehr als einen ganz so schrecklichen Verlust. Im Gegenteil, der Gedanke machte ihn beinahe fröhlich.

Doch seine leise Freude war nur von kurzer Dauer.

Denn nun erschien ein zweites Schriftzeichen auf dem schwarzen Stein. Ungläubig las er es wieder und wieder und drehte die

Scheibe mehrmals um ihre Achse, um sich zu vergewissern, dass er sich nicht irrte.

Doch es gab keinen Zweifel: Das Zeichen für »gelb« war verschwunden, und an seine Stelle war ein anderes getreten, das Zeichen für »Tod«. Er rieb sich die Augen, doch das Wort »Tod« blieb in seiner entsetzlichen Nüchternheit in das Jadegestein graviert …

Verstört und zitternd bemühte er sich, diese Vision aus seinen Gedanken zu vertreiben.

Aber er wusste, dass damit ein Kapitel seines Lebens endgültig abgeschlossen war.

Schon einen Tag nach Zhengs Krönung hatte Li Si, der keine Zeit verlieren wollte, den neuen Herrscher aufgesucht.

»Mein König, ich bin gekommen, um Euch zu versichern, dass ich Euer ergebenster Diener bin!«

Zheng hatte nur wortlos genickt. Er saß kerzengerade in seinem Sessel, in einer königlichen Haltung, zu der ihn das Ritenbuch der Zhou angeregt hatte, das Frühlingstau ihm gegeben hatte.

Es erfüllte ihn mit Genugtuung zu sehen, wie der Vater des jungen Mädchens alles stehen und liegen ließ, um sich ihm zu Füßen zu werfen.

»Majestät, ich möchte mich bei Euch für ein starkes Reich verwenden. Jeder weiß von Eurem Interesse am Legalismus. Das ist auch gleichzeitig die philosophische Schule, die ich am meisten verehre. Aber erlaubt mir, Euch zu sagen, dass die Institutionen von Qin weit davon entfernt sind, den Prinzipien dieser Lehre zu entsprechen!«

Der Minister für Öffentliche Ordnung wusste, dass es kein großes Risiko bedeutete, so schnell zur Sache zu kommen.

Ganz Xianyang wusste von Zhengs Vorliebe für die Schule der Fajia, und es war auch kein Geheimnis, dass sein Charakter jetzt schon ebenso kategorisch wie streng war und somit dieser Philosophie perfekt entsprach. Li Si sah darin vor allem eine Möglichkeit, rasch jene letzte Stufe zu umfassender Machtfülle zu erklimmen, zu der Lü Buwei ihm stets den Zugang verwehrt hatte.

Deshalb beabsichtigte er, alle Trümpfe auszuspielen und, wenn es sein musste, mit aller Macht dafür zu kämpfen, dass der König für ihn ein Ministerium des Gesetzes schuf.

Der junge Zheng bedeutete ihm, er möge fortfahren.

»Majestät, das Königreich Qin könnte viel stärker sein, seinen Einfluss auf noch größere Regionen ausweiten, mehr Steuern erheben und über zahlreichere Truppen verfügen. Dann würde sein König mächtiger und gefürchteter sein als alle anderen! Er würde sein Reich allein mit einem Stirnrunzeln regieren!«

»Ich teile diese hohen Ziele, die du für unser Land im Auge hast. Aber wie kannst du mir dabei helfen?«

»Herr, Ihr braucht einen direkten Untergebenen, dessen Aufgabe darin bestünde, die legalistischen Prinzipien innerhalb des Reiches und der Regierung umzusetzen, eine Art Gesetzesminister also.«

Der König senkte den Blick. Das war ein Zeichen dafür, dass er nachdachte.

»Wärst du bereit, selbst dieser Gesetzesminister zu werden?«, fragte er Li Si.

»Nun, ich fände es sinnvoll, wenn dieses Amt die Bezeichnung ›Ministerium des Gesetzes und der Namen‹ erhielte«, schlug Li Si voller Wohlbehagen vor.

Zheng musterte das Gesicht des Ministers aufmerksam.

»Ich bin einverstanden! Der Herrscher muss in der Lage sein ›die Namen zuzuweisen‹. Die große Ordnung der Dinge verlangt, dass diese korrekt benannt werden!«

Der junge König kannte sich im Legalismus gut aus. Er hatte stundenlang über Han Feizis Theorie der »Korrektur der Namen« nachgedacht und die meisten Schriften des Philosophen zu diesem Thema aufmerksam studiert.

»Im umgekehrten Fall jedoch darf man nicht zögern, die Berichtigung der Namen in Angriff zu nehmen«, ergriff Li Si erneut das Wort.

»Was genau willst du damit sagen?«, fragte Zheng mit gespielter Überraschung, um herauszufinden, wie weit Li Sis Kenntnisse der legalistischen Theorie reichten.

»Der König und die Obrigkeit müssen die Möglichkeit haben, den Namen einer bestimmten Person oder eines bestimmten Gegenstands zu ändern, wenn sie der Ansicht sind, dass der Name der Person oder die Bezeichnung des Gegenstands ungeeignet oder unangemessen sind. Das verstehe ich unter ›Berichtigung‹ der Namen«, erklärte Li Si.

»Jetzt kann ich dir besser folgen. In der Tat erscheint mir diese Macht, die Dinge zu benennen, für einen Herrscher, der seinem Reich einen dauerhaften Stempel aufdrücken will, außerordentlich fruchtbar. Die Macht der Wörter ist wahrscheinlich die größte von allen«, bemerkte der junge König.

Li Sis Worte hatten ihm neue, gewaltige Perspektiven eröffnet. Gab es eine größere Macht als die, den Dingen und Menschen einen Namen zuzuweisen? Zheng begann davon zu träumen, das gesamte Universum und alle Völker seines Reichs seinen eigenen Vorstellungen anzupassen. Dann würde er notgedrungen ohne Einschränkung herrschen, und seine Macht würde bis in die Köpfe seiner Untertanen hineinreichen, die gezwungen sein würden, den neuen königlichen Wortschatz anzunehmen.

Li Si erkannte, dass er das Richtige gesagt hatte. Die Vorstellung von Macht, die König Zheng entwickelte, entsprach voll und ganz seinen eigenen Ansichten. Innerhalb weniger Augenblicke hatte er alles erhalten, worauf er jahrelang vergeblich gewartet hatte.

Doch die Reife des neuen Herrschers überraschte ihn. Der junge Mann dachte bereits wie ein alter, erfahrener Monarch. Er würde unerbittlich in seinen Taten sein und verschlagen in seinen Worten. Zweifellos würde er mit jadener Hand in einem seidenen Handschuh regieren.

Und wenn Li Si von einer Sache überzeugt war, dann davon, dass die einzige Möglichkeit, Macht wirksam auszuüben, darin bestand, keinerlei Kompromisse einzugehen. Die geringste Schwäche konnte die stärksten Strukturen zerstören.

Er war sich sicher, dass Zheng über die nötigen Eigenschaften verfügte, um ein sehr großer König zu werden!

Er nutzte die Gunst dieser Unterredung, in der alles möglich schien, und trug Zheng ein letztes Anliegen vor.

»Ein großer König muss auf seine körperliche Unversehrtheit achten. Er ist ständig von Höflingen umgeben, die ihn nur allzu bereitwillig verraten würden. Ihr braucht einen Leibarzt, der Euch vor äußeren Miasmen, aber auch vor den Giften schützt, die man in Euer Essen mischen könnte. Er würde Tag und Nacht über Euch wachen …«

»Aber ist das nicht die Aufgabe dieses alten Eunuchen, Hain der Ehren heißt er, wenn ich mich recht erinnere, der angeblich der Oberste Vorkoster des Hofes sein soll und den ganzen Tag nur damit verbringt, zu gackern wie ein altes Huhn?«, fragte der junge König, der über die verschiedenen Ämter am Hof von Qin bereits bestens Bescheid wusste.

»In der Tat. Aber diese Kreatur ist alles andere als vertrauenswürdig. Hain der Ehren ist ein unverbesserliches Plappermaul, und er hat es nie verwunden, dass er das Amt des Großkämmerers, das er zu Zeiten Eures Urgroßvaters kurz bekleidete, niederlegen musste«, erklärte Li Si.

»Und was schlägst du stattdessen vor?«

»Mein früherer Schulkamerad Steter Wandel ist bereits der offizielle Hofarzt von Qin. Ihr könntet ihn zu Eurem Großkämmerer ernennen. Euer Vater hat Schwarze Ströme nach dessen Ermordung nicht mehr ersetzt, also ist dieser Posten noch frei.«

Zheng hütete sich, ihm zuzustimmen.

Er wollte Li Si nicht den Eindruck vermitteln, er könne von ihm alles bekommen, was er sich wünschte. Selbst der zukünftige Minister des Gesetzes und der Namen, mochte er auch ein Legalist und hilfreicher Mitarbeiter sein, musste lernen, dass der König von Qin kein unselbstständiges Wesen war, das man nach Belieben manipulieren konnte.

»Das werden wir später sehen …«, sagte er kurz angebunden und mit undurchdringlicher Miene.

Li Si fragte sich, was er gesagt haben mochte, um seinen Fürsten so zu verärgern.

Vorsichtshalber verabschiedete er sich, um nicht womöglich noch einen Wutausbruch heraufzubeschwören und so seine Berufung auf einen Posten zu gefährden, den er sich schon so lange gewünscht hatte und der perfekt auf seine Bedürfnisse zugeschnitten war.

Nachdem Li Si gegangen war, befahl Zheng einem der Diener, unverzüglich den Leiter des Amtes für Gerüchte herbeizurufen.

Glücklicherweise war Unersetzliche Verbindung nicht gerade mit einer Mission außerhalb der Stadt beschäftigt, so dass er sofort zum König eilen konnte.

Er kannte Zhao Jis Sohn kaum.

Das hartnäckige Gerücht, dem zufolge Lü Buwei sein Vater sein sollte, war ihm zwar oft zu Ohren gekommen, aber diese Behauptungen waren niemals Gegenstand eingehender Nachforschungen durch seine Behörde gewesen. Das wäre auch viel zu riskant gewesen. Denjenigen, die anregten, er solle doch in dieser Angelegenheit ermitteln, über die sich manche immer noch das Maul zerrissen, antwortete er stets, dass er keine Untersuchung in die Wege leiten würde, solange der König ihn nicht ausdrücklich damit beauftragte.

»Wir werden in Zukunft eng zusammenarbeiten. Deine Behörde soll meine Ohren und meine Augen sein!«, versetzte Zheng, kaum dass der Eunuch sich vor ihm verneigt hatte.

»Majestät, genau das ist die Aufgabe des Amtes für Gerüchte … Es untersteht dem direkten Befehl des Königs, und wenn Eure Majestät dies wünschen, steht es ausschließlich Euch zur Verfügung«, stammelte er, verwundert über diesen unvermittelten Einstieg.

»Du wirst mir wöchentlich einen Bericht über die Aktivitäten des Ministers Li Si vorlegen«, ordnete Zheng ohne Umschweife an.

»Wie Ihr wünscht«, erwiderte sein Gegenüber und verneigte sich respektvoll.

Als Unersetzliche Verbindung seinen Kopf wieder hob, konnte er seine Überraschung kaum verbergen.

Seine Zufriedenheit darüber, nach so kurzer Zeit schon einen

Auftrag von König Zheng zu erhalten, verblasste angesichts seiner Verblüffung über den Gegenstand der Unterredung, zu der der König ihn einbestellt hatte. Er forderte ihn allen Ernstes auf, den Minister zu überwachen, der die Aufsicht über seine eigene Behörde führte! Was für ein Unterschied zum früheren König Yiren, der weder geruht hatte, seine Dienste in Anspruch zu nehmen, noch jemals an seiner Meinung interessiert gewesen war!

Dieser junge Zheng schien ja nicht lange zu zögern ... Misstrauen war seine oberste Verhaltensregel!

Dennoch fühlte sich Unersetzliche Verbindung nicht wohl in seiner Haut. Nachdem er diesen so jungen und doch bereits so erbarmungslosen Mann verlassen hatte, fragte er sich, wie weit er eines Tages wohl gehen müsste, um die Augen und die Ohren eines so hinterlistigen Königs zu sein.

»Gestern war ohne Zweifel ein sehr großer Tag für Qin!«, rief Friedliche Erhabenheit freudig. »Von nun an haben wir einen König, der ganz sicher mehr Wert darauf legen wird, sich um die Belange des Königreichs zu kümmern, als es sein Vater je getan hat.«

»Ja, alles scheint darauf hinzudeuten«, antwortete Huayang steif und ohne die geringste Begeisterung.

»Das scheint dich aber nicht besonders zu freuen!«, bemerkte der Herzog, den die Zurückhaltung, die die Königinwitwe dem neuen König gegenüber an den Tag legte, ein wenig verwunderte.

»Dieser Junge hatte die Königsgewänder doch bereits angelegt, ehe er überhaupt den Thron bestiegen hat! Ich wusste ja, dass er zum Regieren geschaffen war, aber dass er sich in seine neue Rolle eingefunden hat, ohne die geringste Regung oder auch nur ein wenig Zufriedenheit erkennen zu lassen, erscheint mir merkwürdig, um nicht zu sagen beunruhigend, vor allem, wenn man bedenkt, wie jung er noch ist«, spottete sie.

Huayang hatte immer noch nicht verwunden, wie kühl Zheng sie zurückgewiesen hatte, als sie im Lesesaal der Königlichen Bibliothek auf ihn zugeeilt war, um ihn nach dem Tod seines Vaters zu trösten.

Die Kälte und der Zynismus, die ihr in diesem Moment entgegengeschlagen waren, hatten sie dazu bewogen, ihn von nun an mit anderen Augen zu sehen, so als sei mit einem Mal ein Schleier zerrissen und dahinter die wahre misstrauische und berechnende, alles in allem unangenehme Natur dieses jungen Mannes zum Vorschein gekommen, den sie einst so sehr geliebt hatte.

»Er ist sicher viel reifer, als es sein Alter vermuten ließe!«, widersprach der alte konfuzianische Edelmann.

Es würde ihm niemals gelingen, den tiefen Respekt abzulegen, den ihm all die Herrscher einflößten, die an der Spitze seines Heimatlands aufeinander folgten.

»Mir sind Menschen, die allzu früh die Verantwortung eines Erwachsenen übernehmen, nicht geheuer… Sie sind wie grünes Holz, ungeeignet zum Beschneiden und Behauen. Sie können nicht lieben. Nichts kann sie begeistern. Sie kennen nur die Härte. Sie handeln wie Unschuldige, mit gutem Gewissen, und dabei sind sie zu den schlimmsten Verbrechen fähig.«

»Du übertreibst. Normalerweise hast du einen besseren Sinn für das rechte Maß!«

»Das wird die Zukunft zeigen! Wir brauchen nur abzuwarten, dann werden wir schon sehen. Ich wäre ja selbst froh, wenn ich mich täuschte!«

»Gehen wir einfach davon aus, dass ich das alles nicht mehr erleben werde, und lass uns von etwas anderem reden«, flüsterte der alte Mann und ließ seine Hand in den Ausschnitt des weich fließenden Kleids der ehemaligen Königin gleiten.

Seine faltige Hand traf auf die Wärme von Huayangs Brüsten, die im Laufe der Jahre kaum schwerer geworden waren. Sanft liebkoste er ihre Brustwarzen und dachte dabei an die Knospen des Kirschbaums, denen ein wenig Sonne genügte, um sich zu jenen wunderschönen zarten und vergänglichen Blüten zu entfalten. So war auch Huayangs Körper, bereit, sich zu öffnen wie eine Blüte und die Luft mit unvergesslichen Düften zu erfüllen. Sobald er in ihre Nähe kam, fühlte sich Friedliche Erhabenheit um Jahre verjüngt. Seine Kräfte, die mit jedem Tag ein wenig mehr schwanden, kehrten wie durch ein Wunder zurück. Er spürte, wie sein altes, faltiges Glied hart wurde wie die Wurzel eines Trompetenbaums. Die Liebe schenkte ihm neue Hoffnung und ließ ihn wieder aufleben.

Er verstärkte sein Drängen und schickte sich an, den Stoff ihres langen Gewands auseinander zu schieben.

Doch Huayang hielt ihn zurück. Sie war immer noch nachdenklich. »Mein einziger Trost ist, dass es mir gelungen ist, Zheng für die Beherrschung der Energien und die Harmonie zu interessieren, die zwischen dem menschlichen Körper und dem ganzen Universum herrschen muss. Zumindest hat er dadurch gespürt, was der Ruf des großen Dao und die große innere Harmonie bedeuten, die man aus ihm schöpfen kann, wenn man weise genug ist, sich von ihm leiten zu lassen«, murmelte sie.

»Willst du damit etwa sagen, dass du ihn in deinen Unsinn eingeweiht hast?«, rief der alte Konfuzianer und brach in schallendes Gelächter aus.

»Ganz genau! Was ihm davon noch bleiben wird, wenn er erst einmal mit dem Regieren beschäftigt ist, weiß ich nicht. Aber wer diese Erfahrung einmal gemacht hat, den prägt sie für immer. Er kann sie niemals vergessen, selbst wenn sie im tiefsten Winkel seines Herzens vergraben liegt. Niemand kehrt unberührt von der Großen Inneren Reise zurück …«

Ihr Blick verlor sich in Horizonten und Landschaften, die nur sie alleine kannte. Ihre Nasenlöcher waren geweitet, als wollte sie die äußeren Energien, die ihren Körper umgaben, in sich aufnehmen, ehe sie sich um den des alten Mannes wanden, der neben ihr saß.

»Ich glaube nicht an Verjüngungsrezepte. Der menschliche Körper ist wie eine Pflanze, er bildet Knospen, und irgendwann verwelkt er. Wozu soll es denn gut sein, gegen den Lauf der Zeit anzukämpfen?«, fragte er die Frau, die er über alles geliebt hatte, mit sanfter Stimme.

»Auch wenn die Unsterblichkeit selbst außer Reichweite bleibt, kann der Mensch sich ihr annähern, wenn er es will und davon träumt«, antwortete sie und drückte die Hände des alten Herzogs.

Dann bedeutete sie ihm, dass es nun Zeit für ihn wurde, sich zurückzuziehen.

Als sie wieder alleine in ihrem Zimmer war, nahm sie einen jener kleinen Bronzespiegel von ihrem Frisiertisch, die man auch als »magisch« bezeichnete, weil ihre spiegelnde Oberfläche, wenn man sie im Sonnenlicht vor eine Mauer hielt, so durchscheinend wurde, dass man den Schatten der Motive oder Schriftzeichen erkennen konnte, mit denen ihre Rückseite verziert war. In Wirklichkeit war diese Eigenschaft auf die Quecksilberpolierung der spiegelnden Oberfläche zurückzuführen, die so dünn war, dass die Umrisse der Verzierung ganz einfach deshalb wie ein Schatten auf einer von hinten mit einer Lampe angeleuchteten geölten Leinwand sichtbar wurden, weil sie recht dick waren.

Sie sah ihr Gesicht auf der Oberfläche des Spiegels auftauchen.

Aufmerksam betrachtete sie die Augen dieser Frau. Rings um ihre Lider hatten sich winzige Fältchen gebildet, wie auf der Oberfläche eines Sees, wenn eine sanfte Brise aufkommt. Die Zeit hatte ihre Spuren hinterlassen. Diese Frau war zwar immer noch schön, aber wie lange würde ihre Schönheit noch anhalten? Hatten die Übungen zur Beherrschung der Energien, die sie jeden Tag durchführte, auch eine dauerhafte Wirkung? Würde es den Mixturen und Heilsäften, die sie unter ihre Getränke mischte, gelingen, den unerbittlichen Lauf der Dinge zu verändern?

Es war besser, nicht allzu lange darüber nachzudenken. Das war der sicherste Weg, um sich weiterhin in dem Glauben wiegen zu können, dass es möglich sei, den Lauf der Zeit, wenn schon nicht aufzuhalten, so doch zumindest zu verlangsamen.

Sie legte den Spiegel zurück auf ihren Frisiertisch.

Dabei berührte ihre Hand versehentlich das Bambustäfelchen mit dem »niedergeschriebenen Körper« von Zheng, das sie dort immer auf einem Bronzetablett ablegte, zusammen mit anderen rituellen Formeln, die sie für ihre Übungen brauchte. Langsam hob sie das Täfelchen an die Nase. Sie konnte den Weihrauch riechen, den sie verbrannt hatte, als sie den »niedergeschriebenen Körper« noch benutzte.

Sie wusste nicht mehr genau, wie oft sie vor diesem Text die passenden Übungen ausgeführt und die nötigen Formeln gesprochen hatte, um alle positiven Energien auf Zhao Jis Sohn zu lenken und ihm die körperliche und geistige Kraft zu schenken, die er brauchte.

Aber was sie ganz genau wusste, war, dass sie versucht hatte, das Beste von sich selbst auf dieses Kind zu übertragen, und der junge König ihr dafür nicht die geringste Dankbarkeit zu zollen schien.

Sie hielt die in einigen Schriftzeichen festgehaltene Beschreibung der körperlichen Hülle des Jungen fest umklammert, doch jenes seltsame Gefühl, den Körper des kleinen Jungen zu besitzen, das sie früher jedes Mal verspürt hatte, wenn sie dieses Täfelchen in der Hand hielt, stellte sich nicht mehr ein. Es war zu einem einfachen Stück Holz geworden, das für sie nichts anderes mehr bedeutete als Erinnerungen, die sie am liebsten aus ihrem Gedächtnis gestrichen hätte.

Sie wusste, dass Zheng ihr nie wieder gehören würde. Von nun an war dieses Täfelchen vollkommen nutzlos. Und das war auch besser so.

Sie atmete tief durch und verstaute Zhengs »niedergeschriebenen Körper« tief unten in der Schatulle aus Zedernholz, in der sie auch ihren Schmuck aufbewahrte. Dann nahm sie sich fest vor, zu vergessen, dass er da war.

12

Zhao Ji glaubte, nun sei der richtige Zeitpunkt gekommen, um ihrem Sohn das kostbare Geschenk zu übergeben, das sie Lü Buwei mit so viel Mühe abgerungen hatte.

Sie hatte das sternengesprenkelte schwarze Bi aus seinem Futteral aus gelbem Seidendamast gezogen, und gleich darauf begannen die winzigen Glimmersterne auf seiner Oberfläche zu funkeln. Sie war glatt wie das ruhige Wasser eines Sees und dunkel wie eine mondlose Nacht. Der polierte Stein in ihrer Hand fühlte sich so zart an wie die Haut an ihren Schenkeln, wenn sie sie wie jeden Morgen massierte und parfümierte.

»Dieses Bi aus schwarzer Jade ist sehr selten. Es gehört zu denen, die ihrem Besitzer Glück bringen. Ich schenke es dir. Es wird dir helfen«, sagte Zhao Ji schlicht.

Ihr Sohn nahm in seinen Privatgemächern die Huldigungen der höchsten Würdenträger des Hofes entgegen.

Alle obersten Beamten, hochrangigen Offiziere, Minister und Höflinge waren dort zusammengekommen. Die Gier nach Ehren und Pfründen hatte ihnen den Mut verliehen, sich bei ihrem jungen König einzufinden, und nun waren sie sorgsam darauf bedacht, die Aufmerksamkeit des Herrschers auf sich zu lenken und ihm zu gefallen. Die farbenfrohen Verzierungen ihrer Prunkgewänder funkelten, all die makellos straff gezogenen Haarknoten wurden von edelsteinbesetzten Ringen gehalten, und einige hatten sogar kleine Fähnchen mit dem Wappen des neuen Königs mitgebracht: ein Dreifuß und darüber ein Schwert.

In die verschiedenen übereinander getragenen Roben gekleidet, die das Ritual verlangte, wurde er mit Komplimenten überhäuft, die ihm seine Besucher unter zahllosen tiefen Verbeugungen machten. Er war in Gedanken offensichtlich ganz woanders und hatte seiner Mutter nur mit einem halben Ohr zugehört.

Geistesabwesend dankte er ihr kurz angebunden. Zhao Ji musste ihn geradezu drängen, bis er geruhte, das Bi in die Hand zu nehmen.

»Man lasse es zu Natürliche Vollkommenheit bringen, damit er es zu den anderen Jadescheiben in die Schatzkammer legen kann!«, ordnete er beiläufig an.

Zhao Jis Enttäuschung war grenzenlos, als sie sah, wie wenig Beachtung ihr Sohn ihrem Geschenk zuteil werden ließ. Es war Lü

Buwei sehr schwer gefallen, sich davon zu trennen. Für den Kaufmann aus Handan hatte es ein furchtbares Opfer bedeutet, aber er hatte eingewilligt, weil er sie nicht weinen sehen konnte.

Und nun schien Zheng dieses schwarze Bi mit den magischen Kräften, über das es zwischen seinen Eltern beinahe zum Streit gekommen wäre, vollkommen gleichgültig zu sein!

Er hatte kaum einen Blick darauf geworfen. Natürlich wusste er nichts von seinen Kräften… und das aus gutem Grund! Zhao Ji durfte ihm nicht mehr darüber sagen, wenn sie nicht zu viel verraten wollte. Diese kostbare Scheibe würde also für den König nichts anderes sein als eine weitere hübsche alte Kostbarkeit, gerade gut genug, um sie in die Lagerräume des Museums bringen zu lassen, wo sie zusammen mit den Büchern und den Sammlungen seltener Kunstgegenstände aufbewahrt werden würde…

Doch Zhao Ji zog es vor, die Reaktion ihres Sohnes darauf zurückzuführen, dass er durch seine neuen Aufgaben und die zahllosen Bittsteller, die sich bereits um ihn scharten, kaum dass er den Thron bestiegen hatte, zu sehr in Anspruch genommen war.

Denn die Bürokraten der Hauptstadt waren in großem Aufruhr: Jetzt war der Zeitpunkt gekommen, ihre Klingen zu schärfen und alle Taktiken und Strategien zum Einsatz zu bringen, die es ihnen erlauben würden, eine weitere Sprosse auf der Leiter ihrer persönlichen Eitelkeit zu erklimmen.

Innerhalb weniger Tage, wenn nicht sogar Stunden, würde sich alles entscheiden, danach waren die guten Posten erobert. Es war also unerlässlich, sich dem König im besten Licht zu zeigen, ihm seine unerschütterliche Treue zum Königtum zu bezeugen und ihm die unerschöpflichen Talente vorzugaukeln, die man, im glücklichen Fall, dass man zu den Auserwählten gehörte, in den Dienst des Herrschers stellen könnte.

Am Hof von Qin hatte die Aufregung ihren Höhepunkt erreicht, und dies war umso berechtigter, als Zheng erklärt hatte, dass er rasch zur Tat schreiten und seine Regierung zusammenstellen wolle. Er plante, schon eine Woche nach seiner Krönung einen ersten Ministerrat zusammenzurufen.

Ehe er auch nur eine Entscheidung fällte, hatte der neue König, den sein angeborenes Misstrauen vor all diesen Täuschungsversuchen schützte, Steter Wandel zu sich gerufen, um den Mann, den Li Si ihm so eindringlich ans Herz gelegt hatte, kennen zu lernen und seine Fähigkeiten einzuschätzen.

Der Sinn dieser Unterredung lag vor allem darin, seine Vertrauenswürdigkeit zu prüfen, um zu sehen, ob er auch dazu geeignet war, sein Großkämmerer zu werden. Außerdem war es für Zheng eine Möglichkeit, sich über die Ansichten von Li Si klar zu werden, von dem dieser Vorschlag gekommen war.

Steter Wandel war zusammen mit Li Si in jener Zeit nach Xianyang gekommen, als noch der alte König Zhong regierte. Dieser hatte Natürliche Vollkommenheit damals angewiesen, nach Linzi, der Hauptstadt des Königreichs Qi, zu reisen, um von dort einige herausragende Schüler der Jixia-Akademie zu holen, der angesehensten Hochschule jener Zeit, deren Ruf weit über die Grenzen von Qi hinausgedrungen war. Li Si studierte dort Recht, während Steter Wandel medizinische Fächer belegt hatte.

In Xianyang hatte Steter Wandel, der sich immer schon zum Heiler berufen gefühlt hatte, seine medizinischen Studien mit großem Erfolg weitergeführt, als seine Zeit an der Schule für Höhere Staatsbeamte zu Ende gewesen war. Nachdem er ein bekannter Arzt geworden war, hatte er sich darangemacht, sein Wissen weiterzugeben, und auf der Grundlage einer präzisen Auslegung des gesamten Textes des ersten Lehrbuchs der Medizin, den *Grundlegenden Fragen* aus dem *Klassiker des Gelben Kaisers zur Inneren Medizin*, dessen dunkle Formulierungen es recht unverständlich und für gewöhnliche Gelehrte schwer zugänglich machten, eine medizinische Enzyklopädie in verständlicher Sprache verfasst.

Geschickt hatte Steter Wandel die beiden Teile dieses alten Werks, *Reine Fragen* und *Geisterhafte Fragestellungen*, zu einem einzigen zusammengefasst und ihm den *Klassiker der Schwierigkeiten* des berühmten Arztes Bianque hinzugefügt, der zwei Jahrhunderte zuvor dadurch bekannt geworden war, dass er die Techniken der Pulsdiagnose, des Abhorchens der Atmung und der Untersuchung der

Gesichtsfarbe des Kranken erfunden hatte. Dank seiner Methoden hatte Bianque unter anderem den Kronprinzen des Königreichs Guo, mit dessen Pflege man ihn betraut hatte, wieder ins Leben zurückgeholt.

Steter Wandel hatte Bianque zu seinem Vorbild erkoren. Sein gewaltiges medizinisches Wissen und seine Freude an der allgemein verständlichen Darstellung hatten dazu geführt, dass Anguo ihn zum offiziellen Hofarzt von Qin bestellt hatte, denn es war üblich, dass der König den besten Arzt des Reichs in seine Dienste nahm. Und so war es auch selbstverständlich gewesen, dass sich Huayang an Steter Wandel gewandt hatte, um für sie den »niedergeschriebenen Körper« des zukünftigen Königs zu erstellen…

Der gute Ruf von Steter Wandel hatte Zheng nicht davon abgehalten, ihn einem regelrechten Verhör zu unterziehen, um nicht nur seinen Charakter und seine Diskretion besser einschätzen zu können, sondern vor allem seine Loyalität auf die Probe zu stellen.

»Falls ich eines Tages an einer tödlichen Krankheit leiden sollte, würdest du es wagen, mir das zu sagen?«, hatte er zum Abschluss von dem Arzt wissen wollen.

Diese Frage schien Steter Wandel nicht im Geringsten in Verlegenheit gebracht zu haben, und seine Antwort war eindeutig und offen ausgefallen: »Wenn es zwischen uns so vereinbart wäre, würde ich nicht zögern, dies zu tun. Aber nur unter der Bedingung, dass keine Zeugen anwesend sind. Das Volk darf nie wissen, wenn sein König im Sterben liegt.«

Dass Steter Wandel auf eine so heikle Frage so freimütig und ohne Berechnung antwortete, hatte den König endgültig davon überzeugt, dass dieser Arzt tatsächlich der Mann war, den er brauchte.

Und so hatte er beschlossen, ihn zum königlichen Großkämmerer zu ernennen, und den Protokoll führenden Schreiber angewiesen, unverzüglich den Ernennungserlass aufzusetzen und diesen am Balkon im ersten Stock des imposanten Turms der Verlautbarungen von Xianyang aushängen zu lassen.

Auf diese Weise hatte auch Li Si, nicht ohne einen Stich im Herzen zu verspüren, von der Ernennung des Großkämmerers erfahren, obwohl die Anregung dazu doch von ihm ausgegangen war! Dieses Vorgehen hatte ihn beunruhigt. Er betrachtete es als ein Zeichen dafür, dass der König ihm misstraute, und fragte sich, was in seinem Verhalten während ihrer Unterredung wohl der Auslöser dafür gewesen sein mochte. Zu guter Letzt hatte er sogar um seine eigene Ernennung zum Minister des Gesetzes und der Namen gefürchtet.

Zhengs Taktik, seine Entscheidung zu treffen, ohne noch einmal mit ihm darüber zu reden, hatte ihre Wirkung nicht verfehlt. Er hatte ihn in Sorge versetzt, um ihn sich leichter unterwerfen zu können. Unter seiner Herrschaft sollte jeder stets auf der Hut sein und sich niemals zu sicher fühlen dürfen.

Danach erst hatte er Li Si zu sich rufen lassen und ihm wortlos den Erlass gezeigt, mit dem er ihn zum Minister des Gesetzes und der Namen ernannte und auf dem die Tinte gerade erst getrocknet war.

Demütig hatte sich Li Si, von dem die Last dieser entsetzlichen Angst mit einem Mal abgefallen war, Zheng voller Dankbarkeit wie ein gewöhnlicher Dienstbote zu Füßen geworfen.

»Jetzt, wo du bekommen hast, was du wolltest, wirst du den Interessen des Reichs nach besten Kräften dienen. Von nun an bist du nach dem Ersten Minister der wichtigste Mann in meiner Regierung.«

»Majestät, seid versichert, dass ich Euch dafür ewig dankbar sein werde!«, stammelte der neue Minister.

Er war wieder aufgestanden und glättete unbeholfen die Falten seines Wamses, das unter seinem Gürtel hervorlugte und ganz zerknittert war.

»Wie geht es denn der kleinen Frühlingstau?«, erkundigte sich der König daraufhin wie beiläufig.

Diese Frage brannte ihm schon seit einer ganzen Weile auf der Zunge, aber er hatte sich nichts anmerken lassen.

Li Si, der von den Gefühlen des jungen Monarchen für seine

Tochter wusste und mehr als alles andere fürchtete, dass sein Aufstieg auf den Thron daran etwas geändert haben könnte, erkannte, dass er sich umsonst Sorgen gemacht hatte.

Diese wunderbare Überraschung erfüllte ihn mit größter Freude. Er war wieder beruhigt.

»Es geht ihr sehr gut. Ihre Bildung wird eines Tages genauso groß sein, wie es ihre Schönheit heute schon ist. Sie hilft Natürliche Vollkommenheit bei der Zusammenstellung der grundlegenden Schriften der verschiedenen philosophischen Schulen, um die Lü Buwei ihn gebeten hat.«

»Ach ja! Der berühmte *Frühling und Herbst des Lü Buwei*. Am Hof ist er seit Monaten in aller Munde! Ein ungewöhnliches Vorhaben für einen Ersten Minister … Wie weit bei manchen doch der Drang geht, in der Geschichte ihre Spuren zu hinterlassen!«

Diese spöttische Bemerkung des jungen Herrschers verschlug Li Si die Sprache, doch er achtete darauf, sich seine Überraschung nicht anmerken zu lassen, und tat so, als sei nichts gewesen. Solche Kommentare waren der beste Beweis dafür, dass Zheng sich aus der allgegenwärtigen und unablässigen Bevormundung lösen wollte, mit der der Erste Minister den verstorbenen König Yiren umgeben hatte.

Li Si war davon überzeugt, dass dieses Misstrauen gegenüber Lü Buwei seinen eigenen Plänen nur förderlich sein konnte. Jede Schwächung des gegenwärtigen Ersten Ministers würde ihm selbst nutzen. Lü Buwei war das letzte Hindernis, das es zu überwinden galt, ehe er selbst Zugang zu diesem höchsten Amt erhielt, von dem er schon seit Jahren träumte. Und die einzige Möglichkeit, dieses Hindernis zu überwinden, war, es aus dem Weg zu schaffen.

Deshalb machte die Einstellung, die der junge Herrscher gerade zu erkennen gegeben hatte, ihn eindeutig zu Li Sis Verbündetem bei dessen Aufstieg an die Spitze.

»Nun ja, ich muss auch zugeben, dass es nicht so sehr einem Ersten Minister als einem König zustünde, einer Sammlung alter Schriften zur Erbauung künftiger Generationen seinen Namen zu geben«, pflichtete er dem König bei.

Lü Buweis Untergang hatte begonnen! Niemand, und ganz sicher nicht der Betreffende selbst, würde ihn aufhalten können.

Die Macht gleicht einem Berg, dessen majestätischer Gipfel über einer Nebelkappe aufragt, die einem den Blick darauf verwehrt, was sich darunter zusammenbraut. Wer seinen Gipfel erklommen hat, muss diesen auch unweigerlich eines Tages wieder verlassen, denn auf dieser schmalen Spitze ist nur Platz für einen.

Zu viel Macht, zu viel Reichtum, zu viel Scharfsinn und zu viel Klugheit. Zu viel Gewicht… Lü Buwei hatte zu viele Vorteile auf sich vereint, um nicht eines Tages deren negative Seiten kennen lernen zu müssen. Klug hatte er die Schwäche der beiden Könige Anguo und Yiren auszunutzen gewusst, denen er im Übrigen stets treu gedient hatte. Sein Geschick und seine Gewandtheit hatten angesichts zweier mittelmäßiger Könige, die sich kaum um das Schicksal ihres Reichs scherten und sich mehr für die Jagd interessierten als für die Ausübung ihrer Macht, ein Übriges dazu getan. Aber Zheng war nicht so wie sie, mit ihm würde alles anders werden. Der junge König, der sich seiner Fähigkeiten sehr wohl bewusst war, hatte die Absicht, ohne einen Mittelsmann zu regieren.

Und das hatte der scharfsinnige, ehrgeizige Li Si erkannt, genauso wie ihm allmählich klar wurde, welchen Nutzen er selbst daraus ziehen konnte…

Als er den König verließ, war die Unruhe, die ihn noch kurz zuvor gequält hatte, einer gewaltigen Freude gewichen.

Die Luft war klar, und auch in der Ferne wirbelte nirgendwo mehr Staub auf.

Hoch oben auf dem Balkon im sechsten und obersten Stock des Turms des Gedächtnisses im Pavillon des Erdbeerbaumhains schien Li Sis Hand die Motive des wogenden Teppichs aus den Dächern und Mauern der unzähligen Gebäude und Paläste nachzuzeichnen, die sich vom Fuß des Turms bis zu den umliegenden Hügeln hin ausbreiteten.

Es war ihm gelungen, König Zheng zu überreden, mit ihm hier

heraufzukommen, wo er – das hatte er zuvor angedeutet – mit ihm über ein Projekt von äußerster Wichtigkeit sprechen wollte.

Zheng, dem solche Anstrengungen ausgesprochen zuwider waren und der es verabscheute, wenn man ihn zu etwas drängen wollte, hatte sich zunächst geweigert. Doch sein Minister hatte nicht lockergelassen, und so hatte er schließlich eingewilligt, mit ihm in das oberste Stockwerk jenes Turms hinaufzusteigen, in dem die literarischen und archäologischen Schätze des Königlichen Museums und der Königlichen Bibliothek von Qin gehütet wurden.

Der neu ernannte Minister des Gesetzes und der Namen hatte beschlossen, den jungen König für die Problematik der Landschaftsgestaltung und der Errichtung von öffentlichen Gebäuden zu sensibilisieren, die seiner Ansicht nach kennzeichnend für die Fähigkeit eines Herrschers waren, dauerhafte Spuren in der Zeit und im Raum zu hinterlassen. Gleichzeitig war dies für den Gebieter auch ein guter Weg, seinen Untertanen zu zeigen, dass er sich für ihr Alltagsleben und ihre Umgebung interessierte. Ein großer Monarch war es sich schuldig, auch ein großer Baumeister zu sein.

Als sie oben angekommen waren, spürte Li Si, dass der König, auch wenn er vorgab, die Landschaft zu betrachten, seinen Worten mit größter Aufmerksamkeit lauschte. Nachdem er alles gesagt hatte, was er sich vorgenommen hatte, schloss der Minister mit einigen eindringlichen Sätzen, nicht ohne zuvor eine kleine Pause eingelegt zu haben, um die Wirkung seiner Worte zu steigern.

»Majestät«, erklärte er, »die Namen zu berichtigen und dafür zu sorgen, dass die Gesetze befolgt werden, reicht nicht aus, um ein großer Monarch zu sein. Ein solcher muss auch fähig sein, den Raum zu gestalten, Bauwerke zu errichten, die eine Landschaft verändern, Flüsse zu stauen, um die Felder zu bewässern, und Mauern aufzustellen, die so lang und hoch sind, dass die Barbaren, die uns umzingeln, sie nicht überwinden können. Ein großer König muss beweisen, dass er den Lebensraum seines Volkes verändern kann! Ein großer König muss ein Architekt sein, ein Gärtner und dazu noch ein Wasserbaumeister … Majestät, Ihr braucht einen Fachmann, der in der Lage ist, die Städte, die Flüsse, die Ebenen und die Berge von Qin nach dem Beispiel Eurer Größe zu formen!«

Während seines Monologs ließ Li Si das Gesicht des Königs nicht aus den Augen, und er sah, dass es ihm gelungen war, seinem unermesslichen Stolz zu schmeicheln.

Zheng blickte aufmerksam auf seine große Stadt hinab, auf die unzähligen Dächer, deren Ecken sich schwalbenschwanzförmig aufwärts bogen, als wollten sie ihm huldigen, auf die Hügel ringsum, wo die von den Jahren und den Winden verkrümmten Nadelbäume, die sich an löchrige Felsen krallten, ihm leise zu gratulieren schienen, und auf den Wei-Fluss, dessen silbriges Band sich unter ihm durch die grasbewachsene Ebene wand wie der Körper eines Drachen, der gekommen war, um ihm Gefolgschaft zu schwören.

Die ungewöhnlich reine und klare Luft ließ die Farben, die Schatten und die Formen deutlich hervortreten. Eine leise Brise war aufgekommen und strich sacht über sein Gesicht.

Der Gedanke, all dem seinen Stempel aufzudrücken, missfiel ihm ganz und gar nicht, genauso wenig wie die Vorstellung, die Glückwünsche der Flüsse entgegenzunehmen, deren Lauf er verändert, und der Berge, deren Hänge er abgetragen hatte …

Indem der raffinierte Minister des Gesetzes und der Namen auf diese Weise das bereits ungeheuer große Ego des jungen Zheng anstachelte, wollte er ihn ohne weitere Umschweife gleich an seiner empfindlichsten Stelle treffen. Er hatte seine Argumente lange vorbereitet und jedes Wort, jeden Satz sorgfältig abgewogen. Er hatte sie aufgeschrieben und wieder umgeschrieben, an den kleinsten Details gefeilt und sie schließlich auswendig gelernt. Zheng von Größe und Ruhm träumen zu lassen, war, so glaubte er, die einzige Möglichkeit, diesen jungen König zu überzeugen, der keine falschen Argumente oder gewagte Beweisführungen durchgehen ließ.

Sobald Li Si bemerkt hatte, dass seine Worte den König nicht unberührt ließen, hatte er so viel Nachdruck in seinen Tonfall gelegt, wie er nur konnte.

Dem Glanz in seinen Augen und der Röte seiner Wangen nach zu urteilen, schienen diese pompösen, aber ungemein verheißungsvollen Sätze Zheng zu beeindrucken.

»Kennst du denn einen Architekten, der mir helfen könnte, solche Pläne zu verwirklichen?«, fragte der junge Herrscher, kaum dass sein Minister verstummt war.

Li Si hatte es geschafft. Er hatte lediglich die empfindsame Saite von Zhengs Stolz zum Klingen bringen und ihm gleichzeitig einen Weg zu weisen brauchen, wie er seinen Hunger nach Ruhm stillen könnte, und schon hatte sich der König darauf gestürzt wie ein Tiger, dem man ein fettes Schaf vor die Nase setzte.

»Majestät, ich glaube, ich habe den Mann, den Ihr braucht. Lü Buwei hat einen ausgezeichneten Architekten beschäftigt, der die gesamte Anlage für die Pferdezucht rings um seinen Palast auf dem Pferdehügel entworfen hat. Ich bin sicher, dass dieser Architekt gerne bereit sein wird, Eure Pläne umzusetzen. Wer würde ein solches Angebot denn schon ablehnen?«, erwiderte Li Si, nachdem er so getan hatte, als müsse er eine Weile nachdenken, damit der König nicht auf den Gedanken käme, er hätte das Ganze schon im Vorfeld geplant.

»Wie heißt dieser Mann?«

»Sein Name lautet Vollkommenes Gleichmaß.«

»Welch ein passender Xiaoming für einen Mann seines Fachs! Lass ihn herkommen, damit wir gemeinsam darüber nachdenken können, was jetzt zu tun ist.«

Li Si hatte Vollkommenes Gleichmaß bereits gebeten, sich bereitzuhalten für den Fall, dass der König ihn kennen lernen wollte.

Er wusste um die enge Beziehung zwischen Lü Buwei und diesem talentierten Architekten, zu dessen Aufstieg der Kaufmann in erheblichem Maße beigetragen hatte, indem er ihm seine erste große Baustelle anvertraute, jene hölzernen Stallungen, deren Dach die Form eines umgedrehten Schiffsrumpfs besaß. Aber er wusste auch, dass er ihn für die Zukunft an sich binden und in ihm einen unerschütterlichen Verbündeten gewinnen würde, wenn er ihn nun dem neuen König empfahl.

Kurz darauf gesellte sich Vollkommenes Gleichmaß, der am Fuß des Turms des Gedächtnisses gewartet hatte, mit vor Aufregung geröteten Wangen zu den beiden Männern auf dem Balkon.

Nach den üblichen Vorstellungen bestürmte der neue König von Qin, den Li Sis Worte in helle Begeisterung versetzt hatten, den Architekten mit Fragen.

»Welche Bauwerke muss ein großer König deiner Ansicht nach errichten?«

»Er muss sich bemühen, Gebäude zu errichten, deren Form die des Universums widerspiegelt. Auf diese Weise wird er zur allumfassenden Harmonie beitragen«, erwiderte Vollkommenes Gleichmaß schlicht.

Er wusste nicht genau, wie er sich verhalten sollte, und zögerte.

»Und was noch?«, fragte der König, dessen Augen vor Erregung leuchteten.

Diskret gab Li Si ihm ein Zeichen, dass er ohne Furcht so fortfahren konnte, wie sie es zuvor gemeinsam besprochen hatten. Ihr Ziel war es, König Zheng davon zu überzeugen, nach dem Vorbild der ruhmreichen Baumeister früherer Dynastien eine Reihe großer staatlicher Bauprojekte in Gang zu setzen.

»Dem Ritenbuch des alten Reichs der Zhou, dem *Zhouli*, zufolge, ist die ideale Hauptstadt eines großen Königs von einer viereckigen Mauer umgeben, in der sich zwölf Tore befinden, eines für jeden Monat des Jahres. In der Mitte muss der Palast des Herrschers liegen, das heißt Euer Wohnsitz, und in dessen Zentrum wiederum befindet sich der Audienzsaal, in dem Ihr Euch aufhalten müsst. Auf diese Weise habt Ihr Euer ganzes Volk im Blick, und nichts kann Euch entgehen. Die Fassade Eures Palastes muss nach Süden weisen, und der öffentliche Markt, der jeden Tag nördlich der Außenmauer abgehalten wird, liegt in seinem Rücken, denn Ihr duldet zwar den Handel, gewährt aber den Kaufleuten trotzdem keinen Zugang zu Eurem Wohnsitz. Dieses Privileg soll den Bauern und Soldaten vorbehalten sein. In der idealen Stadt verfügt jede Zunft, jede Schicht über ein eigenes Viertel, und niemand darf einfach dort wohnen, wo es ihm gefällt! Die räumliche

Aufteilung der Stadt muss die gesellschaftliche Ordnung widerspiegeln.«

»Das alles ist ja schön und gut, aber davon sind wir noch sehr weit entfernt!«, bemerkte der Herrscher bitter.

Der Anblick seiner wuselnden, bunten Hauptstadt, die ihm sonst recht gut gefiel, verstimmte ihn heute.

Er deutete auf den dichten Wald der Dächer von Xianyang und das undurchdringliche Gewirr seiner Häuser und Gebäude, durch das sich die von Menschen wimmelnden Durchgangsstraßen nur mit Mühe ihren Weg bahnten. Es war das genaue Gegenteil der idealen Stadt, die der Architekt gerade beschrieben hatte! Xianyang bildete ein städtisches Chaos, in dem alle Klassen zusammenlebten und sich in einem fröhlichen Durcheinander miteinander vermengten.

»Von heute an werde ich für jede meiner Eroberungen einen Gedenkpalast errichten lassen. Diese Paläste sollen in dem Stil erbaut werden, der in dem jeweiligen eroberten Gebiet vorherrscht, und ich könnte sie dazu nutzen, dort bestimmte hochrangige Gefangene unterzubringen. Ich werde Xianyang so umgestalten, dass die Stadt von breiten, geraden Alleen durchschnitten wird! Und ich werde dafür sorgen, dass das Viertel der Kaufleute strikt von allen anderen getrennt ist!«, verkündete der junge König bestimmt.

»Das scheint mir eine ausgezeichnete Idee zu sein, aber ich hätte da noch einen anderen Vorschlag…«, entgegnete daraufhin der Architekt, was ihm einen wütenden Blick von Li Si eintrug.

Vollkommenes Gleichmaß sah seinen Gefährten entsetzt an. Dieser nutzte die Tatsache, dass der Herrscher seinen Haarknoten zurechtzog und so einen Augenblick lang abgelenkt war, um dem Architekten ins Ohr zu flüstern, dass man König Zheng niemals ein Kompliment machen dürfe, weil dies bedeute, dass man sich anmaßte, ihn zu beurteilen, was dieser verabscheute.

»Du hast von einem Vorschlag gesprochen?«, fragte der König mit leiser Verärgerung.

Der Architekt zögerte einen Augenblick und sprach dann mit

nicht mehr ganz so fester Stimme weiter: »Ach, es ist ein Gedanke, von dem schon seit langem die Rede ist, der aber noch nie wirklich in die Tat umgesetzt wurde…«

»Sprich weiter! Was meinst du?«

»Vor vielen Jahren haben einige Herrscher aus Zhao und Wei damit begonnen, lange, mit einer Schotterschicht bedeckte Lehmmauern zu errichten, um ihre Königreiche damit vor den Angriffen der Völker aus dem Norden zu schützen. Warum sollte der König von Qin nicht den Bau einer wahrhaft unüberwindlichen Mauer veranlassen, die im Gegensatz zu den früheren Bauwerken aus sorgfältig behauenen Steinen bestehen würde? Eine solche Mauer würde von der Größe und der Macht Eures gewaltigen Königreichs zeugen! Auf diese Weise würde Qin zu einem unverletzlichen Heiligtum.«

»Und wie lang müsste diese Mauer sein, um Qin tatsächlich von den barbarischen Völkern und den untergeordneten Königreichen zu trennen?«

»Sie müsste sich über mehrere tausend Li erstrecken! Es wäre eine gewaltige Baustelle, mein König, auf der Zehntausende Eurer Untertanen über eine endlose Zeit hinweg beschäftigt wären.«

»Und wie willst du dafür sorgen, dass die Steine fest aufeinander bleiben? Alle Trockenmauern werden nach und nach durch Regen und Wind zerstört!«, murrte der Herrscher.

»Man braucht lediglich Kalk, Steinmehl und Reisbrühe zu vermischen: Der so hergestellte Brei dient als Bindemittel und wird genauso hart wie der Stein selbst.«

»Es wäre die Baustelle eines großen Königs!«, fügte Li Si hinzu.

Fasziniert, aber ohne eine Regung zu zeigen, hatte der König den Vorschlag von Vollkommenes Gleichmaß angehört. Er sah diese makellose Große Mauer aus vollkommen rechteckigen Steinen bereits vor sich, die sich von den trockensten bis hin zu den fruchtbarsten Regionen über Ebenen, Hügel und Berge ziehen, Qin vor den Einfällen der Xiongnu schützen und gleichzeitig den Reisenden, die ihre Tore durchquerten, die Macht jenes Reichs vor Augen führen würde, das es gewagt hatte, ein so gewaltiges Vorhaben in die Tat umzusetzen.

Die lang gezogene Linie dieser Großen Mauer würde genauso mächtig sein wie der Urstrich Yi, das Eine, die Grundeinheit, mit der man die acht Trigramme und die vierundsechzig Hexagramme aus dem *Buch der Wandlungen* zeichnete, welche die Wandelbarkeit des Universums versinnbildlichten. Durch den Bau dieser Großen Mauer würde der König von Qin in Wahrheit den Beginn der Welt errichten.

Was wäre auch wirkungsvoller und darüber hinaus bezeichnender als diese Grenzmauer, die das Licht von der Nacht, die Kultur von der Barbarei und Qin von der restlichen Welt trennen würde, um seinen Namen bekannt zu machen und der Nachwelt seinen Stempel aufzudrücken?

»Vollkommenes Gleichmaß, gleich heute werde ich dich zum Großarchitekten des Königreichs Qin ernennen«, erklärte König Zheng und gab dem anwesenden Diener ein Zeichen, die beiden Besucher hinabzubegleiten.

Als er alleine auf dem Balkon des Turms des Gedächtnisses zurückgeblieben war, richtete er seinen Blick erneut auf den Horizont der umliegenden Hügel und stellte sich diese Große Mauer vor, die sich eines Tages vielleicht genauso geradlinig darüber ziehen würde wie der waagrechte Yi-Strich des Malerpinsels. Und dann wäre aus ihm unbestreitbar ein sehr großer König geworden …

Berauscht von seinem Machthunger ließ er seinen Gedanken freien Lauf und erging sich in Träumen von Größe und Eroberungen, die die Vision dieser hohen Mauer in ihm wachgerufen hatte.

Er würde aus Qin das Zentrum der nach der Windrose angeordneten acht Trigramme, der Bagua, machen, die Kun, die Erde, Gen, den Berg, Kan, das Wasser, Xun, den Wind, Qian, den Himmel, Dui, die Wasserdünste, Li, das Feuer und Zhen, den Donner, symbolisierten.

Mit den Bagua verfügte man über alles, was die Natur zur Natur machte. Der König des Landes der Mitte würde somit zum Höchsten Gipfel Taiji, jenem winzigen Knotenpunkt im Zentrum der Karte der vierundsechzig Hexagramme, in dem die Bewegung

Yi entstand, die niemals endete. In diesem Punkt vereinten sich alle Wandlungen und bildeten nur noch das Eine. Der Herrscher würde zum Unbenennbaren werden, um das sich alles andere drehen würde.

Das Universum zu beherrschen: Das war das Ziel, das der junge König sich in jenen Augenblicken setzte.

Das war sein verrückter Traum.

Rings um ein dreifüßiges Kohlebecken angeordnet, blitzte das Bronzegeschirr. Stundenlang hatten die Haushofmeister und Angehörigen des königlichen Tafeldienstes es poliert.

»Ich bin glücklich, dass du meine Einladung angenommen hast, Frühlingstau, und ich freue mich sehr, dich an meiner Tafel willkommen zu heißen«, sagte der neue König und verneigte sich vor dem jungen Mädchen, das zu diesem besonderen Anlass prächtig gekleidet war.

Diese Begrüßung entsprach der königlichen Etikette, der sich Zheng wohl oder übel unterwerfen musste, da es sich um ein offizielles Essen handelte. Doch seine Worte waren aufrichtig gemeint, er freute sich wirklich sehr darauf, mit ihr zu speisen. Davon zeugte auch das strahlende Lächeln in seinem Gesicht.

Nachdem Frühlingstau nicht weniger als drei Einladungen, mit dem König zu Mittag zu essen, ausgeschlagen hatte, hatte sie schließlich, unter dem immer stärker werdenden Druck ihres Vaters, der befürchtete, für ihre wiederholten Absagen büßen zu müssen, eingewilligt, Zheng zu besuchen. Doch für sie war es ganz gewiss kein freudiger Anlass, sondern reine Pflichterfüllung.

Sie verneigte sich vor ihm, während sie ihn weiterhin mit leicht herausfordernder Miene ansah.

König Zheng hatte zu dieser lang ersehnten Gelegenheit ein unvorstellbar üppiges Mahl vorbereiten lassen. Da er nur sehr selten jemanden an seine Tafel lud und sich meist mit schlichten Speisen begnügte, hatte dieses königliche Mittagessen eine ganz besondere Bedeutung erlangt. Seit drei Tagen machten sich die Köche nervös in ihrer Küche zu schaffen und waren dabei noch konzentrierter als daoistische Mönche bei der Meditation. Unablässig quälte sie die Furcht, ihnen könne eine Zubereitung oder eine Würze misslingen, woraufhin ihr Gericht zurückgeschickt werden würde, nachdem Hain der Ehren, der Oberste Vorkoster, davon probiert hätte. Und keiner dieser Köche konnte sich vorstellen, wie er seinen Beruf noch weiter ausüben sollte, nachdem ihm eine Hand amputiert worden war, denn das war die Strafe, die ihm drohte, wenn eines seiner Gerichte nicht auf die königliche Tafel getragen werden durfte.

Der alte Eunuch war zu seiner großen Freude aufgefordert worden, seinen Dienst wieder aufzunehmen, nachdem er sich jahrelang in diesem Amt zu Tode gelangweilt hatte, das unter König Yiren, der sich recht wenig um kulinarische Perfektion geschert hatte und nie auf den Gedanken gekommen wäre, die Speisen, die man ihm vorsetzte, vorkosten zu lassen, nahezu in Vergessenheit geraten war.

Nachdem Hain der Ehren sich stets über seine Untätigkeit beschwert hatte, war er schließlich von Li Si angewiesen worden, seine Urteilskraft erneut zum Wohl des Königs einzusetzen. Und seit Zheng regierte, drohte ihm nun beinahe täglich die Gefahr einer Magenverstimmung, denn von morgens bis abends war er damit beschäftigt, jedes einzelne Gericht zu probieren, ehe er auf einem Täfelchen vermerkte, ob es ihm geeignet schien, dem König vorgesetzt zu werden, oder nicht. Dabei wurden die meisten dieser Speisen nicht einmal auf die königliche Tafel getragen, da Zheng sich oft genug mit frittiertem Fisch und einigen gekochten Yamswurzeln begnügte.

Und so hatte sich Hain der Ehren wider Willen bei den gesamten Küchenscharen verhasst gemacht, auch wenn es ihm bisher gelungen war, jegliche Amputation unter den Köchen zu vermeiden. An diesem Tag fehlte weder eine Zutat noch die geringste würzige Beigabe in den Köstlichkeiten, und die Anordnung der verschiedenen Speisen glich einer Kalligraphie, so sehr schienen diejenigen, die sie auf ihren Tellern angerichtet hatten, um Präzision und Harmonie besorgt gewesen zu sein.

Die Gerichte waren in einer den strengen Regeln der Speiserituale gehorchenden Reihenfolge auf bronzenen Ding-Gefäßen mit integrierten Heizbecken angeordnet worden, damit sie auch die richtige Temperatur bewahrten. Diese Gefäße waren eigens für den neuen König gegossen worden und trugen seinen Namen, sein Geburtsdatum sowie das angenommene Datum seiner Zeugung – alle kunstvoll in ihren runden Leib eingraviert. Haushofmeister in Prunkgewändern hatten sie in einer Prozession hereingebracht und in die Mitte des großen viereckigen Tischs gestellt, über den zuvor eine seidene Decke mit Festonrand und aufgestickten gelben Phönixen gebreitet worden war. Rings um die Speisen waren schließlich die Getränke aufgestellt worden. Um den ganzen Tisch herum verteilt standen Schalen und Zun-Trinkgefäße, die bis zum Rand mit aromatisiertem Wasser und grünem Tee gefüllt waren.

Die königliche Tafel versinnbildlichte das gesamte Universum, die Speisen waren die Berge und Ebenen, während die Getränke die Meere, Seen und Flüsse darstellten.

Es gab unter anderem in Essig eingelegte Lebern und Herzen von jungen Masthühnern, Taro-Püree mit Zwiebeln, gekochten Sellerie, frittierte Goldene Blüten, in winzige Würfel geschnittene gekochte Schweinelunge, »Strohfleisch« vom Rind, gebratene und geschmorte Ente, Schweinefußsehnen in Sesamöl, wie Schlangen geformte frittierte Kürbisrollen mit Taglilien-Püree, mit Schweinefleisch und Ingwer gefüllter, gedämpfter Karpfen, gefüllte Aale in Reiswein und schwarzen Pilzen, geräucherte Enteneier, Dianlou oder Flussschnecken in Fleischsoße und dazu »Reis mit acht Kostbarkeiten«, der mit frittierten Magnolienblättern bedeckt war. Auf einem kleinen Tablett lagen Süßigkeiten aus Sesam, Jujubenpaste, Wasserkastanienmehl oder Mandarinenschalen, die Frühlingstau, wie König Zheng wusste, für ihr Leben gerne aß.

Nachdem er den rituellen Begrüßungssatz gesprochen hatte, beschloss der junge König, den ihre Gegenwart in Hochstimmung versetzte, sich nicht länger um die Etikette zu kümmern, der zufolge man zunächst die Speisen probieren musste, die am weitesten von der Tischmitte entfernt standen.

»Ich empfehle dir, mit den frittierten Kürbisrollen anzufangen, sie sind köstlich. Sieh nur, wie hübsch der Koch sie wie kleine Schlangen geformt hat«, forderte er die Tochter seines Ministers des Gesetzes und der Namen in beschwingtem Ton auf.

Frühlingstau knabberte lustlos einen dieser herrlich knusprigen, goldbraunen Krapfen, die sich um kleine Bambusstäbchen wanden, an denen man sie festhalten konnte, ohne sich die Finger zu verbrennen.

Zheng wies einen Diener an, dem jungen Mädchen von dem mit Schweinefleisch und Ingwer gefüllten Karpfen zu geben, einem königlichen Gericht, das er ganz besonders gerne mochte. Die Köche hatten zu diesem Anlass einen prächtigen Riesenkarpfen zubereitet, der eigens aus den Wassergräben im Pavillon des Erdbeerbaumhains gefischt worden war.

»Was hältst du davon?«

Er reichte ihr ein Stück Fisch, das er selbst behutsam vom Bauch des Karpfens gelöst hatte.

»Nicht schlecht«, erwiderte sie lediglich, nachdem sie ein winziges Häppchen davon probiert hatte.

Es war ihm nicht entgangen, dass sie offenkundig schlecht gelaunt war, und so hatte er es sich in den Kopf gesetzt, sie aufzuheitern. Nachdem er vergeblich versucht hatte, ihr ein Lächeln zu entlocken, hatte er beschlossen, sie mit größter Aufmerksamkeit zu umsorgen, um ihr so zu beweisen, dass seine Zuneigung aufrichtig war. Deshalb ließ er sie von jedem einzelnen Gericht kosten, von den herzhaften und scharf gewürzten bis hin zu den süßeren, doch immer noch zeigte sie keinerlei Reaktion, weder Freude noch Ablehnung. Ungerührt nahm Frühlingstau all seine Versuche, ihre Gunst zu erringen, zur Kenntnis, und es gelang ihr vortrefflich, dem jungen König deutlich zu machen, wie gleichgültig er ihr im Grunde war.

Der arme Zheng hatte sich mit Freuden ausgemalt, wie es ihm nun, da er den Thron bestiegen hatte, endlich gelingen würde, das Interesse dieses jungen Mädchens zu wecken. Er kannte ihren rebellischen Charakter, und deshalb hatte er sich fest vorgenommen, ihr zu beweisen, dass ihm sein neuer Rang nicht zu Kopf gestiegen war, weil er glaubte, dass diese Bescheidenheit sie beeindrucken würde.

Überrascht und zutiefst enttäuscht musste er nun feststellen, dass seine junge Besucherin trotz aller Bemühungen seinen Verführungsversuchen gegenüber vollkommen unzugänglich blieb. Mit so viel Desinteresse und Kälte hatte er nicht gerechnet.

Er war zwar der König von Qin, aber für Frühlingstau war er ganz offensichtlich immer noch nur der alte Zheng. Er unterdrückte den Ärger, den er in sich aufsteigen spürte, weil er ihr auf keinen Fall einen zusätzlichen Vorwand für ihren Unmut liefern wollte. Er riss sich zusammen, hörte auf, sie zu bedienen, rückte seinen Stuhl ein Stück von ihr fort und schenkte ihr ein etwas gequältes Lächeln.

In ihren prächtigen Kleidern und mit dieser herausfordernden Miene sah sie noch entzückender aus als sonst. Sie wusste, dass er sie beobachtete, und so hatte sie achtlos nach einer kandierten Mandarinenschale gegriffen, an der sie nun saugte. Ihre rosigen Lippen bildeten einen bezaubernden kleinen faltigen Kreis, in den er liebend gerne hineingebissen hätte.

Die Zurückhaltung, die sie ihm gegenüber an den Tag legte, fachte seinen Wunsch, sie für sich zu gewinnen, noch stärker an. Er wagte es sich nicht einzugestehen, aber er hatte sich in das junge Mädchen verliebt.

Erneut ließ er seinen Blick auf diesem vollendet ovalen Gesicht ruhen, auf dem langen, glänzenden, kohlschwarzen Haar, das ihre hohe Stirn betonte, und auf diesen leuchtenden, klugen, mandelförmigen Augen, die wie zwei sorgfältig geschliffene Achate eine kleine elfenbeinweiße Nase flankierten, deren bebende Nasenflügel von ihrem leidenschaftlichen Charakter zeugten.

Sie hatte ihre Mandarinenschale inzwischen hinuntergeschluckt. Ihr tiefroten vollen Lippen blieben immer noch fest verschlossen. Frühlingstau war nicht bereit, dem König ein freundlicheres Gesicht zu zeigen.

Zheng erkannte, dass es sinnlos war, sie noch weiter zu bedrängen: Er würde nichts erreichen. Seine Enttäuschung war grenzenlos. Er wusste nicht, wie er auf diese überraschende Erkenntnis reagieren sollte, und beschloss, dass es besser sei, diesem erfolglosen Mahl ein Ende zu bereiten. Nach all den Schmeicheleien und liebedienerischen Komplimenten, mit denen er seit seiner Krönung überschüttet wurde, hatte diese Begegnung mit Frühlingstau zumindest das Verdienst, ihn wieder von der Wolke herunterzuholen, auf die ihn die Höflinge und Untergebenen, von denen er tagtäglich umgeben war, erhoben hatten.

Frühlingstau für sich zu gewinnen, würde gewiss nicht leicht werden, aber er war fest entschlossen, alles nur Erdenkliche dafür zu tun. Das waren das außergewöhnliche Wesen und die Charakterstärke des jungen Mädchens, ganz abgesehen von ihrer Schönheit, doch wohl wert!

Er spürte, wie sein Herz ein wenig schneller schlug, als er wieder näher an sie heranrückte. Er konnte ihr zartes Jasminparfüm riechen. Er vergewisserte sich, dass der Diener, der sich noch im Raum aufhielt, weit genug entfernt stand, damit er seine Worte nicht hören konnte.

»Weißt du, dass ich dich mag?«, flüsterte er, doch er wagte nicht, ihre Hand zu ergreifen.

Sie tat so, als verspeise sie gerade mit größtem Genuss eine weitere Mandarinenschale, und gab hartnäckig vor, sein Geständnis weder zur Kenntnis genommen noch es überhaupt gehört zu haben.

»Und zwar viel mehr, als du zu glauben scheinst!«, fügte er traurig hinzu.

Da ließ sie von ihrer Süßigkeit ab, drehte sich zu ihm um und musterte ihn aufmerksam.

»Wie ist es so, König zu sein?«, fragte sie unvermittelt und ein wenig schroff.

Sie wollte ihn herausfordern und sah ihm geradewegs in die Augen. Verblüfft über so viel Unverfrorenheit, rutschte er noch ein wenig näher an das junge Mädchen heran. Er konnte in ihrer Iris kleine goldbraune Reflexe sehen, winzige Strahlen einer Sonne, deren Zentrum ihre Pupille zu sein schien.

Er fühlte sich so sehr zu diesen Augen hingezogen, dass er gar nicht anders konnte, als ihre Frage ehrlich zu beantworten.

»Ach, wenn du wüsstest! Es ist gar nicht so anders als vorher, abgesehen von einer gewaltigen Last, die plötzlich auf meinen Schultern ruht. Und dabei bin ich erst seit drei Mondmonaten König!«, gestand er ihr mit einem flüchtigen Lächeln.

Sie trank einen Schluck von dem aromatisierten Wasser. Ihre feuchten Lippen waren nun so rot wie reife Kirschen, und ihr goldener Blick schien vor Zorn zu glitzern.

»Ich möchte, dass du eines weißt«, warf sie ihm an den Kopf, »mein Vater ist mein Vater, und ich bin ich!«

Wie vor den Kopf geschlagen, betrachtete der König dieses unverschämte junge Mädchen. Ihre Härte verletzte ihn. Und ihr Vorwurf war vollkommen ungerechtfertigt. Dass sie plötzlich ihren Vater ins Spiel gebracht hatte, schmerzte ihn als ein unerträgliches Zeichen des Misstrauens. Als hielte sie ihn dazu fähig, dieses Druckmittel einzusetzen, um sie zum Nachgeben zu zwingen!

Es war beleidigend, ihm solch finstere Absichten zu unterstellen. Sie hatte die Grenzen des Anstands überschritten, es war demütigend… Er ballte seine Hände zu Fäusten, um nicht vor Wut zu explodieren.

»Das wusste ich auch schon, bevor du mich darauf aufmerksam gemacht hast«, erwiderte er grob.

»Ich wollte es dir trotzdem noch einmal sagen«, fuhr sie mit ruhiger Stimme fort, ohne auch nur im Geringsten die Fassung zu verlieren.

Dann aß sie, als sei nichts gewesen, eine Portion Karpfen und »Reis mit acht Köstlichkeiten«, die sie sich unter dem undurchdringlichen Blick von Zheng selbst auf den Teller gelegt hatte.

»Das schmeckt ja alles so wunderbar! Ich habe einen Bärenhunger!«, rief sie und wirkte plötzlich vollkommen unbeschwert.

Nun war er es, der mit mürrischer Miene dasaß und die Speisen kaum anrührte.

»Du hast einfach köstliche Gerichte für mich zubereiten lassen. Ich bin dir dafür wirklich sehr dankbar!«, sagte sie charmant.

Nachdem sie ihre Kehle mit grünem Tee gespült hatte, fiel ihr Blick auf das letzte geräucherte Entenei, das die Spitze der Pyramide in der Mitte des Tischs krönte, und vorsichtig griff sie danach. Sie pikte die Schale an beiden Enden behutsam ein, saugte ein wenig Eigelb heraus und reichte es schließlich dem König, damit er den Rest austrinken konnte.

Er lehnte höflich ab. Da stand sie auf, trat neben ihn und legte das Loch in der Eierschale auf seine Lippen.

»Trink, das verleiht dir Kraft. Und die wirst du brauchen, um deine Aufgaben als König zu erfüllen!«, beharrte sie mit fröhlicher Stimme.

13

Die strahlende Sonne erwärmte allmählich den azurblauen Himmel, an dem bereits die ersten Spiegelungen zitterten. Es versprach ein herrlicher Tag zu werden.

Auf einer Wiese übten Goldener Fisch und Zhao Gao mit großer Hingabe und unter der Aufsicht eines Lehrmeisters den Umgang mit Pfeil und Bogen und dem Schwert.

Zhao Gao betrachtete interessiert und mit leiser Verwirrung die angespannten, schweißglänzenden Muskeln von Goldener Fisch, der sich anschickte, seinen achten Pfeil in das Zentrum der Scheibe zu schießen.

»Wenn du weiterhin die ganze Zeit nur Goldener Fisch anstarrst, wirst du das Ziel nie treffen!«, rief der Lehrer, als sein eigener Schuss zum sechsten Mal danebenging.

Der Unterricht fand in der Königlichen Akademie für Kampfkunst statt. Diese Schule der Körper und Bewegungen lag auf einem weitläufigen Gelände am Rand der Stadt, wo alle Söhne aus den besseren Familien von Xianyang, ob sie nun das Waffenhandwerk anstrebten oder sich auf eine Laufbahn als Beamter oder gar Gelehrter vorbereiteten, jene Haltungen einzunehmen und jene Bewegungen der Arme, des Kopfes und der Beine auszuführen lernten, die nicht nur der körperlichen Verteidigung dienten, sondern gleichzeitig auch von geistiger Stärke zeugten.

Von allen Kampfkünsten war das Bogenschießen mit Sicherheit diejenige, die am meisten Konzentration und Ruhe verlangte.

Zunächst musste man unzählige Daoyin-Dehnungsübungen durchführen, die dazu dienten, alle Muskeln des Körpers zu lockern. Denn schon das leiseste Zittern im Arm oder im Gelenk ließ den Pfeil unweigerlich von seiner Flugbahn abkommen. Die Spannung der Sehne musste gleichmäßig und sorgsam bemessen sein, um den Pfeil mit der idealen Geschwindigkeit abzuschießen. Eine solche Perfektion erreichte man nur, wenn es einem gelang, seine inneren Energien im Zinnoberfeld des Unterbauchs zu konzentrieren, das Laozis *Buch der Mitte* zufolge die Wurzel des Menschen war und der Ort, in dem seine Lebenskraft wohnte. Dort befand sich der Urquell der Energie Qi im so genannten »Schönen Palast, der die Essenz bewahrt«.

Das Bogenschießen, das gleichzeitig den Geist und die Muskeln forderte, war nicht weniger als eine Übung zur Erklärung der Erschaffung des gesamten Universums.

»Ich wäre nicht so schlecht, wenn ich mit der Armbrust schießen dürfte. Zum Glück kann ich mit scharfen Waffen besser umgehen!«, klagte Zhao Gao, dessen Begabung für diese Disziplin sehr viel geringer war als die von Goldener Fisch.

»Du bist genau wie Zheng…«, bemerkte Goldener Fisch mit einem Lachen. »Weißt du noch? Er war so ungeschickt im Umgang mit Pfeil und Bogen, dass er zum Schluss nur noch mit der Armbrust gegen mich antreten wollte!«

Auf Zhao Gaos Gesicht erschien ein flüchtiges, gequältes Lächeln, das eher an eine Grimasse erinnerte.

Er hatte genug davon, sich bei allem, was er tat, seien es nun körperliche oder auch geistige Beschäftigungen, mit der erdrückenden Überlegenheit von Goldener Fisch auseinander setzen zu müssen. Andererseits hatte er viel zu große Komplexe, um ihm so etwas ins Gesicht zu sagen.

Wie alle Jungen, die von ihrer Mutter zu sehr behütet wurden, war Zhao Gao eher verschlossen, und seine Beziehungen zu Gleichaltrigen waren recht kompliziert. Mädchen interessierten ihn nur wenig. Er wagte es sich kaum einzugestehen, aber er verspürte eine gewisse Neigung zu Jungen. Der muskulöse Körper von Goldener Fisch zum Beispiel ließ ihn nicht gleichgültig. Und so mischte sich in seine Eifersucht und seinen Ärger auch eine leise Anziehung.

Dennoch hatte sich Zhao Gao in dem Trio, das sie als Kinder gebildet hatten, recht bald mit dem Thronerben zusammengeschlossen, der genauso sehr unter der ständigen Überlegenheit von Goldener Fisch litt wie er.

Darüber hinaus hatten Zhao Gao und Goldener Fisch, obwohl sie unter einem Dach aufgewachsen waren, nicht die gleiche Erziehung genossen. Sie hatten nie die gleichen Dinge zur gleichen Zeit gelernt. Im Gegensatz zu Frühlingstau war Zhao Gao nie das Privileg gewährt worden, am königlichen Einzelunterricht bei dem ehrenwerten Gelehrten Natürliche Vollkommenheit teilzunehmen. Er war in ihrem Trio, oder besser gesagt, in ihrem Quartett, wenn man Li Sis Tochter dazurechnete, immer der arme Verwandte gewesen.

Und so hatte sein Zusammenleben mit Goldener Fisch das Gefühl der Unvollkommenheit noch verstärkt, das er seit seiner frühesten Kindheit in Gegenwart dieses bewunderten Rivalen verspürte, den alle für seine Gutmütigkeit, seine Lebensfreude und seine Art, ohne die geringste Zurückhaltung oder Berechnung auf die anderen zuzugehen, liebten.

Als Reaktion darauf war der Sohn von Löbliche Absicht immer schweigsamer geworden, was ihn zu einem schwer zugänglichen, verschlossenen Kind gemacht hatte. Zwar hatte er sich unbeholfen dem kleinen Zheng angenähert, um mit ihm gemeinsam ein Bündnis der Mittelmäßigen zu bilden, doch das Einzige, was sie miteinander verbunden hatte, war ihre Schwäche gewesen.

Als sich ihr Trio auflöste, weil der junge König den Thron von Qin bestieg, stand Zhao Gao plötzlich ohne richtigen Verbündeten da. Doch so oft es ging, das heißt, in den seltenen Momenten, in denen die Belange des Königreichs ihm die Zeit dazu ließen, bemühte sich der Herrscher, der wusste, wie einsam sein Kamerad war, auch später noch, etwas mit ihm zu unternehmen.

Bei diesen Gelegenheiten galoppierten die beiden jungen Leute, begleitet von einem knappen Dutzend königlicher Garden, durch die Hügel rings um die Stadt.

Doch nach und nach wurden diese gemeinsamen Ausritte immer seltener. Zheng hatte immer weniger freie Zeit, und Zhao Gao spürte gleichzeitig, dass seine neuen Aufgaben ihn veränderten. Er wurde distanzierter und behandelte Zhao Gao nicht mehr so vertraut wie früher. Er verhielt sich ihm gegenüber beinahe schon gleichgültig. Stück für Stück isolierte ihn die Macht.

Im Gegensatz zu Goldener Fisch, der vor Tatendrang nur so strotzte, wusste Zhao Gao kaum etwas mit seiner Zeit anzufangen, und so hielt er sich von da an immer häufiger in der Königlichen Akademie für Kampfkunst auf. Abgesehen vom Bogenschießen übte er sich dort im Ringkampf, in Atemübungen und im Umgang mit allen Arten von Hieb- und Stoßwaffen. Er hörte erst auf zu kämpfen oder sich zu bewegen, wenn er vollkommen erschöpft war. Das war für ihn ein Weg, der Traurigkeit zu entfliehen, die ihn befallen hatte, seit ihm klar geworden war, dass sich Zhengs Weg endgültig von seinem getrennt hatte und diese sich nicht so bald wieder kreuzen würden.

Es war also ein ausgesprochen trübsinniger, überempfindlicher Zhao Gao, den Goldener Fisch an diesem Morgen vor sich hatte.

»Zheng braucht sich doch nicht mehr länger mit dem Bogenschießen abzumühen … Wenn er will, stehen ihm alle Bogenschützen der Armee zur Verfügung!«, gab er mürrisch zurück.

»Warum bist du denn so aggressiv? Was habe ich denn gesagt, dass du auf einmal so wütend bist?«, fragte Goldener Fisch freundlich, um seinen Gefährten wieder zu beruhigen.

Doch Zhao Gao war zu stolz, um ihm die wahren Gründe für

seine Gereiztheit zu verraten, für die inzwischen zu einem großen Teil auch jene verworrene Mischung aus körperlicher Anziehung und beschämender Eifersucht verantwortlich war, die er ihm gegenüber empfand. Und so schleuderte er lediglich wutentbrannt seinen Bogen auf die Erde und ließ seinen Freund einfach stehen.

Um seinen inneren Aufruhr zu beruhigen, ging er in den Raum, in dem die gusseisernen Gewichte aufbewahrt wurden, die der Ertüchtigung der Muskeln an Armen und Oberkörper dienten. Dort verbrachte er, zwischen zwei Waffenstunden, den größten Teil seiner Zeit, wenn er sich in der Akademie aufhielt. Er hatte Komplexe, weil er seinen Körper als zu schmächtig empfand, und aus diesem Grund hatte er vor einer Weile damit begonnen, diesen so zu formen, dass er eines Tages jenen bronzenen Dreifüßen glich, deren runde oder eckige Verzierungen reliefartig hervortraten.

Auf einem langen Regal standen die Gewichte in aufsteigender Größe angeordnet. Das schwerste von ihnen wog ein ganzes Dan* und das kleinste ein halbes Jin**. Sie alle besaßen die Form eines nach unten hin ein wenig breiter werdenden Zylinders und hatten an der Oberseite einen vogelförmigen Zapfen, an dem man sie packen und hochheben konnte.

Zhao Gao griff nach einem in der Mitte stehenden, zwanzig Jin schweren Gewicht und begann es im Rhythmus einer kleinen Trommel, die der Leiter des Muskelertüchtigungs-Saals schlug, erst mit dem einen, dann mit dem anderen Arm regelmäßig hochzuheben und wieder sinken zu lassen. Die Trommel stand auf einem bronzenen Sockel in Gestalt eines mythischen Vogels. Sein Kopf trug ein Hirschgeweih und saß auf einem langen, schuppenbedeckten Hals, während sein eiförmiger Körper auf dünnen Stelzvogelfüßen balancierte, die mit den Krallen eines Tigers bewehrt waren.

Nach einer Weile trieb ihm die Anstrengung den Schweiß aus allen Poren, und sein Geist entspannte sich. Seine Muskeln

* Ein Dan entspricht ungefähr 60 kg.
** Ein Jin entspricht ungefähr 600 g.

schwollen zusehends an und wirkten genauso glänzend und poliert wie jene blank geriebenen Koloquinten, die die Gemüseverkäuferinnen an ihren Ständen feilboten. Zufrieden stellte er fest, dass sie seit seiner letzten Übungsstunde größer geworden waren.

Mit einem Mal fühlte er sich stärker, und das tröstete ihn. Wenn er lange genug an ihnen arbeitete, würden seine Muskeln noch härter und knotiger werden. Er würde nicht länger »Zhao Gao, der Hänfling« sein. Er würde nicht länger diese Höhlungen an den Schulterblättern und dieses hervortretende Brustbein haben, unter denen er seit seiner Kindheit litt. Mit jeder Woche machten seine Muskeln gegenüber seinem schwächlichen Körper Boden gut! War das nicht der beste Beweis dafür, dass man, wenn man es nur wollte, sein Aussehen verändern und stark werden konnte, wo man zuvor schwach gewesen war?

Warum sollte er sich dann nicht auch aus dieser unerträglichen Unterlegenheit gegenüber seinem ewigen Rivalen befreien können, dem alles mühelos gelang?

Er begann davon zu träumen, sich endlich an Goldener Fisch für die erlittene Schmach zu rächen. Damit seine Rache auch wirkungsvoll war und ihren ganzen Sinn erhielt, musste sein Vorgehen jedoch auch bei Zheng Anklang finden und der Herrscher, wenn möglich, einwilligen, seinen früheren Spielgefährten darin zu unterstützen. Wäre das nicht gleichzeitig die beste Gelegenheit, ihr altes Bündnis wieder aufleben zu lassen?

Während er seine gusseisernen Gewichte hob, kam ihm der Gedanke, dass das Soldatenhandwerk wahrscheinlich der einfachste und für ihn auch gangbarste Weg war, um sein Ziel zu erreichen. Es erschien ihm kaum möglich, ein hoher Beamter zu werden, da es bereits zu spät war, um die Zulassungsprüfungen zum ersten Beamtengrad abzulegen, außerdem waren diese ungemein schwierig.

Als er sein Gewicht zum zweihundertsten Mal anhob, stand sein Plan fest: Er würde zuerst ein Meister der Kampfkünste werden, zwar nicht im Bogenschießen, einer Disziplin, in der er für alle Zeit auf einem erbärmlichen Niveau bleiben würde, aber vielleicht im Umgang mit dem Säbel, den er inzwischen recht geschickt handhabte. Mit diesem Diplom, das genauso viel wert war wie jedes andere auch, würde er zum König gehen und ihn bitten, in der Armee von Qin einen Posten für ihn zu finden, der seinen Fähigkeiten entsprach und auf dem er seinen Kampfesmut zur Geltung bringen konnte.

Dann würde er anfangen, Eroberungsfeldzüge zu führen, und er zweifelte nicht daran, dass es ihm gelingen würde, zahlreiche Siege zu erringen. Durch diese Erfolge würde er zu jenem beneideten Feldherrn werden, der entscheidend dazu beigetragen hätte, die Grenzen des Königreichs Qin weit über ihren heutigen Verlauf auszuweiten. Er sah bereits sein mit Gedenkabzeichen übersätes Prunkgewand vor sich und malte sich aus, wie sein Name von den königlichen Annalenschreibern in die Liste der militärischen Heldentaten eingetragen wurde! Als allseits bewunderter Held, den die Schaulustigen grüßten, wenn er durch die Straßen ging, würde er sich endlich über Goldener Fisch erheben können …

Ein trockenes Geräusch, gefolgt von einem Sirren und einem melodischen Ton, riss ihn aus diesem leicht kindischen Traum. Er blickte hinüber zum Feld der Bogenschützen.

Unerschütterlich reihte Goldener Fisch eine Meisterleistung an die andere und hatte gerade erneut mitten ins Zentrum der Zielscheibe getroffen.

Neidisch beobachtete Zhao Gao die langsamen und perfekt beherrschten Gesten seines unerreichbaren Vorbilds, von dem Moment an, in dem Goldener Fisch den Pfeil an die seidene Schnur anlegte, bis hin zu dem, wenn er ihn losschnellen ließ, indem er lediglich Zeigefinger und Daumen voneinander löste, und unweigerlich jedes Mal aufs Neue der gleiche melodische Ton erklang.

Goldener Fisch, der die ausgesprochen seltene Gabe besaß, scheinbar mühelos seine inneren Energien zu kontrollieren, erschien ihm plötzlich von einer aufreizenden Schönheit. Er hasste ihn, und doch hätte er ihn gleichzeitig so gerne umarmt. Er stellte sich vor, wie es wäre, seine Schultern zu streicheln … Je länger er ihn beobachtete, desto deutlicher wurde ihm bewusst, dass er selbst niemals fähig sein würde, mit einer solchen Eleganz zu schießen. Es war Musik und Tanz zugleich. Beinahe wie der Tanz der Liebe und vergleichbar jener Melodie, die die jungen Burschen und Mädchen beim Erwachen des Frühlings anstimmten.

Er erschauerte.

Um seinen Plan in die Tat umzusetzen, musste er Goldener Fisch hassen und eifersüchtig auf ihn sein. Er durfte sich nicht in ihn verlieben!

Als Natürliche Vollkommenheit wie ein diskreter Schatten den Raum betrat, lief der neue König von Qin unruhig in dem weitläufigen Arbeitszimmer auf und ab, in dem bereits seine Vorfahren über ihr Land geherrscht hatten.

Das war Zhengs Art nachzudenken.

Er regierte erst seit knapp sechs Monaten, doch er hatte sich mit einer solchen Natürlichkeit in dieses höchste Amt eingefunden, dass manche Höflinge nicht zögerten zu behaupten, er habe den Thron bereits bestiegen, noch ehe er überhaupt geboren war!

Der Herrscher hatte sich wieder hinter seinen Schreibtisch gesetzt und spielte mit einer kleinen, wie ein liegender Widder geformten bronzenen Öllampe. Das Schriftzeichen »Yang«, das den Widder bezeichnete, sah zwei anderen Zeichen sehr ähnlich, die »Prunk« und »gutes Omen« bedeuteten. So sollte die Öllampe dem König durch ihre Form Glück bringen.

Der Hochweise Archivar vom Pavillon des Erdbeerbaumhains hatte keine Ahnung, warum er herbestellt worden war, und so spürte er, wie sich sein Herz den Bruchteil eines Augenblicks lang zusammenkrampfte, als dieser König, der als so grausam und wankelmütig galt, das Wort ergriff.

»Den Offizieren ist der Angriff immer lieber als Vorbereitung und gründliches Nachdenken. Das ist ein Fehler! Ich möchte dich zur *Kunst des Krieges*, dem Werk des tapferen Sunzi, befragen. Ich plane große Eroberungsfeldzüge und möchte mich dabei von diesem Theoretiker inspirieren lassen.«

Der alte Gelehrte unterdrückte ein erleichtertes Seufzen. Es handelte sich also lediglich um ein ganz gewöhnliches Anliegen. Seit

Jahrzehnten schon diente er den Fürsten, die, wie der alte König Zhong, sein Wissen in Anspruch zu nehmen geruhten, als wandelnde Bibliothek. Anguo und Yiren hingegen hatten ihn niemals zu Rate gezogen. Aber das lag daran, dass keiner von beiden jemals zu eigenständigem Denken in der Lage gewesen wäre. Natürliche Vollkommenheit erinnerte sich noch gut daran, wie oft er König Zhong durch sein umfassendes Gedächtnis beeindruckt hatte, das es ihm erlaubte, die passendsten Zitate anzubringen, ohne erst lange nachdenken zu müssen.

Daher hielt er es für angebracht, gleich den ersten Satz dieses Denkers, der ihm in den Sinn kam, zu zitieren: »›*In der Kunst der Kriegsführung umfasst jede einzelne Operation Elemente, die allen bekannt sein müssen, während andere absolute Geheimhaltung verlangen. Es ist sinnlos, sie im Voraus bestimmen zu wollen: Alles hängt von den Umständen ab.*‹ Außerdem hat er geschrieben: ›*Die Führung einer großen Schar von Männern ist die gleiche wie die eines winzig kleinen Trupps!*‹«

»Aber wo liegt darin die militärische Strategie?«, fragte der König.

Obwohl die Sehkraft des ehrwürdigen Gelehrten inzwischen beträchtlich abgenommen hatte, bemerkte er die beiden wasserschlangenförmigen Bronzespangen mit Einlegearbeiten aus Gold und Silberdraht, die den langen Mantel aus kanariengelbem Leinen festhielten, den der Herrscher über den Schultern trug.

»Wasserschlangen, Majestät, wie die, die Ihr als Schmuck tragt, können Fische fangen, die zehnmal so groß sind wie sie selbst!«

»Und was soll das heißen?«

»Mit dem Krieg ist es genau wie mit allem anderen. Das Wichtigste dabei sind Klugheit und gesunder Menschenverstand. Qualität, vorausgesetzt, man verfügt über das Allernötigste, siegt stets über die Quantität.«

»Für mich sind das alles nur Banalitäten!«

»Zweifellos, aber darin besteht die Lehre von Sunzi!«

»Wofür ist dieser Stratege dann so berühmt?«, fragte der neue König von Qin gereizt.

»Man darf sich dem Lauf der Dinge nicht einfach entgegenstellen, sondern muss versuchen, sich die gegnerischen Kräfte zu Nutze zu machen, um sie umzukehren. Man muss das Gelände, auf dem das Gefecht stattfinden wird, genau prüfen und es in eine von Sunzis neun Kategorien einordnen: Auf einem ›leichten Gelände‹ soll man kein Lager aufschlagen, während man auf einem ›schweren Gelände‹ alles zusammenraffen soll, was sich dort befindet… Auf einem ›sterbenden Gelände‹ darf man nicht zögern, in den Kampf zu ziehen… Und so weiter«, fuhr der Hochweise Archivar ungerührt fort.

»Aber wie kann man im Voraus die Natur eines Geländes bestimmen, auf dem man kämpfen wird?«, wollte der junge Zheng wissen, den die letzten Worte des ehrwürdigen Gelehrten schon etwas mehr überzeugt zu haben schienen.

»Das ist die Aufgabe der Geomanten. Sie sind dafür zuständig, mit Hilfe ihres Shipan zu bestimmen, was die Gestalt der Felsen und des Bodens an diesem bestimmten Ort zu bedeuten hat.«

»Soll das heißen, dass es für meine Truppen von Vorteil sein wird, wenn ich auf den künftigen Schlachtfeldern die Prinzipien des Feng Shui beherzige?«

»Aber natürlich, Majestät. Ein guter General, gute Pferde und gute Bogenschützen alleine reichen nicht aus. Alles muss sich in die umfassende Harmonie des Yin und Yang und der Fünf Elemente einfügen, wie sie uns das *Shujing* beschreibt: Das Wasser nässt, fließt abwärts und wird salzig; das Feuer verbrennt, steigt aufwärts und wird bitter; das Metall gehorcht der Hand, krümmt sich und wird scharf; das Holz lässt sich biegen und wieder aufrichten und wird dann sauer; in die Erde wird gesät, damit die Ernte eingefahren werden kann, und schließlich wird sie süß. Den Krieg, mein Fürst, wird derjenige gewinnen, der es versteht, ihn dem Großen Energiefluss des Universums anzupassen.«

Sie redeten noch lange weiter.

Das Tageslicht begann zu schwinden. Die Luft war von den durchdringenden Rufen der Schwalben erfüllt, die in ihre Nester in den Zypressen im großen Hof des Königlichen Palastes zurückkehrten. Natürliche Vollkommenheit hatte den Eindruck, dass das Interesse des jungen Königs allmählich erlahmte, und so dachte er, dass es wohl das Beste sei, ihr Gespräch allmählich zu beenden.

Doch der Herrscher war ganz anderer Ansicht. Er wollte die Kenntnisse und das Gedächtnis seines Gegenübers noch weiter auf die Probe stellen.

»Könntest du mir, nachdem wir über Sunzi und seine *Kunst des Krieges* geredet haben, auch noch kurz ein paar Worte über den Philosophen Xunzi sagen? Ich meine mich zu erinnern, dass sein Ruhm so groß war, dass er für eine Weile als Lehrer für politische Philosophie an die Jixia-Akademie berufen wurde. Ich glaube sogar, dass unser Minister des Gesetzes und der Namen die Gelegenheit hatte, den Unterricht dieses Mannes zu besuchen.«

»›*Alle Menschen lieben und hassen die gleichen Dinge, aber die Dinge, nach denen sie streben, sind zahlreich, und aus diesem Grund sind die, die begehren, ungemein zahlreich, während das, was sie begehren, ungemein selten ist. Dieses Missverhältnis ist es, das im Allgemeinen zu Konflikten führt. Um dem abzuhelfen, genügt es, die Gesellschaft in streng voneinander abgetrennte Schichten zu gliedern, in denen jeder an seinem Platz bleiben muss. Die Offiziere und Beamten müssen durch Musik und Riten erzogen werden, das Volk hingegen durch Gesetze und Regeln!*‹ Das ist das erste Zitat von Xunzi, das mir in den Sinn kommt«, antwortete der Gelehrte unerschütterlich.

»Musik für die einen und Regeln für die anderen … Ja, dieser Gedanke gefällt mir! Aber kann man daraus schließen, dass Xunzi ein echter Legalist war?«

»Nicht direkt. Seine Philosophie beruht auf einer ganz besonders hierarchischen Sicht der Gesellschaft. Xunzi steht eher in einer strikten konfuzianischen Tradition, auch wenn er sich pessimistisch über die menschliche Natur äußert, in die er keinerlei Vertrauen hat.«

»Ich bin ganz seiner Meinung! Ein König darf niemandem vertrauen außer sich selbst«, murmelte der junge König.

Doch er hatte laut genug gesprochen, dass der alte Gelehrte seine Worte gehört hatte. Und dann enthüllte er unvermittelt den wahren Grund dafür, warum er den Hochweisen Archivar zu sich gerufen hatte.

»Ich habe beschlossen, eine gewaltige Mauer zu errichten, die Qin vor den Invasionen der Barbaren aus dem Norden schützen wird.«

Der König hielt inne, um zu sehen, wie Natürliche Vollkommenheit auf seine Ankündigung reagierte.

»Habt Ihr mit einem Geomanten darüber gesprochen?«, fragte dieser zaghaft.

Es fehlte nicht viel, und er hätte diesen Plan, nicht nur wegen der schwer wiegenden Eingriffe in die Landschaft, sondern auch wegen der ungeheuren Zahl von Arbeitern, die zur Errichtung einer solchen Mauer benötigt wurden, für größenwahnsinnigen Irrsinn gehalten.

Der junge König hatte mit einer solchen Antwort nicht gerechnet. Er wirkte verärgert.

»Deine Geomanten kümmern mich nicht! Diese Mauer wird dem Königreich Qin nur von Nutzen sein. Was der König beschließt, muss auch ausgeführt werden!«

»Majestät, dieses Bauwerk könnte einige Flüsse am Fließen hindern …«

»Du redest Unsinn!«, schleuderte ihm der König zornig entgegen.

Natürliche Vollkommenheit erkannte, dass er in diesem Stadium besser nichts mehr sagen sollte, und ließ es dabei bewenden. Er erhob sich, um anzudeuten, dass er bereit war, sich zu verabschieden.

Aber Zheng war noch nicht fertig. Er hatte rasch bemerkt, wie zurückhaltend Natürliche Vollkommenheit seinem Vorhaben gegenüberstand, und er schäumte vor Wut.

»Ich habe vergessen, dir etwas Wichtiges zu sagen«, fauchte er den alten Gelehrten an. »Ich hasse Bücher! Sie verursachen Probleme, sie verbreiten vermeintliches Wissen. Oft genug enthalten sie nur dummes Geschwätz, aber trotzdem sind sie in der Lage, leichtgläubige Gemüter zu den schlimmsten Exzessen aufzuhetzen!«

Der Hochweise Archivar, der inmitten seiner aufgerollten Bambustäfelchen lebte, die er tagein, tagaus zusammenfasste, ordnete und kopierte, und für den die Vorherrschaft des Geschriebenen über alles andere eine unantastbare Regel war, schwieg. Er konnte nicht einschätzen, ob der König ihn mit seinen Verwünschungen nur provozieren wollte oder ob er das, was er gerade gesagt hatte, auch tatsächlich meinte.

Um Gewissheit zu erlangen, musterte Natürliche Vollkommenheit den Herrscher verstohlen. Sein Zorn schien keineswegs gespielt zu sein. Offensichtlich hatte sich Zheng ausnahmsweise dazu hinreißen lassen, die ganze Brutalität vom Grund seines Herzens an die Oberfläche dringen zu lassen.

Das Blut gefror ihm in den Adern.

Wo war bloß der fleißige junge Schüler geblieben, von dem er geglaubt hatte, ihn die Liebe zu alten Schriften, zu den *Vier Büchern* und den *Fünf Klassikern*, gelehrt zu haben?

Qin hatte einen König an seine Spitze gestellt, der nur an sich selbst glaubte; einen König, der dazu fähig war, eines Tages die gesamten Traditionen ihrer Vorfahren hinwegzufegen; einen Fürsten, der das uralte Erbe, welches Heerscharen von Gelehrten einander seit Jahrhunderten von Generation zu Generation überlieferten, missachten würde; einen Herrscher, der die Geschichte beseitigen wollte!

Dem alten Gelehrten, der sich zu Recht als den Hüter dieser Schätze im Königreich Qin betrachtete, traten die Tränen in die Augen. Um sich nichts davon anmerken zu lassen, senkte er den Kopf, während er sich vom König verabschiedete, ehe er rückwärts den Raum verließ.

Er wirkte wie ein Baum, in den der Blitz eingeschlagen hatte, als er mit schleppenden Schritten in seinen Turm des Gedächtnisses zurückkehrte. Er gab sich keinen Illusionen hin. Von diesem Tag an wusste er Bescheid.

Das Königreich Qin wurde von einem Mann regiert, den nichts und niemand jemals aufhalten könnte.

Zum ersten Mal, seit Zheng den Thron bestiegen hatte, waren alle Mitglieder der ehrenwerten Bruderschaft vom Kreis des Phönix zusammengekommen, um zu beraten.

Wie üblich ergriff ihr Vorsitzender Unersetzliche Verbindung als Erster das Wort.

»Meine lieben Freunde, seid herzlich willkommen! Ein neuer König hat den Thron von Qin bestiegen. Wir kennen ihn kaum, aber es ist bereits jetzt offensichtlich, dass er ganz anders ist als Anguo und Yiren. König Zheng weiß, was er will. Für uns Eunuchen ändert sich damit so einiges. Gestern hatten wir schwache, unaufmerksame Könige, Könige, um es kurz zu sagen, die man nach Belieben manipulieren konnte. Doch jetzt haben wir es mit einem Herrscher zu tun, der sich von niemandem etwas vormachen lassen wird. Das ist eine neue Situation, auf die wir mit einer neuen Haltung reagieren müssen...«

»Willst du damit etwa behaupten, wir wären wieder einmal vom Aussterben bedroht? Das haben wir in der Vergangenheit nun wirklich oft genug gehört!«, gluckste eine Falsettstimme scherzhaft.

Daraufhin brach diese bunte, lärmende, in grellfarbene Seidengewänder gekleidete und mit berauschenden Düften parfümierte Gesellschaft, die sich wie gewohnt in der staubigen alten Scheune drängte, in lautes Gelächter aus.

»Also, was mich betrifft, ist wohl eher das Gegenteil der Fall! Ich habe wieder allerhand zu tun! So viele Gerichte wie in der letzten Zeit habe ich noch nie gekostet. Eines Tages wird mich noch eine Magenverstimmung umbringen!«, ächzte Hain der Ehren komisch. Auf seinen Stelzenschuhen balancierend, deren dicke Sohlen mit geprägtem schwarzem Leder überzogen waren, das kunstvoll eingearbeitete rote Lotosblüten zierten, präsentierte er ihnen seinen gewaltigen runden Bauch, der mittlerweile so prall war, dass er wie der Leib eines Trankopfergefäßes wirkte.

»Nach allem, was man so hört, etwa dass der neue König sich mehr auf Li Si stützt als auf Lü Buwei, wäre der Legalismus auf dem besten Weg, in Qin die Herrschaft an sich zu reißen«, bemerkte Scharfe Klinge bissig. Seine rasch größer werdende Glatze ließ den Obersten Chirurgen der Eunuchen wie einen jener federlosen großen Stelzvögel erscheinen, die sich in der Nähe der öffentlichen Müllhalden herumtrieben.

»Die Beziehungen zwischen Vätern und Söhnen sind ja oft recht kompliziert«, stieß eine schmächtige, von Kopf bis Fuß in scharlachrote Seide gehüllte Kreatur glucksend aus.

»Das reicht!«, donnerte Unersetzliche Verbindung. »Dieser Tratsch wird immer noch in ganz Xianyang verbreitet, ohne dass es den geringsten Beweis dafür gäbe. Und selbst wenn es so wäre, würde es an der Situation, in der sich das Königreich Qin im Augenblick befindet, nicht das Geringste ändern. Dieser junge König fühlt sich nichts und niemandem verpflichtet!«

»Das schon, aber es könnte nicht unwesentliche Folgen haben, wenn diese Gerüchte besagtem König eines Tages zufällig zu Ohren kämen«, entgegnete Hain der Ehren im vertraulichen Ton alter Klatschbasen.

»Ich fürchte, an diesem Tag wäre es um Lü Buwei geschehen«, murmelte Unersetzliche Verbindung nachdenklich und so leise, dass ihn niemand hörte.

»Minister des Gesetzes und der Namen! Kannst du uns erklären, was dieses neue Amt eigentlich beinhaltet, Unersetzliche Verbindung?«, bat schließlich ein junger Eunuch mit sympathischen Gesichtszügen, der erst vor kurzem operiert worden war und zum ersten Mal an einer Versammlung der Bruderschaft teilnahm.

»Li Si ist, genau wie König Zheng, ein Anhänger der legalistischen Theorien. Er hat sich sogar zu ihrem größten Verfechter aufgeschwungen. Da du neu in unserer Mitte bist, werde ich dir erklären, was das bedeutet, aber ich möchte mich dafür gleich bei unseren Freunden entschuldigen, denn die haben das, was ich sagen werde, im Wesentlichen schon häufiger gehört.«

»Ich danke dir«, antwortete der junge Eunuch.

»Es war Kanzler Shang, genannt Shang Yang, der als einer der Ersten die Bevölkerung von Qin so aufteilte, dass lediglich diejenigen, die dem Reich dienten, sei es als Beamte oder als Soldaten, ein Anrecht auf einträgliche Posten hatten. Das war vor einem Jahrhundert. Aus dieser Zeit stammen auch die ersten militärischen Siege unseres Königreichs. Er schuf einundzwanzig Adelsränge, die für militärische Verdienste verliehen wurden. Er stellte das Gesetz über alles andere. Man kann sagen, dass er der Erste war, der den Legalismus in die Tat umgesetzt hat. Für einen Legalisten steht das Gesetz, das wichtigste Instrument eines Staates, in dem es gleichzeitig Gestalt annimmt, über der gesamten Gesellschaft und allen Einzelinteressen.«

»Aber was wird bei all dem aus dem Volk?«, fragte der junge Mann beunruhigt.

»Der einfache Bürger wird unterdrückt, denn er verteidigt notwendigerweise seine eigenen Interessen, welche denen der Machthaber von Natur aus entgegengesetzt sind. Deshalb fürchtet ein Legalist den Einzelnen mehr als alles andere! Der Bürger wird zum inneren Feind. Alles muss zur absoluten Vorherrschaft des Gesetzes beitragen.«

»Und der König?«

»Der König ist bloß der oberste Wächter dieses komplizierten, auf Tyrannei und Zwang beruhenden Mechanismus. Um an der Macht zu bleiben, braucht er nur listig und verschlagen genug zu sein, um die Verschwörungen in seiner Umgebung zu durchkreuzen. Unter einer legalistischen Regierung geht die Gefahr niemals vom Volk aus, das viel zu stark unterdrückt wird, um sich auflehnen zu können. Gefahr droht dem Herrscher nur von Rivalen, die versuchen könnten, seinen Platz einzunehmen! Deshalb hütet sich ein erfolgreicher König, einem anderen auch nur einen winzigen Zipfel seiner Macht zu überlassen. So, das war eine kurze Zusammenfassung der legalistischen Lehren…«

Die Versammelten hatten dieser leidenschaftlich vorgetragenen Kritik gebannt zugehört.

Als Unersetzliche Verbindung geendet hatte, reichten die Kommentare der Eunuchen von spöttischen Bemerkungen über den Legalismus bis hin zu Befürchtungen, die eine solche Vorstellung von Machtausübung in diesen Kreaturen auslöste, die sich, da sie weder als Bürger noch als Staatsdiener betrachtet wurden, alles in allem bei Kompromissen und Verhandlungen wohler fühlten als in einem streng autoritären System.

»Im Grunde verheißt du uns ja nichts anderes als furchtbar unglückliche Zeiten für das Volk von Qin!«, sagte der frisch operierte Eunuch.

»Ich habe keinerlei Zweifel, dass unser König aus Qin das stärkste Reich unter all seinen großen und mächtigen Nachbarn machen wird. Aber ich glaube nicht, dass dem Volk daraus auch nur der geringste Vorteil erwachsen wird…«, ergänzte Unersetzliche Verbindung.

»Du übertreibst… Das klingt ja beinahe so, als wolltest du unsere illustre Bruderschaft zu Aufruhr und Revolte aufrufen!«, rief Scharfe Klinge in schneidendem Ton dazwischen.

»Aus deinem Mund klingen solche Belehrungen recht hohl«, versetzte Unersetzliche Verbindung ungerührt.

Mit diesen Worten wollte er ihm klar machen, dass er von nun an lieber still sein sollte, wenn er nicht wollte, dass Unersetzliche Verbindung vor der versammelten Bruderschaft seine frühere Tätigkeit als Spion in Diensten von Chu bekannt machte.

Denn selbst wenn Scharfe Klinge seit dem Tod von Schwarze Ströme nicht mehr als aktiver Agent bezeichnet werden konnte, wusste Unersetzliche Verbindung doch genug über ihn, um den Obersten Chirurgen der Eunuchen aufs Schafott zu bringen.

Dieser hatte verstanden und senkte mit wütender Miene den Kopf. Hain der Ehren, der inzwischen nur zu gerne in die Rolle des altersweisen Ratgebers schlüpfte, ergriff erneut das Wort.

»Es ist kaum sechs Monate her, seit Zheng den Thron von Qin bestiegen hat. Sicher, er herrscht mit eiserner Hand, aber ich schlage vor, dass wir trotzdem noch einmal sechs Monate abwarten, um besser abschätzen zu können, wie sich die Lage entwickelt, und danach erst darüber nachdenken, was am besten zu tun ist. Schließlich könnte unser junger Herrscher ja genauso gut irgendwann einfach die Lust am Regieren verlieren. Erinnert euch nur an König Zhong! Einige von euch haben ihn gut gekannt. Der Eunuch Direkter Weg war sogar sein Großkämmerer. Zu Beginn seiner Regierungszeit war er genau wie der junge Zheng. Er vertiefte sich in alle Einzelheiten, und sein Misstrauen wurde nur noch von seiner Herrschsucht übertroffen. Aber nach und nach hat er sich verändert, und gegen Ende seines Lebens war er so sehr von dem Drang nach Unsterblichkeit und körperlicher Erfüllung besessen, dass er sich kaum noch darum kümmerte, was in Qin vor sich ging«, rief er ihnen in Erinnerung.

»Ist König Zheng denn überhaupt fähig, sich in eine Frau zu verlieben?«, fragte das jüngste Mitglied der Bruderschaft, der auf Grund seines Alters noch ein wenig arglos war.

»Sag mir noch einmal, wie du heißt, Kleiner«, bat ihn Hain der Ehren.

»Ich bin Loderndes Feuer, so lautet mein Xiaoming!«

»Nun denn, mein lieber Loderndes Feuer, das ist in der Tat eine gute Frage«, kicherte der feiste alte Eunuch.

Vereinzeltes Glucksen und Lachen ertönte, wodurch sich die recht trübsinnige Stimmung ein wenig auflockerte.

»Es gibt in Xianyang eine junge Dame, die Zheng nicht gleichgültig ist. Meine Agenten haben dies bestätigt. Es handelt sich um die Tochter des Ministers des Gesetzes und der Namen«, berichtete Unersetzliche Verbindung.

»Also dieser Li Si ist ja wirklich überall! Jetzt bringt er sogar schon seine Tochter in Stellung... Das ist kein Minister des Gesetzes und der Namen mehr, das ist der Minister der Allgegenwärtigkeit!«, rief die Falsettstimme, und entzückt registrierte der Eunuch die allgemeine Heiterkeit, die seine Worte unter seinen Gefährten ausgelöst hatten.

Sie alle bogen sich vor Lachen, um ihre wachsende Furcht zu bannen.

»Ich bin nicht sicher, ob die junge Frühlingstau sich von irgendjemandem etwas vorschreiben lässt, auch nicht von ihrem Vater.

Sie gleicht ihrer Mutter, der verstorbenen Unbeugsamer Stern des Ostens, die ziemlich eigensinnig war und auch nicht zögerte, ihrem Mann Li Si öfter die Stirn zu bieten, als dies umgekehrt der Fall war«, ergänzte Unersetzliche Verbindung.

»Verstorben? Woran ist sie denn gestorben?«, erkundigte sich Loderndes Feuer überrascht, der erst vor kurzem aus einer entlegenen Provinz nach Xianyang gekommen war und noch nicht allzu viel über die Vorgänge am Hof von Qin wusste.

»Sie ist einem schrecklichen Verbrechen zum Opfer gefallen, das bis heute nicht aufgeklärt werden konnte«, sagte Hain der Ehren. »Man hat den Leichnam dieser armen Frau auf einem Müllberg gefunden. Der Mörder ist immer noch auf freiem Fuß...«

»Qin mag zwar ein streng nach legalistischen Prinzipien organisiertes Reich sein, aber auch hier gibt es immer noch Verbrechen, die nie gesühnt werden. Trotz der zahllosen Befragungen und Beschattungen, die nach der Entdeckung der Leiche durchgeführt wurden, ist es dem Amt für Gerüchte nie gelungen, die Umstände dieses Mordes aufzuklären«, setzte Unersetzliche Verbindung gedankenverloren hinzu.

»Es ist doch nie zu spät, um eine Untersuchung wieder aufzunehmen! Worauf wartest du denn noch?«, griff Scharfe Klinge den Leiter des Amtes für Gerüchte boshaft an.

»Sicher. Aber vielleicht war es in Anbetracht dessen, wie sich die Dinge am Hof entwickeln – wir haben ja gerade darüber geredet –, doch besser, dass wir dabei verblieben sind«, antwortete Unersetzliche Verbindung geheimnisvoll.

Der Vorsitzende des Kreises des Phönix wusste ganz offensichtlich mehr über diese Angelegenheit, als er ihnen gesagt hatte. Zum letzten Mal ergriff er nun wieder das Wort.

»Wir treffen uns also in sechs Monaten wieder! Dann werden wir in der Lage sein, die Situation mit dem nötigen Abstand zu überblicken. Bis dahin, meine lieben Freunde, bleibt gesund und achtet vor allem darauf, dass eurem kleinen ›Schatzkästchen‹ nichts zustößt. Ihr wisst ja, es ist euer kostbarstes Gut!«

Seine letzte Anspielung auf ihre Geschlechtsteile, die sie alle in einer winzigen Schachtel bei sich trugen, von der sie sich nie trennten, sorgte erneut für einen allgemeinen Heiterkeitsausbruch.

Unersetzliche Verbindung verfügte über die Gabe, selbst in den angespanntesten Situationen ein auflockerndes Wort zu finden.

Mit einem bewundernden Lächeln beobachtete der junge Eunuch Loderndes Feuer seinen berühmten Vorsitzenden. Und Unersetzliche Verbindung, der den Jungen recht sympathisch fand, lächelte zurück.

Kurz darauf verschwanden die Mitglieder vom Kreis des Phönix still in der dunklen Nacht.

14

Hin und wieder hörten sie unter sich die Pferde, die mit ihren Hufen gegen die Bretterwände ihrer Boxen schlugen.

Der durchdringende Stallgeruch, der den Heuboden erfüllte, hielt sie nicht davon ab, sich einander mit der gleichen Leidenschaft hinzugeben wie in den frühesten Zeiten ihrer Liebe.

»Dein geheimer Garten ist immer noch genauso zart und duftend wie das Blütenblatt einer weißen Seerose… Ich habe das Gefühl, es sei erst gestern gewesen, dabei sind schon zehn Tage vergangen, in denen wir nicht ein einziges Mal zusammenkommen konnten«, murmelte Lü Buwei Zhao Ji ins Ohr, während er erst einen, dann einen zweiten Finger zwischen die zarten, rosigen Lippen ihres Erlesenen Spalts schob, der sich im gleichen Augenblick mit warmer Feuchtigkeit überzog.

»Das sagst du jedes Mal! Wie oft willst du dich denn darüber noch beklagen?« Zhao Ji, die vor wachsender Erregung kaum noch deutlich sprechen konnte, lachte.

Kurz darauf begann die kleine Perle in dem Ring, der ihren Nabel zierte, zu vibrieren wie die kleinen Glocken, die in den Tempeln geläutet wurden, um böse Geister in die Flucht zu treiben. Lange, lustvolle Zuckungen liefen über ihren Bauch wie vom Wind getriebene Wellen über die Oberfläche eines Sees.

Unfähig, auch nur das geringste Wort zu sagen, überließ sich Zhao Ji rückhaltlos den erfahrenen Fingern und den brennenden Lippen ihres Geliebten, die unaufhörlich jeden Winkel dieses herrlichen Körpers erforschten, den Lü Buwei immer wieder mit der gleichen Neugier und Erregung erkundete wie beim allerersten Mal. Sie war splitternackt. Ihre gespreizten Beine ragten über die schmale Bank hinaus, auf die er sie gelegt hatte. Ihre Füße schwangen hin und her, schleiften über den strohbedeckten Boden und begleiteten harmonisch das Auf und Ab seines Jadestabs.

Nach Yirens Tod hatten Lü Buwei und Zhao Ji ihre Liebesbeziehung wie selbstverständlich wieder aufgenommen. Beide waren überglücklich, und ohne dass sie es sich gegenseitig einzugestehen wagten, brachte diese neue Situation sie sogar dazu, jene List zu bereuen, die König Yiren zu Zhengs Vater gemacht und sie selbst auseinander gerissen hatte. Ihr unstillbarer Hunger aufeinander ließ sie wie jene verkümmerten Pflanzen wirken, die, nachdem sie allzu lange keinen Regen mehr gesehen hatten, mit dem ersten Schauer bereits kleine Blütenknospen hervorbrachten.

Am Tag von König Zhengs Krönung waren sie zum ersten Mal wieder zusammengekommen. Bei dieser Gelegenheit war es Zhao Ji gelungen, Lü Buwei das sternengesprenkelte schwarze Bi abzuringen, das sie daraufhin ihrem Sohn, dem König, geschenkt hatte, weil sie hoffte, dass seine Herrschaft dadurch unter den Schutz der Ritualscheibe gestellt werden würde.

Doch Zheng hatte ihrem Geschenk keinerlei Bedeutung beigemessen, und Zhao Ji, die das Gefühl gehabt hatte, ihrem Geliebten beinahe das Herz aus der Brust zu reißen, indem sie ihn zu diesem Opfer zwang, hatte nicht gewagt, Lü Buwei von ihrer Enttäuschung zu erzählen.

Nach diesem ersten Abend war es für die Eltern des neuen Königs viel schwieriger geworden, einander wiederzusehen. Zhao

Ji war immer noch die Königinmutter und Lü Buwei der Erste Minister des Königreichs.

Wie von jeder Königinmutter wurde auch von Zhao Ji erwartet, dass sie nach dem Tod ihres Mannes Trauer trug, doch glücklicherweise war, anders als beim Tod von König Anguo, nie die Rede davon gewesen, seine Ehefrau lebendig mit ihm zu begraben, und dies aus dem einfachen Grund, dass man die Leiche des Königs, der auf mysteriöse Weise bei der Tigerjagd ums Leben gekommen war, nie gefunden hatte.

Stattdessen hatte sich der Hof nach der Konsultierung der bedeutendsten Experten auf dem Gebiet der Bestattungsrituale dafür entschieden, den Leichnam des Verstorbenen durch eine hölzerne Statue zu ersetzen, die nach seinem Abbild geschnitzt worden war. Und da es zutiefst unlogisch gewesen wäre, eine leblose Statue von der lebendigen Ehefrau des Königs begleiten zu lassen, hatte man beschlossen, nur Mingqi aus Ton und lackiertem oder bemaltem Holz in das Grab von König Yiren zu stellen. Eine dieser Figuren würde ein wenig größer sein als die anderen und die Züge von Königin Zhao Ji tragen, die dem Töpfer dafür stundenlang Modell gestanden hatte.

Unter normalen Umständen hätte Zhao Ji wie jede Königswitwe das schwere, grobe Trauergewand Zhancui anlegen müssen, einen ärmellosen Mantel aus rauem Leinen, der drei Jahre lang getragen werden musste. Da der Leichnam ihres Mannes jedoch nicht gefunden worden war und sie sich so darauf berufen konnte, dass es immer noch einen geringen Zweifel – wie winzig dieser auch sein mochte – an seinem Tod gab, hatte man ihr erlaubt, lediglich das Qicui-Gewand zu tragen, das aus weniger grobem Hanf bestand und zumindest Nähte besaß. Dieser Mantel musste nur drei Monate lang getragen werden, und sie hatte ihn zu den Krönungsfeierlichkeiten ihres Sohnes angelegt.

Ansonsten warf sie den Qicui nur um die Schultern, wenn sie hinausging, doch dies hielt sie nicht davon ab, sich in ihren Gemächern auch weiterhin in ihre prunkvollen, eleganten Kleider zu hüllen, die dazu angetan waren, ihre reizvolle Figur zu betonen.

Trotzdem war sie gezwungen gewesen, unter der strengen Aufsicht der Beamten aus dem Ritenministerium die unzähligen Totenrituale – manchmal bis zu fünf an einem Tag! – durchzuführen, die im *Buch der Riten* vorgeschrieben waren und die hundert ersten Tage nach der Bestattung begleiteten. Erst nach Ablauf dieser Frist erlöste die Verbrennung eines Weihetäfelchens mit dem Namen des Verstorbenen die Trauernde von ihren schweren Verpflichtungen.

Um einander wiederzusehen und ein wenig Zeit miteinander zu verbringen, war den beiden Liebenden nichts anderes übrig geblieben, als zu tausend Ausreden zu greifen und die gleichen Listen anzuwenden wie junge Paare, die einander nur heimlich lieben können! Damit ihre Umgebung keinen Verdacht schöpfte, durfte man sie niemals zusammen sehen, weder bei ihm noch bei ihr. Eine trauernde Königin durfte nicht in Verdacht geraten, eine schuldhafte Beziehung zum Ersten Minister ihres verstorbenen Ehemannes zu unterhalten.

Deshalb hatte Lü Buwei ein Liebesnest auf dem Heuboden eines kleinen Stalls am Fuß seines Pferdehügels für sie ausfindig gemacht, in dem er seine schönsten Achal-Tekkiner-Hengste unterbrachte, wenn die jungen Stuten trächtig waren und das Ungestüm der feurigen Hengste ihnen gefährlich werden könnte, ehe sie ihr Fohlen zu Welt gebracht hatten.

Dieses unscheinbare Gebäude aus Trompetenbaumholz, das im Schutz einer Reihe uralter Akazien lag, war aus der Ferne nicht zu sehen. Es lag ein wenig abseits der großen Stallungen, und so konnte man es unbemerkt betreten. Dort, über den Köpfen dieser vor unbändiger Energie tänzelnden kleinen Pferde, die auch »Himmelspferde« genannt wurden, weil sie aus einer Kreuzung mit den wilden Hengsten der hohen Berge im Westen hervorgegangen waren, stahl das wiedervereinte Paar, so oft es ging, der Zeit eine oder zwei leidenschaftliche Stunden.

Zhao Ji, die an diesem Tag bereits dreimal den Gipfel der Lust erklommen hatte, hatte ihre Beine über die Schultern ihres Geliebten gelegt und bot sich ihm dar wie eines jener »Hu« genannten Trankopfergefäße, dessen Deckel jemand abgenommen zu haben schien, um das köstliche Getränk darin in einem Zug austrinken zu können. Ein Tröpfchen Jadesaft, schimmernd und weiß wie Mondstein – war es ihrer oder eher seiner? – perlte wie die erhabene, unbeschreibliche Opfergabe ihrer ursprünglichen Lebenskraft Qi an den geweiteten Lippen ihres Innersten Spalts.

Zhao Ji und Lü Buwei dachten gar nicht daran, ihre Essenzen in sich zu behalten, wie es die Anhänger des Daoismus praktizierten. Sie gelangten zur Einheit, indem sie sich einander schenkten, nicht indem sie sich zurückhielten.

Lü Buwei fing diese Opfergabe sacht mit seiner Zungenspitze auf, dann küsste er Zhao Ji gierig und flüsterte ihr schließlich leise ins Ohr: »Jetzt sind nicht nur unsere Jadesäfte, sondern auch unsere Energien miteinander vermischt! Es ist so schön, dein Yin mit meinem Yang zu vereinen!«

Da beschloss Zhao Ji, die Initiative zu ergreifen und ihre Stellungen zu wechseln. Sie bedeutete Lü Buwei, sie gewähren zu lassen, und setzte sich auf den ausgestreckten Körper ihres Geliebten. Sie würde seinen Jadestab wie einen Schaft oder ein Cong nutzen, jene Jaderöhren, in deren Oberfläche waagrechte Aufteilungen eingeschnitzt waren und die man in das innere Loch eines Ritual-Bi einführte, zu dem nun ihr Erlesener Spalt wurde. Aus Bi und Cong bildeten die Astrologen und Wahrsager jene kosmischen Kompasse, mit deren Hilfe es den Alten gelungen war, sich in dem unentwirrbaren Chaos der Sterne am Himmel zurechtzufinden. Er war die Erde, und sie war der Himmel. Aus ihrer Verschmelzung würde das Eine geboren werden, das Unaussprechliche, die Leere, das Unsagbare, das am Ursprung allen Daseins stand. Sie zog ihr Ritual in die Länge, bis Lü Buwei, der von einer gewaltigen Kraft niedergeschmettert zu werden schien, lustvoll aufschrie und sie erkannte, dass er zum dritten Mal die zarte Wolke seines innersten Nebels in sie ergossen hatte.

Das Eine war da, zwischen ihnen.

An den makellosen Bauch seiner Geliebten geschmiegt und von ihren Armen umschlungen wie ein Kind, schlief Lü Buwei den

Schlaf der Gerechten, als Zhao Ji ihn plötzlich sacht an der Schulter berührte, um ihn zu wecken.

Im Erdgeschoss erklangen Schritte auf den Bohlen und raschelten durch das Stroh, das dort ausgebreitet lag.

Jemand war im Stall der Himmelspferde.

Lü Buweis Blick fiel auf einen Heuhaufen ganz in ihrer Nähe. Mit größter Vorsicht begann er, so leise wie möglich ganze Hände voll davon auf ihre Körper zu werfen, bis sie vollständig damit bedeckt waren. Ihnen gegenüber ragten die beiden Holme der Leiter auf, die auf den Heuboden hinaufführte.

Mit leiser Furcht bemerkte er, dass diese Holme zu zittern begannen. Jemand stieg langsam zu ihnen herauf.

Zhao Ji wusste, in welcher Gefahr sie schwebten, und presste sich voller Angst an ihn. Ohne sich zu rühren und mit angehaltenem Atem hockten sie wie zwei Vögel in ihrem Nest aus Heu.

Plötzlich tauchte vor dem Sonnenlicht, das durch die große Öffnung im Dach hereinfiel, die Spitze einer Mütze aus grobem, dunklem Wollstoff auf. Und schließlich erkannten sie im Gegenlicht die dunklen Umrisse eines Kopfes.

Der Mann fixierte den Heuhaufen mit argwöhnischem Blick. Lü Buwei dachte bei sich, dass er sie unmöglich nicht sehen konnte. Das Heu bedeckte kaum ihre eng umschlungenen Körper, und das Sonnenlicht fiel direkt auf sie und ließ ihre schweißnasse Haut glänzen.

Die Herzen der beiden Liebenden schlugen wie rasend. Der Unbekannte brauchte nur noch einen Schritt weiter zu gehen, dann hätte er sie auf frischer Tat ertappt! Doch der Mann rührte sich nicht und musterte immer noch die trockenen Halme, unter denen sie sich versteckten. Lange Minuten verstrichen, es erschien ihnen wie eine Ewigkeit. Unter sich hörten sie die Pferde unruhig schnauben und mit den Hufen gegen die Bretterwände ihrer Boxen schlagen. Der Unbekannte musste ein Fremder sein.

Zu ihrem Erstaunen stieg er nicht ganz hinauf auf den Heuboden, sondern kletterte nach einer Weile mit langsamen Bewegungen und ohne das geringste Geräusch zu machen, so wie er auch gekommen war, wieder hinab. Sie hörten, wie die Stalltür hinter ihm zufiel.

Der Mann war fort. Hatte er sie gesehen? Hatte er denn nichts erkennen können?

»Ich bin sicher, dass er uns gesehen hat!«, stöhnte Zhao Ji.

»Wie kommst du darauf?«

»Ich weiß es nicht, aber ich bin mir ganz sicher. Die Sonnenstrahlen sind direkt auf uns gefallen! Dieser Mann hat uns gesehen und trotzdem nichts gesagt«, fügte sie mit angsterfüllter Stimme hinzu.

»Das Schlimmste ist nie Gewissheit …«, entgegnete Lü Buwei, während sie sich hastig wieder anzogen.

Sie stiegen vom Heuboden herab, und nachdem sie sich vergewissert hatten, dass weder im Inneren des Stalls noch ringsum irgendjemand zu sehen war, schlichen sie wie zwei Diebe in unterschiedliche Richtungen davon.

Es war mindestens zehn Jahre her, seit Scharfe Klinge den kleinen bronzenen Dreifuß, der auf dem Fensterbrett in seinem Zimmer stand, zuletzt aufgerichtet hatte.

Er erschauerte, als er das Gefäß an diesem Morgen wieder auf seine Füße stellte.

Nach all den Jahren des Schweigens war er davon überzeugt gewesen, dass das Königreich Chu seine Dienste nie wieder in Anspruch nehmen würde, doch nun verhieß dieses Zeichen, durch das ihn sein Mittelsmann für den gleichen Abend zu ihrem gewohnten Treffpunkt bestellte, nichts Gutes.

Es war lange her, seit er zum letzten Mal ein solches Risiko hatte eingehen müssen. Er hatte geglaubt, es sei ihm gelungen, in Vergessenheit zu geraten. Deshalb hatte Unersetzliche Verbindung ihn auch nie offen beschuldigen können, obwohl er genau wusste, dass der Leiter des Amtes für Gerüchte ihn verdächtigte. Aber nichts in seinem Verhalten hatte darauf hingedeutet, dass er immer noch für ein fremdes Reich arbeitete.

Die heutige Aufforderung bewies leider das Gegenteil und brachte erneut alles in Gefahr …

Das grausige Ende von Schwarze Ströme, den man vor Jahren erschlagen im Wei-Fluss aufgefunden hatte, nachdem er es geschafft hatte, auf den streng vertraulichen Posten des Großkämmerers des Königs berufen zu werden, war ihm wie ein unheilvolles Omen erschienen, doch er hatte sich gezwungen, diese Erinnerung aus seinem Gedächtnis zu streichen, und nach einer Weile nicht mehr daran gedacht. So endeten zweifellos Spione, die ein zu großes Risiko auf sich nahmen und dadurch letztendlich ihre Position gefährdeten, indem sie bei ihren Opfern Verdacht erregten und das Misstrauen ihrer Auftraggeber weckten, woraufhin diese sich ihrer entledigten, ehe ihre Tarnung aufgedeckt werden konnte.

Deshalb hatte sich Scharfe Klinge geschworen, um keinen Preis diesem bedauernswerten Beispiel zu folgen. Und so kam ihm die Botschaft, die er erhalten hatte, äußerst ungelegen.

Die Aussicht, sich noch einmal am Fuß des stinkenden, von Insekten und Ungeziefer nur so wimmelnden Galgens einzufinden, der am Ende der prächtigen Allee lag, die vor dem Park der Klinik der Eunuchen vorbeiführte, wo er immer noch in seinem eleganten Pavillon lebte, erfüllte ihn, gelinde gesagt, nicht gerade mit Begeisterung.

Auf den entsetzlichen, mit Blut und getrockneten Eingeweiden verkrusteten Bodenplatten stapelten sich dort mit jedem Tag mehr verwesende Leichen von Dieben und Verbrechern, über denen eine dichte Wolke aus blauen Fliegen schwebte. Das war die unweigerliche Folge der strengen Strafgesetze, die seit der Thronbesteigung von König Zheng, der kurz nach seiner Krönung verkündet hatte, dass er niemals einem Gnadengesuch stattgeben würde, erbarmungslos angewandt wurden. Der Gestank, der über dem Galgen hing, verbreitete sich in der gesamten Umgebung, als wolle er alle Halunken, die diese üblen Ausdünstungen einatmeten, abschrecken.

Trotzdem machte sich Scharfe Klinge bei Einbruch der Dunkelheit widerwillig und verzweifelt, verfolgt von den bösen Erinnerungen an seine Vergangenheit als Spion und Verräter, auf den Weg zum Galgen, wobei er hoffte, dass er dort niemanden vorfinden würde und sich sein Mittelsmann einfach nur geirrt hatte und gar nicht ihn meinte.

Aber leider wurde er bereits erwartet. Der Mann trug eine Kappe mit breiten Rändern, unter der in der Dunkelheit sein Gesicht vollständig verborgen blieb.

Scharfe Klinge ging langsam auf den Unbekannten zu und sah sich um. Er wollte sichergehen, dass es sich auch tatsächlich um seinen Gesprächspartner handelte.

Sie waren alleine. Es gab keinen Zweifel.

»Chu möchte, dass du die Liebesbeziehung bestätigst, die scheinbar zwischen der Königinmutter von Qin und dem Ersten Minister besteht«, erklärte der Unbekannte Scharfe Klinge mit leiser Stimme.

Der Oberste Chirurg der Eunuchen wäre vor Überraschung beinahe hintenüber gefallen.

Wie jeder am Hof von Xianyang kannte er dieses Gerücht, das seit Wochen in Umlauf war. Aber er hätte nie vermutet, dass es wichtig genug wäre, um das Interesse des Geheimdienstes von Chu zu wecken.

Er konnte sich nicht vorstellen, warum, und vor allem zu welchem Zweck, Chu sich eine solche Information bestätigen lassen wollte. Ihm schien dies eher eine beiläufige Anekdote zu sein als eines jener militärischen Geheimnisse, die die untereinander verfeindeten Königreiche zu Recht reizten.

»Ist das alles, was du mir zu sagen hast?«

»Nein, da ist noch etwas. Der Eunuch Unersetzliche Verbindung stellt auf Befehl des Königs Nachforschungen an. Er hat die Königinmutter und den Ersten Minister zusammen überrascht. Aber wir sind nicht davon überzeugt, dass er sie auch verraten wird. Chu wünscht, dass du diese Angelegenheit im Auge behältst. Nach allem, was ich dir gerade erzählt habe, wirst du wohl einsehen, dass es sich hierbei um alles andere als belangloses Gerede handelt! In zehn Tagen treffen wir uns zur gleichen Zeit hier wieder«, sagte der Mann, ehe er in der Dunkelheit verschwand.

Umweht von dem fauligen Gestank der Leichen am Galgen konnte sich Scharfe Klinge vor Verblüffung kaum rühren.

Woher wussten die Spione von Chu das alles? Wo verbargen sie sich bloß? Sicher dort, wo niemand sie vermutete... Der Minister mit dem patriotischsten Ruf konnte genau aus diesem Grund ein Verräter in Diensten des Feindes sein. Zweifellos gab es Dutzende, wenn nicht sogar Hunderte von ihnen in den wichtigsten Behörden des Reichs oder gar in der unmittelbaren Umgebung von König Zheng, wo sie alles, was er tat und sagte, genau registrierten und die wichtigen Persönlichkeiten am Hof überwachten. Ganz zu schweigen von den kleinen Spionen in der zweiten Reihe, wie er einer war.

Plötzlich wurde ihm schwindelig, als sei ihm mit einem Mal bewusst geworden, dass das, was er für einen Albtraum gehalten hatte, in Wirklichkeit die Realität war.

Von dieser dunklen Welt der ruhenden Agenten und der aktiven Spione wussten nur diejenigen, die selbst ein Teil davon waren. Die große Stärke von Chu bestand darin, dass es seinem Geheimdienst gelungen war, unzählige, voneinander völlig unabhängige Netze zu knüpfen. Beziehungen zwischen Spionen der gleichen Ebene waren verboten, nur selten kannten die Agenten einander gegenseitig. Es war durchaus möglich, dass zwei Spione regelmäßig miteinander verkehrten, ohne auch nur den Hauch einer Ahnung davon zu haben, dass sie beide für die gleiche fremde Macht arbeiteten. Keiner von ihnen durfte die Initiative ergreifen und von sich aus Kontakt zu seinem Mittelsmann aufnehmen. Ohnehin kannten sie niemals dessen Namen, sondern mussten warten, bis er sie zu einem Treffpunkt bestellte.

Dank solcher Regeln hatte das Spionagenetz von Chu, von dem er in seiner Naivität geglaubt hatte, es für immer hinter sich gelassen zu haben, in das Herz der Macht von Qin vordringen können.

Verstört und in Gedanken versunken drehte sich Scharfe Klinge langsam um und ging über die Allee, die zur Klinik der Eunuchen zurückführte, davon.

Er versuchte, sich über die Situation klar zu werden. Je länger er darüber nachdachte, desto weniger Nachteile schien diese neue

Wendung für ihn bereitzuhalten. Die wichtigste Neuigkeit, die er aus dem Treffen am Fuß des Galgens mitnahm, war das, was er über das Verhalten von Unersetzliche Verbindung erfahren hatte. Der Leiter des Amtes für Gerüchte deckte die Beziehung zwischen dem Ersten Minister und der Königinmutter, während ihn der neue König ausdrücklich aufgefordert hatte, in dieser Hinsicht Erkundigungen einzuziehen.

Nun hatte er endlich etwas in der Hand, mit dem er den Vorsitzenden der Bruderschaft der Eunuchen, der unablässig drohende Andeutungen fallen ließ, zum Schweigen bringen konnte! Er brauchte lediglich dafür zu sorgen, dass der König von diesem Vorfall erfuhr, und schon wäre Unersetzliche Verbindung reif für das Schafott oder den Pranger.

Er wollte gerade durch das Tor in den Park der Klinik der Eunuchen gehen, als er hörte, wie jemand seinen Namen rief.

Es war der junge Eunuch, den er wenige Wochen zuvor operiert hatte und der seitdem als jüngstes Mitglied in die Bruderschaft vom Kreis des Phönix aufgenommen worden war.

»Guten Tag, Loderndes Feuer! Haben sich deine Schmerzen inzwischen gelegt?«, fragte Scharfe Klinge.

Er redete von den Komplikationen, die auf eine schlechte Vernarbung der Wunde zurückzuführen waren und die dem jungen Mann nach seiner Operation grauenvolle Schmerzen bereitet hatten.

»Ja, es tut mittlerweile nicht mehr weh! Ich bin auch gar nicht deswegen hergekommen, sondern weil du mir mein ›Schatzkästchen‹ noch nicht gegeben hast. Ich habe schon dreimal vergeblich nachgefragt. Mir ist auch erst aufgefallen, dass ich es nicht bekommen habe, als Unersetzliche Verbindung am Ende unserer letzten Versammlung diese Andeutung gemacht hat. Wenn ich jetzt sterben sollte, ohne meine Attribute bei mir zu haben, würden meine Verwandten sich weigern, meinen verstümmelten Körper zu bestatten, und niemand würde den Totenkult für mich zelebrieren. Der Körper muss unseren Vorfahren in dem gleichen Zustand zurückgegeben werden, wie sie ihn uns überlassen haben, wie du weißt. Und deshalb wollte ich dich noch einmal daran erinnern!«

Scharfe Klinge schnitt eine Grimasse. Er wusste ganz genau, dass Loderndes Feuer sein »Schatzkästchen« nicht bekommen hatte. Und zwar aus gutem Grund. Bei seiner Operation hatte er mit seinem Skalpell versehentlich einen falschen Schnitt gemacht, und der junge Eunuch hatte so viel Blut verloren, dass er dem sicheren Tod geweiht zu sein schien. Der Chirurg hatte diese Gelegenheit genutzt und den »Schatz« des Jungen verschwinden lassen, um ihn später für teures Geld an einen Apotheker in Xianyang zu verkaufen, der sich darauf spezialisiert hatte, solche »Schätze« mit dem Knochenmehl von Tigern zu vermahlen und daraus ein Potenzmittel herzustellen, das er in kleine Fläschchen abfüllte, für die seine Kunden horrende Preise bezahlten!

»Ich fürchte, sie sind verloren gegangen«, stammelte er. »Verstehst du, nach deiner Operation … Die ganze Aufregung … Überall war Blut … Jemand muss sie zusammen mit den Binden eingesammelt haben, die die Krankenpfleger jeden Abend wegwerfen! Ich werde mich …«

»Ich will mein ›Schatzkästchen‹!«, schrie Loderndes Feuer, noch ehe Scharfe Klinge seinen Satz beenden konnte.

Drohend war er näher an den Obersten Chirurgen herangetreten, sein Mund war nun dicht vor seinem Gesicht.

»Man hat mich gezwungen, mich operieren zu lassen! Ich wusste nicht, was mit mir geschehen sollte, als die Eunuchen in mein Dorf gekommen sind und mich meinen Eltern für zwei Silber-Tael abgekauft haben! Ein ausgewachsenes Pferd hätte dreimal so viel gekostet, aber meine Familie war bitterarm. Nachdem ich meine Männlichkeit eingebüßt und Schmerzen gelitten habe wie ein verwundetes Tier, verlange ich jetzt zumindest, dass man mir das zurückgibt, was mir zusteht!«, stieß er hervor und packte Scharfe Klinge an den Schultern.

Dem Obersten Chirurgen wurde angst und bange, und er rief um Hilfe.

Kurz darauf tauchten die beiden großen Krankenpfleger auf,

die ihm bei den Operationen zur Seite standen, indem sie die Patienten auf ihrem Stuhl festhielten. Ohne viel Federlesens packten sie den jungen Eunuchen, der sich unter lautem Geschrei vergeblich zu wehren versuchte, und warfen ihn wortlos auf die Straße.

»Wisst ihr, wo dieser arme Junge untergekommen ist?«, fragte Scharfe Klinge die beiden mit gespieltem Mitleid.

»Er ist vor kurzem in den Dienst der Königinwitwe Huayang getreten. Er war schon dreimal hier und wollte seine Geschlechtsteile von uns haben! Das hat sich bei ihm ja zu einer regelrechten Manie entwickelt!«, erwiderte einer der Kolosse und brach in schallendes Gelächter aus.

Unersetzliche Verbindung sah seiner bevorstehenden Unterredung mit König Zheng mit Sorge entgegen.

Bei dieser Gelegenheit wollte er ihm seinen wöchentlichen Bericht übergeben – dessen einziger Sinn und Zweck, soweit er ihn erkennen konnte, darin lag, dass der König ihn eben verlangte –, in dem jeder Schritt von Li Si verzeichnet war, alle seine Audienzen, die Orte, die er aufsuchte, und auch die Personen, mit denen er zusammentraf.

Es war wieder und wieder der gleiche Bericht, in dem stets die gleichen banalen Dinge aufgeführt waren. Li Si führte nichts anderes als das sehr geschäftige Leben eines wichtigen Ministers, der sich voll und ganz in den Dienst des neuen Königs stellte. Sein Tagesablauf folgte stets und unweigerlich dem vorhergesehenen Muster.

In Wahrheit fürchtete der Eunuch vor allem, dass der junge König erneut auf die Beziehung zwischen Lü Buwei und der Königinmutter Zhao Ji zu sprechen kommen könnte, ein Gerücht, über das sich der Hof von Xianyang seit einiger Zeit das Maul zerriss.

Es war ihm bereits einmal gelungen, diese Frage abzuwenden, als ihn der König zu sich gerufen hatte, um ihn auf dieses hartnäckige Gerede anzusprechen.

»Majestät, wenn Ihr anfangt, solchem Klatsch Gehör zu schenken, dann brauchen wir, fürchte ich, dreimal so viele Angestellte im Amt für Gerüchte, um all diese Behauptungen auf ihren Wahrheitsgehalt hin zu überprüfen!«, hatte er dem König erwidert, nachdem dieser ihm von seinen Befürchtungen erzählt hatte.

»Ich verlange trotzdem, dass du die üblichen Untersuchungen in die Wege leitest, wenn du nichts dagegen hast!«, hatte der junge König daraufhin zutiefst verärgert angeordnet.

Denn in seinem tiefsten Inneren war der König davon überzeugt, dass zwischen seiner Mutter und dem Ersten Minister irgendetwas vor sich gehen musste – anders konnte er sich die Langlebigkeit dieses Gerüchts nicht erklären …

Und so würde Unersetzliche Verbindung wieder einmal leugnen müssen, was für ihn bereits eine Tatsache war. Denn das Unwahrscheinliche war zu einer Gewissheit geworden: Die Mutter von König Zheng hatte tatsächlich eine Affäre mit dem Ersten Minister des Königreichs!

Unersetzliche Verbindung hatte sich davon persönlich überzeugen können, als er die beiden auf dem Heuboden des Stalls von Lü Buweis Achal-Tekkinern überrascht hatte.

Mehrere Berichte von Spitzeln des Amtes für Gerüchte hatten ihn an diesen Ort geführt. Schon das erste Wiedersehen von Zhao Ji und Lü Buwei am Abend der Krönungszeremonie des neuen Königs war von den Dienstboten gemeldet worden, die Lü Buweis lustvolles Stöhnen, das aus Huayangs Zimmer herausdrang, misstrauisch gemacht hatte.

Daraufhin hatten verschiedene Informanten damit begonnen, das Paar diskret zu beobachten. Einem von ihnen, einem Sattelmacher, den seine Arbeit häufig auf den Pferdehügel führte, wo er die Zaumzeuge reparierte, war bald aufgefallen, dass die beiden Liebenden immer wieder gleichzeitig, aber aus verschiedenen Richtungen kommend, den kleinen Stall der Achal-Tekkiner-Hengste betraten. Sie trafen sich dort immer zur gleichen Zeit und blieben nur kurz, doch wenn sie wieder herauskamen, ließen ihre geröteten Wangen keinerlei Zweifel daran zu, was sie dort drinnen getan hatten.

In diesem Stadium der ausgesprochen heiklen Untersuchungen

hatte Unersetzliche Verbindung beschlossen, am Tag nach seiner Unterredung mit dem König selbst zu dem Stall zu gehen, und zwar zu der Zeit, in der das Paar dort üblicherweise zusammenkam.

Als er die Leiter hinaufgestiegen war, hatte er auf den ersten Blick die unter dem hastig zusammengerafften Heu aneinander gedrängten nackten Körper von Zhao Ji und Lü Buwei erkannt.

Daraufhin hatte er sich in einem grausamen Dilemma wiedergefunden. Entweder beschloss er, sie wie zwei gewöhnliche Übeltäter auf frischer Tat zu ertappen, woraufhin es zu einem gewaltigen, unkontrollierbaren Skandal kommen würde, der für die beiden wahrscheinlich mit dem Tod, zumindest aber damit enden würde, dass sie in Ungnade fielen, oder aber er tat so, als habe er nichts gesehen, und die Untersuchungen würden nach einer Weile im Sande verlaufen.

Seine Stellung als Leiter des Amtes für Gerüchte hätte ihn eher dazu neigen lassen, alle Konsequenzen aus dem zu ziehen, was er dort ganz deutlich gesehen hatte. Außerdem hätte auch sein eigener Stern womöglich noch ein wenig heller gestrahlt, nachdem es ihm gelungen wäre, dem jungen König diese beiden Trophäen zu bringen. Doch sein Herz hatte ihn dazu bewogen, so zu tun, als seien der Dachboden und der Heuhaufen vollkommen leer gewesen.

Es war ihm auch deswegen nicht schwer gefallen, sich für das Schweigen zu entscheiden, weil er sich auf diese Weise von einem System distanzieren konnte, das er immer weniger guthieß.

Die ständige Überwachung, die das Leben der Bürger von Qin mit jedem Tag ein wenig mehr vergiftete, wurde dem Leiter jenes Amtes, das diese ununterbrochene Kontrolle sicherzustellen hatte, zunehmend zur Last. Wie er bereits vor der Bruderschaft der Eunuchen erklärt hatte, konnte er die legalistischen Prinzipien der Schreckensherrschaft und der Denunziation immer weniger nachvollziehen.

Dass Lü Buwei der Geliebte von Zhao Ji war, störte ja schließlich niemanden und hatte auch nicht die geringsten Auswirkungen auf das Ansehen des Königreichs Qin. Das Glück einiger weniger bedeutete doch nicht notwendigerweise das Unglück der gesamten Gesellschaft. Er hatte nichts gegen Zhao Ji und Lü Buwei, und er war der Ansicht, dass sie das Recht hatten, einander zu lieben, wenn sie das wollten. Er war nicht bereit, zur Aufdeckung eines vermeintlichen Skandals beizutragen, der nur in den Augen einiger Heuchler überhaupt einer war und vor allem niemandem schadete. Er war der Ansicht, dass das Amt für Gerüchte Wichtigeres zu tun hatte, als das Privatleben einiger Bürger auszuspionieren, während sich Korruption und Verbrechen heimlich immer weiter in den Behörden des Reichs ausbreiteten, wo es sich die Nutznießer einträglicher Pfründen gut gehen ließen.

Und so hatte er sich leichten Herzens dafür entschieden, nichts gesehen zu haben, und würde dies auch jedem mitteilen, der ihn danach fragte.

Doch er musste sich vergewissern, dass König Zheng nicht über weitere Informationsquellen verfügte, die ihn in Bedrängnis bringen konnten, sobald er erklärte, dass die vom Amt für Gerüchte durchgeführten Untersuchungen vollkommen ergebnislos verlaufen seien.

Leider hegte er genau daran große Zweifel, und aus diesem Grund war ihm nicht sehr wohl in seiner Haut, als er das Arbeitszimmer des Herrschers betrat.

Er bemerkte, dass Li Si hinter Zheng stand, und das schien ihm nichts Gutes zu verheißen.

»Nun, was haben die Ermittlungen über die Liebesbeziehung zwischen der Königinmutter und dem Ersten Minister ergeben?«, fragte ihn der König unwirsch, kaum dass er sich vor ihm verneigt hatte.

Unersetzliche Verbindung, dessen Sorge immer größer wurde, nahm allen Mut zusammen, und es gelang ihm, im Brustton der Überzeugung zu verkünden, was er sich vorgenommen hatte: »Nichts, Majestät. Im Anschluss an verschiedene Berichte, in denen von möglichen Treffen zwischen Eurer Mutter und dem Ersten Minister an einem bestimmten Ort die Rede war, habe ich persönlich Nachforschungen angestellt, aber ich habe nichts vorgefunden. Zu der Zeit, zu der sie angeblich dort sein sollten, war der betreffende Ort, ein kleiner Stall auf dem Pferdehügel, vollkommen leer.«

Unersetzliche Verbindung wandte den Blick nicht von Zhengs Miene, um zu sehen, ob der König ihm seine Behauptungen abnahm und wie er darauf reagierte.

»Es gibt ein Sprichwort: Wo Rauch ist, da ist auch ein Feuer! Bist du sicher, dass du auch am richtigen Ort gewesen bist?«, fragte der König misstrauisch.

»Ganz sicher! Es gab nicht weniger als drei Berichte, die alle auf den gleichen Treffpunkt hinwiesen: einen Heuboden über den Boxen der Achal-Tekkiner-Hengste. Aber ich sage es noch einmal: Als ich den Stall aufgesucht habe, war außer mir niemand dort!«

Er spürte sehr wohl, dass der König an seiner Darstellung zweifelte, und so hatte er sich, mit Hilfe von nachdrücklichen Gesten, bemüht, so überzeugend wie möglich zu wirken.

»Was hält der Minister des Gesetzes und der Namen davon?«, fragte Zheng, nachdem er sich zu Li Si umgedreht hatte.

Der Eunuch spürte, wie sein Herzschlag kurz aussetzte. Wenn Li Si sich einmischte, würde er noch vorsichtiger sein müssen.

»Gerüchte sind Gerüchte, und man muss sie mit der gebotenen Vorsicht behandeln. Aber ich bin fest davon überzeugt, dass dieses hier der Wahrheit entspricht, da es nach so langer Zeit immer noch in Umlauf ist. Seit Ihr den Thron von Qin bestiegen habt, munkelt man am Hof über eine Beziehung zwischen den beiden!«, erklärte der Minister heimtückisch und mit schmeichelnder Stimme.

»Als Leiter des Amtes für Gerüchte möchte ich noch einmal betonen: Wir haben keinen einzigen Beweis für diese Liebesbeziehung gefunden!«, beharrte Unersetzliche Verbindung.

»Und wie erklärst du dir dann diese Gefühlsausbrüche am Abend der Krönung unseres Königs?«

»Das war doch nur der Tratsch verleumderischer Dienstboten! In jener Nacht war Lü Buwei an der Seite von Zhao Ji, um sie nach dem noch nicht lange zurückliegenden tragischen Tod von König

Yiren, den die Königin über alles geliebt hat, zu trösten. Und was dieses angebliche ›lustvolle Stöhnen‹ betrifft, das manche gehört haben wollen, nichts gleicht mehr einem solchen Stöhnen als schmerzerfülltes Klagen!«, erwiderte Unersetzliche Verbindung mit letzter Kraft, um die Argumente seines Gegenübers zu entkräften.

Alles, was er sagte, war gelogen, aber das war ihm egal. Es diente einem guten Zweck. Dem Schutz der Vertrautheit und der Liebe zwischen den Menschen. Außerdem wusste er genau, worauf Li Si hinauswollte. Lü Buwei war sein direkter Rivale, und er hatte ein großes Interesse daran, den Ersten Minister in Verruf zu bringen oder gar auszuschalten, auch wenn das bedeutete, dass er zu den übelsten Mitteln greifen musste. Gleichzeitig wollte Unersetzliche Verbindung auch den Pferdehändler verteidigen, der so viel für das Königreich Qin getan hatte und den so manche, die seinen Platz selbst einnehmen wollten, liebend gerne vor Gericht gezerrt hätten.

Diese Gedanken gaben ihm das Gefühl, ein Rebell zu sein, und das verlieh ihm neue Energie.

»Majestät, ich biete Euch an, die Ermittlungen selbst in die Hand zu nehmen«, schlug im gleichen Augenblick der Minister vor und warf Unersetzliche Verbindung einen herausfordernden Blick zu.

Da wurde dem Eunuchen schlagartig klar, dass er einen unbezwingbaren Gegner vor sich hatte, der nichts dem Zufall überlassen würde.

»Wo wir gerade über Ermittlungen reden, bei denen niemals ein Schuldiger gefunden wurde und die noch einmal neu aufgenommen werden sollten, es gäbe da eine, die ich gerne übernehmen würde, wenn unser König mich damit beauftragt«, entgegnete Unersetzliche Verbindung.

»Wovon redest du?«, erkundigte sich der König.

»Von der Untersuchung des Mordes an Eurer Ehefrau Unbeugsamer Stern des Ostens«, antwortete Unersetzliche Verbindung und drehte sich zu Li Si um.

Der Minister des Gesetzes und der Namen blinzelte nur kurz.

Dann antwortete er dem Eunuchen sehr ruhig und mit einer bemerkenswerten Selbstbeherrschung: »Falls der Mörder meiner Frau eines Tages gefunden werden sollte, dann werde ich den König um eine Sondererlaubnis bitten, damit der Betreffende nicht unserer Justiz ausgeliefert wird, sondern ich mich persönlich mit ihm befassen kann…«

»Ich bin dafür, dass die Justiz von Qin überall dort zum Tragen kommt, wo es nötig ist!«, ging der König dazwischen.

Er wollte diesem Rededuell, das sich zwischen den beiden Männern entsponnen hatte, ein Ende machen. In seinen Augen war es sowohl lächerlich als auch fruchtlos. Und so befahl er ihnen mit einer herrischen Geste zu schweigen. »Nun gut, führt die beiden Untersuchungen durch!«, entschied er.

Indem er weder dem einen noch dem anderen Recht gab, vermied er es, einem von beiden den Vorzug zu geben. Denn das war die Taktik von König Zheng: Er teilte, um zu herrschen.

15

»Ich habe dich herkommen lassen, damit du mir diese lebensverlängernden Pillen besorgst«, erklärte König Zheng mit leiser Verlegenheit, wohl wissend, dass er sich mit dieser Bitte von ihr abhängig machte.

Aber Huayang war der einzige Mensch, an den er sich unter diesen Umständen wenden konnte, ohne befürchten zu müssen, dass außerhalb des Königlichen Palastes etwas von seinem Wunsch bekannt würde.

Zum ersten Mal, seit er ihre liebevolle Geste nach dem Tod seines Vaters so rüde zurückgewiesen hatte, begegnete sie ihm nun unter vier Augen.

Es war auf den Tag genau ein Jahr her, seit er den Thron von Qin bestiegen hatte, und sie fand, dass er sich bereits deutlich verändert hatte. Die Last der Verantwortung, die die höchste Macht mit sich brachte, hatte sein Gesicht ausgezehrt und seine Züge hart werden lassen, wodurch seine Nase noch stärker hervortrat. Lidstriche betonten die Größe seiner schwarzen Augen und milderten gleichzeitig ihren kühlen Glanz.

Er war noch keine fünfzehn Jahre alt, aber er wirkte bereits wie knapp fünfundzwanzig.

»Es ist nur so«, erwiderte sie, »dass du dazu auch die notwendigen Übungen verrichten müsstest, ansonsten besteht die Gefahr, dass diese Unsterblichkeitspillen dir nichts als Magenschmerzen bescheren!«

Dieser Satz enthielt einen köstlichen Beigeschmack von Rache.

Huayang war fest entschlossen, ihm die Stirn zu bieten. Sie wollte ihm zu verstehen geben, dass sie nicht vergessen hatte, wie er sie ein Jahr zuvor behandelt hatte, und so war es für sie eine Frage der Ehre, seine Bitte nicht bereitwillig zu erfüllen, sondern ihm sogar noch leise Vorwürfe zu machen.

Dennoch hörte sie erfreut, dass der junge König den Wunsch nach einem langen Leben, den sie ihm seit seiner frühesten Kindheit vermittelt hatte, nicht verloren hatte. Die Übungen, die sie manchmal in seiner Gegenwart, meist aber vor seinem »niedergeschriebenen Körper« durchgeführt hatte, waren also nicht umsonst gewesen. Das bedeutete für die Erste Ehefrau des verstorbenen Königs Anguo Trost und Genugtuung, und vielleicht war es ja auch ein Zeichen dafür, dass sie doch noch hoffen konnte, auf diesem Weg einen gewissen Einfluss auf den jungen König auszuüben.

»Das Regieren kostet mich eine solche Kraft, dass ich abends spüre, wie meine Energien zur Neige gehen … Gibt es denn in Xianyang keinen Apotheker oder Alchemisten, der fähig ist, solche lebensverlängernden Arzneien herzustellen?«, fragte er Huayang mit trauriger Miene.

»Warum lässt du nicht nach ihm suchen? Wer wäre denn wohl besser dazu in der Lage, ihn ausfindig zu machen, als du?«, erwiderte sie boshaft.

»Wenn bekannt würde, dass der König nach solchen Pillen sucht, wäre das ein Eingeständnis der Schwäche, und damit wäre meine Autorität dahin«, gestand er kläglich.

»Ja, es stimmt schon, dass König Anguo, mein Ehemann und dein Großvater, eines Tages aus unerfindlichen Gründen beschloss, den Daoismus in diesem Königreich auszurotten. Er ließ damals alle Priester vertreiben. Sie waren die Einzigen, die über das notwendige alchemistische Wissen verfügten, um Elixiere des langen Lebens herzustellen! Glücklicherweise habe ich damals ein Gefäß mit Unsterblichkeitspillen retten können, die ich immer noch einnehme«, vertraute sie ihm an, während sie mit stiller Freude seine gequälte Miene betrachtete.

»Könntest du mir nicht einige davon abgeben?«, flehte Zheng, der sich vom mächtigen König wieder in einen bettelnden kleinen Jungen zurückverwandelt zu haben schien.

»Mein Vorrat ist beinahe erschöpft. Und außerdem, das muss ich dir noch einmal sagen, wirken diese Pillen nur, wenn sie von den entsprechenden Konzentrationsübungen begleitet werden. Aber ich kann natürlich verstehen, warum du nicht willst, dass jemand von deinem Streben nach Unsterblichkeit erfährt, und deshalb solltest du dich meiner Ansicht nach lieber anderen Heilmitteln zuwenden …«, sagte sie mit ihrer einnehmendsten Stimme.

Es bereitete ihr ein unvorstellbares Vergnügen, noch mehr Salz in seine Wunde zu streuen.

»Einverstanden. Und wozu würdest du mir raten?« Erwartungsvoll starrte der junge König sie an.

»Es gibt verschiedene Mixturen, die zur Stärkung der inneren Energien beitragen, auch wenn sie nicht ganz so wirkungsvoll sind wie diejenigen, die mit Hilfe der Alchemie hergestellt werden. Meist werden sie aus gemahlenen Tigerzähnen oder den getrockneten Pfoten dieses Tieres gewonnen, aber manchmal auch aus den edlen Teilen des Elefanten oder aus Pflanzen, etwa der Ginsengwurzel oder der Sternanisblüte.«

»Du musst mir unbedingt solche Arzneien besorgen!«, beschwor sie der König.

»Diese Heiltränke findet man nicht an jeder Straßenecke! Aber ich werde den jungen Eunuchen Loderndes Feuer, den ich vor kurzem in meinen persönlichen Dienst genommen habe, in das Viertel der Apotheker schicken. Er scheint ein recht gewitzter Bursche zu sein, vielleicht kann er dort etwas auftreiben, das dir weiterhilft, bis ich Wu Dong wiedergefunden habe«, versicherte sie ihm, mit einem Mal viel verständnisvoller.

»Ich weiß gar nicht, wie ich dir danken soll ...«

»Bist du bereit, die Verfolgung der Daoisten in Qin einzustellen? Falls ich Wu Dong finden sollte, wird das gewiss die einzige Frage sein, die der Hohe Priester mir stellen wird.«

Die Antwort des Königs ließ nicht lange auf sich warten: »Gleich morgen, wenn es sein muss! Ich brauche lediglich nachzusehen, durch welches juristische Mittel, ein Gesetz, einen Erlass, eine Verordnung oder was auch immer, dieses Verbot ausgesprochen wurde, und dann kann ich es mit dem gleichen Instrument unverzüglich wieder aufheben.«

»Wenn das so ist, werde ich alles tun, um den Hohen Priester Wu Dong aufzuspüren. Danach wird es ihm sicher ein Anliegen sein, dir für deine Milde zu danken. Ich bin davon überzeugt, dass er seine gesamte alchemistische Kunst aufbieten wird, um dir Pillen von unübertroffener Wirksamkeit zusammenzubrauen ...«, versprach sie.

Bei diesen Worten leuchtete das Gesicht des jungen Königs auf. Denn das war sein uneingestandener, ungeheuerlicher Traum. Er sah sich bereits vor sich, wie er als Hundertjähriger, der verstreichenden Zeit und ihrem Verschleiß trotzend, über ein Reich herrschen würde, das sich weit über die gegenwärtigen Grenzen von Qin hinaus erstreckte, ein Reich, das er dank seines außergewöhnlich langen Lebens, zu Siegen über Zhao, Chu, Han, Qi und all die anderen Königreiche geführt hätte, mit denen sein Land seit Jahrhunderten schon im Krieg stand.

»Ich werde dir niemals genug dafür danken können. Ein König, der Spuren hinterlassen will, muss jahrhundertelang leben.«

»Das Wichtigste ist vor allem, deine inneren Energien zu stärken, aus denen die ursprüngliche Lebenskraft Qi erwächst, ohne die es kein Leben gibt. Durch das Gleichgewicht von Yin und Yang erreicht der menschliche Geist das Große Dao und wird mächtig. Und ein großer König muss über einen mächtigen Geist verfügen!«

Der junge Herrscher lauschte mit gespannter Aufmerksamkeit den Sätzen aus Laozis *Buch der Mitte*, die Huayang gerade zitiert hatte.

Die Laune der Königinwitwe hatte sich schlagartig gebessert, und sie dachte bei sich, dass für diesen jungen Mann, den sie einst so sehr geliebt hatte, vielleicht doch noch nicht alles verloren war.

»Was hältst du eigentlich von der Geomantik?«, fragte der König unvermittelt, als sie sich schon anschickte, sich von ihm zu verabschieden.

Zheng wollte Huayangs Meinung hören, denn was Natürliche Vollkommenheit ihm über diese Techniken gesagt hatte, als er ihn einige Wochen zuvor zur Kunst der Kriegsführung befragt hatte, war ihm nicht aus dem Sinn gegangen, auch wenn er den Worten des alten Gelehrten bewusst ihre Berechtigung abgesprochen hatte.

»Wenn man an Unsterblichkeitspillen glaubt, dann muss man auch an Feng Shui, die Wissenschaft vom Wasser und dem Wind, glauben. Der Raum ist von ebenso großer Bedeutung wie die Zeit. Die Natur ist das Abbild des Körpers. In meinen Augen ist die Geomantik eine unverzichtbare Kunst«, erklärte sie.

»Ich bin so froh, dass ich mich auf dich verlassen kann! Du bist eine weise Frau!«, murmelte der junge König, während er einige Schritte von seinem Schreibtisch wegging.

Huayang betrachtete ihn. Von hinten gesehen, wirkte Zheng noch gebeugter. Man hätte ihn für einen alten Mann halten können, dem die große Verantwortung so schwer auf den Schultern lastete, dass sie sie hinabdrückte.

Die alte Königin fragte sich, für welche Seite sich dieser junge König wohl entscheiden würde. Würde er als echter Legalist das Gesetz und die Regeln über alles andere stellen und nur an das glauben, was er tat? Oder würde er nach der Unsterblichkeit streben und im Alter, wenn ihn die Angst vor dem Tod umtrieb, jegliche Tatkraft fallen lassen, wie es bereits sein Urgroßvater, der alte Zhong, getan hatte, der sich zum Schluss nur noch von seinen Instinkten leiten ließ? Würde sie den jungen Zheng genauso beeinflussen können wie damals den alten Mann?

Königin Huayang würde diesen Greis niemals vergessen. Sie war die Einzige gewesen, die am Ende seiner Tage seine Sinne noch zum Leben erwecken konnte. Unter ihren erfahrenen Händen und zwischen ihren feuchten, warmen Lippen hatte das kümmerliche Etwas, das der alte Zhong zwischen den Beinen getragen hatte, schließlich doch noch eine halbwegs ansehnliche Haltung und ein beinahe normales Äußeres angenommen. Und dieses Ergebnis hatten nicht einmal Wu Dongs Pillen zu Stande bringen können.

Sie war davon überzeugt, dass Liebe und Zärtlichkeit viel mächtiger waren als die Alchemie und ihre Langlebigkeitselixiere. Aber das war ein Geheimnis, das sie niemals preisgeben würde, und ganz sicher nicht jemandem, der dieses Wissen nicht verdiente.

Auf der einen Seite stand das Gesetz und auf der anderen das Unsagbare. Wo würde König Zheng zwischen diesen beiden Extremen seinen Platz finden?

Sie konnte nicht ahnen, dass er sich sein ganzes Leben lang weigern würde, sich für eine der beiden Seiten zu entscheiden.

»Zhao Gao wünscht ein Kommando innerhalb der Armee auszuüben. Er ist noch ein wenig zu jung, um in den Rang eines Generals erhoben zu werden, vor allem da er sich noch nicht im Kampf bewährt hat. Aber ich bin einverstanden, dass man ein Regiment für ihn ausfindig macht und es ihm überträgt«, befahl König Zheng General Wang dem Glücklichen.

Wang der Glückliche hatte vor kurzem den alten Marschall Waffenruhe als Kriegsminister abgelöst, der auf Grund seines angegriffenen Gesundheitszustands gezwungen gewesen war, sich in den wohlverdienten Ruhestand zurückzuziehen.

»Dem Wunsch meines erhabenen Herrschers soll gleich morgen

entsprochen werden! An welche Art von Regiment hat er denn gedacht?«, erkundigte sich der neue Kriegsminister demütig.

»Eine gute Frage! Darüber habe ich mir noch keine Gedanken gemacht. Wenn er möglichst bald befördert werden will, muss man ihm ein aktives Kommando übertragen, einen Posten, auf dem er seine Fähigkeiten rasch unter Beweis stellen kann …«

Wang der Glückliche begann zu überlegen.

»Majestät, ich hätte Euch vielleicht einen Vorschlag zu machen.«

»Sag schon, was meinst du?«

»Seit Anwei, noch zu Zeiten Eures Vaters, desertierte, ist die steinerne Mauer des Königreichs Yan noch immer nicht eingenommen worden. Qin sollte dieses riesige Gebiet nicht länger vernachlässigen. Wenn wir ein schlagkräftiges Vorauskommando dorthin schicken, könnte uns das Land schon bald in die Hände fallen …«

»Also gut, dann diese Mauer, von der Yan glaubt, es könne sich dahinter verstecken! Du wirst Zhao Gaos Regiment mit Armbrustschützen, Katapulten und kräftigen Pferden ausstatten.«

»Ich werde mich gleich morgen darum kümmern.«

»Aus welchem Grund hat man meinen Großonkel überhaupt daran gehindert, noch länger dort oben im Norden zu kämpfen?«, fügte der König neugierig hinzu, denn er hatte nie erfahren, was damals geschehen war.

»Verbittert und voller Groll plante Prinz Anwei, Euren Vater mit Waffengewalt zu stürzen. Er betrachtete sich als den rechtmäßigen Nachfolger Eures Großvaters, König Anguos, als dieser nach einer schweren Krankheit schließlich verschied.«

Zheng nickte zustimmend, während er gleichzeitig unwillkürlich das Gesicht verzog. Er dachte über Anweis Beispiel nach. Man konnte nie wachsam genug sein. Es war besser, Verschwörungen gleich im Keim zu ersticken, ehe sie ihr Ziel erreichen konnten. Doch dazu musste man die Vorbereitungen so früh wie möglich aufdecken. War das Amt für Gerüchte in dieser Hinsicht auch vertrauenswürdig? Er bezweifelte es, und so träumte er davon, ein eigenes Regiment aufzustellen, das zugleich seine Leibgarde und eine echte Geheimpolizei sein würde, die nur von ihm persönlich Befehle entgegennahm.

Er war so sehr in seine Gedanken vertieft, dass er General Wang vergessen hatte, der darauf wartete, dass er ihre Unterredung beendete.

Keiner der beiden Männer wusste, welch entscheidende Rolle der eine für den anderen gespielt hatte. Weder Wang der Glückliche noch Zheng würden jemals erfahren, dass der junge König seinem Kriegsminister den Thron verdankte.

Denn es war Wang der Glückliche gewesen, der in gutem Glauben und aus eigenem Antrieb heraus Anwei befohlen hatte, aus Yan zurückzukehren, weil er dem Gerücht Glauben geschenkt hatte, Anguos jüngerer Bruder plane eine Rebellion gegen den Herrscher in Xianyang. Dieser unselige Befehl hatte Anwei dazu getrieben, sich an seinem Neffen Yiren zu rächen, indem er ihn umbrachte, obwohl dieser nicht das Geringste mit der ganzen Angelegenheit zu tun hatte.

General Wang hatte geglaubt, mit diesem Befehl an höchster Stelle Gefallen zu finden, denn seiner Überzeugung nach kam er damit nur dem zuvor, was dem Wunsch des Umfelds von König Yiren entsprechen musste. Er hatte sich zu einem äußerst geschickten Höfling entwickelt. Durch diese eigenmächtige Anweisung hatte er sich ohne größeren Aufwand einen schmeichelhaften Ruf als treuer Diener des Königs erworben. Er galt seitdem als der Mann, dem man es zu verdanken hatte, dass ein abscheuliches Komplott verhindert worden war. Seine Ernennung zum Kriegsminister war der beste Beweis dafür, dass er damals richtig gehandelt hatte.

Denn in Qin hatte das gegenseitige Misstrauen bereits so weit um sich gegriffen, dass der Verdacht, den Wang der Glückliche Anwei gegenüber gehegt hatte, im Grunde eine Selbstverständlichkeit zu sein schien. Niemand zweifelte daran, dass der Onkel des Königs früher oder später versucht hätte, seinen Neffen zu verraten.

Begonnen hatte alles mit jenen Berichten aus Anweis eigenem

Regiment, in denen von Festmählern die Rede war, bei denen er seinen Männern das Fleisch seiner kranken Pferde zu essen gab. Diese Informationen hatten General Wang zutiefst entsetzt, denn in seinen Augen beanspruchten Pferde eine besondere Zwischenstufe zwischen der Welt der Tiere und der der Menschen. Es hätte nicht viel gefehlt, und er hätte diese Bankette für die reinste Menschenfresserei gehalten! Als er Anweis Ordonnanzoffizier zu sich bestellt hatte, hatte dieser die grauenvollen Berichte ja auch bestätigt. Und jemand, der Pferdefleisch aß, konnte doch nur ein Monster sein!

Und von einem Monster zu einem Rebellen, von einem Schurken zu einem Verräter war nur ein kleiner Schritt. Der Auftrag, Anwei zu überwachen, den er seinem jungen Ordonnanzoffizier erteilt hatte, war ohne Folgen geblieben. Tigersprung hatte ihm niemals eine Nachricht zukommen lassen. Was hätte er denn auch schreiben sollen, wenn Anweis Loyalität über jeden Zweifel erhaben war? Aber Wang der Glückliche hatte Tigersprungs Schweigen geschickt dazu missbraucht, es als einen Beweis dafür darzustellen, dass er mit Anwei gemeinsame Sache mache. Der Ordonnanzoffizier, hatte er behauptet, müsse Anwei sogar gewarnt haben, dass man ihn verdächtige.

In den nördlichen Marken des Königreichs braute sich eine gefährliche Verschwörung zusammen, das war offensichtlich! Es war Wang dem Glücklichen nicht schwer gefallen, diese These zu stützen, er hatte dafür nicht einmal Beweise gebraucht. Seine wirkungsvoll gestreuten Verdächtigungen hatten genügt.

Unter diesen Umständen hielten es auch alle anderen für selbstverständlich, dass Anwei von seinem Kommando entbunden und unverzüglich nach Xianyang zurückbeordert wurde, damit man ihm den Prozess machen konnte.

Die Desertierung des aufrührerischen Prinzen war ihm wie gerufen gekommen. Sie war die Bestätigung für seinen Verrat und hatte den Stern von General Wang, den nun jeder für seine Scharfsichtigkeit rühmte, noch heller strahlen lassen.

Und auch Anweis spurloses Verschwinden kam dem General

sehr gelegen. So brauchte er keinen Prozess zu fürchten, in dessen Verlauf Anwei seine Version des Geschehens hätte darlegen können, was Wang den Glücklichen doch in eine gewisse Verlegenheit gebracht hätte. Bisher war Anwei allen Versuchen der Behörden von Qin, seiner habhaft zu werden, entkommen. Aber wie jede Willkürherrschaft brauchte auch Qin ergebnislose Untersuchungen und Verbrecher, die vor den Augen der Obrigkeit in den Provinzen ihr Unwesen trieben. So lange sie nicht gefasst waren, lebte die Bevölkerung in Angst und blieb gefügig, wurden sie aber verhaftet, konnten sich die Machthaber rühmen, eine wahre Heldentat vollbracht zu haben.

Durch eine merkwürdige Fügung des Schicksals war es nun Zhao Gao, den General Wang in diese kalte, weit entfernte Region entsenden würde, die Anwei so wenig Glück gebracht hatte …

»Du darfst dich zurückziehen«, sagte Zheng endlich und entließ seinen Kriegsminister.

»Ich werde Zhao Gao unverzüglich benachrichtigen«, stammelte Wang der Glückliche, während er rückwärts den Raum verließ.

Noch am gleichen Nachmittag besuchte er die Akademie für Kampfkunst, wo Zhao Gao, um die Zeit totzuschlagen, immer noch den größten Teil seiner Tage damit zubrachte, seinen Körper zu stärken und seine Bauchmuskeln zu formen.

Als Wang der Glückliche den weitläufigen Hof betrat, wo die übenden Schüler ihre Stöcke knallen und ihre Klingen klirren ließen, verstummten die heiseren Schreie der Kämpfer mit einem Schlag.

Es war das erste Mal, dass ein Kriegsminister persönlich in der Akademie erschien!

»Ich bin auf der Suche nach dem Schüler Zhao Gao«, sagte Wang der Glückliche zu einem der anwesenden Lehrmeister.

Dieser wies ihm den Weg zum Kraftraum, wo er den Sohn von Zhao Sheng und Löbliche Absicht dabei antraf, wie er, schweißüberströmt und glänzend wie ein Fisch, der gerade aus dem Wasser kam, rhythmisch seine Eisengewichte hob und wieder sinken ließ.

»Unser König hat mir mitgeteilt, dass du gerne in den Truppen von Qin dienen möchtest, und er hat mich angewiesen, diesem Wunsch zu entsprechen«, verkündete der Kriegsminister dem jungen Mann.

»Ich hoffe, ein genauso tapferer Soldat zu werden wie Ihr!«, rief dieser stolz und spannte seinen Bizeps an.

Der Minister konnte sehen, dass die beharrliche Körperertüchtigung, die Zhao Gao seit Monaten betrieb, Wirkung gezeigt hatte. Seine eher bescheidene Größe betonte seine kräftigen Arme und Oberschenkel, deren Muskeln sich wie die knorrigen Wurzeln eines uralten Wacholderstrauchs unter der Haut abzeichneten.

»Du wirst in den Norden aufbrechen, dorthin, wo Yan damit begonnen hat, eine lange steinerne Mauer zu errichten, um sich vor den Xiongu zu schützen. Du wirst den Armeen dieses Reichs, dessen Kräfte, wie man hört, beständig schwinden, so zusetzen, dass wir danach einen Feldzug starten können, der hoffentlich von Erfolg gekrönt sein wird!«

Der junge Mann ging hinüber zum Regal und stellte seine beiden Gewichte an ihren Platz zurück. Als er gemessenen Schrittes zu Wang dem Glücklichen zurückkam, blähte er vor Stolz seinen Oberkörper so stark auf, dass es schien, als wollten seine Muskeln platzen.

»Ich gehe überallhin, wo es dem König beliebt«, beteuerte er mit aufgeregter Stimme.

Zhao Gaos Traum, endlich eine bedeutende Persönlichkeit zu werden, begann Stück für Stück Wirklichkeit zu werden. Nun würde er seinem verletzten Stolz bald Genugtuung verschaffen können.

Die beiden Eunuchen saßen einander in einem Büro des Amtes für Gerüchte gegenüber. Die Augen von Scharfe Klinge funkelten tückisch.

»Ich weiß, dass du eine Information für dich behalten hast, obwohl du verpflichtet warst, sie an unseren König weiterzuleiten«, erklärte er mit kalter Stimme, kaum dass er sich hingesetzt hatte.

Der Leiter des Amtes für Gerüchte zeigte keine Regung und tat so, als habe er ihn nicht verstanden.

»Du weißt also nicht, wovon ich rede?«, fügte der Oberste Chirurg hämisch hinzu. »Wirklich nicht? Mach schon! Ich höre…«

Unersetzliche Verbindung sah ihn immer noch mit gespielter Gleichgültigkeit an.

»Du hast Lü Buwei und Zhao Ji überrascht, als sie nebeneinander auf dem Dachboden eines Stalls lagen, und du hast unserem König nichts davon gesagt, obwohl er dich persönlich damit beauftragt hatte, Nachforschungen anzustellen!«

Der Schock war so groß, dass Unersetzliche Verbindung sich auf die Zunge beißen musste, um nicht zu schwanken. Jemand musste ihm gefolgt sein, als er den Heuboden des Stalls inspiziert hatte. Zweifellos ein Spion in Diensten von Chu. In diesem tyrannischen Königreich, in dem die Angst jegliche Vaterlandsliebe erstickte, ließen sich so viele Bürger als Spione anwerben, dass man gar nicht misstrauisch genug sein konnte, nicht einmal, wenn man selbst einen Geheimdienst leitete.

An diesem Punkt blieb ihm nur ein einziger Ausweg, er musste die überraschenden und erstaunlich präzisen Vorwürfe des Obersten Chirurgen der Eunuchen rundweg abstreiten.

»Du hast wohl Halluzinationen, mein armer Scharfe Klinge. Glaubst du denn im Ernst, ich hätte nichts Besseres zu tun, als die Königinmutter und den Ersten Minister zu überwachen, um herauszufinden, ob zwischen ihnen eine Liebesbeziehung besteht?«

»Meine Quellen sind sehr zuverlässig…«, erwiderte der Oberste Chirurg in süßlichem Ton.

Angriff ist die beste Verteidigung, dachte daraufhin Unersetzliche Verbindung.

»Genau wie meine, und die haben mir verraten, dass du gemeinsame Sache mit Chu machst! Warst du es nicht, der König Anguo vor Jahren wärmstens empfohlen hat, Schwarze Ströme meiner Behörde zuzuweisen?«

»Dummes Geschwätz! Dafür gab es nie einen Beweis. Und wenn es so gewesen wäre, warum hättest du dann bis heute warten sollen, um diese Information zu verwerten?«, zischte Scharfe Klinge boshaft.

»Hast du das nicht selbst während einer Versammlung der Eunuchen aus lauter Unachtsamkeit gestanden?«, fuhr sein Gegenüber fort.

Die Worte von Unersetzliche Verbindung ließen Scharfe Klinge außer sich geraten. Sein Körper zitterte wie die Sehne eines Bogens, nachdem der Pfeil losgeschnellt war. Wenn er sich nicht beherrschte, würde ihm vor Zorn noch die Luft wegbleiben! Und so riss er sich zusammen und legte beide Hände auf seinen Bauch, um ein wenig innere Gelassenheit wiederzugewinnen.

»Beantworte du zuerst meine Frage. Kannst du mir schwören, dass die Königinmutter und der Erste Minister ihre Liebesbeziehung nicht wieder aufgenommen haben?«, beharrte der Oberste Chirurg, nachdem er sich wieder ein wenig beruhigt hatte.

»Ich kann dir bestätigen, dass ich nichts davon weiß!«, entgegnete Unersetzliche Verbindung, der immer noch fest entschlossen war, nicht das Geringste zuzugeben.

»Weißt du, was dir blüht, wenn an höchster Stelle bekannt würde, dass du ein Geheimnis für dich behalten hast?«

Obwohl sich der Leiter des Amtes für Gerüchte alle Mühe gab, auch weiterhin gelassen zu wirken, hatte er das Gefühl, ihm würde der Boden unter den Füßen weggezogen. Er wusste genau, dass er wegen Hochverrats zum Tode verurteilt werden könnte, weil er Lü Buwei und Zhao Ji gedeckt hatte.

Er schäumte vor Wut über Scharfe Klinge und dessen niederträchtige Beschuldigungen, die zu seinem Untergang führen konnten. Mit letzter Kraft gelang es ihm, auch weiterhin so zu tun, als wisse er nicht, wovon der Chirurg redete.

»Mach, was du willst! Dieses Land ist haltlose Anschuldigungen gewohnt. Rede doch darüber, mit wem du willst! Du kannst ja um eine Audienz bei Zheng ersuchen und ihm diese Neuigkeiten auf einem bronzenen Tablett präsentieren!«

Die Stimme von Unersetzliche Verbindung zitterte vor Empörung.

»Ganz ruhig, Unersetzliche Verbindung! Ganz ruhig! Ich verstehe deinen Ärger ja! Aber ich habe doch nie behauptet, dass ich dich verraten würde… Dazu habe ich viel zu viel zu tun. Jetzt in diesem Moment warten schon wieder über zehn Bewerber auf ihre Operation…«

Wenn Unersetzliche Verbindung mit diesem Ungeziefer alleine gewesen wäre, hätte er sich ohne Zweifel auf ihn gestürzt, um ihn für seine Niedertracht bezahlen zu lassen. Aber um diese Zeit herrschte in der Räumen des Amtes für Gerüchte so viel Trubel wie in einem Bienenstock. Manche Agenten seiner Behörde warfen schon beunruhigte Blicke auf das zornrote Gesicht ihres Vorgesetzten und ahnten, dass etwas nicht in Ordnung war.

Es blieb ihm nichts anderes übrig, als die Zähne zusammenzubeißen.

»Ich habe dir ja gesagt, tu, was du für richtig hältst! Deine Andeutungen interessieren mich nicht!«, rief er Scharfe Klinge hinterher, als dieser sich mit einem spöttischen Lächeln verabschiedete.

Nachdem Unersetzliche Verbindung alleine zurückgeblieben war, bemühte er sich, wieder einen klaren Kopf zu gewinnen. Die Worte des Chirurgen hatten eine unverhohlene Drohung enthalten, und er zweifelte nicht daran, dass Scharfe Klinge diese eines Tages wahr machen würde. Er musste dringend etwas unternehmen. In diesem Stadium war es wohl das Wichtigste, Lü Buwei so schnell wie möglich klar zu machen, dass seine erneute Beziehung zu Zhao Ji kein Geheimnis mehr war und die Vorsicht es dem Ersten Minister gebieten müsse, diese sofort zu beenden.

Dann konnte man hoffen, dass die Gerüchte irgendwann von selbst verstummten und die strenge Beobachtung, unter der die beiden Liebenden von mehreren Seiten standen, bestätigen würde, dass an diesem böswilligen Gerede nichts Wahres dran sei.

Unersetzliche Verbindung dachte darüber nach, wie er den Ersten Minister über die Lage informieren sollte, ohne ihm dadurch zu nahe zu treten. Er begann in Gedanken diejenigen seiner Bekannten und Freunde durchzugehen, denen Lü Buwei vertrauen könnte. Doch sehr schnell kam er zu dem Schluss, dass es das Beste war, sich selbst an ihn zu wenden und ihm unter vier Augen alles zu erzählen.

Noch am gleichen Abend passte er Lü Buwei vor dessen Arbeitszimmer ab, als dieser zur gewohnten Zeit herauskam, um nach Hause zu gehen und nach seinem anstrengenden Arbeitstag ein wenig Ruhe zu genießen.

»Das Amt für Gerüchte überwacht also schon den Ersten Minister!«, scherzte Lü Buwei.

»Ich muss mit Euch reden, alleine, es ist wichtig«, erklärte Unersetzliche Verbindung, der fest entschlossen war, ihm alles zu sagen.

Verwundert führte Lü Buwei ihn zurück in sein Arbeitszimmer und schloss die Tür.

»Einige Personen am Hof wissen von Eurer Liebesbeziehung zur Königinmutter. Der König verdächtigt Euch bereits. Und ich nehme ein großes Risiko auf mich, indem ich Euch warne ...«

»Warum tust du es dann?«, erwiderte der Erste Minister nachdenklich.

Lü Buwei wirkte erstaunlich ruhig und gefasst, die Worte des Eunuchen schienen ihn nicht im Mindesten zu überraschen.

»Diese Feigheit widert mich an. Ich mag nicht tatenlos zusehen, wie sich alle, die ein Interesse an Eurem Untergang haben, zu einem Bündnis zusammenschließen. Ich finde das ungerecht!«

»Und wie denkt König Zheng darüber?«, wollte Lü Buwei wissen.

»Eure Stellung hier in Qin, wo man Euch gerne als eine Art Vizekönig bezeichnet, ist seit Jahren schon so stark, dass er befürchten muss, nie aus Eurem Schatten heraustreten zu können!«

Der Erste Minister hatte den Leiter des Amtes für Gerüchte aufgefordert, ihm gegenüber in einem Sessel Platz zu nehmen.

»Wie kommst du denn auf so etwas?«, wollte er wissen, wobei er den Eunuchen traurig anlächelte.

Sein Tonfall verriet, dass seine Frage auch gleichzeitig schon die Antwort war. Er wirkte müde und schien zwischen Schmerz und Gleichgültigkeit hin- und herzuschwanken, als habe das, was er gerade erfahren hatte, ohnehin früher oder später passieren müssen.

»Das ist offensichtlich. Seit Zheng den Thron bestiegen hat, bemühen sich gewisse Personen nach Kräften, ihm zu beweisen, dass seine Mutter Eure Geliebte ist. Ich war selbst dabei, wie er Li Si vor kurzem beauftragt hat, ihm darüber Bericht zu erstatten.«

»Ach, wenn er nur wüsste!«, seufzte Lü Buwei.

Dieser unbeabsichtigte Stoßseufzer sprach Bände über seine Verzweiflung. Sein eigener Sohn ließ ihn durch den Minister des Gesetzes und der Namen ausspionieren! In seinem Inneren spürte er keine Auflehnung und auch nicht das Gefühl einer Ungerechtigkeit, nur eine unendliche Trauer.

»Zuvor hatte er auch schon das Amt für Gerüchte angewiesen, Nachforschungen anzustellen. Ich war es, der Euch vor einiger Zeit zusammen mit der Königin unter dem Heuhaufen überrascht hat…«

»Und das hast du für dich behalten?«

»Wenn ich es doch sage!«, beteuerte der Eunuch.

Er war aufgestanden und hatte Lü Buwei am Arm gepackt.

»Ich habe es vorgezogen zu schweigen, weil ich Euch wohlgesinnt bin«, fügte er bekümmert hinzu.

»Aber so wie ich Qin kenne, wird früher oder später herauskommen, dass du eine solche Information zurückgehalten hast…«

»Das könnte leider jetzt schon der Fall sein. Vielleicht werde ich nachher verhaftet. Aber nachdem ich Euch die Wahrheit gesagt habe, kann ich wenigstens ein reines Gewissen haben!«, flüsterte er, ehe er Lü Buweis Arbeitszimmer hastig verließ.

Draußen rief sich Unersetzliche Verbindung ihr Gespräch noch einmal in Erinnerung.

Lü Buwei hatte einen seltsam gefassten Eindruck gemacht. Der Erste Minister hatte nicht einmal versucht, etwas abzustreiten. Er hatte weder protestiert noch sich hinter seiner angegriffenen Ehre versteckt. Dem Eunuchen war diese Haltung ein Rätsel. Was verbarg sich hinter dieser Resigniertheit? Wie konnte ein Mann, der von so weit her gekommen und so hoch hinaufgestiegen war, nur so reagieren? Er glich einem Akrobaten, der, nachdem er die Spitze der Stange erreicht hatte, plötzlich beschloss, einfach loszulassen. Warum ließ er nach so viel Mühen alles einfach so fallen?

Während die Verwirrung von Unersetzliche Verbindung immer größer wurde, öffnete Lü Buwei die große Schublade seines Schreibtischs und griff geistesabwesend nach einem kleinen Bambustäfelchen, das ein Bote ihm am Vorabend überbracht hatte, kurz nachdem er in sein schönes Haus auf dem Pferdehügel zurückgekehrt war.

Es enthielt nur acht Zeichen, die von jemandem, der es offensichtlich eilig gehabt hatte, hastig hingeworfen worden waren.

Nur eine kurze anonyme Nachricht, die ihm zu verstehen gab, dass man ihn bei seinem Sohn denunziert hatte.

16

Es war Abend, in einem der unzähligen Freudenhäuser im Viertel der Blumen und Weiden von Xianyang.

Belustigt musterte die Kurtisane diesen jungen Mann mit den zarten Gesichtszügen und dem sympathischen, ein wenig eingeschüchterten Blick, der unbeholfen eine Hand auf ihre nackte Brust gelegt hatte.

»Ist es das erste Mal, dass du zu einer Frau kommst?«, fragte sie ihn lachend.

»Es muss für alles ein erstes Mal geben«, erwiderte der junge Mann.

Obwohl ihn ihre Frage ein wenig in Verlegenheit gebracht hatte, lächelte er freundlich und schien diesen ersten Kontakt mit den dunklen, aufgerichteten Brustwarzen der Schönen zu genießen.

Die junge Frau, ein herrliches Geschöpf mit braunem Haar und Jadeaugen, deren Blick in ihrem Beruf noch nicht allzu sehr abgestumpft war, hatte sich langsam und mit aufreizenden Bewegungen ausgezogen, bis sie völlig nackt war. Dann hatte sie die Hand des Jungen genommen, sie langsam über ihren Bauch geführt und schließlich auf ihrem dichten Schamhaar ruhen lassen, das sie zuvor sorgfältig parfümiert und mit einer ölhaltigen Creme eingerieben hatte.

»Siehst du, so erreichst du, dass sich mein Rosental öffnet. Du brauchst nur meiner Hand zu folgen!«, wisperte sie Goldener Fisch beruhigend ins Ohr.

Mühelos befreite sie seinen Jadestab, der bereits eine kräftige Spannung aufwies, aus seinen Beinkleidern.

Das Begehren, das in seinem Unterleib kribbelte, verursachte ihm eine Gänsehaut. Es war ein sehr viel intensiveres Gefühl, als er es bei Huayang empfunden hatte, wenn die frühere Königin ihm während ihrer gemeinsamen Übungen zur Beherrschung der inneren Energien den Rücken massierte oder ihre Hände an der Stelle des unteren Zinnoberfelds auf seinen flachen, muskulösen Bauch legte. Der Witwe von König Anguo war es ganz und gar nicht unangenehm, den Körper von Goldener Fisch zu berühren, und auch er hatte deutlich gespürt, wie sich Huayangs glatte, parfümierte Haut anfühlte, wenn sie ihn einrieb. Doch es war stets bei einfachen Liebkosungen geblieben, einem leisen Kontakt zwischen ihnen, in den sich nie auch nur der Ansatz von Lust gemischt hatte. Die Königinwitwe hatte sich immer zurückgehalten, obwohl sie durchaus hin und wieder den Wunsch verspürt hatte, weiter zu gehen, vor allem seit sie mit dem jungen Mann alleine war, jetzt wo Zhengs königliche Verpflichtungen ihn daran hinderten, sich ihnen anzuschließen.

Die Kurtisane benutzte inzwischen den Jadestab von Goldener Fisch wie den Pinsel eines Gelehrten, der die Schriftzeichen »Liebe«, »Verführung« und »Lust« auf ihre Schenkel schrieb, die sie so weit gespreizt hielt, dass er am Ende ihres Rosentals ihren bereits geöffneten Erhabenen Spalt sehen konnte.

Goldener Fisch versuchte, sich mit aller Kraft zu beherrschen.

Als sie ihm half, in ihre Innerste Pforte einzudringen, wand sie sich unwillkürlich vor Vergnügen und gurrte: »Ja, so ist es gut! So ist es sehr gut!«

Dann stieß sie einen lauten Schrei aus, und der Jadequell von Goldener Fisch sprudelte, kaum dass sein Glied in die zarte Höhle der Kurtisane eingedrungen war. Diese hatte sich ihr Vergnügen nicht versagt, während Goldener Fisch, der nicht so recht verstand, was gerade mit ihm geschehen war, immer noch völlig benommen war.

Nachdem sie beide Erfüllung gefunden hatten, sagte sie: »Dir werden alle Frauen zu Füßen liegen. Dafür, dass es dein erstes Mal war, hast du dich so geschickt angestellt wie ein erfahrener Verführer!«

»Du hast mir den richtigen Weg gezeigt!«, erwiderte er bescheiden.

»Werde ich dich wiedersehen?«, fragte sie geziert und ließ ihren hübschen Hintern kreisen.

Goldener Fisch hatte seine Beinkleider zurechtgezogen, küsste sie flüchtig auf die Stirn und ging hinaus, ohne zu antworten.

Vor der Tür des Freudenhauses wartete Furchtloser Krieger auf ihn.

Da Lü Buweis öffentliche Verpflichtungen ihn in zunehmendem Maße in Anspruch nahmen, war der Hunne im Laufe der Jahre mehr und mehr zum offiziellen Beschützer des Jungen geworden, den er als Neugeborenes auf Befehl des Kaufmanns im fernen Südwesten gesucht und nach Qin zurückgebracht hatte. An manchen Tagen war er sogar sein wichtigster Lehrer.

Als Goldener Fisch noch kleiner war, hatte er ihm beigebracht, wie man ritt und mit einer Schleuder Vögel jagte. Er hatte ihn gelehrt, Hirsche und Brüllaffen aufzuspüren und die einzelnen Tiere und Vögel, die die Hügel und Wälder ringsum bevölkerten, anhand ihrer Spuren zu unterscheiden. Und er hatte ihm gezeigt, wie man in den Flüssen Lachse und Karpfen fing. Es war Furchtloser Krieger nicht schwer gefallen, ihm die Freude an der Natur und die Liebe zu weiten Ebenen zu vermitteln, wo man stundenlang galoppieren konnte, ohne einer Menschenseele zu begegnen, und wo die Energien, die aus den vier Richtungen herbeiströmten, ihre ganze Kraft entwickelten, weil sie auf kein einziges Hindernis trafen.

Auf diese Weise verbrachten sie viel Zeit miteinander, und Goldener Fisch nutzte diese Gelegenheiten, um den Riesen immer wieder nach den Umständen zu fragen, unter denen dieser ihn nach Xianyang gebracht hatte.

Doch jedes Mal antwortete Furchtloser Krieger mit einem rätselhaften »Hunnengeheimnis!«, und brach in schallendes Gelächter aus. Bis zu jenem Tag, als Goldener Fisch ihn noch nachdrücklicher bedrängt hatte als sonst und er schließlich nachgab und ihm gestand, dass Lü Buwei ihn hatte schwören lassen, niemals auch nur ein Sterbenswörtchen darüber zu verraten, was damals geschehen war.

Goldener Fisch kannte die Loyalität von Furchtloser Krieger gut genug, um zu wissen, dass dieser sein Wort halten würde. Also hatte er aufgehört, ihn nach seiner Herkunft zu fragen, und machte ihm auch keine Vorwürfe, denn das war der Wille von Lü Buwei, seinem Vormund, den er so sehr respektierte.

Und so hatte sich der Hunne ganz selbstverständlich erboten, ihn in das Viertel der Blumen und Weiden zu begleiten, als Goldener Fisch den Wunsch geäußert hatte, zum ersten Mal zu den Frauen zu gehen, wie Huayang es ihm einige Tage zuvor wärmstens geraten hatte.

Als Goldener Fisch im Morgengrauen von seinem ersten amourösen Ausflug nach Hause kam, traf er im Musikzimmer des Palastes auf Lü Buwei.

»Du bist ja noch wach! Was ist denn los?«, fragte Goldener Fisch überrascht.

»Ich habe auf dich gewartet. Nun, wie war es?«

»Ich glaube, ich war der Sache gewachsen. Außerdem hat Furchtloser Krieger ja auf mich aufgepasst! Es hätte mir gar nichts zustoßen können…«, scherzte der junge Mann.

Lü Buwei machte einen seltsamen Eindruck, und als Goldener Fisch ihn nach dem Grund dafür fragte, antwortete er: »In wenigen Tagen werde ich Xianyang verlassen und in meine Heimatstadt Handan zurückkehren. Bis dahin wird König Zheng den Erlass veröffentlicht haben, mit dem er mich meines Amtes als Erster Minister enthebt. Ich wollte, dass du das von mir erfährst und nicht durch das Gerede in der Stadt…«

Die Stimme des Ersten Ministers klang unbeteiligt. In seinen Worten schwang nicht der kleinste Hauch von Auflehnung mit. Er wirkte sehr gefasst, aber bewegt.

»Was willst du denn damit sagen?«, protestierte Goldener Fisch, der aus allen Wolken fiel.

»Nichts weiter. Ich habe in Qin Großes erreicht. Ich bin ein erfolgreicher Mann, mächtig, wohlhabend und der Erste Minister eines Landes, in dem ich nicht geboren bin! Es wird Zeit, dass ich zu meinen Wurzeln zurückkehre.«

Goldener Fisch war erschüttert. Er wusste nicht, was er darauf erwidern sollte, und blieb stumm. Er sah Lü Buwei an und konnte nicht glauben, dass das Ganze kein Traum war.

»Aber für dich, mein lieber kleiner Goldener Fisch, wird sich nichts ändern. Dein Platz ist hier. Und du darfst dir vor allem keine Sorgen darüber machen, was aus mir werden wird!«

»Das ist unmöglich! Diese Entscheidung hast du doch nicht freiwillig getroffen… Ich bin sicher, dass du mir etwas verschweigst!«

Da trat Lü Buwei auf den jungen Mann zu und legte ihm die Hände auf die Schultern. Dann gab er Furchtloser Krieger ein Zeichen, den Raum zu verlassen.

Sie waren alleine.

»Heute Abend ist der Moment gekommen, dir mein größtes Geheimnis zu enthüllen. Zhao Ji und ich, wir lieben uns. Der König weiß davon, und deshalb ist mein Platz nicht länger hier.«

»Hat denn nicht jeder das Recht, den Menschen zu lieben, den er will?«

»Es gibt noch etwas viel Wichtigeres, das ich dir sagen möchte: Zheng ist mein Sohn. Das weiß er natürlich nicht, und er darf es auch niemals erfahren. Wir haben ihn gezeugt, unmittelbar bevor ich nach Handan gereist bin, um Yiren zurückzuholen, der dort als Geisel gefangen gehalten wurde. Gleich nach seiner Rückkehr hat Yiren Zhao Ji geheiratet, und er hat immer geglaubt, der kleine Zheng sei sein Kind.«

»Aber warum hast du die Frau, die du liebtest, einfach so gehen lassen, und das auch noch mit dem Kind, das sie von dir erwartete?«, fragte Goldener Fisch bestürzt.

»Es ist alles anders gekommen, als Zhao Ji und ich es geplant hatten. Ich habe meinen Sohn nicht einfach so aufgegeben. Es tut mir Leid, aber ich kann dir nicht mehr dazu sagen!«

An seinem traurigen Blick und der Verzweiflung, die ihn plötzlich zu überwältigen schien, erkannte Goldener Fisch, dass seine Frage ihn mitten ins Herz getroffen hatte. Tränen glitzerten in Lü Buweis Augenwinkeln.

»Warum erzählst du mir das alles?«, fuhr er fort, um dem Kaufmann aus diesem inneren Aufruhr herauszuhelfen.

»Weil du der einzige Mensch bist, dem ich wirklich vertraue! Dieses Geheimnis ist mir so wichtig, dass ich es dir verraten möchte, denn ich liebe dich wie einen Sohn. Außerdem glaube ich, dass dieses Wissen dir vielleicht eines Tages von Nutzen sein könnte!«, sagte Lü Buwei, dem inzwischen Tränen über das Gesicht liefen.

Goldener Fisch umarmte ihn, um ihn zu trösten.

»Wer außer mir weiß noch davon?«

»Zhao Ji natürlich, und Königin Huayang. Wie du weißt, hat sie Zhao Ji immer als die Tochter betrachtet, die sie selbst nie bekommen konnte. Mit dir wissen es nun vier Menschen. Sonst niemand!«

»Ich danke dir für dein Vertrauen, es berührt mich sehr. Aber gibt es da nicht noch ein weiteres Geheimnis, das du mir enthüllen möchtest?«

»Welches?«

»Das der Umstände, unter denen Furchtloser Krieger mich gefunden hat. Du hast ihn schwören lassen, mir niemals etwas davon zu verraten...«

Lü Buweis Antwort kam ohne zu zögern, unmissverständlich und in entschlossenem Ton: »Sie sind unwichtig! Es wäre sinnlos, dir davon zu erzählen. Das ist Vergangenheit. Du brauchst dich weder deiner Eltern noch deines Geburtsorts zu schämen. Aber nichts darüber zu wissen ist in diesem Fall der beste Schutz für dich. Deshalb, mein lieber Junge, sollten wir es dabei bewenden lassen, wenn du einverstanden bist.«

Goldener Fisch verstand, dass Lü Buwei ihm nicht mehr sagen würde.

Als er traurig zu Bett ging, hatte das, was er gerade gehört hatte, die schöne Erinnerung an seine Begegnung mit der jungen Kurtisane bereits verblassen lassen.

Er würde Lü Buwei verlieren, das war gewiss! Aber er hoffte auch, auf die eine oder andere Weise seine Fackel weitertragen zu können.

Erneut drang Blut durch den groben dunklen Stoff, der mit einem Mal aufriss und den Blick auf die furchtbare Wunde freigab.

Der Aufseher der Baustelle liebte nichts mehr als das Sirren der kleinen Kugeln, die durch die Luft sausten und alle Arbeiter in Angst und Schrecken versetzten.

Wieder war die Peitsche mit voller Wucht auf die Schulterblätter des erschöpften Mannes herabgesaust, weil er die Steine nicht schnell genug zerkleinerte. Die fünfundzwanzig Seidenschnüre endeten in kleinen Bronzekugeln, über deren Oberfläche zwei reliefartige Linien verliefen, die eine horizontal, die andere vertikal, die das Ganze zu einer Schlagwaffe von entsetzlicher Wirkungskraft werden ließen. Der blutüberströmte Mann stöhnte nur leise auf. Er wusste ganz genau, dass ein Klagelaut nur einen weiteren Peitschenhieb zur Folge gehabt hätte.

Und so blieb ihm nichts anderes übrig, als seinen Hammer und seinen Meißel in die geschwollenen Hände zu nehmen und sich wieder daranzumachen, seine Steine zu behauen, in der Hoffnung, der Aufseher möge ein Stück weiter entfernt ein anderes Opfer finden, an dem er seine Grausamkeit auslassen könnte.

Der Haufen mit den Steinen, die er bis zum Ende des Tages noch auf die richtige Größe zurechtmeißeln musste, erschien ihm wie ein gigantischer Berg mit einem unerreichbaren Gipfel, den zu besteigen er niemals die Kraft haben würde.

So war es immer auf der Baustelle der Großen Mauer von Yan.

Man verlangte so viel von den Männern, dass sie schon den Mut verloren, noch ehe sie sich überhaupt an die Arbeit machten. Aber die Angst vor Strafen und den Peitschen der Aufseher brachte sie schließlich immer wieder aufs Neue dazu, Leistungen zu vollbringen, von denen sie nie vermutet hätten, dass sie dazu fähig wären.

Unglücklicherweise hatte der Aufseher beschlossen, weiter auf denselben blutenden Arbeiter loszugehen. Er ließ nicht mehr von ihm ab. Rhythmisch wie eine Trommel fuhren die Peitschenhiebe herab. Schon begannen die Kräfte des Opfers zu schwinden. Sein Körper war über und über mit klaffenden Wunden bedeckt. Schließlich sackte sein Kopf herab, und der Mann rollte auf den Boden.

Der Aufseher hatte sein Schwert gezogen und schickte sich an, ihm den Gnadenstoß zu geben, denn es war vorgeschrieben, entkräftete Arbeiter gleich auf der Baustelle zu töten, damit man sie nicht unnötig pflegen und ernähren musste. Da hörte er plötzlich den Lärm von Hufschlägen und fuhr herum. Drei Reiter stürmten auf ihn zu.

Er versuchte noch, die Waffe zu heben, mit der er sein Opfer hatte töten wollen, als Zhao Gaos Lanze ihn auch schon mitten ins Herz traf.

Der Aufseher war auf die Knie gesunken und zog mit aller Kraft an dem hölzernen Schaft, der ihn aufgespießt hatte. Es wirkte wie eine groteske Ehrbezeugung an den Mann, der ihn durchbohrt hatte, eher er schließlich tot zusammenbrach.

Neben der blutüberströmten Leiche des Aufsehers lag der Arbeiter. Er war in sehr schlechter Verfassung und flehte um Gnade.

»Meinen Glückwunsch, Oberst Zhao Gao! Gleich bei Eurer ersten Begegnung mit dem Feind habt Ihr Euer Ziel nicht verfehlt!«, sagte einer der Reiter.

Zhao Gao plusterte sich auf vor Stolz.

»Das war gar nichts. Der diente doch nur zum Aufwärmen!«, rief er und ließ den Arbeiter, der noch einmal mit dem Leben davongekommen war, wieder zur Besinnung kommen.

Dann gab er seinem Pferd, das abrupt zur Seite auswich, die Sporen und galoppierte an der Mauer entlang davon.

Ein Stück weiter hatten ein paar Arbeiter den Vorfall beobachtet. Hastig hatten sie die Beine unter den Arm genommen und waren auseinander gestoben wie die Kaninchen, um sich hinter den kleinen sandigen Hügeln zu verstecken, die sich in der steinigen Ebene erhoben, über die sich die Große Mauer des Königreichs Yan dahinzog. Als Zhao Gao den Mauerabschnitt erreichte, wo er sie zu finden glaubte, war niemand mehr zu sehen, nur der Staub, den sie aufgewirbelt hatten, hing noch in der Luft. Da stieß er laute Verwünschungen aus, um ihnen Angst einzujagen, ehe er seinem Pferd erneut die Sporen gab und zu seinen beiden Gefährten zurückritt, die auf ihn gewartet hatten.

Es wurde Zeit, wieder zu ihrem Regiment zurückzukehren, das in der Nähe sein Lager aufgeschlagen hatte.

»Unser großer König weiß doch stets, worauf es ankommt. Es war sehr weitsichtig von ihm, dich aufzufordern, an meinem Feldzug teilzunehmen, um ihm anschließend über dieses Bauwerk Bericht zu erstatten«, sagte Zhao Gao.

»Dem Weitblick von König Zheng kommt nur noch seine Klugheit gleich«, bestätigte einer der Reiter, dessen Gesicht unter einer Kapuze verborgen war.

»Was hältst du denn von der Mauer von Yan? Sie scheint eine recht wirkungsvolle Verteidigungsanlage zu sein«, wollte Zhao Gao wissen.

»Sie ist nicht sehr stabil. Sie besteht aus ungemauerten Steinblöcken, was an sich nicht schlecht ist, aber das Projekt, das ich für König Zheng im Sinn habe, ist um ein Vielfaches ehrgeiziger! Mir schwebt ein Mörtel vor, der so hart wird wie der Stein selbst und meine Festung unzerstörbar machen wird!«, erwiderte der Reiter.

Sie hatten das Lager erreicht, und er schlug seine Kapuze zurück. Darunter kam das Gesicht des Architekten Vollkommenes Gleichmaß zum Vorschein.

»Es stimmt schon, dass Angreifer ziemlich leicht auf diese Trockenmauer hinaufklettern könnten!«, stellte Zhao Gao fest.

»Die Große Mauer von Qin wird in regelmäßigen Abständen einen Wehrturm aufweisen. Sie wird ein absolut unüberwindliches Hindernis sein. König Zheng hat mir bereits versprochen, mir alles zur Verfügung zu stellen, was ich an Bauarbeitern, Mörtel und Steinen brauche.«

»Wenn man sieht, wie viel Mühe es Yan schon kostet, diese kleine Absperrung zu errichten, wird dich dein Vorhaben vermutlich noch sehr weit führen«, gab Zhao Gao zu.

Er sah ihn bewundernd und nachdenklich zugleich an. Im Gegensatz zu Soldaten schufen die Architekten Bauwerke statt sie zu zerstören!

»Wie lange soll denn dein Feldzug gegen Yan dauern?«, erkundigte sich der Architekt des Königs.

»Man hat mir etwas von einem Mondjahr gesagt. Bis dahin wird unser König den großen Angriff vorbereitet haben, mit dem Qin Yan vollständig erobern wird. Was mich betrifft, so soll ich den Gegner unablässig bedrängen und genügend Keile in sein Gebiet treiben, damit seine Verteidigung beim ersten großen Angriff zusammenbricht.«

Pferdeknechte rannten herbei und halfen ihnen beim Absteigen. Zhao Gao forderte den Architekten mit einer Handbewegung auf, ihn zu seinem Kommandeurszelt zu begleiten.

Auf einer kreisrunden Fläche in der Mitte des Lagers hatten die Feldköche gewaltige Spieße aufgebaut, unter denen Feuer loderten. Vier ausgeblutete langhaarige Schafe, die Zhao Gaos Soldaten aus einer Herde geraubt hatten, die Nomaden gehörte, lagen nebeneinander auf dem Boden. Die Fleischhauer zerlegten sie in kleinere Stücke, um diese zu braten.

Die erschöpften Soldaten brauchten nach dem anstrengenden zehntägigen Ritt, der sie von Xianyang in den Norden geführt hatte, dringend etwas Anständiges zu essen.

In diesen nördlichen Breiten senkte sich die Dunkelheit um diese Jahreszeit nur langsam auf die Ebene herab. Das mit Sorghumschnaps begossene Schafsfleisch war längst aufgegessen, ehe es vollständig dunkel war. Rings um die erloschenen Feuer dösten die Männer satt vor sich hin, bis sie schließlich den Befehl erhielten, sich in ihre Zelte zurückzuziehen.

Zhao Gao und Vollkommenes Gleichmaß saßen nebeneinander an einer Feuerstelle, deren Kohlen noch rot glühten. Sie schmiedeten große Pläne, vor allem was die Große Mauer betraf.

Der Architekt kniete auf dem Boden und hatte mit Hilfe eines Stöckchens eine grobe Karte von Qin in den Sand gemalt, in die er nun den Verlauf jener Mauer einzeichnete, die er im Auftrag von König Zheng entworfen hatte.

»Ich will auch die Abschnitte der bereits existierenden Mauern mit einbeziehen. Manche von ihnen sehen recht ansehnlich aus. Die Mauer von Wei zum Beispiel. Es heißt, die Könige dieses Landes hätten über dreihunderttausend Arbeiter daran bauen lassen! Aber das Wichtigste wird ein neu errichtetes Bauwerk sein, das die vier Himmelsrichtungen miteinander verbindet…«

Fasziniert beobachtete Zhao Gao die Hand von Vollkommenes Gleichmaß, der geschickt all die kleinen Punkte miteinander verknüpfte, hier Schraffierungen und dort kleine Kreise hinzufügte und so den Plan der Großen Mauer vervollständigte, deren kleinste Einzelheiten er bereits vor sich zu sehen schien.

Um die Zeichnung besser erkennen zu können, war der junge Oberst so nah an den Architekten herangerückt, dass Vollkommenes Gleichmaß sein Haar an seiner Nase spürte. Es verströmte den eigentümlichen Geruch von Moschus und Rauch. Unter dem Kragen von Zhao Gaos Waffenrock konnte er seinen glänzenden, muskelbepackten Rücken erkennen. Weder dieser Geruch noch der Anblick ließen Vollkommenes Gleichmaß unberührt.

Der Architekt fühlte sich genauso zu jungen Männern hingezogen wie zu jungen Mädchen, vorausgesetzt, ihnen war eine gewisse Anmut eigen. Er konnte die Nacht ebenso gut mit einer Kurtisane verbringen wie mit einem Eunuchen.

Er ließ sich nichts von dem inneren Aufruhr anmerken, der ihn erfasst hatte, sondern fuhr unbeirrt fort, den Verlauf der steinernen Mauer auf der Karte einzuzeichnen, während Zhao Gao nun so dicht neben ihm hockte, dass der Architekt von König Zheng die warme Haut des Athleten an seiner eigenen spüren konnte.

Vollkommenes Gleichmaß vermied es sorgsam, sich zu rühren, obwohl seine Beine inzwischen eingeschlafen waren. Zhao Gao klebte jetzt regelrecht an ihm. Es war ein angenehmes Gefühl, der muskulöse Körper dieses unerschrockenen Oberst gefiel ihm. Doch dieser schien nichts zu bemerken, er war wie geblendet von den gewaltigen Ausmaßen der Großen Mauer, die ihm erst durch den Plan des Architekten so richtig zu Bewusstsein gekommen waren.

Erst als die Zeichnung fertig war, Vollkommenes Gleichmaß alle Einzelheiten erklärt hatte und die beiden Männer sich anschickten, sich für die Nacht in ihre Zelte zurückzuziehen, huschte ein leises ironisches Lächeln über das Gesicht des jungen Obersten, der schließlich doch den Grund für die Verwirrung des Architekten erkannt hatte.

»Du bist ein begabter Zeichner! Mein Kompliment für diesen Plan der Großen Mauer«, sagte er höflich.

Vollkommenes Gleichmaß wusste nicht recht, was er davon halten sollte. Bedeuteten Zhao Gaos Lächeln und dieses Kompliment tatsächlich eine Einladung, oder bezogen sie sich lediglich auf sein Geschick als Zeichner?

Zhao Gaos Gedanken waren in der Tat vollauf damit beschäftigt, sich vorzustellen, wie diese Mauer wohl aussehen würde, wenn sie unter der Leitung des Architekten fertig gestellt wäre. Mit all den verschiedenen Teilstücken, die ineinander griffen, war der Plan, den Vollkommenes Gleichmaß in den Sand gezeichnet hatte, so kompliziert, dass er ihn an eine Darstellung von Sternbildern erinnerte.

Er war sich sicher, dass man von einem Stern oder vom Mond aus die Große Mauer mit bloßem Auge sehen könnte.

Loderndes Feuer traute seinen Augen nicht: »Liebespulver Loderndes Feuer!«

Es waren tatsächlich die Schriftzeichen seines eigenen Namens, die da unmittelbar neben denen mit der Bedeutung »Liebespulver« auf einem kleinen Bambustäfelchen standen, das der Apotheker gegen einen bis obenhin mit orangefarbenem Pulver gefüllten Mörser aus weißem Marmor gelehnt hatte. Vor dem Stand hatte sich bereits eine lange Schlange von Käufern gebildet, die, angelockt von den werbenden Worten auf dem Täfelchen, vorwärts drängten.

Alles ging drunter und drüber.

Jeder wollte eine Prise von diesem kostbaren Pulver ergattern. In der Schlange, in die sich auch alte Klatschbasen und einfache Schaulustige gemischt hatten, flogen die Kommentare hin und her. Man unterhielt sich über die außergewöhnliche Qualität dieser ungemein seltenen orangefarbenen Substanz, von der sie alle eine kleine Portion erstehen wollten.

Loderndes Feuer stand stocksteif da und beobachtete das Gewühl.

Huayang, in deren Dienst er vor kurzem getreten war, hatte ihm aufgetragen, in das Viertel der Apotheker zu gehen, um zu sehen, ob in einem der Läden Kraft spendende Arzneien verkauft wurden. Er hatte bereits erfolglos mehrere Straßen abgesucht, als sein Blick schließlich auf dieses schwarze Täfelchen gefallen war, auf dem in scharlachroter Farbe, die schon von weitem zu sehen war, diese Schriftzeichen prangten.

Die Verkäuferin wusste nicht mehr, wo ihr der Kopf stand. Sie überwachte den Mörser und gab gleichzeitig gegen klingende Münze in Betelblätter eingewickelte Prisen des Pulvers an ihre Kunden aus.

»Eine solche Gelegenheit darf man sich nicht entgehen lassen! Seine Mischung ist gerade fertig geworden, und ich habe gehört, es sei ihm gelungen, sich die Geschlechtsteile eines frisch kastrierten jungen Eunuchen zu besorgen!«, hörte man aus der Menge.

Unzählige Bemerkungen wirbelten durcheinander, von medizinischen Belehrungen bis hin zu anzüglichen Witzen.

»Das ist das erste Mal, dass er ein Liebespulver verkauft, das in der Lage ist, ein loderndes Feuer zu entfachen!«

»Damit kannst du mindestens drei Frauen gleichzeitig glücklich machen!«

»Dieses Pulver entlockt deinem Jadestab sicher loderndes Feuer!«

Immer wieder fielen die Worte »loderndes Feuer«, und der junge Eunuch hatte plötzlich das Gefühl, als sei die ganze Zeit von ihm die Rede. Eine schreckliche Ahnung beschlich ihn…

Um Gewissheit zu erlangen, beschloss er, in den Laden zu gehen. Der Apotheker stand hinter seiner Theke und wog getrocknete Pflanzen ab, die er gerade in einem kleinen steinernen Mörser zermahlen hatte.

»Warum steht da ›Loderndes Feuer‹ auf der Tafel neben dem orangefarbenen Pulver?«, rief der Eunuch gehetzt.

Der Mann sah ihn misstrauisch und ein wenig furchtsam an. Vielleicht war das ja einer der Beamten, die darüber wachten, dass die Händler ihre Kunden nicht betrogen, und hin und wieder auch die Apotheker kontrollierten.

»Es besteht garantiert aus den gemahlenen Geschlechtsteilen eines Menschen. Der Eunuch, dem sie abgeschnitten wurden, hieß Loderndes Feuer. Auf der Tafel steht also nichts als die Wahrheit!«, verteidigte er sich, um seine Ehrlichkeit zu beweisen.

»Wie könnt Ihr Euch dessen denn so sicher sein?«, stieß der junge Eunuch mühsam hervor. Er spürte, wie Wut in ihm hochstieg und sein Herz überschwemmte.

Der Apotheker winkte ihn näher zu sich heran. »Ganz unter uns, ich habe sie dem Chirurgen abgekauft, der den jungen Mann operiert hat! Welche Herkunftsgarantie könnte noch sicherer sein? Wie viele Prisen willst du? Wenn du mehrere nimmst, könnte ich sie dir zu einem Sonderpreis verkaufen…«, flüsterte er Loderndes Feuer verschwörerisch ins Ohr.

Der Eunuch schwankte. Um nicht das Gleichgewicht zu verlieren, hielt er sich an einem Stapel von Körben fest, die mit Pflanzen, Reptilienhäuten und Knochen gefüllt und so wacklig aufeinander gestellt worden waren, dass sie seinem Griff keinen Halt boten. Mit lautem Getöse fielen sie um, und ihr stinkender, makaberer Inhalt entleerte sich über den Boden. Er bemerkte, dass er gleichzeitig auch gegen einen Bambuskäfig voller sich windender Schlangen gestoßen war, lebenden Tieren diesmal, aus deren Blut und Galle der Apotheker so genannten »Schlangenwein« herstellte, den er als Stärkungsmittel an alte Leute verkaufte. Die Aspisvipern, die er versehentlich aus ihrem Gefängnis befreit hatte, glitten auf der Suche nach einem Versteck verängstigt in alle Richtungen davon und versetzten die Käufer, die sich immer noch vor dem Stand drängten, in Panik.

Der junge Eunuch sah den grotesken und zum Schreien komischen Anblick des Apothekers nicht mehr, der auf allen vieren herumkroch und, laut um Hilfe rufend, versuchte, seine Reptilien wieder einzusammeln, die sich zwischen den getrockneten Blättern und den verkrümmten Wurzeln hindurchschlängelten. Er war vorgestürzt und hatte hastig seine Hand in das orangefarbene Pulver in dem marmornen Mörser getaucht. Es fühlte sich so weich an wie Reismehl. Er schloss seine Finger darum und nahm eine Hand voll an sich, ehe er eilends das Weite suchte.

Der Apotheker brüllte: »Haltet den Dieb!«, doch Loderndes Feuer war bereits weit fort!

Er brach und schubste sich einen Weg durch die Menge und rannte mit so großen Schritten vorwärts, dass den Passanten, die um diese Tageszeit den Markt bevölkerten, gar nichts anderes übrig blieb, als zur Seite zu springen und ihn schimpfend durchzulassen.

Als er das Viertel der Kaufleute hinter sich gelassen hatte, leerte er den Inhalt seiner Faust in eine Seitentasche seines Beutels. Dann wickelte er sich hektisch einen Turban um den Kopf, so dass dieser sein halbes Gesicht verbarg.

Seine Augen waren blutunterlaufen wie die einer Tigerin, deren Junges gerade von Jägern getötet worden war. Alle Fasern seines Körpers schrien nach Rache. Er hatte das Gefühl, sich in einen Pfeil verwandelt zu haben, der unwiderruflich auf dieses Ziel ausgerichtet war, zu dem ihn sein Körper hintrug. Er wusste ganz genau, wie er Scharfe Klinge für dieses elende Verbrechen büßen lassen würde.

So schnell er konnte, rannte er auf die Klinik der Eunuchen zu. Sie lag genau am entgegengesetzten Ende der Stadt in Richtung ihrer westlichen Vororte. Er musste also ganz Xianyang durchqueren, um dorthin zu gelangen, aber er lief so schnell, dass er trotz der vollen Straßen bald schon das beeindruckende Gittertor erreichte, durch das man in ihren majestätischen Park gelangte, wo einige kürzlich operierte Eunuchen auf den Bänken saßen und sich in der Sonne erholten.

Rücksichtslos stieß er den überraschten Pförtner, der ihn nach dem Grund für seinen Besuch fragte, zur Seite und eilte geradewegs auf den Pavillon zu, den der Oberste Chirurg bewohnte.

Als er in den Hauptraum stürmte, lag Scharfe Klinge gemütlich auf einem Liegestuhl und ließ sich von einem Krankenpfleger die Fingernägel reinigen.

Noch ehe dieser dazwischengehen konnte, hatte Loderndes Feuer, dessen Wut seine Kräfte verzehnfachte, Scharfe Klinge zu Boden gerissen und dabei das kleine lackierte Tablett umgeworfen, auf dem die Skalpelle des Chirurgen sorgsam nebeneinander aufgereiht lagen und darauf warteten, geschliffen zu werden.

Der Krankenpfleger war hinausgerannt, um Hilfe zu holen. Sie waren alleine.

Die rechte Hand des jungen Mannes umklammerte die schlaffe Haut am Hals von Scharfe Klinge, dann zog er mit einem raschen Griff den Streifen seines Turbans zur Seite, der bis dahin sein Gesicht verdeckt hatte.

Als der Chirurg seinen Angreifer erkannte, verzerrte sich sein Gesicht vor Panik.

»Ich weiß, was du mit meinem ›Schatz‹ gemacht hast, du widerlicher Mistkerl! Ich habe ihn in der Stadt zu Pulver zermahlen am Stand eines Apothekers entdeckt!«, brüllte der junge Eunuch, wobei er den Druck auf die Nackenwirbel des Mannes verstärkte, der ihm seinen »Schatz« gestohlen hatte.

Er öffnete seinen Beutel, nahm ein wenig von dem orangefarbenen Pulver heraus und stopfte es Scharfe Klinge grob in die Nasenlöcher, nachdem er dessen Kopf an den Haaren nach hinten gerissen hatte.

»Hier, riech nur die schlechten Ausdünstungen von Loderndes Feuer!«

Und von Zuckungen geschüttelt, begann er zu schluchzen wie ein kleines Kind.

Er presste den Hals des Chirurgen so fest zusammen, dass seine Fingerknöchel weiß wurden. Am liebsten hätte er jeden Knochen von Scharfe Klinge einzeln zu Brei geschlagen und diesen dann getrocknet und gesiebt, um ihn in ein genauso feines Mehl zu verwandeln wie das Pulver im Mörser des Apothekers. Dann würde er auf den Gipfel eines Berges steigen und es in den Wind halten, damit dieser es in alle Winkel des Universums verstreute.

Im Mundwinkel des Chirurgen bildete sich ein von Blut rot gefärbter Speichelfaden. Er bekam zu wenig Luft, um schreien zu können. Stumm öffnete er den Mund, während seine angsterfüllten Augäpfel bereits aus ihren Höhlen traten.

Der junge Mann hatte begonnen, den Kopf von Scharfe Klinge mit rasender Wut immer wieder auf die steinernen Bodenplatten zu schlagen. Bei jedem Aufprall ertönte ein dumpfer Laut. Nach und nach bildete sich auf dem Stein ein tiefroter Fleck, dessen Umrisse wie Bäche auseinander liefen und schließlich zu einem Gebilde anwuchsen, das einem herbstlichen Ahornblatt seltsam ähnlich sah.

Sein Blick fiel auf eines der kleinen nadelspitzen Instrumente, mit denen sein Opfer sich die Fingernägel reinigen ließ und das inmitten der verstreuten Skalpelle vor ihm auf dem Boden lag.

Er ließ den Schädel von Scharfe Klinge los, umschloss das kleine Messer mit seiner Faust und hob den Arm, ehe er es erst rechts, dann links mitten in die hervorquellenden Augäpfel des Chirurgen stieß. Er spürte den Widerstand der Hornhaut und hörte das leise Quietschen, mit dem die Spitze die elastische Membran durchstach. Die Augen von Scharfe Klinge sahen nun aus wie zwei kleine rötliche, vom Schnabel eines Raubvogels angepickte Äpfel.

Dann schleuderte er das Messer mit voller Wucht gegen die Wand und starrte auf den Körper seines Opfers hinab. Er verspürte nicht einmal ein Gefühl der Erleichterung, als er Hals über Kopf vom Ort des Geschehens floh.

Scharfe Klinge hatte weder einen Laut des Entsetzens noch des Schmerzes von sich gegeben, als Loderndes Feuer ihm die Augen ausgestochen hatte: Er war längst tot gewesen.

17

Im Musikzimmer des Palastes auf dem Pferdehügel nahmen Zhao Ji und Lü Buwei voneinander Abschied.

Sie hatten darauf verzichtet, sich zu verstecken. Das war nun nicht mehr nötig.

Eine ganze Weile schon standen sie einander neben dem Steinspiel und inmitten der über den Boden verteilten Trommeln, Zithern und Flöten gegenüber. Sie hielten sich an den Händen und betrachteten schweigend, beinahe andächtig, all die Zeichen der Vertrautheit, all die Reue und die Erinnerungen, die sie im Blick des anderen erkannten.

In dem Raum, in dem die beiden Liebenden zum letzten Mal zusammengekommen waren, herrschte eine stille, drückende, herzzerreißende Atmosphäre.

An diesem Morgen war der Erlass, durch den Li Si an Lü Buweis Stelle zum Ersten Minister von Qin ernannt worden war, am Turm der Verlautbarungen angeschlagen worden.

Und als ob alles gleichzeitig geschehen müsste, hatte Natürliche Vollkommenheit am Vortag auch die neunhundert Bambustäfelchen von Lü Buweis Anthologie in den Palast des Kaufmanns bringen lassen. Die Täfelchen waren in Bündeln von dreißig Stück zusammengebunden und sorgsam mit Seidengarn verschnürt worden und nahmen ein ganzes Wandstück im Musikzimmer ein.

Der *Frühling und Herbst des Lü Buwei* würde sein geistiges Erbe sein und war gerade noch rechtzeitig fertig geworden.

Lü Buwei hatte nicht einmal die Kraft aufgebracht, die Vorrede zu lesen, die der alte Gelehrte in seinem Namen verfasst hatte und die der gesamten Enzyklopädie als Vorwort diente. Er sprach darin vom Wunsch des Auftraggebers dieser Sammlung, den kommenden Generationen das weiterzugeben, was er von den vorangegangenen empfangen hatte. Dieses Wissen sei auf zahlreiche verschiedene Werke verteilt gewesen, aus denen man das Wesentliche herauszufiltern versucht habe, um es zusammenzufassen und an dieser Stelle wiederzugeben.

Der letzte Satz der Vorrede forderte den Leser auf, nun selbst einen Griffel oder einen Pinsel zur Hand zu nehmen und, falls er es wünschte, diese Anthologie zu kopieren, damit so viele Exemplare wie möglich davon existierten, sollte eines Tages der unwahrscheinliche Fall eintreten, dass die alten Schriften, deren beste Auszüge sie enthielt, zerstört wurden oder verloren gingen.

Lü Buwei hatte vor, all diese nachlässig übereinander gestapelten Bambusbündel mit nach Handan zu nehmen, diese Mauer des Wissens, die weniger gebildete Menschen für einen einfachen Haufen Brennholz hätten halten können. Man musste sie schon aufschnüren und in der Lage sein, die Schriftzeichen zu entziffern, die in die Rückseite der Täfelchen eingraviert waren, um zu bemerken, dass dort alles versammelt war, was man, vom gebildeten Mann bis hin zum großen Gelehrten, in diesen Zeiten wissen musste, um die Vergangenheit zu kennen und die Welt zu verstehen.

Um ein Haar hätten sich Lü Buwei und Zhao Ji, deren Verzweiflung sie beide unbeherrscht werden ließ, bittere Vorwürfe an den Kopf geworfen und einander gegenseitig die Schuld an dieser Katastrophe gegeben, die nun über sie hereinbrach. Doch sie wussten, dass so etwas sinnlos war und sie nur innerlich zerreißen und ihr Leid unnötig vergrößern würde, und so waren sie weise und klug genug gewesen, einander nichts von alledem zu sagen.

Ohnehin hatten sie stets alles miteinander abgesprochen, nie hatte der eine etwas getan, womit der andere nicht einverstanden gewesen wäre, und so hatten sie ihr Schicksal im Glanz wie im Untergang untrennbar miteinander verknüpft. Aus diesem Grund waren sie nun auch beide bereit, die schmerzlichen Folgen ihrer bevorstehenden Trennung mit Haltung und Würde auf sich zu nehmen.

»Ich wusste, dass so etwas eines Tages passieren würde, jetzt wo wir nicht mehr unter dem Schutz des sternengesprenkelten schwarzen Bi stehen«, seufzte Lü Buwei und bemühte sich um ein Lächeln.

Er suchte einen Weg, diese ohrenbetäubende Stille zu durchbrechen, aus der sie kaum herausfanden.

»Und dabei hat unser Sohn es nicht einmal für nötig befunden, auch nur einen Blick auf diese Jadescheibe zu werfen. Jetzt liegt sie in einer Schublade vergraben im Turm des Gedächtnisses!«, erwiderte sie mit aufrichtiger Reue.

»Unser Sohn wird zweifellos ein sehr großer König werden. Das lindert ein wenig meinen Schmerz darüber, dich hier deinem Schicksal überlassen zu müssen.«

Zitternd und mit verzweifelter Miene schmiegte sie sich an die Knie des Kaufmanns, der sich auf einem Bänkchen niedergelassen hatte.

»Aber wird sich sein Zorn nicht auch gegen mich richten?«, murmelte sie.

»Nicht wenn ich die Schuld auf mich nehme und behaupte, dich gezwungen zu haben. Vielleicht mildert das ja seinen Ärger ein wenig!«, sagte Lü Buwei.

»Aber ich will eine solche Lüge nicht. Ich habe dich immer geliebt!«

Nachdem sie eine Weile um ihre Fassung gerungen hatte, brach sie schließlich doch in Tränen aus.

Diese Liebe, die sie Lü Buwei zum ersten Mal offen gestand, erschütterte auch den Kaufmann, und seine Augen füllten sich mit Tränen.

»Ich habe dich von Anfang an geliebt, von dem Moment an, als ich dich in diesem Wanderzirkus in Handan zum ersten Mal sah! Von diesem Tag an habe ich nicht mehr aufgehört, an dich zu denken und nach dir zu suchen. Und als ich dich dann als Gefangene in diesem Freudenhaus in Xianyang wiederfand, da kannte ich nur ein Ziel: Ich musste dich befreien. Ich liebte dich damals still, doch ich bemühte mich, dir zu zeigen, dass du für mich das Wichtigste in meinem Leben geworden warst!«

»Ich habe das auch damals schon verstanden, aber ich war noch so jung!«

»Ja, es hat lange gedauert, bis ich dich erobern konnte! Aber das hat es für mich nur umso schöner gemacht!«

Er strich mit den Händen über ihre Augen, um ihre Tränen zu trocknen.

»Waren wir nicht verrückt und verantwortungslos, diese Hochzeit mit Yiren zu arrangieren? Wäre es nicht besser gewesen, wenn wir einfach zusammengeblieben wären? Sag mir, Lü Buwei, haben wir an jenem Tag nicht alles verloren, obwohl wir glaubten, dadurch alles zu gewinnen?«

»Warum sagst du das?«

»Weil unser eigenes Kind diese Katastrophe heraufbeschworen hat, die uns heute mit sich fortreißt!« Sie rang verzweifelt die Hände.

»Warum sollten wir versuchen, die Vergangenheit ungeschehen zu machen? Es bringt nichts, das zu bereuen, was gewesen ist.«

»Aber warum verfolgt uns nun dieser Fluch?«

»Vergiss nicht, wenn Goldener Fisch nicht dieses Mal tragen würde, dann wäre er heute der König von Qin, und unser Kind wäre unseres geblieben! Ein zweites Bi hat das zunichte gemacht, was wir mit Hilfe meiner Jadescheibe geplant und umgesetzt haben…«

»Willst du damit sagen, dass wir nur das Werkzeug eines Schicksals sind, das wir selbst nicht beeinflussen können?«

»Davon bin ich überzeugt. Wir alle werden vom Großen Fluss des Lebens getragen, und sein mächtiger Strom führt uns, wohin er will.«

Sie hatte ihn bei den Schultern gepackt. »Aber ich will dich nicht verlieren! Ohne dich wird mein Leben so leer sein!« Sie umklammerte seinen Kopf mit beiden Händen und küsste ihn. »Und wenn wir zusammen nach Handan gehen würden? Oder anderswohin, nur weit weg von hier?«, flüsterte sie plötzlich.

Sie wollte nicht tatenlos zusehen, wie er ohne sie fortging. Er spürte Zhao Jis Fingernägel, die sich in seine Brust krallten wie die Klauen eines Raubvogels.

»Das wäre der reinste Wahnsinn! Man würde uns überallhin verfolgen. Ganz im Gegenteil, von jetzt an ist für mich das Wichtigste, dein Schicksal von meinem zu trennen. Nur so kann ich dich schützen«, erwiderte er ernst.

Sie begann erneut zu schluchzen.

»König Zheng ist noch jung und braucht seine Mutter. Vergiss nicht, dass er auch dein Sohn ist!«, fügte er zärtlich hinzu und strich ihr übers Haar.

»Schwöre mir wenigstens, dass du mich wissen lässt, wie es dir geht, wenn du in Handan bist«, flehte sie.

»Ich verspreche es… Jeden Monat verkehren Boten zwischen den beiden Städten. Aber so, wie sich die Dinge entwickeln, bin ich sicher, dass unser Sohn Zhao schon in wenigen Jahren erobert und an das Reich Qin angegliedert haben wird! Dann werde ich nur noch ein ganz gewöhnlicher Untertan sein wie alle anderen auch!«

Lü Buwei versuchte nach Kräften, Zhao Ji aufzuheitern.

»War es nicht vielleicht dein Wunsch, diese alten Schriften zusammenzustellen, der unseren Sohn gegen dich aufgebracht hat?«, fragte sie unvermittelt, als ihr Blick auf die zusammengerollten Bambustäfelchen fiel, die sich vor ihnen stapelten.

»Du hast Recht, man hat mir berichtet, dass er mein Vorgehen unangemessen fand, vor allem für einen Ersten Minister. Aber ich glaube nicht, dass diese Sammlung die einzige Ursache für seinen Ärger ist. Nein, der wahre Grund liegt viel tiefer. In Qin stelle ich unseren Sohn zu sehr in den Schatten.«

»Ja, du besitzt das Wesen und die Eigenschaften eines wahren

Königs! Wenigstens weiß ich, von wem unser Zheng das geerbt hat…«

Ein blasses Lächeln umspielte ihre Lippen. Nun war sie es, die zu scherzen versuchte.

»Ich glaube wirklich, dass mein Einfluss in Qin dem neuen König lästig geworden ist. Er will die volle Macht seines Amtes ausüben. Unser Zheng wird ganz sicher nicht wie Yiren und Anguo sein, die sich beide kaum um ihr Reich gekümmert haben… Ich bin ihm zu mächtig geworden. Und jeder weiß, dass ich sehr reich bin. Das ist viel für einen einzelnen Mann!«

Er war bedrückt und wirkte doch gleichzeitig sehr gefasst.

»Was wirst du jetzt tun?«, fragte sie mit leiser Angst.

»Zunächst werde ich die Botschaft verfassen, die dich von jeder Schuld reinwäscht. Es ist zu schade, dass der gute Han Feizi nicht mehr da ist, um mir dabei zu helfen, er hätte wieder ein wahres Wunder vollbracht! Er fehlt mir sehr, seine Ratschläge und seine juristischen Spitzfindigkeiten waren unersetzlich…«

»Eben wurde bekannt gegeben, dass Zheng Li Si zu deinem Nachfolger ernannt hat.«

»So etwas hat sich ja schon seit längerem angebahnt, obwohl der Betreffende natürlich alles abstreitet.«

Jetzt war sie es, die versuchte, ihn zu trösten. Sie spürte, dass er vollkommen kraftlos war, so als sei das Feuer, das in seinem Inneren brannte, dabei, allmählich zu verlöschen.

Sie hatte sich in einen Sessel gesetzt, und nun hatte er seinen Kopf in den Schoß seiner Geliebten gelegt, um dort Trost zu finden.

Um die Angst zu lindern, die ihn umklammert hielt, begann sie, von ihren gemeinsamen glücklichen Erinnerungen zu sprechen.

»Erinnerst du dich noch an den Tag, an dem wir zum allerersten Mal zusammenkamen?«

»Als sei es gestern gewesen!«

»Das sagst du immer«, fuhr sie fort und zwang sich zu einem Lächeln, während er langsam ihren Bauch streichelte.

»Aber es ist die Wahrheit!«

Er war aufgestanden, hatte sie fest an sich gezogen und küsste sie erneut.

Sie waren wieder alleine auf der Welt und hatten zu tanzen begonnen.

Ihre Schultern stießen gegen das große Steinspiel, das Zhao Jis erste Tanzschritte begleitet hatte, als sie in das Haus des Kaufmanns gezogen war, kurz nachdem dieser sie den Behörden von Qin abgekauft hatte, um sie aus dem öffentlichen Freudenhaus zu befreien, in das sie verschleppt worden war. Die Töne Shang und Zhi klangen aus dem Stein hervor und begleiteten die harmonischen Bewegungen ihrer Arme.

Ihre tanzenden Körper suchten einander erneut, so verzweifelt, als wollten sie die Leidenschaft und Unschuld ihrer ersten Umarmungen wiederfinden.

Lü Buwei legte Zhao Ji auf den Wollteppich, auf dem sie früher immer gesessen hatte, wenn sie ihren Gesang auf der zehnsaitigen Qin-Zither begleitete.

Ihr Liebhaber verfiel abermals in die fiebrigen Gesten, mit denen er sie damals geliebt hatte. Er war der Musiker und sie die Zither. Sanft massierte er ihre Brüste, deren Brustwarzen sich aufrichteten wie die hölzernen Knöpfe am Rand des Resonanzbodens dieses Instruments, die dazu dienten, die Saiten zu halten und ihre Spannung einzustellen.

Bald schon verschmolzen ihre Zungen miteinander, während er sich auf sie legte. Es war ein langer, sehnsuchtsvoller Kuss, als wollten sie beide den anderen noch ein letztes Mal kosten, um seinen Geschmack so lange wie möglich in sich zu bewahren.

Dann legte sie ihre Beine um seinen Nacken, so dass er seine Lippen mit ihrem Jadetau benetzen konnte. Kurz darauf war er in ihrem Körper, und sie umfing den seinen.

Die Vereinigung von Yin und Yang war so intensiv, dass sie wortlos und wie betäubt liegen blieben, mit verschlungenen Beinen, vermischten Essenzen und gemeinsam vergossenen Tränen, den Blick in den Augen des anderen verloren, wohl wissend, dass dies wahrscheinlich das letzte Mal war.

»Du solltest jetzt besser gehen! Deine Abwesenheit könnte noch einmal für Gerede im Königlichen Palast sorgen«, sagte Lü Buwei schließlich verzweifelt.

Mit diesen Worten riss sich der Pferdehändler das Herz aus dem Leib. Zhao Ji hielt ihn immer noch mit einer Hand fest, sie brachte es einfach nicht über sich, ihre Finger zu öffnen. Er musste sie einzeln auffalten, ehe er sie auf seine Brust legen konnte.

Als sie sich noch einmal küssten, wussten beide, dass sie einander niemals wiedersehen würden.

»Ich habe die Arznei gefunden, die du brauchst«, verkündete Huayang dem jungen König.

Die Erste Ehefrau seines verstorbenen Großvaters hatte ihre zuvorkommendste Miene aufgesetzt.

Der Herrscher saß an seinem Schreibtisch, auf dem sich eine Vielzahl von Erlassen stapelte, die er noch mit seinem Siegel abzeichnen musste. Er wirkte überrascht und sogar ein wenig verärgert darüber, dass sie einfach so hereinplatzte.

Er hatte strikte Anweisungen gegeben: Er empfing Besucher nur nach vorheriger Absprache, und während der langen Sitzungen, in denen er seine Erlasse prüfte, wollte er auf keinen Fall gestört werden.

Doch die frühere Königin hatte sich weder von den Wachen noch von den königlichen Ordonnanzen oder von Steter Wandel aufhalten lassen, der vergeblich versucht hatte, sich ihr in den Weg zu stellen und den Grund für ihren unerwarteten Besuch zu erfahren. Sie hatte ihn freundlich zur Seite geschoben und war in das Arbeitszimmer gestürmt, noch ehe die Wachen die Möglichkeit gehabt hatten, die Tür zu verriegeln.

Sie legte einen kleinen Beutel mit orangefarbenem Pulver auf den Tisch, auf dem ein Etikett mit der Aufschrift »Liebespulver Loderndes Feuer« angebracht war.

»Dieses Pulver ist außerordentlich selten. Ich habe noch nie welches davon in Xianyang gesehen, du hast Glück! Es enthält Extrakte aus den Geschlechtsteilen eines jungen Kastraten. Das ist ein Geschenk des Himmels. Es ist das erste Mal, dass ich mir so etwas beschaffen konnte«, erklärte sie, ohne näher auf die Einzelheiten einzugehen.

»Ich weiß gar nicht, wie ich dir danken soll!«, erwiderte der junge König, dessen Ärger im gleichen Augenblick einem strahlenden Lächeln gewichen war.

»Du musst alle zwei Tage eine Prise davon in einer Schale grünem Tee einnehmen. Ich bin sicher, dass es seine Wirkung nicht verfehlen wird!«, fügte sie fröhlich hinzu.

»Du hast meine Frage nicht beantwortet... Was verlangst du? Du brauchst es nur zu sagen, und ich werde versuchen, dir deinen Wunsch zu erfüllen«, beharrte der König, hinter dessen scheinbarer Bescheidenheit sich sein gewaltiger Hochmut verbarg.

»Die Bitte, die ich an dich richten möchte, betrifft nicht mich selbst, aber dafür liegt sie mir umso mehr am Herzen!«, rief sie daraufhin und warf sich dem Herrscher zu Füßen.

»Nun gut, was ist es...?«, murrte er mit wieder erwachtem Argwohn.

»Ich flehe dich an, vergib deiner Mutter. Sie ist eine außergewöhnliche Frau, die dir gegenüber stets ihre Pflicht getan hat!«

Zhengs Ärger kehrte mit aller Macht zurück. Er empfand Huayangs Ansinnen als eine Dreistigkeit und sprach ihr jede Berechtigung ab, sich in diesen Konflikt einzumischen, der sie nicht das Geringste anging.

»Du sprichst sicher von diesem unmoralischen Verhalten, dem sie sich mit Lü Buwei hingegeben hat? Ich habe bereits eine Botschaft von ihm erhalten, in der er zugibt, sie gegen ihren Willen verführt zu haben«, erwiderte er mit verkniffener Miene.

Huayang, die eigentlich vorgehabt hatte, die beiden Liebenden zu verteidigen, indem sie zu bedenken gab, dass diese vorübergehende Leidenschaft schließlich niemandem geschadet habe, wusste nicht, wie sie auf diese unvorhergesehene Wendung reagieren sollte. Sie entschied sich schließlich dafür, so zu tun, als habe sie das bereits gewusst.

»Ähm, ja... Das war genau das, worüber ich mit dir reden

wollte. Die Königinmutter trifft in dieser Angelegenheit keine Schuld. Der Tod ihres Mannes hat sie vollkommen aus der Fassung gebracht…«, stammelte sie.

»Ich wusste nicht, dass mein ehemaliger Erster Minister auch noch ein begnadeter Verführer war«, entgegnete Zheng und verzog das Gesicht zu einer Grimasse.

Huayang wusste nicht, was sie darauf erwidern sollte. Sie wollte Lü Buwei nicht schaden und seine Lage unter den gegebenen Umständen keinesfalls noch verschlimmern.

»Soweit ich weiß, hat Lü Buwei dir niemals Grund zur Klage gegeben. Er hat dir ein reiches und mächtiges Land übergeben, das über die besten Pferde der Welt verfügt. Du hast es zum Teil auch ihm zu verdanken, dass du heute über dieses große Reich herrschst!«, warf sie ihm herausfordernd und nicht ohne Mut an den Kopf. Sie verbarg ihre Hände in den weiten Ärmeln ihres Gewands, damit Zheng nicht sah, wie sie vor Zorn zitterten. »Man sollte nie vergessen, dass man der Hüter einer Sache ist, die andere geschaffen haben, und man dafür vielleicht sogar jemandem zu Dank verpflichtet wäre«, sagte sie kühn.

Er wich ihrem Blick aus und begann, auf dem kleinen bronzenen Dreifuß herumzuklopfen, der seinen Namen trug.

»Seine Zeit ist um! Außerdem ist es nicht gut, wenn ein Erster Minister sein Amt allzu lange ausübt«, versetzte er mit schneidender Stimme. Dann wechselte er unvermittelt das Thema, um ihr klar zu machen, dass es sinnlos war, noch länger darüber zu reden. »Was würdest du davon halten, wenn ich eine Expedition aussende, die im großen Ostmeer nach den Penglai-Inseln suchen soll?«

Huayang schwieg überrascht, und es dauerte eine Weile, ehe sie antwortete: »Das ist eine ausgezeichnete Idee. Wer auf diesen Inseln an Land geht, wird über zehntausend Jahre leben! Aber du solltest wissen, dass bisher alle Versuche, sie zu finden, gescheitert sind.«

»Damit diese Expedition überhaupt Erfolg haben kann, müsste Qin zuerst das Königreich Lu erobern, in dem einst der ehrenwerte

Konfuzius lebte. Dort liegen die Ufer des großen Ostmeers. Ich bin zuversichtlich, innerhalb der nächsten ein oder zwei Jahre einen umfassenden Feldzug gegen dieses Land einleiten zu können!«

»Willst du denn selbst auf diese Inseln reisen oder lediglich deine Kundschafter anweisen, dir die Jadeblüten mitzubringen, die dort auf den Bäumen wachsen?«

»Beides. Diese Inseln haben einen wundersamen Ruf. Ist es nicht besser, sein Leben dort bis in alle Ewigkeit zu verlängern, statt hier Prisen von diesem orangefarbenen Pulver einzunehmen, das wahrscheinlich genauso bitter ist wie all die anderen auch?«

Er deutete auf das, was von den Geschlechtsteilen des armen Loderndes Feuer noch übrig war.

»Wenn es mir gelingt, meinen Geist von meinem Körper zu lösen, sehe ich manchmal, wie ich über der größten von ihnen dahinschwebe. Tausende von Phönixen nisten dort in Bäumen, die höher sind als Berge ...«, murmelte sie.

Die Erwähnung der Inseln der Unsterblichen schien ihr neue Energie verliehen zu haben.

Sie liebte es, davon zu träumen, wie sie über diese Bergmassive flog, die aus dem Wasser aufragten und dabei jenen Meeresschildkröten glichen, die sie auf ihren gewaltigen Panzern trugen und sie auf diese Weise daran hinderten, in den Fluten zu versinken. Auf diesen seltsamen Inseln wuchsen Unmengen von Gold und Edelsteinen an den Bäumen, die Seide sponn sich von ganz alleine, und eine Portulak-Art enthielt so viel Quecksilber, dass man sie nur zu trocknen und zu zerstampfen brauchte, um es dadurch in Zinnober zu verwandeln.

»Neben dem Bau der Großen Mauer wird diese Expedition zu den Inseln der Unsterblichen eines meiner bedeutenden Werke sein! Ich werde alle Zeit und Mittel aufbringen, die dafür notwendig sind. Ich habe Erhabene Schlichtheit bereits angewiesen, die entsprechenden Land- und Seekarten zu erstellen, denn ich bin der Meinung, dass ein guter Geomant gleichzeitig auch ein geschickter Geograph sein muss!«

»Es freut mich zu sehen, dass dir die Tugenden des Feng Shui nicht länger gleichgültig sind. Das ist gut. Die Winde und die Flüsse regieren das Universum!«

»Du hast mich vor einiger Zeit so gedrängt, diese Wissenschaft zu Rate zu ziehen, dass ich gar nicht anders konnte...«

Nun war es an König Zheng, seine freundliche Seite hervorzukehren.

Huayang fragte sich, was sich wohl hinter seinem veränderten Auftreten verbergen mochte.

»Aber du musst mir weiter beibringen, wie ich meine inneren Energien beherrschen soll. Und vor allem, wie ich mich um mein Ursprüngliches Qi sammeln soll, das ich bis heute weder auffangen noch spüren kann. Wärst du damit einverstanden, gelegentlich herzukommen und mir dabei zu helfen?«, fragte er mit leiser Stimme.

Diese Bitte gewährte sie ihm gerne.

»Das ist sicher der beste Weg, um deinen Körper vor den Einflüssen der Zeit zu schützen, bis du auf die Penglai-Inseln übersiedelst...«

»Ich fühle mich den verstreichenden Tagen und der unaufhaltsam dahineilenden Zeit so ausgeliefert. Alt zu werden bedeutet, die Waffen zu strecken. Du bist die Einzige, die mir dabei helfen kann, mich dieser schweren Verpflichtung zu stellen. Kann ich auf deine Unterstützung zählen?«

»Wann immer du mich brauchst. Aber im Gegenzug rechne ich fest damit, dass du deine Mutter nicht für ihren kurzen Fehltritt büßen lassen wirst. Es ist wichtig, auch vergeben zu können.«

Sie gab wirklich niemals auf!

Ohne ein weiteres Wort gab ihr Zheng mit einer Geste zu verstehen, dass sie sich zurückziehen konnte.

»Ich bin so traurig darüber, dass Lü Buwei fortgeht. Es zerreißt mir fast das Herz!«, sagte Goldener Fisch.

Vor lauter Verzweiflung hatte er sich in Huayangs Arme geflüchtet. Die Königinwitwe streichelte sanft über sein Haar, das er mit einem schmalen, vergoldeten Lederband stets sorgfältig zu einem Knoten band.

»Ich dachte, du wärst gekommen, um mir zu erzählen, wie deine erste Liebesnacht mit dieser hübschen Kurtisane verlaufen ist!«, sagte sie fröhlich, um ihn ein wenig aufzuheitern.

»Gar nicht schlecht, wenn ich ihren Worten glauben darf… Sie hatte hübsche volle Brüste. Aber mir steht jetzt wirklich nicht der Sinn danach, über sie zu reden!«, antwortete er mit schuldbewusster Miene.

Ein leises Quietschen ertönte. Jemand wartete hinter der Tür zum Zimmer der ehemaligen Königin und hatte sie ein Stückchen aufgeschoben.

»Komm nur herein, Loderndes Feuer, dann kann ich dir Goldener Fisch vorstellen«, sagte Huayang zu dem jungen Eunuchen, der den Kopf durch die Türöffnung gesteckt hatte.

Als Goldener Fisch das offene Lächeln des jungen Mannes sah, wusste er gleich, dass es ihm nicht schwer fallen würde, mit ihm gut auszukommen.

»Loderndes Feuer steht seit einigen Wochen in meinen Diensten, und ich bin sehr zufrieden mit ihm«, erklärte die Königinwitwe.

»Das beruht ganz auf Gegenseitigkeit, wenn Ihr erlaubt, meine Königin!«, antwortete Loderndes Feuer spontan und verneigte sich vor Huayang.

»Es ist ihm gelungen, in der Stadt ein Verjüngungspulver aufzutreiben, von dem König Zheng ganz begeistert ist«, fügte sie hinzu, um ihm eine Freude zu machen.

Loderndes Feuer antwortete nicht und wandte den Kopf ab. Er brachte es nicht über sich, mit einer letzten freundlichen Bemerkung zu antworten, wie es die Höflichkeit erfordert hätte.

»Ich dachte, es gäbe in Xianyang keine Verjüngungsmittel mehr, seit der Hohe Priester Wu Dong fortgegangen ist. Es freut mich, dich kennen zu lernen, Loderndes Feuer«, sagte Goldener Fisch daraufhin, und eine aufrichtige Herzlichkeit sprach aus seiner Stimme.

»Das gilt auch für mich. Huayang erzählt mir oft von dir!«, erwiderte der junge Eunuch.

Als Huayang erkannte, dass sie einander sympathisch zu sein schienen, beschloss sie, sie eine Weile alleine zu lassen.

»Was bringt einen dazu, sich dafür zu entscheiden, ein Eunuch zu werden?«, fragte Goldener Fisch seinen neuen Freund.

»Das ist keine freiwillige Entscheidung, die meisten werden dazu gezwungen. Heutzutage ist es eine Möglichkeit, sich aus der Umgebung, in die man hineingeboren wurde, zu befreien und in der Gesellschaft aufzusteigen. Zumindest glaubt man das…«

»Du wirkst ja nicht sehr überzeugt?«

»Ich hätte es vorgezogen, unversehrt zu bleiben, so wie du. Aber man hat mir keine Wahl gelassen!«

Loderndes Feuer blickte wehmütig drein.

»Magst du Bogenschießen oder Reiten? Wir könnten etwas zusammen unternehmen… Oder willst du lieber Xiangqi spielen? Ich könnte dir auch Xianyang zeigen, wenn du möchtest.«

»Ich kann beim Xiangqi einfach nicht den General meines Gegners schlagen, ohne dabei entsetzlich zu fluchen, deshalb ist mir das Schachspiel mit den Fünf Tigern lieber«, bekannte der junge Eunuch mit einem Lächeln.

»Ich mag das Schachspiel mit den Streitenden Tieren am liebsten, bei dem die Maus zwar im Gegensatz zum Löwen und dem Tiger den Fluss nicht überwinden kann, aber dafür den Elefanten tötet, indem sie seinen Rüssel von innen heraus annagt!«, antwortete Goldener Fisch, dessen Miene wieder fröhlicher wirkte.

»Wie alt bist du?«, fragte der junge Eunuch.

»Bald siebzehn Frühlinge. Ich bin im Jahr des Tigers geboren!«

»Ich bin ein Jahr jünger als du. Bei mir war es das Jahr des Hasen!«

»Das sind zwei springende Tiere…«

»Aber der Tiger macht mit dem Hasen kurzen Prozess. Er ist der König der Tiere!«

»Der Tiger kann aber auch verhindern, dass sein Freund, der Hase, von Jägern belästigt wird«, erwiderte Goldener Fisch scherzhaft.

Plötzlich wurde Loderndes Feuer wieder ernst.

»Wie denkst du über die Lage hier in Qin? Über die Ablösung des Ersten Ministers Lü Buwei zum Beispiel? Und über den Aufstieg des Legalismus?«

Der junge Eunuch hatte die heftige Kritik, die Unersetzliche Verbindung an dieser Lehre geübt hatte, nicht vergessen.

»Es tut mir so Leid, dass Lü Buwei in Ungnade gefallen ist. Er ist ein guter und großzügiger Mann, der viel für Qin getan hat. Er hat mich aufgezogen. Und allein dafür muss ich ihm sehr dankbar sein …«

»Und was ist von dem Mann zu erwarten, der zu seinem Nachfolger ernannt wurde?«

»Li Si? Ich kenne ihn kaum. Es heißt, er sei sehr intelligent, aber auch äußerst hart. Dafür kenne ich seine einzige Tochter gut. Frühlingstau ist ihr Name!«

»Ich habe gehört, Li Si habe große Pläne für Qin.«

»Zweifellos, aber Lü Buweis Pläne waren meiner Meinung nach genauso berechtigt.«

»Es heißt auch, dass König Zheng und er sich gegenseitig in dem Wunsch bestärken, ein Kaiserreich zu schaffen, dessen Mitte Qin sein soll.«

»Er wäre nicht der erste König, der von einem Kaiserreich träumt!«

»Aber was hältst du von einem solchen Plan?«

»Natürliche Vollkommenheit, der alte Gelehrte, der mich in den Schriften und Lehren unterwiesen hat, stand solchen Gedanken immer sehr zurückhaltend gegenüber. Aber wie man sieht, ist es ihm nicht gelungen, diese Vorbehalte auch einem anderen seiner Schüler, nämlich König Zheng, zu vermitteln, für den dieser Unterricht eigentlich abgehalten wurde. Ich durfte daran nur teilnehmen, weil Lü Buwei sich für mich eingesetzt hat.«

»Und Frühlingstau? Ist sie genauso hübsch und sanft, wie alle sagen?«

»Noch viel mehr als das! Sie ist einfach wunderschön und unglaublich klug. Wenn du möchtest, kann ich sie dir ja vorstellen«, schlug Goldener Fisch ihm eifrig vor.

Und so saßen die beiden jungen Männer eine ganze Weile in Huayangs Zimmer zusammen und unterhielten sich. Die Vertrautheit, die sich zwischen ihnen eingestellt hatte, war bereits so groß, dass sie nicht gezögert hatten, einander nach so kurzer Zeit schon das Wesentliche anzuvertrauen.

Die Königinwitwe war zurückgekommen.

»Wie ich sehe, habt ihr euch einander ausgiebig vorgestellt«, bemerkte sie lachend.

»Ich habe einen neuen Bruder im Geiste gefunden. Loderndes Feuer und ich, wir sind in allen Bereichen einer Meinung!«, rief Goldener Fisch strahlend.

Der junge Eunuch ließ die beiden alleine.

»Ich mag Loderndes Feuer wirklich sehr gerne!«

»Er ist ein ausgesprochen freundlicher Diener. Manchmal erinnert er mich an dich …«

Zärtlich strich sie Goldener Fisch übers Haar und zog das Band seines Haarknotens fest, das sich ein wenig gelockert hatte.

»Er wirkt weder berechnend noch spöttisch wie so viele andere Eunuchen«, bemerkte er.

»Dieser Junge ist sanft wie ein Lamm, er könnte keiner Fliege etwas zu Leide tun! Ich glaube, er hat es nicht verwunden, dass man ihn einfach kastriert hat. Was für eine Schande, ohne diese Verstümmelung wäre aus ihm ganz sicher ein guter Ehemann und Vater geworden …«

Goldener Fisch war an die Tür getreten, die zu dem kleinen Garten im Innenhof hinausführte. Um diese Tageszeit verströmten die Orchideen, die sich wie große Vögel an ihre Lianen klammerten, bereits ihren zarten Duft.

»Jetzt, wo Lü Buwei Qin verlässt, werde ich ja fast so etwas wie eine Waise sein!«, fuhr er traurig fort, während er an einer Blüte roch, deren rachenförmige Öffnung ihn an den Innersten Spalt der Kurtisane erinnerte, der er seine Aufwartung gemacht hatte.

»Warum sagst du denn so etwas?«

Er antwortete nicht. Er dachte an den Pferdehändler und sein bevorstehendes Exil. Und er erkannte, wie sehr diese schwere Zeit ihn reifen lassen und sein Herz abhärten würde. Von nun an würde er sich mit einem gewissen Maß an Einsamkeit abfinden müssen.

Goldener Fisch hatte das Gefühl, endgültig den behüteten Raum seiner Kindheit zu verlassen, um geradewegs in die offene, gefährliche Welt der Erwachsenen einzutreten. Das, was Lü Buwei ihm vor kurzem anvertraut hatte, ließ ihn vermuten, dass sich unter der unauffälligsten Schale außergewöhnliche Dinge verbergen konnten.

Nachdem Goldener Fisch die ehemalige Königin lange umarmt und sich dann von ihr verabschiedet hatte, traf er draußen im Flur auf Loderndes Feuer, der auf ihn gewartet hatte. Der junge Eunuch begleitete ihn zum Ausgang des Königlichen Palastes, wo der fußamputierte Pförtner sie respektvoll grüßte.

Als sie auseinander gingen, hatten die beiden jungen Männer das Gefühl, einander bereits seit ewigen Zeiten zu kennen.

18

»Eure Majestät hatten die unendliche Güte, mich zum Ersten Minister zu ernennen, seid Euch dafür meines untertänigsten Danks gewiss«, stammelte Li Si, als er vor König Zheng stand.

Dieser war gerade dabei, einen Apfel zu schälen, und stellte zufrieden fest, dass sich sein neuer Minister nicht gerade wohl in seiner Haut zu fühlen schien. Denn das war genau das, was der junge König wollte. Je höher der Rang war, den einer seiner Untergebenen bekleidete, desto mehr Sorgen sollte er sich darum machen.

Li Si hatte erst durch das Gerede in der Stadt von seiner Ernennung erfahren, und zwar zu einem Zeitpunkt, als er schon gar nicht mehr damit gerechnet hatte.

Das war die Taktik von König Zheng: Er handelte immer überraschend und ohne die Betreffenden vorher ins Vertrauen zu ziehen. Auf diese Weise gab er ihnen zu verstehen, dass sie die Ämter, die er ihnen übertrug, genauso schnell und ohne weitere Erklärungen auch wieder verlieren konnten.

So hatten die Schaulustigen den Erlass, durch den Li Si zum Ersten Minister von Qin ernannt worden war, am Turm der Verlautbarungen lesen können, bevor der Minister des Gesetzes und der Namen etwas davon wusste.

Danach hatte Li Si erwartet, in den Palast gerufen zu werden, doch nichts war geschehen. Das hatte ihn noch ein wenig mehr verunsichert. Er wusste nicht, was er all den Besuchern sagen sollte, die sich vor seiner Tür einfanden, um ihm zu gratulieren oder sich mit einem Anliegen an ihn zu wenden.

Er hatte sich sogar schon gefragt, ob der junge König seine Meinung etwa wieder geändert hatte …

Als man ihm zwei Tage später ausrichtete, dass der König ihn zu sprechen wünsche, verspürte er eine Mischung aus unbändiger Freude darüber, endlich in das lang ersehnte Amt aufzusteigen, und der dumpfen Sorge, es eines Tages auch wieder zu verlieren.

Der König hatte sein Ziel erreicht. Die Pfründen, die er vergab, sollten immer auch wie Schläge wirken.

»Ich habe vor kurzem mit Frühlingstau zu Mittag gegessen. Hat sie dir davon berichtet?«, erkundigte sich der Herrscher beiläufig.

»Sie hat es mir gesagt, ohne näher darauf einzugehen …«, antwortete Li Si zögernd.

Frühlingstau hatte sich trotz seines Drängens beharrlich geweigert, ihm auch nur das Geringste über ihr gemeinsames Mittagessen mit dem König zu erzählen.

»Sie ist zu einem sehr hübschen jungen Mädchen herangewachsen. Das war sie ja im Grunde immer schon, aber es ist mir erst jetzt so richtig bewusst geworden …«

»Wünscht Ihr vielleicht, sie wiederzusehen?«, schlug sein neuer Erster Minister hastig vor.

»Du kannst dir sicher vorstellen, dass das nicht der Grund ist, aus dem ich dich herbestellt habe. Aber wenn du sie dazu überreden könntest, wäre dies ein guter Weg, die Autorität unter Beweis zu stellen, die jeder Vater seiner Tochter gegenüber besitzen sollte!«, erklärte der König mit einem Lachen.

Doch Li Si erkannte, dass sich hinter diesem ein wenig gezwungenen Lachen eine Hoffnung und vor allem ein Verlangen abzeichneten, die zu enttäuschen nicht angebracht wäre.

»Ich werde mich darum kümmern…«, versprach Li Si entschlossen.

Der König hatte seinen Apfel aufgegessen. Er war aufgestanden und begann, im Zimmer auf und ab zu gehen.

»Sieh aus dem Fenster«, befahl er seinem Ersten Minister unvermittelt.

Dieser stürzte hinüber zu der kreisrunden Öffnung, durch die das Sonnenlicht hereinfiel und die Farben des großen, mit Blumen und Vögeln verzierten seidenen Teppichs unter ihren Füßen zum Leuchten brachte.

»Was siehst du? Sag es mir.«

»Majestät, ich sehe die Spitze einer Zypresse.«

»Und wenn ich nun beschließen würde, diese Zypresse ›Weide‹ zu nennen, was würdest du dann sagen?«

Nach kurzem Zögern erwiderte Li Si: »Ich würde sagen, dass ich da draußen die obersten Zweige einer Weide sehe, Eure Majestät, denn ein großer König hat die Macht, die Namen der Dinge zu verändern. Wenn ich recht verstehe, haben Eure Majestät also beschlossen, die große Aufgabe der neuen Namen in Angriff zu nehmen.«

Der junge König musterte Li Si mit zufriedener Miene. »Wenigstens habe ich einen Ersten Minister, der immer weiß, worauf sein König hinauswill. Ich habe vor kurzem noch einmal jenen Kommentar zum *Buch der Wandlungen* gelesen, in dem berichtet wird, wie Kaiser Paoxi vor sehr langer Zeit, als er den Blick hob, die Zeichen Xiang am Himmel sah, und als er ihn wieder senkte, die Zeichen Fa auf der Erde erblickte. Dann bemerkte er die übrigen Zeichnungen, die Wen, auf den Vögeln und den vierfüßigen Tieren. Auf diese Weise schuf er die acht Trigramme. Ich will der neue Paoxi sein!«

»Majestät, Euer Wunsch ist berechtigt.«

»Eine gute Antwort!«

»Es ist eine Tatsache, Majestät. Was Cangjie getan hat, der die Heldentaten des Gelben Kaisers niederschrieb und danach als Erster die Schrift, Shu, erdachte, indem er die bildhaften Zeichen Wen benutzte, welche die Gestalt der Dinge nachbilden, das kann ein großer König, wie Ihr einer seid, auf eine andere Weise durchaus noch einmal tun. Ich könnte, wenn Ihr es wünscht, Euer Cangjie sein!«

»Dieses Bild gefällt mir. Aber leider bin ich nur ein einfacher König.«

»Es liegt doch nur an Euch zu beschließen, von nun an wie ein Kaiser zu herrschen.«

»Im Moment ist Qin noch nicht viel mehr als ein großes Königreich. Es liegt noch ein langer Weg vor mir…«

»Ihr braucht ihm lediglich noch drei oder vier weitere Reiche einzuverleiben, Chu, Yan und Zhao zum Beispiel. Diese Königreiche, unter Eurem Banner vereint, wären bereits ein großer Schritt hin zum Kaiserreich der Mitte!«

Bei Li Sis letzten Worten überzogen sich die Wangen des jungen Königs, der hektisch in seinem Arbeitszimmer hin und her lief, vor Aufregung mit einer zarten Röte.

»Lass uns noch einmal auf diese große Aufgabe der Umbenennung der Dinge zu sprechen kommen. Wie sollte diese Angelegenheit deiner Meinung nach angegangen werden?«

Li Si, der über diese Frage bereits ausgiebig nachgedacht hatte, antwortete gelassen und ohne zu zögern: »Eine Sache zu benennen bedeutet, sie ihrem Namen unterzuordnen. Manchmal passt die Bezeichnung nicht recht zu dem bezeichneten Gegenstand. Und ein großer König ist der, der es wagt, wieder Ordnung in dieses fröhliche Durcheinander zu bringen.«

»Aber wie kann man erkennen, was angemessen ist und was nicht?«

»Das unterliegt allein Eurer grenzenlosen Weisheit und Eurer unermesslichen Einsicht, Majestät…«

»Diese Aufgabe, und sei es auch nur, alles zu erfassen, was einen anderen Namen erhalten muss, erscheint so gewaltig, dass es einen Herrscher brauchte, der hundert Jahre leben kann!«

»Der neue Gelbe Kaiser wird zehntausend Jahre leben...«

»Du hast zweifellos Recht. Ich werde versuchen, auf die Inseln der Unsterblichen überzusiedeln.«

»Ich werde mein Möglichstes tun, um Euch dabei zu helfen!«

»Und was muss jetzt geschehen, um die Große Umwandlung der Namen in Gang zu setzen? Was schlägst du vor?«

»Zuallererst, Majestät, müssen Listen erstellt werden, in denen alle Dinge verzeichnet sind, die Euch am Herzen liegen. Sie alle haben einen gewöhnlichen Namen. Dann solltet Ihr den Schreibern, die damit beauftragt werden, diese zu überprüfen, genaue Anweisungen geben. Es wird Dinge geben, deren Namen Ihr bewahren wollt, weil er der allumfassenden Harmonie entspricht, und andere, deren Bezeichnung einen solchen Missklang enthält, dass es wünschenswert wäre, ihnen eine neue zu geben. Ihr könntet zum Beispiel beschließen, dass der Maulbeerbaum in Zukunft den Namen ›gelber Phönix‹ tragen soll und umgekehrt! Danach brauchen nur noch Tabellen mit den Entsprechungen erstellt und etwa am Turm der Verlautbarungen angeschlagen zu werden, damit alle Eure Untertanen darüber in Kenntnis gesetzt werden. Zum Schluss muss noch ein Namenkontrollamt eingerichtet werden, das die Anwendung der neuen Regeln überprüft und sicherstellt, dass die Menschen die neuen Bezeichnungen auch tatsächlich verwenden.«

»Ein Namenkontrollamt?«, wiederholte der junge König ungläubig.

»Ganz genau. Ohne Zwang droht die Große Umwandlung der Namen folgenlos zu bleiben.«

»Die neuen Namen richtig zu verwenden wird dem Volk eine gewaltige Gedächtnisleistung abverlangen!«, rief der König.

»Und das wäre der beste Weg, Eure Herrschaft endgültig zu festigen, denn das Volk wird ununterbrochen an diesen großen König denken, der es gewagt hat, die Dinge neu zu benennen, um alles wieder ins rechte Lot zu bringen.«

»Was soll denn aus den Eigennamen werden, die in den Xiaoming der Menschen Verwendung finden?«, fragte Zheng, der immer noch auf und ab ging und dabei laut nachdachte.

»Sie werden sich den neuen Bezeichnungen anpassen müssen. Wenn ein ›Truthahn‹ von nun an ›Wittling‹ heißt, dann wird derjenige, dessen Name Bunter Truthahn lautet, in Zukunft eben den Namen Bunter Wittling tragen«, antwortete Li Si in vollem Ernst.

»Das wird auch gleichzeitig eine wirksame Maßnahme sein, um eine umfassende Volkszählung durchzuführen. Die Bevölkerung von Qin ist bereits so zahlreich, dass es viel zu viele Halunken gibt, die in keiner Steuerliste auftauchen und auf diese Weise ungestraft keinerlei Abgaben zahlen!«

Der junge Zheng freute sich schon darauf, eine solche flächendeckende Steuererhebung durchzuführen, die die Einnahmen des Reichs um ein Vielfaches steigen lassen und so den Bau der Großen Mauer ermöglichen würde, ohne dass er dafür die finanziellen Mittel seiner Truppen antasten müsste.

»Die gesamte Bevölkerung wird verpflichtet, sich bei den Behörden zu melden, um sich einen neuen Namen geben zu lassen«, spann Li Si, dem die Vorstellung einer Volkszählung, verbunden mit einer gewaltigen Registrierung aller Bürger, ausgesprochen gut gefiel, diesen Gedanken weiter.

»Ich habe auch vor, den Architekten Vollkommenes Gleichmaß mit der Errichtung eines Gebäudes zu beauftragen, das dieser großen Umbenennung gewidmet sein soll. Und ich möchte, dass die Gestalt dieses Gebäudes seine Aufgabe widerspiegelt. Du wirst dir also mit ihm gemeinsam darüber Gedanken machen.«

Der Herrscher hatte in seinem unablässigen Hin und Her innegehalten. Er stützte sich mit den Ellbogen in dem runden Fenster ab und sah auf das Gewirr der Dächer aus bunt glasierten Ziegeln hinab, die in der Sonne glitzerten und wie ein Echo auf das zarte Schimmern des seidenen Teppichs wirkten.

»Was würdest du von einem Grundriss halten, der die Form der Trigramme aufnimmt, so wie sie im *Buch der Wandlungen* dargestellt sind? Und ich will, dass dieser Palast der ›Bau der Namen‹ genannt wird.«

»Das ist eine fantastische Idee!«, rief Li Si, der nicht einen Augenblick vergaß, sich wie ein gewandter Höfling zu verhalten hatte.

»Doch ehe die Große Umwandlung der Namen umgesetzt werden kann, muss zuerst die Schrift vereinheitlicht werden. Es gibt in Qin genauso viele unterschiedliche Möglichkeiten zu schreiben, wie das Land Provinzen aufweist… Das bringt mich auch auf die Spurweite der Wagenräder, die von einem Königreich zum anderen verschieden sind…«, fuhr der König fort.

»Unsere erste Aufgabe muss ganz sicher darin bestehen, die Schrift zu vereinheitlichen«, wiederholte Li Si, der erneut Bewunderung heuchelte.

Er wollte diesem jungen König zeigen, dass sein Scharfsinn und seine Klugheit ihn immer wieder aufs Neue in Erstaunen versetzten.

»Wenn ich recht verstehe, verlassen sich Eure Majestät auf mich, um diese Umbenennung der Dinge zu organisieren?«, brachte er zögerlich und mit vor Aufregung geröteten Wangen vor.

»Du sollst darüber nachdenken, ja. Ich habe übrigens auch nicht vor, einen neuen Minister der Namen zu ernennen.«

Das war eine gute Nachricht, die die Gefahr eines möglichen Rivalen noch geringer werden ließ. Aber Li Si achtete darauf, sich seine Zufriedenheit nicht anmerken zu lassen, denn er befürchtete, dass sich dies nachteilig für ihn auswirken könnte. Das Beste war wieder einmal, eine ungerührte Miene zu bewahren.

Der König gab ihm ein Zeichen, dass er sich zurückziehen durfte.

»Vergiss Frühlingstau nicht!«, rief er seinem Ersten Minister nach, als dieser, in einer tiefen Verbeugung versunken, rückwärts den Raum verließ.

Die erste Amtshandlung des neuen Ersten Ministers bestand darin, Natürliche Vollkommenheit in sein Arbeitszimmer zu rufen.

»Da ich immer noch das Amt des Ministers des Gesetzes und der

Namen bekleide, hat unser König mich angewiesen, mich mit dir über diese Sammlung zu unterhalten, die Lü Buwei bei dir in Auftrag gegeben hat und mit der du monatelang beschäftigt warst.«

Der alte Gelehrte räusperte sich.

»Ich habe zunächst gezögert, diese Aufgabe zu übernehmen. Lü Buwei hat mich überzeugt, indem er mir klar machte, dass dies eine Möglichkeit wäre, die wichtigsten Schriften zusammenzufassen, für den Fall, dass die Originale bei einer Katastrophe verloren gehen sollten. Eure Tochter Frühlingstau könnte Euch genauso viel über diese Anthologie klassischer Texte sagen wie ich selbst. Sie hat mir bei der Arbeit geholfen und einen großen Teil dazu beigetragen.«

»Ich weiß. Aber was meinst du, wenn du von einer ›Katastrophe‹ sprichst?«, fragte Li Si misstrauisch.

»Überschwemmungen zum Beispiel, oder Brände. Schließlich sind Bambustäfelchen ein sehr anfälliges Material. Regen und Feuer können ein Buch zerstören, und falls es sich dabei um ein Einzelexemplar handelt, wäre dies ein unersetzlicher Verlust für die kommenden Generationen.«

»Na, so etwas! Von dieser Motivation wusste ich gar nichts. Ich hatte eher den übersteigerten Ruhmesdrang eines Mannes dahinter vermutet, der liebend gerne an der Stelle unseres Königs in Qin geherrscht hätte ...«

Natürliche Vollkommenheit musterte Li Si mit reservierter, beinahe feindseliger Miene.

»Ich versichere Euch, dass er tatsächlich diejenigen im Sinn hatte, die heute noch nicht geboren sind und die eines Tages Bücher und ihre Lektüre genauso sehr brauchen werden wie wir!«, erwiderte er kühl.

Der alte Mann hatte seinen Griffel aus seinem Etui gezogen und trommelte mit dessen Spitze auf dem Tisch herum. Damit wollte er diesem Ersten Minister zeigen, dass er sich durch seine strenge Befragung nicht einschüchtern ließ.

»Inwiefern stellt meine Mitarbeit an dieser Anthologie denn ein Problem dar?«

Li Si setzte eine strenge Miene auf. »In der Zeit, in der Ihr daran gearbeitet habt, standet Ihr für Eure eigentlichen Aufgaben nicht zur Verfügung. Soweit ich weiß, wurde Euch keine offizielle Anweisung dazu erteilt!«

Das war ein direkter Angriff. Die Tatsache, dass der Erste Minister auf die distanziertere Höflichkeitsform zurückgriff, war dafür der beste Beweis.

»Aber diese Tätigkeit hat mich in keiner Weise daran gehindert, die Aufgaben zu erledigen, die mein Amt mit sich bringt. Die Klassifizierung der Bücher im Turm des Gedächtnisses ist vollständig abgeschlossen. Lü Buweis Sammlung hat mir die Gelegenheit gegeben, mich zu vergewissern, dass diese gewaltige Aufgabe auch ordnungsgemäß durchgeführt wurde«, erklärte der alte Gelehrte, den dieser Vorwurf empfindlich getroffen hatte.

»Haben vielleicht das Studium und die Pflege der Kunstsammlungen des Königlichen Museums darunter gelitten?«

»Meine Arbeit als Konservator der Kunstgegenstände im Königlichen Museum hat, soweit ich weiß, nicht übermäßig darunter leiden können, und zwar aus dem einfachen Grund, dass von den siegreichen Feldzügen des Königreichs Qin schon seit Jahren keine Beute mehr nach Xianyang zurückgebracht wird! Ich wage kaum, mir vorzustellen, dass unsere tapferen Generäle ihre Fundstücke selbst behalten, denn das wäre eine Ungeheuerlichkeit! Bei dem einzigen Gegenstand, der vor kurzem neu hinzugekommen ist, handelt es sich um jenes sternengesprenkelte schwarze Bi, das sich bereits im Grab der Ersten Konkubine des früheren Königs Zhong befand und unter geheimnisvollen Umständen daraus geraubt wurde. Nach langer Zeit ist diese Jadescheibe nun wie durch ein Wunder wieder aufgetaucht! König Zheng persönlich hat wenige Tage nach seiner Krönung veranlasst, dass sie in den Turm des Gedächtnisses gebracht wurde. Ich habe sie untersucht und ordnungsgemäß in die Verzeichnisse aufgenommen. Jetzt wird sie im Schrank der Ehrwürdigen Ritualscheiben aufbewahrt.«

Li Si hatte das Gefühl, als habe ihn jemand mit der Faust in den Magen geschlagen.

Er hatte kein Wort von dem vergessen, was Weites Tal, diese langhaarige Frau mit dem seltsamen Blick, über das Bi gesagt hatte, als sie zum ersten und einzigen Mal ihre Tochter Unbeugsamer Stern des Ostens besucht hatte. Sie hatte behauptet, diese Jadescheibe verfüge über außergewöhnliche Kräfte.

Es war ihm auch nicht entgangen, wie zurückhaltend seine Schwiegermutter danach plötzlich geworden war, so als bedauerte sie, in seiner Gegenwart zu viel verraten zu haben.

Hier war also Lü Buweis Jadescheibe, auf die sich die rätselhaften Andeutungen der Priesterin vom Huashan-Berg bezogen hatten.

»Von diesem sternengesprenkelten schwarzen Bi habe ich schon gehört. Könntest du es mir eines Tages vielleicht zeigen?«, fragte er den Hochweisen Archivar beiläufig.

»Darf sich der Erste Minister von Qin im Pavillon des Erdbeerbaumhains nicht wie zu Hause fühlen? Die Sammlungen des Königlichen Museums stehen Euch natürlich jederzeit offen«, erwiderte der alte Mann mit leiser Verwunderung.

Mit einem Mal wirkte Li Si vollkommen abwesend. Und zwar so sehr, dass er darüber völlig vergaß, Natürliche Vollkommenheit scharf zurechtzuweisen, wie er es sich eigentlich vorgenommen hatte, um ihm den Druck zu Bewusstsein zu bringen, den er von nun an auf ihn auszuüben gedachte, und ihn auf diese Weise dazu zu bringen, sich ihrem wahnwitzigen Vorhaben der Großen Umwandlung der Namen anzuschließen. Denn ohne es zu wissen, war der Hochweise Archivar ein unumgänglicher Bestandteil ihres Plans, da er der Einzige war, der alle achttausenddreihundertzweiunddreißig Schriftzeichen, die zu jener Zeit in der Schriftsprache von Qin in Gebrauch waren, auswendig kannte.

Der Erste Minister hatte nur noch diese Jadescheibe im Sinn. Er konnte es kaum erwarten, diese Ritualscheibe zu sehen, und träumte davon, das Rätsel zu lösen, wie ein Gegenstand aus Lü Buweis Besitz in die Hände des neuen Königs gelangen und schließlich in die Königlichen Sammlungen im Turm des Gedächtnisses aufgenommen werden konnte. Wenn das Bi tatsächlich jene außerordentlichen Kräfte besaß, von denen Weites Tal gesprochen hatte, warum hatte Lü Buwei dann eingewilligt, sich davon zu trennen?

»Wir könnten auch gleich hinübergehen, ich möchte diesen Gegenstand so rasch wie möglich bewundern!«, sagte er, als er es nicht mehr aushielt.

»Ich stehe Euch jederzeit zu Diensten«, murmelte der alte Mann, den diese Hast erstaunte.

Es dauerte nicht lange, bis sie von dem Gebäude, in dem die königliche Kanzlei untergebracht war, zum Turm des Gedächtnisses im Pavillon des Erdbeerbaumhains gelangt waren.

Dort nahm der alte Gelehrte im obersten Stock des Turms vorsichtig den Beutel aus Seidendamast von seinem kleinen Wollkissen in dem Sykomorenschrank, in dem die Jadescheiben-Sammlung von Qin aufbewahrt wurde. Er öffnete ihn und zog behutsam das große sternengesprenkelte schwarze Bi heraus.

Li Si entfuhr angesichts dieses dunklen, perfekt polierten und mit winzigen Sternen übersäten Steins ein bewunderndes Seufzen.

»Ja, dieser Gegenstand ist wahrhaftig nicht alltäglich«, sagte er jedoch nur und bemühte sich, seine Fassung wiederzugewinnen.

Nun hielt er es in den Händen. Er spürte sogar seine sanfte Wärme.

Selbst wenn er, im Gegensatz zu Lü Buwei und Weites Tal, nicht die Sternbilder des Kuhhirten und der Weberin erkannt hatte – zweifellos weil er sehr viel weniger in der Welt der Gefühle lebte als der Pferdehändler und die Priesterin –, hatte ihn die sternenklare Nacht der Jadescheibe bereits in ihren Bann gezogen, wie alle, die sie zum ersten Mal betrachteten.

Obwohl er nicht an die wohltuenden Kräfte der Jade glaubte, konnte er nicht umhin, eine leise Verwirrung zu spüren.

»Dieser Gegenstand stammt zweifellos aus der Zeit des hochehrwürdigen Gelben Kaisers, als man die Schleiftechnik entwickelte, mit der es möglich wurde, diesen unüberwindlichen Stein zu polieren«, erklärte Natürliche Vollkommenheit, der in die Rolle des alten Lehrers zurückgefunden hatte.

»Diese Scheibe kann in der Tat nur unter einem großen Kaiserreich gefertigt worden sein!«, seufzte der Erste Minister.

Er hatte sich wieder in die Betrachtung der Ritualscheibe vertieft, als am anderen Ende des Saals plötzlich ein lautes Scheppern ertönte. Er zuckte zusammen. Er hatte geglaubt, mit dem alten Gelehrten alleine zu sein.

Eine kleine Bronzetrommel, die auf einem der Regale gelegen haben musste, war unter lautem Getöse auf den Boden gerollt.

Ein Schatten huschte hinter dem Regal hervor und hob sie auf. Li Si trat einen Schritt zurück.

Er lächelte, als er die zarte Gestalt seiner Tochter Frühlingstau erkannte.

Sie hatte schon eine Weile im Halbdunkel gestanden und sie beobachtet, als sie mit dem Arm versehentlich gegen ein Regal gestoßen war. Sie hielt einen bronzenen Ku-Becher in der Hand, der in der Sammlung ritueller Gefäße im darunter liegenden Stockwerk aufbewahrt wurde. Sie war gerade dabei gewesen, ihn zu polieren, als sie die beiden Männer hatte hinaufgehen sehen, und war ihnen gefolgt, um Natürliche Vollkommenheit das Ergebnis zu zeigen.

Doch als sie gesehen hatte, wie sie diese Ritualscheibe untersuchten, hatte sie nicht gewagt, sie zu stören.

»Habe ich ihn auch nicht zu stark poliert?«, murmelte sie verwirrt, um ihre Verlegenheit zu überspielen.

»Nein, das ist gut so. Du hast seine alte Patina bewahrt.«

Das junge Mädchen lächelte. Sie liebte sorgfältig ausgeführte Arbeit und Menschen, die sie zu schätzen wussten.

»Frühlingstau ist in so vielen Dingen begabt«, fügte der alte Gelehrte, an ihren Vater gewandt, freundlich hinzu.

»Ich habe Euch hier nicht erwartet«, sagte Frühlingstau leise und richtete ihren Blick auf Li Si.

»Ach, ich habe gerade mit dem Hochweisen Archivar darüber geredet, wie man die Königlichen Sammlungen von Qin weiter aufbauen kann«, erklärte dieser hastig.

Als sie den Turm verlassen hatten, nahm der Erste Minister

seine Tochter am Arm und führte sie zu der marmornen Bank in einem der kleinen Pavillons, von denen man auf die Wassergräben mit den Riesenkarpfen hinunterschauen konnte.

»Meine liebe Tochter, es ist für dich sicher keine Neuigkeit, wenn ich dir sage, dass König Zheng mehr als nur freundschaftliche Gefühle für dich hegt.«

Frühlingstau starrte mit undurchdringlicher Miene auf das reglose Wasser in den Gräben, als habe sie nichts gehört.

»Würdest du deinem Vater bitte antworten!«, forderte Li Si sie auf.

Das junge Mädchen sagte immer noch kein Wort.

»Ich will nicht noch einmal hören, dass sich der König über deine Gleichgültigkeit beklagt!«, rief er, verärgert darüber, dass sie immer noch nicht reagierte.

»Wenn das so ist, solltest du wohl besser nicht auf mich zählen!«, erwiderte sie in einem Atemzug.

Sie hatte sich aufgerichtet und starrte ihren Vater mit herausfordernder Miene an. Er glaubte, ihre Mutter, Unbeugsamer Stern des Ostens, vor sich zu sehen, wenn sie mit ihm nicht einer Meinung war.

»Was ist denn so schlimm daran, wenn ich dir das Leben einer Königin wünsche? Du verfügst über die nötige Schönheit, Bildung und Klugheit. Alle Männer liegen dir zu Füßen. Warum willst du das Werben des Ersten unter ihnen nicht annehmen?«

»Vielleicht, weil meinem Herzen nicht danach ist?«, schleuderte sie ihm entgegen.

Diese Worte ließen Li Si zusammenzucken. Er schäumte vor Wut. Aus Furcht, an diesem öffentlichen Ort einen Skandal zu provozieren, stand er auf und führte seine Tochter aus dem Königlichen Palast.

Die Straßen wimmelten von geschäftig hin und her eilenden Menschen, einige waren mit schweren Ballen beladen, andere balancierten Tragestangen über der Schulter, und wieder andere zogen einen Wagen oder schoben einen Karren vor sich her. Viele senkten ängstlich den Kopf vor dem Ersten Minister, den man nur selten ohne Eskorte und dazu noch in Begleitung eines wunderschönen jungen Mädchens, das er vor sich herzustoßen schien, durch die Straßen gehen sah.

Als sie zu Hause ankamen, ließ er seinem Zorn über die unnachgiebige Haltung seiner Tochter freien Lauf.

»Ich werde nicht zulassen, dass du mit deinem kindischen und wankelmütigen Benehmen meine Karriere ruinierst!«

Er sah sie an. Sie war schön wie der Tag. Ihre Verzweiflung ließ sie noch ein wenig anrührender erscheinen. Die perlmuttschimmernde Haut ihrer makellosen Wangen hatte sich mit einem zarten Rosa überzogen.

»Was wäre denn so schlimm daran, wenn ich einen anderen lieben würde?«, fragte sie daraufhin. Sie war den Tränen nahe.

»Sag mir, wer es ist!«, brüllte er.

»Das ist ein Geheimnis. Ich habe es ihm noch nicht einmal selbst gesagt!«, flüsterte sie.

Das war gelogen. Schon vor Monaten hatte sie Goldener Fisch durch einen Blick, ein Lächeln oder manch anmutige Geste zu verstehen gegeben, dass er ihr nicht gleichgültig war.

»Dann schwöre mir wenigstens, dass du nicht Goldener Fisch meinst!«

Li Sis Aufschrei kam aus tiefstem Herzen, ein Schrei, wie ihn diese große Jadescheibe von sich gegeben hätte, wenn er sie mit aller Kraft gegen eine steinerne Mauer hätte schleudern können.

Er erhielt keine Antwort.

Frühlingstau war davongerannt und hatte sich in ihr Zimmer geflüchtet.

Dort warf sie sich bäuchlings auf ihr Bett und brach in Tränen aus.

19

Goldener Fisch hatte Frühlingstau in den Arm genommen.

Es war das erste Mal. Und er war viel aufgeregter als bei seinem noch gar nicht so lange zurückliegenden Besuch bei der Kurtisane.

Die beiden jungen Leute waren am Ufer des Wei-Flusses spazieren gegangen. Der Himmel war bedeckt. Das graue, wirbelnde Wasser des Flusses strömte rasch an ihnen vorbei und trug wie immer bei Hochwasser am Ende eines besonders feuchten Winters abgerissene Äste und tote Tiere mit sich.

Sie waren bei einer Weide stehen geblieben, die sich krümmte wie der Rücken einer uralten Frau und deren knorrige Wurzeln wie ineinander verwundene Schlangen in den Fluss hinabtauchten. Bis dahin hatten sie kaum ein Wort gesprochen und lediglich die Gegenwart des anderen genossen.

Wie es sich gehörte, war es Goldener Fisch gewesen, der den ersten Schritt getan hatte.

»Du siehst wunderschön aus«, hatte er gemurmelt.

Dieses unverhohlene Kompliment hatte das junge Mädchen ein wenig aus der Fassung gebracht, und so hatte es nichts erwidert, sondern ihn nur angelächelt.

»Sag, Frühlingstau, du, die alle jungen Männer als das reine Mädchen aus dem Möwen-Lied im *Buch der dreihundert Gedichte* verehren, darf ich dir sagen, was ich für dich empfinde?«

»Meinst du etwa das ›reine Mädchen, das beim Ruf der Möwen am Ufer des Flusses innehält‹?«, entgegnete sie mit einem Lächeln.

Sie wirkte nun überhaupt nicht mehr eingeschüchtert.

»Ich hatte ganz vergessen, dass du deine Klassiker kennst! Du bist die hübscheste Gelehrte, die es gibt«, sagte er und trat näher an das junge Mädchen heran.

Er spürte ihren frischen Atem auf seinem Gesicht. Sie lehnte sich gegen den Stamm der alten Weide. Er presste sich an sie. Sein Körper brannte und zitterte. Er griff nach ihren seidenweichen Händen.

Dann hatte er sie, taumelnd vor Glück und Erregung, am Ufer des majestätischen Flusses zum ersten Mal geküsst.

Ihre Zungen hatten voller Leidenschaft und Begehren zueinander gefunden, so als würden sie sich seit ewigen Zeiten kennen. Ihre Beine hatten sich ineinander verschlungen.

»Es heißt, du seist schon einmal bei den Frauen gewesen…«, flüsterte sie ein wenig verlegen, als ihr langer Kuss ein Ende genommen hatte und er sie weiter am Flussufer entlangführte.

»Ich liebe nur dich. Huayang hat darauf bestanden, dass ich einer erfahrenen Kurtisane meine Aufwartung mache, damit sie mir zeigt, was Frauen gefällt. Wenn ich das bei dir hätte lernen können, wäre ich nicht zu ihr gegangen.«

So viel Natürlichkeit und Offenheit überzeugten sie vollends. Goldener Fisch war ein von Grund auf ehrlicher Mensch, rein wie das klare Wasser des Miniatursees im Garten des Hauses, das sie zusammen mit ihrem Vater bewohnte.

»Mein Vater ist so verbohrt. Weißt du, dass er mich fast ständig überwachen lässt?«, sagte sie, und ihre Stimme klang wie die eines kleinen Mädchens.

»Liebst du mich?«, fragte er mit jenem Ungestüm, das ein Mann nur an den Tag legen konnte, wenn er sich der Antwort sicher war.

Sie hatten sich nebeneinander auf einen Baumstumpf gesetzt, und sie schmiegte sich an seine Brust. Er spürte ihr langes Haar dicht unter seiner Nase und konnte den zarten Duft des Orangenblütenwassers riechen, mit dem sie sich gerne parfümierte.

»Weißt du, dass Zheng mir den Hof macht?«

»Davon war schon die Rede, bevor er den Thron bestiegen hatte!«

»Ich würde lieber sterben als dem Werben einer so unmenschlichen Kreatur Gehör schenken!«, versicherte sie mit Nachdruck.

Sie hatte ihre Arme um den Nacken von Goldener Fisch geschlungen und schickte sich an, ihn erneut zu küssen.

Dieser zweite Kuss war noch viel leidenschaftlicher als der erste. Dicht an ihn gedrängt, hatte sie ihr Bein vorgeschoben und spürte nun, wie seine Hand fiebrig ihren Unterleib streichelte, so wie es ihm die Kurtisane gezeigt hatte.

Als sie es nicht länger aushielt, löste sie seinen Gürtel, schob ihre Hand in seine Beinkleider und strich sacht über die Spitze seines aufgerichteten Jadestabs. Als sie dessen Größe spürte, sah sie ihn mit einem halb ungläubigen, halb amüsierten Gesichtsausdruck an.

»Ich kann nichts dafür, es ist stärker als ich«, flüsterte er, wie um sich zu entschuldigen.

Doch da hatte sie bereits ohne zu zögern seine Hand zu ihrer Erhabenen Pforte geführt. Bewegt spürte er den zarten Flaum ihrer Schamhaare unter seinen Fingern. Sie waren so weich wie die Federn eines gerade erst einen Tag alten Kükens. Als er ihren Erhabenen Innersten Spalt streichelte, spürte er, dass dieser bereits feucht war.

»Ich hoffe, dass mein Körper dir genauso deutlich beweist, dass ich mich sehr zu dir hingezogen fühle, wie deine Männlichkeit mir«, stieß sie hervor, nachdem die Bewegung seiner Hand in ihr ein allererstes lustvolles Zucken ausgelöst hatte.

Ein kleines Fischerboot, das den Wei herabkam, hatte ein Stück flussaufwärts angelegt. Einige Männer kamen an Land, um ihre verknoteten Netze voneinander zu lösen, in denen die gefangenen Fische zappelten und mit weit aufgerissenem Maul mit dem Schwanz schlugen.

Hastig zogen die beiden Verliebten ihre Kleider zurecht und nahmen eine unverfänglichere Haltung ein.

»Von nun an will ich nie wieder von dir getrennt sein«, sagte Frühlingstau zärtlich.

Goldener Fisch trat einen Schritt zurück, um sie besser sehen zu können. Die Liebe ließ das junge Mädchen noch schöner erscheinen, als es ohnehin schon war.

»Und ich möchte dich für immer bei mir behalten«, antwortete er.

Aus Frühlingstaus jadegrünen Augen strahlte ein unermessliches Glück, vermischt mit jener unerbittlichen Willensstärke, die sie von ihrer Mutter geerbt hatte.

»Ich muss Zheng jetzt endlich sagen, dass er sich bei mir keine Hoffnungen zu machen braucht!«

»Das wird ihn so wütend machen, dass wir aus Xianyang fliehen müssen. Wir werden weit fortgehen, in irgendeine der Vier Richtungen«, verkündete er ernst.

Sie klatschte in die Hände.

»Dieser Tag wird ganz sicher kommen! Und dann werden wir für immer zusammen sein!«, rief sie und lachte hell auf. Dabei erinnerte sie ihn an das kleine Mädchen, das vor einigen Jahren mit ihm um die Wette hatte Drachen steigen lassen.

Goldener Fisch war davon überzeugt, dass alles so kommen würde, wie sie es sich vorstellte.

Nach seiner Rückkehr nach Handan hatte Lü Buwei in dem kleinen Haus seines Stallmeisters Mafu Unterschlupf gefunden, das auf wundersame Weise der Beschlagnahmung entgangen war.

Der Kaufmann war tief gefallen. Verglichen mit Xianyang erschien die Hauptstadt von Zhao dem früheren Ersten Minister von Qin ausgesprochen provinziell. Die Häuser waren niedriger und hatten wacklige Mauern, und die verfallenen Paläste verdeutlichten den erschütternden Niedergang der Stadt, in der nur noch die Schatten vergangener Pracht überdauert hatten. Auf den heruntergekommenen Straßen, deren Pflastersteine verschwunden waren, wimmelte es von Bettlern, die den wenigen Menschen, die nicht in Lumpen gekleidet waren, nicht von der Seite wichen.

Nach einem so glorreichen Aufstieg, wie Lü Buwei ihn erlebt hatte, ließ die Zeit die Dinge immer kleiner erscheinen, wenn man an jene Orte zurückkehrte, an denen man seine Jugend verbracht hatte...

Nachdem er sich heimlich und ohne das geringste Zeremoniell aus Xianyang fortgeschlichen hatte, war ihm der Weg zurück zum Anfang unendlich viel länger und beschwerlicher vorgekommen als die Hinreise.

Diesmal ritt er nicht an der Spitze eines beeindruckenden Trupps. Nur sein oberster Stallmeister Mafu und Furchtloser Krieger waren bei ihm. Aus Angst, zu viel Aufmerksamkeit auf sich zu ziehen, hatte er seinen kahl rasierten Schädel mit einem Turban bedeckt, der auch den oberen Teil seines Gesichts verdeckte. So konnte er hoffen, dass ihn niemand erkannte.

Man konnte ja nie wissen. Es war gefährlich, mit unverdecktem Gesicht durch Qin zu reisen, wenn man nur noch der gestürzte Erste Minister war. Sein Abstieg vom allmächtigen Minister hin zum Ausgestoßenen machte ihn zu einer idealen Zielscheibe für alle – und das waren nicht wenige –, die nur davon träumten, sich an diesem tyrannischen Reich zu rächen, das nicht zögerte, den Bauern ihre Söhne zu rauben, um aus ihnen Soldaten zu machen, und den Bürgern das Wenige, was ihnen an Wohlstand geblieben sein mochte, durch mannigfaltige Steuern und Abgaben auch noch entriss.

Unter diesen Umständen war es besser, wenn nicht bekannt wurde, dass ein idealer Sündenbock nur einen Steinwurf entfernt war.

Die Grenze hatten sie unbehelligt passiert. Die Zöllner interessierten sich vor allem für die Waren, die nach Qin eingeführt wurden und auf die sie nicht nur die offiziellen Steuern erhoben, sondern auch jenen Anteil, den sie für sich selbst behielten. Wer aber Qin verließ, um nach Zhao einzureisen, konnte sicher sein, nicht von den dortigen Grenzposten belästigt zu werden, denn schon seit langem verfügte Zhao nicht mehr über die nötigen Mittel, um eine Zollverwaltung aufrechtzuerhalten.

Der Kontrast zwischen dem hochmütigen Qin, einem selbstbewussten und reichen Land, und dem verarmten Zhao, wo die Menschen hungerten, hatte ihn entsetzt.

Seine Heimat blutete aus in einem verzweifelten, aussichtslosen Krieg gegen ihren mächtigen Nachbarn, dessen Druck immer stärker wurde. Auf den Feldern arbeiteten nur noch Frauen und Greise, und die Erträge waren dementsprechend. Zhao war inzwischen nicht mehr in der Lage, genügend Hirse und Weizen anzubauen, um seine eigene Bevölkerung zu ernähren. Wie es sich gehörte, wurden die Truppen als Erste versorgt, doch all die jungen und kräftigen Männer in den Armeen fielen schon bald darauf im Kampf oder wurden als Kriegsbeute verschleppt.

Als Lü Buwei den schmalen Gestalten der Mütter begegnet war, die, von nagendem Hunger ausgezehrt, auf der verzweifelten Suche nach einem bisschen Nahrung auf den Straßen dahinzogen, bis auf die Knochen abgemagerte Kinder im Arm, die selbst zum Weinen zu schwach waren, hatte er den Blick niedergeschlagen. Das Land löste sich allmählich auf. Man erkannte die ersten Anzeichen des nahen Zusammenbruchs an den vernachlässigten Gräben entlang der Straße, in denen es von Ungeziefer und Schlangen nur so wimmelte, an den Eidechsen in den von Efeu überwucherten Wachtürmen, an den Herbergen, die nur noch aus zerstörten Ruinen bestanden, bevölkert von Fledermäusen, deren Flügelschlag man bei Einbruch der Dunkelheit hören konnte, wenn man, weil man nichts Besseres gefunden hatte, dort für die Nacht Unterschlupf gesucht hatte, und an den unzähligen brachliegenden Äckern, die im ganzen Land an die Stelle der üppigen Felder getreten waren.

Lü Buwei konnte nicht umhin, sich für das ganze Elend und den Niedergang, die bei jedem Schritt sichtbar wurden, die Schuld zu geben.

War nicht letztendlich er für all das verantwortlich? Ohne Pferde für seine Reitertruppen, ohne jene berittenen Bogenschützen, die für seine militärische Überlegenheit unerlässlich waren, hätte Qin Zhao unbehelligt gelassen, und das Königreich hätte auch weiterhin friedlich für seine Bevölkerung sorgen können. Es waren die Himmelspferde des Kaufmanns aus Handan gewesen, die es Qin ermöglicht hatten, seine frühere Stärke wiederzuerlangen und in Eroberungskriege gegen seine Nachbarn zu ziehen. Und natürlich hatte es sich schließlich auch gegen Zhao gewandt, das bis dahin durch den Austausch von Geiseln und einen bewaffneten Waffenstillstand geschützt gewesen war. Aber die Gelegenheit war einfach zu günstig gewesen. Nun hungerte Qin Zhao aus, indem seine Truppen das Land einkreisten und es zu unerträglichen militärischen Anstrengungen zwangen. Er war sich dessen niemals so deutlich bewusst gewesen. Erst nachdem er die verwüsteten Felder gesehen hatte, konnte er die schrecklichen Folgen seines Tuns ermessen.

Je länger er auf der Straße nach Handan dahinritt, desto größer wurden seine Schuldgefühle.

Musste er sich nicht all dieses Elend zur Last legen? Obwohl er sich zur Vernunft mahnte, sich einredete, dass es schließlich den Behörden von Zhao oblag, dafür zu sorgen, dass ihr Reich und ihr Volk nicht in Not und Wehrlosigkeit versank, verspürte er doch so etwas wie Scham darüber, das Land seiner Kindheit verlassen zu haben, um einem Traum von Ruhm zu folgen, der jetzt so abrupt zu Ende gegangen war. Er fühlte sich wie ein Vogel, der mitten im Flug vom Pfeil eines geschickten Jägers herabgeschossen worden war und unvermittelt auf die triste Erde stürzte.

Schließlich erreichte er das Tor des Handelspalastes, in dem er früher gelebt hatte. Mit argwöhnischer Miene öffnete ein Wächter einen Spaltweit einen der gewaltigen Flügel, deren Holz, wie Lü Buwei bemerkte, von Würmern zerfressen war. Der Anblick dieses unbekannten Reisenden, der von zwei Männern, darunter einem von gewaltiger Größe, begleitet wurde, schien auf den Pförtner nicht sonderlich vertrauenerweckend zu wirken.

»Erkennst du mich denn nicht wieder, Lao Gong?«, fragte der Kaufmann und zwang sich zu einem freundlichen Lächeln.

»Herr? Ihr hier? Nach so vielen Jahren!«, rief der Wächter nach wenigen Augenblicken verblüfft.

Doch gleich darauf war der misstrauische Ausdruck in Lao Gongs Augen zurückgekehrt.

»Und was sucht der Erste Minister von Qin hier?«, fragte er seinen früheren Herrn fast grob.

»Es würde zu lange dauern, dir das zu erzählen. Darf ich denn wenigstens mein Haus wieder betreten?«

Lü Buwei drückte gegen den Torflügel, um in den weitläufigen Hof blicken zu können, der gleich dahinter lag.

»Natürlich. Es ist eigentlich streng verboten, aber bei Euch kann ich eine Ausnahme machen.«

»Was soll denn das, ich bin doch schließlich hier zu Hause!«

»Ihr müsst wissen, dass die Behörden von Zhao den Handelspalast beschlagnahmt und in ein Warenlager umgewandelt haben …«, erklärte der Wächter.

»Hier lebt also niemand mehr?«

»Nur einige Wachleute und ihre Familien. Aber als Lager wird der Handelspalast auch nicht mehr genutzt. In Handan gibt es nichts mehr zu lagern!«

»Hier ist ja überhaupt nichts mehr so, wie ich es gekannt habe!«, dröhnte der Hunne, als Lao Gong sie einließ.

Lü Buwei sollte sich noch lange an den kleinen Rundgang erinnern, den sie unter der Führung von Lao Gong im Dämmerlicht machten. Alles war verwüstet.

Sie durchquerten die großen, hoffnungslos leeren Höfe, in denen einige bis auf die Knochen abgemagerte Ratten ungeniert herumstöberten, um noch die allerletzten Überreste der Lebensmittel aufzuspüren, mit denen die Lagerhäuser einst gefüllt gewesen waren. Die Gebäude, in denen vor vielen Jahren das Heer von Lü Buweis Handelsgehilfen Rechnungen ausgestellt und die Vorräte aufgelistet hatte, waren, den düsteren Rußspuren nach zu urteilen, die die Mauern überzogen, offenbar geplündert und in Brand gesteckt worden. Von seinem prächtigen Wohnhaus war nur noch eine von Moos und Efeu überwucherte Ruine übrig, deren Türen und Fensterläden schon vor langer Zeit entfernt worden waren. Die steinernen Säulen des runden Ahnentempels, in dem er sein sternengesprenkeltes schwarzes Bi anfangs aufbewahrt hatte, nachdem er es Reißender Zahn abgekauft hatte, reckten sich zwar immer noch in den Himmel, doch sie trugen kein Dach mehr. Alles war verschwunden: die schweren Schränke aus Sykomorenholz, die Vogelkäfige, ganz zu schweigen von den wertvollen Vorhängen, mit denen diese zugedeckt wurden.

»Es ist ja offensichtlich, dass mich hier niemand mehr erwartet hatte!«, seufzte Lü Buwei.

»Als Zhao Sheng festgenommen wurde, weil er heimlich den Platz von Prinz Yiren eingenommen hatte, beschlossen die Machthaber, sich zu rächen. Euer Sekretär wurde auf dem Marktplatz von drei davongaloppierenden Wagen in Stücke gerissen. Kurz darauf wurdet Ihr durch einen Erlass enteignet. In der Zwischenzeit wiegelte man die Bevölkerung gegen Euch auf, und immer wieder rotteten sich wütende Menschen vor dem Handelspalast zusammen. Danach folgten auch schon die sorgfältig organisierten Plünderungen. Dabei rafften die Räuber alles an sich, was ihnen in die Hände fiel!«, berichtete der Diener, als wollte er sich entschuldigen.

»Wenn ich dich recht verstehe, sollte ich mich in Handan also besser nicht auf der Straße blicken lassen«, stieß Lü Buwei gepresst hervor.

Er war so erschüttert, dass er kaum den Kopf heben konnte.

»Ich würde es Euch sicher nicht empfehlen«, stimmte ihm Lao Gong niedergeschlagen zu.

Dann begleitete er sie zurück zum Ausgang und schloss hinter ihnen das schwere Tor des einstigen Handelspalastes, des prächtigen und reich ausgestatteten Heims der Familie des Kaufmanns aus Handan.

»Ich schlage vor, Ihr kommt erst einmal zu mir. Ich glaube nicht, dass sich dort in der Zwischenzeit jemand niedergelassen hat«, sagte Mafu.

Zutiefst verzweifelt war Lü Buwei vor dem Torbau des Handelspalastes stehen geblieben. Er litt nicht so sehr unter dem Anblick dieses Ortes, an dem er eine glückliche und sorglose Kindheit verlebt hatte und von dem jetzt nur noch verfallene Ruinen übrig waren, sondern unter dem, was Lao Gong über den Tod von Zhao Sheng gesagt hatte.

Sein treuer Sekretär hatte sein Leben hingegeben – und auf welch grausame Weise! –, um die Flucht von Prinz Yiren zu ermöglichen, als dieser als Geisel in Handan gefangen gehalten wurde. Wenn Yiren nicht hätte fliehen können, wäre Anwei zum König von Qin gekrönt worden, und Lü Buweis Lebensweg wäre sicherlich anders verlaufen. Zhao Shengs Opfer hatte dem Pferdehändler erlaubt, seinen Einfluss im Königreich Qin auszuweiten. Alles, was er erreicht hatte, verdankte er also seinem toten Sekretär.

Doch dessen grauenvolles Ende entsetzte sowohl Lü Buweis Herz als auch seinen Verstand. War dieser Preis nicht zu hoch gewesen?

Was blieb denn noch von dieser glänzenden Laufbahn, für die Zhao Sheng sich geopfert hatte?

Die Aufzählung war im besten Falle niederschmetternd: ein Kind, das niemals erfahren würde, dass Lü Buwei sein Vater war, und ein junger, machtversessener König, der nur nach einer Möglichkeit gesucht hatte, sich seines potenziellen Mentors zu entledigen; eine Frau, die er liebte und verehrte und die er dennoch mit diesem schrecklichen Geheimnis alleine in Xianyang zurückgelassen hatte; ein junger Mann, Goldener Fisch, den er nach all den Jahren so lieb gewonnen hatte wie einen eigenen Sohn und der nun sich selbst überlassen war; und all die Not und die Ruinen, die er nicht nur in Handan, sondern in ganz Zhao gesehen hatte, das er als Schatten unter Schatten durchquert hatte, deren Anblick ihn von nun an nie wieder loslassen würde.

Sein Stallmeister Mafu musste ihn sanft am Ärmel ziehen, um ihn aus seiner Lethargie und seiner Verzweiflung herauszureißen.

Weites Tal saß auf dem steinernen Rand ihres winzigen Sees und rief sich das Bild von Frühlingstau vor Augen. Sie richtete ihren Blick starr auf den Felsspalt, aus dem der dünne Strahl klaren Quellwassers austrat. Mit aller Kraft stellte sie sich vor, es sei ihre eigene innere Energie, die aus den Tiefen der Erde aufsteige. Dann ließ sie ihren Geist den Wasserstrahl entlang zurückgleiten, als wolle sie ihn in das Innere des Berges eindringen lassen.

Endlich sah sie das hübsche Gesicht von Frühlingstau vor sich, umhüllt von einer Dunstwolke, die die gleiche ockerbraune Farbe hatte wie die Felsen in ihrer Höhle.

Das junge Mädchen war so strahlend schön wie immer.

Etwa einmal im Monat vergewisserte sich Weites Tal auf diese Weise, dass es ihrer Enkelin gut ging, sowohl körperlich und geistig als auch, was ihre Gefühle betraf.

Frühlingstau war das einzig Wertvolle, das ihr auf dieser Welt noch geblieben war...

Erleichtert stellte Weites Tal fest, dass Frühlingstaus innere Energien immer noch vollkommen ausgewogen waren. Sie konnte das machtvolle innere Feuer spüren, das in ihrem Herzen loderte. Sie sah auch die Farbe Rot und schmeckte einen bitteren Geschmack in ihrem Mund, während der Klang der Note Zhi in ihren Ohren hallte.

War das nicht ein Zeichen dafür, dass ihre Enkelin verliebt war?

Weites Tal lächelte in sich hinein. Sie hatte bereits bei ihren letzten Meditationen erkannt, dass Frühlingstau fürstlich umworben wurde, und das hatte sie mit leisem Stolz erfüllt. Dass ein König ihrer Enkelin den Hof machte, schmeichelte ihrer großmütterlichen Eitelkeit. Und war es ihr selbst in der Vergangenheit nicht auch so ergangen?

Doch etwas verwirrte sie. Es schien, als mischte sich auch eine leise Wehmut in Frühlingstaus Liebe.

Diese Ahnung machte Weites Tal neugierig, und so beschloss sie, ihre Vision genauer zu prüfen.

Wie seltsam. Der Klang der Note Zhi war immer schwächer geworden und hatte sich schließlich in die Note Yu verwandelt. Yu war der schwarze Ton des Winters. Das genaue Gegenteil des sommerlichen Zhi. Was hatte das zu bedeuten?

Leise Unruhe beschlich sie, und um sich Gewissheit zu verschaffen, konzentrierte sie ihren Geist noch intensiver auf den Wasserstrahl, der aus dem Felsen trat. Und was sie sah, erfüllte sie mit Trauer und Abscheu.

Der Tod schwebte über dem Mann, den ihre Enkelin liebte. Das war die Bedeutung der düsteren Note Yu, die jener Jahreszeit entsprach, in der die Natur überwinterte und die zartesten Blumen starben, ehe sie im Frühling wiedergeboren wurden. Es gab einen Rivalen, der zu einem erbarmungslosen Kampf gegen jenen Menschen ansetzte, den Frühlingstau über alles liebte. Und dieser Rivale würde nicht davor zurückschrecken, seinen Gegner notfalls sogar zu vernichten.

Die Priesterin war fest entschlossen, den Tod von Frühlingstaus Geliebten um jeden Preis zu verhindern, denn das hätte ihre kleine Enkelin ins Unglück gestürzt! Aus diesem Grund wollte sie ihre gesamten inneren Kräfte einsetzen, um diese schreckliche Entwicklung abzuwehren. Doch damit sie dieses Ziel erreichen konnte, musste es ihr gelingen, ihren Geist in die Gelbe Halle zu führen.

Sie atmete langsam aus und wieder ein, dann steigerte sie ihren Rhythmus, bis sie fast keine Luft mehr bekam. Die gewaltige Anstrengung ließ sie beinahe ohnmächtig werden.

Es war nicht leicht, in die Gelbe Halle zu gelangen, die Leere im Zentrum des Körpers, deren Grund sich in den »Pässen« unterhalb des Nabels befand und bis »in die schwindelnden Höhen« im Schädel aufstieg. Aber nur dort und nirgendwo sonst würde es ihr gelingen, diesen Fluss zu schaffen, den sie als positive Energie über den Köpfen der beiden Liebenden verteilen wollte, um so ihre tragische Entzweiung zu verhindern.

Die Gelbe Halle verband die drei Zinnoberfelder, oder die drei Plexus des menschlichen Körpers, miteinander: das Zinnoberfeld des Bauchs, das mit der Erde verbunden war, in der man das Quecksilber fand, welches zu Zinnober oxydierte; das mittlere Zinnoberfeld in der Brust, in dem die Materie zu Geist wurde und der Geist zu Materie; und das Zinnoberfeld des Gehirns, das auch »Schlammkugel« genannt wurde, der Sitz der neun höchsten Paläste, in denen sich schließlich das Licht verflüssigte. Das Gravitationszentrum der Gelben Halle befand sich im »karminroten Palast«, einer Region unterhalb des Herzens, dort, wo das Elixier der Unsterblichkeit gerinnen konnte.

Die Gelbe Halle war somit die Mitte der Mitte, der Punkt, an dem sich alle Energien gegenseitig aufhoben, der Ort des Großen Friedens, an dem die roten und weißen Elemente des Zinnobers sich verbanden, um in die Große Leere aufgesogen zu werden. Diese war die letzte Stufe im Aufbau des Universums.

Doch nur diejenigen erreichten die Große Leere, deren Geist stark genug war. Denn man musste die vollständige Kontrolle über seinen eigenen Körper gewinnen, um jene Verdopplung zu erreichen, die es einem ermöglichte, zum Betrachter seiner selbst zu werden.

Sie begann den Abschnitt aus dem Kapitel über die Embryonalatmung aus dem *Klassiker der Gelben Halle* zu rezitieren, der ihr dabei helfen sollte, diesen leeren Raum, den Sitz der mächtigen Urkräfte, vor sich zu sehen:

»Oben hat die Seele ihren Sitz; unten die Pässe. Links das Yang; rechts das Yin. Hinten befindet sich die Geheime Tür, vorne die Pforte des Lebens. Die Sonne tritt ein, der Mond geht hinaus. Dann muss man die Atmung niederlegen. Dort versammelt sich die Urkraft, um den Kreis der Sternbilder zu zeichnen. Der Mund ist der Jadeteich, der Palast der Höchsten Harmonie; gurgelt mit dem magischen Saft, dann schluckt ihn hinunter: Das Unglück kann euch nichts mehr anhaben. Dann wird das Innere Wesen der Gelben Halle erscheinen, ganz in Brokatstoffe gekleidet. Wenn es euch gelingt, es zu sehen, werdet ihr niemals wieder krank sein…«

Der Blick von Weites Tal war nun auf das Innere Wesen der Gelben Halle gerichtet, das ihr, umhüllt von einem Schleier aus Dunst und Energien, erschienen war. Seine langen Beine waren von einem weiten Rock aus purpurfarbenen Blumen bedeckt. In der Hand hielt es einen türkisfarbenen Zweig. An seinem Gürtel hing ein riesiger Schlüssel aus Jade, mit dem die Geheime Tür geöffnet und die Pforte des Lebens geschlossen wurde.

Unter dem entrückten Blick der Priesterin öffnete das Innere Wesen nun die Gelbe Halle. Darin erkannte sie die hohen, dunklen Türme, die zu beiden Seiten der Geheimnisvollen Quelle standen, welche sich in den Innersten See ergoss, dessen Hüterin immer in Karminrot gekleidet war.

In diesem ruhigen Teich sah sie goldene Lichtreflexe aufleuchten: Es waren die Schuppen eines Fischs. Normalerweise war der Innerste See immer leer. Die Anwesenheit dieses Tieres war unzweifelhaft ein Zeichen für den Geliebten ihrer kleinen Frühlingstau.

Da konzentrierte sie ihre Energien mit aller Macht auf diesen goldenen Fisch und wünschte ihm ein langes Leben, indem sie die folgenden Worte dreimal wiederholte: »Goldener Fisch, halte den Goldenen Wein deines Speichels zurück und schlucke deine Jadeblüte, morgen musst du diesen See durch seinen unteren Pass verlassen und in das Meer hinausschwimmen. Dadurch wirst du dem dunklen Schicksal entrinnen, das andere für dich bereithalten!«

Sie hatte in diesem Kampf, den sie für ihre Enkelin führte, ihre letzten Kräfte aufgeboten. Ein wenig besorgt bereitete sie sich darauf vor, die Antwort abzuwarten, als sich plötzlich die Oberfläche des Innersten Sees unter einer Welle, die aus den Tiefen des Wassers aufgestiegen war, leise kräuselte.

Ein Schweif aus goldenem Staub stieg in die Lüfte auf.

Triumphierend war der goldene Fisch, von Licht umflutet, gen Himmel gesprungen! Seine Flugbahn, die sich in den schimmernden, bebenden Wassertröpfchen abzeichnete, bildete einen perfekten Bogen, als er wieder in das flüssige Element eintauchte und verschwand.

Es schien, als habe sich eine goldene Brücke über den Innersten See gespannt.

Die betörende Melodie der Geheimnisvollen Quelle riss Weites Tal aus ihrer Erstarrung. Erschöpft ließ sie sich gegen einen Felsen am Rand des Miniatursees fallen.

Sie war beruhigt. Sie hatte ihr Ziel erreicht.

Goldener Fisch würde überleben.

20

»Du musst mir helfen, mein Vorrat an stärkendem Pulver ist erschöpft. Die Kraft, die ich für die Errichtung der Großen Mauer und die Vorbereitung der Umwandlung der Namen brauche, schwindet immer mehr, das fühle ich ganz genau!«, stöhnte der junge König.

»Ich hatte dich gewarnt, dass meine Quelle versiegt ist. Was es vor einigen Jahren noch gab, hat Wu Dong behalten und mitgenommen. Auch die Apotheker in der Stadt haben nichts mehr!«

»Was soll denn jetzt bloß aus mir werden?«, greinte Zheng ohne jede Scham.

»Du kannst nur noch die Konzentrationsübungen durchführen. Vielleicht solltest du dich dem Neidan zuwenden, der inneren Alchemie. Dazu müsstest du jedoch bereit sein, dir eine Konkubine zu nehmen, denn Neidan beruht auf der Verschmelzung der Körper. Aber die Belange des Königreichs scheinen dich ja so sehr in Anspruch zu nehmen, dass du gar keine Zeit hast, mit Frauen zu verkehren!«, erwiderte Huayang mit fester Stimme, wohl wissend, dass der erbärmliche Zustand des jungen Königs es ihr erlaubte, ihm ihre Meinung zu sagen, ohne danach seinen Zorn fürchten zu müssen.

Schuldbewusst starrte Zheng auf die Spitzen seiner Schuhe.

»Du brauchst eine Neidan-Übung! Abgesehen von Hilfsmitteln wie magischen Spiegeln oder anderen Gegenständen mit außerordentlichen Kräften – deren Wirksamkeit ich dir aber nicht garantieren kann –, wüsste ich nicht, was diese fehlenden Unsterblichkeitspillen ansonsten sinnvoll ersetzen könnte …«

Bei diesen Worten trat ein leiser Glanz in die bis dahin so matten Augen des Königs.

»Das erinnert mich an die Jadescheibe, die meine Mutter mir kurz nach meiner Krönung überreicht hat. Sie hat sie mir wärmstens ans Herz gelegt und behauptet, sie verfüge über wundersame Kräfte.«

»Du könntest sie bringen lassen, vielleicht ist sie ja genau das, was du brauchst!«

»Aber das geht nicht! Ich hatte sie in die Königlichen Sammlungen im Turm des Gedächtnisses legen lassen, und heute Morgen hat man mir gemeldet, dass sie gestohlen wurde. Sie wäre ganz sicher das Richtige gewesen!«, schimpfte er.

Huayang wirkte überrascht.

»Das Königliche Museum ist doch gut bewacht! Irgendjemand muss dem Dieb geholfen haben…«

Der König stand auf und ballte die Fäuste.

»Gleichzeitig hat man mir eine schriftliche Anschuldigung zukommen lassen. Ich glaube, ich weiß, wer für diesen Diebstahl verantwortlich ist«, fügte er mit kalter Stimme hinzu.

»Kenne ich ihn?«, fragte sie, und unvermittelt durchzuckte sie eine bange Vorahnung.

»Er hat mich oft begleitet, wenn ich dich besucht habe!«

»Goldener Fisch?«, rief sie ungläubig.

Obwohl Huayang alles daransetzte, sich zusammenzureißen, konnte sie ihre Bestürzung doch nicht verbergen, als der junge Herrscher zustimmend nickte.

»Das war zumindest der Name, der in dieser Botschaft stand! Wie dem auch sei, ich habe vor, eine eingehende Untersuchung anzuordnen, um Licht in diese Angelegenheit zu bringen. Aber das Ganze scheint dich ja über alle Maßen mitzunehmen! Es handelt sich doch nur um einen Kunstgegenstand«, säuselte er heimtückisch.

»Warum sollte Goldener Fisch das Bi denn überhaupt gestohlen haben? Er hat doch jederzeit Zugang zum Turm des Gedächtnisses und außerdem keinerlei Verwendung für so einen Ritualgegenstand.«

»Diese Frage werde ich ihm durch den Untersuchungsrichter stellen lassen«, schloss König Zheng ungerührt.

»Sollen wir jetzt ein paar Atemübungen durchführen? Dann hättest du dich wenigstens nicht umsonst herbemüht«, schlug sie vor, um das Thema zu wechseln und in Ruhe wieder einen klaren Gedanken fassen zu können.

Er war einverstanden.

Mit feuchten Händen zündete sie ein kleines bronzenes Boshanlu-Räuchergefäß an, dessen Form den heiligen Berg Kunlun darstellte, auf dem die Königinmutter des Westens lebte. Dünne Rauchfäden stiegen auf.

Mit geschlossenen Augen sprach Huayang daraufhin die gewohnte Formel: »Deine Brust und dein Bauch sind deine Paläste und deine Wohnhäuser, deine vier Gliedmaßen sind die Vororte der Hauptstadt, deine Gelenke sind die Beamten: Wenn du deinen Körper beherrschen kannst, wirst du auch dein Land beherrschen können …«

Danach rezitierte sie diese Sätze noch mehrere Male, und der König wiederholte sie, während sie ihm dabei die Nase zuhielt. Denn es war wichtig, dass er seinen Atem lange genug anhielt.

Als er kurz davor war zu ersticken, lockerte sie den Druck ihrer Finger, und die Luft strömte erneut in Zhengs Lungen, während sie ihm befahl, die Wiederaufnahme seiner Atmung ganz bewusst zu kontrollieren.

Am Ende dieser Übung wirkte der junge König so entrückt, dass man hätte glauben können, er sei betrunken. Jetzt hatte sie ihn in der Hand. Um ihn vollends ihrem Willen zu unterwerfen, schüttete sie einen Becher Wasser in einen Spucknapf, den sie von einem Beistelltisch geholt hatte.

Es war eine Bronzeschale, die man, nachdem man sie bis obenhin mit Wasser gefüllt hatte, zum Vibrieren bringen musste, indem man rhythmisch über ihren Rand rieb. Dann erzeugte die Schale, dank der Kenntnisse und des Geschicks des Bronzegießers, unweigerlich die Note Shang, ehe das Wasser überschwappte, und alles ringsum nass wurde.

Huayang hatte sanft über den Rand der Schale gerieben, und das Wasser begann schon zu gurgeln, als es ihr unversehens gelang, aus der Mitte des Gefäßes einen kleinen Wasserstrahl aufspritzen zu lassen, der zu ihrer größten Überraschung das Gesicht des jungen Königs benetzte.

»In diesem geeinten Strahl, der aus einem unförmigen flüssigen

Magma aufsteigt, erkennst du ein gutes Bild für das Dao selbst«, erklärte sie voller Stolz auf ihre Meisterleistung.

»Warum hast du mir dieses wunderbare Kunststück denn nicht schon früher vorgeführt?«, fragte er dankbar.

»Man sollte nie alle seine Geheimnisse gleichzeitig offenbaren«, antwortete sie vielsagend.

»Ich brauche dein Wissen. Wirst du es mir eines Tages weitergeben?«, bat er, als er sich von ihr verabschiedete.

Gleich nachdem er gegangen war, rief sie Loderndes Feuer zu sich. Der junge Eunuch, der in einem Nebenzimmer schlief, eilte herbei.

»Geh zu Goldener Fisch und sag ihm, dass er Xianyang unverzüglich verlassen muss!«

Er sah sie verständnislos an.

»Hast du gehört, was ich gesagt habe?«

»Ja, aber warum denn? Was hat er getan?«

»Ab morgen wird sich eine strafgerichtliche Untersuchung mit ihm befassen. Er wird zu Unrecht verdächtigt, eine Jadescheibe aus dem Königlichen Museum gestohlen zu haben. In diesem Land ist der Diebstahl von öffentlichem Eigentum eines der größten Verbrechen, viel schlimmer etwa, als einen armen Bauern zu töten. Ich liebe diesen Jungen wie meinen eigenen Sohn, und ich will ihn schützen. Wenn er nicht flieht, droht ihm der Tod!«

»Ich laufe gleich hinüber auf den Pferdehügel, um ihn zu warnen!«

Der junge Eunuch hatte verstanden, dass die Lage ernst war und die ehemalige Königin nicht scherzte.

Huayang konnte ein Schluchzen nicht unterdrücken. Sie hing so sehr an Goldener Fisch! Der junge Mann war mittlerweile der einzige Trost dieser Frau, deren Leben aus einer unendlichen Reihe erbarmungsloser Kämpfe ums Überleben bestanden hatte. Goldener Fisch war für Huayang zum Kostbarsten geworden, das sie besaß, indem er ihr etwas gab, was sie noch nie zuvor empfunden hatte: den Wunsch, zu beschützen und zu lieben. Das Kind mit dem Mal schenkte ihr jene Unschuld und Aufrichtigkeit, die ihr bis dahin so sehr gefehlt hatten.

Zhao Ji hatte sie nach ihrem Ebenbild geformt und zu ihrer geistigen Erbin gemacht. Die junge Frau hatte es ihr ermöglicht, sich Genugtuung zu verschaffen, indem sie Yiren heiratete. Doch auch das war nichts anderes gewesen als Berechnung und Manipulation. Von Zheng, Zhao Jis Sohn, war sie bitter enttäuscht. Sie wusste, dass er ihr niemals die Liebe zurückgeben würde, mit der sie seine Kindheit umhüllt hatte. Kaum war er König geworden, hatte er ihr zu verstehen gegeben, dass jegliche Vertrautheit zwischen ihnen ausgeschlossen war.

Sie ließ sich nicht täuschen! Er war nur deshalb zu ihr zurückgekehrt, um von ihrem Wissen und ihren Techniken zur Beherrschung des Körpers und zur Stärkung der inneren Energien zu profitieren. Der junge Zheng war genauso besessen von dem Drang nach Unsterblichkeit wie sein Urgroßvater, der alte König Zhong. Berechnung und Manipulation, mehr nicht.

Ihr blieb nur Goldener Fisch.

Er war das Traumkind, das sie so gerne zur Welt gebracht hätte. Der Junge, der sie nie um irgendetwas gebeten hatte und dem sie doch alles gegeben hätte… Der Liebenswürdige, Fröhliche, Großzügige. Derjenige, der schon als Säugling alle Frauen dahinschmelzen ließ, weil er so herzig war. Derjenige, der stets alle anderen überflügelte, scheinbar mühelos, als koste ihn das alles nicht die geringste Anstrengung. Derjenige, der das Dao in sich zu tragen schien, aber es sich nicht anmerken ließ. Derjenige, dessen Gesellschaft jeder genoss. Ihr Liebling.

Sie hatte schon zu viel erlebt, um nicht zu wissen, dass so viele Vorzüge früher oder später Neid, Feindseligkeit, Hass, Verleumdung und Intrigen heraufbeschwören würden. Doch sie hatte nicht erwartet, dass es so schnell gehen würde.

Und Huayang wollte um keinen Preis, dass dieser wunderbare junge Mann einem schändlichen Prozess zum Opfer fiel, bei dem er bereits im Voraus zum idealen Schuldigen erklärt worden war. Goldener Fisch nicht mehr sehen zu dürfen wäre sicherlich hart, aber noch viel schlimmer wäre die Vorstellung, ihn endgültig zu verlieren.

Wenn sie einige Tage zuvor geahnt hätte, dass sie ihn zum letzten Mal sah, hätte sie ihn noch zärtlicher in die Arme geschlossen und sich heimlich ein Haar oder einen Fingernagel des Jungen beschafft, um damit die Übungen zu unterstützen, die sie von nun an durchführen wollte, um aus der Ferne seine körperlichen und geistigen Kräfte zu stärken.

Vergeblich trommelte Loderndes Feuer gegen die Tür von Lü Buweis früherem Palast auf dem Pferdehügel.

Es war finstere Nacht, und dichter Nebel hatte sich über die Umgebung gebreitet. In der Nähe war das Bellen einer Meute streunender Hunde zu hören, die zweifellos einen Damhirschen oder eine Hirschkuh verfolgten.

Nachdem er eine ganze Weile mit dem Türklopfer gegen das kleine, an die hölzerne Tür genietete Bronzeplättchen gehämmert hatte, öffnete schließlich ein verschlafener Diener und starrte diesen jungen Verrückten, der ihn mitten in der Nacht aufgeweckt hatte, besorgt an.

»Wo ist das Zimmer von Goldener Fisch? Ich habe eine dringende Nachricht für ihn...«, flüsterte Loderndes Feuer.

»Aber er schläft. Komm morgen früh wieder!«, erwiderte der Diener.

Er wollte die Tür schon wieder schließen, als der Eunuch ihn sanft zur Seite schubste und in den Säulengang trat, der den Innenhof umschloss. Gleich darauf sah er Goldener Fisch aus seinem Zimmer kommen.

Der Eunuch gab ihm ein Zeichen, dass er unter vier Augen mit ihm reden müsse. Daraufhin führte Goldener Fisch ihn zurück in sein Zimmer und vergewisserte sich, dass die Tür hinter ihnen auch wirklich geschlossen war.

»Du musst Xianyang so schnell wie möglich verlassen. Morgen wird der König eine Untersuchung gegen dich anordnen. Jemand hat dich beschuldigt, eine Jadescheibe aus dem Königlichen Museum gestohlen zu haben. Das ist eines der schlimmsten Verbrechen in diesem Land und wird mit der Todesstrafe geahndet!«, flüsterte Loderndes Feuer seinem neuen Freund zu.

»Welche Jadescheibe? Wovon redest du?«

»Königin Huayang hat mich hergeschickt, um dich zu warnen. Sie schien sehr besorgt zu sein. Ich vermute, sie weiß besser als jeder andere, in welcher Gefahr du schwebst.«

Goldener Fisch war verzweifelt, er schien zu zögern.

»Aber alles, was ich liebe, ist hier! Und ich habe mit der ganzen Sache doch überhaupt nichts zu tun!«

»Es hat keinen Sinn, dich über diese Ungerechtigkeit zu beklagen, jetzt musst du erst einmal deine Haut retten. Im Morgengrauen solltest du weit fort sein«, sagte Loderndes Feuer mit Nachdruck.

»Und wenn ich mich vor der Gerichtsbarkeit meines Landes rechtfertigen würde?«

»In wenigen Stunden werden die Ordnungshüter vor deiner Tür stehen. Und du weißt genauso gut wie ich, was in Qin mit einem Verdächtigen geschieht! Niemand kann diese Prozesse, in denen die Schuldigen von vornherein feststehen, aufhalten. Niemand kann sich der Justiz entgegenstellen. Glaubst du denn, jemand hätte mich nach meiner Meinung gefragt, als man beschloss, mich zu entmannen?«

Dieser letzte Satz brachte die Zuversicht von Goldener Fisch ins Wanken.

»Du hast sicher Recht… Das Reich Qin ist ebenso erbarmungslos wie verblendet. Aber ich könnte mit Zheng darüber reden. Er muss diese erbarmungslose Justiz doch aufhalten können. Als wir noch Kinder waren, nannte man uns die ›Zwillinge‹. Er kennt mich gut genug, um zu wissen, dass ich kein Dieb bin!«

»Wenn das so ist, warum, glaubst du, hat er wohl diese Untersuchung gegen dich angeordnet?«

»Du willst doch nicht etwa sagen, dass er hinter all dem steckt?«

»Wonach sieht das Ganze denn für dich aus?«

Goldener Fisch antwortete nicht.

Er wusste gut genug, wie neidisch Zheng schon immer auf ihn gewesen war, um den Grund für seine Entscheidung nachvollziehen zu können. Und dann war da noch Frühlingstau, die der junge König für sich haben wollte.

Da kam vieles zusammen. Er musste den Tatsachen ins Auge sehen: Zhengs Groll war groß genug, um ihm die Verbannung oder gar den Tod zu wünschen.

»Aber wo soll ich denn hin?«, fragte er schließlich verzweifelt.

»Wir könnten nach Süden gehen. Da komme ich her. Die Landschaft ist dort nicht so karg wie hier, und das Leben ist sehr angenehm.«

»Du würdest mit mir kommen?«, rief Goldener Fisch zunächst ungläubig und dann freudig überrascht. In seine Augen war ein hoffnungsvolles Leuchten getreten.

»Wenn du möchtest, bin ich gerne dazu bereit. Zu zweit wären wir stärker.«

Goldener Fisch lächelte wieder.

»Ich mag das Leben hier nicht, diese Welt voller Intrigen. Ich habe hier bereits zu viel verloren«, fügte Loderndes Feuer mit undurchdringlicher Miene hinzu.

Goldener Fisch hatte seinen Freund bei den Schultern gepackt. »So eine glückliche Überraschung! Du bist sehr großmütig! Wir werden uns sicherlich gut ergänzen …«

»Dann sind wir uns also einig?«

»Ja!«

Sie fielen einander in die Arme. Doch dann verdunkelte sich der Blick von Goldener Fisch, und ein trauriger Schatten legte sich über sein Gesicht.

»Ehe ich gehe, muss ich mich noch von jemandem verabschieden.«

»Von wem denn? Die Zeit drängt, Goldener Fisch, wir müssen uns beeilen«, flehte der junge Eunuch.

»Von Frühlingstau, der Tochter des Ersten Ministers. Ich liebe sie … Wir haben uns einander versprochen.«

»Wo wohnt sie denn?«

»Bei ihrem Vater natürlich.«

»Es ist viel zu riskant, jetzt noch dorthin zu gehen. Sein Palast wird doch sicher Tag und Nacht bewacht.«

»Ich kann mich nicht wie ein Dieb aus der Stadt schleichen, ohne es ihr zumindest selbst zu sagen!«

Goldener Fisch klang fest entschlossen.

»Dann müssen wir sofort aufbrechen und eben einen Umweg dorthin machen!«, erklärte der junge Eunuch seinem neuen Freund.

Nachdem er hastig ein paar Kleidungsstücke und ein Jademesser in eine Tasche gestopft hatte, verließ Goldener Fisch, gefolgt von Loderndes Feuer, der wie ein schützender Schatten hinter ihm herhuschte, heimlich das Haus, in dem er seit seiner frühesten Kindheit gelebt hatte.

Als er nun den mit üppigem Gras bewachsenen Hang hinuntereilte, über den sich das quadratische Netz der Koppeln zog, auf denen die Pferde wie steinerne Statuen aneinander gedrängt im kalten Licht des Mondes standen und schliefen, krampfte sich sein Herz zusammen. Er wandte sich um. Der große Stall, dessen Dach die Form eines umgedrehten Schiffsrumpfs besaß, erinnerte ihn an ein auf Grund gelaufenes Wrack, eingeschlossen von einem Ozean aus hohem Gras, das im Wind wogte.

Als sie die Stadt erreichten, stellten sie fest, dass dort bereits überall Ordnungshüter patrouillierten.

»Wir sollten lieber nicht weitergehen«, riet Loderndes Feuer Goldener Fisch. »Es ist verboten, sich nachts draußen aufzuhalten!«

Doch sein Begleiter achtete gar nicht auf ihn. Seine Liebe zu Frühlingstau war stärker als die Angst.

Sie schlichen dicht an den Mauern entlang, sprangen hastig vorwärts, wenn sich in der Häuserreihe eine schmale Gasse öffnete, suchten sich die finstersten Durchgänge aus und erreichten schließlich das Viertel um den Turm der Verlautbarungen, wo keine Ordnungshüter mehr zu sehen waren. Der kleine Platz vor dem Turm war menschenleer. Das gewaltige Bauwerk ragte vor ihnen auf wie eine riesige Schattensäule.

Eine große Tafel hing vom Balkon im ersten Stock herab. Schaudernd erkannte Goldener Fisch, dass es sich um seinen eigenen Verhaftungsbefehl handelte, auf dem in karminroter Tinte Li Sis Siegel prangte.

Ein Stück weiter, am Ende einer breiteren, von eindrucksvollen steinernen Palästen gesäumten Straße, erhob sich das Haus des Ersten Ministers von Qin.

Dort lag die schöne Frühlingstau und schlief, dachte Goldener Fisch bewegt.

Wie zwei Katzen versuchten sie, sich vorsichtig an das Gebäude heranzuschleichen.

Drei Wachleute waren vor der Eingangstür postiert. Sie warteten eine Weile und hofften, sie würden sich zur Wachablösung entfernen. Doch zwei Stunden später hatte sich nichts verändert, Li Sis Schergen waren immer noch da.

»Siehst du, es ist unmöglich! Wir müssen so schnell wie möglich weg!«, drängte der junge Eunuch.

Sie konnten das Geräusch der mit Nägeln beschlagenen Stiefel der Ordnungshüter hören, die das Viertel durchstreiften, um sicherzustellen, dass sich niemand über die nächtliche Ausgangssperre hinwegsetzte.

Goldener Fisch hatte keine andere Wahl. Als Loderndes Feuer ihn am Arm zu einer dunklen Gasse hinüberzog, musste er sich damit abfinden, ihm zu folgen, während der heraufdämmernde Morgen bereits die Dunkelheit aufzureißen begann.

»Meine lieben Freunde, die Lage ist ernst. Es ist mir nicht gelungen zu verhindern, dass König Zheng eine Verordnung erlassen hat, der zufolge Eunuchen von nun an nur noch ausschließlich im Dienst des Königs stehen dürfen und dem Ersten Minister unterstellt sein sollen«, verkündete Unersetzliche Verbindung den Mitgliedern der Bruderschaft vom Kreis des Phönix resigniert.

Diese Verordnung, die zwei Tage zuvor am Balkon des Turms

der Verlautbarungen angeschlagen worden war, bedeutete für die Bruderschaft eine regelrechte Katastrophe, denn sie schränkte ihren Handlungsspielraum auf dramatische Weise ein. Nachdem Unersetzliche Verbindung eine Woche zuvor von diesem Plan erfahren hatte, hatte er sich vergeblich bemüht, seine Umsetzung hinauszuzögern.

Von Anfang an hatte er vermutet, dass Li Si hinter diesem Vorhaben steckte, und er hatte sich nicht getäuscht.

König Zheng hatte diese neue Regelung tatsächlich, wenn auch widerstrebend, auf Anregung seines Ersten Ministers erlassen. Li Si war es gelungen, den König davon zu überzeugen, dass dies der beste Weg sei, die Eunuchen daran zu hindern, ein Komplott gegen ihn zu schmieden. Dieses Argument hatte Zheng eingeleuchtet.

Gleich darauf hatte Li Si Unersetzliche Verbindung zu sich gerufen, um ihm die Entscheidung des Königs mitzuteilen. Zunächst hatte er ihn lediglich mit spöttischer Miene gemustert, doch dann hatte er kein Blatt mehr vor den Mund genommen: »Ihr Eunuchen wart doch schon immer eher darauf bedacht, euren eigenen Interessen zu dienen als denen des Königreichs …«

»Man wird Eunuch, weil das Königreich einen dazu zwingt, nur wenige entscheiden sich aus freien Stücken dafür«, hatte der Leiter des Amtes für Gerüchte, der seinen Zorn und seine Empörung kaum verhehlen konnte, erwidert.

Als ihm klar geworden war, dass Li Si vor nichts zurückschrecken würde, hatte er beschlossen, den Kreis des Phönix zusammenzurufen, um seine Freunde vor der Gefahr, die vom Ersten Minister ausging, zu warnen.

»Li Si war es, der König Zheng zu dieser infamen Verordnung angestiftet hat. Das hat er mir selbst bestätigt.«

Das Stimmengewirr in der Versammlung war verstummt. Alle waren wie vor den Kopf geschlagen. Was konnte man gegen den Willen dieser beiden Männer ausrichten, die alle Macht im Königreich innehatten?

»Und dann ist im Moment noch diese Untersuchung bezüglich

des Diebstahls einer Jadescheibe aus den Königlichen Sammlungen im Gange. Ihr wisst, dass eine schriftliche Denunziation auf dem Schreibtisch des Königs gelandet ist, in der Goldener Fisch beschuldigt wird. Ich halte ihn für vollkommen unschuldig, aber seine Flucht spricht gegen ihn. Sie macht ihn zu einem idealen Schuldigen, da er niemals die Möglichkeit haben wird, sich zu verteidigen«, fügte Unersetzliche Verbindung niedergeschlagen hinzu.

»Ist denn unsere Gerichtsbarkeit wirklich nicht mehr in der Lage, richtige Ermittlungen durchzuführen?«, fragte jemand.

»Sie ist doch nur das Instrument der absoluten Macht. Die Richter führen die Befehle des Königs aus, und die Schuldigen werden stets im Voraus benannt. Alle schweigen, und das Gesetz regiert. Es steht also alles zum Besten!«, rief ein anderer kühn dazwischen.

»Und der abscheuliche Mord an unserem Obersten Chirurgen Scharfe Klinge? War das etwa ein Zeichen, um uns einzuschüchtern und uns Angst einzujagen?«, fragte ein dritter.

»Im Fall von Scharfe Klinge liegen die Dinge etwas anders. Jetzt kann ich es euch ja sagen, Scharfe Klinge stand in Diensten eines feindlichen Königreichs. Ich würde dahinter eher eine Abrechnung vermuten.«

»Willst du damit sagen, er war ein Spion? Und ich dachte, ein Eunuch sollte immer nur unserer Sache ergeben sein!«

»Ich kann euch nicht mehr dazu sagen, mein Amt verbietet es mir, darüber zu reden. Ich hätte es euch auch genauso gut verschweigen können. Nur aus Loyalität euch gegenüber habe ich das nicht getan«, antwortete Unersetzliche Verbindung mit fester Stimme.

Daran, dass niemand mehr ein Wort sagte, konnte man erkennen, wie verunsichert die Eunuchen waren. Die Enthüllung des Leiters des Amtes für Gerüchte hatte wie ein Keulenschlag gewirkt. Dass sich ein Verräter so lange im Kreis des Phönix hatte einnisten können, erschütterte mehr als einen unter ihnen.

»Und dann auch noch der Verrat unseres Gefährten Loderndes Feuer! Zeugen haben gesehen, wie er mitten in der Nacht zusammen mit Goldener Fisch aus Xianyang fortgegangen ist. Ich habe bereits hier und da gehört, dass er wohl geflohen sei, weil er in diesen Diebstahl verwickelt ist! Wem kann man denn überhaupt noch vertrauen?«, klagte Hain der Ehren.

Obwohl er vor kurzem in den Ruhestand getreten war, hätte der alte Eunuch um nichts in der Welt eine Versammlung seiner geliebten Bruderschaft versäumt.

»Loderndes Feuer ist auch nicht schuldiger als Goldener Fisch!«, erwiderte Unersetzliche Verbindung im Brustton der Überzeugung.

Niedergeschlagenheit hatte sich auf die Reihen der Eunuchen herabgesenkt. Trübsinnig beratschlagten sie in kleinen Grüppchen miteinander.

»Wer von uns ist denn von dieser neuen Verordnung eigentlich betroffen?«, erkundigte sich schließlich jemand, dessen Stimme aus den hinteren Reihen hervordrang.

»Meinen Listen zufolge über die Hälfte unserer Mitglieder. Zum Beispiel alle, die in einem Ministerium arbeiten und somit dem betreffenden Minister unterstellt sind: der Oberste Annalenschreiber, der Oberste Zeremonienmeister, der Leiter des Amtes für Sittlichkeit, der Zweite Vorsteher der Königlichen Archive, um nur diejenigen zu nennen, die in den Hierarchien am höchsten stehen. Aber dann gibt es noch all die anderen, die in niederen Rängen arbeiten, und das sind sehr viele. Ich selbst bin dem Ganzen auf wundersame Weise entronnen: Das Amt für Gerüchte ist dem König persönlich unterstellt. Aber Li Si braucht Zheng nur davon zu überzeugen, dass es die Durchschlagskraft dieser Behörde steigern würde, wenn er ihm die Verantwortung dafür übertrüge, und schon betrifft dieser Erlass auch mich!«, schäumte Unersetzliche Verbindung.

Die Eunuchen ließen die Köpfe hängen. Sie alle waren erschüttert, sowohl über diese böswillige Verordnung als auch durch die unerwartete Neuigkeit, dass ihr ehemaliger Oberster Chirurg ein feindlicher Spion gewesen war.

»Nach diesem Erlass kann sich keiner von uns mehr um den Posten eines Provinzgouverneurs oder Präfekten bewerben. Dabei werden diese Funktionen mit der Einrichtung der neuen Verwaltungs- und Steuererhebungsstrukturen, die sich allmählich abzeichnen, außerordentliche Bedeutung erlangen!«, klagte Hain der Ehren immer noch.

»Aber dann verstehe ich nicht, warum der König so viele Adlige aus den Provinzen nach Xianyang kommen lässt: Es wäre doch viel einfacher, sie zu Präfekten zu ernennen«, erwiderte eine Falsettstimme.

»Sein Anliegen ist es doch gerade, die Rolle des alten Adels zu schwächen. Zheng hat erkannt, dass die früheren Feudalherren seine ärgsten Feinde sind. Indem er sie hierher holt, kann er sie besser im Auge behalten und braucht dann nur noch ihren Einfluss immer weiter zurückzudrängen!«, schimpfte der Leiter des Amtes für Gerüchte.

Währenddessen hatte sich Hain der Ehren mühsam auf seinen Schemel gehievt. Tränen ließen zwei schwarze Bächlein über seine geschminkten Wangen laufen, das Wachs, mit dem er seine Wimpern bestrich, um sie fester und glänzender zu machen, löste sich auf.

»Meine Freunde, so, wie es nun um uns steht, schlage ich vor, dass wir einander Unterstützung schwören. Dunkle Zeiten liegen vor uns. Lasst uns zumindest einander gegenseitig helfen. Selbst wenn sich ein weiterer Verräter in unseren Reihen verstecken sollte …«, rief er verzweifelt.

Mehrere Hände reckten sich als Zeichen der Zustimmung in die Höhe.

Und so stachen sich die Mitglieder der Bruderschaft in den Zeigefinger und ließen ihr Blut in ein bronzenes Gu-Gefäß tropfen, das sie danach von einem zum anderen weiterreichten, um sich damit die Lippen zu benetzen. So schworen sie einander in gedrückter Stimmung gegenseitigen Beistand.

21

»Vorsicht! Du musst erst nachsehen, ob das Metall nicht noch zu heiß ist. Dazu spuckst du darauf und kontrollierst, ob die Spucke verdampft!«, rief der Vorarbeiter.

Es dauerte Stunden, bis die Bronze wieder vollständig abgekühlt war, aber da sie nach einer Weile nicht mehr rot glühte, war es äußerst gefährlich, einfach ein Gefäß von dem riesigen Haufen zu nehmen, ohne diese simple Probe zu machen: Wenn man das Metall zu früh anfasste, büßte man leicht die Haut an seinen Händen ein.

Mit den unzähligen Handwerkern, die dort beschäftigt waren, und der Vielzahl von unterschiedlichen Arbeitsschritten, die nötig waren, um ein fertiges Bronzestück mit allen Ziselierungen und Inschriften zu erhalten, welche das Herstellungsdatum, den Namen des Auftraggebers und auch den des Gießers umfassen konnten, war die berühmte Bronzegießerei von Meister Ding aufgeteilt wie eine regelrechte kleine Stadt. Es gab Gässchen, die zwischen den einzelnen Öfen verliefen, Auskühlflächen, Lager, in denen das Erz gestapelt wurde, Verschläge, in denen die Tonformen hergestellt wurden, und natürlich Polier- und Veredelungswerkstätten. Meister Ding beschäftigte hier nicht weniger als vierhundert Arbeiter, die alle auf besondere Aufgaben spezialisiert waren.

Die Gießerei lag im Süden von Qin, am Fuß eines Hügels in einer sattgrünen, waldreichen Region, die das Königreich etwa zwanzig Jahre zuvor von Chu erobert hatte.

Meister Dings diplomatisches Geschick hatte es ihm erlaubt, auch weiterhin den Königshof von Chu mit Ritualbronzen zu versorgen, während er gleichzeitig zum Hauptlieferanten des Hofes von Xianyang aufstieg. Die Gießerei Ding, deren Ruf weit über die nähere Umgebung hinausgedrungen war, war eine der wenigen, in der man das Wachsausschmelzverfahren beherrschte. Mit Hilfe dieser Technik war es möglich, sehr viel kompliziertere und eindrucksvollere Stücke zu gießen, die, nachdem einmal ihre Verzierungen angebracht worden waren, zu regelrechten Skulpturen in Tier-, Pflanzen- oder Menschengestalt wurden, oder auch zu Zwitterwesen, in denen sich wie bei Fabelfiguren alle Gattungen mischten.

Stets darauf bedacht, eine Kundschaft zufrieden zu stellen, die genau wusste, was sie wollte, und über genügend finanzielle Mittel verfügte, dies auch zu bezahlen, zögerte Meister Ding nicht, seine schönsten Stücke mit Einlegearbeiten aus Gold, rotem Kupfer oder Schmucksteinen zu verzieren. Von der Bestellung bis zur Lieferung vergingen manchmal über zwölf Mondmonate.

Dort waren Goldener Fisch und Loderndes Feuer untergekommen, nachdem sie in der Werkstatt der Wachsausschmelzgießerei Arbeit gefunden hatten.

Der Herbst breitete schon seine morgendlichen Nebelschwaden über die mit Kiefern bewachsenen Hügel. Es war sechs Monate her, seit sie aus Xianyang geflohen waren.

Während der ersten drei Monate hatten sie es sorgfältig vermieden, die Straßen zu benutzen, sondern waren lieber an fischreichen Flüssen entlanggewandert, wo sie genügend zu essen fanden. In dieser Jahreszeit schenkten ihnen die natürlichen Obstgärten entlang der Ufer freigebig ihre Früchte und wilden Beeren. Außerdem konnte man in den meisten Wasserläufen auch schwimmen oder sich stundenlang im von der glühend heißen Sonne aufgewärmten Wasser treiben lassen.

Auf diese Weise gelangten die beiden jungen Männer immer weiter nach Süden, wobei sie darauf achteten, nicht in die Nähe eines Dorfes zu kommen, denn sie wussten, dass man einen Preis auf ihren Kopf ausgesetzt hatte.

Eines Abends waren sie, nachdem es den ganzen Tag über heftig geregnet hatte, vollkommen durchnässt auf die Gießerei von Meister Ding gestoßen. Auf gut Glück hatten sie dort gefragt, ob sie nicht etwas Warmes zu essen bekommen könnten. Meister Ding hatte ihnen misstrauisch geantwortet, dass sie eine Fleischsuppe haben könnten, wenn sie bereit wären, dafür zu arbeiten.

Anfangs hatten sie nur zwei oder drei Tage dort rasten wollen, doch dann waren sie geblieben. Schweißüberströmt stellten sie nun jene Gussformen in die Öfen, in die die geschmolzene Bronze eingefüllt wurde, die das Wachs daraus herauspresste. Durch die ungeheure Hitze des Metalls verdampfte es ganz einfach und strömte mit einem charakteristischen Zischen durch kleine Röhren, die durch den Ton der Form gesteckt worden waren, heraus.

Die Kunst des Bronzegießens faszinierte Goldener Fisch so sehr, dass er Loderndes Feuer dazu überredet hatte, ihre Weiterreise zu verschieben. Und Meister Ding hatte bald erkannt, dass seine neuen Lehrlinge über eine rasche Auffassungsgabe verfügten. Nur zu gerne hatte er dieses Geschenk des Himmels angenommen und sie bei sich behalten.

»Ihr seid hier gerne willkommen! Und du, mit deinen sicheren Bewegungen und deiner Genauigkeit, du könntest einen ausgezeichneten Gießer abgeben. Wer weiß, in zehn oder fünfzehn Jahren vielleicht sogar einen Meister …«, hatte er Goldener Fisch geantwortet, als dieser ihm gegenüber den Wunsch geäußert hatte, noch eine Weile in der Gießerei zu arbeiten.

Meister Ding schaffte es, seine Bronzen zuerst in Einzelteilen zu gießen und diese dann zusammenzusetzen, was die Herstellung weniger gefährlich machte und das Anbringen von ausgefeilten Ornamenten wie Haken, kugelförmigen Aufsätzen, Ranken, Voluten oder kleinen Knöpfchen erleichterte.

Die Kunstfertigkeit, die vonnöten war, um so große verzierte Gefäße herzustellen, wie Ding sie schuf, begeisterte Goldener Fisch, und er wurde nicht müde, dem Bronzegießer bei der Arbeit zuzusehen.

Dieser zeichnete zunächst die Form des Gefäßes in Sand, ehe er dem Handwerker, der das wächserne Modell erstellte, seine Anweisungen gab. Wenn das Modell fertig war, wurde es mit Ton, dem Holzkohle und Sand beigemischt worden waren, überzogen. Danach mussten die Formen gebrannt werden, bis ihre Oberfläche glänzte wie Keramik. Dann konnte der schwierige Vorgang beginnen, die etwa eintausendeinhundert Grad heiße, geschmolzene Bronze in die tönerne Hülle um das Modell zu gießen. Und zum Schluss brauchte man, wenn es sich um in einzelnen Bestandteilen gegossene Gefäße handelte, diese nur noch zusammenzufügen, ehe durch einen weiteren Gussvorgang die gewünschten Verzierungen hinzugefügt wurden.

Anschließend waren der Ziseleur und der Polierer an der Reihe, die die kunstvolle Verzierung vollendeten und dem Gefäß seinen endgültigen Glanz verliehen. Zu guter Letzt gravierte der Schreiber die Namen und die verschiedenen Zusätze, juristische oder lyrische Texte, in das Metall, denn diese Gefäße dienten immer auch gleichzeitig als Bücher, Gesetzestexte oder Gedichtsammlungen.

Unter den unzähligen Formen, die seine Gießerei verließen, hegte Meister Ding eine deutliche Vorliebe für Gefäße in Gestalt eines Vogelkopfs mit Hakenschnabel. Und es war auch eine herrliche bronzene Eule, die Goldener Fisch und Loderndes Feuer gerade zusammensetzen wollten, als der Vorarbeiter sie vor den entsetzlichen Verbrennungen gewarnt hatte, die sich unaufmerksame Lehrlinge an den Händen zuziehen konnten.

»Gib Acht, Loderndes Feuer! Der Vorarbeiter hat Recht. Sieh nur, es glüht noch!«, rief Goldener Fisch, nachdem er festgestellt hatte, dass seine Spucke auf der Oberfläche des Gefäßes, das sein Freund schon zur Seite stellen wollte, verdampft war.

Wenig später präsentierte Goldener Fisch Meister Ding die Bronzeeule, die sie aus vier Einzelteilen zusammengefügt hatten, um vor dem abschließenden Gussvorgang seine Zustimmung einzuholen.

»Du hast gute Arbeit geleistet!«, beglückwünschte ihn der Meister.

»Ich habe auch schon eine Idee für die zusätzliche Verzierung, ich dachte, ich bringe auf beiden Seiten diese kleinen bronzenen Leisten an …«

Goldener Fisch deutete auf acht kleine, fein ziselierte Hahnenkämme.

»Genau das hätte ich selbst auch vorgeschlagen!«

Ding betrachtete den Nachtvogel mit bewundernder Miene.

»Goldener Fisch, mit genügend Übung und Zeit könnte aus dir zweifellos ein Bronzegießermeister werden!«, rief er.

»Ja, das hast du mir schon einmal gesagt! Aber du hast Recht, dieser Künstlerberuf reizt mich wirklich…«, erwiderte Goldener Fisch mit einem Lächeln.

Meister Ding ging weiter, um den Guss eines gewaltigen Dreifußes mit gegabelten Füßen zu überwachen.

»Soso, dann wird aus dir also bald auch noch ein Bronzegießermeister! Ich glaube ja fast, es gibt keinen Bereich, in dem du dich nicht meisterlich schlägst«, flüsterte Loderndes Feuer, woraufhin Goldener Fisch in Gelächter ausbrach.

»Wenn du dich noch länger über mich lustig machst, werde ich Meister Ding um die Erlaubnis bitten, ein Gefäß nach deinem Abbild zu gießen!«, stieß Goldener Fisch hervor, der von einem so heftigen Lachkrampf geschüttelt wurde, dass ihm fast schon die Tränen über das Gesicht liefen.

»Und welchem Zweck würde dieses Gefäß dienen?«, fragte der junge Eunuch ein wenig besorgt.

»Das habe ich noch nicht entschieden. Vielleicht ein Yubogui für Getreideopfer oder ein Zun-Krug für Trankopfer. Die Form deiner Nase wäre ideal für einen Ausguss, und deine Ohren sehen aus wie zwei kleine Henkel. Aber du müsstest mir natürlich erst sagen, ob du lieber gegessen oder getrunken werden möchtest…«, antwortete sein Freund und lachte noch lauter.

Frühlingstau schmiegte sich eng an Huayang. Sie konnte ihre Tränen nicht länger zurückhalten.

»Ich liebe ihn so sehr, als wäre ich seine Hälfte eines Biyiniao-Vogels. Ohne ihn bin ich gar nichts!«

»Ich mag Goldener Fisch doch auch sehr gerne, aber mir blieb nichts anderes übrig, als ihn zur Flucht zu drängen. Wenn er hier geblieben wäre, hätte ihm der sichere Tod gedroht! Du darfst die Hoffnung nicht aufgeben. Ich bin sicher, dass ihr beide eines Tages wieder zueinander finden werdet«, versicherte Huayang mit sanfter Stimme.

Zärtlich streichelte sie den schmalen Nacken von Frühlingstau, die ihren Kopf auf ihre Knie gelegt hatte.

»Glaubt Ihr wirklich?«, fragte das junge Mädchen schüchtern.

»Sei ganz ruhig. Der Kuhhirte findet seine Weberin immer wieder. Und dabei sind sie durch ein ganzes Sternenmeer voneinander getrennt…«, murmelte die frühere Königin.

»Aber er kann diesen Diebstahl nicht begangen haben! Diese Anschuldigung ist eine Verleumdung. Wer kann ihm bloß so viel Böses wollen?«, rief Frühlingstau und ballte zornig die Fäuste.

»Wenn man schön, klug und jung ist, weckt man unweigerlich den Neid der anderen«, antwortete Huayang in dem Versuch, sie zu trösten.

»Ich hasse das System von Qin! Es stürzt alle ins Unglück, die sich nicht in das vorgegebene Schema fügen wollen.«

Frühlingstau, die vor Huayang nicht allzu verzagt erscheinen wollte, bemühte sich tapfer, ihre Tränen zu trocknen und ihre Verzweiflung hinunterzuschlucken. Dazu starrte sie durch das große Südfenster im Zimmer der Königinwitwe auf die Dächer der Stadt hinaus.

Noch nie war ihr Xianyang so erhaben und hochmütig zugleich erschienen.

Durch die Verschönerung der Hauptstadt von Qin, die der Architekt Vollkommenes Gleichmaß im Auftrag des Königs in Angriff genommen hatte, hatte sich die Stadt in eine gewaltige Baustelle verwandelt. Die Privathäuser waren nach und nach in die entlegenen Vororte verdrängt und durch viel höhere, massigere und eindrucksvollere öffentliche Gebäude ersetzt worden, die Xianyang ein majestätischeres, aber gleichzeitig auch einheitlicheres Aussehen verliehen.

Die adligen Familien, die aus den Provinzen verschleppt worden waren, drängten sich in etwa zwanzig wuchtigen Residenzen, die eigens zu diesem Zweck errichtet worden waren. Wie Paläste wirkten diese Gebäude nur nach außen hin, innen verwandelte die strenge Bewachung, die bewaffnete Pförtner den Bewohnern angedeihen ließen, sie in Gefängnisse.

König Zheng hatte befohlen, den Fassaden aller neuen Gebäude seinen Stempel aufzudrücken, indem sein Name auf die Mauersteine und Dachziegel sowie auf alle großen Gebälkverkleidungen eingeprägt wurde. Das Gleiche galt auch für die Wadang, jene runden Stirnziegel, in denen die geschwungenen Linien der Dachgrate endeten: Sie alle waren mit dem Schriftzeichen »Zheng« versehen.

Auf diese Weise wurde die ganze Stadt nach und nach mit dem Namen des neuen Königs gezeichnet.

Drei neue Brücken spannten sich bereits über den Wei, denn Zheng hatte angeordnet, dass sich die Stadt in Zukunft auf der südlichen Seite des Flusses ausdehnen sollte. In den neuen Vierteln am rechten Ufer säumten nahezu würfelförmige Verwaltungsgebäude breite, schnurgerade verlaufende Straßen. In der Ferne klaffte ein großes Viereck aus rötlicher Erde wie eine Wunde in der Landschaft; man konnte Erdarbeiter erkennen, die wie Ameisen geschäftig umherwuselten: Dort sollte ein gewaltiger Palast für König Zheng entstehen. Vor seinem Eingang wollte Vollkommenes Gleichmaß den ehrgeizigen Bau der Namen errichten, der die Große Umbenennung versinnbildlichen sollte… Seine vier Mauern, in die die Tabellen mit den alten Bezeichnungen und ihren neuen Entsprechungen eingraviert werden sollten, würden gleichzeitig ein riesiges steinernes Wörterbuch bilden.

Man munkelte auch, dass der König einen geheimen unterirdischen Gang zwischen dem Südlichen Palast und dem in der Oberstadt graben ließ, um ungesehen von einem zum anderen gelangen zu können.

Überall hatten breite Achsen die engen Gässchen ausgemerzt, die den ganzen Reiz der Altstadt ausgemacht hatten. Rings um die Kreuzungen waren Bäume, die unter hohen Kosten mitsamt ihren Wurzeln in den umliegenden Wäldern ausgegraben worden waren, in von Geomanten genauestens berechneten Abständen wieder eingepflanzt worden. Nichts war in diesem Stadtbild, in dem Steine und Pflanzen den unabänderlichen Gesetzen des Universums gehorchend angeordnet waren, dem Zufall überlassen worden.

Diese starre, gefängnisähnliche Stadtplanung setzte Einwohner voraus, die sich streng an alle Regeln hielten.

Wer auf die Erde spuckte, wurde ausgepeitscht. Bettler waren angewiesen worden, sich zu verstecken. An jeder Straßenkreuzung stand ein bewaffneter Wächter, der zweimal am Tag abgelöst wurde. Es war nicht ratsam, dabei erwischt zu werden, wie man eine Kleinigkeit an sich nahm oder eine Frucht von einem der Bäume pflückte, im besten Fall bezahlte man dies mit einer Hand oder einem Fuß!

In Xianyang wohnte man, man arbeitete, man aß und man schlief, aber man lebte nicht.

Dazu bestimmt, die Macht des Reiches zu symbolisieren, war die Hauptstadt von Qin zu einer Stadt geworden, in der die Behörden ihren Dünkel pflegten. Drei Viertel der Gebäude waren Verwaltungssitze. Diejenigen, die die Insignien eines Beamten trugen, hatte das Recht, an Straßenkreuzungen vor allen anderen zu gehen oder als Erste an den vorgeschriebenen Stellen die Straße zu überqueren.

»Dieser König verwandelt unsere Stadt in eine Ansammlung unmenschlicher Paläste!«, schimpfte Frühlingstau.

Huayang war wieder näher an das junge Mädchen herangerückt. »Ich habe gehört, der König sei regelrecht verrückt nach dir!«, sagte die Königin, die sich in diesem Moment nicht für das Stadtbild interessierte.

»Ja, das stimmt, er umwirbt mich ständig. Aber ich weise ihn immer wieder zurück … Wir haben absolut nichts gemeinsam!«

»Fürchtest du denn nicht, dass du auf Dauer gar keine andere Wahl hast«, wandte Huayang ein.

»Was meint Ihr damit?«

»Es ist schwer, sich dem Herrscher zu widersetzen, wenn man zu seinen Untertanen gehört!«

»Auf keinen Fall werde ich mich ihm jemals aus Berechnung oder Kriecherei hingeben. Ich werde mich ihm verweigern, mein Geist wird sich vor seinem vollständig verschließen. Dazu liebe ich Goldener Fisch viel zu sehr!«

»Ich wünsche dir, dass du immer in der Lage sein wirst, dich so zu verhalten, wie du es wünschst«, seufzte Huayang.

»Und wenn ich zwanzig Jahre warten muss, ich werde Goldener Fisch wiederfinden, und dann werden wir zusammen Kinder haben wie alle Eheleute«, erklärte Frühlingstau mit der Ernsthaftigkeit eines kleinen Mädchens.

Ihr Tonfall machte Huayang deutlich, dass der Mann noch nicht geboren war, der sie daran hindern würde, ihr Ziel zu erreichen.

Die alte Königinwitwe erkannte in ihrer Haltung den Ausdruck einer neuen Generation, die großen Wert auf ehrliche Gefühle und ein aufrechtes Verhalten legte. Früher hätte sich eine junge Frau wahrscheinlich vom König verführen lassen, um Einfluss auf ihn zu gewinnen, von ihrem Rang zu profitieren und schließlich ihr Liebesleben so zu führen, wie es ihr gefiel.

Natürlich war Zhengs Argwohn so groß, dass die betreffende junge Frau wahre Wunder an Irreführung vollbringen müsste, um nicht seinen Verdacht zu erregen. Aber wer wüsste besser als Huayang, die oft genug davon Gebrauch gemacht hatte, dass weibliche List in der Lage war, Gefühle so kunstvoll vorzutäuschen, dass jegliches Misstrauen eingeschläfert wurde?

Doch heute war sie nicht überrascht, festzustellen, dass Frühlingstau zu keinem Kompromiss bereit war. Dieses junge Mädchen, das so rein war wie ungetrübtes Quellwasser, würde sich selbst niemals untreu werden. Sie würde Goldener Fisch mit Leib und Seele gehören. Im Gegensatz zu Huayang oder selbst Zhao Ji brauchte sie vom Leben keinerlei Wiedergutmachung zu verlangen. Sie war nicht in arme Verhältnisse hineingeboren worden und hatte eine höhere Ausbildung genossen. Sie konnte sich einfach nicht vorstellen, dass sie nicht das Recht haben sollte, selbst über ihr Schicksal zu bestimmen.

Und Huayang war nicht weit davon entfernt zu glauben, dass sie unter diesen Umständen genauso gehandelt hätte. Goldener Fisch war diese Einstellung auf jeden Fall wert. Er war ein außergewöhnlicher junger Mann und verdiente eine so schöne und kluge Frau, die ihm solche Gefühle entgegenbrachte.

Sie hatte in ihrer Jugend nie das Glück gehabt, einem Menschen wie ihm zu begegnen. Damals hatte sie alle erotischen Kunstfertigkeiten ausgenutzt, um zu verführen, zu erobern und zu beherrschen, aber auch um zu überleben. Und so war sie immer eine Gefangene ihrer Rolle geblieben, dazu verurteilt, zu täuschen und zu manipulieren.

Nachdem ihr die Sinnlosigkeit ihres früheren Verhaltens überdeutlich zu Bewusstsein gekommen war, schwor sie sich nun, jeden Tag die Übungen und Meditationen durchzuführen, die zur Wiedervereinigung von Goldener Fisch und Frühlingstau beitragen sollten.

»Ich werde meine gesamte Energie darauf verwenden, eure Energien aufeinander zuströmen zu lassen. Ich werde meine ganze Kunst und all meine geistige Kraft einsetzen. Du kannst dich auf mich verlassen!«, versprach sie dem jungen Mädchen, während sie es fest in die Arme schloss.

»Wie kann ich Euch nur danken?«, fragte Frühlingstau.

»Es geht mir nicht um Dank, diese Zeit habe ich schon lange hinter mir gelassen. Du schenkst mir am Ende meines Lebens wieder ein wenig Vertrauen in das Gute im Menschen. Ich selbst hatte nie das Glück, dem Yang zu begegnen, das meinem Yin entsprach und dem ich, so wie du jetzt, alles hätte geben mögen«, setzte sie traurig hinzu.

In Frühlingstaus anrührendem und aufrichtigem Blick erkannte Huayang etwas von dem Blick von Zhao Ji wieder, als sie diese in Lü Buweis Musikzimmer zum ersten Mal gesehen hatte. Diese Ähnlichkeit verwirrte sie.

Denn auf den ersten Blick hatten die beiden Frauen rein gar nichts gemeinsam. Ihr Leben war in völlig unterschiedlichen Bahnen verlaufen.

Zhao Ji hatte als Kind zu sehr gelitten, war von zu weit unten gekommen, um nicht genau zu wissen, dass alles seinen Preis hat. Bis sie Lü Buwei begegnet war, hatte sie sich darüber, was Männer dazu brachte, sich Frauen gegenüber so zu verhalten, wie sie es taten, niemals Illusionen hingegeben. Aus diesem Grund hatte sie trotz ihrer Vorbehalte nicht geglaubt, der Versuchung widerstehen zu müssen, einen König zu heiraten. Aber gleichzeitig hatte sie diese Entscheidung auch deswegen getroffen, weil es der Karriere des Mannes nutzte, den sie liebte.

Für Huayang, die in jener Zeit häufig mit ihnen zusammengetroffen war und auch ihren Teil zu dieser Entscheidung beigetragen hatte, war dies ein Pakt zwischen zwei Menschen gewesen, die sich liebten und beschlossen hatten, die Vertrautheit, die sie einte, in den Dienst ihres jeweiligen Aufstiegs zu stellen.

Doch inzwischen war sie nicht mehr davon überzeugt, dass sie das Richtige getan hatte, als sie ihnen zu diesem Entschluss riet.

Heute träumte Frühlingstau vom Glück und verzichtete dafür bereitwillig auf den Ruhm, während Zhao Ji im gleichen Alter bereits gewusst hatte, dass Armut und Knechtschaft das Glück niemals zuließen.

Li Sis Tochter hatte sich ganz einfach dafür entschieden, Goldener Fisch zu lieben. Und dieser kompromisslose Wunsch nach Liebe würde sie für alle Zeit vor Zhengs Nachstellungen schützen. Frühlingstau würde niemals davon träumen, die Königin von Qin zu sein, und schon gar nicht die Ehefrau seines despotischen und blutrünstigen Herrschers. Sie verkörperte jenes kleine Stück Land, über das der König niemals die Herrschaft erringen sollte, weil es sich ihm bis zum Schluss widersetzen würde.

Die unnachgiebige Reinheit des jungen Mädchens war für die alte Königinwitwe ein Grund zur Hoffnung geworden, ein edles Ziel, das sie nun, am Ende ihrer Tage, unterstützen wollte. Ihr eigenes Leben hatte nur aus Kämpfen bestanden, aus Schlägen, die sie austeilte oder selbst einstecken musste. Es war geprägt gewesen vom Fluch ihrer Unfruchtbarkeit, die sie dazu verdammt hatte, Einfluss über Menschen zu gewinnen, die früher oder später starben, wie Anguo, oder ihr entglitten wie der kleine Zheng.

Doch Frühlingstau und Goldener Fisch waren anders: Diese beiden Menschen würden sie niemals enttäuschen, das wusste sie ganz gewiss.

Eingerahmt von zwei Wachen mit Hellebarden in der Hand, saß König Zheng auf seinem neuen Thron. Dieser stand auf einem Podest, dessen Höhe die Größe eines durchschnittlichen Höflings übertraf, so dass man gerade noch mit Mühe seinen Pantoffel berühren konnte, nachdem man sich demütig vor ihm verneigt hatte.

Dadurch sollte das Gefühl der eigenen Bedeutungslosigkeit verstärkt werden, das nahezu jeden beschlich, der vor den allmächtigen König von Qin trat.

»Eure Majestät, ich habe die Ehre, Euch meinen Bericht über die Reformen im Reich vorzulegen. Wenn wir ihn umsetzen, brauchen wir morgen nur noch das Kaiserreich auszurufen, und Ihr werdet genauso mächtig sein wie die Herrscher der alten Dynastien der Shang und der Westlichen Zhou«, versicherte Li Si, nachdem er sich respektvoll vor dem König verbeugt und als Zeichen der Unterwerfung flüchtig mit einem Finger seine Pantoffeln berührt hatte.

»Hast du meinen Wunsch berücksichtigt, die Gesellschaft in einheitlichen Gruppen zu organisieren, die wie in einer Pyramide aufeinander aufbauen? Hast du an die vierzig Verwaltungsbezirke gedacht, die ich einrichten möchte? Und ist auch darauf geachtet worden, dass die runden Münzen mit dem quadratischen Loch in der Mitte als einzige im ganzen Königreich Gültigkeit behalten sollen?«

»Ich habe hier den Erlass, durch den die Zahlung mit der Rundmünze vorgeschrieben wird. Was die anderen Punkte betrifft, so werden sie durch die Reformierung des Reichs umgesetzt, sobald Ihr diese in Kraft zu setzen geruht.«

Li Sis Worte und seine Angewohnheit, auf alles eine Antwort bereitzuhalten, schienen König Zheng zu verärgern.

»Die Reformierung des Reichs duldet keinen weiteren Aufschub. Ich dachte, ich hätte mich dazu klar ausgedrückt!«, rief er.

Li Si erkannte, dass der König trotzdem gewillt war, den ausführlichen Vortrag anzuhören, den er zu diesem Thema ausgearbeitet hatte.

»Um wirksam zu sein, muss diese Reform deutlich sichtbar

werden. Sie wird mit dem Bau Eures Palastes am südlichen Flussufer einhergehen. Er wird das Zeichen für eine große Veränderung sein, denn so werdet Ihr von einem Ufer des Wei auf das andere umziehen! Die Baustelle wurde vor kurzem eröffnet. Dieser Palast, der größte, der jemals in diesem Königreich erbaut wurde, wird sowohl von Eurer Macht als auch von der Kraft Eurer Gesetze zeugen. Schon jetzt strömt das Volk zusammen, um die Aushebung der majestätischen Fundamente zu bewundern«, verkündete er pathetisch.

Er kannte die Vorliebe des Königs für Bauwerke, die er als Gradmesser dafür ansah, wie sehr es ihm gelang, dem Land sein eigenes Gesicht zu geben.

»Ich hoffe, die Ausmaße dieser Baustelle führen nicht zu üblem Gerede. Jeder, der sich darüber lustig macht, soll mit dem Tod bestraft werden! An dem Tag, an dem wir die Große Umwandlung der Namen in Gang setzen, darf niemand mehr in der Lage sein, sich dem Staat zu widersetzen!«, betonte der König.

Der Erste Minister ergriff diese Gelegenheit, um eine Bitte vorzutragen, die er bereits in Gedanken ausformuliert hatte, ohne genau zu wissen, wann er sie am besten anbringen sollte.

»In diesem Fall wäre es sinnvoll, mir die Verantwortung für das Amt für Gerüchte zu übertragen. Auf diese Weise könnte ich Euch persönlich über alle Nachforschungen Bericht erstatten.«

»Warum nicht! Dieser Gedanke ist nicht abwegig!«

»Der Eunuch, der die Behörde leitet, ist nicht gerade ein vertrauenswürdiger Mann… wenn man überhaupt so sagen darf«, bemerkte der Erste Minister gehässig.

»Du sprichst von Unersetzliche Verbindung?«, fragte König Zheng misstrauisch.

»Ganz genau. Das würde mir die Gelegenheit geben, ihm ein wenig auf die Finger zu schauen«, fuhr Li Si fort, der diese unverhoffte Gelegenheit nutzen wollte, um alle Argumente anzubringen, die er vorbereitet hatte.

»Ich bin einverstanden«, sagte der König lediglich und schien in Gedanken bereits wieder mit anderen Dingen beschäftigt zu sein.

Li Si hatte kaum Zeit, sich zu freuen, da ging Zheng auch schon wieder zum Angriff über.

»Was sagen die Polizeiberichte über die Einstellung der Bevölkerung aus? Bringen all diese neuen Steuern, die du mich erheben lässt, auch tatsächlich so viel ein, wie du vorausgesagt hast?«

Der Erste Minister war sichtlich getroffen.

Es war immer der König, der nach Steuererhöhungen verlangte. Zhengs Art, abrupt das Thema zu wechseln und dabei auch ohne zu zögern unwahre Behauptungen aufzustellen, um sein Gegenüber aus dem Gleichgewicht zu bringen, versetzte mehr als einen Höfling in Angst und Schrecken. Li Si, der diese Taktik kannte, war immer noch derjenige, der am besten damit umgehen konnte.

Doch diesmal hatten ihm Zhengs Worte die Sprache verschlagen.

Er nahm all seinen Mut zusammen, um einen kühlen Kopf zu bewahren. Das Beste war wohl, den König zu überraschen.

»Die Steuern fließen im Augenblick besser als je zuvor, Majestät!«

»Das freut mich. Werden sie denn auch immer rechtzeitig bezahlt?«

Darauf bedacht, sich nicht allzu weit auf dieses Terrain vorzuwagen, nahm Li Si das Risiko auf sich, einfach zum Ende seines Vortrags zurückzukehren.

»Majestät, man wird Euch nach zwei Dingen beurteilen: nach den militärischen Siegen, die das Reich Qin davonträgt, und danach, ob es auch in der Lage ist, die Kornspeicher zu füllen, um für Zeiten der Not vorzusorgen. Diese beiden Maßstäbe wurden erfüllt. In den vergangenen sieben Mondjahren haben wir zweiunddreißig Städte an den Rändern der benachbarten Königreiche erobert. Zhao wird bald fallen. Und die Kornspeicher sind so voll, dass man die Ratten davon abhalten muss, sich an den Vorräten gütlich zu tun! Ich habe eigens eine Wachtruppe geschaffen, die dafür zuständig ist, diese Nager zu vernichten, von denen es überall nur so wimmelt. Aber so lange es noch Ratten in den Speichern gibt, können wir beruhigt schlafen. Wenn das Volk genug zu essen hat, ist es auch bereit, die Steuern zu zahlen!«

Der Erste Minister konnte nur mit Mühe seine Genugtuung verbergen. Denn der König hatte ihm, wenn auch widerstrebend, zugestimmt.

Die Staatsmaschinerie von Qin lief auf Hochtouren. Der Lohn ihrer militärischen Übermacht – von Bauern genährt, denen nichts anderes übrig blieb, als sich dem Willen des Herrschers zu beugen – war die Beute, die Qins Soldaten dem Feind entrissen. Die eroberten Gebiete, deren Bevölkerung man versklavte und aus ihrer Heimat fortschaffte, lieferten jene Überschüsse, die zur Hebung des allgemeinen Lebensstandards notwendig waren.

Selbst wenn das Volk von Qin mit jedem Tag ein wenig mehr in Armut versank und die Obrigkeit, deren Gier immer hemmungsloser wurde, den Menschen inzwischen sogar noch das Lebensnotwendige raubte, waren es diese Art von Argumenten, mit denen alle Machthaber der Welt sich einredeten, sie handelten nur zum Besten ihres Landes. Und diese Überzeugung war es auch, die die Könige, die sich weigerten, das dumpfe Grollen der Aufstände zu hören, früher oder später in den Untergang trieb.

Doch bis dahin stand notwendigerweise alles zum Besten.

»Es ist wahr, dass Qin sich im Aufschwung befindet, seit ich den Thron bestiegen habe. Wir müssen mit Fuguo, der Bereicherung des Staates, und mit Qianbing, der Verstärkung der Armeen, fortfahren. Dann wird sich Qin in vollkommenem Einklang mit der allumfassenden Harmonie befinden, genau wie das klingende Bambusrohr Lü, das als der Maßstab dient, nach dem nicht nur die Töne ausgerichtet werden, sondern auch alles andere!«, erklärte der König stolz.

»Ihr habt zu Recht angeordnet, dass der gleiche Name, ›Lü‹, auch für unsere Strafgesetze verwendet wird. Sie sind der Maßstab von Gut und Böse, von Belohnungen und Strafen.«

»Belohnen, bestrafen, das Gute vom Schlechten unterscheiden: Darin liegt das Wesentliche meiner Aufgabe!«, stimmte Zheng ihm zu.

»Ich wiederhole mich, Majestät, von nun an müsst Ihr in den Dimensionen eines Kaiserreichs denken, dessen Zentrum Qin und dessen göttliche Hauptstadt Xianyang sein wird. Die Eingliederung zahlreicher eroberter Königreiche sollte Euch dazu bringen, diesen Schritt zu tun. Und dann werdet Ihr als der würdige Nachfolger des Gelben Kaisers erscheinen!«, verkündete Li Si mit wachsender Erregung.

»Ich weiß«, sagte der König.

Von der Vorstellung seiner eigenen Größe berauscht, sah er sich in seinen Träumen bereits als großmächtigen Fürsten nach dem Abbild des mythischen Kaisers, dem sein Mandat, über die Menschen zu herrschen, vom Himmel selbst verliehen worden war, woraus sich sein Name »Sohn des Himmels« ableitete. Er malte sich aus, wie er den Befehl erteilen würde, an jeder Straßenkreuzung im Reich der Mitte die Stele aufstellen zu lassen, deren Inschrift er bereits verfasst hatte: *»Ich habe Ordnung in die Masse der Menschen gebracht. Ich habe die Taten und die Ereignisse geprüft. Von nun an wird alles den Namen tragen, der ihm angemessen ist.«*

Dann würden alle den Namen dieses Kaisers kennen, der endlich auch über den Geist seiner Untertanen zu herrschen wagte; der es geschafft hatte, das Kaiserreich in die Mitte des Universums zu stellen und die Gesellschaft in die große, allumfassende Harmonie einzugliedern, jene vollkommen reglose Ordnung, in der jeder Mensch und jedes Ding unverrückbar an seinem rechten Platz stand; der die unfehlbare Methode ersonnen hatte, mit der das Kaiserreich so einfach zu lenken war wie ein Gebiet, das nicht größer wäre als der Nagel eines kleinen Fingers.

Er hatte in Li Sis Augen die Zufriedenheit darüber aufblitzen sehen, ihn genau dahin gebracht zu haben, wo er ihn haben wollte, ihn in diese sanfte Euphorie versetzt zu haben, die ihn alle Kontrolle verlieren ließ.

Und so beschloss er, unvermittelt das Thema zu wechseln.

»Wie geht es Frühlingstau?«, fragte er brüsk.

Diese Frage riss den Ersten Minister zurück in eine weniger erfreuliche Wirklichkeit. Er senkte den Kopf.

»Nicht gut, mein Fürst. Meine Tochter spricht kaum noch ein

Wort. Sie redet so gut wie gar nicht mehr mit mir und sitzt stundenlang da und kopiert alte Schriften, ohne jemanden zu empfangen.«

»Vielleicht sollte man einen Arzt konsultieren? Der Großkämmerer Steter Wandel könnte sie untersuchen. Ich werde es ihm gleich nachher sagen.«

»Frühlingstau ist in Gedanken immer weit fort. Sie scheint nicht mehr von dieser Welt zu sein.«

»Das wird schon irgendwann vorbeigehen! Wir müssen nur Geduld haben...«

Li Si entdeckte in Zhengs Worten eine kaum verhohlene Drohung.

Würde ein König, der den Anspruch hatte, über den Geist seiner Untertanen zu herrschen, es widerspruchslos hinnehmen, von einem jungen Mädchen abgewiesen zu werden, dem er den Hof machte? Die Antwort erschien ihm offensichtlich.

»Wenn Ihr sie zu sehen wünscht, kann ich sie zu Euch bringen! Aber sie ist sehr stur, und nichts kann sie aus der Fassung bringen. Es könnte sein, dass sie sich weigert... Ich kann leider für nichts garantieren«, erklärte er unsicher.

»Oh, ich weiß. Wir dürfen sie auf keinen Fall zwingen! Und wir haben alle Zeit der Welt«, erwiderte der König nachdenklich.

Vor diesem jungen Mädchen, das sich von seiner Machtentfaltung nicht einschüchtern ließ, blieb Zheng immer noch der gehemmte kleine Junge, der nicht wagte, ihr seine Liebe zu gestehen, und dem es zuwider war, seinen königlichen Rang zu missbrauchen, um seinen Willen durchzusetzen. Er kannte ihren Charakter, und deshalb wusste er genau, dass jeder Versuch in diese Richtung sinnlos bleiben und nur das Gegenteil bewirken würde. Sie war unbezähmbar. Trotzdem gab er die Hoffnung nicht auf, ihren Geist eines Tages erobern zu können.

Um seine Sicherheit zurückzugewinnen, versuchte er, sich einzureden, dass er sein Ziel bestimmt erreichen würde, wenn er ihr nur zeigte, dass er sie aufrichtig liebte. Und dazu durfte er auf gar keinen Fall Gewalt anwenden.

Einem König, der in der Lage war, Städte und ganze Königreiche einzunehmen, würde es doch wohl eines Tages gelingen, das Herz dieses jungen Mädchens für sich zu gewinnen …

22

»Glaubst du an diese Geschichte von Mo Xie?«, fragte Loderndes Feuer Goldener Fisch mit leiser Stimme.

Mo Xie war die Ehefrau eines Bronzegießers aus alten Zeiten, die eingewilligt hatte, sich in den Ofen zu stürzen, um als Katalysator für das geschmolzene Metall zu dienen, da dieses nicht die nötige Hitze erreicht hatte. Meister Ding erzählte seinen Lehrlingen diese Anekdote immer wieder gerne, um ihnen zu verdeutlichen, wie weit die Sorge um gut gemachte Arbeit gehen musste.

»Es ist eine schöne Legende! Aber ich hoffe trotzdem, dass meine zukünftige Ehefrau nicht so dumm sein wird!« Goldener Fisch, der gerade ein widderförmiges Trankopfergefäß polierte, dessen elegant entlang des Halses herabgeschwungene Hörner ihm als Henkel dienten, lachte.

An diesem Morgen schien der Bronzegießermeister Ding nicht gerade bester Laune zu sein. Er hatte die beiden Lehrlinge nur geistesabwesend gegrüßt, als diese zu ihm gekommen waren, um ihren Aufgabenplan für den Tag abzuholen.

Meister Ding war nie erfreut, wenn der Armeewerber Ling Wu in der Gießerei auftauchte.

Seine Besuche – der letzte lag nun schon über zwei Jahre zurück – endeten unweigerlich damit, dass die drei oder vier kräftigsten Lehrlinge seines Betriebs für die Truppen von Qin zwangsverpflichtet wurden. Doch das war nicht Dings Schuld. Auf diese Weise beschafften sich die Armeen von Qin stets die stärksten und tapfersten jungen Männer des Landes, um sie in ihren Dienst zu stellen.

»Wie gewohnt wirst du alle Lehrlinge, die du seit meinem letzten Besuch eingestellt hast, anweisen, sich in einer Reihe aufzustellen!«, befahl Ling Wu dem Bronzegießer, der Mühe hatte, bei diesen Worten nicht schmerzlich das Gesicht zu verziehen.

Ein Vorarbeiter kam zu den beiden jungen Männern herüber, die gerade den Widder fertig polierten, und forderte sie auf, sich bereitzuhalten, falls man sie auffordern sollte, sich dem Armeewerber zu präsentieren.

»Denk doch mal nach! Wenn wir jetzt da rübergehen, sitzen wir in der Patsche. Wir könnten genauso gut versuchen, den Mond aus dem Wasser zu fischen, wenn wir danach unsere Reise noch fortsetzen wollten«, flüsterte Goldener Fisch Loderndes Feuer ins Ohr.

»Ich glaube, du hast Recht. Aber was sollen wir tun?«, fragte der junge Eunuch verängstigt.

»Wir haben keine andere Wahl, als von hier zu verschwinden, ehe es zu spät ist!«

»Die Gießerei ist umstellt. Alle Ausgänge werden von Soldaten bewacht. Es ist fast unmöglich, das Gelände unbemerkt zu verlassen ...«

Goldener Fisch konnte seinen Freund gerade noch hinter die Mauer des Lagerschuppens stoßen, vor dem sie gerade arbeiteten.

»Sieh nur, da kommt Meister Ding mit dem Werber!«, wisperte er, während sie sich hinter einem Haufen Bronzebarren zusammenkauerten.

Sie konnten die Stimme des Bronzegießers hören, der dem Werber gerade erklärte, dass er ihm zwei tapfere, gut gebaute junge Männer liefern könne. Dieser Schuft lobte sie in den höchsten Tönen!

Doch plötzlich erschallte ein überraschter Schrei, gefolgt von einem wütenden Fluch, nachdem Meister Ding entdeckt hatte, dass sich Loderndes Feuer und Goldener Fisch nicht an seine Anweisung gehalten hatten und verschwunden waren.

Vor ihnen lag eine Wiese, die sanft zum silbrigen Band eines Baches hin abfiel, aus dem die Arbeiter der Gießerei das Wasser schöpften, das sie in die Auskühlbecken schütteten.

»Lauf so schnell du kannst da hinunter. Das ist unsere einzige Chance«, befahl Goldener Fisch.

Sie rannten den Abhang hinunter, der immer dichter bewachsen war, je näher sie dem Wasserlauf kamen. Es war gar nicht so einfach, auf diesem steilen Gelände geradeaus zu laufen, da sie immer wieder über größere Kalkbrocken zu stürzen drohten.

Als sie unten ankamen, bemerkten sie, dass ein kleiner Steilhang sie daran hinderte, den Fluss zu erreichen, wenn sie nicht beherzt Anlauf nahmen und einfach hineinsprangen. Aber das Wasser schien nicht tief genug zu sein, um dies gefahrlos tun zu können.

Voller Panik sahen sie einander an.

»Wenn wir wieder hochgehen, sind wir geliefert«, stieß Loderndes Feuer zwischen den Zähnen hervor.

»Wir müssen uns eben am Felsen festhalten und zum Bach hinunterklettern. Wenn wir ihn durchquert haben, gibt es auf der anderen Seite genug Möglichkeiten zu verschwinden. Dieser Hang dient der Gießerei als Grenzwall«, sagte Goldener Fisch zu seinem Freund, der ihn ungläubig anstarrte.

Sie setzten sich auf den Rand des Abhangs, drehten sich um und begannen hinabzuklettern, indem sie sich, so gut es ging, mit den Händen festkrallten. Ein in der Felswand verwurzelter Wacholderstrauch, dessen knorrige Zweige wie die Hände eines alten Mannes anmuteten, half ihnen beim ersten Stück des Abstiegs. Aber darunter gähnte der Abgrund, denn der Hang wich nach unten hin ein wenig zurück und bot den Füßen keinen Halt mehr. So blieb ihnen zum Schluss nichts anderes übrig, als ihren Griff zu lockern und sich fallen zu lassen.

Goldener Fisch erblickte in der Mitte des kleinen Flusses ein natürliches Becken, wo einige Strudel darauf hindeuteten, dass das Wasser dort ein wenig tiefer war. Er stieß sich ab und versuchte, genau in der Mitte des Beckens zu landen. Wasser spritzte hoch, als sein Körper mit einem dumpfen Laut eintauchte.

»Spring! Nun spring doch endlich! Mach schon!«, rief Goldener Fisch seinem Freund zu.

Aber wie eine junge Katze, die unbedacht auf einen Baum geklettert war, konnte sich Loderndes Feuer einfach nicht mehr rühren. Er wusste nicht mehr, wie er von dort herunterkommen sollte.

Goldener Fisch war hastig aus dem Wasser geklettert und zu der Stelle am Fuß des Abhangs gerannt, über der Loderndes Feuer mit ausgestreckten Armen an den Zweigen des Wacholderstrauchs hing.

»Worauf wartest du denn noch? Willst du, dass sie uns hier erwischen, verflucht?«, schrie er schließlich.

»Meine Muskeln gehorchen mir nicht mehr!«

»Beruhige dich, ich werde versuchen, dir zu helfen.«

Doch als er den Kopf hob, sah er das Gesicht des Bronzegießermeisters, das sich über den Rand des Abhangs hinausschob. Neben ihm stand ein bewaffneter Mann, bei dem es sich um den Armeewerber handeln musste.

»Ergreift diese Flüchtlinge!«, befahl Ling Wu den drei Soldaten, die hinter ihm aufgetaucht waren.

Kurz darauf wurden Goldener Fisch und Loderndes Feuer, die mit Ketten aneinander gefesselt worden waren, von einem misstrauischen Offizier einem derben Verhör unterzogen.

»Namen und Geburtsort! Wird's bald!«, bellte er und versetzte beiden einen Faustschlag ins Gesicht.

»Wir sind die Gebrüder Zhou, und wir stammen aus der Stadt Xingyan im Süden des Königreichs Chu. Wir wollen Bronzegießer werden und gehen bei Meister Ding in die Lehre«, erklärte Goldener Fisch, ohne zu zögern, obwohl seine Lippe von dem Schlag so angeschwollen war, dass er nur mit Mühe sprechen konnte.

»Die beiden sind in der Tat zwei ausgezeichnete Lehrlinge. Ich bin mit ihrem Arbeitseifer sehr zufrieden!«, beeilte sich der Bronzegießer hinzuzufügen.

Er hatte keine Lust, den Truppen noch weitere Rekruten auszuliefern. Für diese beiden Lehrlinge hatte er zumindest nichts bezahlen müssen.

»Wisst ihr, welche Strafe jemandem blüht, der sich der Verpflichtung entziehen will, unter dem Wappen von Qin zu dienen?«, versetzte Ling Wu streng.

Erleichtert bemerkte Goldener Fisch, dass ihm die Auskünfte, die er ihm gegeben hatte, zu genügen schienen.

»Aber wir stammen aus einem anderen Königreich. Warum sollten wir von dieser Verpflichtung überhaupt betroffen sein?«

»Die Regeln unserer Truppen sind eindeutig. Sie treffen auf alle jungen Männer zu, die sich im Herrschaftsbereich von Qin aufhalten, ganz gleich, woher sie stammen. Die Gießerei von Meister Ding liegt in einer ehemaligen Provinz des Königreichs Chu, die Qin vor einigen Jahren erobert hat. Ihr habt euch also beide strafbar gemacht«, erklärte Ling Wu kategorisch.

Er setzte ein zufriedenes Lächeln auf, das den Blick auf die beiden einzigen Zähne freigab, die noch in seinem Oberkiefer steckten.

»Zuallererst werden wir euch das Zeichen einbrennen, an dem jeder erkennen kann, dass ihr von nun an dem Königreich Qin gehört.«

Die beiden jungen Männer warfen einander einen entsetzten Blick zu.

»Und weil ich heute gut gelaunt bin, lasse ich es euch auf die Schulter brennen und nicht mitten auf die Stirn«, setzte er ausgelassen hinzu.

Die Soldaten führten sie zu dem eingezäunten Gelände mit den Öfen, in denen die Bronze für die kleineren Dekorationselemente geschmolzen wurde, die die Handwerker im Nachhinein auf den fertigen Gefäßen anbrachten.

In einen dieser Öfen hielt Ling Wu einen Bronzestab, dessen Ende in einem Siegel auslief. Dieses war mit dem Schriftzeichen »Gong«, »Arbeit«, geprägt, dessen Form sich von der Darstellung eines Schreinerwinkels ableitete.

Sobald das Zeichen am Ende des Stabs rot zu glühen begann, presste er es auf die entblößten Schultern von Goldener Fisch und Loderndes Feuer. Ein leises Zischen war zu hören, und kurz darauf erfüllte der köstliche Geruch von gegrilltem Fleisch die Luft.

Keiner von beiden hatte auch nur den leisesten Schrei ausgestoßen, sondern angesichts des unerträglichen Schmerzes die Zähne zusammengebissen. Von nun an gehörten sie offiziell den Arbeitstruppen des Königreichs Qin an.

Sie waren zu einfachen, rechtlosen Gegenständen geworden.

Dieser Ort trug den Namen Jadetor zu Recht.

Das Tor öffnete sich knapp zweitausend Li nordöstlich von Xianyang in der Großen Mauer.

Dort begann die Oasenstraße, die es den Reisenden ermöglichte, Wasser zu finden inmitten dieser steinigen, sandigen Wüsten, nach deren Durchquerung man, unter der Voraussetzung, dass man dem Durst und den fürchterlichen Sandstürmen entronnen war, im fernen Westen die dunklen Berge erreichte, deren höchste Gipfel schließlich das Dach der Welt bildeten.

Auf der einen Seite lag das reiche und geordnete Gebiet von Qin, auf der anderen das steinerne Chaos, dessen Sand alles unter sich begrub, sobald der Wind aufkam.

Jenseits dieser Wüsten, in denen viele ihr Leben ließen, eröffneten sich andere Welten … Und diejenigen, denen es gelungen war, dem gefährlichen Karaburan, dem »schwarzen Wirbelsturm der Karawanenführer«, zu trotzen und das Sandmeer unbehelligt zu durchqueren, brachten auf dem Rückweg prächtigen Goldschmuck, mit Purpur gefärbte Stoffe und mit Elfenbeineinlagen verzierte Gegenstände mit, die davon zeugten, dass hinter diesen tristen Horizonten reiche und mächtige Königreiche lagen. Und auf der anderen Seite der Wüste erregten diejenigen, die es schafften, die schimmernden Seidenstoffe aus Qin zurückzubringen, begeistertes Staunen bei den Fürsten und Kaufleuten jener fernen Länder.

Das Jadetor war der Endpunkt dieser Wüstenroute, die von den furchtlosen Reisenden, die es wagten, auf ihr dahinzuziehen, die Seidenstraße genannt wurde.

Der Architekt von König Zheng hatte das monumentale Bauwerk so entworfen, dass es ein würdiges Zeichen für den feierlichen Eintritt in jenes stolze Königreich darstellte, das dazu berufen war, zum Reich der Mitte zu werden. Er hatte das Jadetor wie eine Festung geplant, deren zwei gewaltige, zinnenbewehrte

Türme durch einen Balkon aus weißem Marmor miteinander verbunden waren, der die Toröffnung überspannte. Von diesem durchbrochenen, mit kleinen Schlangensäulen geschmückten Balkon aus konnten Wachen die Reisenden, die das Tor passierten, kontrollieren und Eindringlinge gegebenenfalls aufhalten, indem sie ein Becken mit kochendem Rapsöl über ihnen ausgossen.

Es war also wichtig, dass die Große Mauer an dieser Stelle ganz besonders unüberwindbar und großartig wirkte und all jenen, die, aus der Wüste kommend, vor sie traten, Furcht und Respekt einflößte.

Tausende von Arbeitern schufteten unter der Anleitung eines beigeordneten Architekten, der unmittelbar dem Befehl von Vollkommenes Gleichmaß unterstand, an ihrer Fertigstellung.

Auf der Baustelle des Jadetors wimmelte es von Jugendlichen. Sobald ein Kind größer war als vier Chi*, konnte es dazu verurteilt werden, auf den öffentlichen Baustellen von König Zheng zu arbeiten. Dazu brauchte es lediglich beim geringsten Diebstahl erwischt oder nach dem Beginn der Ausgangssperre in der Stadt aufgegriffen zu werden. Die Dauer der Strafe stand im Verhältnis zu der Schwere des Vergehens, aber nur selten kehrte jemand lebend von den Baustellen zurück, wenn er zu früh dorthin geschickt wurde, denn die Kinder dienten dort als Untersklaven, denen die mühseligsten Arbeiten aufgebürdet wurden.

Die Große Mauer wurde in Teilstücken von fünfzig Li Länge erbaut. Man begann damit, einen hohen Wall aus Erde aufzuschütten, die in kleinen Tonkrügen herbeigeschafft und dann mit den Füßen festgestampft wurde. Danach wurde die Mauer aus Steinen hochgezogen. Dazu verwendeten die Arbeiter einen Mörtel, dem Reisleim beigemischt worden war, damit er schneller fest wurde. Die Mauer ragte so steil auf, dass es unmöglich war, ohne Seile oder eine Leiter daran hinaufzuklettern. Auf der Außenseite wurde sie zusätzlich noch durch einen Graben verstärkt, was sie für feindliche Angriffe nahezu unverwundbar machte.

* Ein Chi entspricht 33 Zentimetern.

Den beiden Gefangenen war der Marsch von der Bronzegießerei des Meisters Ding bis zur Baustelle des Jadetors schier endlos erschienen. Zu Fuß hatten sie eine gewaltige Strecke zurücklegen müssen, dabei waren ihre Beine gefesselt gewesen, und um den Hals trugen sie ein Seil, dessen Ende an den Pferden ihrer Bewacher festgebunden war.

Zu Beginn waren es gut tausend Gefangene gewesen. Zwar waren unterwegs über ein Drittel von ihnen umgekommen, doch am Ende der Reise umfasste der Zug immer noch genauso viele elende Gestalten. Denn in jeder Stadt, durch die sie kamen, holte der Werber bei den Richtern seinen Anteil an jungen Straftätern ab. Und so füllte sich ihr Trupp, je näher sie der Baustelle des Jadetors kamen, immer wieder neu mit Sklaven, wobei die Neuhinzugekommenen gleich diejenigen ersetzten, die vor Erschöpfung gestorben waren.

Die trockenen Berge waren erst grünen Hügeln und dann der rauen, einsamen, grasbewachsenen Steppe gewichen, auf der unzählige Viehherden weideten.

Wenn sie abends Rast machten, waren die aneinander geketteten Männer so müde, dass sie zu Boden sackten, noch ehe sie ihre Näpfe geleert hatten. Jeden Morgen wurden die Leichen aussortiert. Die Wunden an ihren von den Ketten aufgescheuerten Knöcheln entzündeten sich so stark, dass man die Schienbeinknochen sehen konnte. Die Bauern, Jäger und Viehzüchter, die dieser tristen Kolonne gefesselter und von den Peitschen angetriebener Sklaven begegneten, drehten den Kopf zur Seite, um ihren erbarmungswürdigen Anblick nicht sehen zu müssen.

Kaum hatten sie ihr Ziel erreicht, wurden Goldener Fisch und Loderndes Feuer, die immer noch ihre Bronzeketten an den Füßen trugen, in eine Art Graben geworfen, in dem sich unzählige Sklaven drängten und darauf warteten, dass man ihnen eine Arbeit zuwies.

»Wir werden zwei Gruppen bilden. Alle auf dieser Seite werden in der Salzmine arbeiten und die auf der anderen Seite auf der Baustelle der Großen Mauer«, brüllte einer der Wachleute und ließ die lange Schnur seiner Peitsche knallen.

Im Graben wurden Goldener Fisch und Loderndes Feuer von dem Strudel der vollkommen entkräfteten Körper erfasst, die dem Schlag der Peitsche auszuweichen suchten. Es waren fast hundert Gefangene, die sich gegenseitig hin und her stießen, ehe sie sich schließlich, ohne dass jemand wusste, wie, in zwei etwa gleich große Gruppen teilten, so wie es der Wachmann befohlen hatte.

Die beiden jungen Männer, deren Ketten sie dazu zwangen zusammenzubleiben, fanden sich unbeabsichtigt auf der Seite derjenigen wieder, die dazu bestimmt waren, an der Großen Mauer zu arbeiten. Man befahl ihnen, sich in Zweierreihen aufzustellen, und führte sie in die einfache Bretterbaracke, die den Arbeitern als Schlafplatz diente.

Es war ein Ort des Unglücks und der Angst, in dem sich die ausgezehrten, von der Plackerei auf der königlichen Baustelle verschlissenen Körper der Sklavenarbeiter inmitten von Ungeziefer und fauligen Gerüchen auf dem nackten Boden nebeneinander zwängten. Goldener Fisch hatte noch nie in seinem Leben einen so elenden, dreckigen Platz gesehen. Zusammen mit dem jungen Eunuchen fand er ein winziges Fleckchen in der Mitte der alten Lumpen, die den anderen als Decke dienten. Eng aneinander gedrängt schliefen sie ein, umgeben von dem Schnarchen der einen und dem Stöhnen der anderen.

Nach einer Weile weckten die Enge und der Gestank Goldener Fisch wieder auf. Neben ihm lag Loderndes Feuer und schlief wie ein kleines Kind.

Der junge Mann brauchte nicht lange nachzudenken. Um an diesem Ort zu überleben, musste er auf seine geistige Stärke vertrauen, eine andere Zuflucht gab es nicht. Er musste es schaffen, sich in gewissen Momenten von dem ganzen Unglück ringsum zu lösen und seinen Geist zu schöneren Ufern entfliehen zu lassen, wo er neue Kräfte sammeln konnte. Er glaubte, genug von Huayang gelernt zu haben, um nicht in diesem ganzen Elend unterzugehen.

Er schloss die Augen. Trotz der ganzen Verzweiflung um ihn herum fühlte er sich unvorstellbar stark und ruhig. Die sanften Züge seiner geliebten Frühlingstau erschienen, von einem kreisrunden Lichtkranz umgeben, vor seinem inneren Auge. Diese Lichtscheibe entsprach genau der Form des Mals, das er auf seiner Haut trug. Er folgerte daraus, dass das junge Mädchen genau in diesem Augenblick auch an ihn denken musste. Er rezitierte für sie ein Gedicht aus den *Elegien von Chu*, in dem der Flussgraf, der Gott des Gelben Flusses, einer von ihm verehrten Frau seine Liebe gestand:

Du und ich, gemeinsam werden wir
Die Mündung des sturmgepeitschten Flusses erkunden.
Unser Wasserwagen ist von Seerosen bedeckt,
Zwei Drachen führen ihn, flankiert von zwei Schlangen.

Er ahnte, dass auch sie nicht schlief, und war sicher, dass sie ihn auf ihrem Bett im fernen Xianyang hören konnte. Er spürte sogar ihren sanften, kühlen Atem an seinem Hals.

Und er wusste auch, dass sie zehntausend Jahre auf ihn warten würde, wenn es sein musste, so lange, wie es den Alchemisten zufolge dauerte, bis sich Zinnober in Gold verwandelte. Und für ihn war es das Gleiche: Die Zeit hatte keine Bedeutung mehr. Denn die Liebe setzte sich über alles hinweg, sowohl über den Raum als auch über die Zeit. Die Liebe würde ihn unsterblich machen, genau wie das junge Mädchen, das er in seinem Herzen trug. Dann würde, wie bei den Unsterblichen, *»ihre Haut kühl sein wie der Reif, sie würden den Wind atmen und den Tau trinken, ehe sie auf den Rücken eines Drachen steigen würden, der weit hinaus über die vier Meere zur Insel Penglai fliegen würde, wo sie mindestens zehntausend Jahre länger leben würden«*.

Wieder und wieder las Lü Buwei den Anschlag, auf dem das offizielle Siegel des Königs von Qin prangte.

Es war eine quadratische Tafel aus Trompetenbaumholz von etwa einer Elle Seitenlänge, wie sie seit dem Vortag an allen Straßenkreuzungen von Handan angebracht worden waren. Eine zerlumpte Menschenmenge drängte sich vor den Aushängen, und diejenigen, die lesen konnten, berichteten den anderen, was darauf stand.

»In einigen Tagen wird das Königreich Zhao von unseren Truppen erobert sein. Alle Einwohner werden sich bei den Offizieren melden, die damit beauftragt sind, eine Volkszählung durchzuführen. Alle Namen und Bezeichnungen werden geändert. Gezeichnet: der großmächtige König Zheng von Qin.«

Seit Wochen schon wütete der Ansturm von Zhengs Truppen an der Grenze zu Zhao und dezimierte die hilflosen Armeen, die der König wie kümmerliche Deiche aufgestellt hatte, die bei Hochwasser in aller Hast vor den entfesselten Fluten eines reißenden Stroms errichtet wurden.

Die letzte kleine Befestigungsanlage an der Straße, die in die Hauptstadt führte, war gefallen. Ungeordnet flüchtende Regimenter schickten sich an, ohne die geringsten Skrupel zu den Siegern überzulaufen. Und jeder wusste, dass sie nicht zimperlich sein würden, wenn die Generäle der Armee von Qin ihnen den Befehl erteilten, den Königspalast von Handan zu stürmen, in dem sich die königliche Familie verkrochen hatte.

Nachdem alles verloren war, hatte es nicht lange gedauert, bis König Lien von Zhao dem zuvorgekommen war. Seine Diener hatten ihm dabei geholfen, sich ein Jadeschwert in den Bauch zu rammen. Sein Leichnam war am Hauptfenster der Fassade seines Palastes zur Schau gestellt worden, ehe die Menge sich seiner bemächtigte und diesen verfluchten König, der sein Land in den Untergang geführt hatte, den unzähligen, ebenso ausgehungerten wie gefährlichen Hunden, die auf der Suche nach Nahrung durch die Stadt streunten, zum Fraß vorwarf.

»Herr, Ihr müsst so schnell wie möglich fort von hier!«

Mafu und Furchtloser Krieger bemühten sich abwechselnd, Lü Buwei zu überzeugen. Aber sie hatten keinen Erfolg. Der Kaufmann war in Gedanken versunken. Er sagte kein Wort und schien sie gar nicht zu bemerken.

»Geht weg! Lasst mich in Ruhe, mein Platz ist hier«, antwortete er schließlich mit unendlich müder Stimme.

»Aber wenn die feindlichen Truppen erst einmal in die Stadt eingefallen sind, werden sie alles in Schutt und Asche legen. Handan wird im Chaos versinken!«, stöhnte Mafu.

»Ich bin an den Ort zurückgekehrt, an dem ich geboren wurde. Ist es nicht das, wovon so viele Männer träumen?«, murmelte Lü Buwei.

»Ihr müsst fliehen, Herr, die Soldaten von Qin werden Euch nicht verschonen!«, beharrte der Stallmeister.

»Er hat Recht, sie werden Euch nicht verschonen«, wiederholte der Hunne, in dessen Augen eine grenzenlose Traurigkeit lag.

»Man muss dem Schicksal seinen Lauf lassen. Mein Leben liegt hinter mir! Ich habe so viel Gutes erlebt und alles erreicht, was ich mir gewünscht habe. Ich brauche nichts mehr zu beweisen. Was soll ich sonst noch verlangen? Ich will nicht als Flüchtling oder Ausgestoßener enden. Und vor allem will ich nicht vor den Armeen eines Landes fliehen, dessen Erster Minister ich einst gewesen bin!«, empörte sich der Kaufmann.

»Herr, seid doch vernünftig!«, flehte Mafu.

»Was ist denn deiner Meinung nach vernünftig?«, fragte Lü Buwei mit einem Lächeln. »Glaubst du denn wirklich, es wäre vernünftig, wie du sagst – ich würde es eher würdevoll nennen –, dass der frühere Erste Minister von Qin vor den siegreichen Armeen jenes Landes davonläuft, das zu lenken er einst die Ehre hatte?«

In den Straßen der Stadt bereitete man sich auf den letzten Ansturm vor. Viele verließen ihre Häuser und balancierten Tragestangen über den Schultern, an denen kleine Ballen mit Gegenständen hingen, die sie irgendwo verstecken wollten. Andere waren damit beschäftigt, rot-gelbe Banner aufzuhängen, auf die sie notdürftig das Wappen von Qin gemalt hatten. Einige Ordnungshüter entledigten sich ihrer Uniformen, indem sie sie gegen die Kleidung von Passanten eintauschten. Die Ärmsten freuten sich über dieses Geschenk des Himmels und glaubten, es werde sie schützen, dabei wussten sie nicht, dass sie dank dieses Tauschs nur als Erste abgeschlachtet werden würden, wenn die Bataillone von Zhengs Armeen in Handan eindrängen.

»Ich will das alles nicht mit ansehen … Jetzt ist es Zeit für euch, zu gehen. Ich rate euch, nach Norden zu ziehen. Mit ein wenig Glück findet ihr dort einen Pferdezüchter, der eure Erfahrung gerne nutzen wird!«, flüsterte Lü Buwei den beiden Männern zu.

»Herr, es gibt keinen zweiten Lü Buwei!«, protestierte Furchtloser Krieger, dem zum ersten Mal Tränen über die Wangen liefen.

Da beschloss der Kaufmann, seine Autorität geltend zu machen, und wies den Hunnen und Mafu ganz einfach an, aus der Stadt zu fliehen.

»Ich befehle euch, mich alleine zu lassen!«

Sie warfen sich ihm zu Füßen und bedeckten seine Hände mit Küssen. Dann suchten sie ihre Sachen zusammen und schlichen wie zwei Schatten dicht an den Häuserwänden entlang davon.

Lü Buwei wartete, bis ihre Gestalten hinter der Ecke der schmalen Gasse verschwunden waren, ehe er wieder in das kleine Häuschen des Stallmeisters zurückging.

Das Herz war ihm schwer. Mafu und Furchtloser Krieger waren zwei ebenso aufmerksame wie treue und gute Diener gewesen. Aber jetzt konnte er nichts mehr für sie tun. Er war nachdenklich. Alles war gut. Er schloss die Augen und ließ sich in der Lotosstellung nieder.

Da brach unvermittelt die Vergangenheit wieder über ihn herein.

Er sah sich in den Handelspalast zurückkehren, nachdem er die Priesterin vom Gipfel des Huashan in ihrer Höhle aufgesucht hatte. Furchtloser Krieger hatte ihn damals nach Handan zurückgebracht, nachdem er ihn aus einem Hinterhalt gerettet hatte.

Das war der Tag, an dem sich alles verändert hatte. Ohne das Eingreifen des Hunnen wäre er umgekommen, und das sternengesprenkelte schwarze Bi wäre den Räubern in die Hände gefallen, die ihm im dunklen Wald hinter einer Wegbiegung aufgelauert hatten.

Die Prophezeiung von Weites Tal hatte an einem seidenen Faden gehangen.

Seitdem hatte er alles erreicht und auch alles wieder verloren.

Voller Bitterkeit wurde ihm klar, dass sich alles erst zum Schlechten gewendet hatte, nachdem er sich von der Jadescheibe getrennt hatte, um sie seinem Sohn zu übergeben. Es war Zhao Jis Idee gewesen. Und sie hatte es sicher nur gut gemeint.

Er erinnerte sich daran, wie sehr es ihm widerstrebt hatte, den Wunsch seiner Geliebten zu erfüllen. Mit dem nötigen Abstand verstand er diese Vorbehalte besser. Durch dieses Geschenk hatte er sich für seinen Sohn geopfert. Und das hier war nun das Ende…

Wie hätte sich wohl alles entwickelt, wenn es ihnen gelungen wäre, Goldener Fisch gegen Zheng auszutauschen, wie sie es geplant hatten? Diese Scheibe, die das Kind aus dem Süden als Mal auf der Haut trug, hatte sie daran gehindert. Aber war das wirklich nur ein unglücklicher Zufall gewesen oder doch ein Zeichen dafür, dass diesem Kind ein außergewöhnliches Schicksal beschieden war?

Lü Buwei wusste es nicht.

Das Schicksal hatte ihren Plan vereitelt. Es war sein Sohn, der nun über Qin herrschte. Es hatte keinen Sinn, sich dem widersetzen zu wollen, was im großen Buch der Zukunft geschrieben stand.

Die Prophezeiung von Weites Tal, die in der schwarzen Jade die Spuren des Urchaos Hongmeng gesehen hatte, würde sich erfüllen. Und Lü Buwei war lediglich eines der Werkzeuge gewesen, genau wie auch Zhao Ji. Das gelbe Küken im Zentrum des Chaos, war das nicht ein Bild für Zheng, der sich anschickte, das Kaiserreich wieder neu zu errichten und dem Beispiel des illustren Gelben Kaisers zu folgen?

Er wusste, dass er selbst dieses Kaiserreich nicht mehr erleben würde, aber er war sicher, dass es eines Tages kommen würde.

Schließlich tat Lü Buwei nichts anderes, als seinen Sohn das letzte Kapitel jenes Buches fortschreiben zu lassen, das Weites Tal im Chaos der winzigen Glimmersterne auf der Ritualscheibe entziffert hatte. Er musste den Lauf der Dinge akzeptieren, denn alles würde in Ordnung kommen. Er musste akzeptieren, das zurückzugeben, was ihm geschenkt worden war. Akzeptieren, wieder zu

Jadestaub zu werden, den der Wind eines Tages in alle Himmelsrichtungen zerstreuen würde. In jene Große Leere einzugehen, die am Ursprung aller Dinge stand.

Lü Buwei öffnete seinen Schulterbeutel und nahm ein kleines bronzenes Fläschchen heraus, das er langsam entkorkte. Vorsichtig goss er seinen Inhalt in eine Tonschale.

Von draußen klangen die durchdringenden Rufe der Schwalben herein.

Er beugte sich aus dem Fenster, um die Vögel am Himmel zu beobachten. Auch damals, als er Weites Tal verlassen hatte, hatte er ein Vogelkonzert gehört.

Die Flüssigkeit in der Tonschale war grün wie Jade. Er nahm die Schale in die Hand, roch daran und trank sie schließlich in einem Zug aus.

Er war zur Ruhe gekommen.

Er legte sich auf den Boden und spürte, wie sich der schwarze Schatten des großen Vogels der Nacht auf ihn herabsenkte.

Kurz darauf brauchten seine Augen den Untergang von Zhao und das Elend, in dem sein Volk versank, nicht mehr zu sehen. Niemand weiß, welche Landschaften sie von da an betrachteten …

Er würde niemals mehr die »sechs Empfindungen« verspüren, die dem Leben der Menschen einen Sinn gaben: Frieden, Ruhe, Müßiggang, Freude, Würde und Ernst, so wie sie im *Frühling und Herbst des Lü Buwei* beschrieben waren.

Lü Buwei war tot.

Und fern der Leiche des Kaufmanns, an der sich bereits die ersten Ameisen zu schaffen machten, würde der Sohn in seinem neuen Palast in Xianyang, in dem er vor den Blicken seines Volkes verborgen lebte, niemals erfahren, dass er seinen Vater auf dem Gewissen hatte.

ZWEITER TEIL

23

Neun Mondjahre waren vergangen.

Neun Jahre, das ist gleichzeitig wenig und viel: wenig, gemessen an der Zeit der Geschichte, aber viel, gemessen an der eines Menschen.

Dem großen daoistischen Philosophen Zhuangzi zufolge dauert es neun Jahre, um nach den acht Stufen, die zur mystischen Vereinigung mit dem Universum nötig sind, schließlich zur endgültigen Initiation zu gelangen, die zum Dao führt.

Diese neun Jahre hatten wie stets die Ziele der einen gefördert und gestärkt, während sie die der anderen hatten zurückweichen lassen. Für manche war es auch ein Jahrzehnt gewesen, in dem sich kaum etwas verändert hatte, ein wenig so, als habe sich die Zeit für sie damit begnügt, ihren Lauf stillstehen zu lassen.

Goldener Fisch und Loderndes Feuer hatten sich dank ihrer Jugend trotz der entsetzlichen Bedingungen, unter denen man die Gefangenen auf den Baustellen der Großen Mauer hausen ließ, ihre kräftige Konstitution bewahrt und überlebt.

Zehnmal, zwanzigmal hatten sie versucht zu fliehen. Immer vergeblich. Auf dieser Baustelle gab es fast genauso viele Wächter wie Arbeiter, und wer bei der Flucht erwischt wurde, wurde auf der Stelle vor den Augen der anderen geköpft.

In regelmäßigen Abständen standen hölzerne Käfige, in denen die gemarterten Körper derjenigen zur Schau gestellt wurden, die den Rhythmus nicht eingehalten hatten, der ihnen von den ebenso grausamen wie pedantischen Aufsehern vorgegeben worden war. Ihr Kopf war in einem Brett gefangen, in dessen Mitte sich ein Loch befand, und jede Stunde wurde einer der hölzernen Keile, auf denen sie sich abstützten, weggenommen, so dass sie schließlich erhängt wurden. Aber im Gegensatz zur Hinrichtung mit dem Strang dauerte das Hängen im Brett, wie es hier praktiziert wurde, mindestens einen ganzen Tag, der mit endlosem Schreien und Stöhnen ausgefüllt war, bis irgendwann das unheilvolle Knacken der Halswirbel ertönte.

Doch bei so ausdauernden Arbeitern wie Goldener Fisch und seinem Freund Loderndes Feuer sorgte man zumindest dafür, dass sie genügend zu essen bekamen, um ihre Arbeitskraft nicht zu schnell zu erschöpfen. Deshalb brauchten sie nie Hunger zu leiden.

Der Mut von Goldener Fisch war ungebrochen, niemals hatte er sich in sein Schicksal ergeben. Und auch Loderndes Feuer, der sich an Goldener Fisch aufrichtete, überstand diese harten Zeiten mit vermeintlicher Leichtigkeit.

Was einen nicht umbringt, das härtet ab. Diese Maxime hatten sie sich beide zu Eigen gemacht.

Wieder lag ein anstrengender Tag vor ihnen. Es war Sommer. Und in dieser Jahreszeit wurde in der Region um das Jadetor alles glühend heiß: die Steine, der Sand, das Wasser, das in ihren Näpfen übrig blieb, der Mörtel, der fest wurde, kaum dass man ihn angerührt hatte, die eisernen Meißel, mit denen die Steine behauen wurden, die die Zwangsarbeiter aus den Steinbrüchen heranschafften, und vor allem die sengende Wüstenluft. Dieser Feuerhauch trieb einen so feinen Staub vor sich her, dass er, wenn er in die Nasenlöcher eindrang, auch gleich in die Lungen gelangte, wo er ein unerträgliches Erstickungsgefühl auslöste. Man sorgte besser dafür, ihm den Rücken zuzuwenden, was nicht einfach war, da die Große Mauer sich dem Wüstenwind entgegenstellte.

Die Peitschenschnur des Vorarbeiters knallte, und alle hielten in ihrer Arbeit inne. Auf diese Weise verschaffte sich der Wächter stets Gehör.

»Morgen wird General Zhao Gao, der neue Gouverneur dieser Militärprovinz, unsere Baustelle in Augenschein nehmen. Ich will, dass dieses Mauerstück bis heute Abend fertig ist. Und dass ja niemand zu diesem General aufblickt ... Ich habe gehört, dass er allen Sklaven, die es wagen, ihm ins Gesicht zu sehen, den Kopf abschlagen lässt!«

Entgeistert ließ Goldener Fisch seinen Meißel in den Staub fallen.

»Was ist denn mit dir los, du siehst so seltsam aus?«, bemerkte Loderndes Feuer.

»Ich bin mit Zhao Gao zusammen aufgewachsen, und ich wusste, dass er eine Offizierslaufbahn anstrebte. Wenn er die Baustelle inspiziert, wird er mich erkennen. Er mochte mich noch nie besonders. Sicher, weil er neidisch auf mich war. Und das könnte mich jetzt den Kopf kosten!«

Diesmal sauste die Peitschenschnur auf die Waden von Goldener Fisch und Loderndes Feuer herab.

»He, ihr zwei, marsch, an die Arbeit! Habt ihr mich verstanden? Dieses Mauerstück muss bis heute Abend fertig sein!«

Sie senkten den Kopf und machten sich wieder daran, einen großen Steinblock zu behauen, an dem sie schon seit drei Tagen arbeiteten.

»Ach, dich soll doch die Sonne grillen«, fluchte Goldener Fisch vor Zorn leise, während er seinen Meißel aufhob.

»Was willst du jetzt tun?«, flüsterte der Eunuch.

Goldener Fisch antwortete nicht.

Während er seinen Felsblock bearbeitete, blickte er zum fernen Horizont hinüber. Er war von einer Staubwolke verdeckt, die wie eine Wand aus rosafarbenem Marmor aussah.

»Heute Abend wird es einen Sandsturm geben!«, ließ er schließlich beiläufig fallen, während ein eigentümliches Lächeln seine Lippen umspielte.

Loderndes Feuer erschauerte.

Die Sandstürme, die über diese Wüstengegenden hinwegfegten, galten als ein Fluch des Himmels. Wehe dem, der sich von diesen erbarmungslosen staubigen Böen überraschen ließ! Er konnte erblinden, wenn er nur die Augen offen hielt, denn die Wucht des Sturms verwandelte die Sandkörner in ein Schleifpulver, das die Hornhaut des Auges innerhalb weniger Sekunden zerstörte. Und aus dem gleichen Grund konnte man auch kaum noch atmen, ohne seine Lungen wieder auszuhusten.

Am helllichten Tag konnte es plötzlich stockfinster werden. Wenn die Sonne plötzlich verschwand, versteckte sich alles Lebendige, so schnell es nur konnte. Die Skorpione, Schlangen, Sandeidechsen, Feldmäuse und Mungos huschten hastig zurück in ihre Löcher. Und den Menschen blieb nichts anderes übrig, als es ihnen gleichzutun. Sie konnten nur abwarten und hoffen, dass der Unterschlupf, in den sie sich verkrochen hatten, nicht wie ein Strohhalm von der entfesselten Wucht des Wirbelsturms davongetragen würde. Ein solcher Sturm konnte zwei, manchmal sogar drei Tage lang wüten. Die pulvrige Erde drang nach und nach durch den kleinsten Spalt der Baracken und Zelte. Unkenntlich, verängstigt und mit angegrauten Haaren und vom Staub weiß gefärbten Wimpern kamen die Menschen schließlich wieder daraus hervor, als habe der Sandsturm zehn Jahre gedauert.

Wenn sich der Wind schließlich gelegt hatte, war nichts mehr übrig außer einem gewaltigen weißlichen, leicht ockerfarben getönten Meer, das sich vor den verwirrten Augen der Menschen ausbreitete, wenn sie sich, von dem grellen Sonnenlicht, das sich in den winzigen Sandkristallen brach, geblendet, endlich wieder aus ihren Schlupfwinkeln hervorwagten. Manchmal hatte sich die Sandschicht so hoch aufgetürmt, dass sie ein niedriges Mäuerchen oder einen Busch fast vollständig bedeckte und nur noch einige Steine oder vereinzelte dornige Zweige aus diesem Ozean hervorlugten wie die Überreste einer alten, versunkenen Welt.

»Sobald der Wind stark genug ist, dass man höchstens noch eine Armlänge weit sehen kann, werden wir von der Baustelle verschwinden«, sagte Goldener Fisch ungerührt.

Loderndes Feuer war fassungslos. »Du machst wohl Witze! Mitten in einem Sandsturm fliehen?«, wisperte er ungläubig.

»Ganz genau! Das ist unsere einzige Chance. Alle Wachen werden sich in ihre Hütten verkriechen, und dann ist der Weg frei. Wenn du Angst hast, kannst du natürlich hier bleiben. Ich werde dir deswegen nicht böse sein.«

»Lieber will ich sterben. Unter diesen erbärmlichen Bedingungen könnte ich hier ohne dich sowieso niemals überleben!«, protestierte Loderndes Feuer.

Erneut sauste die Peitschenschnur auf sie herab.

»Das reicht jetzt, ihr beiden, hört auf zu reden! Wenn euer Mauerstück nicht vor dem Sturm fertig ist, werdet ihr mich kennen lernen!«, brüllte der Aufseher.

Sie ließen den dicken Steinbrocken, den sie immer noch nicht zu Ende behauen hatten, liegen und machten sich tapfer daran, ihr Mauerstück aufzurichten, während sich der Himmel bedrohlich verdunkelte. Nach all den Jahren arbeiteten sie perfekt zusammen, und so meißelte Goldener Fisch kleine Steine zurecht, die Loderndes Feuer aufeinander schichtete. Ihre Ränder waren so glatt, dass es gar nicht nötig sein würde, die Fugen auszufüllen.

Der Boden war mit messerscharfen Steinsplittern übersät. Goldener Fisch gab dem Eunuchen ein Zeichen, heimlich ein paar davon aufzuheben.

»Diese Splitter können wir später als kleine Messer oder Pfeilspitzen verwenden.«

Ein glühend heißer Wind begann kleine Sandhäufchen auf dem Boden herumzuwirbeln, die wie Rauchschwaden in die Luft stiegen. Von Osten her, hinter der Großen Mauer, hörte man das Toben der Sturmböen. Wild durcheinander rennend, machten sich nun alle auf die Suche nach einem Zufluchtsort. Einer nach dem anderen liefen die Arbeitersklaven zurück in ihre Baracken, die ein Stück abseits der Baustelle lagen. Weit und breit war kein Aufseher mehr zu sehen.

Rasch kletterten Goldener Fisch und Loderndes Feuer auf das Stück der Großen Mauer, das sie gerade aufgebaut hatten, und sprangen auf der Wüstenseite wieder hinunter, wo, zischend wie Geschosse, die ersten staubgeschwängerten Windstöße heranpeitschten.

Die Haare von Goldener Fisch waren bereits mit einer ockergelben Schicht bedeckt, und der Sand, den die entfesselten Böen hochschleuderten, zerkratzte seine Wangen, als er den Boden küsste, nachdem er niedergekniet war, um der endlosen Wüste, deren Horizont hinter einer Wand aus ockerfarbenen und schwärzlichen Wolken nicht mehr zu sehen war, die Ehre zu erweisen.

Dann brach der Sandsturm los.

»Jetzt kann unser Leben endlich wieder weitergehen!«, versicherte er, nachdem er seinen Turban abgewickelt und ihn sich zum Schutz vor den Sandgeschossen um das Gesicht gebunden hatte.

»Welche Richtung sollen wir wählen?«, fragte ihn der Eunuch.

»Wir brauchen nur nach links an der Mauer entlangzugehen. Ein Stück weiter im Westen gibt es Hirtenwege, über die wir wieder nach Qin hinüberwechseln und in weniger feindselige Regionen gelangen können. Aber wir müssen uns beeilen. Wenn wir aus diesem Glutofen heil herauskommen wollen, dürfen wir nicht allzu lange darin bleiben!«

Der Sturm brauste inzwischen immer wilder heran. Er war so gewaltig wie der Windhauch aus dem Maul des riesigen Drachens, der vor über zweitausend Jahren Huandgi, den Gelben Kaiser, nach dessen Tod zum Himmel emporgetragen hatte. Furcht einflößende, fast schon greifbare Sandsäulen wirbelten wie die Fetzen von Leichentüchern um Goldener Fisch und Loderndes Feuer herum, als wollten sie sie einhüllen.

Rings um sie her gab es nur noch eine gewaltige, entsetzliche Leere. Es gab keinen Himmel mehr, keine Erde und keinen Horizont.

Nachdem sie vom Sog des Staubs erfasst worden waren, tasteten sie sich seitlich vorwärts, die Hände immer an der Mauer, um nicht hinzufallen und unter dem Sand begraben zu werden. Es war nicht leicht, mit geschlossenen Augen an der Großen Mauer entlangzugehen. Die Steine, deren Kanten so perfekt behauen waren, dass sie ihre Finger aufschnitten, bildeten ihre einzige Verbindung zur greifbaren Welt.

»Wir dürfen auf keinen Fall stehen bleiben, dann sind wir schon weit von der Baustelle entfernt, wenn der Wind sich legt!«, schrie Goldener Fisch seinem Freund zu.

Loderndes Feuer hatte seine Hand ergriffen, und Goldener Fisch spürte, dass sie zitterte.

»Warum machst du dir Sorgen? Wir brauchen nur durchzuhalten. Jeder Sandsturm hat irgendwann ein Ende!«

»Deine Entschlossenheit beruhigt mich. Ohne dich wäre ich sicher schon längst vor Angst gestorben«, antwortete der Eunuch tapfer.

»Sag jetzt nichts mehr. Sonst trocknet noch dein Hals aus, und hier gibt es nichts zu trinken.«

Die Nacht ging zu Ende, und immer noch tasteten sie sich Hand in Hand an den Steinen entlang vorwärts.

Sie sahen die Morgendämmerung nicht. Die Sonne blieb hinter dem dichten Staubschleier verborgen, der weiterhin über der Wüste rings um das Große Jadetor lag.

Ohne Wasser, Lebensmittel und Schlaf würden sie bald vor Erschöpfung zusammenbrechen. Die beiden jungen Männer kamen inzwischen so langsam vorwärts, dass sie nur noch an der steinernen Mauer entlangzukriechen schienen.

Der Atem des Großen Drachens heulte wie eine durchdringende Klage gegen die Große Mauer an und schien in zehntausend Jahren nicht verstummen zu wollen. Die Kraft des Ungetüms war gewaltig und unbezwingbar. Sie drohten darin unterzugehen. Und irgendwann würde man ihre Leichen finden, ausgedörrt und zerbrechlich wie geschnittene und in der Sonne geröstete Bambuszweige …

Goldener Fisch wurde es angst und bange, doch er wollte Loderndes Feuer um keinen Preis beunruhigen. Er hatte ihn in dieses Abenteuer mit hineingezogen, und nun war es seine Pflicht, ihm beizustehen und ihn zu beschützen.

Er spürte, dass die einzige Möglichkeit, sie vor dem sicheren Tod zu bewahren, darin bestand, seine eigene innere Energie dem entfesselten Qi des Großen Drachens anzupassen, um ihre entgegengesetzten Energien zu versöhnen und sie gemeinsam auf das Große Dao zufließen zu lassen. Auf diese Weise würde sein inneres Qi am besten diese ganze Kraft, die aus der fernen Wüste auf sie eindrang, aufnehmen und sich darin stärken können. Das Chaos der auseinander strebenden Kräfte würde sich in Harmonie verwandeln. Und dann würde sich auch der Wind legen.

Es gelang ihm, seinen Geist von seinem Körper und dem schneidenden Schmerz der Steine an seinen Fingerspitzen zu lösen. Er stellte sich vor, er sei zu einem winzigen, herumwirbelnden Sandkorn geworden, welches der glühend heiße Wind in ein kosmisches Geschoss verwandelte, das in der Lage war, von einem Ende des Universums ans andere zu gelangen. Die Macht des Windes war so groß, dass die Energie dieses kleinen Sandkorns seine Masse in unerhörte Dimensionen hatte anwachsen lassen.

Goldener Fisch hatte das Gefühl, so schwer zu sein wie ein Berg. Sein Körper war zum Mittelpunkt eines reinen Energieknotens geworden. Er fühlte sich unglaublich stark, und er wusste, dass er nun all diesen wirbelnden Sturmböen, die immer noch um ihn herum heulten, seinen Willen aufzwingen konnte.

Der Sturm begann allmählich abzuflauen.

Vor seinen Augen tauchte ein Baum auf, dann ein zweiter, vom Sand gelb gefärbt, als hätte es Gold geregnet. Sie kletterten über die Große Mauer und setzten einen Fuß auf das Gebiet von Qin. Sie waren wieder auf der richtigen Seite!

Der Weg schien frei zu sein. Weit und breit war keine Menschenseele zu sehen, nichts rührte sich. Der Wind hatte sich gelegt, und es herrschte jene tiefe Stille, die sich stets nach einem Sturm über das Land breitete.

Die Hügel, die sich vor ihnen erstreckten, waren nicht ganz so weiß wie die in der Wüste, und die Blätter der Bäume waren nicht über und über ockerfarben.

Während sie, immer noch Hand in Hand, auf ein Wäldchen aus Palmen und Sträuchern zugingen, in dem es eine Wasserstelle geben musste, dachte Goldener Fisch bei sich, dass diese Große Mauer zumindest einen guten Windfang abgab.

König Zheng hingegen hatte in den vergangenen Jahren begonnen, aus der Abwesenheit heraus zu regieren. Er war der unsichtbare und unerbittliche Herrscher, der alles wusste, alles sah und alles hörte. Es war ihm gelungen, dem Volk von Qin seine eiserne Hand aufzuzwingen, und dies, ohne dass ihn jemals jemand zu Gesicht bekam. Er tauchte nur äußerst selten in der Öffentlichkeit auf, und wenn, dann immer dort, wo man ihn am wenigsten erwartete. Nach einer Weile war das Volk schließlich davon überzeugt, dass der große Zheng einfach überall war!

Er war immer noch von architektonischer Prachtentfaltung besessen, und so hatte er für jedes Königreich, das seine Truppen eroberten, einen eigenen Palast erbauen lassen. In den vergangenen neun Jahren waren vier hinzugekommen. Sie lagen im Süden von Xianyang und waren durch unterirdische Gänge miteinander verbunden, die es ihm ermöglichten, heimlich von einem zum anderen zu gelangen. Was die Große Mauer betraf, so waren dort inzwischen fast genauso viele junge Männer im Einsatz wie in den Armeen von Qin.

Doch die letzten militärischen Eroberungen seiner Streitkräfte hatten ihm einen schier unerschöpflichen Nachschub an kräftigen Untertanen gewährt. Qin war in jenen positiven Kreislauf geraten, in dem die errungenen Siege die Macht des Reiches vergrößerten, was wiederum zu neuen Eroberungen führte. Nichts schien den langen Marsch von Qin zu einem Kaiserreich jetzt noch aufhalten zu können.

Nach den Königreichen Han und Zhao waren Wei und schließlich auch Yan gefallen, das Zhao Gao eingenommen hatte, nachdem sein Vorgänger Anwei daran gehindert worden war, mit der Eroberung dieses Landes fortzufahren. Die Königreiche Qi und Chu waren kurz davor zu zerfallen. Und nachdem sich Zheng die Herrschaft über diese beiden letzten Reiche gesichert hatte, würde nichts mehr einer Vereinigung unter dem Banner des Reichs der Mitte im Weg stehen.

Der einzige Traum, den sich König Zheng nicht erfüllen konnte, war der, zehntausend Jahre zu leben, um aus seinem Kaiserreich die Mitte des gesamten Universums zu machen. Er wusste, dass diese Aufgabe zu gewaltig war, als dass ein einzelnes Menschenleben dazu jemals ausreichen würde. Er bemühte sich nach Kräften – mit besonderen Pillen, daoistischen Übungen und der Konsultierung von Weisen und Hexern –, den Lauf der Zeit aufzuhalten, doch immer noch war es Huayang, die ihm in dieser Hinsicht am vertrauenswürdigsten erschien und von der er glaubte, dass sie ihm am besten helfen konnte. Deshalb zwang er sich dazu, die ehemalige Königin rücksichtsvoll zu behandeln in der Hoffnung, dass sie ihm ihre Rezepte für ein langes Leben verriet.

In der Tat hatte das Alter Huayang kaum etwas anhaben können, und so verkörperte sie perfekt jenes Ergebnis, nach dem König Zheng strebte.

Trotz der Last der Jahre hatte sich die Witwe von König Anguo einen unzerstörbaren Rest von Schönheit bewahrt. Sie schützte ihren Körper vor allzu reichhaltiger Nahrung, die ihn vorzeitig altern lassen würde, und aß schon seit Jahren kein Getreide mehr. Sie lebte nach der daoistischen Diät und trank nur noch grünen Tee, den sie mit hohem Kostenaufwand von den Hängen des Maoshan-Berges nach Xianyang bringen ließ. Außerdem achtete sie darauf, dass die Blätter nicht in Quellwasser, sondern, wie vorgeschrieben, in Regenwasser aufgebrüht wurden.

Diese früher so sinnliche, wohlgestaltete Frau hatte sich in reinen Geist verwandelt.

Und dieses Aussehen faszinierte König Zheng in zunehmendem Maße. Er war davon überzeugt, dass er durch den Umgang mit einem solchen Wesen eines Tages herausfinden würde, wie er selbst unsterblich werden konnte.

Huayang empfing den König persönlich.

Sie hatte ihm eines ihrer kundigen daoistischen Gerichte zubereitet, bei denen keinerlei Getreide Verwendung fand und von denen er wegen der Kräfte, die sie angeblich denjenigen verliehen, die sie aßen, gar nicht genug bekommen konnte.

Er hatte sich alleine und unerkannt in die Gemächer der alten Königinwitwe begeben. Zuvor hatten seine Wachen rücksichtslos alle Menschen aus den Höfen, den Empfangsräumen, den Vorzimmern und den Gängen vertrieben, die auf seinem Weg lagen. Niemand durfte jemals erfahren, wo sich König Zheng gerade aufhielt, und schon gar nicht, dass er die Witwe von König Anguo besuchte.

»Glaubst du wirklich, dass ich damit zehntausend Jahre leben werde?«, fragte er sie gespannt.

Der Herrscher von Qin wirkte an diesem Tag geradezu aufgekratzt. Huayang war der einzige Mensch auf der Welt, in dessen Gegenwart er sich nicht verpflichtet fühlte, seine wahren Empfindungen zu verstecken.

»Wenn du die entsprechenden Übungen richtig ausführst, wüsste ich nicht, was dich daran hindern sollte!«

»Und wenn du mich dann noch an deiner großen Kunst teilhaben lässt…«

Mit leiser Befriedigung erkannte Huayang, dass sich die frühere Vertrautheit zwischen ihr und dem Sohn von Zhao Ji im Laufe der Jahre allmählich wieder einzustellen schien. Lange her war die Zeit, als er sie gedemütigt hatte, indem er vorgab, sie nicht zu kennen. Sie war inzwischen so weit, dass sie ihm sein Verhalten womöglich verziehen und aufrichtige Sympathie für ihn empfunden hätte, wäre er nicht dieser erbarmungslose und grausame Monarch, der unsichtbar und uneingeschränkt über so viele unterdrückte Völker regierte.

»Siehst du hin und wieder auch deine Mutter? Weißt du, dass sie sich nach dir sehnt?«, fragte sie mit strengerer Stimme.

Schuldbewusst senkte der König den Kopf. Es musste mindestens ein Jahr her sein, seit er Zhao Ji zum letzten Mal empfangen hatte.

»Ich werde gleich morgen mit ihr reden, versprochen. Die Zeit geht so schnell vorbei! Wenn man ein Land wie Qin regieren will, muss man unzählige Berichte lesen…«, entschuldigte er sich betreten.

»Zhao Ji hat sehr viel für dich aufgegeben. Du verdankst ihr alles, was du bist, und das sehr viel mehr, als du überhaupt ahnst«, sagte sie dunkel und mit nachdenklicher Miene.

»Was meinst du damit?«

»Ich habe gesagt, was ich sagen wollte, und mehr nicht. Ich schlage vor, wir gehen jetzt zu Tisch. Heute gibt es ein Gericht aus Knoblauch und Tofu«, fügte sie hinzu, um das Thema zu wechseln.

Sie gingen zu dem niedrigen Tisch hinüber. Dort wartete bereits ein elegantes, mit Blumen und Vögeln bemaltes lackiertes Tablett, auf dem Schalen mit makellos geschnittenen Scheiben aus Sojakäse standen.

Der König setzte sich hin. Ein Diener kam heran, wusch ihm die Hände und rieb sie danach mit einer keimtötenden Salbe ein. König Zheng verabscheute es, Nahrung mit seinen Fingern anzufassen, ohne diese vorher gewaschen zu haben.

Schweigend saßen sie einander gegenüber und kauten langsam und mit halb geschlossenen Augen das Essen, wobei sie darauf achteten, dazu abwechselnd immer wieder einen Schluck grünen Tee oder mit Waldpilzen aromatisiertes Wasser zu trinken.

»Gibt es ein Heilmittel, mit dem ein Mann eine Frau verführen kann, die er liebt, aber die sein Werben nicht erhört?«, fragte der König nach einer Weile.

Seine Stimme hatte drängend geklungen, fast schon ein wenig verzweifelt.

Huayang hatte verstanden, dass er von Frühlingstau sprach.

»Unsterblich oder Verführer? Du musst dich schon entscheiden! Ich kenne die Mittel, die zu einem langen Leben verhelfen, aber keine, die Gleichgültigkeit in Liebe verwandeln könnten! Wie gerne ich dir auch helfen würde, mein Wissen ist bei weitem nicht allumfassend…«, erklärte sie belustigt.

»Ein Herrscher braucht sich nicht zu entscheiden… Und das ist auch nicht komisch!«, erwiderte er gekränkt.

Er war wieder mürrisch geworden. Diese Ungeduld kannte sie nicht an ihm.

Sie sagte sich, dass der Moment nicht mehr fern sein konnte, in dem er nicht mehr bereit war, sich noch länger zurückzuhalten, sondern Frühlingstau einfach mit Gewalt nehmen würde. Zehn

Jahre erfolglosen Werbens waren eine lange Zeit für einen zukünftigen Kaiser. Deshalb musste sie ihn unbedingt davon überzeugen, dass Zwang in diesem Fall vollkommen wirkungslos bleiben würde.

»Eine Frau ist wie ein Vogel. Wenn er nicht gezähmt wird und man ihn gegen seinen Willen in einen Käfig sperrt, frisst er nicht mehr und wird verhungern. Die Liebe ist eines der wenigen Dinge, die man nicht erzwingen kann«, wandte sie vorsichtig ein.

»Aber was soll ich denn tun?«

»Gib die Hoffnung nicht auf und warte geduldig, bis der richtige Moment gekommen ist. Irgendwann wird es so weit sein, und zwar dann, wenn du am wenigsten damit rechnest. Warum also diese Hast? Du willst zehntausend Jahre leben, und du hast Recht damit. Aber auch hier muss man die Zeit wirken lassen.«

Zheng betrachtete Huayangs schönes, durchscheinendes und von den Jahren ausgezehrtes Gesicht. War das nicht das beste Abbild der Weisheit? Das lange graue Haar der Königinwitwe passte zu ihren Augen, die mit dem Alter immer heller geworden zu sein schienen. Von dieser Frau ging eine Aura seltener Schönheit und innerer Gelassenheit aus, hinter der sie ihre Verzweiflung darüber, kein Kind zur Welt gebracht zu haben, diese ewig schmerzende Wunde, verborgen hatte.

»Ich wäre gerne so weise wie du!«, bekannte er.

Er wirkte aufrichtig.

»Diese Weisheit schöpft man aus seinem Inneren. Und das ist ein heftiger innerer Kampf. Man muss die schädlichen Energien, die niederen Instinkte und die überhasteten Impulse überwinden, die oft genug in den Untergang führen.«

»Man muss also zum Erhabenen Herrscher seines Körpers werden, wenn ich dich recht verstehe?«

Er wollte ihr zeigen, dass er sich ihre früheren Lektionen gemerkt hatte.

»Das ist ein passender Ausdruck dafür. Bald wirst du über genauso viel Erfahrung und Wissen verfügen wie ein daoistischer Priester«, sagte sie lächelnd.

Der König widmete sich nun hingebungsvoll der Schale, die Huayang für ihn mit Essen gefüllt hatte. Er dachte immer noch an Frühlingstau. Die Antworten, die die ehemalige Königin ihm gegeben hatte, stellten ihn nur halb zufrieden.

Ihre Argumente waren zwar stichhaltig, aber sie schienen ihm nicht auf alle Situationen zuzutreffen. Warten, immer nur warten, wozu sollte das gut sein, wenn Frühlingstau ihre Meinung nie ändern würde?

»Und wenn ich einfach befehlen würde, mir das Mädchen, das ich liebe, zur Frau zu geben?«, fragte er verstockt.

»Die Wünsche eines großen Königs sind immer Befehle. Du kannst sie natürlich heiraten, aber dann wird dieses Mädchen dich nur noch umso weniger lieben, weil du es dazu gezwungen hast. Willst du nur ihren Körper erobern oder doch ihren Geist?«

Der zukünftige Kaiser der Mitte antwortete nicht. Er blickte verärgert drein. Frühlingstau war das Einzige auf der Welt, das ihm widerstand.

Der Geist dieses rebellischen jungen Mädchens war ein kleines uneinnehmbares Königreich. Er war schwerer zu erobern als das große Reich Chu, das mit seiner Bogenschützengarde den Truppen von Qin erbitterten Widerstand geleistet hatte. Diese Soldaten waren in der Lage, mit einem einzigen Pfeil ein galoppierendes Pferd niederzustrecken, indem sie ihn dank ihrer unglaublichen Geschicklichkeit in die Halsschlagader des Tieres lenkten, woraufhin dieses so viel Blut verlor, dass es wenige Schritte später zusammenbrach und starb.

Zheng konnte sich nicht erklären, was er Frühlingstau getan hatte, um diese unerträgliche Gleichgültigkeit zu verdienen. Dabei hatte er keine Mühen gescheut und es, so glaubte er, auch nicht an freundlicher Aufmerksamkeit mangeln lassen, um dem jungen Mädchen zu verstehen zu geben, dass sie die Auserwählte seines Herzens war. Wie konnte sie unter diesen Umständen nur die unvorstellbare Ehre zurückweisen, von einem zukünftigen Kaiser der Mitte umworben zu werden?

Der Herrscher von Qin würde niemals verstehen, dass der

Grund für das Scheitern all seiner Bemühungen den Namen Goldener Fisch trug, der Mann, von dem inzwischen niemand mehr sprach. Der Mann, von dem Zheng glaubte, er sei endgültig verschwunden oder tot.

Und hatte er nicht im Laufe der Jahre sogar vergessen, dass das Kind mit dem Mal überhaupt je existiert hatte?

Der wahre Gewinner in all diesen Jahren war der Erste Minister Li Si gewesen. Er vereinigte immer mehr Ämter und Ehren auf sich und war – abgesehen von Huayang – der einzige Mensch, der das Vertrauen des Königs genoss. Da dieser unsichtbar blieb und niemanden zu empfangen geruhte, war Li Si unweigerlich in allen Belangen sein Mittelsmann. Niemand kam an ihm vorbei, nicht einmal der König selbst.

Li Si war gewiss nicht der Letzte, der sich Qin als ein Kaiserreich erträumte. Schließlich bedeutete dies in den Augen eines Legalisten die endgültige und unwiderrufliche Unterwerfung der gesamten Bevölkerung unter das höchste Gesetz. Alle, die ihm begegneten, senkten den Blick. Manche behaupteten, er sei noch unerbittlicher als der König selbst. Und alle in Qin fürchteten ihn. Alle außer seiner Tochter, die immer noch genauso rebellisch war wie früher.

Frühlingstau hatte sich lebendig eingemauert.

An dem Tag, an dem Goldener Fisch geflohen war, hatte sie mit ihrem Widerstand begonnen. Sie hatte beschlossen, ihren Geist zu verschließen, um ihn besser schützen zu können, bis sie ihren Geliebten endlich wiederfinden würde. Die ungelenken und schüchternen Versuche von König Zheng konnten daran nichts ändern. Sie redete nicht einmal mit ihm, wenn er sie zum Essen einlud und ihr nach zehn Ablehnungen nichts anderes übrig blieb, als seine Einladung doch noch anzunehmen.

Obwohl sie nie wieder etwas von Goldener Fisch gehört hatte, war sie davon überzeugt, dass er für immer auf sie warten würde und sie eines Tages glücklich zusammenleben könnten. Bis dahin versenkte sie sich in die Gedichte aus dem *Buch der Lieder* und den *Elegien von Chu* und schloss sich stundenlang in ihrem Zimmer ein, um sie kunstvoll abzuschreiben. Auch sie hatte inzwischen die esoterischen Lehren der beiden *Klassiker der Gelben Halle über die Innere und die Äußere Szenerie* für sich entdeckt. Immer wieder dachte sie über die prophetischen Strophen nach, die sie auf ihre Lage beziehen konnte.

»Um euch im Dao zu bemühen, genießt das Leben in der Einsamkeit; erhaltet das Natürliche und die Lebensessenz, indem ihr die Leere bewahrt; lange Zeit werdet ihr eine ewige Jugend erleben und dann davonfliegen!«

Als Li Si ihr an diesem Tag einen kleinen Dreifuß aus Ton zeigte, in den ein Zwergahorn gepflanzt worden war, dessen rote Blätter nicht größer waren als der Nagel eines kleinen Fingers, erkannte er sofort, dass er nicht das geringste Wort des Dankes hören würde.

»Das ist ein Meisterwerk unseres Obersten Botanikers. Seit zwanzig Jahren bemüht er sich, Bäume zu verkleinern, damit die Miniaturgärten den großen besser entsprechen. Dieser winzige Baum ist schon fünf Jahre alt! Er hat ihn mir heute Morgen geschenkt. Du kannst ihn haben, er ist wirklich einzigartig«, sagte er mit einem freundlichen Lächeln.

Frühlingstau saß mit einem Pinsel in der Hand unter dem Vordach der Tür zum Arbeitszimmer ihres Vaters auf einem hohen Hocker und tat so, als habe sie nichts gesehen oder gehört. Unverwandt betrachtete sie den winzigen grünen Frosch, der an der rosafarbenen Seerosenblüte emporzuklettern versuchte, deren Umrisse sie mit Sepiatinte auf ein Holztäfelchen zeichnete, das sie zuvor weiß angemalt hatte.

Wieder einmal war Li Si tief gekränkt über die demonstrativ zur Schau getragene Gleichgültigkeit seiner Tochter. Es fiel ihm immer schwerer, ihre Schweigsamkeit hinzunehmen, die er inzwischen als Ausdruck ihrer Unverschämtheit und ihrer Verachtung empfand. Seit Jahren schon beherrschte er sich und gab vor, nichts zu bemerken, um nicht vor Wut zu explodieren, weil er glaubte, es sei genau das, was sie beabsichtigte.

Er war so sehr davon überzeugt, dass sie nur versuchte, ihn zu provozieren, dass er nicht erkannte, dass seine Tochter an Nervenschwäche litt. Und so war er der Ansicht, dass sie diesmal die Grenze überschritten hatte.

Noch nie hatte er ihr so etwas Kostbares und Teures geschenkt. Dieser winzige Baum war zweifellos ein kleines Vermögen wert. Außerdem wusste Li Si ganz genau, dass seine Tochter Miniaturgärten über alles liebte. Sie sammelte sie in bronzenen Töpfen und hegte und pflegte sie, als seien es ihre Kinder. Bei schönem Wetter setzte sie sie auf dem Fensterbrett ihres Zimmers in die Sonne, und wenn es kalt wurde, holte sie sie sorgsam wieder herein. Ganze Tage konnte sie damit verbringen, mit ihrer kleinen bronzenen Pinzette die winzigen Nadeln der kleinen Kiefern auszuzupfen, die sie am Wachsen hinderte, indem sie ihre Wurzeln abschliff und ihnen so wenig Wasser wie möglich gab, ohne sie verdursten zu lassen.

Aus Wut über ihre ausbleibende Reaktion suchte Li Si nach einem Vorwand, um seinem Ärger Luft zu machen.

»Du weißt ganz genau, dass ich es nicht leiden kann, wenn man in meinem Arbeitszimmer Unordnung macht!«

Frühlingstau hingegen hielt sich sehr gerne unter dem Vordach dieses Raums auf, in den sich ihr Vater zurückzog, um in Ruhe zu arbeiten und nachzudenken. Dieses kleine, aus Trompetenbaumholz errichtete Arbeitszimmer lag vor dem bohnenförmigen Teich eines hübschen, von Mauern umschlossenen Ziergartens.

»Ich wüsste nicht, wie ich hier deine Akten durcheinander bringen sollte!«, ließ sie sich schließlich mit unbewegter Miene zu einer Antwort herab, während sie weiter an ihrem Frosch zeichnete.

Dieses Arbeitszimmer sorgte seit Jahren schon für Streit zwischen Vater und Tochter. Li Si hasste es, wenn sie sich dort herumtrieb, während sie sich von diesem Raum seit jeher immer besonders angezogen gefühlt hatte.

Im Arbeitszimmer ihres Vaters häuften sich die dringenden Akten der Regierungsgeschäfte von Qin, die er abends mit nach Hause brachte. Sie stapelten sich zu beiden Seiten eines langen, mit einer Schutzschicht überzogenen Mahagonitischs, auf dem eine ganze Sammlung von Jadesiegeln ausgebreitet lag. Ein Privatsekretär war damit beauftragt, jeden Morgen die Akten fortzubringen, die von einem Stapel auf den anderen gewandert waren und nun das entsprechende Siegel trugen, welches besagte, dass der Erste Minister sie bearbeitet hatte.

Hinter dem langen Tisch stand ein schwerer Schrank aus Teakholz, dessen Türen mit dünnen Bronzeplatten beschlagen waren. Diese Platten waren mit Taotie-Masken verziert, deren weit aufgerissene Mäuler und Furcht einflößende Augen nur zu dem Zweck geschaffen worden sein konnten, mögliche Diebe abzuschrecken. Es war eine Art Tresor, zu dem nur Li Si einen Schlüssel besaß.

Einige Jahre zuvor hatte Frühlingstau, die damals knapp fünfzehn Jahre alt gewesen war, arglos das Arbeitszimmer ihres Vaters betreten, als die beiden Türen des Tresors gerade weit offen standen. Bleich vor Überraschung hatte Li Si ihr mit drohender Stimme befohlen, sofort den Raum zu verlassen. Seine außerordentliche Grobheit hatte sie bestürzt, es war das erste Mal, dass sie ihren Vater so erlebte.

»Wehe, wenn ich dich noch einmal hier erwische! Du darfst nie versuchen, diesen Schrank zu öffnen. Sein Bronzeschloss ist ohnehin unüberwindlich«, hatte er seine Tochter angebrüllt, woraufhin diese weinend in ihr Zimmer geflohen war.

Damals hatte sich Frühlingstau vor lauter Wut und verletztem Stolz geschworen, nie wieder mit ihrem Vater zu reden.

Und mit der Zeit bewahrheitete sich dieser Schwur immer mehr. Manchmal vergingen Monate, ohne dass sie auch nur ein einziges Mal das Wort an ihn richtete. Sie fühlte sich diesem abscheulichen Menschen, zu dem er sich in all den Jahren entwickelt hatte, immer fremder.

Die Erinnerung an die wenigen Momente der Zärtlichkeit, die er ihr geschenkt hatte, als sie noch ein kleines Kind gewesen war, hatte sich verflüchtigt und einer großen Bitterkeit Platz gemacht. Ihr Vater war in ihren Augen nur noch ein machtversessener, arbeitswütiger Legalist, für den inzwischen gar nichts anderes mehr zählte.

Sein Unverständnis war ihr unerträglich geworden.

Und als sie diesen kleinen Zwergahorn betrachtete, den er wütend vor sie hingestellt hatte, ehe er wortlos wieder gegangen war, überkam sie plötzlich der Wunsch, ihrem Leben ein Ende zu setzen.

Das Dasein ohne Goldener Fisch kam ihr vor wie eine dieser wunderschönen Blumen, die zwar in den schillerndsten Farben leuchteten, aber keinerlei Duft verströmten. Sie war ein Vogel in einem goldenen Käfig, der den Himmel nur durch seine Gitterstäbe hindurch sehen konnte.

Die Jahre waren vergangen, und nichts hatte sich geändert.

Sie ahnte, dass Zhengs Geduld früher oder später an ihre Grenzen stoßen und er sie eines Tages, auf welche Weise auch immer, zwingen würde, ihn zu heiraten. Doch sie hatte sich stets geschworen, dass sie ihm an diesem Tag nur ihren Leichnam schenken würde.

Nun sah sie diesen Augenblick immer näher rücken. Wurde es nicht allmählich Zeit, daraus die Konsequenzen zu ziehen?

Vom Fenster ihres Zimmers aus betrachtete sie den wolkenlosen Himmel. Sie spürte, wie eine dumpfe Angst in ihrem Unterleib aufstieg und von ihrem unteren Zinnoberfeld Besitz ergriff. Es war das erste Mal, dass ein solch beklemmendes Gefühl sie überkam.

Sie geriet in Panik. Was, wenn Goldener Fisch schon längst tot war?

Trotz ihrer verzweifelten Suche hatte sie nie wieder etwas von ihrem Geliebten gehört, und sein Name auf den öffentlich aushängenden Listen der Bürger von Qin, die wegen eines Verbrechens gegen das Königreich gesucht wurden, war inzwischen von Regen und Wind fast völlig ausgewaschen.

Bis zu diesem Tag hatte sie von ihrer Hoffnung gelebt und sich an die innere Überzeugung geklammert, dass er irgendwo immer noch am Leben war und sie nach all den Jahren, in denen sie treu aufeinander gewartet hatten, irgendwann wieder zueinander finden würden.

Doch nun hatte sich ein entsetzlicher Zweifel in ihr Herz geschlichen. Was, wenn das alles nur eine Illusion gewesen war, mit der sie sich vor der unerträglichen Wirklichkeit hatte schützen wollen?

Der hoffnungslos leere Himmel erschien ihr wie ein schlechtes Omen.

Normalerweise waren die Wolken ihre liebsten Gefährten, wenn sie unglücklich war. Sie nahmen die unterschiedlichsten Formen und Farbschattierungen an: hochmütige weiße Phönixe, galoppierende rosafarbene Büffel, schwarze Pilze, stolz und unsterblich, Berge mit schimmernden Gipfeln oder perlmuttfarbene Pfingstrosen, die vom Wind zerpflückt wurden; sie waren immer da, um ihr zu zeigen, dass sie nicht alleine war auf dieser Welt und dass es irgendwo einen anderen Ort gab, an dem es ihr erlaubt sein würde, glücklich zu sein.

Das Fenster ihres Zimmers, das im obersten Stock des Palastes ihres Vaters lag, ging auf einen gefliesten Hof hinaus. Sie brauchte lediglich über die Brüstung zu klettern und sich in die Tiefe zu stürzen… Man würde sie mit gebrochenem Genick auffinden.

Nur diese einfache Geste, dann wäre der gefangene Vogel endlich frei und für immer davongeflogen!

Sie blickte hinab.

Sie sah nichts als einen schwarzen Schacht, dessen Grund aus einem winzigen weißen Punkt bestand, dem Zentrum eines Lichtkreises, der von den Wänden des tiefen Schlunds verdeckt zu sein schien. Drang von dort nicht das Licht jener fernen Welt herauf, in der das Glück existierte und ihre einzige Liebe auf sie wartete? Sie brauchte sich nur hineinzustürzen, dann würde diese hell leuchtende Quelle sie aufnehmen.

Goldener Fisch war dort unten, ganz sicher.

Die Angst, die sie umklammert hielt, war zu einem fast schon unerträglichen Schmerz angewachsen. Sie wollte ihre Qual hinausschreien, aber kein Laut kam über ihre Lippen.

Da kletterte sie in den Fensterrahmen, setzte sich und ließ ihre Beine über dem Hof baumeln.

Sie schickte sich an, in die Tiefe zu springen, als sie plötzlich spürte, wie eine seltsame, liebevolle Macht sie davon abhielt, so als umfingen helfende Arme ihre Beine und zwängen sie, sitzen zu bleiben. Sie versuchte, sich zu bewegen, doch zu ihrer großen Überraschung war ihr Körper wie erstarrt.

Nach und nach spürte sie, wie eine tiefe Ruhe in ihr Einzug hielt. In ihrem Zinnoberfeld war diese schädliche Energie, die sie noch wenige Augenblicke zuvor gedrängt hatte zu sterben, erloschen. Eine zärtliche Woge durchströmte sanft und wohltuend ihren ganzen Körper.

Sie erschauerte und blickte noch einmal hinunter in die Tiefe. Wie durch ein Wunder hatte sich der schwarze Schacht geschlossen. Sie konnte nicht mehr hineinspringen.

Gleichzeitig hatte sie das Gefühl, eine unendlich sanfte Stimme zu hören, die zu ihr sprach. Es war die Stimme einer Frau. Und als sie genauer hinhörte, erkannte sie, dass die ferne Frauenstimme jene beruhigenden Worte sprach, auf die sie gewartet hatte.

»Du brauchst dir keine Sorgen zu machen, dein geliebter Goldener Fisch ist kerngesund…«, sagte sie immer wieder wie eine leise Beschwörungsformel.

Sie öffnete die Augen.

Am Himmel waren einige Wolken aufgetaucht und schwebten in einer Reihe nebeneinander. Sie zählte sie, es waren fünf. Ihre Formen erinnerten sie an vertraute Schriftzeichen. Nach einer Weile erkannte sie die Zeichen der Zang, der »fünf Speicherorgane« Herz, Lunge, Milz, Leber und Nieren. Aber es war Xing, das Herz, das dank seiner doppelten Funktion als Erster Minister und Herrscher des Körpers in dieser Gruppe den ersten Rang einnahm. Xing war der Sitz der Liebe, aber auch des Geistes.

War das nicht das glückliche Vorzeichen, auf das sie gewartet hatte?

Hunderte von Li entfernt hatte Weites Tal in ihrer Höhle am Huashan-Gipfel eine bedrohliche Vorahnung gespürt und erkannt, dass es ihrer Enkelin nicht gut ging.

Wie immer in solchen Fällen hatte sie sich erst vor ihrem kleinen

Miniatursee konzentriert und ihr dann die ganze positive Energie gesandt, die sie in sich trug. Auf Grund ihres hohen Alters strengten diese Übungen sie von Mal zu Mal mehr an. An diesem Tag hatte sie mehrmals neu ansetzen müssen, um den Geist ihrer Enkelin auf die richtige Seite zu lenken, so groß war Frühlingstaus Verzweiflung. Es hatte Weites Tal fast ihre ganze Kraft gekostet. Doch die Liebe, die sie für das einzige Kind von Unbeugsamer Stern des Ostens empfand, hatte ihre Energien vervielfacht. Trotz der Erschöpfung, die sie zu überwältigen drohte, hatte sie nicht nachgelassen, unermüdlich zu meditieren und sich zu konzentrieren, als sie ganz deutlich, herangetragen von den kosmischen Energien, den Herzschlag von Goldener Fisch gehört hatte.

Das war der Beweis dafür, dass der Junge, den ihre Enkelin liebte, noch am Leben war.

Da hatte sie einer Wolke, die in diesem Augenblick über ihrem riesigen Wasserfall dahinzog, befohlen, die Form des Schriftzeichens Xing anzunehmen und sich dem jungen Mädchen zu zeigen.

Sie sagte sich, dass dies wohl der beste Weg sei, um den aufgewühlten und verzweifelten Geist ihrer geliebten Frühlingstau zur Ruhe kommen zu lassen.

Und sie hatte sich nicht getäuscht.

24

Der Hofgeomant Erhabene Schlichtheit war zutiefst gekränkt. König Zheng hatte beschlossen, einen anderen zum Obersten Annalenschreiber des Königreichs zu ernennen.

Gleich nachdem er von dieser Entscheidung erfahren hatte, war er ohne zu zögern zum Ersten Minister geeilt und hatte diesem sein Leid geklagt.

»Deine Aufgabe besteht darin, den genauen Ort und Zeitpunkt der Ereignisse zu bestimmen. Nicht die Große Geschichte unseres

Königs zu verfassen! Ich verstehe wirklich nicht, worüber du dich beschwerst!«

»Ohne den Beistand der Sterne und der Fünf Richtungen wäre es unserem Herrscher gar nicht möglich, sich in die Große Geschichte einzuschreiben …«, machte Erhabene Schlichtheit geltend.

Li Si betrachtete den Geomanten mit belustigter Miene. Er war ihm sympathisch. Und eine solche Offenheit war am Hof, wo Meinungsverschiedenheiten stets im Verborgenen geregelt wurden, nicht üblich. Dennoch hatte sein pompöser Ton auch etwas Lächerliches an sich.

Aber war das nicht typisch für die Vertreter jener Wissenschaft, an die Li Si so wenig glaubte? Der Erste Minister war nicht im Mindesten empfänglich für die Worte dieser Gestalten, halb Hexer, halb Priester, die an der Erdoberfläche und auch darunter überall nur Drachenleiber, -augen und -schwänze sahen. Mit ihren Zirkeln und Kompassen bewaffnet, schritten sie stolz einher und verteilten ihre Orakel und Empfehlungen unter den armen, leichtgläubigen Menschen, die sie aufsuchten, damit sie ihnen sagten, in welcher Richtung sie einen Grabstein aufstellen oder an welchem Ort sie einen Baum pflanzen oder ein Haus bauen sollten.

»Mach dir keine Sorgen. Du wirst schon noch eine andere Aufgabe bekommen, die dich dafür entschädigen wird«, erklärte ihm der Erste Minister.

Erhabene Schlichtheit sah ihn überrascht an. Der Geomant hatte an Gewicht zugelegt, und sein praller Wanst schien unter dem prächtigen, mit silbernen Phönixen verzierten Gürtel aus grüner Seide, den er straff um seine Taille gebunden hatte, fast zu platzen.

»Nach dem Fall des Königreichs Qi und seiner stolzen Hauptstadt Linzi ist der Weg nun frei für die Errichtung des Kaiserreichs. Im nächsten Jahr wird aus dem König von Qin der Sohn des Himmels und der Kaiser der Mitte werden. Es bleiben uns also noch etwa sechs bis neun Monate, je nachdem, welcher Zeitpunkt für dieses Ereignis gewählt wird. Du wirst dich darum kümmern, das genaue Datum und den genauen Ort festzulegen. Es wird die großartigste Zeremonie sein, die Qin je erlebt hat! Alle eroberten Völker werden herkommen, um dem Sohn des Himmels ihre Aufwartung zu machen«, erklärte der Erste Minister.

Der Geomant gluckste vor Freude.

»Ich brauche aber genügend Zeit, um meine Berechnungen mit der allergrößten Sorgfalt durchzuführen. Die Festlegung der genauen Stelle, an der sich der Kaiser aufhalten sollte, wenn er das Mandat des Himmels empfängt, und des exakten Zeitpunkts, zu dem dies geschehen soll, verlangt eine unfehlbare Präzision. Ich muss sicher einen besonderen Zirkel schmieden lassen und einen Kompass mit nach Süden zeigendem Löffelstiel. Ich kenne einen Bronzegießer, der in der Lage ist, ihn herzustellen.«

»Du wirst alles bekommen, was du brauchst! Das Wichtigste wird sein, den idealen Ort zu finden, um seine Halle des Lichts zu errichten, die Mingtang, in der dem König das Mandat des Himmels übertragen werden soll. Ich hoffe, deine Kunst wird es dir ermöglichen, dabei genau ins Schwarze zu treffen!«, fügte der Erste Minister hinzu und brach in dröhnendes Gelächter aus.

»Ich werde gleich nach unserem Gespräch den Architekten Vollkommenes Gleichmaß aufsuchen, um mit ihm über den Bau dieser Halle des Lichts zu beraten! Ich werde keine Mühe scheuen, du kannst dich auf mich verlassen!«

Die Mingtang musste auf jeden Fall den Heiligen Saal enthalten, in dessen Mitte sich eine vollkommen freie quadratische Fläche befand, über der sich ein rundes Dach spannte. Dieser Heilige Saal musste von dem ringförmigen Graben Biyong umschlossen sein und auf die Lingtai, die Terrasse des Geistes, hinausgehen. Die Mingtang war ein wahrer architektonischer Kompass, und der Herrscher würde seine Nadel sein, wodurch es ihm möglich wurde, sich den Gestirnen anzupassen und ihrer Position im Verhältnis zu den Fünf Richtungen zu entsprechen. Jeder Raum der Mingtang entsprach einer Jahreszeit. Und diese Räume musste der Kaiser, nachdem er die entsprechenden Gewänder angelegt hatte, im Wechsel aufsuchen, um dort das Fleisch und die Beilage zu verspeisen, die der Kalender der Gestirne vorschrieb: Schaf und Weizen im Frühjahr, Huhn und Soja im Sommer, Hundefleisch und Sesam im Herbst, Schwein und Hirse im Winter.

»Es liegt ganz bei dir, den passenden Ort für den Palast zu bestimmen. Aber du solltest darauf achten, dass er auf einem Hügel erbaut wird, der hoch genug ist, dass alle Völker des zukünftigen Reichs der Mitte den Wohnsitz des Hocherhabenen von weitem sehen können«, fügte der Erste Minister hinzu.

»Heißt das, unser Herrscher hat endlich beschlossen, sich seinen Untertanen zu zeigen?«, fragte der feiste Geomant treuherzig.

»Das ist eine andere Sache! Unser großer König ist unsichtbar, weil er alles sieht und alles weiß.«

»Aber wie will er denn auch weiterhin alles kontrollieren, wenn das Reich der Mitte erst einmal errichtet ist?«, beharrte Erhabene Schlichtheit ungläubig.

»Der Kaiser wird sein Reich in der Hand halten, als wäre es ein Senfkorn auf seinem Zeigefinger! Das Reich der Mitte wird wie ein Fisch sein, es kann nur vom Kopf her faulen. Und da unser Herrscher nicht faulen kann, wird das Reich ganz gewiss nicht so bald in sich zusammenstürzen!«, verkündete Li Si dem Geomanten entschieden.

»Erster Minister, Euer persönlicher Sekretär wartet im Vorzimmer mit den Verordnungen Zhi und den Erlassen Zhao, die sich heute angesammelt haben. Soll ich ihn bitten, sich noch ein wenig zu gedulden?«, flüsterte ein Haushofmeister, der mit kleinen Schritten ins Arbeitszimmer gehuscht war, Li Si ins Ohr.

Unter seinem langen Gewand schien der Mann auf den Fliesen dahinzugleiten wie ein Schiff auf einem Fluss.

»Nein, lass ihn hereinkommen!«, erwiderte der Erste Minister und sah dabei den Geomanten an, um ihm zu verstehen zu geben, dass es Zeit wurde, ihre Unterhaltung zu beenden.

»Ich sehe, dass Eure gewaltigen Aufgaben Eure Aufmerksamkeit erfordern«, bemerkte dieser höflich.

»Du bist klug, mein lieber Erhabene Schlichtheit. Du verstehst auch Andeutungen. Das ist gut.«

Li Sis Tonfall klang mit Absicht fast schon väterlich.

»Unser hochverehrter Monarch hat Glück, einen so fähigen Ersten Minister an seiner Seite zu haben«, schloss der Geomant, um ihm für das Kompliment zu danken. Dann verneigte er sich und ging hinaus.

Als er wieder draußen war, hatte er seine gute Laune wiedergefunden. Er war zwar nicht zum Obersten Annalenschreiber ernannt worden, aber dafür hatte man ihm eine sehr viel spannendere Aufgabe übertragen! Auf seinen Schultern ruhte die ganze Verantwortung für die Zukunft des Reichs der Mitte. Wenn er sich bei der Festlegung des Datums oder des Ortes irrte, würde das ganze Werk von König Zheng in sich zusammenbrechen wie die Stapel jener Flussschiffer, die zu geizig waren, um die Dienste eines Geomanten in Anspruch zu nehmen. Ohne zu wissen, dass ihre Ladung dort dem Wind ungeschützt ausgesetzt war, brachten sie sie an den falschen Stellen am Ufer des Wei-Flusses an Land, woraufhin eine heftige Bö den ganzen Stapel in den Fluss wehte, wo ihn das Wasser noch im gleichen Augenblick verschluckte.

Wer ihn in diesem Moment gesehen hätte, wie er sich zufrieden in die Brust warf und mit großen Schritten auf das Gebäude zueilte, in dem der Architekt Vollkommenes Gleichmaß residierte, hätte sofort erkannt, dass dies ein glücklicher und stolzer Mann war.

Als er das Arbeitszimmer des Architekten betrat, zeichnete dieser gerade den Aufriss eines besonders kniffligen Teilstücks der Großen Mauer, an dem das Gelände starke Unebenheiten aufwies.

»Du willst mit mir über die Mingtang reden?«, fragte der Architekt den Geomanten.

»Dir kann man auch nichts verheimlichen!«

»Das Thema steht ganz oben auf der Tagesordnung. Die Zeit drängt, und unsere Obrigkeiten werden schon ungeduldig. Alles muss bis zu dem Datum fertig sein, das du uns nennst…«

»Das Datum ist die eine Sache, aber da gibt es ja auch noch den Ort. Im Augenblick habe ich diesbezüglich noch keine rechte

Vorstellung. Es muss unbedingt ein Hügel sein, hat man mir gesagt. Ich fürchte, das schränkt meine Wahlmöglichkeiten erheblich ein.«

»Sei unbesorgt, das hat überhaupt keine Bedeutung. Wenn es sein muss, schütten wir eben einen künstlichen Hügel auf. Du kannst deine Wahl vollkommen frei treffen. Der Ort hat Vorrang vor allem anderen. Wenn ein prächtiger Palast abgerissen werden muss, um die Mingtang zu bauen, dann wird auch das ohne Zögern getan werden.«

»Sogar wenn es sich um eine der prunkvollen Residenzen unseres Königs handeln sollte?«

»Natürlich! Die Stelle, an der die Mingtang gebaut wird, muss über jeden Einwand erhaben sein.«

»Dann werde ich es so einrichten, dass sie mitten im Auge des Drachens errichtet wird und der Hügel, auf dem sie steht, mit dessen Kopf zusammenfällt.«

Als er den Architekten wieder verließ, war Erhabene Schlichtheit noch glücklicher und stolzer als zuvor.

Jetzt brauchte er nur noch die Stelle zu finden, unter der der Große Drache schlief, dessen Atem das Reich der Mitte stärken würde.

»Der Erhabene Herrscher der Mitte hat beschlossen, dich zum Leiter des Generalstabs der Truppen seines Königreichs zu ernennen!«, verkündete der inzwischen sehr alt gewordene Wang der Glückliche Zhao Gao feierlich.

Zhao Gao, dessen Bizepse aufgebläht waren wie zwei pralle Wasserschläuche, nahm augenblicklich eine tadellose Habt-Acht-Stellung an. Sein Schwert, das an seiner Seite über den Boden schleifte, war so schwer, dass es die steinernen Fliesen wie ein Steinspiel zum Klingen brachte. Seine Schulterstücke, die Pfoten eines gewaltigen Bären, den er einige Monate zuvor in der Steppe getötet hatte, hatten die Aufmerksamkeit der Passanten erregt, die ihm auf der Straße begegnet waren: Fast hätten sie erwartet, den Kopf des Tieres hinter seinem Rücken auftauchen zu sehen.

Er trug die vorgeschriebene Kopfbedeckung eines Armeegenerals, ein Rang, der ihm vor knapp einem Jahr verliehen worden war. Davor hatte er einen rasanten Aufstieg hinter sich gebracht, den er zu einem nicht unerheblichen Teil auch der Förderung durch den alten General zu verdanken hatte.

»Mit ein wenig Glück«, fuhr der Greis mit verschwörerischer Miene fort, »wirst du irgendwann auch meinen Platz als Kriegsminister einnehmen! Du musst nur darauf achten, dich nicht in der Öffentlichkeit mit deinen Gespielen sehen zu lassen, das könnte zu unangenehmem Gerede führen …«

Das Glucksen, mit dem General Wang seine letzten Worte begleitet hatte, verriet die eigenen Neigungen des alten Kriegsministers nur allzu deutlich.

Denn zum großen Leidwesen seiner Mutter hatte sich Zhao Gaos Vorliebe für Knaben gefestigt. Sie wusste jetzt, dass er ihr niemals Enkelkinder schenken würde. Er umgab sich mit puppenhaften Offiziersburschen mit femininen Gesichtszügen und einem ebenso straff geformten Körper wie seinem eigenen, die er gleichzeitig zu seinen Leibgarden und seinen Geliebten machte.

Doch diese Ausschweifungen vergab ihm der alte Kriegsminister Wang der Glückliche gerne, denn der Mut und die Beherztheit von General Zhao Gao hatten diesen zu einem der tapfersten Krieger in den Truppen von Qin werden lassen.

»Dürfte ich erfahren, wie ich zu einer solchen Gunst komme?«

Er hielt dies für eine gute Gelegenheit, dem Kriegsminister ein Kompliment zu entlocken. Nichts liebte Zhao Gao mehr, als jemanden seine Heldentaten aufzählen zu hören, auf die er so ungeheuer stolz war. Außer der Eroberung von Yan konnte er auch die Einnahme von etwa zwanzig Festungen für sich verbuchen. Manchmal rühmte er sich, über dreihunderttausend Gefangene gemacht zu haben. Diese Zahl war sicherlich übertrieben, aber auch nicht um mehr als ein Drittel. Der General, den man inzwischen den »Mann mit dem Bronzebizeps« nannte, pflegte bereits eifrig seine eigene Legende.

»Seine Majestät war vor allem von deiner Taktik beeindruckt, die Truppen so aufzustellen, dass sie sich wie die Kiefer eines Krokodils um die gegnerische Armee schließen.«

»Du sprichst von der Sancai-Formation, deren Wirksamkeit ich bei der Eroberung der Mauer von Yan erproben konnte?«

»Ganz genau. Diese Taktik wird bereits als ein ausgiebig kommentiertes Beispiel an unseren Offiziersschulen gelehrt«, fügte der alte Wang hinzu.

Zhao Gao warf sich stolz in die Brust. Der einzige Wermutstropfen in seinem Glück war die Tatsache, dass er die Nachricht von seiner Beförderung nicht aus dem Mund von König Zheng persönlich vernommen hatte. Er erwähnte dies in unverbindlichem Ton, wobei er sorgsam darauf achtete, den Minister dadurch nicht zu kränken.

»Du weißt doch, dass der König niemals Besuch empfängt. Li Si ist sein einziger Mittelsmann. Aber was der Erste Minister weiß, das berichtet er auch dem König. Durch ihn erfährt und sieht König Zheng alles, was in seinem Reich vor sich geht. Ich bin sicher, dass er darüber informiert ist, dass du jetzt gerade in meinem Arbeitszimmer bist!«, antwortete dieser freundlich, um seinen jungen Schützling zu beruhigen, und strich dabei sanft über dessen Unterarm.

»Und dabei haben der König und ich zusammen gespielt, wir Sandkuchen gebacken und Drachen steigen lassen haben! Aber es war immer dieser Goldener Fisch, der den ersten Platz eroberte, wenn wir im Ringen, beim Murmelspiel oder im Bogenschießen gegeneinander antraten…«

»Goldener Fisch? Meinst du etwa diesen Jungen, der die große Jadescheibe aus den Königlichen Sammlungen gestohlen hat?«

»Ja, genau den. Man hat mir gesagt, dass er kurz vor seiner Verhaftung geflohen ist. Zu schade! Für einen so verabscheuungswürdigen Diebstahl hätte er eine grausame Strafe verdient!«, erregte sich Zhao Gao.

Allein die Erwähnung dieses Namens erfüllte ihn immer noch mit der gleichen Verbitterung wie früher.

»Er muss sich irgendwo auf dem Land verstecken. Das Reich ist groß, und die meisten unserer Bauern sind ungebildete Analphabeten, die die Namen der gesuchten Verbrecher, die auf den Tafeln an den Wegkreuzungen aufgelistet sind, gar nicht lesen können. Aber wer weiß, vielleicht ist er ja auch schon tot«, entgegnete der alte General, dem das alles offensichtlich vollkommen gleichgültig war.

»Es gab Gerüchte, er befände sich auf der Baustelle der Großen Mauer, die in meinem militärischen Zuständigkeitsbereich liegt. Ich habe Nachforschungen anstellen lassen, die leider ohne Ergebnis geblieben sind. Aber die Arbeiter sterben dort ja auch wie die Fliegen!«

»Was hältst du eigentlich von dieser westlichen Provinz?«

»Man spürt dort schon die Nähe der großen Wüste, wo die Pferde der Xiongnu über die endlosen freien Sandflächen galoppieren.«

»Aber jetzt wirst du dich wieder südlicheren Gefilden zuwenden müssen. Das ruhmreiche Chu steht kurz vor dem Untergang, es wird dem Ansturm unserer Truppen nicht mehr lange standhalten können. Chu ist das letzte Glied in der Kette, das wir noch vernichten müssen. Und genau das wird deine erste Aufgabe sein: Du sollst dieses Königreich, aus dem so schöne Seide kommt, endgültig erobern! Dank dir werden wir bald alle Brokatgewänder tragen!«, sagte der alte Minister heiter.

»Um unseren Feldzug zu einem guten Abschluss zu bringen, werde ich die berittenen Bogenschützen einsetzen. Sie sind die Einzigen, die über die nötige Beweglichkeit und Kampfkraft verfügen, um die Elitetruppen besiegen zu können, die Chu rings um seine Hauptstadt zusammengezogen hat. Sie ist das einzige noch unverletzte Heiligtum in diesem Reich, aber sie hält alles andere zusammen!«

Nachdem ihre Unterredung beendet war, beschloss Zhao Gao in die Königliche Akademie für Kampfkunst zu gehen, um sich ein wenig im Muskelertüchtigungsraum zu entspannen. Ein schlanker, hoch gewachsener Offiziersbursche begleitete ihn. In der Akademie angekommen, sah er mit Befriedigung, dass sich alle respektvoll vor ihm verneigten. Die Nachricht von seiner bevorstehenden Beförderung war also schon nach außen gedrungen.

Im Kraftraum schickte er sich gerade an, zwei schwere gusseiserne Gewichte aus einem Fach zu nehmen, als er fühlte, wie ihm jemand auf die Schulter klopfte. Verwundert drehte er sich um. Es war der frühere Arzt Steter Wandel, doch er hätte ihn fast nicht wiedererkannt, denn ihm waren in der Zwischenzeit alle Haare ausgefallen.

»Welche Überraschung! Was macht denn der Großkämmerer des zukünftigen Kaisers an diesem Ort?«, rief Zhao Gao mit liebenswürdiger Stimme.

»Ich lebe. Das ist immerhin etwas. Aber ich bekleide ein ausgesprochen mühevolles Amt an der Seite eines Königs, dessen grenzenloses Misstrauen mir meine Aufgabe sehr schwer macht«, antwortete der Großkämmerer.

Zhao Gao fragte sich, was diese aufrichtig klingenden Worte wohl zu bedeuten hatten. Um Zeit zu gewinnen löste er seine Schulterstücke, legte seinen grauen Wollumhang zur Seite, streifte den oberen Teil seines Gewands ab und begann schließlich, seine Gewichte zu heben.

»Was meinst du denn damit?«

»Ich gebe zu, dass es nicht einfach ist, im Dienst eines Herrschers zu stehen, der jeden Kontakt mit der Außenwelt verweigert. Ich muss Tag und Nacht in seinem Vorzimmer anwesend sein. Und der König schläft sehr wenig. Meistens arbeitet er tagelang bei geschlossenen Fensterläden. Daher bemerkt er nicht, wenn die Sonne untergeht, und ich muss ihm einen Kalenderstreifen zeigen, von dem er das Datum abliest. Anfangs habe ich versucht, ihm selbst zu sagen, welchen Tag wir gerade hatten, aber er hat mir befohlen, mich an seine Anweisungen zu halten. Und es ist ratsam, diese auch zu befolgen. Er vertraut niemandem, und seine Wutausbrüche sind entsetzlich!«

»Aber warum erzählst du mir das alles?«, erkundigte sich General Zhao Gao argwöhnisch.

Er hatte gerade erst einige Muskelaufbauübungen hinter sich gebracht, doch sein Körper glänzte bereits vor Schweiß.

»Weil ich weiß, dass du einer der wenigen Menschen bist, die vielleicht eines Tages zu ihm vorgelassen werden und mit ihm reden können. Und das ist die Botschaft, die ich dir übermitteln will: Ich würde gerne von meinen Aufgaben entbunden werden. Ich halte es nicht länger aus, in diesem Gefängnis zu leben, in dem ständig Nacht herrscht, und ich ertrage die trostlose Atmosphäre unter den wenigen Bediensteten unseres Königs nicht mehr, wo sich jeder vor der kleinen Unachtsamkeit fürchtet, die seinen Untergang bedeuten würde!«, gestand der Großkämmerer, und seine Stimme klang mit einem Mal flehentlich.

»Ich dachte immer, du und Li Si, ihr wärt unzertrennlich ... Warum redest du nicht mit dem Ersten Minister über dein Anliegen?«

»Früher, in der Schule, waren wir gute Freunde. Doch seitdem haben sich unsere Wege getrennt. Nach und nach hat die Zeit alle Spuren der Freundschaft getilgt, und inzwischen ist Li Si noch unzugänglicher als der Gipfel des Huashan. Sein ganzes Leben ist dem zukünftigen Kaiser der Mitte geweiht! Wenn ich ihm im Vorzimmer des Königs begegne, grüßt er mich kaum noch«, stöhnte Steter Wandel.

Zhao Gao hatte sich bäuchlings auf eine Bank gelegt, und sein schlanker junger Offiziersbursche hatte damit begonnen, die Schultern seines Herrn einzureiben, nachdem er ein Fläschchen mit parfümiertem Öl über dessen angeschwollene Muskeln gegossen hatte. Der General genoss es, nach der Körperertüchtigung massiert zu werden, und seufzte wohlig.

»Ich verspreche dir, dass ich mit ihm darüber reden werde, sobald ich die Gelegenheit dazu habe. Und was möchtest du tun, nachdem du aus dem Dienst des Königs ausgeschieden bist?«

»Ich möchte einfach wieder ein freier Mann sein«, murmelte der ehemalige Arzt.

Mit halb geschlossenen Augen spürte Zhao Gao das Hin und Her der erfahrenen Hände seines Burschen. Er liebte nichts mehr als diese Mischung aus Öl und Schweiß, die durch alle Poren in seinen Körper drang und ihm ein unvergleichliches Gefühl beruhigender Wärme schenkte. Die Auswirkungen der Massage versetzten ihn in eine sanfte Euphorie. Er träumte davon, wie er Chu endgültig erobern würde. Dann würde er in den Rang eines Nationalhelden aufsteigen, und seiner Zukunft wären keinerlei Grenzen mehr gesetzt.

»Ich muss dich jetzt verlassen. Der König könnte mich suchen«, seufzte Steter Wandel, ehe er den General seiner Trägheit überließ.

»Der Höhe dieses Grabhügels nach zu urteilen, muss darin ein reicher Adliger begraben sein!«, rief Loderndes Feuer.

»Wenn das so ist, dann gehört er uns!«, entschied Goldener Fisch lachend.

Ein reich ausgestattetes Grab zu plündern würde ihnen für die nächsten Wochen ein sorgenfreies Dasein bescheren. Das war die einzige Möglichkeit, die Goldener Fisch und Loderndes Feuer gefunden hatten, um ihr Überleben zu sichern. In diesen erst kürzlich eroberten Regionen war das Misstrauen der Landbevölkerung, die unter dem Wüten der Armeen von Qin litt, so groß, dass sie immer wieder abgewiesen wurden, wenn sie irgendwo um Essen und eine Schlafgelegenheit baten und anboten, dafür zu arbeiten.

Sie waren am gleichen Tag zu Grabräubern geworden, an dem Loderndes Feuer seinem Freund auch sein schreckliches Geheimnis anvertraut hatte.

Nach einer Nacht, in der wieder einmal unzählige Fliegen und Mücken sie geplagt hatten, waren sie gerade im Begriff gewesen, wie an jedem Morgen die Wurzeln zu verfluchen, von denen sie sich mehr schlecht als recht ernährten, und das stehende Wasser in den Tümpeln, das sie wohl oder übel trinken mussten, als Goldener Fisch plötzlich bemerkt hatte, dass sie mitten auf einem Friedhof aufgewacht waren.

Loderndes Feuer wirkte bedrückt. Goldener Fisch sah, dass ihm etwas auf dem Herzen lag.

»Sag mir, was dich so beschäftigt, wo wir doch hier auf eine

Begräbnisstätte gestoßen zu sein scheinen, die vor Schätzen nur so überquillt!«

»Ich trage ein dunkles Geheimnis mit mir herum, und es fällt mir immer schwerer, es dir zu verschweigen ...«, hatte der Eunuch schließlich zugegeben.

»Sprich nur. Du kannst mir vertrauen, ich werde dich nicht verurteilen. Dafür schätze ich dich viel zu sehr.«

»Das Ganze ist über zehn Jahre her ... Ich war es, der damals Scharfe Klinge getötet hat. Nach meiner Operation hat er meine Geschlechtsteile an einen Apotheker aus Xianyang verkauft. Ich habe es durch Zufall herausgefunden, und gleich nachdem ich es erfahren habe, bin ich zu ihm gegangen und habe ihn umgebracht.«

»Damit hast du ihn doch nur seiner gerechten Strafe zugeführt! Das entsetzt mich ganz und gar nicht«, hatte Goldener Fisch seinem Freund versichert und eine Hand auf seine Schulter gelegt.

Nachdem er sich endlich diese unerträgliche Last vom Herzen geredet hatte, war Loderndes Feuer in Tränen ausgebrochen. Hundertmal hatte er schon versucht, mit Goldener Fisch über sein Geheimnis zu sprechen, aber jedes Mal hatte ihn im letzten Moment der Mut verlassen. Während ihrer Flucht im Sandsturm hatte er den Entschluss gefasst, ihm alles zu gestehen. Sie hatten gemeinsam so viel durchgestanden ...

Loderndes Feuer hatte sich befreit gefühlt, doch gleichzeitig war auch die Erinnerung an seine erzwungene Operation wieder in ihm aufgestiegen.

»Ich werde niemals Kinder haben können! Ich bin gegen meinen Willen entmannt worden, und Scharfe Klinge ist dabei vorgegangen wie ein Metzger!«

Bestürzt hatte Goldener Fisch seine Hand ergriffen.

»Wie sehr musst du gelitten haben ... Du ahnst ja nicht, wie Leid du mir tust.«

»Es war unvorstellbar. Doch dank dir habe ich jetzt endlich wieder das Gefühl, jemand zu sein.«

»Wenn das so ist, macht es mich sehr froh, dir ein wenig geholfen zu haben«, hatte Goldener Fisch seinem Freund geantwortet.

Nach dieser Unterhaltung waren sie in ein kaum gesichertes Grab eingedrungen, hatten die schönsten Stücke aus dem Ritualgeschirr gestohlen und diese danach an verschiedene Trödler verkauft. So hatten sie entdeckt, wie sie überleben konnten, wenn sie durch die Jagd oder das Obstsammeln nicht genug zu essen zusammenbekamen.

Doch bis zu diesem Tag hatten sie noch nie einen so hohen Grabhügel gesehen wie den, der nun in der Mitte eines Gräberfelds vor ihnen aufragte, das wie ein Miniaturdorf anmutete. Jedes einzelne Grab hatte die Form eines kleinen Hauses.

Dieser Grabhügel musste zum Hauptgrab gehören, und Goldener Fisch vermutete, dass es für eine adlige Familie bestimmt war, da es die anderen deutlich überragte.

Und tatsächlich war es auf der anderen Seite wie ein richtiger kleiner Palast gestaltet, über dessen Eingangstür sich ein Sturz spannte, in den zwei einander gegenüberstehende Drachen eingemeißelt waren.

»Glaubst du, dass wir durch den Haupteingang hineinkönnen?«, fragte der Eunuch.

»Die Tür sieht so aus, als könnte man sie leicht eindrücken«, erwiderte Goldener Fisch und stieß mit der Schulter gegen die wurmstichigen Bretter.

Sie gaben sofort nach. Vor seinen Füßen lag nur noch ein kleiner brauner Haufen Staub und dahinter öffnete sich ein schmaler Gang. Da suchte er ein paar trockene Zweige zusammen und machte daraus eine Fackel.

In dem Grab fanden sie mehr Schätze, als sie jemals zu träumen gewagt hätten. In der Grabkammer standen so viele Ritualbronzen und Tonfiguren, dass auf dem Boden kein Fußbreit mehr Platz war. Goldener Fisch bat Loderndes Feuer, sich hinter ihn zu stellen und begann, ihm die Grabbeigaben, die ihm den Weg versperrten, herauszureichen. Bald bildeten die Gefäße, Schalen und Mingqi-Figuren im Korridor einen beeindruckenden Stapel.

Es gab auch unzählige Gegenstände aus Jade: Bis, Congs, Ritualäxte und Messer. In einer schwarz lackierten Schatulle entdeckte Goldener Fisch eine mit Halbedelsteinen verzierte goldene Schmuckgarnitur.

»Dieser reiche Adlige muss seine Frau geliebt haben! Die Garnitur war sicher für sie bestimmt …«, sagte er und deutete auf die mumifizierte Leiche einer Frau, deren Kleidung nach all den Jahren wie verbrannt wirkte.

»Ich habe noch nie so fein ziseliertes Gold gesehen!«, rief der Eunuch begeistert.

»Sie hat wohl nicht lange etwas davon gehabt. Sie ist mit ihrem Mann zusammen lebendig begraben worden.«

»Oh, wie grausam! Und ich dachte, diese ganzen Mingqi seien dazu da, dass man keine lebendigen Menschen und Tiere mehr in die Gräber einzuschließen brauchte.«

»Diese Mingqi waren in der Tat ein guter Ersatz für die Diener und Haustiere. Wahrscheinlich ist nur der Frau des Verstorbenen das Privileg – wenn man so sagen darf – zuteil geworden, ihren Mann auf seiner großen Reise zu begleiten! Erst in den letzten Jahren kommt man in Qin allmählich von diesem barbarischen Brauch ab«, erklärte Goldener Fisch.

»Von dem, was hier herumsteht, können wir gut vier oder fünf Monate leben, wenn es uns gelingt, bei Trödlern und Antiquitätenhändlern einen guten Preis für die ganzen Grabbeigaben herauszuschlagen …«

»Unser einziges Problem besteht darin, Antiquitätenhändler zu finden, die uns die Stücke auch abkaufen, obwohl wir ihnen nicht sagen können, woher sie stammen … Denk nur daran, wie schwer es war, dieses seidene Banner aus dem ersten Grab, das wir geplündert haben, zu verkaufen.«

»Wenn ich ehrlich bin, es macht mir Angst, diese Gräber zu plündern. Wir stören den Verstorbenen in seiner Ruhe und stehlen ihm die Gegenstände, die er für sein Leben in der Unterwelt braucht …«, murmelte Loderndes Feuer.

Er warf einen nervösen Blick auf den ausgetrockneten Leichnam des Toten, der in einem hölzernen Sarg lag, dessen Deckel Goldener Fisch gerade aufgebrochen hatte.

»Mach dir keine Sorgen! Das, was wir tun, ist ja fast schon Notwehr. Uns bleibt doch keine andere Wahl, wenn wir überleben wollen. Ich habe nicht darum gebeten, dort zu enden, wo ich jetzt bin! Man wollte mich zu Unrecht eines schweren Verbrechens anklagen, das ich nicht begangen habe. Ich bin sicher, dass der Geist des Verstorbenen versteht, in welch schwieriger Lage wir uns befinden. Außerdem führe ich doch immer das Ritual aus, mit dem man seine Ahnen ehrt, wenn ich mich in Gegenwart eines Leichnams befinde.«

Er hatte das Holztäfelchen aus seiner Tasche gezogen, das für die Verrichtung dieses Rituals benötigt wurde. Nachdem er ein Gebet gesprochen hatte, würde er es verbrennen, so wie es auch am hundertsten Tag nach dem Tod des Verstorbenen getan wurde.

Neben dem Sarkophag stand eine beeindruckend große hölzerne Truhe. Sie schien erst am Vortag geschlossen worden zu sein, so sehr glänzten die polierten Scharniere und Beschläge aus vergoldeter Bronze. Mit einem der Jademesser, die er an sich genommen hatte, öffnete Goldener Fisch vorsichtig den Deckel, dessen Scharniere rasch nachgaben.

Er würde nicht so bald vergessen, was er empfunden hatte, als er sich über die Öffnung beugte und der Inhalt dessen, was er für eine Truhe gehalten hatte, in Wahrheit aber der Hauptsarg der Grabstätte war, plötzlich vor ihm lag.

Der Leichnam des Toten war über und über mit Jadeplättchen bedeckt, die mit Golddraht aneinander gebunden waren. Die Plättchen schmiegten sich so perfekt an seine Gestalt, dass sie fast wie eine feste Schutzhülle wirkten, die nach seinem Körper geformt worden war. Der Nasenrücken des Toten war deutlich zu erkennen, während das Plättchen, das seinen Mund bedeckte, ein kreisrundes Loch aufwies. Das Jadewesen schien friedlich zu schlafen. Sein Nacken ruhte auf einem an beiden Seiten geschwungen auslaufenden Jadekissen, dessen Gestein die »Hammelfett« genannte Farbschattierung aufwies, eine der wertvollsten überhaupt. Neben dem Leichnam lag ein Schwert mit einem Griff aus Jade und einer bronzenen Klinge, die auf Grund der Oxidation mit türkisgrünen Flecken übersät war.

»Das soll ihm ermöglichen, die positiven Energien aufzufangen, die vom Boden aufsteigen. Es handelt sich um den edlen Markgrafen Zeng, für den dieses herrliche Grabmal errichtet wurde«, erklärte Goldener Fisch Loderndes Feuer.

Während er auf die Öffnung deutete, die dem Toten als Mund diente, hatte er gleichzeitig ein Täfelchen entziffert, das um seinen Hals hing und auf dem sein Name sowie sein Adelstitel verzeichnet waren.

Der Eunuch starrte verblüfft auf diesen prächtigen Jadepanzer und öffnete seinen Mund fast genauso rund wie das Loch, das es dem Leichnam ermöglichen sollte zu atmen.

»Ich habe noch nie im Leben so viel Jade an einem einzigen Ort gesehen! Und dieses Schwert könnte einen baumhohen Drachen durchdringen!«

»Ja, du hast Recht«, stimmte ihm Goldener Fisch zu.

Er hatte damit begonnen, den Golddraht zu durchtrennen, mit dem die einzelnen Panzerplättchen aneinander befestigt waren, und stopfte diese in seinen Jutesack.

»Was machst du denn da?«, flüsterte Loderndes Feuer ungläubig.

»Jedes einzelne dieser Jadeplättchen ist mindestens zehn Bronze-Tael wert, die größten sogar eine Spatenmünze, also zehnmal mehr. Das ist viel Geld. Und ich denke, früher oder später werden wir es sicher brauchen können.«

»Wozu denn?«

»Das kann ich jetzt noch nicht sagen, aber man weiß ja nie«, antwortete Goldener Fisch seinem Freund mit einem Lächeln.

Plötzlich hörten sie das Läuten kleiner Glöckchen und Hundegebell. Loderndes Feuer steckte den Kopf hinaus, um nachzusehen.

»Da kommt ein Schäfer mit seiner Herde und einem ungemütlich aussehenden Riesenhund!«

»Dann lass uns schnell von hier verschwinden!«

Sein Jutesack war prall gefüllt mit den Jadeplättchen aus dem Totenpanzer des Markgrafen Zeng.

25

»Am gleichen Tag muss auch mit dem Bau meines Mausoleums begonnen werden, so halten wir beide Enden des großen Kreislaufs meines Lebens auf Erden in der Hand!«, erklärte König Zheng.

»Ich habe bereits alles Notwendige mit dem Architekten Vollkommenes Gleichmaß besprochen«, antwortete der Erste Minister.

Li Si hatte dem König das Datum und den genauen Zeitpunkt mitgeteilt, an dem er das Mandat des Himmels empfangen und zum Kaiser des Reichs der Mitte werden sollte.

Das große Ereignis sollte genau am Mittag des längsten Tags des Jahres, in der Mitte des zweiten Sommermonats stattfinden, in dem Augenblick, in dem die Sonne den höchsten Stand des Jahres erreichte, den von Dongjing, der zweiundzwanzigsten Etappe im Gestirnenkreis.

Es war der Monat des Feuers, der Monat der Farbe Gelb, der Monat all dessen, was glänzte wie Gold. Das Tier dieses Monats war der Vogel, und die entsprechende Note war Zhi aus der Yang-Tonpfeife Ruibin. Diese Tonpfeife war in der Lage, die Große Musik zu erzeugen, der es gelang, den Fürsten und alle seine Untertanen zu erfreuen, indem sie sie glücklich machte.

Der Geschmack dieses Monats war bitter und sein Geruch der von Verbranntem, es war die Zeit, in der man die Lungen der Opfertiere dem Gott des Herdfeuers darbot. Es war der Monat, in dem die erbarmungslose Gottesanbeterin, gerade aus ihrem Kokon geschlüpft, ihre langen Beine ausklappte und die Würger die Ohren der Jäger mit ihrem Gesang erfreuten.

»Mir liegt gerade der Bericht des Obersten Geomanten Erhabene Schlichtheit vor: Der Himmelssohn wird sich im Großen Tempel der Halle des Lichts aufhalten, das heißt im südlichen Teil des Gebäudes. Wir müssen den Großen Musikmeister anweisen, darauf zu achten, dass die Felle der Trommeln perfekt gespannt sind. Er muss sicherstellen, dass die Qin-Zithern, die Si-Gitarren und die Gan- und Xiao-Flöten auch tatsächlich nach der Note des Monats gestimmt sind. Der Große Ballettmeister soll die Tänzer darin schulen, ihre Beine und Arme zum Klang der Okarinas und der Mundorgeln Yu und Sheng im Takt zu bewegen. Sie werden dabei ihre mit Nashornhaut bezogenen Schilde, ihre Ritualäxte aus Jade und ihre mit Rabenfedern geschmückten Zepter tragen.«

»Ach übrigens, wie geht der Bau der Mingtang voran?«

Diese Frage stellte der König seinem Ersten Minister jeden Monat aufs Neue.

»Majestät, Eure Halle des Lichts auf dem Hügel des Langen Lebens steht kurz vor der Vollendung. Erhabene Schlichtheit hat nach langen, ausgeklügelten Berechnungen den Standort und die Ausrichtung des Gebäudes exakt ermittelt. Tausende von Erdarbeitern, Steinmetzen und Zimmerleuten arbeiten Tag und Nacht auf der Baustelle. Ich habe veranlasst, dass eine große Zahl von Kriegsgefangenen zusätzlich herangezogen wurde, damit alles noch schneller vorangeht. Eure Anweisungen werden aufs Wort befolgt, wie es sich geziemt!«

Der zukünftige Kaiser strich geistesabwesend über einen der siebenundzwanzig Zähne im Rückgrat des Resonanzkastens Yu, einem Instrument, das aus hartem, trockenem Holz bestand und die Gestalt eines liegenden Tigers mit aufgerissenem Maul besaß. Wenn man mit einem Stab über das gezahnte Rückgrat dieses Tigers kratzte, entstand ein ratschenartiges Geräusch, mit dem der Beginn oder das Ende eines Musikstücks angekündigt wurde.

»Und woraus wird sich das rituelle Mahl des Himmelssohns zusammensetzen?«

»Ihr werdet Soja und gegrilltes Huhn essen, Majestät. Und zum Nachtisch werden Euch reife Kirschen serviert.«

»Hat Erhabene Schlichtheit darauf geachtet, dass die für diesen Tag geltenden Verbote die Organisation der Feierlichkeiten auch nicht beeinträchtigen?«

»Die einzigen Verbote für diesen Tag betreffen die Beschneidung der Indigosträucher, die Herstellung von Holzkohle und das Auslegen von Leinwand in der Sonne. Nichts, was uns stören würde, Majestät.«

»Ich dachte, es wäre auch verboten, in südlicher Richtung ein Feuer anzuzünden?«

Der König trug die argwöhnische Miene eines Mannes zur Schau, der sein Gegenüber bei einem ärgerlichen Versäumnis erwischt hatte.

»Ihr habt wie immer Recht, Majestät. Dieses wesentliche Verbot hatte ich vergessen! Und dabei habe ich erst gestern die Verordnung vorbereiten lassen, die es öffentlich bekannt machen soll ...«, erwiderte Li Si schuldbewusst. Er biss sich auf die Lippen, weil er nicht mehr daran gedacht hatte.

»Was ist für das Volk vorgesehen? Man soll sich noch nach Jahren an diesen großen Tag erinnern!« Der Tonfall des Königs klang wieder ein wenig freundlicher.

»Die Städte werden an diesem Tag der ganzen Bevölkerung offen stehen, Majestät. Die Obrigkeiten verzichten auf die Stadtzölle, und sowohl die Händler als auch die Käufer werden freien Zugang zu den Märkten erhalten. Auf den öffentlichen Baustellen werden die Rationen der Gefangenen vergrößert. Vor allem für diejenigen, die am Bau der Großen Mauer arbeiten. Wir werden auch, wenn Ihr damit einverstanden seid, vorübergehend die Hinrichtungen aussetzen.«

Li Si stellte erleichtert fest, dass König Zheng zufrieden wirkte.

»Ich wüsste auch nicht, was man sonst tun könnte, außer die Hinrichtungen aufzuschieben, da alle Henker die Möglichkeit haben müssen, sich am Fuß des Hügels des Langen Lebens einzufinden und das neue Mandat des Himmels zu feiern. Aber ich wünsche natürlich, dass sie gleich am nächsten Morgen wieder aufgenommen werden!«

»Aber, Majestät, das ist doch selbstverständlich … Die Großen Gesetze von Qin werden auch im Reich der Mitte ihre Gültigkeit behalten!«

»Ich kann es kaum erwarten, bis es endlich so weit ist! Zu diesem Zeitpunkt werden Yin und Yang miteinander wetteifern … Es wird der Moment des Großen Gleichgewichts sein … Der des Reiches der Mitte aller Dinge, aller Lebewesen und aller Menschen«, murmelte König Zheng.

Er strahlte die stille Freude eines Herrschers aus, der kurz davor stand, das Ziel zu erreichen, das er sich für seine Regierungszeit gesetzt hatte.

»Wenn Ihr das Mandat des Himmels empfangt, bringt Ihr das Kaiserreich in Einklang mit den großen Tugenden des Gesetzes. Dann hat die Schule der Fajia durch Euch endlich ihre politische Verkörperung gefunden.«

»Es stimmt, dass wir schon bald über alle bewohnbaren Regionen herrschen werden. Zhao Gao ist kurz davor, das Königreich Chu, das letzte Hindernis auf dem Weg zur Vereinigung der eroberten Gebiete, endgültig niederzuwerfen. Dann wird sich das Reich der Mitte von der Wüste bis ans Große Meer erstrecken, dorthin, wo die glückseligen Inseln der Unsterblichen liegen.«

Li Si antwortete nicht. Der einzige Punkt, in dem er nicht der gleichen Meinung war wie König Zheng, betraf dessen Glauben an die Unsterblichkeit und insbesondere an jene Penglai-Inseln, die er um jeden Preis finden und erobern wollte, zweifellos – obwohl er dies niemals zugegeben hatte –, um sich dort niederzulassen und zehntausend Jahre zu herrschen.

»Ich denke auch noch über den Namen nach, den ich als Kaiser der Mitte annehmen werde. Ich habe an Renhuang gedacht, Herrscher der Menschheit. Das ist ein edler und alter Titel.«

»Ihr müsst etwas Besseres finden, Majestät, Ihr müsst nach Höherem streben! Ihr tretet das Erbe der hochehrwürdigen Sanhuangwudi, der Drei Erhabenen Kaiser, an. Meines Erachtens müsste Euer Titel diesen Ambitionen entsprechen und den Bestandteil ›Huangdi‹ enthalten …«

»Das Schriftzeichen ›Huang‹ bezeichnet gleichzeitig auch die Farbe Gelb, und das ist die Farbe, bei der ich mich am wohlsten fühle.«

»Gelb ruft nach Gold, Majestät!«, fügte Li Si triumphierend hinzu.

Der König schwieg einen Augenblick. Er schien nachzudenken, während er mit den Fingern wieder und wieder über die Inschriften strich, die den Hals seines kleinen Ritual-Dreifußes zierten.

»Mein Name wird Shihuangdi lauten, der Erste Kaiser. Der Gründungskaiser. In Zukunft sollen keine Namen mehr nach dem Tod des Herrschers verliehen werden, denn das ist das beste Mittel, das Söhnen geboten wird, um ihre Väter herabzusetzen! Meine Nachfolger brauchen nur noch die Zahlenfolge zu verwenden: Zweiter Kaiser, Dritter Kaiser und so weiter. Nach mir wird es noch mehr als tausend geben. Unsere Dynastie soll Jahrtausende überdauern!«

Li Si beeilte sich, ihm begeistert zuzustimmen. »Ihr solltet bald daran denken, Nachkommen zu zeugen, Majestät. Es wäre zu schade, wenn der Kaiser der Mitte seine Macht nicht einem Sohn von seinem eigenen Fleisch und Blut übertragen könnte. Denn das ist die Voraussetzung dafür, dass Eure Dynastie über die Jahrtausende hinweg Bestand haben kann!«, rief er.

Der zukünftige Erste Kaiser verzog das Gesicht. Er mochte es nicht, wenn man ihn auf eines der wenigen Probleme ansprach, für die er immer noch keine Lösung gefunden hatte. Die einzige Frau, für die er sich interessierte, war Frühlingstau. Und im Augenblick konnte er sich nicht vorstellen, mit einer anderen ein Kind zu zeugen.

Li Si bemerkte seinen Fehler zu spät. Er suchte nach einem Weg, diese Unachtsamkeit wieder gutzumachen.

»Nun ja, Majestät, schließlich habt Ihr noch alle Zeit der Welt, um darüber nachzudenken. Es gibt über tausend Frauen in Qin, die nur davon träumen, eines Tages durch Euch geehrt zu werden«, fügte er hastig und in schmeichelndem Ton hinzu.

Die Grimasse des Königs verzerrte sich zu einer entsetzlichen

Fratze, und Li Si erkannte, dass er sich durch diese Bemerkung in eine noch unangenehmere Lage gebracht hatte.

Das Beste war, unverzüglich das Thema zu wechseln.

»Soll ich Vollkommenes Gleichmaß bitten, herzukommen und mit Euch über den Bau Eures Mausoleums zu reden?«

»Das wäre angebracht. Ich muss hoffentlich nicht eigens betonen, dass du deutlich machen sollst, dass diese Entscheidung in keiner Weise bedeutet, dass ich bereits an mein Dahinscheiden denke«, erwiderte der König.

»Aber das ist doch selbstverständlich, Majestät. Außerdem werdet Ihr auf den Inseln der Unsterblichen so lange leben, dass man nicht einmal mehr wissen wird, wer die Erbauer Eures Grabmals waren!«, antwortete Li Si beflissen.

Dann verließ er, in einer tiefen Verbeugung erstarrt, rückwärts den Raum, wie es sich vor dem zukünftigen Kaiser geziemte.

»Du siehst nicht gut aus. Was ist denn los?«, fragte Frühlingstau Natürliche Vollkommenheit liebevoll und griff zärtlich nach seinem Arm.

Das junge Mädchen behandelte den alten Gelehrten, dessen Rücken von der Last der Jahre gebeugt war, inzwischen mit unendlicher Sanftmut und Zuneigung, so als sei er ihr Großvater. Sie besuchte ihn jede Woche im Turm des Gedächtnisses, wo der greise Mann immer noch tagein, tagaus die alten Schriften ordnete, las und kalligraphierte.

Der Körper von Natürliche Vollkommenheit glich dem ausgedörrten, verkümmerten Ast eines uralten Baums. An die faltige, durchscheinende Haut in seinem Gesicht schloss sich ein langer, dünner, ausgefranster weißer Bart an, den er schon seit Jahren nicht mehr geschnitten hatte. Seine vom Umgang mit dem Griffel und vom Rheuma verkrümmten Finger hatten die Form einer Ginsengwurzel angenommen.

Nur seine lebhaften, funkelnden Augen waren immer noch die gleichen wie früher und zeugten von seinen unverändert großen geistigen Fähigkeiten.

»Ich habe immer mehr das Gefühl, nutzlos geworden zu sein. Niemand hat mich aufgesucht, um mich an den Vorbereitungen für die Krönungsfeierlichkeiten des Kaisers zu beteiligen«, stellte der alte Mann traurig fest.

Natürliche Vollkommenheit war ein Philosoph. Er wirkte nicht verärgert, lediglich betrübt darüber, dass man ihn ausgeschlossen hatte.

»Lass doch diese Legalisten ihre hochmütigen Träume von einem Kaiserreich alleine verwirklichen. Wir haben Besseres zu tun… Außerdem finde ich diese Idee, an die kaiserlichen Dynastien der Vergangenheit anzuknüpfen, einfach nur lächerlich!«, sagte sie, um ihn zu trösten.

»Du bist eine echte rebellische Gelehrte. Das ist gut. Ein wahrer Gelehrter muss über einen unabhängigen Geist verfügen«, erwiderte er mit einem sanften Lächeln.

»Sie sind dabei, die Gesellschaft in einen gewaltigen Käfig zu verwandeln, in den sie alle Gedanken einsperren wollen. Ich habe im Arbeitszimmer meines Vaters zufällig die Stapel mit den nächsten Verordnungen gesehen, die der Kaiser erlassen wird, sobald er sein Mandat des Himmels erhalten hat, wie sie es nennen. Es war sehr aufschlussreich. Und erschreckend!«

»Ja, der Staat will bis hin zu den kleinsten Dingen des Privatlebens alles unter seine Kontrolle bringen«, seufzte der alte Gelehrte.

»Sie haben vor, das Land in vierzig Kommandanturen aufzuteilen, die von einem zivilen Präfekten und einem Militärgouverneur geleitet werden sollen, deren Aufgabe darin bestehen wird, das Gesetz des Kaiserreichs durchzusetzen. Jede Kommandantur wird in Untereinheiten aufgeteilt, und diese wiederum genauso, bis hin zu den einzelnen Dörfern, wo jede Familie der Aufsicht eines politischen Aufpassers untersteht. Ich habe auch eine Verordnung gesehen, mit der die unterschiedlichen Münzen, die in den verschiedenen Königreichen in Umlauf sind, durch die runden Kupfermünzen mit quadratischem Loch in der Mitte ersetzt werden sollen.«

»Die einheitlichen Münzen werden die Königreiche enger zusammenschließen. Diese Maßnahme entspricht genau dem, was Zheng verwirklichen will.«

Der alte Mann schien diese Reform gutzuheißen.

»Sie haben sogar beschlossen, die Spurweite der Wagen und Karren zu vereinheitlichen, genau wie alle Gewichte und Längenmaße! Bald werden sie wohl noch ein allein gültiges Format für Bücher und die genaue Länge der Griffel festlegen!«, rief Frühlingstau, und ihre vor unterdrücktem Zorn funkelnden Augen blitzten rebellisch.

»Dazu haben sie zu viel Angst vor Büchern…«

»Und bald wird es wohl einer Heldentat gleichkommen, sich in diesem Land als ein Gelehrter zu erkennen zu geben! Ich habe einen Entwurf gelesen, in dem davon die Rede war, alle Schriften, die nicht der Fajia, der legalistischen Schule, entstammen, von den Lehrplänen der höheren Beamten auszuschließen. Wie kann man sich nur so sehr vor eigenständigem Denken fürchten?«

»Sie wollen Gouverneure und Präfekten, die nichts anderes tun, als ihre Befehle auszuführen, ganz zu schweigen von den Offizieren!«, murmelte der alte Gelehrte.

»Glaubst du, sie werden mit diesem irrsinnigen Plan, alles kritische Denken auszurotten, Erfolg haben?«, fragte ihn Frühlingstau mit flehentlicher Stimme.

Sie hatte sich dem alten Mann zu Füßen geworfen, und dieser streichelte sanft ihr langes Haar, als wäre sie immer noch das kleine Mädchen, dem er einst Lesen und Schreiben beigebracht hatte.

Der Turm des Gedächtnisses war leer und still. Seit Jahren schon kam niemand mehr her, um etwas in einem Buch nachzulesen oder die Kunstgegenstände und archäologischen Schätze zu bewundern, von denen die Schränke des Königlichen Museums überquollen.

Dieses Königreich, das einerseits durch seinen Aufstieg zum Reich der Mitte an eine kaiserliche Vergangenheit anknüpfen und sich in eine mythische Tradition einschreiben wollte, die von den uralten Schriften überliefert wurde, welche die Gelehrten einander von Generation zu Generation weiterreichten, bemühte sich auf der anderen Seite, jeden Verweis auf eine Vergangenheit und Geschichte zu verbieten, die es ganz offensichtlich rücksichtslos zu verdrängen beschlossen hatte.

Es war ein vollkommen widersinniges Vorgehen.

Dennoch wurde es immer weniger gerne gesehen, wenn jemand die Bibliothek oder das Museum des Königlichen Palastes aufsuchte. Kein Minister oder Höfling wagte sich mehr dorthin. Niemand setzte sich an die langen Tische aus wohlriechendem Holz, auf denen man die verschnürten Bambustäfelchen, die die Erzählungen und Gedichte vergangener Zeiten enthielten, vollständig ausrollen konnte.

Natürliche Vollkommenheit herrschte über ein verlassenes Reich, das nur noch von Büchern und Ritualgegenständen bevölkert war. Der Pavillon des Erdbeerbaumhains war zu einem geisterhaften Ort geworden, wo die Schwalben in den Ecken der Fenster und auf den Balkonbrüstungen furchtlos ihre Nester bauten.

»Ich glaube, der König nimmt es mir übel, dass ich Lü Buwei dabei geholfen habe, seinen *Frühling und Herbst* zu verfassen«, sprach er weiter.

»Bereust du es denn?«

»Nicht im Geringsten. Es war eine sinnvolle Aufgabe. Auf diesem Regal liegt übrigens ein Exemplar des Buches. Wenn ich eines Tages von hier fortgehen müsste und nur ein Werk mitnehmen dürfte, ich glaube, es wäre dieses.«

Er deutete auf eine Rolle aus Bambustäfelchen, die etwas größer war als alle anderen.

Sie sah ihn überrascht an.

»Ist es denn so wertvoll wie das *Buch der Wandlungen*? Ich finde, nichts übertrifft das *Yijing*, auch wenn manche seiner Kapitel schwer zu begreifen sind.«

»Wie du weißt, ist das *Yijing*, das auf der Zählung der Schafgarbenstängel beruht, eine Art Lexikon der Ordnung der Welt in acht Trigrammen und vierundsechzig Hexagrammen. In dieser Hinsicht hast du vollkommen Recht, es ist wahrscheinlich das rätselhafteste, aber gleichzeitig auch das tiefgründigste Werk. Doch seine dunklen Aussagen machen es zu einem Buch, das nur für Eingeweihte zugänglich ist, während das von Lü Buwei eine vollständige Anthologie dessen darstellt, was ein ehrbarer Mann wissen muss. Und so ist es nicht nur ein sehr hilfreiches Werk, sondern umfasst gleichzeitig auch noch ein viel breiteres Thema!«

Diese Argumente schienen Frühlingstau überzeugt zu haben.

»Vielleicht kommt irgendwann der Tag, an dem wir froh sein werden, dieses Buch in Sicherheit bringen zu können, weil die Legalisten alle anderen verboten haben!«, rief sie und griff nach den aufgerollten Bambustäfelchen.

»Es wäre ein großes Unglück, wenn es tatsächlich irgendwann so weit kommen sollte. Eine solche Tragödie möchte ich nicht mit ansehen müssen!«, sagte er betrübt.

In den Augen des alten Gelehrten las sie tiefe Traurigkeit. Der Hochweise Archivar schien ein solches Bücherverbot mehr zu fürchten als alles andere. Doch es schien beinahe so, als spürte er es herannahen, so erschöpft und mutlos kam er dem jungen Mädchen plötzlich vor.

Während sie den *Frühling und Herbst des Lü Buwei* fest an sich drückte, wurde ihr unvermittelt bewusst, dass sie damit eine unschätzbar wertvolle Sammlung des Denkens, der Erinnerung und der Vorausschau in Händen hielt. Es war die Zusammenfassung mehrerer Jahrhunderte unermüdlicher Arbeit, die die Zeit auf wundersame Weise unbeschadet gelassen hatte.

Was blieb denn noch von den Menschen der Vergangenheit, wenn nicht ihre Bücher?

Die Menschen gingen, doch die Schriften, wenn sie nur sorgfältig aufbewahrt wurden, wie es in der Bibliothek vom Pavillon des Erdbeerbaumhains der Fall war, blieben.

Sie waren das einzige Zeugnis des Geistes und der Erinnerung, ohne das all die Ritualgegenstände und die übrigen Relikte, mit denen die Alten das Fundament dessen angefüllt hatten, was nun das Reich der Mitte werden sollte, nichts anderes mehr sein würden als stumme, rätselhafte Zeugen einer fernen Vergangenheit, deren Geheimnisse sie niemals selbst enthüllen könnten.

Aber gleichzeitig erkannte Frühlingstau auch, dass dieser Schatz, den sie in Händen hielt, unvorstellbar zerbrechlich war.

Es war fast zwei Jahre her, seit die Königinmutter Zhao Ji ihren Sohn zum letzten Mal unter vier Augen gesehen hatte.

»Huayang hat mich so sehr bedrängt, dir eine Audienz zu gewähren…«, bemerkte er grausam, als seine Mutter sich demütig vor dem zukünftigen Kaiser verneigte, der sich nicht einmal aus seinem Sessel erhob.

»Das ist nett von dir«, stammelte sie, und ihre Stimme zitterte vor Schmerz.

Die Kälte, mit der ihr Sohn ihr begegnete, traf die arme Zhao Ji immer noch so hart wie früher. Beim letzten Mal, als er sie empfangen hatte, war es genauso gewesen, und es hatte Monate gedauert, bis sie sich davon erholt hatte. Sie erkannte ihren kleinen Zheng nicht wieder, der sich früher beim geringsten Kümmernis in ihre Röcke geflüchtet hatte, um sich von seiner Mutter trösten zu lassen, vor allem, wenn er wieder einmal von Goldener Fisch bei einem ihrer Wettkämpfe geschlagen worden war, die sie bei jeder sich bietenden Gelegenheit veranstalteten.

Doch als er älter wurde, war ihr Sohn ihr nach und nach entglitten. Der Jugendliche, der den größten Teil seiner Zeit in der Königlichen Bibliothek verbrachte, wo er Bücher über den Legalismus verschlang, kam nur noch selten zu ihr, um ihr etwas anzuvertrauen. Und als er die Nachfolge seines Vaters angetreten hatte, war alles noch schlimmer geworden, so als sei der Thron, den er so früh bestiegen hatte, mit einem Mal um eine Ebene angehoben worden, so dass er für seine Mutter unerreichbar wurde.

Sie hatte furchtbar darunter gelitten, aber ihr Stolz war zu groß, als dass sie sich davon etwas hätte anmerken lassen.

Und seit Lü Buweis Tod, von dem sie durch Gerüchte erfahren hatte, trennte sie ein wahrer Abgrund von ihrem Sohn.

Sie gab ihm die Schuld am Tod seines Vaters, auch wenn sie einsah, dass Li Si indirekt die größte Verantwortung dafür trug. Aber wenn der König dieses Drama hätte verhindern wollen, dachte sie, dann wäre es auch nicht so weit gekommen. Er hatte unbedacht und zynisch gehandelt, getrieben von dem Groll, den die Allgegenwärtigkeit seines Mentors in ihm weckte, auch wenn er natürlich nicht ahnen konnte, dass er seinen eigenen Vater auf dem Gewissen hatte, während er glaubte, lediglich einen übermächtigen Vormund aus dem Weg geschafft zu haben. Außerdem machte sie ihm seine gedankenlose Grausamkeit und seinen absoluten Mangel an Gewissensbissen zum Vorwurf, die aus seiner Reaktion sprachen, als sie ihm sieben Jahre zuvor angedeutet hatte, dass der Kaufmann gestorben war.

Niemals würde sie den trockenen, knappen Kommentar vergessen, mit dem er ihr geantwortet hatte, ohne auch nur einen Gedanken an die tiefe Traurigkeit zu verschwenden, die sich in den Zügen seiner Mutter spiegelte: »Nun ja, irgendwann muss jeder sterben!«

Dieser Satz hatte sie wie ein Dolchstoß mitten ins Herz getroffen. Wie konnte sie bloß einen so kalten und grausamen Menschen zur Welt gebracht haben? Ihre Verzweiflung über Lü Buweis Tod wurde nun auch noch dadurch vergrößert, dass sie nicht einmal einen Hauch dieser Trauer mit Zheng teilen konnte. Voller Reue blickte sie auf ihr Leben zurück, von dem sie nun wünschte, dass es anders verlaufen wäre.

Sie erträumte sich eine andere Vergangenheit, in der ihr Kind ganz normal von seiner Mutter und seinem richtigen Vater aufgezogen worden wäre. Womöglich hätte Zheng sich dann anders entwickelt, er wäre nicht so niedergedrückt von der gewaltigen Last seines Amtes und, wer weiß, vielleicht auch menschlicher; vor allem aber wäre aus ihm ein Kind geworden, das in Lü Buwei ein Vorbild gesehen hätte, in seiner Klugheit, seiner Tatkraft und seiner Toleranz.

Aber das Schicksal hatte anders entschieden, und jetzt war es zu spät, um alles wieder rückgängig zu machen.

Dieses fürchterliche Scheitern zeichnete ihr Gesicht. Sie war immer noch wunderschön, aber aus ihrem Blick sprach eine grenzenlose Traurigkeit. Rings um ihre Augen hatten sich winzige Fältchen gebildet, die verrieten, dass ihre Tränen häufiger flossen als bei anderen.

»Du wirst bald Kaiser sein. Ich bin stolz auf meinen Sohn!«, sagte sie zögerlich, um ein Gespräch in Gang zu bringen.

Zheng war damit beschäftigt, sein Siegel auf einem Stapel von Dokumenten anzubringen, die seinen ganzen Schreibtisch bedeckten und hinter denen er kaum zu sehen war.

»Das wird ein großer Tag für das Reich der Mitte sein«, antwortete er beiläufig, während er seine ganze Aufmerksamkeit auf das königliche Siegel richtete, das er gerade mit Tinte bestrich.

»Hältst du es für möglich, dass deine Mutter an der Zeremonie teilnehmen kann? Bis jetzt ist noch niemand an mich herangetreten oder hat mir auch nur das Geringste darüber gesagt«, stieß sie in einem Atemzug hervor.

Der König hob den Kopf und sah seine Mutter überrascht an. Er schien jetzt erst zu bemerken, dass sie vor ihm stand. Sie konnte nicht umhin, sich ihre Verbitterung anmerken zu lassen.

»Wenn ich störe, musst du es mir sagen! Ich könnte an diesem Tag auch genauso gut zu Hause bleiben. Ich lebe ohnehin wie eine Einsiedlerin, das wäre für mich also nichts Ungewöhnliches«, versetzte sie und bemühte sich, ihre Wut im Zaum zu halten.

Sie hatte Tränen in den Augen.

»Ich muss mit dem Geomanten und dem Astronomen darüber reden. Ich habe noch nicht entschieden, ob ich überhaupt Frauen einladen werde, an der Zeremonie teilzunehmen. Alles hängt von der Kraft der Yang-Energien ab. Wenn sie an diesem Tag zu schwach sind, wäre die Anwesenheit von Frauen nicht günstig…«, erwiderte er, verärgert über ihre Reaktion.

»Ist die Mutter des zukünftigen Kaisers der Mitte denn nicht mehr wert als das?«

»Wieso wolltest du mich eigentlich sehen? Nur um mich mit deinen unbedeutenden Vorwürfen zu belästigen?«

Da konnte die unglückliche Zhao Ji sich nicht länger beherrschen. Bittere Tränen liefen ihr übers Gesicht, als sie ihn anschrie: »Bin ich eigentlich noch deine Mutter? Ich glaube nicht. Du bist nicht mehr der gleiche Zheng!«

»Bist du dir bewusst, dass deine Worte fast schon wie eine Drohung klingen? Es tut mir Leid, dass ich Huayangs Drängen nachgegeben habe«, sagte er kalt und erhob sich, um ihr zu verstehen zu geben, dass ihre Unterhaltung damit beendet war.

Draußen in dem langen Gang, der zum Arbeitszimmer des Königs führte, wäre Zhao Ji fast gegen eine der Säulen geprallt, denn vor lauter Tränen konnte sie kaum noch etwas erkennen.

Während sie durch die unzähligen Höfe des weitläufigen, düsteren Xingong-Palastes stolperte, der sich im Süden der Stadt, am anderen Ufer des Wei, erstreckte und in dem der König vor den Blicken seines Volkes verborgen lebte, fühlte sie sich vollkommen allein auf der Welt und verspürte den Drang, ihre Wut und ihren Schmerz hinauszuschreien. Doch die Gegenwart der bis an die Zähne bewaffneten Wachen in ihren nachtblauen Uniformen, die sie mit den Schatten verschmelzen ließen, in denen sie wie Raubtiere in allen Winkeln des Palastes lauerten, hielt sie davon ab.

Sie erschauerte und ging schneller. Sie wollte diesen von Angst und Grabesstille erfüllten Ort so schnell wie möglich verlassen.

Vor dem Palast wartete ihre Sänfte.

Wieder zurück im ehemaligen Königlichen Palast in der Oberstadt, ließ sie sich weinend auf ihr Bett fallen. Sie hätte sich so gerne in die Arme von Huayang geschmiegt und ihr von ihrem Kummer erzählt. Die Witwe von König Anguo war der einzige Mensch, den sie noch besuchte, für alles andere fehlte ihr die Kraft. Aber die frühere Königin lebte schon seit mehreren Jahren am anderen Ende der Stadt, in einem kleinen Haus, das eigens für sie gebaut worden war und über einen unterirdischen Zugang verfügte, der es dem Kaiser ermöglichte, sie aufzusuchen, ohne dabei von jemandem gesehen zu werden. Sie wagte nicht, einen Diener herbeizurufen, um ihn anzuweisen, ihre Sänfte bereitmachen zu lassen. Außerdem fühlte sie sich zu schwach und niedergeschlagen nach der Begegnung mit dem König, und sie bereute zutiefst, überhaupt darum gebeten zu haben.

Vor Erschöpfung schlief sie ein.

Rasch war sie in einem Traum gefangen, an den sie sich noch ganz genau erinnern konnte, nachdem sie, schwer atmend und schweißüberströmt, wieder aufgewacht war.

Sie hatte geträumt, dass sie zusammen mit ihrem Sohn, dem Großen Kaiser der Mitte, an Bord eines Schiffes gegangen war, das auf der Suche nach den Penglai-Inseln dahinsegelte. Es war Nacht, und der Vollmond stand am Himmel. Die glitzernden Strahlen des Nachtgestirns brachen sich auf der Oberfläche der dunklen Fluten. Der Kaiser hatte darauf bestanden, selbst in den Ausguck hinaufzuklettern.

Plötzlich hatte er laut zu rufen begonnen: »Land! Land in Sicht!«

Alle an Bord liefen geschäftig hin und her und bereiteten die Landung an diesen unbekannten Gestaden vor. Sie waren nun schon so nah an die Insel herangekommen, dass man im Gegenlicht deutlich die Baumwipfel erkennen konnte, die sich spitz vor dem hell erleuchteten Himmel abzeichneten. Sie glaubte einen rennenden Schatten am Ufer zu sehen, und als sie genauer hinschaute, gab es keinen Zweifel mehr: Der Schatten war Lü Buwei.

Der Kaufmann schien seine Frau und seinen Sohn zu erwarten.

Eine ungeheure Freude erfüllte sie, in Begleitung ihres Kindes ihren Gatten wiederzufinden. Sie beschloss, dem Kaiser die Wahrheit zu gestehen, und alles daranzusetzen, ihn wieder mit seinem Vater zu versöhnen.

Ein starker Wind war aufgekommen und trieb das Schiff auf die Küste zu. Sie spürte einen gewaltigen Stoß und hörte einen entsetzlichen Schrei, als der Bug des Schiffes gegen einen Felsen prallte, der aus dem Wasser hervorragte.

Sie beugte sich über die Reling.

Der Große Kaiser der Mitte, ihr Sohn, war vom Ausguck gefallen! Sie sah, wie sein Körper bäuchlings im Wasser trieb, ehe er von einer riesigen Welle verschluckt wurde, die um ein Haar das ganze Schiff mit sich gerissen hätte.

Bestürzt sah sie ans Ufer, aber es war niemand mehr da, der Schatten war verschwunden.

In dem Augenblick, als sie sich gerade fragte, ob es sich jetzt, wo sie alles verloren hatte, für sie überhaupt noch lohnte, auf dieser Insel an Land zu gehen, wo man niemals starb, wachte sie schweißgebadet auf.

Sie lag alleine auf ihrem Bett. Einsam wie nie zuvor.

26

Die Zeremonien anlässlich der Verleihung des Himmlischen Mandats an Qin Shihuangdi, den Kaiser der Mitte, dauerten genau drei Mondmonate.

Der Erlass, mit dem das Kaiserreich der Mitte offiziell ausgerufen wurde, war in all seinen Provinzen und den eroberten ehemaligen Königreichen angeschlagen worden.

»Das Kaiserreich der Mitte tritt an die Stelle der früheren Königreiche«, so lautete die Formulierung, die landauf, landab in zinnoberroter Farbe auf mit Holzkohle geschwärzten Tafeln geschrieben stand.

Um zu betonen, dass damit eine neue Zeit und eine neue Lebensweise anbrachen, hatte man gleichzeitig auch die Erlasse veröffentlicht, mit denen die Währungen, die Gewichte und die Längenmaße vereinheitlicht wurden.

Jeder Gouverneur, jeder Distriktpräfekt und jeder Dorfverwalter hielt für die Kaufleute Umrechnungstafeln bereit. Man hatte dem Volk sechs Monate Zeit gegeben, um sich an die neuen Zahlungsmittel und die neue Art, Waren zu wiegen und Entfernungen zu bemessen, zu gewöhnen. Nach Ablauf dieser Frist würde eine Schar von Kontrolleuren ausschwärmen, um sicherzustellen, dass die neuen Regelungen auch im gesamten Reich der Mitte strengstens befolgt würden. Zur besseren Durchsetzung der Veränderungen sollten diejenigen, die sich weigerten, die neuen Regeln anzuwenden, mit dem Tod bestraft und ihr Leichnam öffentlich zur Schau gestellt werden, ganz gleich, ob es sich um Vertreter der Behörden handelte oder um einfache Untertanen, die über keine anderen Rechte verfügten als das, Steuern zu zahlen.

Danach wäre auch die Berechnung der Abgaben, die in Naturalien gezahlt wurden, im ganzen Reichsgebiet nur noch ein Kinderspiel, da überall das gleiche Maß galt.

Vertreter der früheren Königreiche und der unterworfenen Völker waren eingeladen worden, sich am Fuß des Hügels des Langen Lebens einzufinden, um dem Sohn des Himmels Gefolgschaft zu schwören.

Und so sahen die Einwohner von Xianyang schon seit Wochen Männer und Frauen mit buntem Schmuck und farbenprächtigen Kleidern in die Stadt strömen. Manche von ihnen hatten eine Haut, die so hell war wic Schnee, während die Gesichter von anderen so dunkel waren wie Ziegel. Man konnte Frauen bewundern, deren Nasenringe durch zarte Kettchen mit farbenfrohen Bändern in ihrem Haar verbunden waren, während andere so viele übereinander angelegte goldene Halsringe trugen, dass ihr Hals so lang gestreckt war wie der eines Hu-Krugs. Wieder andere hatten gewaltige Nadeln durch ihre runden Haarknoten gesteckt.

Groß gewachsene Männer begegneten anderen, die, obwohl erwachsen, nicht größer waren als junge Knaben.

Mit der gleichen Eleganz trugen sie goldbestickte Seide oder grobe, aus Ziegenhaar gewebte dunkle Wollstoffe, und alle gemeinsam huldigten sie dem Kaiser der Mitte.

Neben den Vertretern der verschiedenen Völker sah man in den Straßen der Stadt auch ebenso viele unterschiedliche Pferderassen: »Blut schwitzende« kleine Achal-Tekkiner, die so genannten Himmelspferde, schwere Lastpferde und edle Reittiere, die Krieger mit blitzenden Waffen trugen. Jedes dieser Pferde in bronzenem, manchmal sogar goldenem oder silbernem Geschirr sollte von der Pracht der Heimat seines Besitzers künden.

Außerdem hatten die Menschen, die zusammengekommen waren, um dem Sohn des Himmels ihre Aufwartung zu machen, eine Vielzahl verschiedener Tiere mitgebracht. Es gab braune und schwarze Bären, die mit schweren, an ihren Nasen befestigten Ketten gehalten wurden, Affen mit Halsbändern aus beschlagenem Leder, die sich auf die Schultern ihrer Herren kuschelten, Gibbons, die mit ihren Kapuzen wie alte Nonnen aussahen, und alle Arten von Hunden, von winzig kleinen Exemplaren, die in einem Muff Platz fanden, bis hin zu Furcht erregenden Tieren mit langem, rötlichgelbem Fell, die so groß waren wie ein junger Ochse und eine Herde von Schafen oder Kühen gegen einen angreifenden Tiger verteidigen konnten.

Vier steinerne Brücken überspannten inzwischen den Wei-Fluss und verbanden die alte Stadt, wo sich die Wohnhäuser der Oberstadt um den alten, darüber aufragenden Königlichen Palast drängten, mit der gewaltigen Anlage im Süden, deren schnurgerade, von gleichförmigen nüchternen Gebäuden gesäumte Straßen sich erstreckten, so weit das Auge reichte.

Die jüngste dieser Brücken, die sich in einem einzigen flachen Bogen elegant über den Fluss wölbte, war das Werk eines jungen Baumeisters, der so begabt war, dass der Architekt Vollkommenes Gleichmaß vor Zorn bleich geworden war, als er vergeblich versucht hatte, die Berechnungen nachzuvollziehen, die eine solche architektonische Meisterleistung möglich gemacht hatten.

Die so genannte Neue Steinbrücke war zum Symbol der Verbindung zwischen der Hauptstadt der Vergangenheit, der des Königreichs Qin, und der neuen Hauptstadt des Reichs der Mitte geworden.

Das Behördenviertel der neuen Stadt, welches auch »das Viertel der hundert Paläste« genannt wurde, erregte mit seinen breiten, ordentlichen Straßen, die mit sorgfältig beschnittenen Bäumen bepflanzt worden waren, und den gewaltigen, makellos aneinander gereihten Palästen die Bewunderung der unzähligen Besucher, die noch nie so viel Pracht und Luxus an einem Ort vereint gesehen hatten.

Um seine Absicht deutlich zu machen, sich in die direkte dynastische Nachfolge des alten Reichs der Zhou einzuschreiben, dessen Zeit unter der »Herrschaft des Feuers« gestanden hatte, und gleichzeitig aber auch den Bruch damit zu betonen, hatte Qin Shihuangdi beschlossen, seine eigene Regierungszeit unter die Herrschaft des Wassers zu stellen.

Das Wasser war das kalte, unerbittliche Element, das auch die härtesten Steine abschliff, und entsprach so am besten der Auffassung des Kaisers der Mitte von einer guten Regierungsführung. Nach der Theorie der Fünf Elemente folgte das Wasser auf das Feuer und löschte es, genauso wie in der Vorstellung des neuen Kaisers der Mitte die Dynastie der Qin unmittelbar auf die der Zhou folgte, wobei die Jahrhunderte, in denen die aus der Auflösung dieses ersten großen Reichs hervorgegangenen Königreiche sich nach und nach wieder unter dem Banner von Qin vereint hatten, einfach übersprungen wurden.

Das Wasser war dem Feuer in gewisser Weise überlegen, weil es ihm gegenüber immer das letzte Wort behielt! Das war das Symbol für den maßlosen Ehrgeiz von Qin Shihuangdi.

Lange Banner flatterten an den Torbauten der vier Brücken und an Stangen, die entlang der beiden Flussufer aufgepflanzt worden waren. Sie alle trugen das Schriftzeichen für »Wasser«, das mit einer Schablone unendlich oft vervielfacht worden war. Auf diese Weise konnte niemand übersehen, dass sich das neue Reich der Mitte unter das Zeichen des Wassers stellte.

Alle Straßen von Xianyang waren mit gelben und schwarzen Bannern geschmückt. Gelb war die Farbe des mythischen Kaisers, der den gleichen Namen getragen hatte, des Wohltäters der Menschheit, der ihr die Schrift und die Mathematik, die Musik und alle Geisteskünste, aber auch so viele andere nützliche Dinge, vom Rad bis hin zur Seidenraupenzucht, geschenkt hatte. Und Schwarz nicht nur, weil dies in den Entsprechungen der Fünf Elemente die Farbe des Wassers war, sondern auch, weil der Kaiser beschlossen hatte, an die Stelle der Güte als dem höchsten Prinzip einer vorbildlichen Herrschaft das Gesetz treten zu lassen.

Gleichzeitig erinnerte die Verbindung von Schwarz und Gelb

auch an das Fell des Tigers, des Königs der Tiere. Und so musste jeder, selbst jemand, der nicht die geringste Ahnung von Philosophie hatte, erkennen, dass sich das stolze Xianyang über und über in die Farben des Tigers gewandet hatte.

Aber die Bewunderung und das Staunen der fremden Besucher wurden noch größer, wenn sie die Neue Steinbrücke hinter sich gelassen hatten und den Paradeplatz entdeckten, wo vor dem Palast der Schrift, auf dessen eindrucksvoller Fassade die dreitausend gebräuchlichsten Schriftzeichen prangten, die monumentalen Bronzestatuen der Zwölf Krieger der Großen Armee in Zweierreihen aufgestellt worden waren, als wollten sie gleich in die Schlacht ziehen.

Zahlreiche Besucher fielen vor Schreck auf die Knie und neigten ihren Kopf bis zum Boden, um diese Furcht erregenden Riesen um Gnade anzuflehen. Sie ragten höher auf als ein kleines Haus, ihre Augäpfel hatten die Größe eines Helms, und ihre Waffen waren dreimal so groß wie die ihrer realen Vorbilder.

Auch das war ein Vorschlag des Ersten Ministers Li Si gewesen, der den König dazu überredet hatte, seine Armeen durch einen Erlass zu verpflichten, den gesamten Bronzetribut – Gefäße, Lanzen, Schwerter, Panzer und Helmzierden –, den sie ihren Gegnern abgenommen hatten, nach Xianyang zu bringen. Auf diese Weise raubte Qin nicht nur den geschlagenen Armeen all ihre Waffen und sonstigen Gerätschaften, sondern verhinderte gleichzeitig auch, dass seine eigenen Generäle in Versuchung gerieten, einen Aufstand anzuzetteln, wozu eine solche heimliche Überbewaffnung sie durchaus hätte verleiten können. Nach wenigen Monaten hatten sich Tausende von Ritualgefäßen, aber auch Hellebarden, Lanzen, Pfeilspitzen, Schilde, Helme, Dolche und Schwerter angesammelt, die auf einer eigens aufgeschütteten Terrasse einen wahren Hügel bildeten, dessen Anwachsen der Erste Minister regelmäßig in Augenschein nahm.

Nachdem alles eingesammelt worden war, hatte man die besten Bronzegießer aus Qin und den eroberten Reichen kommen lassen und ihnen aufgetragen, diese riesigen Statuen anzufertigen. Die Bronzegießer hatten ihre ganze Kunstfertigkeit aufgeboten, um die einzelnen Bestandteile dieser schrecklichen Figuren zu formen, sie zusammenzusetzen und schließlich zu polieren. Die unendlich schwierige Herstellung hatte nicht weniger als sechs Wochen in Anspruch genommen. Dutzende von Arbeitern waren ums Leben gekommen, weil sie in das Feuer gefallen waren, das in den gewaltigen, gleich an Ort und Stelle in den Boden getriebenen Gräben loderte, die als Schmelzöfen gedient hatten.

Jede dieser Statuen, von denen jeweils zwei Exemplare gegossen worden waren, stellte einen bestimmten Kriegertypus der Großen Kaiserlichen Armee dar: den Fußsoldaten, den Bogenschützen, den Armbrustschützen, den Lanzenreiter, den Wagenlenker und den berittenen Bogenschützen.

Die von Schmucksteinen eingefassten Augen dieser gigantischen Statuen waren so außerordentlich glänzend poliert, dass darin ein kampflustiges Leuchten zu glitzern schien. Und die Schneiden ihrer Waffen waren so dünn, dass man sich beinahe in den Finger schnitt, wenn man nur darüber strich. Die Schwerter schienen kurz davor, auf diejenigen herabzusausen, die eingeschüchtert und voller Angst näher kamen, um statt ihrer allzu gefährlichen Klingen den Körper dieser Riesen zu berühren, damit ein wenig von ihrer Macht, die Dämonen und böse Geister vertreiben sollte, auf sie überging.

Doch die gewaltigen Krieger waren immer noch nichts, verglichen mit dem monumentalen bronzenen Dreifuß, den der Kaiser gleich gegenüber der Brücke am Eingang der Mingtang hatte aufstellen lassen.

Im bauchigen Leib dieser Schale hätten mindestens zwanzig Männer Platz gefunden. Ihre geschwungenen, an den Enden mit Krallen bewehrten Füße waren mannshoch. Um ihr Inneres zu sehen, in das die Namen und Daten aller Schlachten eingraviert waren, die es Qin erlaubt hatten, zum Reich der Mitte zu werden, musste man auf eine Bambusleiter steigen, die nicht weniger als dreißig Sprossen maß.

Ein Erlass hatte diesem gewaltigen Dreifuß den Namen »Hochmächtiges Gefäß der Mitte« gegeben. Er sollte die Macht des Kaiserreichs versinnbildlichen und seine Fähigkeit, alle eroberten Königreiche in sich aufzunehmen. Jeder Botschafter der annektierten Provinzen und Königreiche war aufgefordert worden, sich in einer Prozession dorthin zu begeben, um ein Bambustäfelchen hineinzuwerfen, auf dem in der Sprache seiner Heimat der offizielle Treueschwur seines Landes oder seines Stammes geschrieben stand.

Diese Ehrenprozession hatte einen ganzen Tag in Anspruch genommen. Am nächsten Morgen hatte ein Astrologe die aufgehäuften Erklärungen angezündet. Nachdem der Inhalt des »Hochmächtigen Gefäßes der Mitte« verbrannt war und die schwarze Rauchsäule sich am Himmel aufgelöst hatte, war schließlich lauter Beifall erklungen, mit dem die besiegten Völker den unwiderruflichen Charakter dieser Treueeide feierten, die der Himmel empfangen hatte.

Die Fremden aus den eroberten oder so gut wie eroberten Königreichen und auch diejenigen, die aus solchen Regionen hergekommen waren, die sich als Freunde bezeichneten, in der stillen Hoffnung, so der Unterwerfung durch dieses mächtige Reich zu entgehen, waren in unzähligen Zelten untergebracht worden, die man ein Stück flussabwärts am Ufer des Weis aufgebaut hatte. Man brauchte eine gute Stunde, um von diesem bunt gescheckten Lager, über dem zusammen mit einer dichten Staubwolke die Gerüche aller Küchen der bekannten Welt hingen, zum Hügel des Langen Lebens zu gelangen, wo die täglichen Zeremonien abgehalten wurden.

Die Vertreter der besiegten und befreundeten Völker, aber auch die Minister, die Generäle, die Präfekten und die Gouverneure, die hohen Beamten, die Schreiber und Archivare, die Geomanten und Astronomen, die Verwalter und Steuereinnehmer, die Musiker und Tänzer, die Köche, die die rituellen Mahlzeiten zubereiteten, und all die anderen, die unmittelbar an den Feierlichkeiten teilnahmen und so die Pracht ermessen konnten, die zu Füßen der Terrasse des Geistes Lingtai entfaltet wurde, hatten vergeblich gehofft, der Sohn des Himmels würde sich ihnen, und wenn auch nur für einen kurzen Augenblick, zeigen, damit sie ihm huldigen könnten.

Und so waren diese Tage gleichzeitig auch der Beginn jener Großen Abwesenheit des Einzigen Kaisers, auf dessen Stele folgendes Gedicht eingraviert werden würde:

Ich habe nicht vor, anwesend zu sein oder unerwartet zu erscheinen in Fleisch und Gewand, zu regieren durch das sichtbare Gewicht meiner Person.

Nicht den Zensoren mit meiner Stimme zu antworten; den Rebellen mit unerbittlichem Blick; den schuldhaften Ministern mit einer Geste, die ihre Köpfe an meinen Fingernägeln baumeln ließe.

Ich herrsche durch die erstaunliche Macht der Abwesenheit. Meine zweihundertsiebzig Paläste, durch geheime Gänge miteinander verwoben, füllen sich nur mit dem Wechsel meiner Spuren.

Musiker spielen zu Ehren meines Schattens; Offiziere grüßen meinen leeren Thron; meine Frauen ziehen die Huldigungen der Nächte vor, in denen ich nicht zu kommen geruhe.

Wie die Geister, die man nicht zurückweisen kann, weil sie unsichtbar sind, vermögen weder Waffe noch Gift mich zu treffen.

Getreu seinen Grundsätzen war der Kaiser unsichtbar geblieben und hatte nicht ein einziges Mal geruht, seine Mingtang zu verlassen, wo er die drei Monate seiner Krönungsfeierlichkeiten alleine verbrachte, nur in Gesellschaft von Steter Wandel, dem jeden Tag ein anderer Diener zur Seite stand.

Diese verborgene Anwesenheit von Qin Shihuangdi gerade in jenem Moment, in dem diese Tausende von Männern und Frauen zusammengekommen waren, um ihm die Ehre zu erweisen, hatte die Furcht, die der Große Kaiser von nun an all seinen Untertanen einflößen würde, nur noch verstärkt. Denn seine Abwesenheit war in Wirklichkeit die Kehrseite seiner Allgegenwärtigkeit.

Diejenigen, die schließlich an seiner Existenz zu zweifeln begannen, weil sie ihn niemals zu Gesicht bekamen, brauchten nur das Entsetzen in den Zügen der anderen zu sehen, sobald sein Erhabener Name genannt wurde, und ihre Ungläubigkeit verflog: Den mächtigsten Kaiser der Welt gab es tatsächlich, er war nicht nur ein Geist. Und er war noch schrecklicher, als man es sich vorstellen konnte!

So lebte der Kaiser unsichtbar, verborgen im Inneren eines seiner unzähligen Paläste – denn man wusste nie im Voraus, welchen er aufsuchen würde – und sah alles.

Als sei das Reich der Mitte nur ein winziges Senfkorn auf seinem Zeigefinger …

Das Wasser kräuselte sich leicht unter ihren Rudern. In der Ferne lag die verlassene Hauptstadt.

Alle männlichen Jugendlichen der Stadt waren an diesem letzten Tag der Zeremonien zusammengerufen worden, um Kaiser Qin Shihuangdi, dem neuen Sohn des Himmels, ein letztes Mal die Ehre zu erweisen. Dazu hatten sie sich auf dem gewaltigen aufgeschütteten Gelände versammelt, in dessen Mitte sich die Lingtai-Terrasse erhob, gekrönt von der Mingtang, der Halle des Lichts, zu deren Füßen die Geomanten noch am selben Tag auf den vier Seiten die Reihen der den Vier Himmelsrichtungen entsprechenden Bäume pflanzen würden: Lebensbäume im Osten, Trompetenbäume im Süden, Kastanien im Westen und Akazien im Norden.

Huayang und Zhao Ji hatten die Ruhe, die in Xianyang herrschte, für eine Bootspartie auf dem künstlichen See genutzt, den der neue Kaiser von Qin im Park von Shanlingyuan hatte ausheben lassen.

Auf Zhengs Anweisung hin war in diesem Park Haar- und Federwild ausgesetzt worden. Hier konnte er in aller Ruhe jagen und hatte dabei die Gewissheit, dass er das Wild, das er begehrte, auch erlegen würde, denn eine ganze Armee von Treibern stand bereit, um die Wildschweine, Damhirsche, Rehe und Fasane auf die Stelle zuzutreiben, wo er sich befand. Und dennoch hatte der

Kaiser der Mitte dieses Gelände noch nicht ein einziges Mal betreten.

An diesem sanften Frühherbsttag breiteten die Ahornbäume des Parks vor dem Betrachter die ganze Palette warmer Farben aus, von goldbraunem Gelb über zartes Orange und Hahnenblutrot bis hin zu dunklem Braun.

Der künstliche See in der Mitte dieses wildreichen Gebiets war so angelegt worden, dass man bei windigem Wetter den Eindruck gewinnen konnte, sich auf dem entfesselten Meer zu befinden. Auf der gesamten nördlichen Seite der Wasserfläche vermittelten künstliche Felswände den Eindruck unzugänglicher Meeresküsten. Ein Stück weiter westlich begrenzten Wasserpflanzen den See, und entlang des östlichen Ufers dienten große polierte Steine den Spaziergängern als Steg. Am Südufer schließlich lag ein kleiner Strand, dessen feiner Sand immer wieder von sanften Wellen überspült wurde.

Auf diesem sonnenverwöhnten Strand lag auch das kleine Boot, in dem die beiden Frauen nun hinaus auf den See gerudert waren.

In dem Miniaturmeer waren Karpfen und Lachsforellen ausgesetzt worden, die dicht an die Oberfläche herankamen, sobald über ihnen ein wenig Futter ins Wasser geworfen wurde. In der Mitte des Sees erhoben sich drei große, koloquintenförmige Felsen. Sie stellten die Inseln der Unsterblichen dar, und Zheng hatte sie eigens an dieser Stelle anbringen lassen, um seine Muskeln zu kräftigen, indem er zu ihnen hinausruderte.

»Es ist schön, nach all dem Lärm hier endlich wieder einmal in Ruhe durchzuatmen. Bei diesem ganzen Getöse, das in der Stadt herrscht, kann ich seit drei Monaten nicht mehr richtig schlafen«, seufzte Zhao Ji.

»Im Grunde ist es ein Glück, dass Zheng Frauen verboten hat, an seinen Krönungsfeierlichkeiten teilzunehmen. Ich glaube, meine Ohren hätten das nicht lange ausgehalten!«, sagte Huayang, die sich bemühte, gute Miene zum bösen Spiel zu machen.

»Ja, wir sind natürlich angewiesen worden, nicht zu erscheinen, aber einige der Abgesandten der unterworfenen Völker haben trotzdem die Erlaubnis erhalten, in Begleitung ihrer Frauen und Töchter zu kommen!«, schimpfte die Mutter des Kaisers der Mitte.

»Du musst zugeben, dass es nicht viele waren. Außerdem wäre es unhöflich gewesen, ihnen nach einer so langen Reise den Zugang zum Hügel zu verwehren. Soweit ich weiß, waren die fremdstämmigen Völker, die eigens Vertreter entsandt haben, um dem Kaiser der Mitte zu huldigen, nicht über dieses Verbot informiert worden!«

»Wie auch immer … Ich sehe, dass du nachsichtiger mit ihm bist als ich. Ich bewundere deine Großmut!«

Huayang hatte ihre Hand nachlässig über die Wasseroberfläche streichen lassen. Kurz darauf tauchte wie ein schwarzer Kreis das Maul eines Riesenkarpfens auf, der die Finger der Königinwitwe für Futter gehalten hatte und nun an ihnen zu saugen begann.

»Sieh nur, wie gierig dieser Fisch ist! Er erinnert mich an den Machthunger meines Sohnes«, fügte Zhao Ji versonnen hinzu.

»Vielleicht hat er ja deshalb seine Herrschaft unter das Zeichen des Wassers gestellt!«, antwortete Huayang, die fest entschlossen war, ihre jüngere Freundin aufzuheitern.

»Lässt er deswegen diesen gewaltigen Kanal ausheben, der eines Tages den Jing-Fluss mit dem Wei verbinden soll? Als wollte er auch noch auf diese Weise das Werk Yus des Großen, des Kaisers aus vergangenen Zeiten, kopieren! Wie viele tausend Männer werden wohl noch auf dieser Baustelle sterben, wo sie mit bloßen Händen graben müssen?«, entgegnete diese missmutig.

»Ich stimme dir ja zu, dass der Bau des Großen Kanals einen unverhältnismäßig großen Aufwand verlangt, aber er wird auch die Bewässerung von Gebieten ermöglichen, die bisher noch nicht für Ackerbau und Viehzucht genutzt werden können.«

»Ich sehe, dass mein Sohn vor deinen Augen mehr Gnade findet als vor meinen …«, stellte Zhao Ji nachdenklich fest und ließ ihre Hand ebenfalls ins Wasser hängen.

Im gleichen Augenblick kamen drei, vier Karpfen heran und zappelten um ihre Fingerspitzen herum.

»Du musst ein wenig Geduld haben. Wenn dein Sohn sich erst

einmal in eine Frau verliebt hat und sie ihm einen Erben schenkt, dann wird er sich dir ganz sicher wieder annähern.«

»Die Tochter des Ersten Ministers, in die er immer noch so vernarrt zu sein scheint, macht aber nicht gerade den Eindruck, als wolle sie auf sein Werben eingehen!«

»Zheng hat genug andere Möglichkeiten... Auch wenn beim letzten Mal, als ich mit ihm darüber geredet habe, zu spüren war, dass er immer ungeduldiger wird und Li Sis Tochter um jeden Preis für sich gewinnen will.«

»Und warum will Frühlingstau von meinen Sohn nichts wissen?«, fragte seine Mutter, deren Neugier geweckt war.

»Weil sie ihr Herz bereits einem anderen geschenkt hat. Sie liebt Goldener Fisch«, verriet ihr die ehemalige Königin.

»Aber ist es denn nicht ein schlechtes Zeichen, dass man nie wieder etwas von diesem Jungen gehört hat? Ich habe mir sagen lassen, er sei tot! Natürlich hoffe ich immer noch von ganzem Herzen, dass ich mich irre...«, flüsterte Zhao Ji aufgewühlt.

Sie hatte immer eine zärtliche Zuneigung zu diesem Kind gehegt, dessen Mal unbeabsichtigt alle Pläne, die sie und Lü Buwei geschmiedet hatten, zunichte gemacht hatte.

»Ja, das Schicksal war ihm gegenüber ungerecht. Ich bin sicher, dass er dieses sternengesprenkelte schwarze Bi nicht angerührt hat! Er ist einem Komplott derjenigen zum Opfer gefallen, die ihn unbedingt vom Hof von Qin vertreiben wollten, wo er dank seiner Persönlichkeit und seiner Talente zweifellos Großes hätte erreichen können!«, bestätigte Huayang.

»Aber was können wir schon daran ändern? Wir sind so unbedeutend, dass es der Kaiser nicht einmal für nötig befunden hat, uns zu seinen Ehrengästen zu zählen! Bei unserer letzten Begegnung, die vor sechs Monaten auf dein Drängen hin zustande kam, haben wir nur aneinander vorbeigeredet. Es hat mir das Herz gebrochen. Um nichts in der Welt möchte ich diese Erfahrung wiederholen!«

Tiefe Traurigkeit spiegelte sich in Zhao Jis Zügen, aber gleichzeitig auch eine große Verbitterung.

»Habe ich dir erzählt, was ich in der Nacht nach dieser unseligen Unterredung geträumt habe?«

Huayang nickte. Es schmerzte sie zu sehen, wie Zhao Jis Gedächtnis allmählich nachließ – wahrscheinlich eine Folge des ganzen Leids, das sie ertragen musste.

Zhao Ji hatte ihr mindestens schon zehnmal in allen Einzelheiten von dem Albtraum erzählt, in dem ihr Sohn vom Ausguck des Schiffs gefallen war, als dieses gerade das Ufer der ersten Insel der Unsterblichen erreicht hatte, während sie den flüchtigen Schatten von Lü Buwei gesehen hatte, der am Strand auf sie wartete, ehe er ebenfalls spurlos verschwand.

Dieser Traum verhieß nichts Gutes für Zhao Jis Sohn, das wusste Huayang auch, aber sie war es leid, ihre Freundin bei jedem ihrer Treffen wieder aufs Neue beruhigen zu müssen.

»Das Alter hat mir viele meiner früheren Waffen geraubt, aber ich hoffe, in den Augen deines Sohnes doch noch über einige Vorzüge zu verfügen …«, sagte Huayang schließlich leise und durchbrach damit die lange Stille, die sich auf die beiden Frauen herabgesenkt hatte.

Ihr kleines Boot hatte die drei felsigen Erhebungen in der Mitte des künstlichen Sees inzwischen umrundet. Sie ruderten gleichmäßig und glitten sanft wieder auf den kleinen Strand zu, von dem sie aufgebrochen waren.

»Ich weiß. Dein Einfluss auf meinen Sohn ist mittlerweile größer als meiner. Er hofft, dass du ihm dabei helfen wirst, seinen Traum von der Unsterblichkeit zu erfüllen. Ich habe dieses Glück leider nicht«, gab Zhao Ji wehmütig zu, als sie wieder an Land gingen.

Huayang, die dieser Verzweiflung nichts entgegenzusetzen hatte, hauchte einen liebevollen Kuss auf die Stirn ihrer früheren Schutzbefohlenen. Als sich ihre Lippen Zhao Jis Gesicht näherten, bemerkte sie die winzigen Falten, die sich in deren weiße Haut gegraben hatten.

Bitter stellte sie fest, dass ihre Sehkraft im gleichen Maße nachließ, wie die Haut ihrer Freundin allmählich faltig wurde.

Auf dem Markt der kleinen Stadt, in der Goldener Fisch und sein Freund im großen Schlafraum einer schmutzigen Herberge die Nacht verbracht hatten, war ihr Jadegeld so begehrt, wie sie es nicht zu träumen gewagt hatten. Wenn sie gewollt hätten, dann hätten sie alle Waren kaufen können, die auf den Ständen feilgeboten wurden!

Es gab dort alles, was man sich nur wünschen konnte, in allen Farben und für jeden Geschmack etwas. Loderndes Feuer wäre beinahe über einen Weidenkorb gestolpert, in dem längliche Umrisse durcheinander wimmelten. Entsetzt bemerkte der Eunuch, dass es sich um lebende Schlangen handelte.

»Versucht diesen Schlangenwein! Er kostet fünf Bronze-Tael, das ist viel Geld, aber glaubt mir, ihr werdet es nicht bereuen!«, rief ein zahnloser, bärtiger Mann immer wieder und zwinkerte den Vorübergehenden dabei anzüglich zu.

Der Marktschreier, vor dem sich eine kleine Menschenmenge angesammelt hatte, hielt mit seiner rechten Hand ein Reptil am Schwanz gepackt, das sich hin und her wand und ihn dabei wütend in den Arm biss.

»Er muss ein Gegengift genommen haben«, sagte Goldener Fisch zu Loderndes Feuer.

»Schlangenwein würde in meinem Fall leider auch nicht viel nutzen!«, scherzte dieser.

Goldener Fisch hatte natürlich schon von Schlangenwein gehört. Dieses unerschwingliche Getränk, das aus einer Mischung aus Reisschnaps und dem Blut und der Galle einer lebendig ausgebluteten und in Stücke geschnittenen Giftschlange bestand, galt als das wirksamste Aphrodisiakum überhaupt. Vor allem reiche alte Männer gaben häufig ein wahres Vermögen aus, um einen Becher davon zu trinken, ehe sie die Nacht mit einer jungen Kurtisane verbrachten, vor der sie keine klägliche Figur abgeben wollten.

»Wir werden uns zwei Gläschen davon gönnen. Ich bin sicher, dass es uns nicht schaden wird«, sagte Goldener Fisch und reichte dem Schlangenzüchter ein Jadeplättchen.

»Diese Art von Bezahlung nehme ich nicht«, knurrte der Mann.

»Das ist das erste Mal, dass sich jemand weigert, mir ein Plättchen abzunehmen, das auf jedem Markt ein Silber-Tael wert ist!«, sagte Goldener Fisch enttäuscht.

»Wir müssen von hier verschwinden, sonst erregen wir nur unnötig Aufmerksamkeit. Da hinten kommt schon der Marktwächter…«, flüsterte der Eunuch seinem Freund ins Ohr.

Sie drängten sich durch die Menge, die sich vor den Schlangenkörben angesammelt hatte, und gingen hinüber ans andere Ende des Marktes, wo ein Händler einwilligte, ihnen zwei saftige Orangen zu verkaufen.

»Es gibt wirklich Menschen, die vor lauter Dummheit blind sind…«, seufzte Goldener Fisch.

»In ein, zwei Monaten sind unsere Reserven erschöpft. Aber das Jadegeld hat uns immerhin ermöglicht, sechs Monate lang unbehelligt umherzureisen…«

So lange waren sie nun schon unterwegs, seit sie das Grab des Markgrafen Zeng geplündert hatten. Danach waren sie ohne ein klares Ziel vor Augen immer weiter nach Süden gewandert, getrieben von der Anziehungskraft, die diese Region auf sie ausübte, deren üppige Vegetation von so vielen Reisenden gepriesen wurde, genau wie ihr mildes Klima, das so viel angenehmer war als das in den kontinentaleren Zonen, wo man ohne Übergang von eisigen Wintern in glühend heiße Sommer geriet.

»Beim nächsten Grab müssen wir anhalten«, beschloss Goldener Fisch.

Schon am nächsten Tag stießen sie, nachdem sie einige Li rasch vorangekommen waren, auf einen Grabhügel, der sich inmitten einer steinigen, von kleinen Wasserläufen durchzogenen Ebene erhob.

Vorsichtig sahen sie sich um. Sie wollten sich vergewissern, dass sie auch wirklich alleine waren und ihnen niemand aus dem Dorf gefolgt war. Weit und breit war keine Menschenseele zu sehen.

Etwas tiefer, in einem flachen Tal, auf das die Bäche zuliefen, konnte man die leuchtenden Blätter eines Maulbeerbaumhains erkennen.

»Es muss hier in der Gegend einen Seidenraupenzüchter geben«, sagte Goldener Fisch und deutete auf das steinerne Dach eines Hauses, das hinter dem durchscheinenden grünen Schleier der Bäume kaum zu sehen war.

»Diesmal will ich alleine hineingehen, um dir zu beweisen, dass ich dazu fähig bin!«, bat ihn Loderndes Feuer.

Nachdem der Eunuch den Hügel mehrmals umrundet hatte, war er auf den Eingang zum Grab gestoßen, der gleich an der Oberfläche lag.

Er wischte den Staub weg und legte das in Stein gemeißelte Flachrelief eines Phönix frei, das den Zugang zum Grab versperrte. Dann griff er nach einem Bronzemeißel und begann die Steine zu lockern.

Es war das erste Mal, dass er den Wunsch äußerte, ein Grab alleine zu plündern. Normalerweise war er eher ängstlich und fürchtete, dass sich die Geister der Toten später an denjenigen rächen würden, die sie in ihrem Schlaf gestört hatten.

»Nur zu. Dann hast du also nicht mehr so viel Angst vor Leichen. Das ist gut. Ich warte einfach hier, bis du mir einen großen Schatz herausbringst!«, scherzte Goldener Fisch, der sich unter einen Baum gelegt hatte und auf einem Grashalm herumkaute.

Durch die Öffnung, die er leicht hatte vergrößern können, nachdem er den ersten Stein herausgebrochen hatte, verschwand Loderndes Feuer in den Tiefen der Erde.

Goldener Fisch hatte es sich gemütlich gemacht und war bald darauf eingeschlafen. Doch es dauerte nicht lange, bis ihn ein metallisches Klirren wieder aufweckte. Der Lärm stammte vom Inhalt einer Kalebasse, die Loderndes Feuer vor seinen Füßen ausgeschüttet hatte. Er sah ein paar Messer, zwei kleine Dreifüße und einige alte Spatenmünzen.

»In dem Grab gab es vor allem wertlose tönerne Mingqi. Man hätte damit ein ganzes Dorf mitsamt einem Bauernhof zusammensetzen können: unzählige Figuren von Menschen und Tieren und dazu Modelle von kleinen Häusern mit zinnoberrot gestrichenen Dächern. Zwischen dem ganzen Plunder habe ich nur das hier gefunden!«, sagte der Eunuch ein wenig enttäuscht und deutete auf die bronzenen Gerätschaften zu seinen Füßen.

»Ach was! Das ist doch gar nicht so schlecht! Ich habe Durst... Lass uns diese herrlichen Orangen essen, die wir gestern gekauft haben«, schlug Goldener Fisch vor.

Die Früchte schmeckten köstlich. Sie spürten, wie der Saft ihre Kehle hinablief, während sie genüsslich die einzelnen Stücke verspeisten. Aber kurz nachdem Loderndes Feuer seine Orange gegessen hatte, wurde ihm merkwürdig schlecht. Sein Mund brannte, und ein stechender Schmerz wütete in seinem Magen. Er hielt es nicht für nötig, Goldener Fisch etwas davon zu sagen, aber seine verzerrte Miene ließ seinen Freund schließlich aufmerksam werden.

»Ist etwas nicht in Ordnung? Du siehst aus, als hättest du Schmerzen...«

Loderndes Feuer hielt sich den Bauch. »Das ist nicht so schlimm. Es tut ein bisschen weh, aber das ist sicher gleich wieder vorbei.«

»Dir läuft ja Speichel aus dem Mund!«

Noch ehe er aufstehen und Loderndes Feuer zu Hilfe kommen konnte, war dieser wie ein Sack zu Boden gefallen und krümmte sich vor Schmerzen. Ein grünlicher Speichelfaden rann aus seinem Mundwinkel, und seine Augen traten aus den Höhlen.

Goldener Fisch beugte sich über seinen Gefährten, der ohnmächtig zu werden drohte, und schrie: »Loderndes Feuer! Was ist mit dir? Sieh mich an!«

»In mir brennt es wie Feuer«, stieß dieser mühsam hervor.

Da durchzuckte Goldener Fisch ein schrecklicher Gedanke: die Mingqi!

Die Tonfiguren in dem Grab, das Loderndes Feuer gerade geplündert hatte, mussten mit einer giftigen Substanz bestrichen worden sein. Das wurde häufig getan, um Plünderer abzuschrecken. Nachdem er die vergifteten Mingqi angefasst hatte, hatte er seine Orange gegessen, ohne sich vorher die Hände zu waschen! Dabei erinnerte Goldener Fisch ihn sonst jedes Mal daran. Aber diesmal hatte er Loderndes Feuer alles alleine machen lassen und begann dies nun bitter zu bereuen.

Er musste unbedingt Hilfe holen.

»Mach dir keine Sorgen, ich werde dir helfen! Ich glaube, ich weiß, was dir fehlt. Ich werde zu dem Seidenraupenzüchter hinüberlaufen und alles Nötige holen«, rief er, nachdem er ihn mit dem Rücken gegen den Erdhügel gelehnt hatte.

Loderndes Feuer, der schweißüberströmt und nur halb bei Bewusstsein dasaß, konnte nicht mehr antworten. Er spürte bereits eine unerträgliche Umklammerung, die zuerst seinen Unterleib erfasste und dann allmählich zu den Lungen aufstieg, so dass er immer weniger Luft bekam.

Goldener Fisch geriet in Panik. Die giftigen Substanzen, mit denen man die Mingqi präparierte, dienten dazu, alle Muskeln der Grabschänder zu lähmen, so dass diese unter qualvollen Schmerzen erstickten.

In dieser abgelegenen Region gab es sicher weder einen Apotheker noch einen Arzt.

Seine einzige Hoffnung war, so schnell wie möglich Wasser zu finden, um den Mund des Eunuchen auszuwaschen, und ihm Milch zu trinken zu geben, die die Wirkung dieser Gifte angeblich milderte. Ansonsten würde sein Vertrauter, der für ihn wie ein Bruder geworden war, sterben.

Die Angst, ihn zu verlieren, verlieh ihm Flügel.

So schnell er konnte, lief er auf den Maulbeerbaumhain zu. Er konnte sich nicht vorstellen, seine Wanderung in den Süden alleine fortzusetzen und der Einsamkeit einer so langen und ungewissen Reise zu trotzen. Er gab das Schicksal von Loderndes Feuer in die Hände seiner geliebten Frühlingstau und flehte sie an, ihm dabei zu helfen, so rasch wie möglich Hilfe zu finden. Bei jedem einzelnen Schritt rief er laut ihren Namen.

Hinter den in gleichmäßigen Reihen angepflanzten Maulbeerbäumen war undeutlich eine kleine Trockenmauer zu erkennen.

Als er sie erreichte, bemerkte er, dass sie einen Hof umschloss, wo er sich plötzlich einem jungen Mädchen gegenübersah, das gerade den Napf einer schwarzen Katze mit Milch füllte. Das Tier rieb sich mit aufgerecktem Schwanz und rundem Rücken an ihren Knöcheln.

Goldener Fisch hatte gerade noch Zeit zu bemerken, dass das Mädchen sehr hübsch war.

»Kannst du mir ein wenig von deiner Milch geben? Dahinten liegt mein Freund. Er hat sich vergiftet und stirbt. Nur eine Schale Milch kann das Gift daran hindern, sich in seinem ganzen Körper auszubreiten.«

Noch ehe sie etwas erwidern konnte, hatte Goldener Fisch ihr den Milchkrug aus den Händen gerissen und war in die entgegengesetzte Richtung davongerannt. Als er am Fuß des Grabhügels ankam, hatte Loderndes Feuer bereits das Bewusstsein verloren.

»Loderndes Feuer, ich flehe dich an, lass mich nicht im Stich«, rief er und zwang den Unglücklichen, von der Milch zu trinken, die aus seinem Mund über seinen Oberkörper lief.

Es gelang ihm, dem Eunuchen ein wenig davon einzuflößen, ehe er ihn hochhob und wie einen Getreidesack über seine Schulter legte, um ihn in Richtung des Maulbeerbaumhofs zu schleppen.

Er war kaum ein paar Schritte weit gegangen, als er plötzlich das lächelnde Gesicht des jungen Mädchens vor sich sah.

Er hatte sich so sehr darauf konzentriert, Loderndes Feuer auf seinen Schultern zu balancieren, dass er sie nicht hatte kommen sehen. Sie hatte eine mit frischem Wasser gefüllte Kürbisflasche bei sich. Goldener Fisch legte den Eunuchen wieder auf den Boden. Das junge Mädchen hielt den Kiefer von Loderndes Feuer mit beiden Händen weit geöffnet, während Goldener Fisch ihm zwischen zwei Schluck Milch, die er ihm mit Gewalt einflößte, mit reichlich Wasser den Mund auswusch.

Nach einer Weile zeigte die Behandlung Wirkung, und die Augenlider von Loderndes Feuer begannen zu flattern.

»Er wird es schaffen! Ich weiß gar nicht, wie ich dir danken soll«, sagte Goldener Fisch leise zu dem jungen Mädchen, dessen entzückendes Lächeln ihn wunschlos glücklich machte.

»Mein Bauch schmerzt nicht mehr so sehr. Ich fühle, wie mein Geist zurückkehrt...«, sagte der Eunuch mit zögerlicher Stimme.

Sie schleiften ihn zum Bauernhof und lehnten ihn dort gegen den Stamm eines Maulbeerbaums.

»Milch ist das beste Gegengift, das hat man mir beigebracht, als ich jung war«, erklärte Goldener Fisch dem Mädchen.

»Aber du bist doch immer noch so jung!«, rief sie unwillkürlich.

So viel Ungezwungenheit und Freundlichkeit wirkten wie ein warmer Sonnenstrahl auf sein Herz.

Goldener Fisch spürte, dass die entzückende Schönheit und die natürliche Fröhlichkeit dieses hilfsbereiten jungen Mädchens ihn nicht gleichgültig ließen.

»Wie heißt du?«

»Salzblüte.«

Ihre Stimme bezauberte ihn. Sie war genauso anmutig wie das leuchtende Blatt des Maulbeerbaums, das vor ihr zu Boden schwebte.

27

Salzblüte und Goldener Fisch sahen einander lächelnd an, während Loderndes Feuer, der immer noch gegen den Stamm seines Maulbeerbaums gelehnt saß, vor Erschöpfung eingeschlafen war.

Das junge Mädchen verströmte den lieblichen Geruch von frisch gemähtem Gras. Ihre sehr kurz geschnittenen Haare betonten das perfekte Oval ihres Gesichts, in dem zwei sanfte und gleichzeitig verschmitzte schwarze Augen leuchteten.

Nach der Rohheit und dem abstoßenden Gestank seiner elenden Gefährten, mit denen er während der langen und harten Jahre der Zwangsarbeit an dieser endlosen Großen Mauer zusammengelebt hatte, erschien sie Goldener Fisch wie eine frische, zarte Brise, die unvermittelt in seinen Nacken blies.

»Mein Vater hat Maulbeer- und Mandarinenbäume«, sagte sie.

»Ist er Seidenraupenzüchter?«

»Nicht ganz. Er ist sowohl Bauer als auch Viehzüchter. Er pflanzt und beschneidet unsere Bäume, aber wir besitzen auch eine Schafherde, die er im Sommer zum Weiden in die Berge bringt. Deshalb ist er jetzt auch nicht hier. Der Mandarinenhain liegt ein Stück von hier entfernt. Es ist eine Sorte, die auch den Frost verträgt. Im Winter kann es hier nämlich sehr kalt werden. Und um die eigentliche Seidenraupenzucht kümmert sich Onkel Unersetzliche Verbindung.«

»Onkel Unersetzliche Verbindung?«, rief er ungläubig.

»Er ist eigentlich nicht mein richtiger Onkel, aber wir nennen ihn so, seit er hier bei uns lebt«, antwortete sie und deutete auf einen Mann, der gerade auf sie zukam.

Goldener Fisch drehte sich um, und mit grenzenloser Verblüffung sah er das nur ein wenig runder gewordene Gesicht des ehemaligen Leiters des Amtes für Gerüchte von Xianyang vor sich!

»Was machst du denn hier?«

»Welch ungeheure Überraschung, Goldener Fisch an diesem Ort zu sehen!«, rief der Eunuch.

Während Salzblüte mit offenem Mund zusah, fielen sie einander überschwänglich in die Arme. Freudentränen rannen über ihre Wangen.

Dann trugen sie Loderndes Feuer in ein Zimmer und legten ihn auf eine Matratze. Es dauerte den ganzen Abend, bis die beiden einander erzählt hatten, was in den vergangenen Jahren geschehen war.

»In neun Jahren Zwangsarbeit hast du nicht eine einzige Falte bekommen. Es scheint ja fast so, als hielte körperliche Arbeit jung!«, scherzte Unersetzliche Verbindung.

»Und hier sitzt ein ehemaliger Spion, der auf die Seidenraupenzucht umgesattelt hat! Ich würde zu gerne die Gesichter der anderen aus dem Amt für Gerüchte sehen, wenn sie das wüssten!«, erwiderte Goldener Fisch und lachte noch lauter.

»Onkel Unersetzliche Verbindung hat eine Möglichkeit gefunden zu verhindern, dass die Blätter der Maulbeerbäume von Raupen aufgefressen werden!«, warf Salzblüte ein.

Der Eunuch erzählte Goldener Fisch, wie er herausgefunden hatte, dass eine bestimmte Art räuberischer gelber Ameisen sich von den Raupen ernährte, die die Blätter des Maulbeerbaums wegfraßen, woraufhin die eigentlichen Seidenraupen verhungerten, ehe sie ihren Kokon spinnen konnten. Außerdem fielen diese gefräßigen Raupen auch über die Mandarinenbäume her, so dass diese nicht mehr blühen und auch keine Früchte tragen konnten. Es war ihm gelungen, diese gefährlichen Ameisen zu züchten, indem er ein Paar in einen Schweinemagen gesteckt hatte, dessen Innenseite er zuvor mit Honig bestrichen hatte. Zweimal im Jahr ging er in die nächstgelegene Stadt, wo er einige seiner räuberischen Ameisen für teures Geld an Obstbauern und Seidenraupenzüchter verkaufte, die von weit her aus dem Süden kamen, wo die Ameisen von Unersetzliche Verbindung einen ausgezeichneten Ruf genossen.

»Wir haben es Onkel Unersetzliche Verbindung zu verdanken, dass mein Vater die Seidenraupenzucht retten konnte!«, fügte Salzblüte triumphierend hinzu.

»Ich glaube, deinem Freund geht es schon wieder besser«, sagte Unersetzliche Verbindung, nachdem er Loderndes Feuer, der auf seiner Matratze am Boden lag und den Schlaf des Gerechten zu schlafen schien, eine Hand auf die Stirn gelegt hatte.

»Er ist noch einmal mit einem blauen Auge davongekommen! Ich hätte ihm sagen sollen, dass er sich vor diesen vergifteten Mingqi in Acht nehmen muss …«

»Was wollt ihr denn jetzt tun?«

»Wir sind auf dem Weg in den Süden.«

»Warum bleibt ihr nicht einfach eine Weile hier, um euch zu erholen?«

»O ja! Ich bin sicher, mein Vater würde darauf bestehen, dass ihr noch ein wenig bei uns auf dem Hof bleibt!«, rief Salzblüte.

Goldener Fisch sah erfreut, dass sie in die Hände klatschte wie ein kleines Mädchen, dem man eine schöne Überraschung bereitet hatte.

»Wir wollen euch aber nicht zur Last fallen …«

»Das tut ihr sicher nicht. Hier ist das Leben einfach und sehr angenehm. Der Gemüsegarten und der Hühnerhof liefern uns das köstlichste Essen«, widersprach der frühere Leiter des Amtes für Gerüchte.

»Onkel Unersetzliche Verbindung hat Recht. Hier stört niemand!«, fügte das junge Mädchen mit flehender Stimme hinzu.

»Wenn es dir eine solche Freude macht, bin ich gerne einverstanden, noch ein paar Tage hier zu bleiben. Dann kann Loderndes Feuer auch in Ruhe wieder ganz gesund werden«, entgegnete Goldener Fisch.

Er hatte sich zwar an den Eunuchen gewandt, doch gleichzeitig hatte er es sich nicht verkneifen können, einen neugierigen Blick auf das junge Mädchen zu werfen, das ihn bereits voll und ganz in seinen Bann gezogen hatte.

Die Dämmerung tauchte den Maulbeerbaumhain und den kleinen steinernen Hof, vor dem sie saßen, in ein goldenes Licht. Im Hühnerhof hatten die Hähne zu krähen begonnen. Zu beiden Seiten der Eingangstür des Bauernhofs hingen kleine Käfige an der Wand, in denen Wachteln rumorten.

»Züchtet ihr auch Kampfwachteln?«, fragte Goldener Fisch.

»Mein Vater. Aber das ist nicht gerade seine Stärke! Manchmal lässt er sie an Turnieren teilnehmen …«

Unersetzliche Verbindung und Goldener Fisch sahen sich an, ehe sie in lautes Gelächter ausbrachen. Sie war einfach entzückend.

Salzblüte war ins Haus gegangen, um das Abendessen vorzubereiten, und die beiden Männer blieben alleine zurück.

»Salzblüte ist ein außergewöhnliches Mädchen. Sie ist die Freude meines Lebens geworden … Sie hatte einen großen Anteil an meiner Entscheidung, hier zu bleiben, nachdem ich zufällig an diesen Ort gelangt war, ohne genau zu wissen, wohin ich eigentlich wollte«, erklärte der Eunuch Goldener Fisch.

»Ich liebe ihre Natürlichkeit. Sie ist so bezaubernd!«

Immer noch lächelnd, hatte das junge Mädchen ihnen auf einem Tablett zwei dampfende Schalen herausgebracht. Sie waren mit gedämpfter Hirse und mit Minze gewürzten Fleischklößen gefüllt. Sie hatte auch für jeden von ihnen eine Schale mit grünem Tee zubereitet, den sie im Voraus lange hatte ziehen lassen.

Als sie Goldener Fisch seine Schale reichte, berührten ihre Finger die Hand des jungen Mannes. Sie kniete vor ihm, dicht vor seinem Gesicht. Er bewunderte die zarte Haut an ihrer Stirn, die genauso glatt war wie ein perfekt poliertes Stück Jade.

In dieser Haltung, in der er ihren frischen Atem riechen konnte, erschien sie ihm noch begehrenswerter.

»Du bist eine gute Köchin, Salzblüte. Diese Fleischklöße schmecken wunderbar«, murmelte er zwischen zwei Schlucken Tee.

»Das ist eine meiner Spezialitäten. Ich habe sie eigens für dich zubereitet. Und meine Mutter hat mir beigebracht, die Hirsekörner auf diese Weise zu dämpfen. Auf dem Herdfeuer steht immer eine volle Schale zum Essen bereit.«

Im Blick des jungen Mädchens lag eine große Sanftheit, die ihn ein wenig an Frühlingstau erinnerte.

Unersetzliche Verbindung hatte sich diskret ins Innere des kleinen Hauses zurückgezogen. Sie waren alleine im Hof.

»Ist deine Mutter nicht da?«

»Sie ist vor vier Mondjahren am Wechselfieber gestorben«, sagte sie mit gesenktem Blick.

»Das tut mir Leid. Ich wollte nicht…«

»Ist schon gut, du brauchst dich nicht zu entschuldigen. Das ist nicht schlimm.«

Sie saßen nebeneinander auf einer steinernen Bank. Ihr Rücken lehnte gegen eine Mauer, die von der Sonne, die den ganzen Tag über darauf geschienen hatte, noch warm war. Goldener Fisch spürte, wie nach all der Angst und der Aufregung nun eine leise Benommenheit von ihm Besitz ergriff. Er war erschöpft.

Es war eigenartig. Er spürte sie dicht neben sich, so vertraut, als würden sie sich schon seit Jahrhunderten kennen und hätten einander bereits alles über sich erzählt. Er wusste schon jetzt, wer sie war. Und er war davon überzeugt, dass er nicht enttäuscht sein würde, wenn er entdeckte, was sich auf dem Grund ihres Herzens verbarg.

Er wagte nicht, sich zu rühren. Diese unverhoffte Begegnung verwirrte ihn, und so zog er es vor zu schweigen. Vor allem wollte er diesen Zauber nicht brechen, den er in sich wirken spürte. Es musste über neun Jahre her sein, seit er zum letzten Mal so viel Sanftmut und Güte erlebt hatte.

Er war inzwischen so kraftlos, dass er über dieses großzügige und unschuldige junge Mädchen, das ihm gerade eine Schale Hirse serviert hatte, sogar das Bild von Frühlingstau vergaß.

Die warmen Steine der Mauer wirkten wie ein bequemer Kokon an seinem Rücken. Er versank allmählich in einem behaglichen Dösen, als er plötzlich etwas Unvorstellbares spürte.

Sie hatte seine Hand genommen und sie auf ihre Brust gelegt.

Er konnte mit seiner Hand die Form ihres Busens ertasten. Seine Wärme drang durch den Stoff ihres bastseidenen Kleids.

Ruckartig fuhr er auf und öffnete die Augen.

Sie kniete auf dem Boden, und ihr Gesicht war dicht vor seinem. Auf dem Grund ihrer schwarzen Iris bemerkte er kleine goldene Punkte, winzige Sterne, die ihren Augen einen besonderen Glanz verliehen. Die Haut an ihrer Brust erschien ihm genauso fein wie der Sand des Sturms, der es ihm ermöglicht hatte, aus dem Arbeitslager am Großen Jadetor zu fliehen, und so weiß wie jene Milch, die sie ihm gegeben hatte, um Loderndes Feuer zu heilen.

Als er seinen Mund auf ihre Lippen presste, öffnete sie diese ohne die geringste Scheu und mit der Unschuld – dessen war er sich sicher – eines ersten Kusses.

Ihre flinke, seidige Zunge schmeckte wie eine Mandarine.

Es war Morgen im Südlichen Palast.

Genau über dem Kopf des Kaisers befand sich eine große, kreisförmige Öffnung in der Decke, durch die eine Lichtsäule in den düsteren Saal fiel.

»Ich höre von allen Seiten Loblieder auf die Schönheit dieser sogdischen Prinzessin, die mit ihrem Vater nach Xianyang gekommen ist, um dem Reich der Mitte die Huldigung ihres Volkes darzubringen. Wärst du in der Lage, sie zu mir zu bringen, ehe die Delegationen die Stadt verlassen und nach Hause zurückkehren?«, fragte der Kaiser Li Si mit drohendem Unterton.

»Ja, die Schönheit von Prinzessin Baya, der Tochter des sogdischen Fürsten Agur, hat alle betört, die sie gesehen haben, als sie mit reichem Goldschmuck an der Seite ihres Vaters zu Füßen des Hügels der Terrasse des Geistes erschien, während Ihr das Mahl aus Hundefleisch und Sesam verspeist habt, Majestät«, stimmte der Erste Minister zu und neigte den Kopf.

Li Si war hin- und hergerissen zwischen der Freude darüber, dass sein Fürst sich endlich für eine Frau zu interessieren schien, und der Besorgnis, mit der er feststellen musste, dass es sich dabei nicht mehr um seine Tochter Frühlingstau handelte.

Und die Tochter des sogdischen Fürsten war all die Loblieder wert, die auf sie gesungen wurden. In ganz Xianyang war von nichts anderem mehr die Rede, seit man sie dort zum ersten Mal gesehen hatte.

Sie war viel größer als die Frauen aus Qin, aus Yan oder aus Chu, und im Gegensatz zu diesen, deren Schönheit doch als unübertroffen galt, war ihre Haut von einem makellosen Elfenbeinweiß. Ihr üppiges schwarzes Haar glänzte wie ein angefeuchteter Tuschestein und fiel in einem majestätischen Schwall dichter Locken über ihren Rücken herab. Ein goldenes Diadem, in das wertvolle Granate eingesetzt waren, umschloss ihre hohe Stirn, und unter ihren perfekt gebogenen Brauen leuchteten zwei mandelförmige Augen von so intensivem Türkis, dass es fast schien, als phosphoreszierten sie.

Wie alle sogdischen Frauen trug sie zu jeder Tageszeit eine kurze rote, mit Blumen aus Gold- und Silberfäden bestickte Weste über einem Musselinhemd, dessen Ausschnitt ihr herrliches weißes Dekolleté betonte, indem er ihre elegant geschwungenen Schultern freigab. Ihre Pluderhose aus durchscheinendem schwarzem Musselin verhüllte kaum ihre schlanken Beine. Sie trug Pantoffel, deren Spitzen sich nach oben bogen. In der Mitte ihres flachen, muskulösen Bauchs, den ihre tief angesetzte Hose frei ließ, wirkte ein kleiner, perfekt gezeichneter Nabel wie ein natürliches Schmuckstück, das die faszinierten Blicke der Männer magisch anzog.

Neben der edlen Haltung der Frauen ihres Volkes verfügte Baya auch über die Anmut einer Tänzerin, die sich seit ihrer frühesten Kindheit in geschmeidigen Bewegungen übte.

Sie war zu einer Attraktion geworden, die jeder einmal bewundern wollte.

In der Mitte des aufgeschütteten Geländes, das den Abgesandten jener Völker vorbehalten war, die aus Königreichen außerhalb des Kaiserreichs stammten – aus Wusun, dem Land der Pferdezüchter, oder auch aus Ferghana, Baktrien, Sogdien und unzähligen anderen Regionen –, gab sie jeden Tag eine ausgedehnte Darbietung ihrer Kunst, die vom Rhythmus der Musiker aus der königlichen Eskorte begleitet wurde.

Das leise Zittern der Tamburine und der schneidend klagende Ton der Bambus-Panflöten ließen das Stimmengewirr in der bunt gemischten Menschenmenge sofort verstummen. Fasziniert von den präzisen Gesten der Tänzerin, verfolgten die Zuschauer gebannt die Vorstellung dieses hübschen Nabels, der im Rhythmus der Musik kreiste.

Baya tanzte.

Es hatte nicht lange gedauert, bis der Erfolg dieser Auftritte auch dem Kaiser zu Ohren gekommen war.

Dieser hatte nicht vergessen, was Li Si ihm über die Notwendigkeit gesagt hatte, sich eine Nachkommenschaft zu sichern. Außerdem war die Sogderin den Gerüchten zufolge sehr viel schöner und begehrenswerter als die geschmeidigsten Konkubinen im Kaiserlichen Harem. Genau wie alle anderen brannte er darauf, sie leibhaftig vor sich zu sehen, um festzustellen, ob die Wirklichkeit den Legenden entsprach, die sich bereits um sie rankten.

»Ich wünsche, dass du sie unverzüglich hierher bringst«, fügte Qin Shihuangdi hinzu.

Und so führte Li Si die sogdische Prinzessin noch am gleichen Nachmittag vor den Herrscher.

Baya war aufgefordert worden, zu dieser Gelegenheit ihre Schultern mit einem langen schwarzen, von roten und goldenen Stickereien gesäumten Seidenumhang zu bedecken. Sie wirkte noch schöner als sonst, als sie vor dem Kaiser niederkniete und den Blick senkte, wie man es ihr befohlen hatte.

Ihr Vater, der über diese kaiserliche Einladung zuerst verwundert und dann durchaus geschmeichelt gewesen war, hatte seiner Tochter einen nachdrücklichen Vortrag über Benehmen und Lebensart gehalten, ehe er eingewilligt hatte, sie in den Südlichen Palast gehen zu lassen.

Sie durfte dem Herrscher nicht ins Gesicht sehen. Darüber hinaus sollte sie, wie jede Sogderin von edler Abstammung, zurückhaltend, aber stolz auftreten; und vor allem würde sie auf gar keinen Fall auf wie auch immer geartete Annäherungsversuche des Kaisers eingehen.

Es sollte nichts anderes werden als ein reiner Höflichkeitsbesuch. Seine Tochter war bereits dem Fürsten von Ferghana versprochen. Fürst Agur war ein vorsichtiger und bedachtsamer Mann, und er wollte auf keinen Fall, dass eine intensivere Begegnung seiner Tochter mit Qin Shihuangdi, dem er nichts hätte verweigern können, auch nur im Geringsten die harmonischen Beziehungen zwischen den kleinen Königreichen Sogdien und Ferghana störte, die kurz davor standen, ein Bündnis einzugehen, das sie gegenseitig stärken sollte.

Sogdien gehörte zu den Ländern, die sich als »Freunde« des Reichs der Mitte bezeichneten, um so einer simplen Annektierung durch diese »schlitzäugigen« Krieger zu entgehen, mit denen die Sogder nicht das Geringste gemeinsam hatten.

Der Kaiser der Mitte, den die Schönheit seiner fremden Besucherin tiefer berührte, als er es erwartet hatte, saß reglos auf seinem Thron aus weißem Marmor, von wo aus er ihre langen, aufwärts gebogenen schwarzen Wimpern betrachtete, die so weich und dicht wirkten wie die Schmuckfedern im Nacken des Seidenreihers. Er hatte noch nie so lockiges, glänzendes und volles Haar gesehen. Das der Frauen aus Qin erschien ihm daneben geradezu starr und glanzlos.

»Es ist dir nicht verboten, mir ins Gesicht zu sehen«, sagte er mit sanfter Stimme zu dem jungen Mädchen.

Als sie den Kopf wieder hob, sah er den unvergleichlichen türkisfarbenen Glanz ihrer Augen. Dieses Blau war noch viel schöner, als es die Gerüchte verheißen hatten.

»Erhabener Herrscher, mein Vater hat mir verboten, Euch anzusehen«, flüsterte sie zitternd.

Der Kaiser der Mitte stand auf und ging auf sie zu.

»Aber im Südlichen Palast gebe ich die Befehle!«, erwiderte er heiter.

Ohne zu zögern hatte er ihre beiden Hände ergriffen, um ihr beim Aufstehen zu helfen. Ihre Handflächen waren seidig und warm.

Als sie stand, bemerkte er, dass sie genauso groß war wie er selbst.

»Wärst du bereit, eines Abends für mich zu tanzen?«

Von ihren Augen und ihrer strahlend weißen Haut fasziniert, hatte er ganz vergessen, ihre Hände loszulassen. Bayas Locken waren genauso dicht und glänzend wie das Fell der schwarzen Lämmer der Steppe, das manche Händler für teures Geld auf dem Markt verkauften, ehe es zu Kragen oder Kappenrändern verarbeitet wurde.

Er wünschte sich nichts sehnlicher, als über diese Locken zu streichen, doch er wagte es nicht, noch weiter gegen seine eigene Etikette zu verstoßen, der zufolge der Herrscher außerhalb seines Schlafzimmers von niemandem berührt werden durfte.

»Das müsst Ihr meinen Vater fragen. Was mich betrifft, so bin ich gerne dazu bereit. Ich bin schließlich Tänzerin!«, fügte sie hinzu, nachdem sie den Blick erneut gesenkt hatte.

Der Kaiser der Mitte wies Li Si an, diese Angelegenheit zu klären, und noch am gleichen Abend tanzte Baya, von einem kleinen Orchester begleitet, das hinter einem spitzenartig durchbrochenen

Wandschirm aus vergoldetem Holz Platz genommen hatte, vor dem Kaiser.

Fürst Agur besaß einen ausgeprägten Sinn fürs Geschäft und eine Menge Geistesgegenwart. Und so hatte er nur unter der Bedingung eingewilligt, seine Tochter vor dem Kaiser tanzen zu lassen, dass er neben den Ballen von Seide, die er in Xianyang erstanden hatte, auch einen Metallgießer nach Kangju – mit diesem Namen bezeichnete man Sogdien, das Land zwischen den Flüssen Amu-Darja und Syr-Darja – mit zurücknehmen durfte, der seinen Schmieden, die sehr viel weniger geschickt waren als die aus Qin, beibringen sollte, wie man Eisenerz schmolz …

Auf seinen zahlreichen Reisen entlang der großen Handelsstraße zwischen Ost und West hatte Agur die Sprache von Qin gelernt. Es hatte nicht lange gedauert, bis er dem Ersten Minister verständlich gemacht hatte, was er verlangte, woraufhin dieser dem Handel ohne zu zögern zustimmte.

Für Fürst Agur war dies kein schlechter Tausch. Sogdien würde bald über eiserne Waffen verfügen, die sehr viel härter waren als die Bronzewaffen seiner Nachbarn. Dadurch würde sich sein Land erfolgreich gegen die Eroberungsversuche der Barbaren zur Wehr setzen können und über Jahrhunderte hinweg zur Drehscheibe des Handels zwischen dem Reich der Mitte und den Regionen des Okzidents werden.

Als sie vor dem Kaiser erschien, trug die sogdische Prinzessin auf ausdrücklichen Wunsch ihres Vaters, der sich so endgültig die Gunst des Herrschers sichern wollte, lediglich eine schlichte, tief angesetzte und nahezu durchsichtige Tüllhose und eine knappe Weste, die von einer mit Goldgravuren geschmückten Silbernadel zusammengehalten wurde und kaum ihre Brüste verbarg.

Ihre Darbietung war so überzeugend, dass der Kaiser der Mitte seinen Ersten Minister gleich am nächsten Morgen erneut zu ihrem Vater schickte, um ihn zu fragen, welchen Preis er bezahlen müsse, damit das junge Mädchen noch einige Wochen länger in Xianyang bleiben dürfe.

Ohne zu zögern entschied Fürst Agur ungerührt: »Zehn mit

Seide beladene Kamele, einen Karren mit makellosen bronzenen Ritualgefäßen und einen zusätzlichen Eisenschmied von der gleichen Qualität wie der, den Ihr mir bereits gewährt habt.«

Und so blieb die sogdische Prinzessin Baya länger beim Großen Kaiser der Mitte als vorgesehen.

Darauf hatte Zhao Gao schon sehr lange gewartet. Am Vortag hatte Li Si ihn wissen lassen, dass der Kaiser der Mitte ihn in seinem Beisein empfangen werde.

»Glaubst du, ich kann ihn noch duzen, so wie früher?«, erkundigte sich der neu ernannte Leiter des Generalstabs der Truppen des Kaiserreichs ein wenig besorgt, während sie die endlos lange Galerie des Südlichen Palastes durchquerten, an deren Ende der Großkämmerer Steter Wandel sie erwartete, um sie zum Herrscher zu führen.

»Ich denke, du solltest dich lieber in der dritten Person an ihn wenden! Du wirst gleich nicht mehr vor deinem Spielkameraden stehen, sondern vor dem Großen Kaiser Qin Shihuangdi!«, riet ihm der Erste Minister, während er Zhao Gao vorwärts drängte aus Furcht, sich zu verspäten.

Dieser bemerkte, dass Li Si immer stärker zitterte, je näher sie der schweren, zweiflügeligen Bronzetür am Ende der Galerie kamen.

Als der Großkämmerer, der so erschöpft aussah, dass er fast schon wie ein Greis wirkte, sie vor den Kaiser führte, zeigte dieser beim Anblick seines früheren Gefährten nicht die geringste Freude.

»Wie Eure Hocherhabene Majestät wünschten, ist der neue Leiter des Generalstabs gekommen, um Euch seine untertänigste Aufwartung zu machen«, verkündete Li Si mit einer Verbeugung.

Zhao Gao hatte seine Paradeuniform angelegt. Ein Brustpanzer aus Jadeplättchen, in den eine vollständige Liste seiner errungenen Siege eingraviert war, spannte sich über seine Brust.

»Niemand feiert einen begeisterter als man selbst!«, bemerkte der Kaiser sarkastisch, nachdem er einen flüchtigen Blick auf die Schriftzeichen geworfen hatte.

Er schien Zhao Gaos geschmückte Uniform mit einer gewissen Belustigung zu betrachten, doch gleichzeitig sprach aus seinem Blick auch leise Verachtung.

»Ich könnte ihn ablegen, wenn Ihr das wünscht«, stammelte Zhao Gao, den dieser Kommentar vollkommen aus der Fassung gebracht hatte, mit brüchiger Stimme.

»Lass nur, das war ein Scherz!«, entgegnete Qin Shihuangdi zwanglos. »Erzähle mir von deiner Zeit als Kommandant der Provinz des Großen Jadetors. Ich muss unbedingt selbst einmal dorthin reisen, um mir ein Bild von den Fortschritten des Baus zu machen!«, fügte er hinzu.

»Es handelte sich eher um eine Überwachungsmission als um weitere Eroberungen. Man kann sich ja auch kaum vorstellen, was das Reich der Mitte der Wüste noch entreißen könnte. Im Gegenzug hatte ich ungeheuer viel Mühe, all die Männer zu bewachen, die an Eurer Großen Mauer arbeiten. Es gibt unter ihnen unzählige Rebellen, die die geringste Gelegenheit nutzen würden, um einen Aufstand anzuzetteln.«

»Ein General, der nur damit beschäftigt ist, Sklaven zu überwachen?«, wandte sich der Kaiser fragend an Li Si.

»Majestät, es war doch Euer eigener Wunsch …«

»Ich wünsche prinzipiell nicht!«

Zornig war Qin Shihuangdi seinem Ersten Minister ins Wort gefallen, und dieser starrte wie ein geprügelter Hund auf seine Füße und wagte nicht, den Kopf zu heben.

»Über wie viele Soldaten verfügen die Truppen des Kaiserreichs?«, brüllte der Kaiser.

»Nach den Zahlen, die der Kriegsminister mir heute Morgen hat zukommen lassen, sind es ungefähr eine Million. Einschließlich der Bataillone, die für die logistische Unterstützung zuständig sind«, antwortete Zhao Gao eilfertig. Er war überglücklich, die verlangte Information so rasch bereitzuhaben.

»Und wie viele Arbeiter gibt es auf den kaiserlichen Baustellen?« Diesmal war die Frage an Li Si gerichtet.

Dieser atmete tief durch und begann zu zählen. »An der Großen Mauer arbeiten sechshunderttausend, Majestät; am Epang-Palast zweihunderttausend; an den übrigen kaiserlichen Residenzen dreihunderttausend; an dem schiffbaren Kanal zwischen dem Wei- und dem Jing-Fluss etwas weniger als zweihunderttausend. Das macht, wenn ich mich nicht irre, insgesamt etwa eine Million dreihunderttausend Sklaven. Oh, und ich habe diejenigen vergessen, die an der Erweiterung des Palastes der Schrift und am Bau der Brücken über die verschiedenen Flüsse arbeiten«, brachte der Erste Minister mit zitternder Stimme hervor.

»Ich fasse es nicht! Es sind also mehr Männer auf den kaiserlichen Baustellen beschäftigt als in den Truppen des Reichs der Mitte!«, donnerte der Kaiser. »Wie konntest du nur zulassen, dass es zu einem solchen Missverhältnis kommt?«

Der kaiserliche Zorn hatte seinen Höhepunkt erreicht.

Li Si wagte nicht zu antworten. Er konnte nicht einschätzen, ob der Kaiser seinen Wutausbruch nur vortäuschte, um ihn aus dem Gleichgewicht zu bringen, oder ob dies tatsächlich der Beginn eines jener explosionsartigen Wutanfälle war, die mehrere Tage anhalten konnten.

Aber wie dem auch sei, er hatte nichts anderes getan, als die Anweisungen von Qin Shihuangdi aufs Wort zu befolgen. Es verging kein Monat, in dem der Herrscher nicht die Errichtung eines neuen Palastes oder eine Beschleunigung beim Bau der Großen Mauer verlangte. Allein in Xianyang wurde gleichzeitig an siebenunddreißig kaiserlichen Residenzen gebaut, ganz zu schweigen vom Mausoleum des Herrschers, dessen gewaltige Gruben bereits südwestlich des Wei-Flusses inmitten einer fruchtbaren Ebene ausgehoben worden waren.

Es war in der Tat paradox, dass mehr Arbeitskräfte dazu eingesetzt wurden, das Kaiserreich zu verschönern, als es zu verteidigen und zu vergrößern. Aber die Verantwortung für dieses ärgerliche Missverhältnis lag einzig und alleine beim Kaiser.

Trotzdem war es, vor allem im Beisein des Generalstabschefs der kaiserlichen Truppen, ausgeschlossen, dies auch so deutlich auszusprechen.

Er würde Qin Shihuangdi also nicht darauf hinweisen, sondern das Gewitter über sich ergehen lassen und abwarten, bis es sich verzogen hatte.

»Oh, Großer Kaiser der Mitte, die Eroberungen des Kaiserreichs sind ja auch so gut wie abgeschlossen. Alle benachbarten Königreiche wurden dem Reich einverleibt. Es bleiben nur noch einige Widerstandsnester an den südlichen Grenzen von Chu und Ba, dort, wo die kahlen Hochebenen unvermittelt ansteigen, um schließlich, den Berichten der Reisenden zufolge, das ›Dach der Welt‹ zu bilden, auf dessen Gipfeln der Schnee niemals schmilzt. Andererseits gibt es aber noch so viele schöne Bauwerke, die errichtet werden könnten!«, rief Li Si in dem Versuch, den kaiserlichen Zorn zu mildern.

»Du vergisst die Halbinsel Liaodong und die Küstenregionen. Sie gehören zwar theoretisch zum Herrschaftsgebiet des Kaiserreichs, aber auf Grund ihrer abgelegenen Lage und unser mangelnden Anwesenheit vor Ort ist die Lage dort immer noch instabil. Die Gesetze des Reichs der Mitte werden kaum befolgt! Vergiss nicht, dass ich eine Expedition zu den Penglai-Inseln aussenden will, die vor dieser Halbinsel liegen! Und ehe das überhaupt möglich ist, muss diese Region vollständig unter unserem Einfluss stehen!«, erwiderte der Kaiser gereizt.

»Wenn das so ist, warum macht Ihr diese Gegend dann nicht zum Ziel meines nächsten Feldzugs? Ich könnte die Region besetzen und für Ruhe und Ordnung sorgen«, wandte der Leiter des Generalstabs ein, der diese Gelegenheit freudig beim Schopf packte.

»Der wichtigste Hafen der Halbinsel trägt den Namen Dongyin. Dort sollen drei hochseetüchtige Schiffe ausgerüstet werden. Diese Mission ist von allerhöchster Wichtigkeit! Wann könntest du aufbrechen?«, fragte der Kaiser, dem dieser Gedanke durchaus verlockend erschien.

»Sobald mir die nötigen Pferde zur Verfügung gestellt werden, Hochmächtiger Kaiser der Mitte. Ich werde eine große Zahl davon brauchen, um das Schwert von Qin so weit hinauszutragen!«

Qin Shihuangdi war aufgestanden und ging im Raum auf und

ab. Die Aussicht, der anhaltenden Unsicherheit in den Küstengebieten ein Ende zu bereiten, erregte ihn weniger als die Vorstellung, nun endlich die Expedition aussenden zu können, die es ihm ermöglichen würde, auf die Insel Penglai oder eine ihrer Schwestern zu gelangen. Er malte sich aus, wie er am Strand dieser Insel an Land gehen würde, auf der die Bäume Jadefrüchte trugen. Er brauchte nur eine einzige davon zu essen, dann würde er zehntausend Jahre länger leben…

Allem Anschein nach war Zhao Gao tatsächlich der Richtige, um der Lage dort Herr zu werden. Solange der Hafen von Dongyin nicht sicher war, brauchte man gar nicht darüber nachzudenken, dort ein Schiff auszurüsten.

»Hast du Landkarten von diesem Gebiet bei dir?«, fragte der Kaiser mit kalter Stimme und drehte sich wieder zu Li Si um.

»Nicht hier, Majestät, aber sie müssten leicht zu beschaffen sein«, antwortete dieser beflissen.

Der Kaiser schlug wütend mit der Faust auf den ausladenden Zedernholztisch, auf dem die verschiedenen kaiserlichen Jadesiegel in aufsteigender Größe angeordnet lagen. Daneben stand der kleine Bronzedreifuß, in den Zhengs Name eingraviert worden war und den er stets bei sich trug, seit er ihn als seinen Glücksbringer betrachtete.

»Ich brauche einen ganzen Satz Landkarten! Der Oberste Kartograph hat schließlich den Auftrag, topographische Vermessungen im gesamten Reich der Mitte ausführen zu lassen!«

»Ich werde ihn so bald wie möglich zu mir rufen, Majestät, um mich davon zu überzeugen…«, stammelte Li Si mit einer tiefen Verbeugung.

Zhao Gao beobachtete die Szene verblüfft. Zu sehen, wie der zweite Mann im Kaiserreich zitternd wie ein kleiner Junge vor seinem Herrn stand, während dieser ihn unablässig heruntermachte, hatte etwas Bemitleidenswertes, vor allem aber Lächerliches an sich. Das also war die höchste Macht? Li Si, der im ganzen Kaiserreich als der Stellvertreter des Herrschers gefürchtet war, wurde von seinem Herrn gedemütigt, indem dieser ihn zwang, ungerechte Vorwürfe widerspruchslos hinzunehmen. Und der einzige Sinn des Ganzen lag darin, ihn zu unterwerfen!

Der Furcht, die man beim Blick nach oben verspürte, entsprach lediglich das Entsetzen, das man selbst nach unten hin verbreitete …

Während Zhao Gao dieses aufschlussreiche Schauspiel verfolgte, bedauerte er nicht, dass er beschlossen hatte, eine militärische Laufbahn einzuschlagen. Das Waffenhandwerk war ungefährlicher, weniger den Unwägbarkeiten und Launen eines Herrschers unterworfen: Ehre den Siegern und Schmach den Unterlegenen, so einfach war das. Er dachte auch bei sich, dass es besser war, dem Großen Kaiser der Mitte nicht allzu häufig begegnen zu müssen, denn das konnte einem, nach dem zu urteilen, was Li Si erdulden musste, nur Schläge einbringen.

Von dem kleinen Jungen, mit dem er einst gespielt hatte, entdeckte Zhao Gao in den erbarmungslosen Zügen dieses reizbaren und launischen Herrschers keine Spur mehr. Er hatte nichts mehr mit ihm gemeinsam. Schlimmer noch, er misstraute ihm, denn er machte ihm Angst.

Unvorhersehbarkeit war die Eigenschaft, die in seinen Augen die Haltung des Kaisers der Mitte am treffendsten beschrieb. Er war immer dort, wo man ihn nicht erwartete, überrumpelte seine Gegenüber, indem er das Unmögliche von ihnen verlangte, und schreckte auch vor offenkundigen Lügen nicht zurück. Je höher der Rang eines seiner Untertanen war, desto härter behandelte er ihn, damit dieser erkannte, wie unsicher seine Stellung war. Und diejenigen, die in seiner Schuld standen, ließ er immer wieder aufs Neue spüren, dass er es war, dem sie alles zu verdanken hatten.

Unsichtbar, unvorhersehbar, mit einem Wort Furcht einflößend: Qin Shihuangdi war es gelungen, zu dem Despoten zu werden, als der er vor seinem Volk erscheinen wollte.

28

Die große gelbe Ameise biss Goldener Fisch in die Kuppe seines Zeigefingers.

»Sei vorsichtig, diese Ameisen sind gefräßig! Ihnen widersteht so leicht nichts. Wenn du nicht aufpasst, fressen sie dir die Haut weg«, rief Unersetzliche Verbindung und schnipste das Insekt vom Finger des jungen Mannes.

»Ich bin zäh. Wenn du wüsstest, was ich schon alles durchgestanden habe, seit ich Xianyang verlassen musste, weil man mich zu Unrecht dieses Diebstahls bezichtigt hat!«

»Ich weiß, du bist damals das Opfer eines von langer Hand geplanten Komplotts geworden …«

»Und seitdem habe ich jegliches Vertrauen in die Gerichtsbarkeit meiner Heimat verloren.«

»Ich verstehe dich gut. Das war auch einer der Gründe, die mich dazu gebracht haben, meine Stellung aufzugeben. Das Amt für Gerüchte war immer nur dazu da, Prozesse in Gang zu bringen, deren Ausgang schon im Voraus feststand, und dabei hätte es ein sinnvolles Gegengewicht zu all diesen verblendeten Richtern und Untersuchungsbeamten darstellen können. Der Gedanke, dass Han Feizi auf Grund einer falschen Anschuldigung umgebracht wurde, hat mich stets angewidert und tut es auch jetzt noch! Zwischen haltlosen Anschuldigungen, verleumderischen Denunziationen und ungesühnten Verbrechen ist die Gerichtsbarkeit von Qin zu einem blinden Werkzeug der Tyrannei verkommen!«

»Ungesühnte Verbrechen? Und ich dachte immer, die Lage sei eher umgekehrt!«, rief Goldener Fisch verwundert.

Unersetzliche Verbindung zögerte kurz, dann räusperte er sich: »Ich habe von einem abscheulichen Verbrechen erfahren, das seinerzeit großes Aufsehen erregte. Aber der Schuldige wurde nie gefasst, weil die Ermittlungen gegen ihn wie üblich schlampig durchgeführt wurden. Ein Ehemann hat seine Frau auf bestialische Weise umgebracht. Danach schaffte er ihre Leiche auf eine öffentliche

Müllhalde, wo sie schließlich, von streunenden Hunden angefressen, gefunden wurde. Dieser Mann war kein brutaler Schläger oder ein armer Bauer, der unter dem Einfluss von Alkohol oder Rauschmitteln handelte. Damals war dieser Mann Vizekanzler, und in der Zwischenzeit ist er zum ersten unter den Ministern aufgestiegen. Du ahnst sicher schon, von wem ich rede, aber wenn ich seinen Namen nenne, wirst du aus allen Wolken fallen: Es handelt sich wirklich und wahrhaftig um Li Si!«

»Das ist ja fürchterlich! Wie kannst du dir dessen nur so sicher sein?«, fragte Goldener Fisch entgeistert.

Als der Eunuch ihn ansah, lagen in seinem Blick die ganze Traurigkeit und der Überdruss, die diese Erinnerungen in ihm weckten. Aber er hatte beschlossen, Goldener Fisch all das zu erzählen, was er bis zu diesem Tag niemals jemandem hatte anvertrauen können.

Es war an dem Tag geschehen, bevor er ins Exil gegangen war. Er hatte seinen Posten aufgegeben und beschlossen, Xianyang zu verlassen, um vor diesem tyrannischen System zu fliehen, dem er früher oder später selbst zum Opfer fallen würde. Er war durch die Straßen der Stadt gewandert, um die Angst zu vertreiben, die ihn umklammerte. Im Licht der untergehenden Sonne warfen die Bäume und Menschen lange Schatten. Ohne es zu bemerken war er, nachdem er die letzten Häuser der Stadt hinter sich gelassen hatte, auf ein brach liegendes Gelände gelangt, auf das die Einwohner dieses Vororts ihren Abfall warfen. Dort war plötzlich ein junger Mann in zerlumpter Kleidung auf ihn zugestürzt, der unentwegt auf die große Jadeschnalle seines roten Seidengürtels starrte, auf der das Schriftzeichen »Qin« prangte. Dieses offizielle Zeichen trugen damals noch alle höheren Vertreter des Königreichs.

»Da seid Ihr ja endlich! Ich warte schon so lange auf Euch!«, hatte der über und über mit Staub und Dreck bedeckte Mann gerufen.

Er hüpfte vor Freude auf seinem Abfallhaufen herum wie ein Frosch, der gerade aus seinem Tümpel gekrochen war.

»Ich kenne dich nicht, und ich habe auch keine Ahnung, wovon du sprichst!«, hatte Unersetzliche Verbindung ungläubig erwidert.

»Ich will mein Gold-Tael! Diesen Preis hat mir der Mann versprochen, der genau die gleiche Gürtelschnalle trug wie Ihr. Er hat mir versichert, dass er es mir durch Euch schicken würde, wenn ich nichts verrate. Es hat einfach nur länger gedauert, als ich dachte, bis er sein Versprechen eingelöst hat. Aber zum Glück bin ich ja geduldig…«, hatte der junge Mann ausgelassen gerufen.

Er hatte ihn am Arm gepackt und schüttelte ihn wie ein Pendel. Er wirkte aufrichtig. Seine Freude war nicht gespielt.

Da war Unersetzliche Verbindung neugierig geworden und hatte beschlossen, mehr über diese Angelegenheit herauszufinden.

»Wovon redest du überhaupt? Alle hohen Beamten von Qin tragen die gleiche Gürtelschnalle.«

»Der Mann, den ich dabei beobachtet habe, wie er die Leiche einer Frau hierher schleppte, hat mich angefleht, niemandem etwas davon zu verraten. Er hat mir ein Gold-Tael versprochen, das mir jemand bringen sollte, der die gleiche Gürtelschnalle tragen würde wie er. Sie sah genauso aus wie Eure, das weiß ich noch, als wäre es gestern gewesen. Eine schöne Schnalle aus blauer Jade, das war der einzige Unterschied. Er hat mich ja ganz schön lange warten lassen! Er hätte Euch ruhig schon früher herschicken können!«, rief der junge Mann, der vor Freude angefangen hatte, in die Hände zu klatschen.

Blaue Jade war den Gürtelschnallen derjenigen vorbehalten, die in der Hierarchie von Qin zumindest einen Ministerrang einnahmen. Und da hatte Unersetzliche Verbindung verstanden, worum es ging: Die Frauenleiche, die auf dem Müllhaufen gefunden worden war, der Mann mit der Gürtelschnalle aus blauer Jade, der sie hierher geschleift hatte – es konnte sich nur um Li Si handeln! Er war also der Mörder von Unbeugsamer Stern des Ostens, seiner eigenen Ehefrau!

Dieser junge Mann musste ihn damals auf frischer Tat ertappt haben, und Li Si hatte sich sein Schweigen mit einem Versprechen erkauft, das er niemals eingelöst hatte.

Er hatte großes Glück, dass davon nichts bekannt geworden war...

»Willst du damit etwa sagen, dass der Erste Minister des Reichs der Mitte die Mutter von Frühlingstau umgebracht hat?«, rief Goldener Fisch und sprang von seinem Stuhl auf.

»Genau das ist geschehen«, bestätigte der alte Eunuch schlicht.

»Und warum hast du dieses entsetzliche Verbrechen nicht aufgedeckt?«

»Ich war kurz davor, aus der Stadt zu fliehen. Ich hatte meinen Posten bereits aufgegeben, und das ganze Amt für Gerüchte war auf der Suche nach mir. Ich musste Xianyang in der Nacht und als Frau verkleidet verlassen, ehe ich hier Zuflucht fand... Mir blieb doch nichts anderes übrig, als meine Haut zu retten.«

»Wie grauenvoll!«, murmelte Goldener Fisch erschüttert.

»Selbst wenn man ein solches Geheimnis kennt, ist es schwierig, sein Wissen zu nutzen, wenn der Schuldige an den Hebeln der Macht sitzt und es darüber hinaus keinerlei handfesten Beweis gibt, der diese schwerwiegenden Behauptungen stützen könnte. Welchen Wert hätte denn vor Gericht das Wort eines Straßenjungen gegen das des Ersten Ministers gehabt? Und auch ich habe bis heute noch nie jemandem davon erzählt«, schloss er, genauso aufgewühlt.

Bestürzt starrte Goldener Fisch auf den Krug, in dem es von gelben Ameisen wimmelte, die sich auf eine Art Teig stürzten, der wie Honig aussah. Seine Augen funkelten vor Zorn.

»Aber wir müssen etwas unternehmen. Ein solches Verbrechen darf doch nicht ungesühnt bleiben! Das ist so ungerecht! Und Frühlingstau ahnt sicher nicht das Geringste davon...!«

»Dieses Unrecht wieder gutmachen zu wollen hieße nichts anderes, als das Reich der Mitte zu stürzen. Immerhin richten sich diese Anschuldigungen gegen seinen Ersten Minister!«

»Das ist mir egal! Ich kann den Gedanken an diese Ungerechtigkeit nicht ertragen. Und ich habe keine Angst davor, mich mit dem Reich der Mitte anzulegen. Ich bin mit Zheng zusammen aufgewachsen. Ich kenne seine Grenzen und Schwächen. Auch wenn er der Kaiser ist, bleibt er doch immer noch ein Mensch... Das sage ich, weil ich beim Bogenschießen und beim Drachensteigen immer haushoch gegen ihn gewonnen habe. Von ihm lasse ich mich ganz sicher nicht einschüchtern...« Er ballte vor Wut die Fäuste.

»Er ist mittlerweile der mächtigste Mann im ganzen Universum...«

»Was bedeutet denn schon Macht? Ist ein tönernes Mingqi in Tigerform, das man nur auf den Boden zu werfen braucht, damit es in tausend Stücke zerspringt, für dich etwa ein gefährliches Tier?«, fiel ihm Goldener Fisch ins Wort.

Unersetzliche Verbindung lächelte. Waren so viel Willensstärke, Großzügigkeit, aber auch Ungestüm nicht ein Zeichen dafür, dass die Jahre der Gefangenschaft dem Mut und der Tatkraft dieses jungen Mannes nichts hatten anhaben können? Das war ein gutes Omen für die Zukunft.

»Du fürchtest dich vor nichts und niemandem, wie ich sehe...«, stellte er erfreut fest.

»Und Ungerechtigkeit wird meine Kräfte immer nur noch weiter anwachsen lassen!«, versicherte Goldener Fisch mit düsterer Miene.

Er dachte erneut an Frühlingstau. Seit etwas mehr als zwei Monaten waren er und die hübsche Salzblüte nun schon ein glückliches, harmonisches Paar. Die Worte von Unersetzliche Verbindung hatten die Erinnerung an Li Sis Tochter wieder aufleben lassen und gleichzeitig sein schlechtes Gewissen geweckt.

Er hatte sich nicht leichtfertig von Salzblüte verführen lassen, aber dieser Mischung aus Unschuld und leidenschaftlichem Drängen hatte er schließlich nichts mehr entgegenzusetzen gewusst. Wenige Tage nach ihrem ersten Kuss, dem noch weitere, immer sinnlichere Umarmungen gefolgt waren, war er schließlich, von so vielen Jahren der Enthaltsamkeit ausgedörrt, aber dennoch nicht ohne Widerstreben den Reizen des jungen Mädchens erlegen.

Nie würde er die animalische Leidenschaft vergessen, mit der sich Salzblüte während ihrer ersten Liebesnacht auf ihn gestürzt hatte. Ihre Offenheit und das Fehlen jeglicher falscher Scham hatten seine Skrupel besiegt.

Als er sie entjungferte, hatte sie sich nur kurz auf die Lippen gebissen, ehe ihr Leib sich auch schon zu wellen begann und sie, obwohl es das erste Mal für sie war, intensiv und beinahe sofort zum Höhepunkt der Lust gelangte. Goldener Fisch, den die Unberührtheit des jungen Mädchens bis dahin davon abgehalten hatte, seinem Begehren freien Lauf zu lassen, hatte rasch erkannt, dass Salzblütes Körper sich seinem eigenen perfekt anpasste.

Ganz natürlich und ohne dass es ihr jemand beigebracht hätte, verfiel sie auf die betörendsten Gesten und Haltungen. Dabei strahlte sie die ganze Unbefangenheit reiner und von allen Hintergedanken freier Menschen aus.

Beim nächsten Mal hatte sie darauf bestanden, alle Kleider abzulegen, ehe sie zu ihm auf sein Lager kam, und hatte ihm einen feingliedrigen, muskulösen Körper enthüllt, biegsam wie eine Liane, mit langen, schlanken Beinen und einem kleinen runden, wie zwei Koloquinten geformten Hintern. Dann waren ihre rosigen Lippen sofort zum Jadestab ihres Geliebten gewandert, und dieser hatte geglaubt, er würde gleich in Ohnmacht fallen, als er spürte, wie ihre feuchte Zunge zuerst über dessen Spitze strich und danach auf und ab glitt, ohne dass er sie darum gebeten hätte.

»Woher weißt du, wie du einem Mann so leicht Vergnügen schenken kannst?«, wisperte er, nachdem sie dafür gesorgt hatte, dass er ein wenig von seinem Jadesaft in ihren Mund ergoss.

»Ich weiß es nicht. Ich versuche, mir vorzustellen, was dir gefallen könnte, und das bereitet mir selbst den größten Genuss«, hauchte sie, und ihre überraschte Miene bezauberte ihn.

Sie hatte sich, immer noch vollkommen unbekleidet, an ihn geschmiegt, hatte ihren Kopf zwischen seine Schenkel gelegt und war gleich darauf eingeschlafen. Berauscht von dem Begehren, das sie in all seinen Sinnen geweckt hatte, hatte Goldener Fisch ihr noch mehrmals seine Aufwartung gemacht, während sie kaum die Augen öffnete und schlaftrunken seinen Jadestab an die Stelle ihres Unterleibs führte, deren Berührung sie erschauern ließ.

Doch nun hatten die Worte von Unersetzliche Verbindung unvermittelt Zweifel in ihm geweckt. Hatte er überhaupt das Recht, Salzblüte zu lieben? Hatte er Frühlingstau nicht in gewisser Weise verraten, als er sich von ihr verführen ließ?

Er konnte nun nicht mehr umhin, die beiden jungen Frauen miteinander zu vergleichen.

Er hatte nie die Gelegenheit gehabt, die Tochter von Unbeugsamer Stern des Ostens auch körperlich zu lieben. Dazu war ihnen keine Zeit mehr geblieben. Doch schon bei ihren Küssen hatten sie die vollkommene Harmonie ihrer inneren Energien gespürt. Salzblüte war es gelungen, all seine Sinne zu wecken. Seit ihren stürmischen Umarmungen war das ganze Zinnoberfeld von Goldener Fisch von ihrem Duft erfüllt, von ihrer zarten Haut, von dem feinen Tau, der die Wände ihrer Erhabenen Pforte überzog, wenn sein Jadestab davor Stellung bezog, ehe er ihre warme, zarte Höhle erkundete.

Trotz dieser Freude und dieses Genusses, den es ihnen bereitete, miteinander zu verschmelzen, trotz ihrer vollkommenen körperlichen Eintracht, wusste er, dass Salzblüte ein Hindernis war auf dem Weg zurück zu Frühlingstau. Natürlich konnte er hier bei ihr bleiben, nicht weiter in den Süden ziehen, mit ihr Kinder zeugen und bis an das Ende seiner Tage glücklich als Seidenraupenzüchter auf diesem kleinen, einsamen Bauernhof leben... Aber damit würde er, der Kuhhirte, jede Hoffnung auf ein Wiedersehen mit seiner Weberin zunichte machen. Er würde den Schwur brechen, den sie einander geleistet hatten, auf den Tag zu warten, an dem das Schicksal sie wieder zusammenführen würde.

Warum hatte er sonst die ganze Zeit am Fuß der Großen Mauer damit verbracht, von einer Möglichkeit zu träumen, dieses junge Mädchen wiederzufinden, das er hatte verlassen müssen? Konnte eine Liebe auf die andere folgen, so wie die Wellen am Meeresstrand die Spuren all dessen auslöschten, was vor ihnen gewesen war? Aber war er denn überhaupt sicher, dass der Weg, der ihn zu Frühlingstau führte, nicht in einer Sackgasse endete? Was würde geschehen, wenn er nach Xianyang zurückkehrte und feststellen musste, dass es dem Kaiser der Mitte gelungen war, sie zur Frau zu nehmen, weil sie, als er nach all den Jahren immer noch nicht wiederkehrte, des ewigen Kampfes müde, seinem Drängen schließlich nachgegeben hatte?

Er war in einem grausamen Zwiespalt gefangen, hin- und hergerissen zwischen den Verpflichtungen der Vergangenheit, der Treue zu seinem Wort, und dieser unverhofften Begegnung mit Salzblüte und allem, was sie ihm auf direkte und greifbare Weise schenkte.

Inmitten seiner widerstreitenden Wünsche und Sehnsüchte, die heftig aufeinander prallten, war die Tatsache, dass Li Si Frühlingstaus Mutter ermordet hatte, ein weiteres Element, das seine Verwirrung steigerte, ihn erschütterte und seine Auflehnung weckte.

Was Unersetzliche Verbindung ihm erzählt hatte, bestärkte ihn jedoch in seinem Ziel, der Gerechtigkeit im Reich der Mitte zum Sieg zu verhelfen. Von diesem Drang nach Wahrheit erfüllt, konnte er sich trotz aller Vorzüge und Reize von Salzblüte nicht vorstellen, alles einfach enden zu lassen, indem er seinen Reisesack unter den Maulbeerbäumen des kleinen Hofes abstellte. Wenn er sich einer Sache jetzt sicher war, dann der, dass er noch nicht am Ende seiner Reise angelangt war.

»Eines Tages werde ich gegen Xianyang marschieren und den grausamen Tod von Unbeugsamer Stern des Ostens rächen, und wenn es den Rest meines Lebens dauern sollte!«, rief er mit harter, entschlossener Stimme.

»Wenn ich etwas tun kann, um dir zu helfen, bin ich gerne dazu bereit«, antwortete Unersetzliche Verbindung leise.

Der Eunuch fühlte sich erleichtert, nachdem er Goldener Fisch seine schrecklichen Erinnerungen anvertraut hatte.

Abend für Abend weinte die sogdische Prinzessin bittere Tränen. Schon vor drei Monaten hätte sie Xianyang verlassen sollen, wenn sich die Behörden von Qin an die Abmachung gehalten hätten, die sie mit ihrem Vater getroffen hatten. Während der ersten drei Monate hatte sie die Annäherungsversuche des Kaisers, der nichts unversucht gelassen hatte, um sie zu verführen – auch wenn er noch nicht zu Gewalt gegriffen hatte, um seinen Willen durchzusetzen –, beharrlich abgewiesen, weil sie im Stillen hoffte, dass er so das Interesse an ihr verlieren würde.

Doch seit drei Monaten wurde sie nun schon in Xianyang als Gefangene gehalten und konnte vor Verzweiflung kaum noch etwas essen.

Baya hatte geglaubt, der Herrscher würde sich schon anders besinnen, wenn sein Werben bei ihr auf taube Ohren stieß. Sie verstand kein einziges Wort der Sprache von Qin und hatte so auch keine Überraschung zu heucheln brauchen, als der Großkämmerer Steter Wandel ihr mit zahlreichen nachdrücklichen und eindeutigen Gesten zu erklären versucht hatte, dass sie doch gut beraten sei, sich dem Kaiser der Mitte gegenüber zugänglicher zu zeigen.

Mit jedem Tag wurden dessen Ungeduld und sein Ärger über die unerschütterliche Gleichgültigkeit, die das junge Mädchen an den Tag legte, größer.

Zunächst hatte er die Sogderin alle drei Tage zu sich gerufen und sie gebeten, für ihn zu tanzen. Es war das erste Mal, dass sich der Kaiser der Mitte so stark für eine Tänzerin interessierte! Der ganze Hof tuschelte bereits über diese verheißungsvolle Liebe, die sich abzuzeichnen schien…

Dann ließ er ihr die raffiniertesten Gerichte servieren, die sie jedoch nie anrührte. Als er erkannte, wie wenig Beachtung sie den Speisen zu schenken schien, hatte er Natürliche Vollkommenheit angewiesen, einige schöne goldene Schmuckstücke aus dem Turm des Gedächtnisses auszuwählen, um sie ihr nach ihren Darbietungen als Belohnung zu schenken.

Die Lage hatte sich jedoch rapide verschlechtert, als der Kaiser, der feststellen musste, dass die junge Prinzessin immer noch so verschlossen blieb wie die Tür einer Grabkammer, gegen Ende des dritten Monats beschlossen hatte, die Dienste eines Übersetzers in Anspruch zu nehmen.

Sie hatte gerade aufreizend für ihn getanzt und spürte den entflammten Blick des Herrschers der Mitte, der sich in seinem Thronsessel wand, auf ihrem Körper.

»Sag ihr, dass ich sie sehr schön finde«, hatte er dem Übersetzer aufgetragen, als er sich vor lauter Begehren nicht länger zurückhalten konnte.

»Der Kaiser findet dich sehr anziehend!«, hatte der Mann aus dem Königreich Ba, der Sogdisch verstand, weil er mehrere Male in dieses weit entfernte Land in Zentralasien gereist war, übersetzt und die Sogderin dabei mit einem spöttischen Lächeln gemustert.

Aber diese war ungerührt auf dem Boden sitzen geblieben, wo sie allmählich wieder zu Atem kam, ehe sie zu dem wirbelnden Tanz ansetzte, mit dem sie jedes Mal ihre Darbietung beendete. Dieser Tanz war für sie die beste Therapie: Die zunächst langsamen Kreiselbewegungen wurden immer schneller, bis sie sich zu einer ekstatischen Raserei beschleunigten, in der die Tänzerin, die dabei in einen wahren Rausch verfiel, jede Orientierung verlor.

Dann gelang es Bayas Geist, aus ihrem Körper zu entfliehen, und die Sogderin glaubte, wieder in den Schatten der Dattelpalmen in ihrer heimatlichen Oase zurückgekehrt zu sein.

»Willst du dem Herrscher nicht antworten?«, fragte der Übersetzer verwundert, als sie ihren Tanz beendet hatte.

Die Sogderin stand aufrecht vor dem Kaiser. Sie war außer Atem. Ihre Brustwarzen hoben und senkten sich unter ihrem leichten Gewand.

»Sag ihm, dass ich nach Sogdien heimkehren will«, erwiderte sie schweißüberströmt und beachtete die Liebeserklärung von Qin Shihuangdi gar nicht.

Den Übersetzer durchfuhr angesichts dieser Respektlosigkeit ein eisiger Schrecken, und er erklärte dem Kaiser, dass sie unter Kopfschmerzen leide.

Daraufhin rief dieser Steter Wandel und wies ihn an, Heilmittel für sie zu holen. Ein Diener kam mit einem Tablett in den Saal, auf dem zwei kleine Bronzefläschchen standen. Steter Wandel gab der Tänzerin mit einer Geste zu verstehen, dass sie sie austrinken solle. Doch diese war misstrauisch und lehnte höflich ab. Sie verstand nicht, warum sie diese Flüssigkeiten trinken sollte, und befürchtete, man wolle ihr heimlich ein Beruhigungsmittel einflößen. Und das Letzte, was sie wollte, war, in unmittelbarer Reichweite dieses lüsternen Kaisers einzuschlafen.

Dessen Ärger war inzwischen mehr als offensichtlich. Er versuchte, Baya mit Hilfe von Gesten verständlich zu machen, dass es sich um eine Medizin handelte, die ihre Kopfschmerzen lindern sollte. Nachdem ihr schließlich klar wurde, worauf er hinauswollte, bedeutete sie ihm, dass es ihr gut gehe und sie den Inhalt dieser kleinen Fläschchen ganz gewiss nicht probieren wolle. Dann stieß sie drei Wörter auf Sogdisch hervor, die sie mehrmals wiederholte, während sie Qin Shihuangdi dabei starr in die Augen sah.

»Ich verlange eine Übersetzung von dem, was sie gerade gesagt hat!«, rief der Kaiser der Mitte.

Nach kurzem Zögern sah der Übersetzer ein, dass ihm nichts anderes übrig blieb. Er rieb seine Handflächen aneinander, als wollte er sich gegen die Folgen dessen wappnen, was er gleich sagen würde, und stammelte schließlich mit gesenktem Blick und vor Angst verzerrter Stimme: »Ihr gefallt mir nicht! Ihr gefallt mir nicht!«

Der Herrscher war wie vor den Kopf geschlagen. Er wurde bleich, und seine Augen begannen Blitze zu schleudern. Er schäumte vor Wut.

»Es ist mir vollkommen egal, was so eine nichtsnutzige kleine Tänzerin wie du von mir hält! Stellt sie im Nördlichen Palast unter Hausarrest. Vielleicht ändert sie ja irgendwann doch noch ihre Meinung!«, brüllte er, während ein Diener einen Umhang über Bayas nackte Schultern warf, ehe er sie hinausbegleiten ließ.

Von diesem Tag an war sie nie wieder aufgefordert worden, vor Kaiser Qin Shihuangdi zu tanzen.

Man hatte sie in einem kleinen Zimmer im obersten Stock des Nördlichen Palastes eingeschlossen, von wo aus sie die Spitze des Hangs der Stille erkennen konnte, der in der Ferne, weit hinter den Hügeln, treppenartig aufragte. Ihre Bewacherin sah sie nur zweimal am Tag, wenn diese ihr Obst und Getreide brachte. Wie alle Sogder weigerte sie sich, ein Stück Fleisch anzurühren, wenn dem Tier nicht nach einem bestimmten Ritual die Kehle durchgeschnitten worden war.

Sie hatte schon so viel geweint, dass sie das Gefühl hatte, ihr Vorrat an Tränen sei erschöpft. Sie klammerte sich an die verzweifelte Hoffnung, dass eine Botschaft ihres Vaters oder eine Delegation, die er zum Kaiser der Mitte schicken würde, um diesen an seine Verpflichtungen zu erinnern, ihr schließlich die Freiheit wiedergeben würde.

Doch Monat um Monat verstrich, und nichts geschah. Die Einsamkeit machte ihr immer mehr zu schaffen. Sie hatte niemanden, dem sie ihr Herz ausschütten konnte, und fühlte sich von ihren Angehörigen im Stich gelassen. Mehr als alles andere fürchtete sie den Moment, in dem die Wachen sie mit Gewalt vor den Kaiser zerren würden, damit dieser sich an ihr vergehen konnte. Sie hatte sich geschworen, dass sie dann bereits tot sein würde. Sie würde ihren Kopf so heftig gegen die Wand ihres Zimmers schlagen, dass ihr Schädel aufplatzte, um eine solche Demütigung nicht ertragen zu müssen.

Jeden Abend flehte sie den Feuergott der Sogder an, er möge ihr die nötige Stärke und den Mut dazu verleihen.

Wie alle hochgeborenen Sogderinnen war Baya zu Prinzipientreue und Ehre erzogen worden. Niemals würde sie sich Qin Shihuangdi hingeben, sie war genauso rebellisch wie Frühlingstau.

Eines Morgens kam der Übersetzer erneut zu ihr. Der Kaiser der Mitte hatte ihn geschickt, um ein letztes Mal zu versuchen, sie umzustimmen.

Der Mann war sich seiner Sache so sicher, dass er bereits glückselig lächelte. Das Angebot des Kaisers war so großzügig, dass er sich nicht vorstellen konnte, wie die Prinzessin es ausschlagen sollte: Der Herrscher war bereit, sie zu seiner rechtmäßigen Ehefrau zu machen! Für das kleine Königreich Sogdien bedeutete dies sowohl ein unverhofftes Pfand der Sicherheit als auch die Gewissheit, von nun an über die benachbarten Königreiche in Zentralasien herrschen zu können.

Baya brauchte lediglich ihre Einwilligung übermitteln zu lassen, und schon würde sie in einen Palast geführt werden, wo ein ganzes Orchester zu ihrem Empfang bereitstand. Bis zum Rand mit Gold und Edelsteinen gefüllte Krüge erwarteten sie. Köche hatten bereits nach sogdischem Rezept zubereitete Weizenpfannkuchen gebacken, und auf einer großen, kostbar gedeckten Tafel warteten Schalen mit all den Früchten, die sie liebte.

Alles war bereit, damit es ihr an nichts mangelte.

Ein einziges Wort würde genügen.

»Niemals, hörst du, niemals werde ich zu diesem Mann gehen, den ich nicht selbst gewählt habe!«, zischte sie, außer sich vor Wut.

»Ich bin sicher, dass dein Vater sich geschmeichelt fühlen würde, wenn der Große Kaiser seine Tochter zu seiner rechtmäßigen Ehefrau machen würde. Das Reich der Mitte wäre ein wertvoller Verbündeter für sein Königreich. Überlege es dir gut. Schlaf noch einmal darüber. Ich komme morgen früh wieder.«

»Das brauchst du nicht. Morgen wird meine Antwort auch nicht anders lauten als heute!«

»Wie kannst du dieses Angebot nur einfach so ausschlagen? Der Kaiser hat dich in aller Form gebeten, seine Frau zu werden!«

»Auch wenn ich mich wiederhole, ich habe dir gesagt, dass du ihm meine Antwort überbringen kannst. Dieser Mann gefällt mir nicht. Sein begehrlicher Blick widert mich an. Ich bin noch unberührt, und das gedenke ich auch zu bleiben!«, erwiderte sie mit verschlossener Miene.

»Wenn das so ist, kann ich dir nicht garantieren, dass er sich nicht an dir rächen wird… Der Kaiser der Mitte gilt als ein unvorstellbar grausamer Mann. Indem du ein solches Angebot ablehnst, könntest du ihn demütigen und seinen Zorn heraufbeschwören!«

»Das ist mir egal. Richte ihm aus, dass Prinzessin Baya lieber sterben würde! Etwas anderes habe ich ihm nicht zu sagen.«

Sie sah ihm kühl in die Augen und presste ihre roten Lippen zusammen. Ihr Mund war nun genauso verschlossen wie ihr Herz und ihr Geist. Sie ballte die Fäuste so fest, dass ihre Fingerglieder weiß wurden wie Elfenbein.

Baya hatte sich mit aller Kraft in sich selbst zurückgezogen, wie eine Muschel, die ihr Innerstes schützt.

Verblüfft erkannte der Übersetzer, dass nichts und niemand die junge sogdische Prinzessin jemals dazu bringen würde, ihre Meinung zu ändern.

»Wie schaffst du es bloß, so viele von ihnen zu erwischen?«, fragte Loderndes Feuer Goldener Fisch, der gerade ein weiteres Kaninchen in seiner Schlinge gefangen hatte.

Sie waren zusammen mit Unersetzliche Verbindung, der sein Glück ein Stück weiter entfernt versuchte, auf die Jagd nach Wildkaninchen gegangen.

»Lü Buwei hatte einen unglaublich großen Xiongnu in seinen Diensten, der mir gezeigt hat, wie man reitet und mit Schlingen jagt. Er war ein guter und großzügiger Mensch. Und gleichzeitig auch ein geschickter Jäger, der mir alles beigebracht hat, was er wusste«, antwortete er geistesabwesend.

Goldener Fisch war in Gedanken weit fort. Die Erkenntnis, dass Li Si die Mutter von Frühlingstau umgebracht hatte, spukte unentwegt in seinem Kopf herum. Er hatte sich Loderndes Feuer anvertraut, doch diesen hatte ein solches Verbrechen gar nicht überrascht. In den Augen des gegen seinen Willen kastrierten jungen Mannes war die Gesellschaft von Qin nichts weiter als eine gewaltige Anhäufung von Entsetzlichkeiten und Verrat, zu denen das System die Menschen zwang, wenn sie ihre eigene Haut retten wollten.

»Du wirkst etwas durcheinander«, bemerkte Loderndes Feuer, als er sich zu ihm umdrehte.

»Verflucht! Ich muss immer wieder an Li Sis grauenhaftes Verbrechen denken. Er sollte eines Tages dafür bezahlen müssen!«, schimpfte Goldener Fisch, während er ein weiteres Kaninchen in seinen prallen Beutel stopfte.

Loderndes Feuer kam ganz nah an ihn heran.

»Und was ist mit mir? Ich habe Scharfe Klinge getötet, sollte ich dafür auch irgendwann bezahlen müssen?«

Goldener Fisch warf dem jungen Eunuchen einen Blick zu, in dem sich grenzenloses Mitgefühl spiegelte. Er sah, wie sich die Augen seines Freundes mit Tränen füllten, und griff nach seinen Händen, um ihn zu trösten.

»Als du Scharfe Klinge umbrachtest, hast du dir nur selbst Gerechtigkeit verschafft. Und genau das muss man tun, wenn die offizielle Gerichtsbarkeit dazu nicht in der Lage ist.«

»Wenn ich nicht kastriert worden wäre, könnte ich die Frauen lieben, die mir gefallen… Es ist hart, sich von ihnen angezogen zu fühlen und gleichzeitig zu wissen, dass man niemals fähig sein wird, ihnen seine Aufwartung zu machen.«

»Das heißt doch nicht, dass du den Frauen nicht gefallen könntest. Ich habe meine Erfahrungen, glaub mir.«

»Ich würde dir ja so gerne glauben!«, entgegnete Loderndes Feuer. Er sah genau, dass Goldener Fisch vor allem versuchte, ihn wieder aufzumuntern.

»Du wirst schon noch die Gelegenheit dazu bekommen!«

»Deine Großherzigkeit und Freundschaft bedeuten mir sehr viel.«

»Das beruht auf Gegenseitigkeit…«

»Sag mir, wie ich dir helfen kann.«

»Indem du mir hier und jetzt versprichst, dass du mich dabei unterstützen wirst, Li Sis Verbrechen zu bestrafen!«, erklärte Goldener Fisch.

Seine Stimme klang ernst und feierlich.

»Ich schwöre es«, antwortete sein Gegenüber, ohne zu zögern.

Die beiden jungen Männer umarmten sich und drückten einander die Handgelenke.

»Es wird nicht leicht werden. Und es könnte Jahre dauern.«

»Wir haben doch schon ganz andere Dinge durchgestanden. Sogar nach fast zehn Jahren im Staub der Großen Mauer sind wir mit heiler Haut davongekommen… Das Schlimmste haben wir hinter uns«, sagte Loderndes Feuer und rieb sich die Augen.

»So viel Zuversicht tut gut! Ich bin froh, dass du bei mir bist…«

Goldener Fisch ließ seinen Blick über die grasbewachsene Ebene schweifen, die sich bis zum Horizont vor ihnen erstreckte. Die Kaninchen tollten fröhlich hüpfend auf dieser weiten Fläche herum, die nur hin und wieder von grünen Erhebungen durchbrochen wurde, die wie die Gräber armer Bauern aussahen.

»Bist du bereit, mit mir zu kommen, wenn ich ausziehe, um Li Si seiner gerechten Strafe zuzuführen?«, fragte Goldener Fisch nach kurzem Schweigen.

»Mit größter Freude und all meiner Kraft. Ich wünschte, wir könnten auch noch diesen blutrünstigen Kaiser stürzen und die unterdrückten Völker von ihrem Joch befreien!«, jubelte der Eunuch mit lauter Stimme.

Er schien genauso wenig wie Goldener Fisch eine Vorstellung davon zu haben, was sie an Männern und Ausrüstung aufbieten müssten, um die Grundfesten dieser gewaltigen Militärmacht zu erschüttern.

»Lass uns nicht träumen, so viel dürfen wir nicht erwarten. Wenn es uns nur gelingen würde, das schändliche Verhalten von Li Si aufzudecken, wäre das schon ein großes Ereignis! Dieser Schurke wird uns das sicher nicht leicht machen.«

Bei diesen Worten wurde ihm plötzlich klar, wie unfassbar gering seine Aussichten auf Erfolg waren. Zeugte es nicht von einem ungeheuren Realitätsverlust oder gar einer gefährlichen Blindheit, sich mit dem zweitmächtigsten Mann im Reich der Mitte anlegen zu wollen?

»Diese Aufgabe können zwei einzelne Menschen gar nicht bewältigen, ganz gleich, mit wie viel Einsatz wir es auch versuchen ...«, fuhr er fort.

»Wie lautet dein Plan?«

»Wir müssen nach Süden gehen, weg vom Zentrum des Reichs, und Völker suchen, die noch nicht gänzlich unterworfen sind. Vielleicht wollen sich auch noch andere Männer von diesem Joch befreien. Das ist unsere einzige Hoffnung. Wir müssen andere Aufständische unter unserem Banner vereinen, Hilfe finden und uns zusammentun, um stärker zu werden und den gewaltigen Abhang, der vor uns aufragt, erklimmen zu können.«

»Die Armee der Aufständischen! Ein schöner Name ... Ich sehe sie schon vor mir, wie sie stolz durch die Lande zieht und das Unrecht, das den Armen und Unterdrückten zugefügt wurde, wieder gutmacht.«

»Wenn das ihre Aufgabe sein sollte, dann hätte sie viel zu tun. In diesem Kaiserreich ist Unrecht doch an der Tagesordnung. Es geht das Gerücht, dass die Steuereinnehmer den Bauern bereits mehr als ein Drittel ihrer Ernte abnehmen! Wenn die Verwaltung fett ist, steht das Volk kurz vor dem Verhungern.«

»Mich wundert, dass der Kaiser es überhaupt zu diesem Missverhältnis hat kommen lassen. Zu Zeiten von Lü Buwei funktionierten die Behörden doch noch leidlich, und im Königreich Qin schien zumindest ein Anschein von Gerechtigkeit zu herrschen«, sagte Loderndes Feuer nachdenklich.

»Lü Buwei war König Zheng zu mächtig geworden, und daraufhin hat dieser beschlossen, ihn ins Exil zu schicken. Lü Buwei akzeptierte zwar den Legalismus, doch gleichzeitig bemühte er sich, die Beamten dazu anzuhalten, im Interesse des Volkes zu handeln. Aber inzwischen schiebt ja jeder im Namen des Gesetzes die Verantwortung auf andere ab.«

»Was für eine Katastrophe!«

»Und der jetzige Erste Minister ist ein leidenschaftlicher Verfechter des Legalismus. Er wird an diesen Verhältnissen ganz gewiss nichts ändern ...«

»Und der Kaiser der Mitte?«

»Nach allem, was man hört, wagt Li Si es nicht, ihm auch nur in irgendeinem Punkt zu widersprechen.«

»Aber warum ist denn Lü Buwei überhaupt in Ungnade gefallen? Gab es am Hof von Xianyang nicht sogar Gerüchte, denen zufolge der Kaiser der Mitte sein eigener Sohn sei?«

Goldener Fisch erschauerte. Er erinnerte sich noch genau daran, was Lü Buwei ihm anvertraut hatte, ehe er ins Exil gegangen war.

»Diese Gerüchte entsprachen der Wahrheit. Das hat mir Lü Buwei selbst gesagt, ehe er nach Handan zurückgekehrt ist. Es hat ihm das Herz gebrochen, dass sein eigener Sohn ihn verurteilte.«

Sprachlos starrte der Eunuch seinen Freund an.

»Ja, es ist wahr. Lü Buwei war Zhengs Vater. Aber dieser hat natürlich nie etwas davon gewusst und darf es auch niemals erfahren.«

»Das muss ja schrecklich für ihn gewesen sein!«, seufzte der Eunuch.

»Schlimmer, als du es dir vorstellen kannst. Ich werde niemals seinen verzweifelten Blick vergessen, als er mich zum letzten Mal umarmt hat.«

Unersetzliche Verbindung war zu ihnen getreten.

»Das Gerücht von Lü Buweis Tod verbreitete sich, kurz nachdem die Truppen von Qin in Handan einmarschiert waren«, fügte er traurig hinzu.

Goldener Fisch warf Unersetzliche Verbindung einen bewundernden Blick zu. Der ehemalige Leiter des Amtes für Gerüchte war wirklich über alles auf dem Laufenden.

»Sag mir, jetzt wo wir schon bei den vertraulichen Informationen sind, welche Gerüchte waren damals über mich in Umlauf? Lü Buwei hat mir niemals etwas über meine Herkunft verraten wollen! Ich weiß nur, dass ich von dem Hunnen, der in seinen Diensten stand, gefunden und zu ihm gebracht wurde.«

»Wie seltsam, dass du mich jetzt danach fragst... Genau das wollte ich dir gerade erzählen. Es hieß, du seist der Sohn, den sich Lü Buwei immer gewünscht hatte. Manche behaupteten, du stammtest aus dem Süden, wo du – o ja! – unter einem großen blühenden Baum aufgefunden worden seist. Deine Herkunft war immer ein großes Rätsel. Manche scheuten nicht einmal davor zurück, in dir eine Art Unsterblichen oder einen Halbgott zu sehen. Einen, der mit zahllosen Talenten gesegnet war. Aber eines war sicher: Lü Buwei liebte dich von ganzem Herzen und machte daraus keinen Hehl.«

»Das ist ja das erste Mal, dass ich so seltsame Dinge über mich höre!«

»Von den Gerüchten, die über einen in Umlauf sind, erfährt man selbst immer erst als Letzter. Aber sei ganz unbesorgt, ich habe immer nur schmeichelhafte Dinge über dich gehört. Das ist doch gerade der Grund, warum so viele eifersüchtig auf dich waren und du schließlich beschuldigt wurdest, diese Jadescheibe gestohlen zu haben.«

Die rötliche Sonne würde bald hinter die blaue Linie des Horizonts hinabsinken. Ihre schwachen Strahlen fielen noch auf die Gräber, die sich wie kleine Blasen auf der flachen Ebene erhoben.

Bald würde es dunkel werden. Die Kaninchen waren bereits in ihren Bau zurückgekehrt. Stille und Reglosigkeit würde sich erneut auf diesen Ort herabsenken, und in Kürze würden nur noch die Rufe der Nachtvögel zu hören sein.

Es wurde Zeit, zum Bauernhof zurückzukehren. Ihre Jagd war erfolgreich gewesen, ihre Beutel waren prall gefüllt.

Salzblüte konnte die Kaninchenrücken zum Abendessen braten. Zusammen mit Sorghumschnaps würden sie ein herrliches Festmahl abgeben.

Wenig später saßen sie zu dritt beisammen und verspeisten das köstliche Fleisch.

»Wartet nur, in Xianyang werden sie noch alle sehen, wie sich der nette Goldener Fisch plötzlich in einen schrecklichen maskierten Rächer verwandeln kann!«, verkündete der Mann, von dem einst behauptet worden war, er sei ein Halbgott oder ein Unsterblicher, mit entschlossener Miene.

29

»Ich weiß wirklich nicht, ob das vernünftig ist, Salzblüte!«, beharrte Goldener Fisch, während er zärtlich den Nacken des jungen Mädchens streichelte.

Salzblüte kniete vor ihm und machte seinem kraftstrotzenden Jadestab, der sich schon nach zwei flüchtigen Liebkosungen emporgereckt hatte wie der Stamm jener mächtigen Tannen, aus denen Schiffsmasten geschlagen wurden, die Aufwartung, die ihm gebührte.

Es dauerte nicht lange, bis er die Woge unaussprechlicher Lust aufsteigen fühlte, die bald über ihm zusammenschlagen würde, und da er beschlossen hatte, sich nicht noch einmal von ihr mitreißen zu lassen, machte er Anstalten, sich von Salzblüte zurückzuziehen.

»Lass doch! Lass mich einfach machen!«, murmelte das junge Mädchen, wenn sie nicht gerade damit beschäftigt war, Goldener Fisch mit ihren Lippen in Ekstase zu versetzen.

Mit einer weit ausholenden, raschen Geste hatte sie ihr Oberteil aufgehakt und ihren bebenden Busen enthüllt.

»Du scheinst eigens für die Liebe geschaffen worden zu sein. Deine Eltern müssen sich wie wahnsinnig geliebt haben! Du bist genauso erfahren wie eine Frau, die schon zehntausendmal geliebt worden ist!«, sagte er und massierte ihren Busen.

Ihre kleinen perlmuttfarben schimmernden, runden und festen Brüste glichen zwei frisch gepflückten reifen Mangos. Sie hatte sie in die Hände genommen und richtete ihre Spitzen auf das Gesicht von Goldener Fisch. Die Aufforderung war offensichtlich: Wieder und wieder strich ihre rosige Zunge über ihre leicht geöffneten Lippen.

Wie ein unbezähmbarer Strom brach die Woge der Lust schließlich doch über ihn herein. Sie war so stark, dass er gar nicht anders konnte, als sein Gesicht gierig auf diese köstlichen Mangos herabzusenken. Mit seiner Zunge leckte er an ihren Spitzen und spürte, wie sie sich in seinem Mund langsam verhärteten. Er schmeckte die leicht süßliche Creme aus Akazienhonig, mit der Salzblüte ihren Körper einrieb.

Nun war sie es, die aufstöhnte und sich vor Lust wand.

»Das ist gut, mein Liebster. Mach weiter so. Das ist so wundervoll. Sieh nur, ich bin schon ganz voller Tau«, gestand sie ohne die geringste Scheu und führte die Hand ihres Geliebten zu ihrer Erhabenen Pforte.

Es war ein ungleicher Kampf, und Goldener Fisch konnte ihn

nur verlieren. Salzblüte verfügte über ein solches Geschick, dass es ihm einfach unmöglich war, sich noch länger zurückzuhalten!

Sanft rieb sie mit der Spitze seines Jadestabs unablässig über die kleine Pfingstrosenknospe ihrer Himmlischen Pforte, wobei sie immer wieder leise aufschrie und stöhnte. Sie bewegte sich rhythmisch vor und zurück und sorgte dafür, dass die Spitze seines Geschlechts stets sacht über die Öffnung ihres eigenen strich. Doch jedes Mal, wenn er im Rausch der Sinne versuchte, tiefer in sie einzudringen, schob sie ihn sanft zurück, wieder und wieder, als spielte sie mit ihm Verstecken, bis zu dem Punkt, von dem es keine Wiederkehr mehr gab.

Sie verstand sich inzwischen vortrefflich darauf, ihn ihrem Willen zu unterwerfen.

»Lass mich ein, ich flehe dich an!«

Jetzt war er es, der nach mehr verlangte.

Salzblüte hatte es geschafft, ihn dahin zu bringen, wo sie ihn haben wollte. Aber nichts lag ihr ferner, als ihm dadurch beweisen zu wollen, dass sie schließlich doch noch ihren Willen durchgesetzt hatte. Nichts von dem, was sie tat, geschah mit Absicht. Das junge Mädchen folgte nur seinem Instinkt. Sie liebte Goldener Fisch mit allen Fasern ihres Körpers, und alles, was sie wollte, war, ihm dies rückhaltlos und in aller Unschuld zu zeigen.

Sie gestattete ihm, sich mit einem lauten Stöhnen, in dem sich Ekstase und Erleichterung unauflöslich miteinander verbanden, in ihr zu ergießen.

Unersättlich liebten sie sich die ganze Nacht hindurch, immer wieder weckte der eine den anderen, wenn das Begehren erneut in ihm aufflammte. Nach der allerletzten Umarmung, in der die Lust von Goldener Fisch den höchsten Gipfel erklommen hatte, beschloss Salzblüte, ihm zu sagen, was sie für ihn empfand.

»Ich liebe dich mit all meiner Kraft. Zwischen unseren inneren Energien herrscht vollendete Harmonie. Ich will für immer bei dir sein.«

»Ja, du hast Recht, unsere Körper sind in vollkommenem Einklang.«

Seine nüchternen Worte erstaunten sie.

»Ist das alles, was du mir zu sagen hast?«, fragte sie mit sanfter Stimme und kuschelte sich noch ein wenig enger an die Brust ihres Geliebten.

Goldener Fisch hatte solche Angst davor, ihr wehzutun, dass er nicht wagte, ihr zu gestehen, dass sein Herz bereits einer anderen gehörte. Obwohl er ihr eigentlich alles über seine Vergangenheit und den Schwur, den Frühlingstau und er einander geleistet hatten, erzählen wollte, war er wie gelähmt bei der Vorstellung, eine so reine und bedingungslose Liebe zu enttäuschen.

Zweifel quälten ihn. Sie konnte nicht ahnen, welch innerer Aufruhr in ihm tobte, seit sein Geist erneut unter den Einfluss dieses unseligen Gedankens geraten war, der ihn peinigte, ohne dass er es sich selbst eingestand, und den er immer wieder zurückdrängte, weil er ihn einfach nicht zulassen wollte.

Konnte er denn sicher sein, dass Frühlingstau in Xianyang überhaupt noch auf ihn wartete? War das nicht einfach nur ein Wunschtraum? Seit er fortgegangen war, hatte er nichts mehr von Li Sis Tochter gehört, und das war nun schon zehn Jahre her. Vielleicht glaubte sie ja, er sei tot…

Konnte die Liebe eines Menschen eine so lange Wartezeit überdauern? War es Frühlingstau unter diesen Umständen möglich gewesen, dem Drängen des Kaisers zu widerstehen?

Sein Mund war immer noch vom Geschmack ihres letzten Kusses erfüllt. Als sei es gestern gewesen, fühlte er ihre sanften, feuchten Lippen, die jenen ähnelten, mit denen Salzblüte wenige Augenblicke zuvor seinen Jadestab umschlossen hatte.

In seinem Kopf geriet alles durcheinander: seine Gefühle, seine Empfindungen und die Bilder dieser beiden jungen Frauen, die einander so ähnlich waren.

Goldener Fisch stand an einem Scheideweg, er musste zwischen zwei außergewöhnlichen Frauen wählen. Die eine war ganz in seiner Nähe, die andere hingegen jener Traum, der danach strebte, Wirklichkeit zu werden, und doch von Zweifeln zunichte gemacht wurde.

War es möglich, ein Kapitel im Buch des Schicksals abzuschließen, um einfach ein neues Leben zu beginnen? Bedeutete das nicht, sich selbst zu verraten und sein wahres Ich zu verleugnen?

Er lag auf dem Rücken und starrte zur Holzdecke des Zimmers hinauf. Salzblüte schlief, von ihrer Liebe durchdrungen, auf ihm. Eine kleine schwarze Eidechse klebte reglos an einem Balken über ihm und beobachtete sie.

Er wusste nicht mehr, wo er gehört hatte, dass diese Tiere Glück bringen sollten. Trotzdem beschloss er, es als ein gutes Omen zu betrachten. Nachdem er seinen Blick eine Weile auf der Eidechse hatte ruhen lassen, versank auch er schließlich in tiefem Schlaf.

Mitten in der Nacht wachte er auf. Ein eigenartiges Gefühl hatte ihn erfasst.

Er war schweißgebadet. Doch er fühlte keinerlei Beklemmung, ganz im Gegenteil. Er war vollkommen ruhig. Er blickte hinauf zur Zimmerdecke. Die kleine schwarze Eidechse war immer noch da, versteckt im Halbdunkel. Nur ihre winzigen phosphoreszierenden Augen waren zu sehen. Sie schimmerten wie zwei Perlen, wenn sie sie öffnete. Dieses Zwinkern erschien ihm wie ein Bild für jenen Bruch, aus dem die Gegensätze erwuchsen: Das Dunkel folgte auf das Licht wie das Yin auf das Yang, so wie sich die gebrochenen und die ungebrochenen Linien der Trigramme abwechselten, so wie die Fülle die Leere erzeugte. Kurzum, wie ein Bild für dieses unablässige Pulsieren zwischen den gegensätzlichen Polen, aus dem das Leben entsprang.

Dieses kurze Aufblitzen war eine Botschaft: Kein Zweifel, es symbolisierte den Herzschlag von Frühlingstau, die immer noch am Leben war und in Xianyang auf ihn wartete.

Er verspürte einen wilden Drang, daran zu glauben.

Lautlos setzte er sich auf und sah auf den sanft schimmernden Nacken von Salzblüte hinab, die dicht an ihn geschmiegt dalag, fest schlafend wie ein Kind.

Er ließ seinen Blick über ihren halb nackten Körper und dieses unschuldige Gesicht gleiten, das so ruhig und glücklich wirkte, als sei nichts in der Lage, es zu erschüttern.

Nur die Liebe wies den Menschen den Weg zum Großen Frieden und zur Namenlosen Großen Leere.

So wie es im *Klassiker der Gelben Halle* beschrieben wurde: »*Die Leere ist so friedlich, weil das Einfache im Zentrum des Raumes liegt. Seid nicht wehmütig, denn im Alter werdet ihr wieder jung werden!*«

Er stand vorsichtig auf, breitete eine leichte Wolldecke über diesen anmutig geschwungenen Rücken und ging hinaus in den Hof, angelockt vom Licht des Vollmonds, der gerade aufgegangen war und ihn auf seltsame Weise an die zwinkernden Augen der kleinen schwarzen Eidechse erinnerte.

Draußen goss es in Strömen. Dunkle Wolken hatten den Himmel überzogen. In der Schenke, in die sie eingekehrt waren, um dem heftigen Regen zu entgehen, war es fast stockfinster.

»Hast du Neuigkeiten von deinen früheren Gefährten?«

Unersetzliche Verbindung sah Goldener Fisch traurig an.

»Unsere Kaste ist leider zu einem Sammelbecken von Sklaven verkommen, die zu den erniedrigendsten und sinnlosesten Tätigkeiten herangezogen werden: Vorkoster, Wäscher, Friseure ... Die Eunuchen sind zu einer Dienerschaft geworden, die ihren Herren bedingungslos ausgeliefert ist. Ich will lieber gar nicht darüber nachdenken, welche Macht wir früher innehatten! Zu Zeiten des alten Königs Zhong standen wir noch obenan. Wir besetzten Schlüsselpositionen in den Archiven und in der Königlichen Kanzlei, ganz zu schweigen natürlich vom Amt für Gerüchte.«

»Warum demütigt der Große Kaiser der Mitte sie denn jetzt so sehr, dass er sie zu diesen Dienstbotentätigkeiten verpflichtet?«

»Weil er sich vor ihnen fürchtet. Er duldet keine Gruppen, deren Denkweise er nicht versteht und die er nicht vollständig beherrschen kann. Es scheint, als habe nach meinem Fortgang niemand meine Nachfolge angetreten. Die Eunuchen sind führerlos, und ihre Organisation löst sich auf. Den wenigen Informationen zufolge, die mich hier erreichen, ist es mit unserer Kaste seitdem nur noch bergab gegangen.«

Die bloße Erwähnung des Verfalls seiner ehemaligen Bruderschaft, für die er sich so eingesetzt hatte, ließ Unersetzliche Verbindung trübsinnig werden, und seine Augen wurden feucht.

Ein Blitz zuckte über ein kleines Fenster, und gleich darauf dröhnte der Donner ganz in der Nähe und ließ die Wände der Schenke erzittern.

»Wie schlecht die Trunkenheit doch Menschen zu Gesicht steht, die den vielen Alkohol nicht vertragen! Lei Gong, der Gott des Donners, sollte dem da lieber einen Blitz auf den Hals schicken, um ihn zu beruhigen«, seufzte Goldener Fisch, um das Thema zu wechseln.

Er blickte zum anderen Ende des Raums hinüber, wo ein Betrunkener mit struppigem Haar wild gestikulierend herumpöbelte. Seine Verwünschungen übertönten sogar die Gespräche der übrigen Gäste.

»Ich bin ganz deiner Meinung!«, murmelte Loderndes Feuer.

»Zum Glück wird keiner von uns jemals einer solchen Sucht zum Opfer fallen«, versicherte Unersetzliche Verbindung.

Der Säufer hing halb über seinem Tisch, auf den er immer wieder mit der Faust einschlug, und rollte mit den Augen. Vor ihm stand seine dritte Flasche Reisschnaps. Die Kellnerin der Schenke, ein dralles Mädchen, das ebenso bärtig war wie ein alter Gelehrter, hatte sich vor ihm aufgebaut und forderte ihn nachdrücklich auf, erst seine Zeche zu zahlen, ehe sie ihm eine neue Flasche brachte.

»Wie lange brauchen wir von hier aus in die Stadt?«, fragte Loderndes Feuer Unersetzliche Verbindung.

»Wir haben noch anderthalb Stunden Fußmarsch vor uns. Wenn der Regen uns hier nicht allzu lange aufhält, können wir ohne Schwierigkeiten heute Abend da sein.«

»Umso besser! Ich nehme an, wir werden morgen früh aufstehen müssen, um einen guten Standplatz auf dem Markt zu ergattern«, fügte Goldener Fisch hinzu.

»Gib Acht! Du solltest diesen Krug besser nicht umwerfen, sonst bekommst du den Schrecken deines Lebens!«, rief Unersetzliche Verbindung der bärtigen Kellnerin zu, die, als sie an ihrem Tisch vorbeigekommen war, ein kleines Tongefäß angestoßen hatte, dessen Deckel luftdicht verschlossen war.

Der struppige Säufer machte inzwischen einen solchen Lärm, dass man im Schankraum sein eigenes Wort nicht mehr verstand. Er grölte ein anzügliches Lied, in dem von den Hintern der Mädchen und den Lenden der Kurtisanen die Rede war: »*Ein Hoch auf den Hintern meiner Liebsten! Ich bin der Bruder eines Königs. Ich war ein tapferer General, jetzt bin ich der König der Räuber. Ich bin der Räuber mit der Pferdemähne! Ein Hoch auf die kräftigen Lenden meiner Kurtisane und ihren hübschen Arsch!*«

Er hatte sich auf den Tisch gezogen, wo er nun aufrecht stand und aus vollem Hals herumbrüllte, während er dazu in die Hände klatschte. Mit einem Tritt hatte er das bronzene Geschirr und die Becher zur Seite gefegt, woraufhin sie scheppernd über den Boden gerollt waren. Er hielt eine Flasche in der Hand, aus der er zwischen zwei Strophen seines Lieds rülpsend trank.

»Dieser Mann ist doch wohl vollkommen verrückt! Was für eine Unverschämtheit! Wo glaubt er denn, dass er hier sei? Er kann doch nicht einfach die Gäste so belästigen!«, rief Loderndes Feuer schockiert.

Die Miene des jungen Eunuchen war voller Abscheu. Unersetzliche Verbindung hingegen musterte den Betrunkenen aufmerksam. Seine Worte hatten alte Erinnerungen geweckt. Er winkte die Kellnerin herbei.

»Kommt dieser Säufer oft hierher?«, fragte er das bärtige Mädchen.

»Aber sicher, jeden Abend! Er ist eine wahre Plage! Aber er kann zahlen, und darum …«

Die Kellnerin war nicht nur hässlich, sie schien auch nicht sonderlich gescheit zu sein. Unersetzliche Verbindung, dem ihr stinkender Atem wie ein übler Windhauch mitten ins Gesicht schlug, musste den Kopf abwenden.

Der Regen hatte nachgelassen, und das Gewitter hatte sich verzogen. Es wurde Zeit, wieder aufzubrechen. Nachdem sie ihre

Zeche bezahlt hatten, standen sie auf und verließen die Schenke, während der struppige Säufer immer noch sein Lied durch den Raum grölte.

Am nächsten Morgen trafen die drei Gefährten nach einer erholsamen Nacht, die sie in einer reinlichen, den Markthändlern vorbehaltenen kleinen Herberge verbracht hatten, vor dem Tor zum Stadtmarkt ein.

Sie waren nicht alleine. Es hatte sich bereits eine Schlange von Menschen gebildet, die, genau wie Unersetzliche Verbindung, einen Standplatz mieten wollten. Belustigt ließ Goldener Fisch seinen Blick über die mit Enten voll gestopften Käfige, die an den Füßen zusammengebundenen Hühner, die lebenden Ferkel, die so fest mit Hanfseilen verschnürt waren, dass sie sich kaum noch rühren konnten, die schweren Körbe mit frischem oder getrocknetem Gemüse und die mit geschältem Getreide und Sesamöl gefüllten Krüge schweifen, die sich auf dem Boden stapelten. Dieses fürchterliche Durcheinander bildete die unbeschreibliche Zusammenfassung all dessen, was man auf einem ländlichen Markt überhaupt nur kaufen konnte, und bald schon würden die Händler alles wieder in beste Ordnung bringen, indem sie die Waren sorgfältig gestapelt auf ihren Ständen auslegten.

Ein Stück weiter hielt ein alter Bauer drei unruhige, laut knurrende junge Bären an Leinen, die durch Ringe in ihren Nasen gezogen waren. Andere hatten kleine Käfige mit Kampfwachteln dabei, rühmten die Angriffslust ihrer Sieger und forderten die Umstehenden zu Wetten auf.

Die Vogelkämpfe wurden auf dem Marktplatz abgehalten, sobald die Stände wieder abgebaut waren. Nach dem morgendlichen Handel würden sie den Nachmittag beanspruchen, und nicht wenige würden beim Wetten den mageren Erlös ihrer Verkäufe gleich wieder verlieren.

»Ich bin wie immer hier, um meine Ameisen zu verkaufen. Ich brauche nicht viel Platz. Ein halber Stand reicht völlig«, sagte Unersetzliche Verbindung zu dem Beamten, der die Steuern einzog und dessen kleiner, von einem Trupp bewaffneter Soldaten streng bewachter Schreibtisch gleich neben dem Eingangstor aufgestellt war.

»Es ist ja nicht zu fassen. In diesem Land kann man noch nicht einmal mehr seine Waren verkaufen, wie es einem beliebt! Wie weit soll die Steuergier der Beamten denn noch gehen?«, stieß Goldener Fisch zwischen den Zähnen hervor.

Und dabei wusste er noch gar nicht, wie Recht er damit hatte.

»Die neuen Regelungen schreiben vor, dass man mindestens einen ganzen Stand belegen muss. Das macht für dich acht Bu«, erklärte der Beamte mechanisch.

»Aber das ist viermal so teuer wie beim letzten Mal! Wenn ich mich recht erinnere, habe ich damals nur drei Dao bezahlt! Und dabei erwarte ich nicht mehr als zwanzig Bu Gewinn! Wenn ich davon noch die Kosten für die Herberge abziehe, bleibt mir gar nichts mehr übrig!«, stöhnte Unersetzliche Verbindung.

Er hatte rasch nachgerechnet. Bei hundert Ameisenpaaren zu einem Bu je zehn Tiere, war dies in der Tat der höchste Erlös, den er bei seinen Verkäufen erzielen konnte. Die neuen Marktgebühren, ein Zeichen für die hemmungslose Raffgier der örtlichen Behörden, waren wirklich unbezahlbar.

»Wer bist du, dass du es wagst, die kaiserlichen Steuern zu kritisieren?«, ertönte plötzlich eine grimmige Stimme.

Ein Soldat, der einen etwas höheren Rang bekleidete als die anderen, war zu ihrer Gruppe herübergekommen. Schon hatte sich eine kleine Menschentraube rings um den Schreibtisch des Steuereinnehmers gebildet. Die Menge murrte, es klang beinahe drohend. Die meisten Händler waren auf der Seite von Unersetzliche Verbindung. Kritische Bemerkungen über die unzähligen Steuern und die sinnlos wuchernde Verwaltung wurden laut.

»Dieser Mann hat Recht! Die Gebühren für den Markt sind viel zu hoch. Das ist doch der reinste Wucher!«, hörte man hier und da murmeln.

»Wachen, zieht blank!«, forderte der Unteroffizier seine Männer unvermittelt auf.

Im gleichen Augenblick blitzten Klingen, und der kehlige Ruf der Soldaten ertönte. Die Staatsmacht schickte sich an, sich Gehör zu verschaffen, um die Spötteleien zum Schweigen zu bringen und jegliche Diskussion im Keim zu ersticken.

Der Unteroffizier schwang eine Peitsche und ließ ihre lange Schnur laut knallen. Er traf die Waden eines Mannes, der wie alle anderen in der Schlange stand und sich in keiner Weise an der Auseinandersetzung beteiligt hatte. Zwischen den beiden fleischigen, weit klaffenden Wundrändern des Schnittes, der sich über seine beiden Beine zog, spritzte Blut hervor.

Es war ein blinder Schlag in die Menge gewesen, der lediglich dazu diente, ein Exempel zu statuieren. Der Mann, ein Gemüsehändler, hatte nicht das Geringste gesagt oder getan, sondern nur ruhig gewartet, bis er an der Reihe war. Nach dem Schlag presste er lediglich die Lippen zusammen und sah, als sei nichts geschehen, in eine andere Richtung, um nicht noch einen weiteren Peitschenhieb abzubekommen.

In den Reihen der Wartenden herrschte wieder eisige Stille. Kein Hauch von Auflehnung war mehr zu spüren. Alle Köpfe waren gesenkt.

Die Staatsmacht hatte gesprochen. Am Eingang zum Markt der kleinen Stadt herrschte wieder die Ordnung des Großen Kaiserreichs der Mitte.

»Das Geld her, los!«, fuhr der Beamte Unersetzliche Verbindung an, der bedrückt und mit zornigem Herzen die Zähne zusammenbiss, um nicht vor Wut herauszuplatzen. Doch er gehorchte.

»Da werden ja selbst Tiere besser behandelt«, wisperte Loderndes Feuer Goldener Fisch ins Ohr.

Dieser fragte sich nachdenklich, wie weit die Unterwerfung des Volkes unter die ungerechten Gesetze des Kaiserreichs wohl noch gehen würde.

Tief in seinem Inneren war er davon überzeugt, dass der Tag nicht mehr fern war, an dem das Volk des Reichs der Mitte Rechenschaft von denen fordern würde, die es regierten.

Sie fürchtete sich vor diesen Ausbrüchen, wenn er wie ein Kind mit den Füßen zu stampfen begann.

Drei große, auf Schafsleder aufgezeichnete Landkarten lagen vor dem Kaiser der Mitte. Ein Diener hatte sie mit zitternder Hand auf die Tischplatte genagelt, damit sie flach liegen blieben.

»Ich habe zweimal nachfragen müssen, ehe man mir endlich diese Karten von unseren Meeresküsten gebracht hat! Ich habe den Obersten Kartographen, der mir ausrichten ließ, er könne sie nicht finden, sogar mit Verbannung und Sklavenarbeit drohen müssen!«, rief er, ehe er sich zurückzog.

Kaum hatte der Kaiser die Landkarten erhalten, hatte er die alte Königinwitwe zu sich gerufen, um mit ihr über jene Expedition zu reden, um die seit Monaten all seine Gedanken kreisten.

»Von wo aus willst du deine Flotte denn auslaufen lassen? Du hast die freie Wahl: Die Meeresküsten erstrecken sich von den kalten Nordmeeren bis hin zu den lauwarmen, algendurchzogenen Meeren im Süden.«

Huayang hatte schon bei früheren Gelegenheiten Landkarten gesehen, auf denen sich die Küstenlinie von oben nach unten schlängelte.

»Ich habe vor, die Expedition von der großen Halbinsel, die sich wie der Bug eines Schiffs ins Meer vorschiebt, aus in See stechen zu lassen. Es gibt dort eine Hafenstadt namens Dongyin. Man hat mir versichert, dass sie über eine Werft verfügt. Ich habe bereits den Bau eines ersten Schiffs angeordnet. Und Erdarbeiter haben damit begonnen, hoch über dem Ozean eine gewaltige Terrasse einzuebnen. Von ihr aus kann ich das Auslaufen und die Rückkehr meiner kleinen Flotte überwachen!«, rief er stolz.

Er hatte seinen Finger auf eine mit einem roten Punkt markierte Stelle auf dem aufgespannten Schafsleder niedersausen lassen, wo der Küstenverlauf einen großen Vorsprung bildete, dessen Spitze in nordöstlicher Richtung weit in das Meer hinausragte.

»Wenn ich dich recht verstehe, willst du also nicht selbst an dieser Expedition teilnehmen?«

»Nicht von Anfang an. Ich werde auf die Inseln segeln, nachdem sie entdeckt worden sind. Aber bis dahin wäre es nicht angemessen, wenn der Kaiser der Mitte einfach sein Reich verließe. Aus diesem Grund habe ich Zhao Gao nach Dongyin geschickt, wo er den Bau der Schiffe beaufsichtigen soll«, antwortete er mit ernsthafter Miene.

Huayang warf ihm einen belustigten Blick zu. Obwohl der Kaiser der Mitte von diesem Traum wie geblendet war, blieb er doch umsichtiger, als es den Anschein hatte. Sein Drang nach Unsterblichkeit hielt ihn nicht davon ab, mit beiden Beinen auf dem Boden zu bleiben. Er würde keine unnötigen Risiken eingehen.

»Kannst du mir etwas genauer erklären, wie du diese Inseln überhaupt finden willst?«, fuhr sie mit unbeschwerter Stimme fort.

»Ich habe einen Plan, über den ich schon seit einigen Monaten nachdenke. Es könnte durchaus eine lange und gefährliche Reise werden, und deshalb soll sich die Expedition, um über die größtmögliche innere Energie zu verfügen, zu gleichen Teilen aus insgesamt tausend jungen Mädchen und Knaben zusammensetzen.«

»Jetzt verstehe ich, woher der Name dieser ›Expedition der Tausend‹ kommt, von der in Xianyang seit einiger Zeit die Rede ist…«

»Das Wichtigste ist, dass alle Mädchen noch unberührt sind, damit ihr Yin vollkommen intakt ist, wenn das Schiff in Sichtweite der Insel Penglai kommt. Die Unsterblichen, die auf dieser Inselgruppe leben, werden es nicht wagen, so viel Jugend und Reinheit abzuweisen. Was hältst du davon?«

»Dieser Gedanke scheint genau der Vorstellung zu entsprechen, die ich vom Großen Weg habe: Die innere Energie gehört den jungen und reinen Menschen. Wer sie beherrscht, ist in der Lage, damit Berge zu versetzen!«, entgegnete Huayang.

»Und an die Spitze des Zuges werde ich diese widerspenstige sogdische Prinzessin stellen, das wird sie lehren, die Liebesworte des Kaisers zu missachten! Weißt du, dass sie mein Angebot abgelehnt hat, sie zu meiner rechtmäßigen Ehefrau zu machen? Aber ich kann sie ja schließlich nicht ihr ganzes Leben lang hier gefangen halten!«

»Du brauchst es doch nur zu befehlen, und schon wäre sie deine Frau…«

»Aber es widerstrebt mir immer noch genauso sehr wie früher, Frauen mit Gewalt zu etwas zu zwingen«, murrte er aufgebracht.

Huayang senkte den Blick, während er nervös auf dem bauchigen Leib seines Bronzedreifußes herumklopfte.

»Wie viele Schiffe werden nötig sein, um die Expedition der Tausend zu transportieren?«

»Drei. Eines für jede Insel, nach denen sie auch benannt sein werden: Penglai, Yingzhou und Fanzhang. Ich habe angeordnet, dass die besten Schiffbauer des Kaiserreichs auf die Baustellen gebracht werden. Die Masten der Schiffe sollen weiß gestrichen werden, damit sie den Tieren und Vögeln gleichen, die auf diesen Inseln leben. Und ihre Segel werden schwarz sein wie die Flügel des Raben. Auf der Hinfahrt sollen ihre Laderäume noch leer sein, damit sie vor der Rückfahrt mit Jadefrüchten gefüllt werden können.«

»Und wann willst du nach Dongyin aufbrechen?«

»Im nächsten Frühjahr, sobald die Terrasse eingeebnet ist und die Schiffe fertig sind… Um diese Jahreszeit ist auch das Meer am ruhigsten. Die Schiffe können dann gefahrlos die hohe See erreichen. Ich werde die Astrologen noch bitten, das zu bestätigen.«

»Hast du auch die Geomanten zu Rate gezogen, um die genaue Lage dieser Terrasse zu bestimmen?«

Am Blick, den der Herrscher ihr zuwarf, erkannte Huayang, dass sie die falsche Frage gestellt hatte. Er wirkte zutiefst verärgert.

»Es ist die einzige Stelle, von der aus man auf den gesamten Ozean hinausblicken kann. Was kümmert mich da die Meinung eines Geomanten! Es gibt keinen anderen Platz dafür, das hat mir auch Zhao Gao ausrichten lassen… Ist die Wahl des Kaisers der Mitte etwa nicht genauso viel wert wie die eines einfachen Feng-Shui-Meisters?«

»Jedem seine Aufgabe! Was, wenn der Fels des Berges an dieser Stelle bis an die Erdoberfläche reicht, dann kann die Terrasse nicht gebaut werden«, beharrte sie, obwohl sie wusste, dass sie damit einen Wutausbruch heraufbeschwören würde.

»Du glaubst wohl, du hast auf alles eine Antwort! Aber ich sage dir, dass kein Fels es wagen wird, an der Stelle an die Erdoberfläche zu reichen, an der meine Terrasse eingeebnet werden soll!«, schäumte er.

Sie reizte ihn gerne bis zur Weißglut. Das war ihre Art, sich für die Tyrannei zu rächen, mit der er alle anderen beherrschte, während sie der einzige Mensch im ganzen Kaiserreich war, der ihm überhaupt noch widersprechen konnte.

»Erzähle mir noch ein wenig von dieser sogdischen Prinzessin. Der ganze Hof behauptet, sie sei eine wahrhaft betörende Tänzerin«, bat sie ihn, um noch mehr Salz in seine Wunde zu streuen.

»Ausnahmsweise sind die Gerüchte berechtigt! Sie besitzt den Körper einer Göttin und bewegt ihn auf geradezu himmlische Weise. Leider scheint Baya genauso verstockt zu sein wie Frühlingstau … Und dabei habe ich wirklich nichts unversucht gelassen, um sie zu verführen«, knurrte er verärgert.

»Wäre es dann nicht das Beste, dir die Dienste einer gefügigen Konkubine zu sichern? Das würde die Frauen, denen du den Hof machst, vielleicht umstimmen! Glaub mir, mein kleiner Zheng, ich weiß, was im Herzen einer Frau vor sich geht …«

Der Große Kaiser der Mitte schien sich mit einem Mal in einen schuldbewussten kleinen Jungen verwandelt zu haben.

»Dieser Gedanke ist mir noch nie gekommen …«

»Eine Handbewegung von dir genügt, und schon stehen dir die Tore des kaiserlichen Harems weit offen … Und die Frauen dort warten schon so lange auf dich!«

»Das ist wahr.«

»Ich habe mir sagen lassen, dass es bei der letzten Zählung über hundert wunderschöne unberührte und vollkommen gesunde junge Frauen waren, die während der jüngsten Eroberungszüge erbeutet wurden.«

Kleinlaut starrte er auf seine Fußspitzen. Seine Haltung zeugte von äußerster Verlegenheit.

»Um die Früchte am Baum pflücken zu können, muss man crst

einmal gelernt haben, sie zu greifen …«, sagte er mit kläglicher Stimme.

»Du willst doch wohl nicht behaupten, dass du noch nicht weißt, wie man mit Frauen umgeht?«, fragte sie mit geheuchelter Arglosigkeit.

»Doch, genau das ist mein Problem«, murmelte er so leise, dass sie sich vorbeugen musste, um ihn überhaupt zu verstehen.

»Und jetzt hast du Angst, du könntest versagen und das würde sich herumsprechen?«

»Ja, das ist es. Ich bin ein Gefangener meiner eigenen Kaiserwürde«, fügte er traurig hinzu.

In seinen aufgelösten Zügen erkannte sie eine Verzweiflung, die nicht gespielt war.

»Möchtest du, dass ich dir erkläre, wie es geht?«, fragte sie mit sanfter Stimme.

Mit blasser, abgespannter Miene sah er sie wortlos an.

Plötzlich empfand sie Mitleid mit diesem Mann, der in seiner eigenen Person gefangen war, eingeschnürt von der Etikette, dazu verdammt, niemals an etwas zu zweifeln, der niemals Zuflucht bei anderen Menschen suchen durfte, weil er von den Fesseln der höchsten Macht umschlungen war.

Je höher man stand, desto einsamer wurde man. Niemand würde je Mitleid mit ihm haben, denn das stand ihm nicht zu. Die geringste Schwäche würde seine Vertrauten nur zu Verschwörungsgedanken verleiten. Ein Herrscher hatte nicht das Recht, ein Mensch zu sein mit all seinen Zweifeln und Fehlern.

Und so wusste der Große Kaiser der Mitte nicht einmal, wie er einer willigen Konkubine seine Aufwartung machen sollte!

Huayang brauchte nicht lange, um zur Tat zu schreiten. Sie trat langsam auf Qin Shihuangdi zu, nahm seine Hand und legte sie auf ihre alte Brust.

Er zeigte keinerlei Widerstreben, im Gegenteil, er ließ sie gewähren. Huayangs Brüste waren kleiner geworden, wodurch die Größe ihrer dunklen Brustwarzen, deren runde Vorhöfe wie zwei kleine Bi-Scheiben wirkten, stärker hervortrat.

Wie immer war sie unter ihrem weich fließenden Gewand vollkommen nackt. Sie hakte es auf. Die Haut an ihrem flachen Bauch war immer noch weich, und nur rings um den Nabel hatten sich ein paar Falten gebildet. Wie gewohnt hatte sie alle Haare an ihrem Unterleib entfernt, und die Wärme ihrer Schenkel, die sie jeden Tag massierte, damit sie straff blieben, umschloss nun seine Hand.

Das Begehren hatte bereits die Sinne des Kaisers der Mitte entflammt.

Sie hatte sein aufgerichtetes Glied in die Hand genommen und führte es, nachdem sie seine Spitze mit ihrer Zunge angefeuchtet hatte, lächelnd in ihre Erhabene Pforte ein. Sie empfand dies beileibe nicht als unangenehm. Es war Jahre her, seit zum letzten Mal ein Mann in sie eingedrungen war.

Dann spannte sie ihre Schenkel an und bewegte ihren Unterleib vor und zurück, um sein immer weiter anschwellendes Glied zu massieren. Es dauerte nicht lange, bis er sich in sie ergoss, beinahe flüchtig und mit einem leisen, befriedigten Glucksen.

Seiner Miene sah sie an, dass es für ihn ein großer Genuss gewesen sein musste. Sie ließ ihn aus ihrem Körper heraus.

»Oh, war das gut …«, murmelte er nur, als er seine Beinkleider wieder zurechtzog.

Noch für eine kurze Zeit würde sie ihn vollkommen in ihrer Hand haben. Sie war sicher, dass ihre Wünsche ihm Befehl sein würden. Wenn sie zwanzig Jahre jünger gewesen wäre, wäre sie auf der Stelle zur Großen Kaiserin der Mitte geworden.

Aber jetzt war sie nur noch eine alte Frau, deren einziges Ziel darin bestand, alles in Bewegung zu setzen, damit ihr kleiner Kuhhirte seine geliebte Weberin wiederfinden würde.

30

»Majestät, ich bin beinahe verrückt geworden vor Sorge. Fünf Tage lang habt Ihr mir nicht das geringste Lebenszeichen zukommen lassen, ich dachte schon, Ihr wärt verschwunden! Ich habe Eure Untertanen belügen müssen und so getan, als sei alles wie immer …«

Li Si hatte die Beherrschung verloren und sich zu einem Aufschrei hinreißen lassen, wobei seine Stimme vor Angst immer noch rau klang.

Ein kurzes zufriedenes Lächeln huschte über das Gesicht des Großen Kaisers. Es gefiel ihm, seinen sonst so beherrschten Ersten Minister, der stets auf alles eine Antwort wusste, ausnahmsweise so aufgelöst und ängstlich vor sich zu sehen.

»Ich habe beschlossen, unangekündigte Besuche vor Ort durchzuführen. Niemand darf wissen, wo ich mich gerade aufhalte, abgesehen von Steter Wandel, aber er hat den strikten Befehl erhalten, niemandem etwas davon zu verraten. Und ich habe nicht vor, so bald wieder damit aufzuhören. Diese Ausflüge sind sehr aufschlussreich! Und umso sinnvoller, als niemand mich erkennt. Ich kann ohne einen Mittelsmann mit meinem Volk in Berührung kommen«, begeisterte sich der Herrscher fast schon ausgelassen.

»Nun ja, Euer Gesicht ist nicht gerade an allen Wegkreuzungen des Reichs der Mitte angeschlagen …«, stammelte der Erste Minister ziemlich fassungslos.

»Ich bin einer alten Frau begegnet, die den Kaiser der Mitte verfluchte, als sie den Brückenzoll zahlte. Und sie hatte Recht: Der Betrag, der dort verlangt wurde, war genauso hoch wie alles, was sie bei sich trug, nachdem sie auf dem Markt einen ganzen Tag lang das Gemüse aus ihrem Garten verkauft hatte!«

Li Si wagte nicht, dem Kaiser vorzuhalten, dass er selbst sein Siegel auf dem Erlass angebracht hatte, mit dem die Höhe der Zölle an Brücken und Stadttoren festgesetzt worden war. Die abgrundtiefe Hinterhältigkeit des Herrschers verhieß nichts Gutes für die Zukunft des Ersten Ministers, dem diese neuen Pläne ganz und gar nicht gefielen. Wenn der Kaiser sich von einfachen Untertanen ansprechen ließ, die sich bereitwillig über alles und nichts beschwerten, weil sie nicht wussten, wen sie vor sich hatten, konnte dies den Kaiser durchaus eines Tages dazu bewegen, ungerechterweise einen Minister oder hohen Beamten für diese Missstände zu bestrafen. Und warum nicht gleich den Ersten Minister selbst?

Er hätte es sehr viel lieber gesehen, wenn er auch weiterhin die einzige Verbindung zwischen dem Herrscher und der Außenwelt geblieben wäre. Wenn dieser nun begann, seine Paläste zu verlassen und alleine durch sein Reich zu streifen, schwand ein Großteil seiner Macht dahin. Anders gesagt, je unzugänglicher der Herrscher blieb, je unsichtbarer er war, desto besser für seinen Ersten Minister.

Und dabei wusste zum Glück noch niemand etwas davon! Aber wehe, die Nachricht von den einsamen Ausflügen des Kaisers, der in sein Reich hinauszog, um sich zu vergewissern, dass seine Maßnahmen auch umgesetzt wurden, würde eines Tages nach außen dringen, dann würden alle möglichen scheinheiligen Gesellen sofort den Schluss daraus ziehen, dass der Erste Minister schon bald in Ungnade fallen würde!

»Wir müssen uns jetzt erst einmal über die Konsequenzen meiner Runde unterhalten. Es hat sich da einiges angesammelt«, verkündete der Kaiser der Mitte.

»Ich stehe zu Eurer vollsten Verfügung, mein großmächtiger Herr!«, antwortete der Erste Minister beflissen.

Er musterte den Herrscher besorgt. Vielleicht hatte dieser noch andere Missstände entdeckt, für die er ihm die Verantwortung zuschieben würde, seien es nun so offensichtliche Ungerechtigkeiten wie die Höhe der Wegzölle oder auch die übertriebene Gier skrupelloser Beamter. Er fühlte sich wehrlos und verletzlich, und er hatte keine Ahnung, welche Klagen der Große Kaiser der Mitte für ihn bereithielt.

»Der wichtigste Punkt betrifft die Baustelle des großen Kanals, der die beiden Flüsse Li und Xiang miteinander verbinden soll. Ich bin als Vorarbeiter verkleidet dorthin gegangen und habe gesehen, wie hoch der Erdhügel zwischen den beiden Teilstücken, die irgendwann aufeinander treffen sollen, immer noch ist. Den Plänen zufolge, die ich studiert habe, ehe ich mich dorthin aufgemacht habe, verlangt der Höhenunterschied zwischen den beiden Flüssen, die darüber hinaus auch noch in unterschiedliche Richtungen fließen, sowohl den Bau eines Nebenkanals, der parallel zu dem einen Fluss verläuft, als auch den dreier aufeinander folgender Wehre im Bett des anderen.«

»Das ist korrekt, Majestät. Die Berichte der Wasserbaumeister sind in diesem Punkt sehr deutlich.«

»Nun habe ich aber leider nicht hinnehmbare Verzögerungen bei den Aushebungen zu diesen verschiedenen Teilstücken feststellen müssen. Als ich den Geomanten, der auf der Baustelle anwesend war, fragte, wo ich meine Mannschaft postieren sollte, um mit den Arbeiten an eben diesem Nebenkanal zu beginnen, hat er mir einfach ins Gesicht gelacht.«

»Was hat er denn geantwortet?«

»Dieser Geomant hat es gewagt, mir zu erklären, dass es vollkommen unnötig sei, diese ganzen Arbeiten durchzuführen, denn der Kanal sei nichts weiter als eine verrückte Laune des Kaisers und würde schon beim ersten Hochwasser wieder weggeschwemmt werden. Natürlich habe ich darauf nichts erwidert, aber ich habe mir seinen Namen notiert.«

Er hielt dem Ersten Minister ein Bambustäfelchen hin.

»Welche Strafe soll über diesen Mann verhängt werden, Majestät?«

»Die Todesstrafe erscheint mir übertrieben. Dieser Geomant war nicht der Hauptverantwortliche für die technischen Belange der Baustelle. Was mich am meisten geärgert hat, war sein Spott. Wir werden uns damit begnügen, ihm beide Füße abschlagen zu lassen«, erklärte er milde.

»Wie Ihr wünscht, Majestät! Euer Befehl wird sofort ausgeführt, sobald wir diesen Kerl hierher geschafft haben!«

»Und dann haben wir am Tor eines unserer Paläste einen Türwächter, der auf Schifffahrtsstraßen spezialisiert ist…«, fügte Kaiser Qin Shihuangdi ausgelassen hinzu.

»Gibt es noch etwas anderes, Exzellenz?«, fragte Li Si zögerlich.

Die gute Laune des Kaisers erleichterte ihn. Wenn Qin Shihuangdi ihm noch irgendetwas Ernsteres vorzuwerfen gehabt hätte, dann würde er doch sicher nicht so mit ihm scherzen.

»Beinahe hätte ich es vergessen… Ich möchte, dass du den Namen dieses Kanals ändern lässt. Ich meine auf den Tafeln gelesen zu haben, dass wir ihn ›Kanal des Wohlstands‹ genannt haben. Das gefällt mir nicht. Wir werden ihn Lingqu nennen, den ›Magischen Kanal‹, um dieses System unterschiedlicher Höhen zu betonen, das Flüsse schiffbar machen wird, auf denen heute nicht einmal ein Floß durchkommen würde. ›Magischer Kanal‹, ist das nicht ein passender Name?«

»Er ist ganz fantastisch, Majestät!«, stimmte ihm Li Si zu, der sich wie ein eifriger Schüler auf der Rückseite des Täfelchens, das der Kaiser ihm gegeben hatte, Notizen machte.

»Ich hoffe, dass dieser Magische Kanal dem Programm zum Bau von Bewässerungssystemen Glück bringen wird, das ich ebenfalls in Gang setzen will!«

»Was für ein ausgezeichneter Plan! Auf diese Weise werden wir nicht nur den Ertrag der Ernten steigern, sondern auch den daran bemessenen Anteil der in Naturalien gezahlten Steuern«, sagte Li Si, den eine solche Aussicht vor Freude jubilieren ließ.

Der Kaiser hatte seinen bronzenen Dreifuß in die Hand genommen und klopfte sacht darauf herum.

Diese Geste beruhigte den Ersten Minister und bestätigte seinen Eindruck, dass sich der kaiserliche Zorn nicht über ihm entladen würde. Im Laufe der Zeit war ihm aufgefallen, dass das kleine Gefäß immer auf dem Schreibtisch des Kaisers stehen blieb, wenn dieser wieder einmal einen Wutanfall bekam.

»Ich habe auch die Baustelle des Epang-Palastes besucht. Die Trägheit, mit der der Bau vorangeht, springt einem geradezu ins Auge. Man sollte die Sklaven, die dort arbeiten, besser ernähren, ihr ›Ertrag‹ – um ein Wort zu verwenden, das du so gerne benutzt – erscheint mir ganz offensichtlich unzureichend!«

Li Si gefror erneut das Blut in den Adern. Die Prüfung war also immer noch nicht zu Ende.

»Majestät, ich habe mich noch vor kurzem gemeinsam mit Vollkommenes Gleichmaß vergewissert, dass die Audienzhalle des Epang-Palastes die zehntausend Ehrbezeugungen aufnehmen kann, die aus allen vier Himmelsrichtungen des Kaiserreichs zusammengekommen sind!«, stotterte Li Si, dessen Stimme erneut zu zittern begonnen hatte.

»Vielleicht ... Aber mir ist auch aufgefallen, dass in die Wadang, die als Stirnziegel an den Dächern dienen, immer noch nicht das Siegel von Qin Shihuangdi eingraviert worden ist! Dabei habe ich dich schon tausendmal darauf aufmerksam gemacht, dass mein Name auf den kaiserlichen Bauten unbedingt überall zu sehen sein muss.«

»Aber, Majestät, die Wadang-Schnitzer sind völlig überlastet. Und wir haben gar nicht genug von diesen Stirnziegel!«

»Es ist mir egal, woran es liegt. Ich will dort meinen Namen sehen! Ansonsten wird der Kaiser, der durch die Abwesenheit regieren will, bei seinem Volk womöglich noch irgendwann in Vergessenheit geraten! Der Name von Qin Shihuangdi muss überall zu lesen sein! Noch in zehntausend Jahren soll man ihn auf dem kleinsten Stein eines jeden Gebäudes finden!«, schrie der Kaiser wutentbrannt und stellte seinen Dreifuß zurück auf den Schreibtisch.

Li Si schwankte. Das war das Zeichen, dass das Gewitter, dessen Grollen bereits zu spüren war, in Kürze losbrechen würde.

»Vielleicht liegt es ja auch an den Vorlagen, dass Euer Name nicht korrekt auf den Wadang erscheint. Ich werde das überprüfen, sobald unser Gespräch beendet ist.«

»Das ist doch absurd! Gerade hast du mir noch erzählt, dass es zu wenig Arbeiter gibt, und jetzt sprichst du auf einmal von einem Problem bei den Vorlagen?«

»Es tut mir Leid! Ich habe sicherlich zu schnell geredet«, ächzte der Erste Minister.

»Ach ja, dann werde ich jetzt erst einmal mit dir über meine Art zu regieren reden müssen. Habe ich denn hier allen Ernstes den Ersten Minister des Kaiserreichs vor mir?«, brüllte der Herrscher außer sich vor Wut.

Sein Gegenüber ließ den Kopf hängen. Er kannte seinen Herrn gut genug, um zu wissen, dass sie nun den Punkt erreicht hatten, an dem es besser war zu schweigen.

Doch die Frage des Kaisers beunruhigte ihn. Sie wirkte wie ein schlechtes Vorzeichen, denn sie schien seine Befähigung für diesen Posten in Zweifel zu ziehen.

Li Si wusste genau, dass früher oder später der Tag kommen würde, an dem der Herrscher, genau wie einst bei Lü Buwei, beschließen würde, sich von ihm zu trennen. Aber er wollte diesen Moment so weit wie möglich hinauszögern und hatte bis dahin, nicht ohne eine gewisse Naivität, geglaubt, dass es genügen würde, Qin Shihuangdi niemals zu widersprechen und seine Wünsche unverzüglich und wirkungsvoll umzusetzen, um sicher sein zu können, sein Amt zu behalten. Er hatte geglaubt, sich beinahe für die Ewigkeit abzusichern, indem er sich unersetzlich machte. Aber er hatte sich getäuscht. Denn nun bewies ihm der Kaiser mit einer einfachen Frage, dass rein gar nichts jemals sicher war.

Im Geiste rief er sich hastig alle möglichen Anwärter vor Augen, die der Kaiser gegebenenfalls zu seinem Nachfolger ernennen könnte. Glücklicherweise war kein sehr glaubwürdiger Kandidat darunter. Er hatte stets darauf geachtet, dass aus den Reihen der Minister, die sich aus im Dienst ergrauten engstirnigen Verwaltungsbeamten zusammensetzten, niemand besonders hervorstach, weder durch sein Geschick noch durch außergewöhnliche Fähigkeiten und schon gar nicht durch besonderes Charisma. Die Minister seiner Regierung waren, ganz abgesehen davon, dass sie alle älter waren als er, nichts weiter als loyale Befehlsempfänger, von denen der Kaiser der Mitte gerade einmal den Namen kannte.

Nur der Kriegsminister Wang der Glückliche hätte sich von den anderen abheben können, aber sein hohes Alter machte ihn zu einer wenig wahrscheinlichen Wahl. Aus der Richtung der Minister drohte ihm also keine Gefahr.

Er musste sich anderswo umsehen. Im normalen Volk etwa, wo Baumeister und Künstler aus der Masse herausragten. Aber um keinen Preis der Welt hätten diese eingewilligt, ein so riskantes Amt wie das seine zu übernehmen.

Sicher, es gab den Architekten Vollkommenes Gleichmaß, an dem der Kaiser einen solchen Narren gefressen hatte, dass er ihm die meisten kaiserlichen Baustellen übertrug. Architekten waren die Künstler, die die Mechanismen der Macht am besten durchschauten. Die geschicktesten unter ihnen wussten sich wie gewandte Höflinge zu verhalten, um die Aufträge zu ergattern, die ihnen den Erfolg sicherten. Aber dieser viel beschäftigte Mann der Kunst verbrachte seine Zeit damit, im gesamten Kaiserreich von der einen Mauer zur nächsten Brücke und von dort zum nächsten Palast zu eilen. Li Si konnte sich nicht vorstellen, dass Vollkommenes Gleichmaß seinen geliebten Beruf und seine unzähligen Baustellen aufgeben würde, um Erster Minister zu werden.

Blieb noch Zhao Gao, der Mann mit dem Bronzebizeps …

Beim Gedanken an ihn wurde Li Si unwillkürlich das Herz schwer. Der neue Leiter des Generalstabs der kaiserlichen Truppen war der einzige glaubwürdige Anwärter auf seinen Posten. Qin Shihuangdi kannte ihn in- und auswendig. Er wusste alles über seine Vorzüge und seine Schwächen. Er wusste, wie er funktionierte.

Sicher, er war ein Soldat und kein Zivilist. Und das Königreich Qin hatte das Amt des Ersten Ministers niemals einem Angehörigen der Truppen übertragen …

Aber Li Si wusste auch besser als alle anderen, dass Regelungen, genau wie Traditionen, dazu da waren, sich weiterzuentwickeln.

Im Grunde brauchte Kaiser Qin Shihuangdi lediglich so zu entscheiden.

Es war eine Vollmondnacht, und die beiden Männer lagen ineinander verschlungen auf ihrem Lager.

Der jüngere von ihnen, dessen Körper über und über mit Öl eingerieben war, lag auf der Seite und schlief tief und fest. Das verzückte Lächeln, das seine Züge erhellte, zeugte von schönen Träumen. Der andere, den die Erregung ihrer letzten Vereinigung nicht einschlafen ließ, stand behutsam auf und ging auf die Terrasse hinaus, die an das Zimmer angrenzte.

Von dort aus sah man auf den Hafen und die Schiffe hinab, die mit eingeholten Segeln am Kai lagen und vor sich hin zu dösen schienen, sanft gewiegt von den leise plätschernden Wellen. Zu seiner Rechten erkannte er den auf einem von Wellen umspülten Felsen aufgerichteten Signalmast, der die Fahrrinne markierte. Und dahinter lag das offene Meer, diese gewaltige Fläche, aus der nach der Überzeugung des Kaisers der Mitte irgendwo die Inseln der Unsterblichen aufragten.

Wie betäubt von der Schönheit dieses Anblicks sog Zhao Gao die frische Meeresluft ein. Er hatte den Großen Ozean des Ostens noch nie im Mondschein betrachtet. Er griff nach einigen mit Tee aromatisierten sautierten Krabben, die vom Abendessen übrig geblieben waren, und begann daran zu knabbern. Sie waren die Spezialität der kleinen Hafenstadt Dongyin, und Zhao Gao konnte gar nicht genug davon bekommen.

Er beschloss, ein wenig Lärm zu machen, um seinen jungen Geliebten aufzuwecken. Erst räusperte er sich, und dann, als er sah, dass sich nichts rührte, ließ er einen Stapel Bronzegeschirr auf den steinernen Boden fallen.

Kurz darauf gab er vor, auf das Wasser hinauszublicken, auf dem sich erste kleine Schaumkronen bildeten, während er träge den Nacken des jungen Mannes mit der wollenen Kappe streichelte, der zu ihm hinaus auf die Terrasse getreten war. Dieser entzückende Offiziersbursche war die neueste Eroberung des Generalstabschefs der Truppen des Reichs der Mitte.

Er wollte Kostbares Elfenbein nicht mehr missen.

Sein kindliches Gesicht, sein vollkommen haarloser muskulöser Körper und seine gebräunte Haut hatten ihn sofort angezogen, als er ihn in der Reihe der jungen Männer entdeckt hatte, die der Armeewerber im Hof der Hauptkaserne des Militärbezirks des Jadetors gerade in Augenschein nahm. Von diesem Moment an hatte er den jungen Mann in seine Dienste genommen und dafür gesorgt, dass er ihm nicht mehr von der Seite wich. Ohne zu zögern hatte er ihn auch nach Dongyin mitgenommen, wohin ihn der Kaiser der Mitte auf eine »Befriedungs- und Bewahrungsmission« geschickt hatte, eine pompöse Bezeichnung, die im Grunde nichts anderes bedeutete, als dass er in dieser weit abgelegenen Provinz an der Küste des Großen Ozeans für Ordnung sorgen sollte. Gleichzeitig hatte er den Auftrag, den Bau der Schiffe für die Expedition zu den Inseln der Unsterblichen zu überwachen.

»Brauchst du mich?«, fragte der junge Mann mit schläfriger Stimme.

Zhao Gao gab ihm mit einer Handbewegung zu verstehen, dass er wieder zurück ins Bett gehen konnte.

Nach einem flüchtigen Kuss kehrte der junge Mann ins Zimmer zurück und ließ den Generalstabschef alleine, während dieser noch eine Weile den Anblick des Hafens genoss, der allmählich zum Leben erwachte.

Erst nach einem dreiwöchigen ununterbrochenen Ritt hatten Zhao Gao und sein Gefährte diese Provinz im fernen Osten erreicht, deren majestätische Felsküsten steil in die schäumenden Wogen des Ozeans abfielen.

Nachdem er in Dongyin, dem an der Nordküste gelegenen Haupthafen der Halbinsel Liaodong, eingetroffen war, hatte er den prächtigsten Palast der Stadt für sich beschlagnahmt. Es war ein eindrucksvolles Gebäude mit zinnengekrönten Türmen und von Efeu überwucherten Mauern, das hoch über dem kleinen Fischerstädchen lag. Der Palast hatte einst einer Dynastie von Perlenfischern gehört, die seit der einige Jahre zurückliegenden Annektierung dieser Provinz durch das Königreich Qin ihren gesamten Besitz verloren hatten.

In diesem weitläufigen Gebäude, das über einen schönen Hängegarten verfügte, hatte sich der General mit Vergnügen niedergelassen und gleich auch das schönste Zimmer für sich beansprucht.

Seine Armee lagerte ringsum auf großen Terrassen, die stufenweise zum Strand hin abfielen.

Die große Entfernung zum Zentrum des Kaiserreichs hatte in dieser Küstenregion zu einer gewissen Aufmüpfigkeit der Bevölkerung und zu deutlicher Nachlässigkeit bei der Zahlung der Abgaben geführt. Es war eine jener Provinzen, in denen die Steuererträge geradezu lächerlich niedrig waren und die Gesetze nach Gutdünken des Gouverneurs angewandt wurden. Die strenge legalistische Lehre hatte sich hier noch nicht durchgesetzt.

Der letzte Gouverneur, dem Amtspflichtverletzung vorgeworfen worden war, hatte seinen Kopf eingebüßt, aber sein Posten war noch nicht wieder neu besetzt worden. Und nun sollte Zhao Gao, dem unter diesen Bedingungen die vollen zivilen und militärischen Machtbefugnisse zufielen, all das in die Hand nehmen, um bessere Ausgangsbedingungen für die Expedition des Kaisers zu schaffen.

Aber er wollte seinen Aufenthalt fernab der Hauptstadt auch dazu nutzen, in aller Ruhe die Gesellschaft dieses Jungen zu genießen, von dessen Sinnlichkeit er sich gleich angezogen gefühlt hatte, als er ihm in der Kaserne des Jadetors zum ersten Mal in die Augen geblickt hatte.

Er spürte, dass er jetzt endlich müde genug war, um einschlafen zu können, und ging zurück ins Zimmer. Der junge Offiziersbursche schlief schon wieder. Er lag auf dem Bauch, und sein runder, verlockender Hintern war unbedeckt.

Dieser herrliche Anblick weckte erneut Zhao Gaos Begehren. Er blieb eine Weile stehen und betrachtete versonnen den glänzenden Rücken von Kostbares Elfenbein, ehe er schließlich begann, diesen langsam zu massieren. Dann ließ er seine Hand über den Nacken des Jungen gleiten, während dieser sich wie ein Reptil zu winden begann und dabei leise stöhnte.

»Du bist meine kleine Schlange!«, flüsterte er ihm ins Ohr.

Er legte sich dicht neben den jungen Mann.

Doch da bemerkte er missmutig, dass bereits die ersten Sonnenstrahlen ins Zimmer fielen und es zu spät war, jetzt noch weiterzumachen. Bald würde er im Hof die Truppen inspizieren müssen. Das leise Klirren der Schwerter und Lanzen der Fußsoldaten, die sich unten aufstellten, drang bereits zu ihm herauf.

Mit Bedauern – nach dieser schlaflosen Nacht hätte sich Zhao Gao gerne noch einmal hingelegt! – schüttelte er seinen jungen Burschen vorsichtig, um ihn aufzuwecken. Unter flüchtigen Küssen zogen sie sich hastig an und gingen gemeinsam hinunter, um die Parade abzunehmen.

»Ich möchte so gerne einmal den kleinen Hafen sehen! Können wir nicht zusammen hingehen?«, bettelte Kostbares Elfenbein.

»Dein Wunsch sei mir Befehl«, antwortete der Mann mit dem Bronzebizeps, der ein pelziges Gefühl im Mund hatte.

Es war der Tag, an dem der Markt im Hafen von Dongyin am besten besucht war.

Der junge Bursche traute seinen Augen kaum, während seine Nase all die unbekannten Düfte aufnahm. Ein berauschender Sandelholzgeruch hing über diesen engen, mit dunkelviolettem Sandstein gepflasterten Gassen, in denen es von Menschen nur so wimmelte.

Zu beiden Seiten der Abflussrinne in der Mitte der Straße, durch die das dreckige Wasser ablief, wurde den Passanten in den Auslagen vor den Läden alles geboten, was einen Hafen an Nahrungsmitteln, Kleidung oder Gewürzen durchlief: an den Kanten abgerundete Schinken mit leuchtenden Schwarten; zu Pyramiden aufgestapelte getrocknete Pfefferschoten; mit Pfefferkörnern und Gewürznelken gefüllte Schalen; gewaltigen aufgerollten Schiffstauen ähnelnde Tabakstränge; bunte Ballen aus Seide; paarweise aufeinander gestapelte Schuhe mit nach oben gebogenen Spitzen für die Reichen und Hanfsandalen für die Armen, beides in allen Größen und Farben; nach Farben angeordnetes Baumwoll- und Seidengarn; schlichte, sorgfältig zu Vierecken gefaltete Stoffreste aus ungefärbter Wolle; zwischen dem Obst und Gemüse sorgsam nebeneinander aufgereihte blütenweiße frische Eier; hundertjährige Eier, die, nachdem man sie eine Zeit lang geschält in ungelöschtem Kalk aufbewahrt hatte, grünlich geworden waren;

karminrot bemalte Wachteleier; außen schwarz und innen rot lackierte Töpfe, die die Händler in abnehmender Größe zu regelrechten Türmen aufeinander gestapelt hatten, welche jeden Moment einzustürzen drohten.

Alle Formen, Farben und Gerüche waren an diesem fiebrigen, vom Stimmengewirr der zahllosen Händler und Käufer erfüllten Ort vereint.

Auf den Kais lagerten Stapel aus Edelhölzern neben anderen duftenden Ladungen, die von den Schiffen gebracht wurden. Man musste sich erst einen Weg durch das Gewühl bahnen, um zu den Booten und Schiffen zu gelangen.

Zhao Gaos wie eine Taotie-Maske geformter Brustpanzer und seine krallenbewehrten Schulterstücke waren unter diesen Umständen der beste Passierschein: Alle wichen hastig zur Seite aus, eingeschüchtert von diesen Attributen seiner Macht, deren Wirkung durch seine eindrucksvolle Brustmuskulatur noch verstärkt wurde.

»Siehst du, so hektisch geht es in einem Hafen zu, wenn die Schiffe entladen werden«, erklärte Zhao Gao seinem jungen Geliebten.

»Welche Fülle! So viele Gerüche und Farben an einem einzigen Ort...«, rief Kostbares Elfenbein begeistert und strahlte wie ein Kind.

»Es freut mich, dir das alles zeigen zu können. Und ich hoffe, dass dies nicht die letzte Überraschung sein wird, die ich dir bereiten kann!«, fügte der General in vertraulichem, väterlichem Ton hinzu.

Sie hatten kehrtgemacht und waren nun wieder auf dem Rückweg ins Kaufmannsviertel. Fasziniert von dem regen Treiben auf der Straße, folgte der junge Offiziersbursche seinem Herrn mit ein paar Schritten Abstand.

Da fühlte Zhao Gao plötzlich, wie jemand seine Hand berührte.

Ein kleiner Junge mit einem verschmitzten Lausbubengesicht zog ihn auf die Tür eines Ladens zu, aus dem bläuliche Rauchschwaden auf die Straße drangen.

»Kommt und probiert die mit bestem Tabak vermischten Mohnsamen! Ihr betörender Rauch wird Euch über die Berge hinwegschweben lassen«, rief das Kind, wobei es den Vorübergehenden vielsagend zuzwinkerte.

Neugierig geworden, trat Zhao Gao einen Schritt auf die Tür zu und versuchte, ins Innere des Ladens zu sehen.

Im gleichen Moment wurde er auch schon von einem dicken, heftig schwitzenden Mann hineingezogen, der ihn willkommen hieß.

»Ich bin glücklich, Euch im Grünen Mond begrüßen zu dürfen!«, rief der Mann, der sich ihm gleich als der Besitzer der Rauchstube vorstellte.

Zhao Gao wich zurück.

Er mochte keine Rauchstuben. Er konnte nicht verstehen, was diese Raucher dort suchten, die mit leerem Blick auf verdreckten Bänkchen lagen, umhüllt von den Rauchschwaden, die aus ihren langen, in einem kleinen Kopf endenden Pfeifen aufstiegen.

Als er gerade wieder hinausgehen wollte, prallte er gegen Kostbares Elfenbein, den der kleine Türsteher ebenfalls erwischt hatte.

»Warum willst du denn schon gehen? Wir könnten ein wenig Mohn rauchen! Es muss doch recht angenehm sein, über die Berge hinwegzuschweben«, schlug der junge Offiziersbursche vor.

»Einverstanden, aber nicht mehr als drei Züge! Ich warte draußen vor der Tür auf dich«, antwortete der General.

Nach dieser Nacht, die sie zusammen verbracht hatten, war er nicht in der Lage, dem jungen Mann auch nur den geringsten Wunsch zu verweigern.

Vor den Augen von Unersetzliche Verbindung spielte sich erneut die gleiche Szene ab.

Der Mann saß an seinem gewohnten Tisch in der Schenke und war wieder vollkommen betrunken. Vor ihm reihten sich die Reis- und Sorghumschnapsflaschen auf wie kümmerliche Trophäen eines Säuferwettstreits, den er gegen sich selbst austrug. Der Mann wirkte alt, aber seine Haut war von Sonne und Wind so stark ge-

gerbt, dass man sein wahres Alter kaum abschätzen konnte. Seine zerrissenen Kleider waren so ausgewaschen und sein Körper so dreckig, dass man nur mit Mühe erkennen konnte, wo der Stoff anfing und die Haut aufhörte. Er glich jenen alten Bäumen mit zerfetztem Stamm und verkrümmten Ästen, die jahrelang den Fünf Elementen und den Acht Winden getrotzt hatten. An seinem Gürtel hing eine lange schwarze Haarsträhne, die vor langer Zeit einmal zur Mähne eines Pferdes gehört haben musste.

»Bist du vielleicht Anwei, der Bruder des verstorbenen Königs Anguo?«, fragte ihn Unersetzliche Verbindung mit unschuldiger Miene.

Der Mann hickste vor Überraschung und hätte beinahe die Flasche umgeworfen, aus der er gerade trinken wollte. Dann musterte er den Kerl, der ihn angesprochen hatte, argwöhnisch und mit düsterem Blick. Es war ihm offensichtlich gar nicht recht, dass jemand ihn erkannt hatte.

»Woher weißt du das? Und wer bist du überhaupt, dass du mich einfach so ansprichst?«, stieß er misstrauisch hervor, ohne jedoch die unumwundene Frage zu verneinen.

»Ich habe einen Teil meines Lebens in Xianyang verbracht. Und ich habe vor langer Zeit sogar versucht, dich vor einer Falle zu warnen, die das Königreich Chu dir stellen wollte, als du die Krokodilbrücke über den Han-Fluss erobert hast. Nach dieser Heldentat wurdest du in deiner Heimat wie ein Held empfangen!«

Die Erwähnung seiner ruhmreichen Vergangenheit ließ den alten Zecher nicht unberührt. Er griff nach der letzten Flasche, nahm gierig einen langen Schluck daraus und seufzte tief.

»Wie kommt es, dass du dich nach so vielen Jahren noch daran erinnerst?«, wollte er, immer noch argwöhnisch, wissen.

Aus seinen blutunterlaufenen und in Alkohol ertränkten Augen sprach eine wehmütige Sehnsucht nach diesen lange vergangenen siegreichen Zeiten, die er mit aller Macht auf den Grund seiner Erinnerung verbannt hatte, um so selten wie möglich daran zurückdenken zu müssen. Und nun hatte dieser Unbekannte sie durch eine simple Frage mit einem Mal wieder hochkommen lassen, als sei das alles erst gestern geschehen!

»Ich bin Unersetzliche Verbindung, der ehemalige Leiter des Amtes für Gerüchte im Königreich Qin. Und was dich betrifft, so weiß jeder, dass du um ein Haar selbst König dieses Landes geworden wärst.«

Damit hatte er einen wunden Punkt getroffen, und ohne sich noch länger bitten zu lassen, antwortete der gestürzte Prinz: »Und genau das war der Grund für meinen Untergang! Ich kam niemals an die Reihe… Von diesem Tag an richteten sich alle gegen mich, bis ich schließlich aus dem Weg geräumt war. Wehe denen, die sich, ohne es zu wissen, von Geburt an auf der Seite der Verlierer befinden!«, rief er, ehe er einen weiteren kräftigen Zug von seinem Schnaps nahm.

Nachdem er sich mit der weit ausholenden Handbewegung eines Säufers, dessen Durst vorerst gestillt ist, den Mund abgewischt hatte, rief er die bärtige Kellnerin an ihren Tisch.

»Bring diesem Mann eine gute Flasche Sorghumschnaps. Nimm den besten, den aus der Vorratskammer. Ich zahle!«

»Das ist sehr freundlich von dir, aber ich trinke nicht«, sagte der Eunuch. »Kannst du uns zwei Portionen gebratenes Rindfleisch mit Rettich bringen?«, fügte er, an die Kellnerin gewandt, hinzu.

»Ich habe einen erstklassigen Eidechsenwein. Wollt Ihr vielleicht davon etwas?«, schlug sie vor, wobei sie vertraulich die Stimme senkte und sich ein wenig näher zu Unersetzliche Verbindung hinabbeugte.

Der Eunuch lehnte höflich ab. Allein schon der Anblick der toten Eidechsen, die man für dieses Getränk im Schnaps marinieren ließ, war ihm zuwider. Normalerweise wurde Eidechsenwein, dessen kräftigende Wirkung allseits gerühmt wurde, heimlich an besondere Gäste ausgeschenkt, weil die Steuern auf diesen Schnaps sehr viel höher waren als auf alle anderen.

Die Kellnerin war verschwunden, um seine Bestellung zu holen, und sie saßen einander wieder alleine gegenüber.

Unersetzliche Verbindung beobachtete den Mann, der einst der berühmte Prinz Anwei gewesen war. Wer könnte sich heute vorstellen, dass er beinahe einmal König geworden wäre? Jetzt war er nur noch ein schmutzstarrender Lumpenhaufen, dem man sich vor lauter Gestank kaum zu nähern wagte. Man hätte ihm ein Almosen gegeben wie dem armseligsten Bettler.

So endete man also, wenn das Rad des Schicksals unglücklicherweise auf einem schlechten Feld anhielt. Es genügte oft nur wenig, bis Ruhm in Schande und Niedergang umschlug. Manche Menschenleben glichen Bergen, ihren Gipfeln, aber auch ihren steilen Abhängen, ein Schritt genügte, und schon stürzte man vom Licht ins Dunkel.

Der Eunuch wollte alles über diese falschen Schritte erfahren, die den tapferen Prinzen zu diesem menschlichen Wrack hatten werden lassen.

»Was hast du denn in den letzten Jahren gemacht? Du warst es doch, den man damals den Räuber mit der Pferdemähne nannte, nicht wahr?«

Erneut wischte sich Anwei seinen triefenden Mund ab.

»Ich habe mich auf ein geruhsameres Dasein verlegt. Von Raubzügen zu leben wurde auf Dauer ermüdend und vor allem zu gefährlich!«

»War das nicht deine Art, dich zu rächen?«

»Das habe ich am Anfang geglaubt. Aber ich versetzte arme Leute in Angst und Schrecken, die mir nie etwas getan hatten! All das nur, um die Ordnungshüter von Qin herauszufordern. Es hatte einfach keinen Sinn … Ich war alleine. Ich bin dieses Lebens überdrüssig geworden.«

»Und wovon lebst du jetzt?«

»Ich plündere hier und da ein Grab. Viel mehr als das brauche ich nicht …«, bekannte der Säufer und deutete auf die herumstehenden Flaschen.

Er machte eine Pause.

»Wenn man alleine ist, rückt die Rache in weite Ferne«, fuhr er fort und stellte seine Flasche wieder auf den Tisch.

»Was meinst du damit?«

Anweis glasiger Blick war hart geworden. Der gestürzte Prinz schien auf einen unsichtbaren Horizont hinauszublicken.

»Ich hätte einen Plan, aber ein Mann alleine kann ihn nicht verwirklichen, und ich hatte auch gar nicht mehr die Kraft dazu, weil ich diese Möglichkeit erst zu spät entdeckt habe!«

Unersetzliche Verbindung schwieg. Er hatte erkannt, dass er nur abzuwarten und zuzuhören brauchte, dann würde ihm dieser Mann schon alles erzählen.

»Ich kenne einen Ort, an dem Feuer aus der Erde hervorkommt«, verkündete Anwei, nachdem er sich geräuspert hatte.

Immer noch stumm und reglos sah Unersetzliche Verbindung ihm direkt in die Augen. Er wollte sich um keinen Preis rühren und dadurch womöglich Anwei in seinem Bericht stören.

»Es sind gewaltige Flammen. Wenn man sie in eine bestimmte Richtung lenken würde, könnten sie ganze Städte vernichten …«, sprach der Prinz weiter.

Der Eunuch zwang sich, seine Ungläubigkeit zu verbergen; das alles war wohl nicht mehr als das Geschwätz eines Betrunkenen.

»Du sprichst von den Gelben Quellen, die aus den Tiefen der Erde aufsteigen, jenem Ort, wo die umherirrenden Seelen leben, die auch dunkle Gui genannt werden?«, warf er ein, um besser zu verstehen, wovon Anwei redete.

»Ich weiß sehr gut, was die Gelben Quellen sind. Aber an dem Ort, den ich meine, gibt es nicht einen einzigen Fluss. Und ich habe auch nicht die Spur von einem dunklen Gui gesehen. Es war etwas ganz anderes!«, erwiderte sein Gegenüber verärgert.

Dann bedeutete er der Kellnerin, ihm neuen Schnaps zu bringen. Die Reihe der kleinen Fläschchen zog sich inzwischen über den ganzen Tisch.

»Du hältst mich sicher für einen hirnlosen Säufer. Das sehe ich an deinem Blick. Aber du hast Unrecht. Ich weiß ganz genau, wovon ich rede. Dein Pech, wenn du mir nicht glaubst.«

»Du sagst also, diese Flammen schlagen aus der Erde, aber es handelt sich nicht um die Gelben Quellen?«, fragte Unersetzliche Verbindung und schluckte.

Anwei betrachtete den unsichtbaren Horizont seiner innersten Gedanken, zu denen in all den einsamen Jahren niemals jemand Zugang gehabt hatte.

»Mein Wort darauf. Sie sind so hoch, dass ihnen nichts widerstehen kann. Mein Traum wäre es, den Brand zu sehen, den sie in Xianyang entfachen würden, wenn es mir irgendwie gelingen könnte, solche Flammen zu transportieren! Das wäre ganz sicher eine wunderbare Rache für alles, was sie mir angetan haben!«, rief er voller Erregung.

»Flammen, die aus der Erde austreten? So etwas habe ich noch nie gehört!«, gab Unersetzliche Verbindung, dessen Verwirrung immer größer wurde, schließlich zu.

»Als ich zum ersten Mal vor diesen seltsamen Schächten stand, aus denen die Feuerzungen hervorschlugen, da habe ich erkannt, dass bald ein Großer Drache aus der Erde auftauchen würde!«, flüsterte Anwei mit leiser Stimme, als hätte er gerade ein Geheimnis verraten.

»Ein Drache, ja, das klingt schon plausibler. Unter der Erde gibt es viele von ihnen. Normalerweise erkennt man ihren Kopf, ihren Körper oder noch häufiger ihren Schwanz in den Falten und Wellen der Erdoberfläche. Es kann sein, dass an diesem Ort das Feuer des Drachen mit unserer Atemluft in Verbindung steht. Ein guter Geomant könnte uns das sicher bestätigen.«

»Ich war mir sicher! Ich habe das Feuer des Großen Drachen gefunden!«

»Man müsste hingehen und sich an Ort und Stelle davon überzeugen, ob es auch tatsächlich so ist«, empfahl Unersetzliche Verbindung nachdrücklich, denn er zweifelte immer noch ein wenig am Wahrheitsgehalt der Worte dieses Prinzen, dessen Geist vom Alkohol völlig vernebelt war.

»Mir kommt da ein Gedanke. Könnte man diesen Drachen nicht zähmen und ihn dazu bringen, ins Zentrum des Kaiserreichs zu gehen und es mit seiner flammenden Zunge zu lecken? Dann würden alle Minister zu Asche verbrennen!«

Die Augen von Anguos Bruder glühten vor Rachedurst.

»Und wo kann man diese außerordentliche Erscheinung beobachten?«

»Es ist ziemlich weit von hier entfernt. Man muss ungefähr zwei Wochen nach Süden marschieren, zu einem Dorf im alten Königreich Ba. Das Feuer des Großen Drachens lodert unter einer weiten, wüstenartigen Ebene. Der Boden ist dort mit Löchern übersät, aus denen die riesigen Feuerzungen emporschlagen. Es müssen die Fenster und Türen des Drachens sein! Mein Wort darauf, ich schwöre es!«

»Würdest du diesen Ort wiederfinden?«

»Ohne zu zögern. Dank der Flammen kann man das Versteck des Drachens schon aus großer Entfernung mit bloßem Auge sehen. Man braucht nur nachts dorthin zu gehen. Ich war so fasziniert von diesen Flammen, dass ich drei Tage und Nächte dort unten geblieben bin. Ich habe mich in den Hügeln versteckt und sie beobachtet. In ihrer Nähe wird es niemals dunkel!«

»Sie leuchten in der Nacht wie Laternen?«

»Ich werde den Anblick dieser Erdfeuer niemals vergessen. Ich kann mich noch an jede Einzelheit des Wegs erinnern, über den ich durch Zufall dorthin gelangt bin!«, rief der Zecher. Seine Stimme klang inzwischen so klar, als hätte er nicht einen einzigen Tropfen Alkohol getrunken. »Ich galoppierte in rasendem Tempo, die Ordnungshüter waren mir dicht auf den Fersen«, fuhr Anwei fort. »Das war noch in jener Zeit, als ich raubend durch die Lande zog. Ich hatte gerade einen Hühnerstall geplündert, und meine magere gefiederte Beute hing an meinem Sattel. Ich hörte den Klang des Horns, in das ein Ordnungshüter stieß, um seine Reiterschar anzufeuern, deren Hufe wie ein majestätischer Trommelwirbel über den Boden hallten.«

»Du hattest sicher Angst ...«

»Nicht einmal das! Ich war es gewohnt. Es war mir nicht unangenehm, die Schreie meiner Verfolger zu hören, es ist mir immer gelungen, sie abzuschütteln. Den Ordnungshütern von Qin zu entkommen gehörte für mich zu den seltenen Gelegenheiten, in denen ich meine Rache gegen dieses Reich auskosten konnte. Doch diesmal zeigte mein Pferd Anzeichen von Ermüdung. Sie konnten nicht mehr weit hinter mir sein. Ich machte mich schon darauf gefasst, mein Schwert hervorzuziehen und im Kampf gegen sie anzutreten.«

»Mit dem Risiko, dass sie dich festnehmen würden!«

»Dem Wiehern ihrer Pferde nach zu urteilen, waren es mindestens vier. Ich gestehe, dass mein Herz zum allerersten Mal raste. Sie würden mich stellen. Ich befürchtete, nicht im Kampf sterben zu können, wenn es mir nicht gelänge, sie zu besiegen. Ich malte mir bereits aus, wie mein abgeschlagener Kopf an einem Schandpfahl ausgestellt werden würde.«

Unersetzliche Verbindung lauschte aufmerksam dem leidenschaftlichen Bericht des alten Prinzen, dessen faltiges Gesicht inzwischen wieder so lebendig wirkte wie das eines jungen Mannes.

»Und da geschah das Unvorstellbare. Ich hatte den Kopf gegen den Hals meines Pferdes gedrückt, um dem Wind beim Reiten möglichst wenig Angriffsfläche zu bieten und so meinen Verfolgern zu entkommen. Und dabei war ich, ohne es zu merken, genau auf das Feuer des Großen Drachens gestoßen ...«

Nun fühlte auch Unersetzliche Verbindung, wie seine Hände feucht wurden und sein Herz unvermittelt schneller schlug.

»Plötzlich hörte ich meine Verfolger nicht mehr. Ich galoppierte alleine, mitten durch die gewaltigen Flammen hindurch, die mich von allen Seiten umzingelten. Kurz darauf wurde mir klar, dass die Ordnungshüter von Qin wohl von mir abgelassen hatten und umgekehrt waren, weil sie sich vor dem Anblick gefürchtet hatten, der sich meinen Augen bot. Ich befand mich mitten in einer Feuersbrunst, die so hoch aufloderte wie die Mauern eines Palastes. Ich sah all diese flammenden Zungen, die aus Löchern im Boden hervorkamen wie Wasser aus einer Quelle, und drehte mich um: Ich war alleine inmitten der Flammen. Ich war in Sicherheit, ich stand unter dem Schutz des Großen Drachens!«

»Du bist ein begabter Erzähler! Deine Geschichte verlockt mich dazu, diesen Ort zu besuchen, um das alles mit eigenen Augen zu sehen.«

»Ich gebe nur wieder, was ich gesehen habe ... Ein Stück abseits des Feuerfelds gab es ein paar Häuser. In dem Dorf mussten wohl Schmiede leben, nach der Zahl der Schornsteine und der bronzenen und gusseisernen Geräte zu urteilen, die sich rings um die durch Bambusröhren befeuerten Öfen zu kleinen Hügeln aufstapelten.«

»Haben dir die Bewohner des Dorfes eine Erklärung für dieses ungewöhnliche Phänomen gegeben?«

»Ich war doch gerade erst den Ordnungshütern entkommen. Ich wagte nicht, zu ihnen zu gehen und mich danach zu erkundigen, sondern hielt es für ratsam, mich von dem Dorf lieber fern zu halten. Erst als ich ein Stück weitergeritten war, drehte ich mich um und konnte dieses Feld aus riesigen Flammen betrachten, die die Ebene hell erleuchteten. Ich war so fasziniert, dass ich blieb. Und da kam mir der Gedanke, dass man damit die ganze Hauptstadt von Qin ohne Vorwarnung in Schutt und Asche legen könnte!«

»Warum hast du es denn nicht getan?«

»Ich habe erkannt, dass sich große Ziele niemals alleine verwirklichen lassen ...«

»Glaubst du denn, man kann diese Flammen beherrschen?«, fragte der Eunuch, der das Ganze immer rätselhafter fand.

»Ich behaupte, dass derjenige, der in der Lage wäre, den Großen Drachen zu zähmen, noch mächtiger sein würde als der Kaiser der Mitte. Wenn du willst, führe ich dich zu seinem Feuer«, verkündete der Prinz in theatralischem Ton.

Der Säufer, dem nichts anderes geblieben war als der Alkohol, um seine Erinnerungen zu ertränken und all die verpassten Gelegenheiten zu vergessen, sah den ehemaligen Leiter des Amtes für Gerüchte mit einem freundlichen Lächeln an.

31

Es war lange her, seit sie zum letzten Mal eine solche innere Ruhe verspürt hatten. Sie saßen zu dritt in der Sonne im Hof des kleinen Bauernhofs und tranken eine Schale grünen Tee. Salzblüte würde ihnen gleich ein Aalragout mit Knoblauch servieren, dessen köstlicher Duft bereits aus dem Küchenfenster herauszog und die ganze Luft erfüllte.

»Meine Ahnung hat sich bestätigt. Es war tatsächlich Prinz Anwei, der in der Herberge herumpöbelte, als wir auf dem Weg zum Markt waren. Er ist wie einer dieser Äste, die auf den Flüssen dahintreiben, ehe sie von den Strudeln in die Tiefe gerissen werden…«, sagte Unersetzliche Verbindung zu Goldener Fisch.

»Ist das der, von dem es hieß, er wäre fast seinem Bruder, König Anguo, auf den Thron gefolgt?«, fragte Loderndes Feuer.

»Ganz genau der, wenn Unersetzliche Verbindung ihn richtig erkannt hat. Und dabei war Anwei einst ein gut aussehender Mann, ein tapferer General und darüber hinaus auch noch ein vorbildlicher Familienvater, kurzum, ein Mann, der alle guten Eigenschaften auf sich vereinte! Sein Niedergang ist erschütternd«, sagte Goldener Fisch bedrückt.

»Ich sage euch, es war Anwei. Außerdem haben wir ja lange genug miteinander geredet. Er hat mir geschildert, wie er Stufe für Stufe hinabstieg, um schließlich in dem Zustand zu enden, in dem wir ihn gesehen haben…«, erklärte Unersetzliche Verbindung.

»Und was hat er dir Interessantes erzählt?«, wollte Goldener Fisch wissen.

»Er hat mir von seinem Wanderleben als ewiger Flüchtling berichtet, zu dem er gezwungen wurde, nachdem eine von Anfang bis Ende erlogene Intrige ihn zum Verräter gestempelt hatte, der angeblich aus Wut und Enttäuschung darüber, nicht selbst an die Macht gelangt zu sein, den König stürzen wollte! Ein Komplott, wie man sie am Hof von Xianyang vortrefflich zu schmieden versteht…«

»Also nichts sonderlich Wichtiges!«

»Nun, abgesehen davon, dass er mir auch von einem außergewöhnlichen Ort erzählt hat, einer steinigen Ebene, wo, wie er behauptet, Feuer aus der Erde kommt, so als habe sich ein Drache genau darunter geflüchtet.«

»Ein Vulkan, einer jener Berge, die Rauch und manchmal auch Feuer spucken und die es auf den Inseln im Süden geben soll?«

»Er hat mir geschworen, dass es sich um das Feuer eines Großen Drachens handelt. Er sagt, es sei eine flache Ebene, die von glühenden Schächten übersät sei, aus denen hohe Flammen schlagen wie Feuerzungen. Er versichert, dass derjenige, dem es gelingen würde, diesen Drachen zu zähmen, in der Lage wäre, das ganze Reich der Mitte zu zerstören.«

»Leeres Geschwätz! Ich glaube kein einziges Wort davon!«, versetzte Loderndes Feuer.

»Mir geht es genauso, ich habe ihm auch nur halb geglaubt. Dabei wirkte er eigentlich ganz aufrichtig... Dieser Ort soll sich angeblich im Süden befinden, etwa zwei oder drei Wochen zu Fuß von hier entfernt. Er wäre bereit, uns hinzuführen, wenn wir das wollen«, fügte Unersetzliche Verbindung hinzu, der beschlossen hatte, die seltsamen Reden des gestürzten Prinzen genau wiederzugeben.

»Wie merkwürdig! Feuer, das einfach so aus der Erde hervortritt, und das mitten in einer steinigen Ebene! Hat er nicht einfach nur eine Vision gehabt? Genug Schnaps trinkt er ja! In manchen Beschreibungen daoistischer Ekstasen werden Flammen erwähnt, die aus dem Inneren der Erde hervorschlagen. Vielleicht versetzen ihn seine Zechereien ja auch in einen solchen Zustand?«, vermutete Goldener Fisch ohne die geringste Ironie.

Er erinnerte sich an einen Auszug aus dem *Klassiker der Gelben Halle*, den Huayang ihm früher immer wieder vorgelesen hatte und in dem von den *»Soldaten des Feuers, die die Anhänger des Dao am Übergang der Geister erwarten«*, die Rede war.

»Das ist gut möglich, auch wenn er das Ganze nicht so dargestellt hat. Er behauptet, diese Feuerschächte oder, wenn ihr so wollt, dieses Feuer des Drachens entdeckt zu haben, während er auf der Flucht vor den Ordnungshütern war, die ihn um ein Haar erwischt hätten«, erklärte der ehemalige Leiter des Amtes für Gerüchte.

Salzblüte war herausgekommen. Nachdem sie ihnen ein wenig grünen Tee nachgeschenkt hatte, stellte sie das dampfende Essen vor sie hin.

»Wo hast du denn diese dicken Aale her?«, fragte Goldener Fisch.

»Ein Stück den Hügel hinab gibt es einen Bach, der voll davon ist. Man braucht nur den Arm hineinzuhalten, dann kommen sie schon heran und zappeln um einen herum.«

»Dein Ragout schmeckt wunderbar!«

»Um noch einmal auf diese brennenden Schächte zurückzukommen, also ich glaube kein Wort davon!«, warf Loderndes Feuer ein, den der Bericht von Unersetzliche Verbindung so durcheinander gebracht hatte, dass er noch nicht einmal das Ergebnis von Salzblütes Kochkünsten probiert hatte.

»Aber ich bin mir sicher, dass es solche Schächte gibt«, flüsterte das junge Mädchen Goldener Fisch ins Ohr, als es vor ihm durchschlüpfte, während er diese Gelegenheit nutzte, um sie zärtlich ins Ohrläppchen zu beißen.

Von der Küche aus konnte man alles hören, was in dem kleinen Hof gesagt wurde.

»Wie kommst du darauf, meine Liebste?«

»Durch den Zustand meines Herzens. Es ist zu einem lodernden Schacht geworden, seit ich dir begegnet bin. Und dieses Feuer wird auch nicht so bald verlöschen…«, sagte sie und küsste ihn zurück.

»Vielleicht sollte ich dich dahin bringen! Dann könnten wir überprüfen, ob das Feuer in deinem Herzen mächtiger ist als der Atem des Großen Drachens«, scherzte Goldener Fisch. Er sah in das hübsche, lächelnde Gesicht des jungen Mädchens. Zwischen ihren Lippen blitzten ihre weißen Zähne hervor, die so zart anmuteten wie die Blütenblätter einer Pfingstrose. Ihre Haut war recht dunkel, und die Sonnenstrahlen ließen sie goldbraun schimmern. Ihre kurzen Haare sahen aus wie eine kleine, zerstrubbelte Mütze. Unter ihren weiten Bäuerinnenkleidern erahnte er ihren Körper, von dem er inzwischen jeden Winkel kannte.

Er stand auf und führte sie ein paar Schritte von den anderen weg.

Sie sah hinreißend aus. Er schmolz immer noch dahin, wenn er sie sah, so als würde ihm immer wieder aufs Neue bewusst, dass er sich noch mehr in sie verlieben konnte.

Sie hielt ihm ihre Handgelenke hin.

»Wirklich, du nimmst mich mit zu diesen Feuerschächten?«, fragte sie entzückt.

Er liebte ihren Enthusiasmus und ihre Art, das Leben in vollen Zügen zu genießen, ihren aufrechten Charakter, dem jede Berechnung fremd war, ihre erstaunliche Begeisterungsfähigkeit und ihre unerschütterliche Fröhlichkeit, die selbst nach einem harten Tag nicht nachließ, an dem sie die Maulbeerbäume entästet, die Büffelkühe gemolken und ein Aalragout gekocht hatte.

Sie war ein Sonnenstrahl im kalten Wasser des Schicksals.

Und ihre Kochkünste waren genauso außergewöhnlich wie ihr Charakter. Das Aalragout, von dem er weiteraß, nachdem er zu seinen Freunden zurückgekehrt war, war köstlich, und alle sprachen ihm mit gutem Appetit zu. Aber das Essen schmeckte ja auch immer am besten, wenn die Köchin verliebt war.

Doch nach einigen Bissen bemerkte er, dass das Ragout in seinem Mund plötzlich einen leicht bitteren Geschmack annahm. Er glich jenen kleinen Ärgernissen, die in der größten Freude plötzlich auftauchen, wie eine kalte Dusche wirken und schließlich alles verderben.

Salzblüte war in die Küche zurückgegangen, um sich um das nächste Gericht zu kümmern.

Hatte Goldener Fisch das Recht, ihre warmen Strahlen zu genießen, wenn sein Herz schon einer anderen versprochen war? Jedes Mal, wenn er ihrem Blick begegnete oder ihre Haut an seiner spürte, kehrte diese Frage zurück, bohrend und verstörend. Salzblüte war so rein, so aufrichtig, so klar und ehrlich, dass er unter der Zweideutigkeit der Situation zu leiden begann. Würde er sie nicht zu sehr verletzen? Verdiente sie die Enttäuschung, die es ihr bereiten würde, wenn Goldener Fisch ihr eines Tages gestehen würde, dass sein Herz niemals ihr gehören könnte? War es nicht das Beste, diese unangenehme Situation so schnell wie möglich aufzulösen?

Schon seit mehreren Tagen suchte er nach einer Möglichkeit, mit ihr zu reden, aber immer wieder fehlte ihm der Mut dazu, immer wieder verstrickte er sich in der Sinnlichkeit, die sie mit der leisesten Berührung auflodern ließ.

Doch sie selbst lieferte ihm schließlich die lang ersehnte Gelegenheit, nachdem sie einander lange und vertraut in die Augen gesehen hatten und er in dem leidenschaftlichen Leuchten ihrer großen schwarzen Augen lesen konnte, wie sehr sie ihn liebte.

»Gehst du gerne auf die Schmetterlingsjagd? Hinter dem Hügel gibt es ein Wäldchen, wo sie auf den Blättern der Bäume sitzen. Man braucht nur einen Bambusstab mit einer seidenen Tasche daran, um sie herunterzuholen und einzufangen. Mit ein wenig Glück locken wir auch den Bären mit den schwarzen Augen aus seinem Versteck. Er lebt auch dort und frisst den Zwergbambus, der an den Hängen wächst!«

»Ein Bär mit schwarzen Augen?«

»Ein herrliches Tier! Er ist zweifarbig wie das Yin und das Yang. Er hat schwarze Ringe um die Augen, während sein restlicher Kopf von schneeweißem Fell bedeckt ist. Im Gegensatz zu seinen braunen Artgenossen greift er Menschen nicht an. Bei uns gilt er als ein heiliges Tier. Deshalb käme – zum Glück für ihn – auch kein Jäger auf den Gedanken, ihn zu töten, um seine Gallenflüssigkeit zu entnehmen …«

»Wir könnten ihn morgen suchen gehen. Was hältst du davon?«

Salzblüte klatschte glücklich in die Hände.

»Wie schön. Du wirst sehen, das Revier der Yin-und-Yang-Bären ist ein wunderschöner Hügel. Es gibt dort auch goldene Makaken. Die darf man auf gar keinen Fall füttern, sonst schrecken sie nicht davor zurück, einen anzuspringen! Sie sind die aggressivsten Tiere im ganzen Wald!«, erklärte sie und lachte fröhlich auf.

Sie hatten zu Ende gegessen, wünschten einander eine gute Nacht und schickten sich an, schlafen zu gehen.

Er hatte es sich geschworen. Das Herz war ihm schwer, aber sein Entschluss stand fest. Er würde diese Gelegenheit nutzen, um Salzblüte behutsam und so sanft wie möglich klar zu machen, dass es für sie beide keine Zukunft gab.

Es zerriss ihm beinahe das Herz, denn je mehr Zeit sie miteinander verbrachten, desto reizender, begehrenswerter, klüger, scharfsinniger und fröhlicher erschien sie ihm, kurz gesagt, sie entsprach ganz genau dem, was er von einer Frau erwartete. Er fürchtete sich vor ihrer Reaktion. Er hatte Angst, ihre Verzweiflung mit ansehen zu müssen, und quälte sich schon im Voraus damit, die richtigen Worte zu suchen.

Wenn sie nicht noch vor ihm gestanden hätte, den Blick tief in seine Augen versenkt, dann hätte er geweint.

Doch er hatte beschlossen zu handeln, so lange es noch nicht zu spät dafür war.

Sie wanderten durch den dunklen Wald und hielten einander zärtlich an der Hand.

Goldener Fisch spürte Salzblütes kleine, warme Handfläche an seiner eigenen. Sie fühlte sich so zart an wie ein Vogeljunges. Über ihren Köpfen schienen die Bäume für sie ein Ehrenspalier zu bilden mit ihren leicht geneigten Wipfeln, die sich zu einer grünen Decke zusammenfügten, die so dicht war wie das Gras auf einer Wiese.

Als sie aus dem Wald herauskamen, blendete sie die Sonne. Vor ihnen stieg wie eine mächtige Welle sacht ein grasbewachsener Hang auf, der sich bis an die Spitze eines felsigen Hügels hinaufzog, dessen zerklüftete Kuppe sich vor dem strahlend blauen Himmel abzeichnete.

Sie machten sich tapfer daran, ihn zu besteigen.

Die Pflanzen hatten sich verändert. Messerscharfes, hohes Gras versperrte ihnen den Weg, so dass Goldener Fisch gezwungen war, ihre Hand loszulassen und vor ihr herzugehen, um ihr mit einem großen Messer den Weg freizuschlagen. In der Ferne hörten sie das schrille Kreischen der goldenen Makaken, die mit ihren Fäusten gegen die Baumstämme trommelten, um diese Eindringlinge zu vertreiben, die sich in ihr Revier vorwagten.

»Bleib immer dicht hinter mir, mein Schatz, sonst reißt du dir womöglich noch die Beine auf. Und das wäre doch schade!«, rief Goldener Fisch, dem die Drohgebärden der Affen nur ein Lächeln entlockten.

»Das Gras ist so hoch, man könnte fast glauben, es wäre Bambus!«, sagte sie und deutete auf die grünen Halme, die wie aufgerichtete Lanzen aussahen und einen dichten Vorhang aus scharfen Lamellen bildeten.

»Man hat mir immer gesagt, dass es Schweiß kostet, schöne Schmetterlinge zu finden! Aber sieh hin und wieder auch auf deine Füße. Mir scheint, ich hätte einen länglichen Schatten wegkriechen sehen, und es würde mich nicht wundern, wenn hier alles voller Schlangen wäre!«, riet er dem jungen Mädchen.

Er hatte mit dem Messer auf den Boden geschlagen und sich gebückt. Als er sich wieder aufrichtete, hielt er eine braune Schlange am Schwanz hoch, deren Kopf er gerade abgetrennt hatte. Er warf sie wieder auf den Boden, wo sich der Rumpf noch weiter wand.

»Ich kenne diese Art. Sie sind so giftig, dass man daraus noch nicht einmal Schlangenwein machen kann. Ihr Biss kann einen großen Widder töten«, sagte Salzblüte und erschauerte.

Da hob Goldener Fisch den Körper der Schlange wieder auf, ließ ihn wie eine Schleuder über seinem Kopf kreisen und öffnete dann abrupt die Hand. Die verstümmelte Schlange landete weit entfernt im scharfen Gras.

»Wenigstens kann sie niemanden mehr beißen«, stellte Salzblüte ein wenig beruhigter fest.

Immer hintereinander stiegen sie weiter den Abhang hinauf. Je höher sie kamen, desto abweisender erschien ihnen das Gras.

Die heftigen Schläge, mit denen Goldener Fisch ihnen einen Weg durch das Dickicht bahnte, brachten ihn ins Schwitzen.

Wenn sie sich umschauten, hätten sie fast glauben können, sich mitten auf dem Meer zu befinden, denn in der leichten Brise, die nun aufgekommen war, wogten die scharfen Gräser ringsum wie Wellen.

Plötzlich hörten sie ein Geräusch.

»Das klingt ja fast so, als würde ein Tier um uns herumschleichen«, flüsterte Salzblüte ängstlich.

»Du täuschst dich, mein Schatz, das ist nur der Wind. Oder vielleicht dein Freund, der Yin-und-Yang-Bär …«

Um sie zu beruhigen, schlug er sich einen Weg frei zu der Stelle, wo sie geglaubt hatte, das Tier zu hören. Besorgt sah sie zu, wie er hinter dem grünen Vorhang verschwand und schließlich lächelnd wieder auftauchte: Er hatte nichts gefunden.

»Sieh nur, dort oben auf den beiden Felsen! Sind sie nicht niedlich! Und findest du nicht auch, dass sie uns gleichen?«, rief sie freudig.

Sie deutete auf zwei perfekt ineinander gefügte nebeneinander liegende Felsbrocken über ihren Köpfen, die den Gipfel des felsigen Kamms bildeten, in dem der grasbewachsene Hang endete. Auf diesen beiden Felsen, die ein Geomant als männlich und weiblich bezeichnet hätte, saßen seelenruhig zwei kleine Affen und lausten einander.

Es verging kein Tag, an dem sie Goldener Fisch nicht auf die Harmonie hinwies, die zwischen ihnen herrschte, so als ahnte sie, welcher Aufruhr in ihm tobte, seit er die Gewissheit erlangt hatte, dass Frühlingstau noch immer auf ihn wartete.

Jede Nacht entflammte sie seine Sinne, in der Hoffnung, ihn so enger an sich zu binden. Immer wieder aufs Neue webte sie dieses unsichtbare Netz, in dem er sich eines Tages endgültig verfangen sollte.

»Was hältst du davon, wenn wir eine Rast machen und etwas essen?«, schlug er vor, als er im Hang eine kleine natürliche Terrasse entdeckte, wo sie sich hinsetzen konnten.

Sie stellten ihre Beutel ab und rollten eng umschlungen auf den Boden. Er spürte, wie ihre frische, feuchte Zunge gegen seine Lippen drängte. Doch weder antwortete er ihr mit seiner eigenen Zunge, noch wollte er sie ausziehen und hier auf dem Boden lieben, wo es von Schlangen nur so wimmeln musste. Eine seidige Daunendecke war ihm lieber.

Sie setzten sich zum Essen hin. Salzblüte war zu Streichen aufgelegt und tat so, als wollte sie ihm die Kürbisflasche reichen, doch kaum hatte er sie an seinen weit geöffneten Mund angesetzt, zog sie sie wieder zurück.

»Nicht jetzt! Bei all dem Essen, das hier herumliegt, könnten die Makaken uns überraschen. Du hast mir doch selbst gesagt, dass man ihnen auf gar keinen Fall etwas zu essen geben darf. Und es gibt auch ein bekanntes Sprichwort: ›*Ein einziger Affe auf dem Weg, und zehntausend Mann kommen nicht mehr vorbei…*‹«, murmelte er und versuchte, ihren Arm zu packen.

Aber sie presste sich laut lachend an ihn, und er spürte, wie sie versuchte, ihre Hand unter den Gürtel seiner Hose zu schieben. Und schließlich wälzten sie sich doch über den Boden und tauschten zärtliche Worte.

»Ich lasse dich nicht mehr los, bis du mir erklärt hast, was dieses runde Mal auf deinem Hintern bedeutet!«, sagte sie plötzlich.

Es war nicht das erste Mal, dass sie ihn nach dem bi-förmigen Zeichen auf seiner Haut fragte.

»Ich habe dir doch schon gesagt, dass ich nicht das Geringste darüber weiß! Meine Haut ist eben so, meine Eltern sind schuld daran«, scherzte er.

Er hatte Durst und beugte sich über seinen Beutel, um seine Kürbisflasche wieder herauszuholen, aber sie war schneller als er und fuchtelte damit dicht vor seiner Nase herum, ohne sie ihm zu geben.

»Ich habe Durst! Lass mich trinken, mein Schatz!«

Er versuchte, sie zu packen, aber Salzblüte wich vor ihm zurück.

»Ich will, dass du verdurstest!«, antwortete sie immer noch genauso schelmisch.

Sie hatte die Kürbisflasche weit weg mitten in das hohe Gras geschleudert. Er wollte aufstehen und sie holen, aber sie hielt ihn zurück.

»Lass… Ich gehe und hole dir etwas, um deinen Durst zu stillen«, erklärte sie und rannte auf die Stelle zu, wo sie die Flasche hingeworfen hatte.

Er sah, wie ihre schmale Gestalt in den Pflanzenvorhang eindrang und dort verschwand, als wäre sie von den dichten Gräsern, deren scharfe Spitzen sich zum Himmel aufrichteten, verschluckt worden.

Weiße und violette Schmetterlinge flatterten herum und tupften ihre zarten Farben hier und da auf die dicken grünen Halme, die ihn von allen Seiten umschlossen wie ein Wald aus Hellebarden.

Da hörte er das Geräusch.

Es musste von einem Tier stammen, das ganz in ihrer Nähe im Schutz der hohen Gräser herumschlich. Der Bewegung der Halme nach zu urteilen, musste es ziemlich groß sein. Es bewegte sich sehr schnell vorwärts und zerriss den Grasvorhang, als wäre es ein Stück Seide. Goldener Fisch vermutete zunächst, es könnte dieser heilige Bär mit dem weißen Gesicht und den schwarz umrandeten Augen sein. Doch er spürte nichts von seiner Harmlosigkeit und Freundlichkeit. Die Schnelligkeit des Tieres und sein rauer Atem, beinahe schon ein Knurren, das er jetzt ganz in seiner Nähe hörte, hatten nichts mit dem gemeinsam, was Salzblüte ihm am vergangenen Abend über diese sanftmütigen Bären erzählt hatte.

Unwillkürlich packte ihn die Angst.

Er starrte auf die Stelle, an der das junge Mädchen im Pflanzenmeer verschwunden war. Ein Stück von ihm entfernt, genau in der Richtung, in die Salzblüte gegangen war, wogten die langen grünen Halme inzwischen auf beängstigende Weise. Immer schneller. Immer wilder. Bis plötzlich ein Reißen zu hören war, als hätte jemand ein Stück Stoff zerfetzt.

Entsetzliche Angstschreie brachen aus dem grünen Meer hervor, gefolgt von einem dumpfen Knurren und einem unheilvollen Lärm aus Stöhnen und dem Geräusch von ausgerissenen Gräsern und zerbrechenden Ästen – bis schließlich eine schreckliche Stille eintrat.

»Salzblüte? Salzblüte? Wo bist du? Komm zurück!«, brüllte er und stürzte hinter ihr her.

Hinter den ersten Reihen scharfer Halme stieß er auf eine Art Lichtung.

Und da sah er das gestreifte Fell des Königs der Tiere, der sich über den verrenkten, zuckenden Körper seiner Geliebten hermachte, die inmitten von blutigem ausgerissenem Gras leblos auf dem Boden lag.

Der Tiger war riesig, und sein Angriff musste rasend schnell erfolgt sein. Unter der gewaltigen Muskelmasse des rötlich, schwarz und weiß gestreiften Fells wirkte Salzblüte wie ein winziges, zerbrochenes Mingqi. Goldener Fisch sah den Schwanz der Raubkatze in elegantem Schwung durch die Luft peitschen. Das Tier hatte sich zweifellos auf den Kopf seines Opfers gestürzt, um es schneller töten zu können. Es hatte bereits seine Krallen in die elfenbeinfarbene Haut ihres zarten Halses geschlagen und diesen von einer Seite zur anderen aufgerissen. Aus der entsetzlich tiefen Wunde strömte Blut.

Goldener Fisch brüllte noch lauter als die Raubkatze. Wie ein Blitz schnellte er vor, bereit, das Tier mit bloßen Händen zu töten. In seiner rasenden Wut hätte er ihm ohne zu zögern die Augen herausgerissen. Aber er schrie so laut, dass der Tiger erschrak, einen raschen Blick auf ihn warf und mit eingezogenem Schwanz floh, so dass er mit dem reglos daliegenden Körper des jungen Mädchens alleine zurückblieb.

Als er sich über das tiefrote Band beugte, das sich über Salzblütes blau angelaufenen Hals zog, erkannte er an ihrer vollkommen reglosen Brust, dass sie schon nicht mehr atmete.

Sie war tot… Kein Grashalm bewegte sich. Der Tiger war verschwunden.

Ihm wurde schwarz vor Augen, und er setzte sich dicht neben den Leichnam. Da hörte er plötzlich andere schrille Schreie, die ihm das Blut in den Adern gefrieren ließen. Sie klangen von der

Spitze des Abhangs herunter, wo sich das goldene Makakenpärchen auf seinen beiden Felsen inzwischen lauthals zankte.

Er seufzte und schlug die Hände vors Gesicht, während das erste krampfartige Schluchzen ihn so heftig schüttelte, dass er sich beinahe übergeben musste. Dann warf er sich auf Salzblütes Leiche, um sie noch ein letztes Mal zu umarmen.

Seine Verzweiflung war so groß, dass er zu schreien begann, um den Tiger anzulocken. Er flehte ihn an, ihn ebenfalls zu zerreißen. Zumindest wären sie dann im Tod vereint. Sein sehnlichster Wunsch war es, der König der Tiere möge sie beide auf die andere Seite der Berge verschleppen, dorthin, wo nichts sie jemals wieder voneinander trennen würde.

Die ersten blau schillernden Fliegen, die vom Geruch des Blutes angelockt worden waren, kreisten bereits um den zerfetzten Leichnam des jungen Mädchens.

In ihren weit aufgerissenen Augen, deren türkisfarbener Glanz kaum getrübt war, konnte er noch die fürchterliche Angst erkennen, die sie gepackt haben musste, als sich die Raubkatze auf sie gestürzt hatte.

Goldener Fisch, Unersetzliche Verbindung und Loderndes Feuer verließen den kleinen Bauernhof, ohne sich noch einmal umzudrehen. Die Sonne ging gerade auf und überzog die grüne, wellige Landschaft um sie herum mit ihrem goldenen Glanz.

Diesen Ort so schnell wie möglich zu verlassen war für Goldener Fisch die einzige Möglichkeit gewesen, mit dem Verlust von Salzblüte umzugehen. Er musste den kleinen Bauernhof vergessen, wo sie einander begegnet waren und sich erkannt hatten, wo sie sich gefunden und geliebt hatten. Als er am Vortag einen letzten Erdklumpen auf ihr Grab geworfen hatte, das er mit Hilfe seiner Gefährten in dem Maulbeerbaumhain ausgehoben hatte, hatte er ein schmerzliches Schluchzen nicht unterdrücken können. Seine Verzweiflung war so groß, dass er die ganze Nacht hindurch leise vor sich hin geweint hatte.

Sie hatten drei Nächte hintereinander bei ihr gewacht, nachdem sie sie in ein seidenes weißes Leichentuch gehüllt hatten, in das Goldener Fisch zuvor einige Jasminblüten geschoben hatte. Ihr Gesicht wirkte so friedlich, dass sie zu schlafen schien, und der Hals des jungen Mädchens, von dem sie das Blut abgewaschen hatten, trug nicht länger dieses eigenartige karminrote Halsband, das wie ein Schmuckstück anmutete, sondern nur noch die gezackten, grau geränderten Spuren der entsetzlichen Krallen der Raubkatze. Sie hatten ein bronzenes Gefäß mit Nahrung und eine Trankopferschale neben den Leichnam gestellt, ehe sie ihn in die Grube hinabgelassen hatten. Dann hatte Goldener Fisch ein kleines Bi aus weißer Jade hervorgeholt, das mit den »aufkeimendes Reiskorn« genannten Knöpfchen verziert war und aus dem Grab stammte, aus dem er vor einiger Zeit die Jadeplättchen gestohlen hatte. Gerade als Loderndes Feuer sich anschickte, die letzte Schaufel Erde in das Grab zu werfen, unter der Salzblütes Leichnam in seinem weißen Leichentuch endgültig verschwinden würde, hatte er es noch rasch auf ihre Stirn gelegt.

Als Unersetzliche Verbindung am Tag zuvor gesehen hatte, wie Loderndes Feuer und sein Freund traurig ihre Sachen packten, hatte er versucht, sie aufzuhalten.

»Ich will nicht, dass ihr fortgeht! Eure Gesellschaft ist mir in den letzten Monaten zu kostbar geworden.«

»Wir müssen weiter in den Süden ziehen. Ich habe beschlossen, diese flammenden Schächte aufzusuchen, unter denen jener Große Drache schläft, von dem Anwei gesprochen hat. Salzblüte wollte sie so gerne sehen…«, hatte Goldener Fisch erwidert.

Er hatte nur noch ein Ziel: so schnell wie möglich diesen Ort zu verlassen, an dem bereits die Erinnerung an das junge Mädchen umging. Er hatte sich davor gefürchtet, sich an Salzblüte zu binden, und nun schien ihr tragischer Tod seine Zukunft zu zerstören. Er bereute inzwischen, dass er sich dazu entschlossen hatte, ihr zu gestehen, dass sein Herz einer anderen gehörte. Zum Glück war er nicht mehr dazu gekommen, es ihr zu sagen. Zumindest war sie in dem Glauben gestorben, dass er sie liebte.

»Wenn ihr schon gehen müsst, dann lasst mich euch wenigstens begleiten. Von nun an ist unser Schicksal aneinander gebunden!«, hatte der ehemalige Leiter des Amtes für Gerüchte erklärt.

»Wer soll sich denn um deine gelben Ameisen kümmern, die Kokons abwickeln und die Maulbeerbäume im Garten entästen? Und was soll aus all dem hier werden, wenn Salzblütes Vater mit seiner Herde zurückkommt?«, hatte Loderndes Feuer besorgt gefragt.

Goldener Fisch hatte seinem Freund einen gutmütigen Blick zugeworfen.

»Lass ihn. Man darf sich dem Lauf des Schicksals nicht in den Weg stellen. Wenn er will, soll er mit uns kommen. Unersetzliche Verbindung ist alt genug, um selbst zu entscheiden, was er tut. Zu dritt wird es uns leichter fallen, die Aufgaben zu bewältigen, die vor uns liegen«, hatte er entgegnet. »Ich schlage vor, dass wir jetzt schlafen gehen. Und wenn du deine Meinung heute Nacht nicht noch einmal änderst, wirst du morgen mit uns zusammen aufbrechen«, hatte er, an Unersetzliche Verbindung gewandt, hinzugefügt, ihn umarmt und ihm beide Hände auf die Schultern gelegt.

Am nächsten Morgen verließen sie zu dritt den Hof.

Als sie nur mit einem leichten Beutel, einer einfachen zusammengerollten Decke über der Schulter und einem knorrigen Wanderstab in der Hand die Schenke erreichten, löffelte Anwei gerade seine morgendliche Suppe mit schwarzen Pilzen.

»Wärst du einverstanden, uns zu diesen flammenden Schächten zu führen?«, fragte Unersetzliche Verbindung.

»Ich habe dir doch gesagt, dass es bis zum Großen Drachen mehr als zehn Tagesmärsche sind – wenn man schnell geht! Ich bin ein alter Mann, wer weiß, ob mich nicht unterwegs meine Kräfte verlassen«, entgegnete der gestürzte Prinz trübsinnig.

»Wir würden dich in einem Palankin tragen, wenn es nötig wäre!«, rief Loderndes Feuer.

Ihr Gegenüber blieb stumm und starrte in seine leere Suppenschale. Da ergriff Goldener Fisch das Wort: »Jede Mühe verdient ihren Lohn! Wir sind bereit, dich zu bezahlen, du brauchst uns nur zu sagen, was du verlangst. Wir fürchten uns nicht vor den Geistern in den Gräbern, mit denen die Felder hier übersät sind. Und darin gibt es die erlesensten Kostbarkeiten aus Bronze, Jade, Gold und sogar Eisen.«

»Geld bedeutet mir nichts mehr, genauso wenig wie Kunstgegenstände«, knurrte Anwei.

»Nicht einmal eine Waffe aus Jade? Sie macht ihren Besitzer unbesiegbar...«, warf Loderndes Feuer ein.

»Ich habe immer noch das Schwert, mit dem ich die Krokodilbrücke über den Han-Fluss erobert habe. Es hat mir immer Glück gebracht!«, rief der Prinz und zog ein langes, ledernes Futteral unter dem Tisch hervor, aus dem er ein Schwert herausgleiten ließ, dessen Klinge leuchtete wie ein Blitz in einem Gewitter.

Beim Anblick dieser herrlichen Bronzearbeit entfuhr Goldener Fisch und Loderndes Feuer unwillkürlich ein bewunderndes Murmeln.

»Dürfte ich erfahren, was ihr euch überhaupt von dem Großen Drachen erhofft?«, fragte Anwei schließlich argwöhnisch.

»Hast du mir nicht gesagt, dass derjenige, dem es gelingt, diesen Drachen in die Hauptstadt von Qin zu bringen, die gesamte Regierung des Reichs der Mitte in seiner Hand hätte?«, erinnerte ihn Unersetzliche Verbindung.

»Ganz sicher! Die Flammen, die er aus seinem riesigen Maul speit, würden alle Minister in Asche verwandeln!«

»Und dann würde dem Kaiser der Mitte gar nichts anderes übrig bleiben, als die Gesetze zurückzunehmen, mit denen er das Volk unterdrückt, und Prinz Anwei hätte sich endlich gerächt. Und was für eine Rache das wäre! Nicht die des Blutes, sondern die der Gerechtigkeit, die ihm die ewige Dankbarkeit aller Völker des Kaiserreichs eintragen würde«, erklärte Goldener Fisch mit Nachdruck.

»Wer bist du, dass du so wohlgesetzte Reden zu führen weißt?«, fragte Anwei und wandte sich diesem unbekannten Mann zu.

In den bis dahin ausdruckslosen Augen des Prinzen glomm neue Hoffnung auf.

Unersetzliche Verbindung stellte sie einander vor. Anwei wusste sofort, wen er vor sich hatte.

»Du bist also von diesem Kaufmann aus Handan aufgezogen worden, der den Pferdebestand des Königreichs wieder aufgefüllt hat und sich dadurch Zugang zum Hof von Qin verschaffte, obwohl er ein Fremder war? Wenn Lü Buwei nicht den jungen Prinzen Yiren nach Xianyang zurückgebracht hätte, wäre ich ohne Zweifel der König von Qin geworden …«

»Das stimmt …«, gab Unersetzliche Verbindung zu.

»Aber du sollst wissen, dass ich dir deswegen keine Vorwürfe mache. Du kannst absolut nichts dafür!«, fuhr Anwei, an Goldener Fisch gewandt, fort.

Unersetzliche Verbindung hielt es für ratsam, sich an dieser Stelle einzumischen: »Lü Buwei hat dem Königreich Qin immer treu gedient. Er hat den Ruhm gekannt und wurde zum Ersten Minister ernannt, aber sein Ende war mehr als ungerecht. Der Kaiser der Mitte hat ihn damals, als er noch der König von Qin war, verbannt, und Lü Buwei starb unter erbärmlichen Umständen in Handan während der Eroberung der Stadt durch die Armeen von Qin. Im Grunde war sein Schicksal auch nicht viel beneidenswerter als das deine!«

»Ich glaube, ich verstehe allmählich eure Gründe«, entgegnete der gestürzte Prinz nachdenklich.

Danach sagte keiner mehr ein Wort. So viele Erinnerungen waren auf diesen Wirtshaustisch geworfen worden, so viele vergessen geglaubte Gefühle waren zu Tage getreten, all das schnürte ihnen die Kehle zu. »Wann wollt ihr aufbrechen?«, fragte der alte Prinz nach einer Weile.

»Je eher, desto besser«, antwortete Goldener Fisch mit einem Lächeln.

»Ihr solltet feste Schuhe anziehen. Um die flammenden Schächte zu erreichen, muss man zunächst auf den schmalen Wegen der Makakenjäger die Emei-Berge überqueren. Wenn der Fuß dort nicht fest gehalten wird, läuft man ständig Gefahr, auszurutschen und sich den Hals zu brechen. Danach gelangt man auf eine trockene

Ebene, wo gelegentlich Schaf- und Ziegenherden weiden. Sie gehören dunkelhäutigen Stämmen, die einen unverständlichen Dialekt sprechen.«

»Sind diese Völker feindselig?«, wollte Loderndes Feuer wissen.

»Nein, nein. Sie gehen mit Adlern auf Hasenjagd. Wenn man ihnen nicht zu nahe kommt, lassen sie einen ohne Schwierigkeiten passieren.«

»Und das Feuer des Großen Drachen?«, hakte der Eunuch nach, der bei der Aussicht auf diese Reise durch unbekannte Welten immer aufgeregter wurde.

»Es befindet sich noch ein gutes Stück hinter dem Revier der Jäger und Viehzüchter, kurz bevor die wüstenartige Hochebene weiter anzusteigen beginnt. Der Ort liegt in der Nähe der kleinen Stadt Ba. Dahinter versperren die ersten Ausläufer des Dachs der Welt den Horizont ...«

»Hast du gerade ›Dach der Welt‹ gesagt?«, fiel ihm Loderndes Feuer ungläubig ins Wort. Der Name dieses Gebirges, der genauso schön klang wie der Titel eines Gedichts, begeisterte ihn.

»Die Reisenden nennen diese Berge auch das ›Land des ewigen Schnees‹. Um dorthin zu gelangen, muss man monatelang nach Westen gehen, dorthin, wo die Sonne untergeht. Angeblich sieht man von dort aus die weißen Gipfel des Dachs der Welt. Nach einer Weile wird der Anstieg so steil, dass man immer schwerer atmen kann, denn die positiven Energien reichen kaum bis in jene Höhen hinauf. Diejenigen, die sich dort hinaufgewagt haben und zurückgekehrt sind, ohne dass die eisigen Winde ihre Füße und Gesichter erfrieren ließen, sagen, dass die schneebedeckten Gipfel dieses Landes so weit in den Himmel aufragen, dass sie unerreichbar sind. Daher kommt der schöne Name ›Dach der Welt‹!«

»Oh, wie gerne würde ich diesen Anblick einmal selbst sehen«, rief Loderndes Feuer, der bei Anweis Beschreibung ins Träumen geriet.

»Lass uns erst einmal sehen, wie dieser Große Drache aussieht, und versuchen, ihn zu überzeugen, sich unserer edlen Sache anzuschließen«, mäßigte ihn Goldener Fisch.

»In der nächsten Stadt besorgt ihr euch anständige Wanderschuhe«, empfahl Anwei. »Ich kenne einen ausgezeichneten Schuhmacher!«

Der Prinz wirkte wieder munterer. Vor ihm zeichnete sich ein besseres Ende für sein verpfuschtes Leben ab. Die Begegnung mit Goldener Fisch war das letzte Geschenk, das sein bis dahin so düsteres Schicksal ihm gewährte. Vielleicht würde er nun endlich Rache nehmen können für all das Leid, das er hatte erdulden müssen. Er hatte nur deshalb eingewilligt, an jenen so Furcht erregenden Ort zurückzukehren, weil er den Rachedurst stillen wollte, der erneut in ihm aufgeflammt war. Trotz aller Bemühungen war es ihm niemals gelungen, Qin alles heimzuzahlen. Lü Buweis tragisches Ende bedeutete für ihn einen gewissen Trost. Zumindest war er nicht der Einzige, dem ein trauriges und ungerechtes Schicksal beschieden gewesen war.

Für den alten gestürzten Prinzen, der schon lange nicht mehr an den Einfluss guter Sterne glaubte, glich dieser anstrengende Marsch, auf den er sich nach so vielen Jahren des Umherirrens und der Einsamkeit nun bald begeben würde, einem leichten Spaziergang.

Goldener Fisch betrachtete den Kopf der Viper, die er erschlagen hatte, als sich die aus dem Schlaf hochgeschreckte Schlange plötzlich zwischen zwei Steinen auf dem Weg aufgerichtet hatte, um ihn in die Wade zu beißen. Da er weit vor den anderen herging, beschloss er, ihnen nichts davon zu sagen, um sie nicht unnötig zu beunruhigen. Um sich zu vergewissern, dass seine Gefährten auch nichts von dem Vorfall bemerkt hatten, drehte er sich um.

Sie waren so sehr in ihre Plaudereien vertieft, dass sie gar nicht auf ihn achteten. Vor allem Loderndes Feuer hörte gar nicht mehr auf, Anwei mit Fragen über das Dach der Welt zu bestürmen.

Zufrieden machte sich Goldener Fisch wieder an den Aufstieg zum höchsten Kamm des Emei-Massivs. Sie würden ihn in einigen Stunden, kurz vor Sonnenuntergang, überwinden. Man konnte bereits die scharf gezackten Felsen erkennen, die sich wie die Zähne eines Erdmonsters vor dem Himmel abzeichneten.

Er achtete auf die leisesten Geräusche und ahnte, dass diese endlose Weite, in der sich nichts zu rühren schien, in Wahrheit von einer genauso unerwarteten wie vielfältigen Tierwelt bevölkert war. Die einzigen Tiere, die sich blicken ließen, blieben im Schutz der masthohen Bäume, die sich in dem Abhang festkrallten, auf dem immer noch einige Schneefelder lagen. Die bebenden Ohren der Moschushirsche verrieten, wie sehr diese Männer, die sich in diese Höhen vorwagten, sie beunruhigten. Die Schatten ihrer Geweihe huschten von einem Stamm zum nächsten, vom Schatten ins Licht, als spielten dort seltsame Fabeltiere Verstecken. Der König dieser Region, der Schneeleopard, der gerne Riesenpandas jagte – andere, aber im Gegensatz zum Leoparden vollkommen friedliche Herren der Emei-Berge –, hielt sich diskret im Hintergrund. Das Tier, dessen Winterfell es mit dem blütenweißen Mantel verschmelzen ließ, den die kalte Jahreszeit über die Bäume und Felsen breitete, lag versteckt auf einem unerreichbaren Ast, unsichtbar für den, der nicht gewohnt war, es zu jagen.

Goldener Fisch fühlte sich im Einklang mit dem Berg und seinem Felsgeröll, mit seinen Schwindel erregenden Wasserfällen, bei denen man aus dieser Entfernung nicht mehr sagen konnte, ob sie von den Gipfeln herabstürzten oder aus den Abgründen der Erde aufstiegen, und vor allem mit seinen schneebedeckten Spitzen, denen die Wolken eine neblige, aber dauerhafte Huldigung darbrachten.

Die Fülle des Emei-Massivs schenkte dem Herzen des jungen Mannes Ruhe. Nach Salzblütes Tod war es ausgeblutet wie jene Tiere, die beim rituellen Mahl der Verstorbenen auf deren Gräbern geopfert wurden. In seinem Mund schmeckte er immer noch die Zunge des jungen Mädchens, deren unermessliche Sanftmut und grenzenlose Aufrichtigkeit er niemals vergessen würde. Es hätte nicht viel gefehlt, und er hätte seinen Weg bei ihr und ihrem herrlichen, vor Begehren lodernden Körper, den sie ihm so unbefangen geschenkt hatte, enden lassen.

Warum war er nicht bei ihr geblieben, wo doch an ihrer Liebe zu ihm kein Zweifel bestehen konnte und ihre Eintracht so offensichtlich war? Warum, verflucht, war er mit ihr auf die Schmetterlingsjagd gegangen, und vor allem, warum hatte er zugelassen, dass sie sich alleine in dieses Dickicht aus messerscharfen Gräsern vorwagte, in dem er ihren zerrissenen Körper wiedergefunden hatte?

Diese Fragen ließen ihm keine Ruhe, seit sie sich auf den Weg zu den flammenden Schächten gemacht hatten. Sie quälten ihn sogar im Schlaf, während der angsterfüllten Nächte, an deren Ende er schweißgebadet und mit trockenem Mund wieder aufwachte.

Doch jetzt, wo sie sich den schneebedeckten Gipfeln näherten, schien es ihm, als habe er trotz allem den einzig möglichen, das heißt den richtigen Weg gewählt. Aber hatte der Mensch überhaupt die Wahl, dorthin zu gehen, wo es ihm beliebte? Waren es nicht vielmehr die Wege, die zu den Menschen kamen, denen es überlassen blieb, sich vom großen Fluss des Lebens leiten zu lassen, der, was auch geschehen mochte, letztendlich immer ins Meer floss? Nachdem er lange über den Weg nachgedacht hatte, den er zurückgelegt hatte, seit er aus Xianyang geflohen war, hatte Goldener Fisch erkannt, dass jedem Ereignis ein Sinn innewohnt. Man brauchte sich nur umzudrehen, und die logische Abfolge der Geschehnisse stand einem plötzlich in gleißender Helligkeit vor Augen, als habe sich ein Chaos unvermittelt geordnet.

Als er den Kopf der Giftschlange zermalmte, die ihn fast gebissen hätte, hatte er das eigenartige Gefühl verspürt, nun endgültig die Reue und die Zweifel vertrieben zu haben, die ihn seit dem Tod des Mädchens nicht mehr losgelassen hatten, welches das Schicksal ihm so unglücklich in den Weg gestellt hatte. Und eine tiefe Ruhe hatte von ihm Besitz ergriffen. Sie glich einer dieser Wolken, die sich hoch über seinem Kopf um die felsigen Zähne wanden … Er fühlte sich von Kräften getragen, die sein Bewusstsein überstiegen, wie eine Vogelfeder, die vom wirbelnden Wind davongeweht wird.

Man brauchte sich nur ganz klein und leicht zu fühlen, man brauchte nur sein eigenes Verlöschen hinzunehmen, dann wurde man umso stärker, weil der Geist endlich Frieden gefunden hatte.

Hauptfiguren

Anguo, *ältester Sohn des verstorbenen Königs Zhong, Ehemann von Huayang und nach dem Tod seines Vaters König von Qin.*

Anwei, *Sohn des verstorbenen Königs Zhong und seiner Konkubine Stern des Südens, wurde für einige Jahre als Geisel an den Hof von Chu geschickt und danach zum Kommandanten eines Feldzugs gegen Chu ernannt, von dem er als Sieger zurückkehrte.*

Baya, *Tochtes des sogdischen Fürsten Agur.*

Erhabene Schlichtheit, *Oberster Geomant am Hof von Qin.*

Frühlingstau, *Tochter von Li Si und Unbeugsamer Stern des Ostens.*

Fügsame Jadeblume, *Anweis Ehefrau.*

Furchtloser Krieger, *ein hunnischer Krieger, der Lü Buwei einst das Leben gerettet hat.*

Goldener Fisch, *Lü Buweis Adoptivsohn.*

Hain der Ehren, *Eunuch, Leiter der geheimen Bruderschaft vom Kreis des Phönix, erst Aufseher der königlichen Konkubinen und Großkämmerer unter dem verstorbenen König Zhong, danach Oberster Vorkoster des Hofes unter König Anguo.*

Han Feizi, *Philosoph und Rechtsgelehrter; er führte den Legalismus in Qin ein.*

Huayang, *Ehefrau des verstorbenen Königs Anguo.*

Kostbares Elfenbein, *Offiziersbursche in Diensten von Zhao Gao.*

Li Si, *Vater von Frühlingstau, wurde von König Anguo zum Vizekanzler ernannt und mit der Verbreitung der Gesetze und Erlasse betraut; nach Lü Buwei Erster Minister von Qin.*

Löbliche Absicht, *Ehefrau von Zhao Sheng (Lü Buweis früherem Sekretär in Handan) und Mutter von Zhao Gao.*

Loderndes Feuer, *junger Eunuch, Mitglied der geheimen Bruderschaft vom Kreis des Phönix.*

Lü Buwei, *Pferdehändler aus Handan, der Hauptstadt von Zhao, der mit seinen Himmelspferden den Pferdebestand des Königreichs Qin wieder aufgebaut hat; Minister für seltene Ressourcen unter König Anguo und schließlich Erster Minister von Qin.*

Mafu, *Lü Buweis Oberster Stallmeister.*

Natürliche Vollkommenheit, *Hochweiser Archivar vom Pavillon des Erdbeerbaumhains am Königshof von Qin.*

Salzblüte, *Tochter eines Seidenraupenzüchters.*

Scharfe Klinge, *Oberster Chirurg der Eunuchen am Hof von Qin, Mitglied der geheimen Bruderschaft vom Kreis des Phönix.*

Schwarze Ströme, *junger Eunuch, Spion in Diensten von Chu, Mitglied der geheimen Bruderschaft vom Kreis des Phönix und Angestellter des Amtes für Gerüchte von Qin.*

Steter Wandel, *Jugendfreund von Li Si, wurde unter König Anguo zum Obersten Hofarzt ernannt.*

Tigersprung, *Ordonnanzoffizier von Prinz Anwei.*

Unersetzliche Verbindung, *Eunuch, Mitglied der geheimen Bruderschaft vom Kreis des Phönix, Leiter des Amtes für Gerüchte im Königreich Qin.*

Vollkommenes Gleichmaß, *Architekt, der den Palast und die Stallungen von Lü Buwei erbaute, nachdem dieser sich in Qin niedergelassen hatte.*

Waffenruhe, *Generalintendant der Großen Stallungen des Königreichs Qin, wurde später von König Anguo zum Kriegsminister ernannt.*

Wang der Glückliche, *Leiter des Generalstabs der Truppen von Qin.*

Weites Tal, *Priesterin vom Huashan-Gipfel und Mutter von Unbeugsamer Stern des Ostens, der heimlichen Tochter des verstorbenen Königs Zhong.*

Wen, *der alte König von Chu, dem größten Feind von Qin.*

Wu Dong, *Hoher Priester des Dao, der in die Ausläufer des Huashan-Gebirges geflohen ist.*

Yiren, *Sohn von König Anguo und seiner Konkubine Xia; wurde als Geisel nach Zhao geschickt und von Lü Buwei gerade noch rechtzeitig befreit, um nach dem Tod seines Vaters zum König gekrönt zu werden.*

Zhao Gao, *Sohn von Zhao Sheng und Löbliche Absicht, ist mit Zheng und Goldener Fisch zusammen aufgewachsen.*

Zhao Gongming, *Gehilfe von Wu Dong.*

Zhao Ji, *eine junge Tänzerin aus einem Wanderzirkus, in die Lü Buwei sich verliebt hat und die später Yiren, den König von Qin, heiratet; Mutter von Zheng.*

Zheng, *heimlicher Sohn von Zhao Ji und Lü Buwei, der aber offiziell als der Sohn von Yiren gilt; der zukünftige Kaiser Qin Shihuangdi.*

Aussprache der chinesischen Namen und Begriffe

(Im vorliegenden Buch wurde die offizielle chinesische Pinyin-Umschrift verwendet.)

Vokale

ai	wie ai in Saite
ei	wie englisch eight
e	zwischen kurzem ö (wie in Möller) und kurzem e (wie in Halle)
i	(nach c, sh, z, zh) wie e in Halle, sonst wie i in Liebe
o	in der Silbe wie kurzes u in Hummel; als Endlaut wie o in Sommer
ou	wird als Diphtong gesprochen
u	(nach j, g, x, y) wie ü in trübe, sonst wie u in gut

Konsonanten

c	wie z in Zange
ch	etwa wie tsch in Peitsche
h	wie ch in Buch
q	wie ch in Chilli
r	etwa wie das englische r
sh	wie sch in schön
x	etwa wie ch in Richter
y	wie j in Jahr
z	wie z im englischen zero
zh	wie j im englischen job

CHINA ZUM ENDE DER ZEIT DER STREITENDEN REICHE UND WÄHREND DES ERSTEN KAISERREICHS

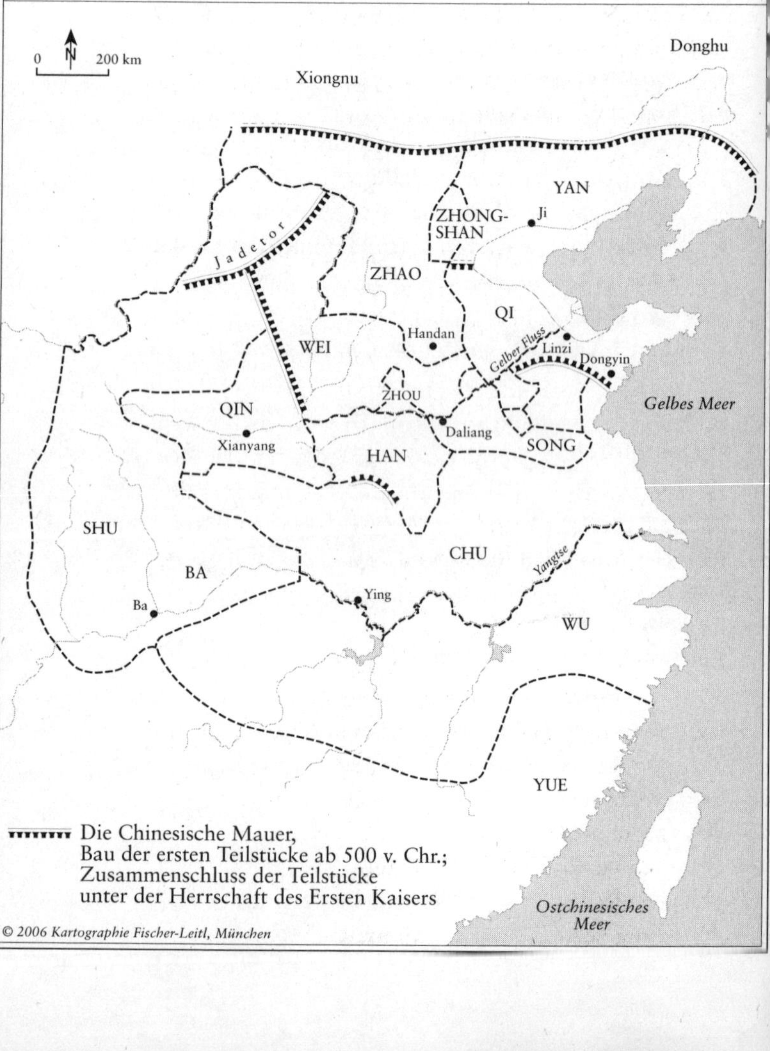